鉴古录

宫永刚 编著

线装书局

者，可谓导航之北斗；于行进在途中者，则谓指南车；于二毛之人，也可梳理一路走来的掌声与叹息！因为人生许多道理不是靠聪明能理解的，而是要靠一生浮沉后的彻悟。其实浮沉后的彻悟已无益此生，因为人生不能重新来过。也没有比人生更难的艺术，因为其他艺术和学问到处都可以找到很理想的老师。还是人聪明，自己不能重新来过，就把前人记录下来，名之曰“历史”。本乎惩劝，以正君臣，以维家邦。前端千古，后法万代，使其生不敢差，死不妄惧。纬人伦而经世道，为百王准的；不止属辞比事，以日系月而已。故善恶之道，在乎劝诫；劝诫之柄，存乎褒贬。是以《春秋》之义，尊卑轻重升降，几微仿佛，虽一字二字，必有微旨存焉。

奉劝晚辈诸君，乘年轻时就熟读此书，须知“早知一日事，富贵几千年”。老去再知，如我般劝诫你们，于事无补、于己无益矣！夫同言而信，信其所亲；同命而行，行其所服。禁童子之暴谑，则师友之诫，不如傅婢之指挥；止凡人之斗阋，则尧舜之道，不如寡妻之诲谕。吾望此书为汝曹之所信，犹贤于傅婢、寡妻耳。颜之推求儿孙后人读他的书，倘如此言之切切，吾不如颜氏多矣，就应该说拜托：“熟读此书，必赖其用！”本书倘能对后来者有些许裨益，几年来编撰中所有的辛劳就都是值得的了！

心之欲言则口不能尽，拙成此书寄吾之心声！望后来者比照古人活好自己，亦是老夫给后人留下的念想！

宫永刚

2015年10月6日于松原家中

前言

宋代大儒程颐有言:“今农夫祁寒暑雨,深耕易耨,播种五谷,吾得而食之;百工技艺,作为器物,吾得而用之;介胄之士,被坚执锐,以守土宇,吾得而安之。无功泽及人,而浪度岁月,晏然为天地间一蠹,惟缀缉圣人遗书,庶几有补尔。”退休后终日骋目于《二十四史》,然卷帙浩繁且迹异事殊,取精义以为借鉴,可以铭于座隅者,集为日览之书,以《鉴古录》名之,且附议于后。载不刊之德,播不灭之声,收不言之教,获无为之益,资日新之人,乃吾之所望。

夫明镜者,所以照形也;往古者,所以知今也。夫知恶往古之所以危亡,而不袭蹈其所以安存者,则无异乎却行而求逮于前人也。于位望未隆

序

爸爸八十岁了，仍是耳清目明，精神矍铄。我们本以为爸爸都这把年纪了，还这样硬朗，以后的日子该不会再有什么沟沟坎坎了，然而岁月可真是不饶人啊！

爸爸还是生病了，术后身体日渐虚弱，病前刚开始留的胡须才长到寸把，雪白雪白地泛着银光，平添了几分仙风道骨。看向我们的目光柔和而温暖，连嘴角都挂着一丝笑意。我们姐弟五个齐聚爸爸床前，轮流伺候着。这样温馨的场面甚至让我觉得爸爸怎么不早点生病？健康的爸爸总是太过威严，害得我们姐弟几个打小就知道：无事少近乎，还是远点安全！说心里话，我们等爸爸变慈祥都已等到年近半百，本以为这次应该可以了，然而，这美好的画面并没维持多久，我们就轮番遭到虚弱的爸爸各种“谆谆教导”。开始还挺郁闷，但后来我笑了，都这个年纪了，还被爸爸说“幼稚”，这不正是那句“唠叨是福”吗？

受病中父亲大人之命，由我给他的心肝宝贝写一篇序。我实在忐忑，写不好岂不是又得挨训？嗨，认了吧，从小姐弟们就都溜得比我快。

说起我们的爸爸，他是四〇后，出生在东北农村，七岁就成了孤儿。

寄人篱下的日子是啥样的？爸爸说当时上学没有行李，宿舍的床是一张很长的大通铺，上面只有木板、稻草、炕席，没有被褥可怎么睡觉呢？就在爸爸最无助的时候，班上团支部书记王喜才、舍长卢文友向爸爸伸出了援助之手。他们把自己的褥子铺开对齐，让爸爸睡在中间，三个人盖两床被子。然而醒着的时候大家都知道小心，不让别人露在外面，睡着了就不知道了，爸爸经常冻醒了也不好意思拽被子。后来这件事被管舍务的季仲三老师知道了，就把值班宿舍不用的被褥拿给了爸爸。这件事不知道被爸爸说了多少遍，以至于我们姐弟几个连爸爸恩人的这些名字都能一字不差地说出来。

少年无家可归的经历让爸爸把家看得特别重。爸爸是一名优秀的教师，带的高中毕业班高考升学率一直在学校名列前茅。为此，四十几岁时曾有个企业的“大人物”让爸爸到省会城市建校并任职，许诺两年后可以举家搬迁过去。按说两年一晃不就过去了？而且每周六日还有车接送回家照看，关键是机会可遇而不可求啊！但爸爸思来想去，还是不能忍受这短短两年对我们学习与成长的缺席，以及对妈妈的不管不顾，断然拒绝了这足以改变命运的机会。至今爸爸也不后悔当初的选择。

爸爸当了一辈子教师，称得上桃李满天下，爸爸跟很多学生的关系情同父子。退休好多年了，饭局反倒多了起来，他的学生们也已陆续从工作岗位上退了下来，有暇组织并邀请他参加各种师生会。爸爸很乐意参加，帅气的爸爸每次参加还要刻意捯饬一番，然后在我们一家人的微信群里晒他的吃、喝、玩、乐！

爸爸对我们的教育跟现代人的育儿观是有明显代沟的。爸爸从没管过我们的学习。哪个作业没写完，哪个考试没及格，哪个得了“三好学生”，哪个当了班长，爸爸从不过问。但是谁要是说脏话了，饭桌上乱翻菜盘子，闲聊时讲别人闲话了，爸爸的脸瞬间就会像包公一样黑。爸爸从不动手打人，但是那气势比要挨打还让人不安。这样凶的爸爸，在我们长大后，却极开明地把人生的主动权交给了我们自己，诸如高考报志愿、选择工作、恋爱、婚姻等。换来的是我们都家庭和睦、生活幸福。我不知道这幸福有多少得益于爸爸的殚精竭虑和煞费苦心。

爸爸酷爱阅读，一生手不释卷。家里藏书颇丰，什么《二十四史》、简明《不列颠百科全书》、《中国大百科全书》简明版、各种世界名著、名人传记等等，都是我们这一辈人看来晦涩难懂的书，但他却视若珍宝。曾整理并出版过《哲思慧语》，里面收录了近万条发人深省的名言警句。近十年来总能看到爸爸手里拿着《二十四史》的本子，有些封面已磨滥，里边也画得五迷三道的。我们已从他的得意劲看出，他是有新想法了。果不其然，他是把《二十四史》里对今人有意义的故事摘录下来，按时间顺序整理成集子，命名为《鉴古录》，取其以古人为镜，照见今人的前路之意。

爸爸常说，太阳底下没有新事。一切都曾发生过，一切也都仍将发生。昔人先我们来过，都用自己的生命，品尝着这条不归路的苦辣酸甜。今天您读的是他们的故事，倘能给您一丢丢启发，对十年辛苦的老爸，也是最大的褒奖和安慰了！

四女儿宫坚

2021 年 3 月于北京家中

目录

孝亲方可治世

虞舜[1]者，名曰重华。（中略）舜父瞽叟盲，而舜母死，瞽叟更娶妻而生象，象傲。瞽叟爱后妻子，常欲杀舜，（中略）使舜上涂廪[2]，瞽叟从下纵火焚廪。舜乃以两笠自扞[3]而下，去，得不死。后瞽叟又使舜穿井，（中略）舜既入深，瞽叟与象共下土实井，舜从匿空出，去。瞽叟、象喜，以舜为已死。象曰："本谋者象。"象与其父母分，于是曰："舜妻尧二女，与琴，象取之。牛羊仓廪予父母。"象乃止舜宫居，鼓其琴。舜往见之。象鄂不怿[4]，曰："我思舜正郁陶[5]！"舜曰："然，尔其庶矣[6]！"舜复事瞽叟爱弟弥谨。于是尧乃试舜五典百官，皆治。《史记卷1·本纪第1·五帝》

【注释】①虞舜：虞，国名；舜，谥也。（谥：古代帝王或大官死后评给的称号。如诸葛亮谥"忠武"，岳飞谥"武穆"。）②廪：米仓。方的叫仓，圆的叫廪。③扞：捍的异体字。④怿 yì：高兴。⑤郁陶：忧喜也。内心忧闷不乐而外似喜乐之貌。⑥尔其庶矣：你可真够兄弟呀！

【以古鉴今】父母对你疼爱有加，你的孝不算什么，充其量是知恩图报。父母对你不好，你仍能不忘亲情，事父爱弟弥谨，这才是真孝，才可托以大事，才能担得大任。如果睚眦必报，整天生活在仇恨里，想让这样的人有什么作为，寄什么希望，都将是徒劳的，因为他心不及人而只有他自己。

德及禽兽

汤出，见野张网四面，祝曰："自天下四方皆入吾网。"汤曰："嘻，尽之矣！"乃去其三面，祝曰："欲左，左。欲右，右。不用命，乃入吾网。"诸侯闻之，曰："汤德至矣，及禽兽。"《史记卷3·本纪第3·殷》

【以古鉴今】网开三面尚执迷不悟而入网，明知不可为而为之，非吾之不德，实乃汝不用命耳。德及禽兽如此，那对人一定也错不了，于是天下归心。

虞芮让畔

西伯阴行善，诸侯皆来决平。于是虞、芮之人有狱不能决，乃如周。入界，耕者皆让畔①，民俗皆让长。虞、芮之人未见西伯，皆惭，相谓曰："吾所争，周人所耻，何往为，祇②取辱耳。"遂还，俱让而去。诸侯闻之，曰"西伯盖受命③之君"。《史记卷4·本纪第4·周》

【注释】①让畔：古代传说由于圣王的德化，种田人互相谦让，在田界处让对方多占有土地。后遂用作称颂君王德政的典故。②祇：只的繁体字。正、恰。③受命：天意之所予也。

【以古鉴今】虞、芮之人踏入周界时，发现那里的民俗是耕者人人互相谦让，幼者谦敬老者。这使他们感到汗颜，还未见到西伯便感叹道："我们的争抢，周人视之为耻辱，为何还要继续走下去，而自取其辱呢。"于是便打道回府了。归国后的两人不复之前的争抢，争讼得以止息，人心得以安宁。

道路以目

王行暴虐侈傲，国人谤王。召公谏曰："民不堪命矣。"王怒，得卫巫，使监谤者，以告则杀之。其谤鲜矣，诸侯不朝。三十四年，王益严，国人莫敢言，道路以目①。厉王喜，告召公曰："吾能弭谤矣，乃不敢言。"召公曰："是鄣之也。防民之口，甚于防水。水壅而溃，伤人必多，民亦如之。

是故为水者决之使导，为民者宣之使言。故天子听政，使公卿至于列士献诗，瞽献曲，史献书，师箴，瞍[2]赋，矇诵，百工谏，庶人传语，近臣尽规，亲戚补察，瞽史教诲，耆艾修之，而后王斟酌焉，是以事行而不悖。民之有口也，犹土之有山川也，财用于是乎出；犹其有原隰衍沃[3]也，衣食于是乎生。口之宣言也，善败于是乎兴。行善而备败，所以产财用衣食者也。夫民虑之于心而宣之于口，成而行之。若壅其口，其与能几何？”王不听。于是国莫敢出言，三年，乃相与畔，袭厉王。厉王出奔于彘。《史记卷4·本纪第4·周》

【注释】①道路以目：在路上遇到人不敢交谈，只是以目示意。形容人民对残暴统治的憎恨和恐惧。②瞍：瞎子。无眸子曰瞍。③原隰衍沃：原隰，广平低湿的地方。衍沃，土地平坦而肥美。指平坦低湿而肥美的土地。

【以古鉴今】言为心声，不中听的话，你可以不让他说，可没法不让他想。倒不如让他说，得实情还可对症下药，排解疏导。当然最好还是你做得好，让人无话可说，否则错了还不许人家讲话，行霸道怕是有国者国亡，持家者家败。防民之口甚于防川！

烽火戏诸侯

褒姒[1]不好笑，幽王欲其笑万方，故不笑。幽王为烽燧[2]大鼓，有寇至则举烽火。诸侯悉至，至而无寇，褒姒乃大笑。幽王说之，为数举烽火。其后不信，诸侯益亦不至。《史记卷4·本纪第4·周》

【注释】①褒姒：生卒年不详，姒是她的姓，周幽王第二任王后。②烽燧：烽火。古代边防报警有两种信号，白天放烟叫“烽”，夜间举火叫“燧”。

【以古鉴今】权力是人民给的，是要你为他们服务的。可历来的肉食者无一例外地强奸了民意，不是服务，而是反过来用权力压迫、奴役人民。人民不干了，就推翻他们，所以历史上总是走马灯似的改朝换代。

善处事者

（秦缪[1]公）五年，晋献公灭虞、虢，虏虞君与其大夫百里傒，以璧马赂于虞故也。既虏百里傒，以为秦缪公夫人媵[2]于秦。百里傒亡秦走宛，楚鄙人执之。缪公闻百里傒贤，欲重赎之，恐楚人不与，乃使人谓楚曰："吾媵臣百里傒在焉，请以五羖[3]羊皮赎之。"楚人遂许与之。当是时，百里傒年已七十余。缪公释其囚，与语国事。谢曰："臣亡国之臣，何足问！"缪公曰："虞君不用子，故亡，非子罪也。"固问，语三日，缪公大说，授之国政，号曰五羖大夫。《**史记卷5·本纪第5·秦**》

【注释】①缪 mù：古同"穆"，恭敬。②媵 yìng：原本指随嫁的人或物，男女都可以作媵。春秋战国时期，媵女单指陪嫁出去的女性。主人出嫁一般作媵的是贴身婢女或一生相伴的好姐妹、亲戚。主人出嫁后随嫁媵妾可以封公主、妃子之类的。③羖 gǔ：指黑色的公羊，也可指山羊或阉割过的羊。

【以古鉴今】当此之时，穆公知百里傒贤而楚人不知，如出重金去赎，怕引起楚国警觉，才低调贱价以对待奴隶的形式促成交易。此处妙在多金可能不与，而五张羊皮却能搞定，足见"经商"之道是：信息要准确、秘密要守住、时机要选好。

邻国圣人，敌国之忧

由余，其先晋人也，亡入戎，能晋言。闻缪公贤，故使由余观秦。秦缪公示以宫室、积聚。由余曰："使鬼为之，则劳神矣。使人为之，亦苦民矣。"缪公怪之，问曰："中国以诗书礼乐法度为政，然尚时乱，今戎夷无此，何以为治，不亦难乎？"由余笑曰："此乃中国所以乱也。夫自上圣黄帝作为礼乐法度，身以先之，仅以小治。及其后世，日以骄淫。阻法度之威，以责督于下，下罢极①则以仁义怨望于上，上下交争怨而相篡弑，至于灭宗，皆以此类也。夫戎夷②不然。上含淳德以遇其下，下怀忠信以事其上，一国之政犹一身之治，不知所以治，此真圣人之治也。"于是缪公退而问内史廖曰："孤闻邻国有圣人，敌国之忧也。今由余贤，寡人之害，将奈之何？"内史廖曰："戎王处辟匿③，未闻中国之声。君试遗其女乐，以夺其志；为由余请，以疏其间；留而莫遣，以失其期。戎王怪之，必疑由余。君臣有间，乃可虏也。且戎王好乐，必怠于政。"缪公曰："善。"因与由余曲席而坐，传器而食，问其地形与其兵势尽詧④，而后令内史廖以女乐二八遗戎王。戎王受而说之，终年不还。于是秦乃归由余。由余数谏不听，缪公又数使人间要由余，由余遂去降秦。缪公以客礼礼之，问伐戎之形。**《史记卷5·本纪第5·秦》**

【注释】①罢 pí 极："罢"同"疲"。劳累至极。②戎夷：戎和夷，古民族名，泛指少数民族。③辟匿：指偏远闭塞；躲避，藏匿。④詧 xiāo：虎叫；通"梟"；通"敲"。

【以古鉴今】由余之贤，让穆公有邻国圣人，敌国之忧的烦恼。内史廖遗其女乐，以夺戎王之志；留由余而莫遣，以失其期。戎王怪之，必疑由余。君臣有间，乃可虏也。事实果然如此，由余改投穆公，为其出谋划策，帮助秦国攻伐西戎，开疆裂土，使秦穆公得以位列春秋五霸之一。

独尊者大事去矣

侯生、卢生相与谋曰："始皇为人，天性刚戾自用，起诸侯，并天下，意得欲从，以为自古莫及己。专任狱吏，狱吏得亲幸。博士虽七十人，特备员弗用。丞相诸大臣皆受成事①，倚辨于上。上乐以刑杀为威，天下畏罪持禄，莫敢尽忠。上不闻过而日骄，下慑伏谩欺以取容。秦法，不得兼方不验，辄死。然候星气者至三百人，皆良士，畏忌讳谀，不敢端言其过。天下之事无小大皆决于上，上至以衡石量书②，日夜有呈，不中呈不得休息。贪于权势至如此，未可为求仙药。"于是乃亡去。始皇闻亡，乃大怒曰："吾前收天下书不中用者尽去之。悉召文学方术士甚众，欲以兴太平，方士欲练以求奇药。今闻韩众去不报，徐市等费以巨万计，终不得药，徒奸利相告日闻。卢生等吾尊赐之甚厚，今乃诽谤我，以重吾不德也。诸生在咸阳者，吾使人廉问，或为妖言以乱黔首。"于是使御史悉案问诸生，诸生传相告引，乃自除。犯禁者四百六十余人，皆坑之咸阳，使天下知之，以惩后。益发谪③徙边。始皇长子扶苏谏曰："天下初定，远方黔首未集，诸生皆诵法孔子，今上皆重法绳之，臣恐天下不安。唯上察之。"始皇怒，使扶苏北监蒙恬于上郡。《**史记卷6·本纪第6·秦始皇**》

【**注释**】①受成事：大小官员都只能按皇帝的授意办事，没有决策权，都是"办事员"。②衡石量书：古时文书用竹简木札，以衡石来计算文书的重量，用以形容君主勤于国政。③发谪：举发；谴责。

【**以古鉴今**】意得欲从久了，就会觉得古往今来没有人能赶得上自己，所以视任何人都为不肖，都没法信任，大事小事都自己拿主意，唯有自己才是正确的。事必躬亲，刚愎自用，让自己真的变成孤家寡人，最后是为事所累，至死事情也还是未有做完。

指鹿为马

赵高欲为乱，恐群臣不听，乃先设验，持鹿献于二世，曰："马也。"二世笑曰："丞相误邪？谓鹿为马。"问左右，左右或默，或言马以阿顺赵高。

或言鹿(者),高因阴中诸言鹿者以法。后群臣皆畏高。《**史记卷6·本纪第6·秦始皇**》

【**以古鉴今**】我之一脉血亲，多是直来直去的性子，不适于仕途上行走，亦不宜经商，因为从政经商都得有点弯弯绕的心机、“指鹿为马”的能耐、睁眼说瞎话不脸红的本事；而从医、教书、搞科研、做工匠等则不用。总之就是做有形有物具体的工作，更易发挥自己的才智，做出成绩。

弃书捐剑

项籍少时，学书不成，去学剑，又不成。项梁怒之。籍曰：“书足以记名姓而已。剑一人敌，不足学，学万人敌。”于是项梁乃教籍兵法，籍大喜，略知其意，又不肯竟学。项梁尝有栎阳逮①，乃请蕲狱掾曹咎书抵栎阳狱掾司马欣，以故事得已。项梁杀人，与籍避仇于吴中。吴中贤士大夫皆出项梁下。每吴中有大繇役及丧，项梁常为主办，阴以兵法部勒宾客及子弟，以是知其能。秦始皇帝游会稽，渡浙江，梁与籍俱观。籍曰：“彼可取而代也。”梁掩其口,曰:“毋妄言,族矣②！”梁以此奇籍。籍长八尺余，力能扛鼎，才气过人，虽吴中子弟皆已惮矣。《**史记卷7·本纪第7·项羽**》

【**注释**】①尝有栎阳逮：曾被栎阳县衙抓了。②毋妄言，族矣：不要胡说，要满门抄斩的。

【**以古鉴今**】学什么都浅尝辄止、半途而废，长大后虽有雄心壮志，但最终还是个志大才疏的失败者。这就告诉我们，年少时就要强迫自己少些浮躁，对浅显的知识要耐住性子学通，深奥的也得顶住困难弄懂。坚持到底，持之以恒，始可有成。

用人是领导的首务

高祖置酒洛阳南宫。高祖曰："列侯诸将无敢隐朕，皆言其情。吾所以有天下者何？项氏之所以失天下者何？"高起、王陵对曰："陛下慢而侮人，项羽仁而爱人。然陛下使人攻城略地，所降下者因以予之，与天下同利也。项羽妒贤嫉能，有功者害之，贤者疑之，战胜而不予人功，得地而不予人利，此所以失天下也。"高祖曰："公知其一，未知其二。夫运筹策帷帐之中，决胜于千里之外，吾不如子房。镇国家，抚百姓，给馈饟①，不绝粮道，吾不如萧何。连百万之军，战必胜，攻必取，吾不如韩信。此三者，皆人杰也，吾能用之，此吾所以取天下也。项羽有一范增而不能用，此其所以为我擒也。"《**史记卷 8 · 本纪第 8 · 高祖**》

【注释】①馈饟 xiǎng：粮饷，也指运送粮饷。

【以古鉴今】高祖高人，什么提三尺剑斩白蛇，那是造势。三杰之文韬武略，才是他所以取天下的关键。一个人知道自己要什么，更清楚所要的谁有，一定不遗余力据为己有，并善用之，这就注定他必定会成功！

变通

六年，高祖五日一朝太公，如家人父子礼。太公家令①说太公曰："天无二日，土无二王。今高祖虽子，人主也；太公虽父，人臣也。奈何令人主拜人臣！如此，则威重不行。"后高祖朝，太公拥彗②，迎门却行。高祖大惊，下扶太公。太公曰："帝，人主也，奈何以我乱天下法！"于是高祖乃尊太公为太上皇。心善家令言，赐金五百斤。《**史记卷 8 · 本纪第 8 · 高祖**》

【注释】①家令：官名。汉代皇家的属官，主管家事，诸侯国亦设此职。②拥篲 huì：拥，抱持。篲同“彗”，扫帚。手拿扫帚，清扫道路。

【以古鉴今】佩服高祖的应变能力，为了解决人主拜人臣的矛盾，又不废父子的亲情礼数，他给父亲加了个封号，这就顺了。世事皆然，变则通，通则顺。

嫉妒比仇恨更持久

吕太后者，高祖微时妃也，生孝惠帝、女鲁元太后。及高祖为汉王，得定陶戚姬，爱幸，生赵隐王如意。孝惠为人仁弱，高祖以为不类我，常欲废太子，立戚姬子如意，如意类我。戚姬幸，常从上之关东，日夜啼泣，欲立其子代太子。吕后年长，常留守，希见上，益疏。如意立为赵王后，几代太子者数矣，赖大臣争之，及留侯策，太子得毋废。

（中略）

吕后最怨戚夫人及其子赵王，乃令永巷①囚戚夫人，而召赵王。使者三反，赵相建平侯周昌谓使者曰：“高帝属臣赵王，赵王年少。窃闻太后怨戚夫人，欲召赵王并诛之，臣不敢遣王。王且亦病，不能奉诏。”吕后大怒，乃使人召赵相。赵相征至长安，乃使人复召赵王。王来，未到。孝惠帝慈仁，知太后怒，自迎赵王霸上，与入宫，自挟与赵王起居饮食。太后欲杀之，不得间。孝惠元年十二月，帝晨出射。赵王少，不能蚤起。太后闻其独居，使人持酖饮②之。犁明，孝惠还，赵王已死。于是乃徙淮阳王友为赵王。夏，诏赐郦侯父追谥为令武侯。太后遂断戚夫人手足，去眼，煇③耳，饮瘖药，使居厕中，命曰“人彘”④。居数日，乃召孝惠帝观人彘。孝惠见，问，乃知其戚夫人，乃大哭，因病，岁余不能起。使人请太后曰：“此非人所为。臣为太后子，终不能治天下。”孝惠以此日饮为淫乐，不听政，故有病也。《**史记卷 9 · 本纪第 9 · 吕太后**》

【**注释**】①永巷：是宫内的狭长小巷，一开始是宫女、妃嫔住的地方，后来才逐渐成为单独关押宫中女性犯罪者的监狱。②酖 zhèn 饮：泛指服用毒品。毒酒、用毒酒害人。③烰 xūn：通“熏”。用火烧灼。④人彘：就是把四肢剁掉，挖出眼睛，在耳朵中注入铜，使其失聪（熏聋），用喑药灌进喉咙，割去舌头，破坏声带，使其不能言语，然后扔到厕所里，有的还要割去鼻子，剃光头发，剃尽眉发，然后抹一种药，破坏毛囊，使毛囊脱落后不再生长，永不再长毛发。

【以古鉴今】短短几十年的人生就这么一路嫉妒、仇视、算计，大有一息尚存唯争是务，在人生角斗场上最后偏偏又都输得精光，两手空空地去了！金钱、美女、名利、地位等统统是世间幻象，随着肉身的消亡，你对它们，它们对你都没了意义。人生唯不争不妒，才能活出大自在！

退步求逞

太后称制，议欲立诸吕为王，问右丞相王陵。王陵曰：“高帝刑白马盟[①]曰‘非刘氏而王，天下共击之’。今王吕氏，非约也。”太后不说。问左丞相陈平、绛侯周勃。勃等对曰：“高帝定天下，王子弟，今太后称制，王昆弟诸吕，无所不可。”太后喜，罢朝。王陵让[②]陈平、绛侯曰：“始与高帝啑血盟，诸君不在邪？今高帝崩，太后女主，欲王吕氏，诸君从欲阿意背约，何面目见高帝地下？”陈平、绛侯曰：“于今面折廷争，臣不如君；夫全社稷，定刘氏之后，君亦不如臣。”王陵无以应之。**《史记卷 9·本纪第 9·吕太后》**

【注释】①白马盟：汉高祖刘邦在位时与群臣以杀白马方式订立的盟约，此为古代盟誓的方式之一，其要杀牲取血，并用手指蘸血涂在嘴上，以示恪守盟约，而此盟约的内容为确保只有刘姓者可为王，即“非刘氏而王，天下共击之”。②让：责备。

【以古鉴今】今天阻止诸吕为王，可能三个丞相都得离开朝堂，弄不好还得离开人世。很多时候、很多事，为达到长远目标，在自己还不够和对方抗衡时，不妨先让一步，静观事态发展，待机再求一逞，不必在乎一时一事之胜负。

怨言致死

宣平侯女为孝惠皇后时，无子，详为有身，取美人子名之，杀其母，立所名子为太子。孝惠崩，太子立为帝。帝壮，或闻其母死，非真皇后子，乃出言曰："后安能杀吾母而名我？我未壮，壮即为变。"太后闻而患之，恐其为乱，乃幽之永巷中，言帝病甚，左右莫得见。太后曰："凡有天下治为万民命者，盖之如天，容之如地，上有欢心以安百姓，百姓欣然以事其上，欢欣交通而天下治。今皇帝病久不已，乃失惑[①]惛乱，不能继嗣奉宗庙祭祀，不可属天下，其代之。"群臣皆顿首言："皇太后为天下齐民计所以安宗庙社稷甚深，群臣顿首奉诏。"帝废位，太后幽杀之。五月丙辰，立常山王义为帝，更名曰弘。不称元年者，以太后制天下事也。以轵侯朝为常山王。置太尉官，绛侯勃为太尉。《**史记卷9·本纪第9·吕太后**》

【**注释**】①失惑：失去理智，精神错乱。

【**以古鉴今**】既未壮，就该知羽翼未丰，人单势孤，此时怨气冲天实乃授人以柄，不啻引颈受戮。八字没一撇的事就破车嘴瞎咧咧，让对方有充足时间找借口做准备，往往吃亏的是自己。须知事以密成，语以泄败！

以德化民

孝文帝从代来，即位二十三年，宫室苑囿狗马服御无所增益，有不便，辄弛以利民。尝欲作露台，召匠计之，直百金。上曰："百金中民十家之产，吾奉先帝宫室，常恐羞之，何以台为！"上常衣绨衣[①]，所幸慎夫人，令衣不得曳地，帏帐不得文绣，以示敦朴，为天下先。治霸陵皆以瓦器，不得以金银铜锡为饰，不治坟，欲为省，毋烦民。南越王尉佗自立为武帝，然上召贵尉佗兄弟，以德报之，佗遂去帝称臣。与匈奴和亲，匈奴背约入盗，然令边备守，不发兵深入，恶烦苦百姓。吴王诈病不朝，就赐几杖。群臣如袁盎等称说虽切，常假借用之。群臣如张武等受赂遗金钱，觉，上乃发御府金钱赐之，以愧其心，弗下吏。专务以德化民，是以海内殷富，兴于礼义。《**史记卷10·本纪第10·孝文**》

【注释】①绨tí衣：厚缯制成之衣。

【以古鉴今】孝文帝的官员受贿，国家非但不治罪，还因为他“缺钱”“爱钱”而让政府发钱给他，这人还有下次吗？此事告诉我们，人做错事、坏事，其根源都是思想出了问题，如不能解决心里的那块垒，头痛医头、脚痛医脚，怕是改无日矣。愧其心绝对比罚其身、羞其面来得彻底。

远离违常理人情者

颜师古云：“竖刁、易牙皆齐桓公臣。管仲有病，桓公往问之，曰：‘将何以教寡人？’管仲曰：‘愿君远易牙①、竖刁②。’公曰：‘易牙烹其子以快寡人，尚可疑邪？’对曰：‘人之情非不爱其子也，其子之忍，又将何爱于君！’公曰：‘竖刁自宫以近寡人，犹尚疑邪？’对曰：‘人之情非不爱其身也，其身之忍，又将何有于君！’公曰：‘诺。’管仲遂尽逐之，而公食不甘心不怡者三年。公曰：‘仲父不已过乎？’于是皆即召反。明年，公有病，易牙、竖刁相与作乱，塞宫门，筑高墙，不通人。有一妇人逾垣入至公所。公曰：‘我欲食。’妇人曰：‘吾无所得。’公曰：‘我欲饮。’妇人曰：‘吾无所得。’公曰：‘何故？’曰：‘易牙、竖刁相与作乱，塞宫门，筑高墙，不通人，故无所得。’公慨然叹，涕出，曰：‘嗟乎，圣人所见岂不远哉！若死者有知，我将何面目见仲父乎？’蒙衣袂而死乎寿宫。虫流于户，盖以杨门之扇，二月不葬也。”《**史记卷32·世家第2·齐太公（注）**》

【注释】①易牙：本来是王宫里的一个厨子，听齐桓公说不知道人肉是什么滋味，就马上回去把自己年仅三岁的儿子杀了，做成一盘蒸肉，献给了齐桓公。②竖刁：自小就生活在宫里，侍奉齐桓公的宠妃长卫姬等人。后来应该搬离王宫了，但是他贪恋宫中的富贵生活，竟然把自己阉了，当了宦官，主管皇宫内的一切事务。

【以古鉴今】“杀子”“自宫”皆非人情，一个连儿子都能杀、连自己都可残的人，你用他为你效力，简直是与虎谋皮。不近人情者，是不能和他走得太近的。你和他儿子孰亲？你和他自身孰重？赌注下得越大，欲求的回报就越多。祸害你是迟早的事，远离犹恐不及，岂可近哉？时机成熟，收拾你还比杀儿子、阉自己更难下手吗？

问心无愧，让人说去

其后，武王既崩，成王少，在强葆之中。周公恐天下闻武王崩而畔，周公乃践阼[①]，代成王摄行政当国。管叔及其群弟流言于国曰：“周公将不利于成王。”周公乃告太公望、召公奭[②]曰：“我之所以弗辟而摄行政者，恐天下畔周，无以告我先王太王、王季、文王。三王之忧劳天下久矣，于今而后成。武王蚤终，成王少，将以成周，我所以为之若此。”于是卒相成王，而使其子伯禽代就封于鲁。周公戒伯禽曰：“我文王之子，武王之弟，成王之叔父，我于天下亦不贱矣。然我一沐三捉发，一饭三吐哺，起以待士，犹恐失天下之贤人。子之鲁，慎无以国骄人。”

管、蔡、武庚等果率淮夷而反。周公乃奉成王命，兴师东伐，作《大诰》。遂诛管叔，杀武庚，放蔡叔。收殷余民，以封康叔于卫，封微子于宋，以奉殷祀。宁淮夷东土，二年而毕定。诸侯咸服宗周。

（中略）

成王长，能听政。于是周公乃还政于成王，成王临朝。周公之代成王治，南面倍依以朝诸侯。及七年后，还政成王，北面就臣位，夔夔[③]如畏然。

《史记卷33·世家第3·鲁周公》

【注释】①践祚 zuò：走上阼阶主位。古代庙寝堂前两阶，主阶在东，称阼阶。阼阶上为主位。指即位，登基。②奭 shì：愤怒貌。③夔夔：谨慎貌。

【以古鉴今】一事当前，人都是根据自己的认知，去看待、判断对错、美丑的。此时的任何解释、辩驳都是苍白无力的，相信天最高明，只是性慢，假以时日，一切都会归正。

轻千乘而重一言

成公元年冬，楚庄王为夏征舒杀灵公，率诸侯伐陈。谓陈曰："无惊，吾诛征舒而已。"已诛征舒，因县陈而有之，群臣毕贺。申叔时使于齐来还，独不贺。庄王问其故，对曰："鄙语有之，牵牛径人田，田主夺之牛。径则有罪矣，夺之牛，不亦甚乎？今王以征舒为贼弑君，故征兵诸侯，以义伐之，已而取之，以利其地，则后何以令于天下！是以不贺。"庄王曰："善。"乃迎陈灵公太子午于晋而立之，复君陈如故，是为成公。孔子读史记至楚复陈，曰："贤哉楚庄王！轻千乘之国而重一言。"**《史记卷36·世家第6·陈杞》**

【以古鉴今】贤哉楚庄王，轻千乘之国而重一言之信。非申叔时之忠，弗能建其义；非楚庄王之贤，不能受其言也。所以有话说给智者，彼此心有灵犀。

酒香色美，事在人为

周公旦惧康叔齿少，乃申告康叔曰："必求殷之贤人君子长者，问其先殷所以兴，所以亡，而务爱民。"告以纣所以亡者以淫于酒，酒之失，妇人是用，故纣之乱自此始。为《梓材》，示君子可法则。故谓之《康诰①》

《酒诰[②]》《梓材》以命之。康叔之国，既以此命，能和集其民，民大说。《**史记卷37·世家第7·卫康叔**》

【**注释**】①康诰：西周时周成王任命康叔治理殷商旧地民众的命令。②酒诰：周公命令康叔在卫国宣布戒酒的告诫之辞。殷商贵族酗酒成风，荒于政事，所以让康叔在卫国宣布戒酒令，不许酗酒。

【**以古鉴今**】牛饮乱性坏身，是人没德行，酒何罪之有？至于色，也让人失去了本真。原来酒不醉人人自醉，色不迷人人自迷，何谓乱自此始？难不成坏人用刀杀人，罪不在人而责刀？所以我愿为酒色正名：物为人用，事在人为！

三谏不听则去

箕子者，纣亲戚也。纣始为象箸[①]，箕子叹曰："彼为象箸，必为玉桮[②]；为桮，则必思远方珍怪之物而御之矣。舆马宫室之渐自此始，不可振也。"纣为淫泆[③]，箕子谏，不听。人或曰："可以去矣。"箕子曰："为人臣谏不听而去，是彰君之恶而自说于民，吾不忍为也。"乃被发佯狂而为奴。遂隐而鼓琴以自悲，故传之曰《箕子操》。《**史记卷38·世家第8·宋微子**》

【**注释**】①象箸：象牙制作的筷子。②桮：杯的异体字。③淫泆：恣纵逸乐。淫荡；淫乱。

【**以古鉴今**】我主张三谏不听则去是智者，因为留在这里也发挥不了作用。如箕子之"彰君之恶"说，是愚忠，是浪费，是犯罪。地产之物一般只需一年，十年已得树木矣，然人才却需百年，或许更长，所以人一定要把聪明才智贡献出来，推动社会进步，改造自然，造福人类。

腐儒论战

十三年夏，宋伐郑。子鱼曰："祸在此矣。"秋，楚伐宋以救郑。襄公将战，子鱼谏曰："天之弃商久矣，不可。"冬十一月，襄公与楚成王战于泓。楚人未济[①]，目夷曰："彼众我寡，及其未济击之。"公不听。已济未陈，又曰："可击。"公曰："待其已陈。"陈成，宋人击之。宋师大败，襄公伤股。国人皆怨公。公曰："君子不困人于厄，不鼓不成列。"子鱼曰："兵以胜为功，何常言与！必如公言，即奴事之耳，又何战为？"《**史记卷38·世家第8·宋微子**》

【**注释**】①未济：渡河未到岸或尚未渡河。

【**以古鉴今**】战争，战的是实力，争的是胜负，可没工夫去区分君子还是小人。把迂腐的仁义用于残酷的战争，不败才怪呢！所以说，是做君子还是当小人，也不可一概而论。在你死我活的战场上，难不成先伸过头去吃人一刀再还手，才是君子？水半渡、阵未成而击之就是乘人之危，就是小人？小儿都不这般做事！

人之心，海底针

献公私谓骊姬曰："吾欲废太子，以奚齐代之。"骊姬泣曰："太子之立，诸侯皆已知之，而数将兵，百姓附之，奈何以贱妾之故废适[①]立庶？君必行之，妾自杀也。"骊姬佯誉太子，而阴令人谮恶太子，而欲立其子。

二十一年，骊姬谓太子曰："君梦见齐姜，太子速祭曲沃，归釐于君。"太子于是祭其母齐姜于曲沃，上其荐胙[②]于献公。献公时出猎，置胙于宫中。骊姬使人置毒药胙中。居二日，献公从猎来还，宰人上胙献公，献公欲飨之。骊姬从旁止之，曰："胙所从来远，宜试之。"祭地，地坟；与犬，犬死；与小臣，小臣死。骊姬泣曰："太子何忍也！其父而欲弑代之，况他人乎？且君老矣，旦暮之人，曾不能待而欲弑之！”谓献公曰：“太子所以然者，不过以妾及奚齐之故。妾愿子母辟之他国，若早自杀，毋徒使母子为太子所鱼肉也。始君欲废之，妾犹恨之；至于今，妾殊自失于此。”太子闻之，奔新城。献公怒，乃诛其傅杜原款。或谓太子曰：“为此药者乃骊姬也，太子何不自辞明之？”太子曰：“吾君老矣，非骊姬，寝不安，食不甘。即辞之，君且怒之。不可。”或谓太子曰：“可奔他国。”太子曰：“被此恶名以出，人谁内③我？我自杀耳。”十二月戊申，申生自杀于新城。《**史记卷39·世家第9·晋**》

【**注释**】①适：义同“嫡子”，指正妻所生的儿子。②胙 zuò：祭祀用的肉；通祚，指君位。③内 nà：同“纳”，纳入。

【**以古鉴今**】骊姬够歹毒，却也在情理之中，毕竟是人性使然，谁不为己呢？那太子的死，我就觉得不值，不争不辩躲出去也就是了，难道怕父亲生气就得舍出一条命？是不是“孝”得有点愚了，反有彰大父过之嫌了。既知父已老，何不等其老去，再找那毒妇算账，讨回公道呢！

生命不只属于自己

晋文公重耳，晋献公之子也。（中略）至齐，齐桓公厚礼，而以宗女妻之，有马二十乘，重耳安之。重耳至齐二岁而桓公卒，会竖刁等为内乱，齐孝公之立，诸侯兵数至。留齐凡五岁。重耳爱齐女，毋去心。赵衰、咎犯乃于桑下谋行。齐女侍者在桑上闻之，以告其主。其主乃杀侍者，劝重耳趣行。重耳曰：“人生安乐，孰知其他！必死于此，不能去。”齐女曰：“子一国公子，穷而来此，数士者以子为命。子不疾反国，报劳臣，而怀女德，窃为子羞之。且不求，何时得功？”乃与赵衰等谋，醉重耳，载以行。行远而觉，重耳大怒，引戈欲杀咎犯。咎犯曰：“杀臣成子，偃之愿也。”重耳曰：“事不成，

我食舅氏之肉。”咎犯曰:“事不成，犯肉腥臊，何足食!”乃止，遂行。《史记卷39·世家第9·晋》

【以古鉴今】人的生命不只属于自己，最起码是和父母、妻儿紧密相连的，所以这层关系才叫亲人，每个人的存在或许是使他人快乐幸福的原因之一，所以在做重大决定时，要把这一层考虑进去，别做亲痛仇快的事。

等一等生活

文公修政,施惠百姓。赏从亡者及功臣,大者封邑,小者尊爵。未尽行赏，周襄王以弟带难出居郑地，来告急晋。晋初定，欲发兵，恐他乱起，是以赏从亡未至隐者介子推。推亦不言禄，禄亦不及。推曰:“献公子九人，唯君在矣。惠、怀无亲,外内弃之;天未绝晋,必将有主,主晋祀者,非君而谁?天实开之，二三子以为己力，不亦诬乎?窃人之财，犹曰是盗，况贪天之功以为己力乎?下冒其罪，上赏其奸，上下相蒙，难与处矣!”其母曰:“盍亦求之，以死谁怼?”推曰:“尤而效之，罪有甚焉。且出怨言，不食其禄。”母曰:“亦使知之，若何?”对曰:“言，身之文也;身欲隐，安用文之?文之，是求显也。”其母曰:“能如此乎?与女偕隐。”至死不复见。

介子推从者怜之，乃悬书宫门曰:“龙欲上天，五蛇为辅①。龙已升云，四蛇各入其宇,一蛇独怨,终不见处所。”文公出,见其书,曰:“此介子推也。吾方忧王室，未图其功。”使人召之，则亡。遂求所在，闻其入緜上山中，于是文公环绵上山中而封之，以为介推田，号曰介山，“以记吾过，且旌②善人”。《史记卷39·世家第9·晋》

【注释】①龙欲上天，五蛇为辅：龙喻重耳；五蛇即五臣，狐偃、赵衰、魏武子、司空季子及子推也。②旌：表也。

【以古鉴今】不要急着让生活给出所有答案，就如向空谷喊话，不也要等一会儿才能听到回声吗？生活总会给你答案的，但不一定会马上告诉你，只要你肯等一等，美好的生活总会盛装来临。

善有善报

初，盾常田首山，见桑下有饿人。饿人，示眯明也。盾与之食，食其半。问其故，曰："宦三年，未知母之存不，愿遗母。"盾义之，益与之饭肉。已而为晋宰夫[①]，赵盾弗复知也。九月，晋灵公饮赵盾酒，伏甲将攻盾。公宰示眯明知之，恐盾醉不能起，而进曰："君赐臣，觞三行可以罢。"欲以去赵盾，令先，毋及难。盾既去，灵公伏士未会，先纵啮狗名敖。明为盾搏杀狗。盾曰："弃人用狗，虽猛何为。"然不知明之为阴德也。已而灵公纵伏士出逐赵盾，示眯明反击灵公之伏士，伏士不能进，而竟脱盾。盾问其故，曰："我桑下饿人。"问其名，弗告。明亦因亡去。《**史记卷 39·世家第 9·晋**》

【注释】①宰夫：古代掌管膳食的小吏。

【以古鉴今】受人滴水之恩，当以涌泉相报。昔时予人一饭，今日救己一命。有钱有势时，做好事，做善事，别小瞧穷人。即便一辈子用不着，求个心安也是好的。

领导得能压事

八年，使郄[①]克于齐。齐顷公母从楼上观而笑之。所以然者，郄克偻[②]，而鲁使蹇[③]，卫使眇[④]，故齐亦令人如之以导客。郄克怒，归至河上，曰："不报齐者，河伯视之！”至国，请君，欲伐齐。景公问知其故，曰：“子之怨，安足以烦国！”弗听。《史记卷 39 · 世家第 9 · 晋》

【注释】①郄：读 qiè 时，是姓；读 xì 时，古同“郤”，也作“隙”。②偻：读 lǚ 时，指脊背弯曲、屈、迅速；读 lóu 时，指佝偻病。③蹇 jiǎn：跛足；迟钝，不顺利；指驽马，也指驴。④眇：原指一只眼睛瞎，后来也指两只眼睛瞎；渺小，微小。

【以古鉴今】此处让人汲取的是不要拿别人的生理缺陷寻开心的道理，那是很伤人的。但因为一个恶作剧就导致国家间的一场战事，怕也是不值得的。此事景公做得好，领导人得能压事。

了解问题，解决问题

庄王即位三年，不出号令，日夜为乐，令国中曰：“有敢谏者，死无赦！”伍举入谏。庄王左抱郑姬，右抱越女，坐钟鼓之间。伍举曰：“愿有进。”隐曰：“有鸟在于阜，三年不蜚不鸣，是何鸟也？”庄王曰：“三年不蜚，蜚将冲天；三年不鸣，鸣将惊人。举退矣，吾知之矣。”居数月，淫益甚。大夫苏从乃入谏。王曰：“若不闻令乎？”对曰：“杀身以明君，臣之愿也。”于是乃罢淫乐，听政，所诛者数百人，所进者数百人，任伍举、苏从以政，国人大说。《史记卷 40 · 世家第 10 · 楚》

【以古鉴今】接了个乱摊子，不了解情况，不敢随便听人褒贬，只好暂时不听谏，也不做事，给各色人等充分表现的时间，让自己来观察了解，三年后收获了“一鸣惊人”的效果。它警示我们遇事别慌，大事小情都有其来龙去脉，问题的解决是在调查了解之后。

孰是孰非

（楚平王）六年,（中略）无忌又日夜谗太子建于王曰:“自无忌入秦女，太子怨，亦不能无望于王，王少自备焉。且太子居城父，擅兵，外交诸侯，且欲入矣。”平王召其傅伍奢责之。伍奢知无忌谗，乃曰:“王奈何以小臣疏骨肉?”无忌曰:“今不制，后悔也。”于是王遂囚伍奢（中略）。乃令司马奋扬召太子建，欲诛之。太子闻之，亡奔宋。

无忌曰:“伍奢有二子，不杀者为楚国患。盍以免其父召之，必至。”于是王使使谓奢:“能致二子则生，不能将死。”奢曰:“尚至，胥不至。”王曰:“何也?”奢曰:“尚之为人，廉，死节，慈孝而仁，闻召而免父，必至，不顾其死。胥之为人，智而好谋，勇而矜功，知来必死，必不来。然为楚国忧者必此子。”于是王使人召之,曰:“来,吾免尔父。”伍尚谓伍胥曰:“闻父免而莫奔，不孝也;父戮莫报，无谋也;度能任事，知也。子其行矣，我其归死。”伍尚遂归。伍胥弯弓属矢，出见使者，曰:“父有罪，何以召其子为?”将射，使者还走，遂出奔吴。伍奢闻之，曰:“胥亡，楚国危哉。”楚人遂杀伍奢及尚。《**史记卷 40 · 世家第 10 · 楚**》

【以古鉴今】伍奢是愚忠，伍尚是愚孝，只有伍胥的做法是正确的。古语有云“小棰则侍，大棰则走”。不管出于哪种考虑，君臣也好，父子也罢，用鲜活的生命，换个身后名，不为，因为不值。正是“使有身后名，不如即时一杯酒!”

卧薪尝胆

吴既赦越，越王句践反国，乃苦身焦思，置胆于座，坐卧即仰胆，饮食亦尝胆也。曰:“女忘会稽之耻邪?”身自耕作，夫人自织，食不加肉，衣不重采，折节下贤人，厚遇宾客，振贫吊死，与百姓同其劳。欲使范蠡治国政，蠡对曰：“兵甲之事，种不如蠡；填抚国家，亲附百姓，蠡不如种。”于是举国政属大夫种，而使范蠡与大夫柘稽行成，为质于吴。二岁而吴归蠡。

句践自会稽归七年，拊循①其士民，欲用以报吴。大夫逢同谏曰：“国新流亡，今乃复殷给，缮饰备利，吴必惧，惧则难必至。且鸷鸟之击也，必匿其形。今夫吴兵加齐、晋，怨深于楚、越，名高天下，实害周室，德少而功多，必淫自矜。为越计，莫若结齐，亲楚，附晋，以厚吴。吴之志广，必轻战。是我连其权，三国伐之，越承其弊，可克也。”句践曰：“善。”《**史记卷 41 · 世家第 11 · 越王句践**》

【**注释**】①拊 fǔ 循：安抚、抚慰。

【**以古鉴今**】横下一条心，坚持几十年，人间事一般皆可成就。其实最终结果并没那么重要，这毅力和决心，才是我们最需要的！

功成身退

范蠡遂去，自齐遗大夫种书曰：“蜚鸟尽，良弓藏；狡兔死，走狗烹。越王为人长颈鸟喙①，可与共患难，不可与共乐。子何不去？”种见书，称病不朝。人或谗种且作乱，越王乃赐种剑曰：“子教寡人伐吴七术，寡人用其三而败吴，其四在子，子为我从先王试之。”种遂自杀。《**史记卷 41 · 世家第 11 · 越王句践**》

【**注释**】①长颈鸟喙：长颈项、尖嘴巴，指阴险狠毒者的状貌。

【**以古鉴今**】你能辅佐我成就霸业，就有能力推翻我，或干脆取而代之，好不让人担心！更何况身边人比自己高明，也让人浑身不自在。这都是让人除之的理由，还是能躲多远躲多远，别再让他看见最好！

大名之下难以久居

范蠡事越王句践，既苦身戮力，与句践深谋二十余年，竟灭吴，报会稽之耻，北渡兵于淮以临齐、晋，号令中国，以尊周室，句践以霸，而范蠡称上将军。还反国，范蠡以为大名之下，难以久居，且句践为人可与同患，难与处安，为书辞句践曰："臣闻主忧臣劳，主辱臣死。昔者君王辱于会稽，所以不死，为此事也。今既以雪耻，臣请从会稽之诛。"句践曰："孤将与子分国而有之。不然，将加诛于子。"范蠡曰："君行令，臣行意。"乃装其轻宝珠玉，自与其私徒属乘舟浮海以行，终不反。于是句践表会稽山以为范蠡奉邑。

范蠡浮海出齐，变姓名，自谓鸱夷子皮①，耕于海畔，苦身戮力，父子治产。居无几何，致产数十万。齐人闻其贤，以为相。范蠡喟②然叹曰："居家则致千金，居官则至卿相，此布衣之极也。久受尊名，不祥。"乃归相印，尽散其财，以分与知友乡党，而怀其重宝，间行以去，止于陶，以为此天下之中，交易有无之路通，为生可以致富矣。于是自谓陶朱公。复约要父子耕畜，废居，候时转物，逐什一之利。居无何，则致赀累巨万。天下称陶朱公。《**史记卷 41 · 世家第 11 · 越王句践**》

【注释】①鸱夷子皮：春秋末期范蠡经商时取的名字。鸱夷子皮，指古代用牛皮做的酒器，"酒囊皮子"的意思。蠡本南阳人，字少伯，在越为范蠡，在齐为鸱夷子皮，在陶为朱公。②喟：叹声，叹息。

【以古鉴今】知进而不知退，久乘富贵，祸积为祟。故范蠡之去越，辞不受官位，名传后世，万岁不忘，岂可及哉。乃后事之师也！

环境决定命运

朱公居陶，生少子。少子及壮，而朱公中男杀人，囚于楚。朱公曰："杀人而死，职也。然吾闻千金之子不死于市[①]。”告其少子往视之。乃装黄金千溢，置褐器中，载以一牛车。且遣其少子，朱公长男固请欲行，朱公不听。长男曰：“家有长子曰家督，今弟有罪，大人不遣，乃遣少弟，是吾不肖。”欲自杀。其母为言曰：“今遣少子，未必能生中子也，而先空亡长男，奈何？”朱公不得已而遣长子，为一封书遗故所善庄生。曰：“至则进千金于庄生所，听其所为，慎无与争事。”长男既行，亦自私赍[②]数百金。

至楚，庄生家负郭，披藜藋到门，居甚贫。然长男发书进千金，如其父言。庄生曰：“可疾去矣，慎毋留！即弟出，勿问所以然。”长男既去，不过庄生而私留，以其私赍献遗楚国贵人用事者。

庄生虽居穷阎[③]，然以廉直闻于国，自楚王以下皆师尊之。及朱公进金，非有意受也，欲以成事后复归之以为信耳。故金至，谓其妇曰：“此朱公之金。有如病不宿诫[④]，后复归，勿动。”而朱公长男不知其意，以为殊无短长也。

庄生间时入见楚王，言“某星宿某，此则害于楚”。楚王素信庄生，曰：“今为奈何？”庄生曰：“独以德为，可以除之。”楚王曰：“生休矣，寡人将行之。”王乃使使者封三钱之府。楚贵人惊告朱公长男曰：“王且赦。”曰：“何以也？”曰：“每王且赦，常封三钱之府。昨暮王使使封之。”朱公长男以为赦，弟固当出也，重千金虚弃庄生，无所为也，乃复见庄生。庄生惊曰：“若不去邪？”长男曰：“固未也。初为事弟，弟今议自赦，故辞生去。”庄生知其意欲复得其金，曰：“若自入室取金。”长男即自入室取金持去，独自欢幸。

庄生羞为儿子所卖，乃入见楚王曰：“臣前言某星事，王言欲以修德报之。今臣出，道路皆言陶之富人朱公之子杀人囚楚，其家多持金钱赂王左右，故王非能恤楚国而赦，乃以朱公子故也。”楚王大怒曰：“寡人虽不德耳，奈何以朱公之子故而施惠乎！”令论杀朱公子，明日遂下赦令。朱公长男竟持其弟丧归。

至，其母及邑人尽哀之，唯朱公独笑，曰：“吾固知必杀其弟也！彼非不爱其弟，顾有所不能忍者也。是少与我俱，见苦，为生难，故重弃财。至如少弟者，生而见我富，乘坚驱良[⑤]逐狡兔，岂知财所从来，故轻弃之，非所惜吝。前日吾所为欲遣少子，固为其能弃财故也。而长者不能，故卒以杀其弟，事之理也，无足悲者。吾日夜固以望其丧之来也。”《史记卷41·世家第11·越王句践》

【注释】①千金之子不死于市：市指弃市，就是押到菜市口砍头。这句话不是有钱人能贿赂所以不会被处死的意思，其实是“刑不上大夫”，指的是身份高贵的贵族，即使犯了死罪，也不能等着被拖出去当众杀掉，而应该为了尊严主动自杀，这被认为是一种高尚的道德。②赍：读 jī 时，意思是以物送人；读 qí 时，通“齐”，即脐，中央。③穷阎：指陋巷；穷人住的里巷。④病不宿诫：就是对于疾病病情应第一时间告知，使警惕，不能隔夜以告。⑤乘坚驱良：坚，坚固的车子；良，好马。坐牢固的车，驾肥壮的马。形容生活豪华。

【以古鉴今】逐字逐句玩味消化陶朱公最后这段话，始信“性相近，习相远”是真理。同胞兄弟竟有如此不同，就是因为他们成长环境不一样，才使大哥“重弃财”，小弟则“轻弃之”。欲知其人，视其成长环境可矣。

所谋非人，当死

厉公四年，祭仲专国政。厉公患之，阴使其婿雍纠欲杀祭仲。纠妻，祭仲女也，知之，谓其母曰：“父与夫孰亲？”母曰：“父一而已，人尽夫也。”女乃告祭仲，祭仲反杀雍纠，戮之于市。厉公无奈祭仲何，怒纠曰：“谋及妇人，死固宜哉！”《史记卷42·世家第12·郑》

【以古鉴今】亲不过父子，近不过夫妻。此事厉公所托非人，不该叫女婿杀岳父；雍纠不是干大事的人，人命关天的事岂可谋及妇人；母亲的“人尽可夫”，实在不敢苟同。可女儿到底该怎么做呢？她做得对吗？

不怕鄂鄂怕唯唯

赵简子有臣曰周舍，好直谏。周舍死，简子每听朝，常不说，大夫请罪。简子曰："大夫无罪。吾闻千羊之皮不如一狐之腋。诸大夫朝，徒闻唯唯[1]，不闻周舍之鄂鄂[2]，是以忧也。"《史记卷43·世家第13·赵》

【注释】①唯唯：恭敬的应答声。引申为恭顺谨慎之义。②鄂鄂：直言争辩貌、哓xiāo哓不休貌、花开放貌、挺立貌。

【以古鉴今】当政者听不到不同声音，是件很可怕的事情，是下属真的把你当成孤家寡人了。纵然你有千眼千手，怕也有看不到的地方、干不来的事情。所以不怕有不同意见，就怕总没意见，没意见的潜台词是没人对你负责，晒着你，岂一"忧"字了得。

母爱深远

孝成王元年，秦伐我，拔三城。赵王新立，太后用事，秦急攻之。赵氏求救于齐，齐曰："必以长安君为质，兵乃出。"太后不肯，大臣强谏。太后明谓左右曰："复言长安君为质者，老妇必唾其面。"左师触龙言愿见太后，太后盛气而胥之。入，徐趋而坐，自谢曰："老臣病足，曾不能疾走，不得见久矣。窃自恕，而恐太后体之有所苦也，故愿望见太后。"太后曰："老妇恃辇而行耳。"曰："食得毋衰乎？"曰："恃粥耳。"曰："老臣间者殊不欲食，乃强步，日三四里，少益嗜食，和于身也。"太后曰："老妇不能。"太后不和之色少解。左师公曰："老臣贱息[1]舒祺最少，不肖，而臣衰，窃怜爱之，愿得补黑衣[2]之缺以卫王宫，昧死以闻。"太后曰："敬诺[3]。年几何矣？"对曰："十五岁矣。虽少，愿及未填沟壑而讬之。"太后曰："丈夫亦爱怜少子乎？"对曰："甚于妇人。"太后笑曰："妇人异甚。"对曰："老臣窃以为媪[4]之爱燕后贤于长安君。"太后曰："君过矣，不若长安君之甚。"

左师公曰："父母爱子，则为之计深远。媪之送燕后也，持其踵，为之泣，念其远也，亦哀之矣。已行，非不思也，祭祀则祝之曰'必勿使反'，岂非计长久，为子孙相继为王也哉？"太后曰："然。"左师公曰："今三世以前，至于赵主之子孙为侯者，其继有在者乎？"曰："无有。"曰："微独赵，诸侯有在者乎？"曰："老妇不闻也。"曰："此其近者祸及其身，远者及其子孙。岂人主之子侯则不善哉？位尊而无功，奉厚而无劳，而挟重器多也。今媪尊长安君之位，而封之以膏腴之地，多与之重器，而不及今令有功于国，一旦山陵崩[5]，长安君何以自托于赵？老臣以媪为长安君之计短也，故以为爱之不若燕后。"太后曰："诺，恣君之所使之。"于是为长安君约车百乘，质于齐，齐兵乃出。

子义[6]闻之，曰："人主之子，骨肉之亲也，犹不能持无功之尊，无劳之奉，而守金玉之重也，而况于予乎？"《**史记卷 43 · 世家第 13 · 赵**》

【**注释**】①贱息：古人对自己子女的谦称，与犬子相同。②黑衣：指卫士，王宫卫士穿黑衣，所以用"黑农"代指卫士。③敬诺：恭谨应答之词。④媪：古代对妇女的通称。⑤山陵崩：诸侯帝王死亡的委婉语。⑥子义：赵之贤人。

【**以古鉴今**】给老年人，特别是有身份、有地位且带着火气的老年人提建议，一定要文火慢热，别直奔主题，等气消了，还是通情达理的居多。父母之爱子女，则为之计深远，若老母鸡般的揽在羽翼下，却望其成龙成凤其可得乎？放他们到外面去，经历坎坷，忍受磨难，人生的路是要自己去走的，别人都只能是看客，是替代不了的。

观念相左

二十四年，与魏王会田于郊。魏王问曰："王亦有宝乎？"威王曰："无有。"梁王曰："若寡人国小也，尚有径寸之珠照车前后各十二乘[1]者十枚，奈何以万乘之国而无宝乎？"威王曰："寡人之所以为宝与王异。吾臣有檀子者，使守南城，则楚人不敢为寇东取，泗上十二诸侯皆来朝。吾臣有肦②子者，使守高唐，则赵人不敢东渔于河。吾吏有黔夫者，使守徐州，则燕人祭北门，赵人祭西门，徙而从者七千余家。吾臣有种首者，使备盗贼，则道不拾遗。将以照千里，岂特十二乘哉！”梁惠王惭，不怿③而去。《史记卷46·世家第16·田敬仲完》

【注释】①乘 shèng：古代称四匹马拉的车，一辆为一乘。②肦 bān：颁赐。③不怿：不悦，不欢愉。

【以古鉴今】心之所向就是人的胸襟气度。以“径寸之珠”为宝，是只见妻儿，思不外富贵；以能臣武将为宝，想的是国家百姓、江山社稷。三观不同，无共同语言，这样的“会”一定是不欢而散了。

君子讳伤其类

孔丘生鲁昌平乡陬邑。（中略）孔子既不得用于卫，将西见赵简子。至于河而闻窦鸣犊、舜华之死也，临河而叹曰：“美哉水，洋洋乎！丘之不济此，命也夫！”子贡趋而进曰：“敢问何谓也？”孔子曰：“窦鸣犊、舜华，晋国之贤大夫也。赵简子未得志之时，须此两人而后从政；及其已得志，杀之乃从政。丘闻之也，刳胎杀夭则麒麟不至郊，竭泽涸渔则蛟龙不合阴阳，覆巢毁卵则凤皇不翔。何则？君子讳伤其类也。夫鸟兽之于不义也尚知辟之，而况乎丘哉！”乃还息乎陬乡，作为陬操以哀之。而反乎卫，入主蘧伯玉家。《史记卷47·世家第17·孔子世家》

【以古鉴今】一只麻雀在罗网里，其他麻雀就不会再来吃米。麻雀都知道同伴遇害，应引以为戒，何况是人呢！

如此“母以子贵”

上居甘泉宫，召画工图画周公负成王[①]也。于是左右群臣知武帝意欲立少子也。后数日，帝谴责钩弋夫人。夫人脱簪珥叩头。帝曰：“引持去，送掖庭狱！”夫人还顾，帝曰：“趣行，女不得活！”夫人死云阳宫。时暴风扬尘，百姓感伤。使者夜持棺往葬之，封识[②]其处。

其后帝闲居，问左右曰：“人言云何？”左右对曰：“人言且立其子，何去其母乎？”帝曰：“然。是非儿曹愚人所知也。往古国家所以乱也，由主少母壮也。女主独居骄蹇，淫乱自恣，莫能禁也。女不闻吕后邪？”故诸为武帝生子者，无男女，其母无不谴死，岂可谓非贤圣哉！昭然远见，为后世计虑，固非浅闻愚儒之所及也。谥为“武”，岂虚哉！**《史记卷49·世家第19·外戚》**

【注释】①周公负成王：周武王死后，子成王立，年少，由武王弟周公旦辅政。②封识：封好的标记。

【以古鉴今】处在权力核心竟如此凶险，看后真是毛骨悚然，所幸自己一生平庸，所以也就平安一生。人不管在哪个年龄段，都不要削尖了脑袋往权力中心钻，进去了又怎样？干些伤天害理的事，拿些造孽作损的钱，栽下荆棘树，必挂子孙衣。

果报不远

高祖兄弟四人，长兄伯，伯蚤卒。始高祖微时，尝辟事，时时与宾客过巨嫂食。嫂厌叔，叔与客来，嫂详为羹尽，栎釜[①]，宾客以故去。已而视釜中尚有羹，高祖由此怨其嫂。及高祖为帝，封昆弟，而伯子独不得封。太上皇以为言，高祖曰：“某非忘封之也，为其母不长者耳。”于是乃封其子信为羹颉侯。而王次兄仲于代。**《史记卷50·世家第20·楚元王》**

【注释】①栎釜：以杓刮釜使其出声，以示羹尽。

【以古鉴今】信何辜遭此羞辱？答案是母亲的恶行果报在儿子身上了。年轻的妈妈们，为了你的心肝宝贝，请善待弱小，厌叔而羹尽的悲剧，不要在你那里重演了！

听话听音

朱虚侯年二十，有气力，忿刘氏不得职。尝入侍高后燕饮，高后令朱虚侯刘章为酒吏。章自请曰："臣，将种也，请得以军法行酒。"高后曰："可。"酒酣，章进饮歌舞。已而曰："请为太后言耕田歌。"高后儿子畜之，笑曰："顾而父知田耳。若生而为王子，安知田乎？"章曰："臣知之。"太后曰："试为我言田。"章曰："深耕穊①种，立苗欲疏，非其种者，锄而去之。"吕后默然。顷之，诸吕有一人醉，亡酒②，章追，拔剑斩之，而还报曰："有亡酒一人，臣谨行法斩之。"太后左右皆大惊。业已许其军法，无以罪也。因罢。自是之后，诸吕惮朱虚侯，虽大臣皆依朱虚侯，刘氏为益强。《**史记卷52·世家第22·齐悼惠王**》

【注释】①穊jì：稠密。②亡酒：逃席以避酒。

【以古鉴今】文艺从它产生的那天起就是为政治服务的，古往今来的文字狱，就如我们身边的三七疙瘩话，听着窝心，发作又没啥，是气死人不偿命的。自己不做这样的人并且还要远离这种人，因为这种人的心里是晦暗的，他周身都被阴气笼罩着，久而久之你也会被阴气袭扰，变得阴阳怪气、怨天尤人起来。

政治远见

萧相国何者，沛丰人也。（中略）及高祖起为沛公，何常为丞督事。沛公至咸阳，诸将皆争走金帛财物之府分之，何独先入收秦丞相御史律令图书藏之。沛公为汉王，以何为丞相。项王与诸侯屠烧咸阳而去。汉王所以具知天下厄塞，户口多少，强弱之处，民所疾苦者，以何具得秦图书也。《史记卷 53 · 世家第 23 · 萧相国》

【以古鉴今】诸将争走金帛财物，唯独萧何收取秦之法律条文、地理图册、户籍档案等文献资料，并将它们珍藏起来。刘邦由此详尽地掌握了全国的地理、户籍等方面的情况，为统一天下创造了条件。对未来的前瞻性，即政治家的远见。

主子放心，你才安全

汉三年，汉王与项羽相距京索①之间，上数使使劳苦丞相。鲍生谓丞相曰："王暴衣露盖②，数使使劳苦君者，有疑君心也。为君计，莫若遣君子孙昆弟能胜兵者悉诣军所，上必益信君。"于是何从其计，汉王大说。《史记卷 53 · 世家第 23 · 萧相国》

【注释】①京索：秦汉时期地域名。②暴 pù 衣露盖：日晒衣裳，露湿车盖，形容奔波劳碌。

【以古鉴今】君臣永远也无法不存芥蒂，因为他们之间有利害关系。记住，下级在上级面前永远不要太强势，即便客观上你真的强，那你也要在主观上韬晦，千万别让你的上级感到你是他最大的威胁，否则倒霉的是你，因为今天的你还没有做老大的实力。

功狗功人

汉五年，既杀项羽，定天下，论功行封。群臣争功，岁余功不决。高祖以萧何功最盛，封为酂侯，所食邑多。功臣皆曰："臣等身被坚执锐①，多者百余战，少者数十合，攻城略地，大小各有差②。今萧何未尝有汗马之劳，徒持文墨议论，不战，顾反居臣等上，何也？"高帝曰："诸君知猎乎？"曰："知之。""知猎狗乎？"曰："知之。"高帝曰："夫猎，追杀兽兔者狗也，而发踪指示③兽处者人也。今诸君徒能得走兽耳，功狗也。至如萧何，发踪指示，功人也。且诸君独以身随我，多者两三人。今萧何举宗数十人皆随我，功不可忘也。"群臣皆莫敢言。《史记卷53·世家第23·萧相国》

【注释】①被pī坚执锐：穿着坚固的盔甲，拿着锐利的武器，谓上阵战斗或做好战斗准备。②有差chà：不一，有区别。③发踪指示：发现野兽的踪迹，指示猎狗跟踪追捕。比喻在幕后操纵指挥。

【以古鉴今】成大功者不是自己有多能干，而是善驾驭能干者。所有能干者的成功，都从不同方面为你的金字塔在添砖加瓦，最后把你推上塔顶，成为最大的赢家。

表象剥去是真容

汉十一年，(中略)上已闻淮阴侯诛，使使拜丞相何为相国，益封五千户，令卒五百人一都尉为相国卫。诸君皆贺，召平独吊。召平者，故秦东陵侯。秦破，为布衣，贫，种瓜于长安城东，瓜美，故世俗谓之"东陵瓜"，从召平以为名也。召平谓相国曰："祸自此始矣。上暴露于外而君守于中，非被矢石之事而益君封置卫者，以今者淮阴侯新反于中，疑君心矣。夫置卫卫君，非以宠君也。愿君让封勿受，悉以家私财佐军，则上心说。"相国从其计，高帝乃大喜。《史记卷53·世家第23·萧相国》

【以古鉴今】一事之来，于轰轰烈烈的表象中独具慧眼，发现暗流且及时补救。萧何有如此智囊团的辅佐，一代名相非他莫属！由此可见自己周围是些什么人很重要。

自污去疑

汉十二年秋，黥布[①]反，上自将击之，数使使问相国何为。相国为上在军，乃拊循[②]勉力百姓，悉以所有佐军，如陈豨[③]时。客有说相国曰："君灭族不久矣。夫君位为相国，功第一，可复加哉？然君初入关中，得百姓心，十余年矣，皆附君，常复孳孳[④]得民和。上所为数问君者，畏君倾动关中。今君胡不多买田地，贱贳[⑤]贷以自污？上心乃安。"于是相国从其计，上乃大说。《**史记卷53·世家第23·萧相国**》

【注释】①黥qíng布：原名英布（？—前196），汉族，六县（今安徽六安）人，因受秦律被黥，故又称黥布。黥，古代的一种肉刑墨刑的异称。②拊循：慰抚。③豨xī：猪，特指大野猪。④孳zī孳：勤勉的，孜孜。⑤贳shì：租借，赊欠。

【以古鉴今】萧何，功第一，位高无以复加。可是皇帝不放心了，还得自污去疑，以示无政治野心，只想发财而已。一个人整天为了保住脑袋而挖空心思，能幸福？鬼都不信。可人都无一例外地想当官。表面看着光鲜，内心却有不得为外人道的苦衷！

官场的潜规则

上罢布军归，民道遮行上书，言相国贱强买民田宅数千万。上至，相国谒。上笑曰："夫相国乃利民[①]！"民所上书皆以与相国，曰："君自谢民[②]。"相国因为民请曰："长安地狭，上林中多空地，弃，愿令民得入田，毋收稿[3]为禽兽食。”上大怒曰：“相国多受贾人财物，乃为请吾苑！”乃下相国廷尉，械系之。数日，王卫尉侍，前问曰：“相国何大罪，陛下系之暴也？”上曰：“吾闻李斯相秦皇帝，有善归主，有恶自与。今相国多受贾竖金而为民请吾苑，以自媚于民，故系治之。”王卫尉曰：“夫职事苟有便于民而请之，真宰相事，陛下奈何乃疑相国受贾人钱乎！且陛下距楚数岁，陈豨、黥布反，陛下自将而往，当是时，相国守关中，摇足则关以西非陛下有也。相国不以此时为利，今乃利贾人之金乎？且秦以不闻其过亡天下，李斯之分过，又何足法哉。陛下何疑宰相之浅也。”高帝不怿。是日，使使持节赦出相国。相国年老，素恭谨，入，徒跣[4]谢。高帝曰：“相国休矣！相国为民请苑，吾不许，我不过为桀纣主，而相国为贤相。吾故系相国，欲令百姓闻吾过也。”《史记卷 53 · 世家第 23 · 萧相国》

【注释】①乃利民：谓相国取人田宅以为自己，故曰“乃利人”。②君自谢民：你自己去向百姓谢罪吧。③稿：禾秆，一般指喂养牲畜的草饲料。④徒跣 xiǎn：赤足步行。

【以古鉴今】贪污腐败到民怨鼎沸，皇帝却不介意，还笑着要“赃官”自己去向百姓谢罪，无事般的平静；为民请命是利国利民的大好事，而皇帝却“大怒”要让其下廷尉获大罪，只因相国动了皇帝的上林苑。原来这里的潜规则是：对统治者构不成威胁的，皆可忽略不计；反之就是碰碰皇家牲畜的草料场，也是罪在不赦。

治道贵清静

平阳侯曹参者，沛人也。秦时为沛狱掾，而萧何为主吏，居县为豪吏矣。

（中略）

孝惠帝元年，除诸侯相国法，更以参为齐丞相。参之相齐，齐七十城。

天下初定，悼惠王富于春秋，参尽召长老诸生，问所以安集百姓，如齐故诸儒以百数，言人人殊，参未知所定。闻胶西有盖公[①]，善治黄老言，使人厚币请之。既见盖公，盖公为言治道贵清静而民自定，推此类具言之。参于是避正堂，舍盖公焉。其治要用黄老术[②]，故相齐九年，齐国安集，大称贤相。《**史记卷 54 · 世家第 24 · 曹相国**》

【注释】①盖公：男，生卒年不详，今安丘人。西汉著名学者。②黄老术：认为君主应“无为而治”“省苛事，薄赋敛，毋夺民时”“公正无私”“恭俭朴素”“贵柔守雌”，通过“无为”而达“有为”。

【以古鉴今】曹参知道“天下事未有不败于专而成于共者也”，“治世不得真贤，犹治疾不得真药也”。做了丞相也不敢有自己是长官就高明的想法，而是花重金、让正堂于高人，终得“治道贵清静而民自定”的“黄老之术”，为相九年齐国安定。

公者千古

惠帝二年，萧何卒。参闻之，告舍人趣治行[①]，“吾将入相”。居无何，使者果召参。《**史记卷 54 · 世家第 24 · 曹相国**》

【注释】①治行：整治行装。

【以古鉴今】与萧微时相善，显赫有隙。但彼此都是君子，不会因私废公，一旦萧何去位，为国家计，一定会推荐自己出任相国一职，果被言中。史家记录此事，意在颂扬“公者千古”！

法密不行

参去，属其后相曰："以齐狱市①为寄，慎勿扰也。"后相曰："治无大于此者乎？"参曰："不然。夫狱市者，所以并容也，今君扰之，奸人安所容也？吾是以先之。"《史记卷 54·世家第 24·曹相国》

【注释】①狱市：狱也，市也，二事也。狱如教唆词讼，资给盗贼。市如用私斗秤欺谩变易之类。皆奸人图利之所，若穷治则事必枝蔓，此等无所容，必乱也，非省事之术也。

【以古鉴今】接前相嘱后相，真是为国家操碎了心。毫无保留地将自己治理的经验倾囊授出——国之有民，犹水之有舟，停则以安，扰则以危。上帝没创造好人和坏人，他只创造了人，法密不行，给出路。总之就是体民情，遂民欲，方可国泰民安。

拒人妙法

参始微时，与萧何善；及为将相，有郤①。至何且死，所推贤唯参。参代何为汉相国，举事无所变更，一遵萧何约束。

择郡国吏木诎于文辞，重厚长者，即召除为丞相史。吏之言文刻深，欲务声名者，辄斥去之。日夜饮醇酒。卿大夫已下吏及宾客见参不事事②，来者皆欲有言。至者，参辄饮以醇酒，间之，欲有所言，复饮之，醉而后去，终莫得开说，以为常。《史记卷 54·世家第 24·曹相国》

【注释】①郤：读 què 时，意思是却；读 xì 时，通"隙"，引申为嫌隙。②不事事：不事丞相之事。

【以古鉴今】日常我们经常会遇到为难的事，其中"拒绝"情况就是之一。因为来者无不以为自己所言，是能被理解或支持的，否则也不会张嘴了，因而"拒绝"就变成一件很为难的事了。相国为我们做出了榜样，因为不好说，索性就不说，用酒挡驾，取“顾左右而言他”之法，让人“终莫得开说，醉而后去”。

掩人小过

相舍后园近吏舍，吏舍日饮歌呼。从吏恶之，无如之何，乃请参游园中，闻吏醉歌呼，从吏幸相国召按之。乃反取酒张坐饮，亦歌呼与相应和。

参见人之有细过，专掩匿覆盖之，府中无事。《**史记卷54·世家第24·曹相国**》

【以古鉴今】这与人的胸怀气度有关，下属完成公务后，业余时间如何消遣还是不干涉为好。这样员工自由，你也自在，只要不出大格就行。宰相不按细务即此谓也！

萧规曹随

参子窋[①]为中大夫。惠帝怪相国不治事，以为“岂少朕与”？乃谓窋曰：“若归，试私从容问而父曰：‘高帝新弃群臣，帝富于春秋，君为相，日饮，无所请事，何以忧天下乎？然无言吾告若也。”窋既洗沐归，间侍，自从其所谏参。参怒，而笞窋二百，曰：“趣入侍，天下事非若所当言也。”至朝时，惠帝让[②]参曰：“与窋胡治乎？乃者我使谏君也。”参免冠谢曰：“陛下自察圣武孰与高帝？”上曰：“朕乃安敢望先帝乎！”曰：“陛下观臣能孰与萧何贤？”上曰：“君似不及也。”参曰：“陛下言之是也。且高帝与萧何定天下，法令既明，今陛下垂拱[③]，参等守职，遵而勿失，不亦可乎？”惠帝曰：“善。君休矣！”《**史记卷54·世家第24·曹相国**》

【注释】①窋：读 kū 时，古同“窟”，洞穴；读 zhú 时，动物在穴中欲出的样子。②让：责备，谴责。③垂拱：垂衣拱手，古时多指统治者以无所作为、顺其自然的方式治理天下，垂拱而治。

【以古鉴今】曹参为相国接的是萧何的班，此时，政策法令都已完备，且百姓离亡秦之酷不远，狱市勿扰，清静不事，百姓休养生息是当时的头等大事。萧规曹随有什么不好？只要百姓有好日子过，其功又何必在我呢？不搞政绩工程，天下俱称其美！

张良进履

留侯张良者，其先韩人也。（中略）良尝闲从容步游下邳圯[①]上，有一老父，衣褐，至良所，直堕其履圯下，顾谓良曰：“孺子，下取履！”良鄂然，欲殴之。为其老，强忍，下取履。父曰：“履我！”良业为取履，因长跪履之。父以足受，笑而去。良殊大惊，随目之。父去里所，复还，曰：“孺子可教矣。后五日平明，与我会此。”良因怪之，跪曰：“诺。”五日平明，良往。父已先在，怒曰：“与老人期，后，何也？”去，曰：“后五日早会。”五日鸡鸣，良往。父又先在，复怒曰：“后，何也？”去，曰：“后五日复早来。”五日，良夜未半往。有顷，父亦来，喜曰：“当如是。”出一编书，曰：“读此则为王者师矣。后十年兴。十三年孺子见我济北，谷城山下黄石即我矣。”遂去，无他言，不复见。旦日视其书，乃太公兵法也。良因异之，常习诵读之。《史记卷 55 · 世家第 25 · 留侯》

【注释】①圯 yí：桥。

【以古鉴今】取履已是在忍其无故使人，更有甚者还得为其穿上，接下来又是一次次“复来”，也都忍了。终得认可，传以兵法奇书，成就了运筹帷幄、决胜千里的一代人杰。

知错能改，善莫大焉

沛公入秦宫，宫室帷帐狗马重宝妇女以千数，意欲留居之。樊哙谏沛公出舍，沛公不听，良曰："夫秦为无道，故沛公得至此。夫为天下除残贼，宜缟素为资。今始入秦，即安其乐，此所谓'助桀为虐'。且'忠言逆耳利于行，毒药苦口利于病'，愿沛公听樊哙言。"沛公乃还军霸上。**《史记卷55·世家第25·留侯》**

【以古鉴今】 贪欲之心人人都有，但能在贪欲心起时听得进忠言，并立即改正，实是善莫大焉。我以为人的差异就在自我控制力，不然学问、能耐都做了欲望的俘虏，终将无成。

不居功

汉六年正月，封功臣。良未尝有战斗功，高帝曰："运筹策帷帐中，决胜千里外，子房功也。自择齐三万户。"良曰："始臣起下邳，与上会留，此天以臣授陛下。陛下用臣计，幸而时中，臣愿封留足矣，不敢当三万户。"乃封张良为留侯，与萧何等俱封。**《史记卷55·世家第25·留侯》**

【以古鉴今】 你不居功，众人更愿意看你的长处而尊重你；你总好强出头，别人反倒要寻你的不是，甚至放大你的短处诋毁之。人性是你谦虚谨慎，众人帮你骄傲；你自命不凡，他们就要拉你下来与他们一齐，因为没人愿意让你高出他们许多！

智慧无价

上已封大功臣二十余人，其余日夜争功不决，未得行封。上在洛阳南宫，从复道望见诸将往往相与坐沙中语。上曰："此何语？"留侯曰："陛下不知乎？此谋反耳。"上曰："天下属安定，何故反乎？"留侯曰："陛下起布衣，以此属取天下，今陛下为天子，而所封皆萧、曹故人所亲爱，而所诛者皆生平所仇怨。今军吏计功，以天下不足遍封，此属畏陛下不能尽封，恐又见疑平生过失及诛，故即相聚谋反耳。"上乃忧曰："为之奈何？"留侯曰："上平生所憎，群臣所共知，谁最甚者？"上曰："雍齿与我故，数尝窘辱我。我欲杀之，为其功多，故不忍。"留侯曰："今急先封雍齿以示群臣，群臣见雍齿封，则人人自坚矣。"于是上乃置酒，封雍齿为什方侯，而急趣丞相、御史定功行封。群臣罢酒，皆喜曰："雍齿尚为侯，我属无患矣。"**《史记卷55·世家第25·留侯》**

【以古鉴今】张良的一番话把问题扼杀在萌芽里，真的闹起来再分封怕为时已晚，因造反得来的官，谁还敢做啊？就只好不成功便成仁了。留侯的话能不能抵得上百万雄师？"雍齿尚为侯，我属无患矣"，告诉人们有矛盾别捂着，大白于天下，强势的一方反而不敢对弱势者怎么样，因为他怕被人说挟私报复，反倒是变相帮了弱者。

不知其人视其友

上欲废太子，立戚夫人子赵王如意。大臣多谏争，未能得坚决者也。吕后恐，不知所为。人或谓吕后曰："留侯善画计策，上信用之。"吕后乃使建成侯吕泽劫留侯，曰："君常为上谋臣，今上欲易太子，君安得高枕而卧乎？"留侯曰："始上数在困急之中，幸用臣策。今天下安定，以爱欲易太子，骨肉之间，虽臣等百余人何益。"吕泽强要曰："为我画计。"留侯曰："此难以口舌争也。顾上有不能致者，天下有四人。四人者年老矣，皆以为上慢侮人，故逃匿山中，义不为汉臣。然上高此四人。今公诚能无爱金玉璧帛，令太子为书，卑辞安车，因使辩士固请，宜来。来，以为客，时时从入朝，令上见之，则必异而问之。问之，上知此四人贤，则一助也。”于是吕后令吕泽使人奉太子书，卑辞厚礼，迎此四人。四人至，客建成侯所。

（中略）

汉十二年，上从击破布军归，疾益甚，愈欲易太子。留侯谏，不听，因疾不视事。叔孙太傅称说引古今，以死争太子。上详许①之，犹欲易之。及燕，置酒，太子侍。四人从太子，年皆八十有余，须眉皓白，衣冠甚伟。上怪之，问曰："彼何为者？”四人前对，各言名姓，曰东园公，角里先生，绮里季，夏黄公。上乃大惊，曰："吾求公数岁，公辟逃我，今公何自从吾儿游乎？”四人皆曰："陛下轻士善骂，臣等义不受辱，故恐而亡匿。窃闻太子为人仁孝，恭敬爱士，天下莫不延颈欲为太子死者，故臣等来耳。”上曰："烦公幸卒调护太子。”

四人为寿②已毕，趋去。上目送之，召戚夫人指示四人者曰："我欲易之，彼四人辅之，羽翼已成，难动矣。吕后真而主矣。”戚夫人泣，上曰："为我楚舞，吾为若楚歌。”歌曰："鸿鹄高飞，一举千里。羽翮已就，横绝四海。横绝四海，当可奈何！虽有矰缴③，尚安所施！”歌数阕，戚夫人嘘唏流涕，上起去，罢酒。竟不易太子者，留侯本招此四人之力也。《**史记卷55·世家第25·留侯**》

【**注释**】①详许：假装允许。②为寿：向尊长敬酒或馈赠财物，以祈祝健康长寿。③矰缴 zēng zhuó：猎取飞鸟的射具，引申为迫害人的手段。

【**以古鉴今**】物以类聚，人以群分，要想知道你孩子的好坏，只需看他和什么人交往。所以提醒年轻的父母们，少习若性，习惯若自然也，不要等孩子已交了坏朋友，才去干涉费劲拆开，而是要为孩子交友做出指导，讲清益友、损友的利弊。读书长知识，玩伴能影响他做人，万不可等闲视之。

兄弟夫妻

陈丞相平者，阳武户牖乡人也。少时家贫，好读书，有田三十亩，独与兄伯居。伯常耕田，纵平使游学。平为人长美色。人或谓陈平曰："贫何食而肥若是？"其嫂嫉平之不视家生产，曰："亦食糠核[①]耳。有叔如此，不如无有。"伯闻之，逐其妇而弃之。《史记卷56·世家第26·陈丞相》

【注释】①糠核：粗劣的食物。核，麦糠中不破者也。

【以古鉴今】手足情重于夫妻情。人尽可夫，人尽可妻，而兄弟则不可再得，这是古人的认识。今人则不这样认为了，因为"父别居"已是常态，更不会为了兄弟而抛弃妻子的。

嫁的是人不是钱

及平长，可娶妻，富人莫肯与者，贫者平亦耻之。久之，户牖富人有张负[①]，张负女孙五嫁而夫辄死，人莫敢娶。平欲得之。邑中有丧，平贫，侍丧，以先往后罢为助。张负既见之丧所，独视伟平，平亦以故后去。负随平至其家，家乃负郭穷巷，以獘[②]席为门，然门外多有长者车辙[③]。张负归，谓其子仲曰："吾欲以女孙[④]予陈平。"张仲曰："平贫不事事，一县中尽笑其所为，独奈何予女乎？"负曰："人固有好美如陈平而长贫贱者乎？"卒与女。为平贫，乃假贷币以聘，予酒肉之资以内妇。负诫其孙曰："毋以贫故，事人不谨。事兄伯如事父，事嫂如母。"平既娶张氏女，赍用益饶，游道日广。《史记卷56·世家第26·陈丞相》

【注释】①负：通"妇"。②獘：毙的异体字。③长者车辙：指前来寻访或相送的长者车马，多言其人受到长者的器重，有对其才德称美之意。④女孙：孙女。

【以古鉴今】张老太太好眼力！告诫那些嫌贫爱富者们，贫不生根，富不耐久，嫁的是人，只要人好，尽可大胆地嫁。须知好人的穷，穷不长，小人的富，富不久。

盗嫂受金

绛侯、灌婴等咸谗陈平曰："平虽美丈夫，如冠玉耳，其中未必有也。臣闻平居家时，盗其嫂；事魏不容，亡归楚；归楚不中，又亡归汉。今日大王尊官之，令护军。臣闻平受诸将金，金多者得善处，金少者得恶处。平，反覆乱臣也，愿王察之。"汉王疑之，召让魏无知。无知曰："臣所言者，能也；陛下所问者，行也。今有尾生①、孝己②之行而无益处于胜负之数，陛下何暇用之乎？楚汉相距，臣进奇谋之士，顾其计诚足以利国家不耳。且盗嫂受金又何足疑乎？"汉王召让平曰："先生事魏不中，遂事楚而去，今又从吾游，信者固多心乎？"平曰："臣事魏王，魏王不能用臣说，故去事项王。项王不能信人，其所任爱，非诸项即妻之昆弟，虽有奇士不能用，平乃去楚。闻汉王之能用人，故归大王。臣裸身来，不受金无以为资。诚臣计画有可采者，（顾）〔愿〕大王用之；使无可用者，金具在，请封输官，得请骸骨。"汉王乃谢，厚赐，拜为护军中尉，尽护诸将。诸将乃不敢复言。**《史记卷56·世家第26·陈丞相》**

【注释】①尾生：春秋时期有一位叫尾生的男子与女子约定在桥梁相会，久候女子不到，水涨不走，乃抱桥柱而死。后用尾生抱柱一词比喻坚守信约。②孝己：传说为殷高宗武丁之子，以孝行著，因遭后母谗言，被放逐而死。后用作孝子的典范。

【以古鉴今】请你不要贸然评价我，你只知道我的名字，却不知道我的故事。你只是听闻我做了什么，却不知道我经历了什么。至于我是否可用，你所要求的，我能满足，这就足够了。

疑事无功

汉王谓陈平曰:“天下纷纷,何时定乎?”陈平曰:“项王为人,恭敬爱人,士之廉节好礼者多归之。至于行功爵邑,重之,士亦以此不附。今大王慢而少礼,士廉节者不来;然大王能饶人以爵邑,士之顽钝嗜利无耻者亦多归汉。诚各去其两短,袭其两长,天下指麾则定矣。然大王恣侮人,不能得廉节之士。顾楚有可乱者,彼项王骨鲠之臣亚父、钟离昧、龙且、周殷之属,不过数人耳。大王诚能出捐数万斤金,行反间,间其君臣,以疑其心,项王为人意忌信谗,必内相诛。汉因举兵而攻之,破楚必矣。”汉王以为然,乃出黄金四万斤,与陈平,恣所为,不问其出入。

陈平既多以金纵反间于楚军,宣言诸将钟离昧等为项王将,功多矣,然而终不得裂地而王,欲与汉为一,以灭项氏而分王其地。项羽果意不信钟离昧等。项王既疑之,使使至汉。汉王为太牢具,举进。见楚使,即详惊曰:“吾以为亚父使,乃项王使!”复持去,更以恶草具进楚使。楚使归,具以报项王。项王果大疑亚父。亚父欲急攻下荥阳城,项王不信,不肯听。亚父闻项王疑之,乃怒曰:“天下事大定矣,君王自为之!愿请骸骨归!”归未至彭城,疽发背而死。陈平乃夜出女子二千人荥阳城东门,楚因击之,陈平乃与汉王从城西门夜出去。遂入关,收散兵复东。《**史记卷56·世家第26·陈丞相**》

【**以古鉴今**】古今中外反间计屡屡得逞,足见人与人之间的疑心之普遍且根深蒂固。因为人永远是以自心度彼心,我心里有鬼,你焉能没有?疑人者必是自疑者。

急令缓行

高帝从破布军还,病创,徐行至长安。燕王卢绾反,上使樊哙以相国将兵攻之。既行，人有短恶哙者。高帝怒曰：“哙见吾病，乃冀我死也。”用陈平谋而召绛侯周勃受诏床下，曰：“陈平亟驰传载勃代哙将，平至军中即斩哙头！”二人既受诏，驰传未至军，行计之曰：“樊哙，帝之故人也，功多，且又乃吕后弟吕媭[1]之夫，有亲且贵，帝以忿怒故，欲斩之，则恐后悔。宁囚而致上，上自诛之。”未至军，为坛，以节召樊哙。哙受诏，即反接载槛车，传诣长安，而令绛侯勃代将，将兵定燕反县。

平行闻高帝崩，平恐吕太后及吕媭谗怒，乃驰传先去。逢使者诏平与灌婴屯于荥阳。平受诏，立复驰至宫，哭甚哀，因奏事丧前。吕太后哀之，曰：“君劳，出休矣。”平畏谗之就，因固请得宿卫中。太后乃以为郎中令，曰：“傅教孝惠。”是后吕媭谗乃不得行。樊哙至，则赦复爵邑。《**史记卷56·世家第26·陈丞相**》

【**注释**】①媭 xū：姐的代称。

【**以古鉴今**】不是只会执行上级死命令的就是好下级，也要会动脑筋想问题。在不违背原则的前提下，根据具体情况有所变通，把上级的指令用活，效果会更好些。不然，杀了樊哙，焉知吕后不迁怒于人？

以死坚儿志

王陵者，故沛人，始为县豪，高祖微时，兄事陵。陵少文，任气[1]，好直言。及高祖起沛，入至咸阳，陵亦自聚党数千人，居南阳，不肯从沛公。及汉王之还攻项籍，陵乃以兵属汉。项羽取陵母置军中，陵使至，则东乡坐陵母，欲以招陵。陵母既私送使者，泣曰：“为老妾语陵，谨事汉王。汉王，长者也，无以老妾故，持二心。妾以死送使者。”遂伏剑而死。项王怒，烹陵母。陵卒从汉王定天下。《**史记卷56·世家第26·陈丞相**》

【注释】①任气：意气用事。

【以古鉴今】为坚儿志，伏剑而死，舍生取义者也。她不只给儿子以生命，更为了让他走正人生路，而不惜牺牲自己，真是女人柔弱，为母则刚。“母亲”何其伟大！

政治避难

吕媭常以前陈平为高帝谋执樊哙，数谗曰：“陈平为相非治事，日饮醇酒，戏妇女。”陈平闻，日益甚。吕太后闻之，私独喜。面质吕媭于陈平曰：“鄙语曰‘儿妇人口不可用’，顾君与我何如耳。无畏吕媭之谗也。”

吕太后立诸吕为王，陈平伪听之。及吕太后崩，平与太尉勃合谋，卒诛诸吕，立孝文皇帝，陈平本谋也。《史记卷56·世家第26·陈丞相》

【以古鉴今】不出所料，吕媭果因樊哙事数谗陈平。不死尚如此，如当日杀了樊哙，怕陈平早就死于非命了。吕后谋了刘氏天下，做贼心虚，怕手下不利于她，见陈平终日沉湎于酒色，便窃喜不迭。你的不完美正是敌人所乐见的。

才不配位则去

孝文帝立，以为太尉勃亲以兵诛吕氏，功多；陈平欲让勃尊位，乃谢病。孝文帝初立，怪平病，问之。平曰：“高祖时，勃功不如臣平。及诛诸吕，臣功亦不如勃。愿以右丞相让勃。”于是孝文帝乃以绛侯勃为右丞相，位次第一；平徙为左丞相，位次第二。赐平金千斤，益封三千户。

居顷之，孝文皇帝既益明习国家事，朝而问右丞相勃曰：“天下一岁决狱几何？”勃谢曰：“不知。”问：“天下一岁钱谷出入几何？”勃又谢不知，汗出沾背，愧不能对。于是上亦问左丞相平。平曰：“有主者。”上曰：“主者谓谁？”平曰：“陛下即问决狱，责廷尉；问钱谷，责治粟内史。”上曰：“苟各有主者，而君所主者何事也？”平谢曰：“主臣！陛下不知其驽下[1]，使待罪[2]宰相。宰相者，上佐天子理阴阳，顺四时，下育万物之宜，外镇抚四夷诸侯，内亲附百姓，使卿大夫各得任其职焉。”孝文帝乃称善。右丞相大惭，出而让陈平曰：“君独不素教我对！”陈平笑曰：“君居其位，不知其任邪？且陛下即问长安中盗贼数，君欲强对邪？”于是绛侯自知其能不如平远矣。居顷之，绛侯谢病请免相，陈平专为一丞相。《**史记卷 56 · 世家第 26 · 陈丞相**》

【**注释**】①驽下：资质驽钝，才能低下。②待罪：旧时官吏常怕因失职而获罪，便以待罪为自己供职的谦辞。等待惩处。

【**以古鉴今**】周勃好样的，知道自己能力不如陈平，就谢病免相让出位子，这是常人难以做到的。才不配位就自觉让贤，是谓政治廉洁。

多谋多损

始陈平曰：“我多阴谋，是道家[1]之所禁。吾世即废，亦已矣，终不能复起，以吾多阴祸也。”然其后曾孙陈掌以卫氏亲贵戚，愿得续封陈氏，然终不得。《**史记卷 56 · 世家第 26 · 陈丞相**》

【**注释**】①道家：古代一种思想流派，最早可追溯到春秋战国时期，道家用“道”来探究自然、社会、人生之间的关系。道家提倡道法自然，无为而治，与自然和谐相处。

【以古鉴今】既然从政，为国家民族计，只能以获胜为前提，至于是阴谋还是阳谋已无暇顾及。只是私事多些光明，少用心计，也就无须惴惴了。

宰相不知狱吏之贵

绛侯周勃者，沛人也。（中略）乃免相就国。（中略）岁余，每河东守尉行县至绛，绛侯勃自畏恐诛，常被甲，令家人持兵以见。其后人有上书告勃欲反，下廷尉，逮捕勃治之。勃恐，不知置辞。吏稍侵辱之。勃以千金与狱吏，狱吏乃书牍背示之，曰"以公主为证"。公主者，孝文帝女也，勃太子胜之尚之，故狱吏教引为证。（中略）勃之益封受赐，尽以予薄昭。及系急，薄昭为言薄太后，太后亦以为无反事。文帝朝，太后以冒絮[①]提文帝，曰："绛侯绾皇帝玺，将兵于北军，不以此时反，今居一小县，顾欲反邪！"文帝既见绛侯狱辞，乃谢曰："吏方验而出之。"于是使使持节赦绛侯，复爵邑。绛侯既出，曰："吾尝将百万军，然安知狱吏之贵也！"《史记卷 57 · 世家第 27 · 绛侯周勃》

【注释】①冒絮：汉代男子用丝絮作为填充物的头巾，主要用于年老者取暖。

【以古鉴今】将百万军之侯爷也有不如狱吏处，始信"愚者千虑或有一得"！

军中只闻将军令

文帝之后六年，匈奴大入边。以宗正刘礼为将军，军霸上；祝兹侯徐厉为将军，军棘门；以河内守亚夫为将军，军细柳：以备胡。上自劳军，至霸上及棘门军，直驰入，将以下骑送迎。已而之细柳军，军士吏被甲，锐兵刃，彀弓弩，持满。天子先驱至，不得入。先驱曰："天子且至！"军门都尉曰："将军令曰'军中闻将军令，不闻天子诏'。"居无何，上至，又不得入。于是上乃使使持节诏将军曰："吾欲入劳军。"亚夫乃传言开壁门①。壁门士吏谓从属车骑曰："将军约，军中不得驱驰②。"于是天子乃按辔徐行③。至营，将军亚夫持兵揖曰："介胄之士不拜，请以军礼见。"天子为动，改容式车④。使人称谢："皇帝敬劳将军。"成礼而去。既出军门，群臣皆惊。文帝曰："嗟乎⑤，此真将军矣！曩者霸上、棘门军，若儿戏耳，其将固可袭而虏也。至于亚夫，可得而犯邪！"称善者久之。月余，三军皆罢。乃拜亚夫为中尉。《**史记卷 57 · 世家第 27 · 绛侯周勃**》

【注释】①壁门：军营的门。②驱驰：这里指策马快跑。③按辔徐行：辔，马缰绳。拉紧缰绳，让马慢慢地走。④改容式车：式是名词，通"轼"，车前的横木。皇帝面容变得庄重，靠在车前横木上向官兵致敬。⑤嗟乎：亦作"嗟呼""嗟虖"。叹词，表示感叹，相当于"唉"。

【以古鉴今】文帝弥留之际也没忘嘱咐太子："以后关键时刻可用周亚夫，他是可以放心任用的将军。"足见认真做人是会被人用心认可的，会来事只能讨人欢心而已！

小不忍则乱大谋

景帝居禁中，召条侯，赐食。独置大胾①，无切肉，又不置櫡。条侯心不平，顾谓尚席取櫡。景帝视而笑曰："此不足君所乎？"条侯免冠谢。上起，条侯因趋出。景帝以目送之，曰："此怏怏者非少主臣也②！"《**史记卷 57 · 世家第 27 · 绛侯周勃**》

【注释】①胾 zì：大块的肉。②此怏怏者非少主臣也：这样牢骚满腹的人是不能留给少主的。

【以古鉴今】因小事而“心不平”，犯了“小不忍则乱大谋”的忌，让景帝为儿子担心起来，埋下了杀身的祸根。所以遇事强出头，指定没好果子吃。

贪位害人

居无何，条侯子为父买工官尚方甲楯五百被可以葬者。取庸[①]苦之，不予钱。庸知其盗买县官器，怒而上变告子，事连污条侯。书既闻上，上下吏。吏簿责条侯，条侯不对。景帝骂之曰：“吾不用也。”召诣廷尉。廷尉责曰：“君侯欲反邪？”亚夫曰：“臣所买器，乃葬器也，何谓反邪？”吏曰：“君侯纵不反地上，即欲反地下耳。”吏侵[②]之益急。初，吏捕条侯，条侯欲自杀，夫人止之，以故不得死，遂入廷尉。因不食五日，呕血而死。国除。

《史记卷 57 · 世家第 27 · 绛侯周勃》

【注释】①庸：先秦时期，“庸”是对某些地位较低的劳动者的一种称呼，故“庸”有平庸、平常之义。战国时代，“庸”有时指雇佣劳动者。②侵：逼迫。

【以古鉴今】你的能耐太大，威望特高，皇帝不放心，这就是你的罪过。有用的是你的过去，不放心的是你的将来，因此你就得死在当下。或韬晦，或自污，让人忘掉你的存在，皇帝放心，你才能活消停。

不二过

故成王与小弱弟立树下，取一桐叶以与之，曰：“吾用封汝。”周公闻之，进见曰：“天王封弟，甚善。”成王曰：“吾直与戏耳。”周公曰：“人主无过举，不当有戏言，言之必行之。”于是乃封小弟以应县。是后成王没齿不敢有

戏言，言必行之。《孝经》曰："非法不言，非道不行。"此圣人之法言也。**《史记卷58·世家第28·梁孝王》**

【以古鉴今】果能"没齿不敢"，也就应了"人不二过"的古训，但实非易事。不二过绝非只是记性好不敢犯，而是德行好不能犯，倘能如此几近完人矣！

许由洗耳

皇甫谧《高士传》云："许由字武仲。尧闻致天下而让焉，乃退而遁于中岳颍水之阳，箕山之下隐。尧又召为九州长，由不欲闻之，洗耳于颍水滨。时有巢父牵犊欲饮之，见由洗耳，问其故。对曰：'尧欲召我为九州长，恶闻其声，是故洗耳。'巢父曰：'子若处高岸深谷，人道不通，谁能见子？子故浮游，欲闻求其名誉。污吾犊口。'牵犊上流饮之。许由殁，葬此山，亦名许由山。"**《史记卷61·列传第1·伯夷（注）》**

【以古鉴今】我们只能获得一次做人的机会，把自己所有的聪明才智用到极致，回报给社会，感恩于命运的眷顾，才是做人的本分。拔一毛以利天下而不为者，不知他"贤"在哪里？我倒觉得是假清高，不足道！

带脚的书橱

伯夷、叔齐，孤竹君之二子也。父欲立叔齐，及父卒，叔齐让伯夷。伯夷曰："父命也。"遂逃去。叔齐亦不肯立而逃之。国人立其中子。于是伯夷、叔齐闻西伯昌善养老，盍往归焉。及至，西伯卒，武王载木主[①]，号为文王，东伐纣。伯夷、叔齐叩马而谏曰："父死不葬，爰及干戈，可谓孝乎？以臣弑君，可谓仁乎？”左右欲兵之。太公曰：“此义人也。”扶而去之。武王已平殷乱，天下宗周，而伯夷、叔齐耻之，义不食周粟，隐于首阳山，采薇而食之。及饿且死，作歌。其辞曰：“登彼西山兮，采其薇矣。以暴易暴兮，不知其非矣。神农、虞、夏忽焉没兮，我安适归矣？于嗟徂兮，命之衰矣！”遂饿死于首阳山。由此观之，怨邪非邪？**《史记卷 61 · 列传第 1 · 伯夷》**

【注释】①木主：最早的故人替身物，用木简单剥雕成人形木偶，无字无图案，以象征死者，用以长久祭拜。后来经过很长时间的演化，最终才称“神主”“神位”，上面开始书写或雕琢文字及图案。

【以古鉴今】这两人是读死书，认死理的人，是生活在理想社会中，不懂与时俱进为何物的人。至死也没发挥出自身的价值，对社会也毫无用处。清朝诗人黄景仁总结得很到位：仙佛茫茫两未成，只知独夜不平鸣。风蓬飘尽悲歌气，泥絮沾来薄幸名。十有九人堪白眼，百无一用是书生。莫因书卷愁成谶，春鸟秋虫自作声。

命不可巧图

“天道无亲，常与善人。”若伯夷、叔齐，可谓善人者非邪？积仁絜行如此而饿死！且七十子之徒，仲尼独荐颜渊为好学。然回也屡空[1]，糟糠不厌，而卒蚤夭。天之报施善人，其何如哉？盗跖[2]日杀不辜，肝人之肉，暴戾恣睢[3]，聚党数千人横行天下，竟以寿终。是遵何德哉？此其尤大彰明较著者也。若至近世，操行不轨，专犯忌讳，而终身逸乐，富厚累世不绝。或择地而蹈之，时然后出言，行不由径，非公正不发愤，而遇祸灾者，不可胜数也。余甚惑焉，傥所谓天道，是邪非邪？

子曰“道不同不相为谋”，亦各从其志也。故曰“富贵如可求，虽执鞭之士，吾亦为之。如不可求，从吾所好”。“岁寒，然后知松柏之后凋”。举世混浊，清士乃见。岂以其重若彼，其轻若此哉？**《史记卷 61 · 列传第 1 ·**

伯夷》

【注释】①屡空：经常贫困，贫穷无财。②盗跖：传说春秋时代统领数千盗匪的大盗。③暴戾恣睢：形容凶残横暴，想怎么干就怎么干。睢，仰目视貌。

【以古鉴今】人们不敢讲命运，是怕人只依靠命运而不去努力。譬如你命中之肉在桌上，你得走过去才能吃到嘴；你虽因为命中有，而不走过去，照样还是吃不到的，与无肉同。所谓命中有，就是通过努力能得到的；如果命中没有，即桌上根本就没肉，别说你走过去，就是你坐上去，也是徒劳的。就是那句“不尽人力则天性不得生发”！

惺惺相惜

管仲夷吾者，颍上人也。（中略）管仲曰：“吾始困时，尝与鲍叔贾，分财利多自与，鲍叔不以我为贪，知我贫也。吾尝为鲍叔谋事而更穷困，鲍叔不以我为愚，知时有利不利也。吾尝三仕三见逐于君，鲍叔不以我为不肖，知我不遇时。吾尝三战三走，鲍叔不以我怯，知我有老母也。公子纠败，召忽死之，吾幽囚受辱，鲍叔不以我为无耻，知我不羞小节而耻功名不显于天下也。生我者父母，知我者鲍子也！”

鲍叔既进管仲，以身下之。子孙世禄于齐，有封邑者十余世，常为名大夫。天下不多管仲之贤而多鲍叔能知人也。《史记卷62·列传第2·管晏》

【以古鉴今】人多不喜强于自己的朋友，而喜不如自己者，那才能凸显自己的能耐。然鲍叔含忍包容管仲的种种败行，并举荐他而自居其下。这样的知己难觅，所以天下人不称管仲贤能，却称鲍叔知人，敬鲍叔之德行。

摆脱冷气

楚威王闻庄周贤，使使厚币迎之，许以为相。庄周笑谓楚使曰："千金，重利；卿相，尊位也。子独不见郊祭之牺牛乎？养食之数岁，衣以文绣，以入太庙。当是之时，虽欲为孤豚[①]，岂可得乎？子亟去，无污我。我宁游戏污渎之中自快，无为有国者所羁，终身不仕，以快吾志焉。"《史记卷 63 · 列传第 3 · 老子韩非》

【注释】①孤豚：小猪。孤者，小也，特也。唐韩愈《寄崔二十六立之》诗："孤豚眠粪壤，不慕太庙牺。"

【以古鉴今】人生身衣口食而已，"千金""卿相"都多了，看来庄周是活明白了，是智者。但都做这样的人，天下将会是什么样子呢？怕是谁也活不出"人样"来了！我还是愿听鲁迅的话："愿中国青年都摆脱冷气，只是向上走，不必听自暴自弃者流的话。能做事的做事，能发声的发声。有一分热，发一分光。就令萤火一般，也可以在黑暗里发一点光，不必等候炬火。"都来为社会做实事，让我们的地球村更宜居，更美好！

非知之难，处知则难

宋有富人，天雨墙坏。其子曰"不筑且有盗"，其邻人之父亦云。暮而果大亡其财，其家甚智其子而疑邻人之父。昔者郑武公欲伐胡，乃以其子妻之。因问群臣曰："吾欲用兵，谁可伐者？"关其思曰："胡可伐。"乃戮关其思，曰："胡，兄弟之国也，子言伐之，何也？"胡君闻之，以郑为亲己而不备郑。郑人袭胡，取之。此二说者，其知皆当矣，然而甚者为戮，薄者见疑。非知之难也，处知则难矣。《史记卷 63 · 列传第 3 · 老子韩非》

【以古鉴今】话是惹事之根苗，少说不是，特别是在不知别人的真实意图时，更不可急于讲话。邻人之父遭疑，关其思丢命，都要引以为戒。没事也别往人堆里钻，那里的闲事闲话太多，你就是不说，你在现场也是知情者，影视剧中一句时兴的台词是："你知道的太多了！所以你必须死。"听着都瘆人！

厚时须防恼时

昔者弥子瑕见爱于卫君。卫国之法，窃驾君车者罪至刖[①]。既而弥子之母病，人闻，往夜告之，弥子矫驾君车而出。君闻之而贤之曰："孝哉，为母之故而犯刖罪！"与君游果园，弥子食桃而甘，不尽而奉君。君曰："爱我哉，忘其口而念我！"及弥子色衰而爱弛，得罪于君。君曰："是尝矫驾吾车，又尝食我以其余桃。"故弥子之行未变于初也，前见贤而后获罪者，爱憎之至变也。故有爱于主，则知当而加亲；见憎于主，则罪当而加疏。故谏说之士不可不察爱憎之主而后说之矣。《**史记卷63·列传第3·老子韩非**》

【注释】①刖 yuè：断足。古代的一种酷刑。

【以古鉴今】真是一朝情意淡，处处不顺眼。厚时说尽知心，提防薄时发泄；恼时说尽伤心，再好有甚颜面？弥子不该处就在于：得意时忘了自己的身份，用车犯法，让桃轻君，好时是骄你，恼时则罪你。这里的教训是好时也不留恼时的口实，才是真聪明！

庄贾[①]不识时务

司马穰苴者，田完之苗裔也。齐景公时，晋伐阿、甄，而燕侵河上，齐师败绩。景公患之。晏婴乃荐田穰苴曰："穰苴虽田氏庶孽，然其人文能附众，武能威敌，愿君试之。"景公召穰苴，与语兵事，大说之，以为将军，将兵扞燕晋之师。穰苴曰："臣素卑贱，君擢之闾伍[②]之中，加之大夫之上，士卒未附，百姓不信，人微权轻，愿得君之宠臣，国之所尊，以监军，乃可。”于是景公许之，使庄贾往。穰苴既辞，与庄贾约曰：“旦日日中会于军门。”穰苴先驰至军，立表下漏待贾。贾素骄贵，以为将已之军而已为监，不甚急；亲戚左右送之，留饮。日中而贾不至。穰苴则仆表决漏，入，行军勒兵，申明约束。约束既定，夕时，庄贾乃至。穰苴曰：“何后期为？”贾谢曰：“不佞大夫亲戚送之，故留。”穰苴曰：“将受命之日则忘其家，临军约束则忘其亲，援枹鼓③之急则忘其身。今敌国深侵，邦内骚动，士卒暴露于境，君寝不安席，食不甘味，百姓之命皆悬于君，何谓相送乎！”召军正问曰：“军法期而后至者云何？”对曰：“当斩。”庄贾惧，使人驰报景公，请救。既往，未及反，于是遂斩庄贾以徇三军。三军之士皆振栗。久之，景公遣使者持节赦贾，驰入军中。穰苴曰：“将在军，君令有所不受。”问军正曰：“驰三军法何？”正曰：“当斩。”使者大惧。穰苴曰：“君之使不可杀之。”乃斩其仆，车之左驸，马之左骖，以徇三军。遣使者还报，然后行。士卒次舍井灶饮食问疾医药，身自拊循之。悉取将军之资粮享士卒，身与士卒平分粮食。最比其羸弱者，三日而后勒兵。病者皆求行，争奋出为之赴战。晋师闻之，为罢去。燕师闻之，度水而解。于是追击之，遂取所亡封内故境而引兵归。未至国，释兵旅，解约束，誓盟而后入邑。景公与诸大夫郊迎，劳师成礼，然后反归寝。既见穰苴，尊为大司马④。田氏日以益尊于齐。《史记卷 64 · 列传第 4 · 司马穰苴》

【注释】①贾：读 gǔ。②闾伍：两字均为古代民户编次的单位，指平民所居。也借指平民。③枹 fú 鼓：鼓槌和鼓。也指报警之鼓。可喻指军旅。④大司马：中国古代对中央政府中专司武职的最高长官的称呼。类似于后世的“天下兵马大元帅”，现代的“武装部队总司令”。“司马，主武也，诸武官亦以为号”。“大司马，马，武也，大总武事也。大司马掌军，古者兵车一车四马，故以马名官。训马为武者，取其速行也。”

【以古鉴今】此时的庄贾绝对是焦点人物，规规矩矩，别人会觉得皇帝的宠臣都如此规矩，我们也老实点吧；不规矩，那就只有拿来杀一儆百了。在司马穰苴树威整纪的当口，看不出眉眼高低，也只能说是咎由自取！

军中无戏言

孙子武者，齐人也。以兵法见于吴王阖庐。阖庐[①]曰："子之十三篇，吾尽观之矣，可以小试勒兵[②]乎？"对曰："可。"阖庐曰："可试以妇人乎？"曰："可。"于是许之，出宫中美女，得百八十人。孙子分为二队，以王之宠姬二人各为队长，皆令持戟。令之曰："汝知而心与左右手背乎？"妇人曰："知之。"孙子曰："前，则视心；左，视左手；右，视右手；后，即视背。"妇人曰："诺。"约束既布，乃设𫓧钺[③]，即三令五申之。于是鼓之右，妇人大笑。孙子曰："约束不明，申令不熟，将之罪也。"复三令五申而鼓之左，妇人复大笑。孙子曰："约束不明，申令不熟，将之罪也；既已明而不如法者，吏士之罪也。"乃欲斩左右队长。吴王从台上观，见且斩爱姬，大骇。趣使使下令曰："寡人已知将军能用兵矣。寡人非此二姬，食不甘味，愿勿斩也。"孙子曰："臣既已受命为将，将在军，君命有所不受。"遂斩队长二人以徇。用其次为队长，于是复鼓之。妇人左右前后跪起皆中规矩绳墨[④]，无敢出声。于是孙子使使报王曰："兵既整齐，王可试下观之，唯王所欲用之，虽赴水火犹可也。"吴王曰："将军罢休就舍，寡人不愿下观。"孙子曰："王徒好其言，不能用其实。"于是阖庐知孙子能用兵，卒以为将。

《史记卷 65 · 列传第 5 · 孙子吴起》

【注释】①阖庐 lú：春秋末吴的国君，名光。公元前 514 —前 496 年在位。他用专诸刺杀吴王僚而自立。曾伐楚入郢（今湖北江陵西北），后在槜李（今浙江嘉兴西南）为越王勾践所败，重伤而死。②勒兵：治军，操练或指挥军队。③𫓧钺 fū yuè：斫刀和大斧；腰斩、砍头的刑具；帝王赐予的专征专杀之权。④规矩绳墨：规矩，画圆、方的工具；绳墨，量平直的工具。指应当遵守的标准、法则。

【以古鉴今】历史何其相似乃尔，玩法的悲剧总在重复上演，时人不暇自哀，而后人哀之。后人哀之而不鉴之，亦使后人而复哀后人矣！

骨肉相残

孙膑尝与庞涓俱学兵法。庞涓既事魏，得为惠王将军，而自以为能不及孙膑，乃阴使召孙膑。膑至，庞涓恐其贤于己，疾之，则以法刑断其两足而黥之，欲隐勿见。《史记卷 65 · 列传第 5 · 孙子吴起》

【以古鉴今】因为亲、因为近，彼此忒熟络，所以爱好、习惯、技能技艺，都相去不远。在一个层面上就易成竞争，竞争激烈就有我没你了。这就是为什么允许陌生人发迹，却不能看着身边人上升，嫉妒心对骨肉更狠于外人。

孙膑赛马

齐使者如梁，孙膑以刑徒阴见，说齐使。齐使以为奇，窃载与之齐。齐将田忌善而客待之。忌数与齐诸公子驰逐重射。孙子见其马足不甚相远，马有上、中、下辈。于是孙子谓田忌曰："君弟重射，臣能令君胜。"田忌信然之，与王及诸公子逐射千金。及临质，孙子曰："今以君之下驷与彼上驷，取君上驷与彼中驷，取君中驷与彼下驷。"既驰三辈毕，而田忌一不胜而再胜，卒得王千金。《史记卷 65 · 列传第 5 · 孙子吴起》

【以古鉴今】事后说出来妇孺可知，也稀松平常。然决定胜负的关键却总是在"说出来"之前，他想到了，而你却没有。

围魏救赵

魏伐赵，赵急，请救于齐。齐威王欲将孙膑，膑辞谢曰："刑余之人[①]不可。"于是乃以田忌为将，而孙子为师，居辎车中，坐为计谋。田忌欲引兵之赵，孙子曰："夫解杂乱纷纠者不控卷[②]，救斗者不搏撠，批亢捣虚[③]，形格势禁，则自为解耳。今梁赵相攻，轻兵锐卒必竭于外，老弱罢于内。君不若引兵疾走大梁，据其街路，冲其方虚，彼必释赵而自救。是我一举解赵之围而收弊于魏也。"田忌从之，魏果去邯郸，与齐战于桂陵，大破梁军。《**史记卷65·列传第5·孙子吴起**》

【注释】①刑余之人：受刑致残的人。②控卷：伸出拳头。卷，拳也。③批亢捣虚：批，用手击；亢，咽喉，比喻要害；捣，攻击；虚，空虚。比喻抓住敌人要害乘虚而入。

【以古鉴今】蛮力永远不是智慧的对手。避实就虚，以逸待劳，攻其必救，围自解。

杀妻求将

吴起者，卫人也，好用兵。尝学于曾子，事鲁君。齐人攻鲁，鲁欲将吴起，吴起取齐女为妻，而鲁疑之。吴起于是欲就名，遂杀其妻，以明不与齐也。鲁卒以为将。将而攻齐，大破之。《**史记卷65·列传第5·孙子吴起**》

【以古鉴今】为当将军而杀妻去疑，典型的无情无义，心里只有名利，只有他自己，十足的利己主义者。不可按常情常理待之，避之犹恐不及，切莫与之共事，更不可亲近！

猜忍人也

鲁人或恶吴起曰："起之为人，猜忍[①]人也。其少时，家累千金，游仕[②]不遂，遂破其家，乡党笑之，吴起杀其谤己者三十余人，而东出卫郭门。与其母诀，啮臂而盟曰：'起不为卿相，不复入卫。' 遂事曾子。居顷之，其母死，起终不归。曾子薄之，而与起绝。（中略）吴起于是闻魏文侯贤，欲事之。文侯问李克曰："吴起何如人哉？" 李克曰："起贪而好色，然用兵司马穰苴[③]不能过也。" 于是魏文侯以为将，击秦，拔五城。**《史记卷 65 · 列传第 5 · 孙子吴起》**

【注释】①猜忍：多疑而残忍。②游仕：外出求官。③苴 jū：鞋底的草垫。

【以古鉴今】对待吴起类猜忍之人：其长可用，人品堪忧，限制使用，保持距离，永勿深交。

人不能用好坏定义

起之为将，与士卒最下者同衣食。卧不设席，行不骑乘，亲裹赢粮[①]，与士卒分劳苦。卒有病疽者，起为吮之。卒母闻而哭之。人曰："子卒也，而将军自吮其疽，何哭为？" 母曰："非然也。往年吴公吮其父，其父战不旋踵，遂死于敌。吴公今又吮其子，妾不知其死所矣。是以哭之。" **《史记卷 65 · 列传第 5 · 孙子吴起》**

【注释】①赢粮：担负粮食。引申为携带粮食。

【以古鉴今】吴起这类人既可敬又可怕。可敬的是，为达目的，所有与之无关的皆可抛弃，再难也要去做，并有能力做好，最终得到自己想要的。可怕的也是为达个人目的，"什么都可抛的不顾一切"。所以 "人是不能简单用好坏定义的"！

真的长城是人心

魏文侯既卒，起事其子武侯。武侯浮西河而下，中流，顾而谓吴起曰："美哉乎山河之固，此魏国之宝也！"起对曰："在德不在险。昔三苗氏[①]左洞庭，右彭蠡，德义不修，禹灭之。夏桀之居，左河济，右泰华，伊阙在其南，羊肠在其北，修政不仁，汤放之。殷纣之国，左孟门，右太行，常山在其北，大河经其南，修政不德，武王杀之。由此观之，在德不在险。若君不修德，舟中之人尽为敌国也。"武侯曰："善。"《史记卷 65 · 列传第 5 · 孙子吴起》

【注释】①三苗氏：从北方移居到江西的最古老的族群，在连年与尧舜禹的争雄过程中逐渐衰落，一部分与其他族群融合，成为后来的苗、瑶、畲等民族的祖先。

【以古鉴今】山高路难行，水恶舟不渡，以山河之险峻为固国之宝，实乃滑稽。世上最可贵的是人，人才是国之邦本，山川大地只是人的载体。人民满意，国家就安定，反之就要换个活法了。

文武之道，一张一弛

魏置相，相田文。吴起不悦，谓田文曰："请与子论功，可乎？"田文曰："可。"起曰："将三军，使士卒乐死，敌国不敢谋，子孰与起？"文曰："不如子。"起曰："治百官，亲万民，实府库，子孰与起？"文曰："不如子。"起曰："守西河而秦兵不敢东乡，韩赵宾从，子孰与起？"文曰："不如子。"起曰："此三者，子皆出吾下，而位加吾上，何也？"文曰："主少国疑，大臣未附，百姓不信，方是之时，属之于子乎？属之于我乎？"起默然良久，曰："属之子矣。"文曰："此乃吾所以居子之上也。"吴起乃自知弗如田文。《史记卷 65 · 列传第 5 · 孙子吴起》

【以古鉴今】文武之道，各得其时，国家可由马上得之，却不能在马上治之。在得国之前重武，因为只有武力才能打败敌人；胜利后的治理，则是沟通而不是"胜败"，就要重文而息武。其实人都是闪光一瞬，平淡一生，要耐得寂寞，明白太阳也有照不到的阴影部分！

言出法随

商君者，卫之诸庶孽公子也，名鞅，姓公孙氏，其祖本姬姓也。（中略）令既具，未布，恐民之不信己，乃立三丈之木于国都市南门，募民有能徙置北门者予十金。民怪之，莫敢徙。复曰："能徙者予五十金"。有一人徙之，辄予五十金，以明不欺。卒下令。

令行于民期年，秦民之国都言初令不便者以千数。于是太子犯法。卫鞅曰："法之不行，自上犯之。"将法太子。太子，君嗣[①]也，不可施刑，刑其傅公子虔，黥其师公孙贾。明日，秦人皆趋令[②]。《**史记卷68·列传第8·商君**》

【注释】①嗣君：继位的国君。②趋令：遵行法令。

【以古鉴今】诚信是做人的根本，人无信不立；法律是治国的根本，国无法不成。言出法随，域内之人必须在规定的范围内活动，不然就视为违法，就要受到制裁。对谁都只这一把尺子，人皆趋令，国泰民安矣！

兵者，诡道也

齐败魏兵于马陵，虏其太子申，杀将军庞涓。其明年，卫鞅说孝公曰："秦之与魏，譬若人之有腹心疾，非魏并秦，秦即并魏。何者？魏居岭厄之西，都安邑，与秦界河而独擅山东之利。利则西侵秦，病则东收地。今以君之贤圣，国赖以盛。而魏往年大破于齐，诸侯畔之，可因此时伐魏。魏不支秦，必东徙。东徙，秦据河山之固，东乡以制诸侯，此帝王之业也。”孝公以为然，使卫鞅将而伐魏。魏使公子卬[①]将而击之。军既相距，卫鞅遗魏将公子卬书曰：“吾始与公子欢，今俱为两国将，不忍相攻，可与公子面相见，盟，乐饮而罢兵，以安秦魏。”魏公子卬以为然。会盟已，饮，而卫鞅伏甲士而袭虏魏公子卬，因攻其军，尽破之以归秦。魏惠王兵数破于齐秦，国内空，日以削，恐，乃使使割河西之地献于秦以和。**《史记卷68·列传第8·商君》**

【注释】①卬：读yǎng时，是“仰”的本字，指仰望，由仰望又引申为抬起、扬起，价格高，气势盛等含义。读áng时，假借作第一人称代词，指代“我”；用作姓氏。

【以古鉴今】桥归桥，路归路，既然各为其主，又在两军阵前论旧交相约与饮，完全忘了“兵者诡道”的训诫，犯了兵家大忌。用这样的人领兵临阵，全军覆没，乃至亡国，都是意料之中的事。

人情冷暖

苏秦者，东周洛阳人也。（中略）北报赵王，乃行过洛阳，车骑辎重，诸侯各发使送之甚众，疑于王者。周显王闻之恐惧，除道[①]，使人郊劳。苏秦之昆弟妻嫂侧目不敢仰视，俯伏侍取食。苏秦笑谓其嫂曰：“何前倨而后恭[②]也？”嫂委蛇[③]蒲服，以面掩地而谢曰：“见季子位高金多也。”苏秦喟然[④]叹曰：“此一人之身，富贵则亲戚畏惧之，贫贱则轻易之，况众人乎！且使我有洛阳负郭田二顷，吾岂能佩六国相印乎！”于是散千金以赐宗族朋友。初，苏秦之燕，贷人百钱为资，乃得富贵，以百金偿之。遍报诸所尝见德者。其从者有一人独未得报，乃前自言。苏秦曰："我非忘子。子之与我至燕，再三欲去我⑤易水之上，方是时，我困，故望子深⑥，是以后子。子今亦得矣。"《史记卷69·列传第9·苏秦》

【注释】①除道：犹清道。②前倨后恭：倨，傲慢、怠慢；恭，恭敬。先傲慢而后恭敬，形容对人的态度前后截然不同。③委蛇：对人虚情假意，敷衍应酬。④喟然：叹声；叹息。⑤再三欲去我：再三要离开我。⑥望子深：深深地责怪您。

【以古鉴今】各色人等之表现，都不外是人情，既然是人情，就难免"成是而败非"。你视得它淡，便当不得真，持一颗平常心也就见怪不怪了。

功成毁至

人有毁苏秦者曰："左右卖国反覆之臣也，将作乱。"苏秦恐得罪，归，而燕王不复官也。苏秦见燕王曰："臣，东周之鄙人也，无有分寸之功，而王亲拜之于庙而礼之于廷。今臣为王却齐之兵而（攻）得十城，宜以益亲。今来而王不官臣者，人必有以不信伤臣于王者。臣之不信，王之福也。臣闻忠信者，所以自为也；进取者，所以为人也。且臣之说齐王，曾非欺之也。臣弃老母于东周，固去自为而行进取也。今有孝如曾参，廉如伯夷，信如尾生。得此三人者以事大王，何若？"王曰："足矣。"苏秦曰："孝如曾参，义不离其亲一宿于外，王又安能使之步行千里而事弱燕之危王哉？廉如伯夷，义不为孤竹君之嗣，不肯为武王臣，不受封侯而饿死首阳山下。有廉如此，王又安能使之步行千里而行进取于齐哉？信如尾生，与女子期于梁下，女子不来，水至不去，抱柱而死。有信如此，王又安能使之步行千里却齐之强兵哉？臣所谓以忠信得罪于上者也。"燕王曰："若不忠信耳，岂有以忠信而得罪者乎？"苏秦曰："不然。臣闻客有远为吏而其妻私于人者，其夫将来，其私者忧之，妻曰'勿忧，吾已作药酒待之矣'。居三日，其夫果至，妻使妾举药酒进之。妾欲言酒之有药，则恐其逐主母也，欲勿言乎，则恐其杀主父也。于是乎详僵而弃酒。主父大怒，笞之五十。故妾一僵而覆酒，上存主父，下存主母，然而不免于笞，恶在乎忠信之无罪也？夫臣之过，不幸而类是乎！”燕王曰：“先生复就故官。”益厚遇之。**《史记卷 69 · 列传第 9 · 苏秦》**

【以古鉴今】诚信不是政治好讲的，你总不能说，我要消灭你，你快死掉吧！如此诚则诚矣，可成功无望。苏秦不愧是鬼谷子的高徒，设比鲜明，举例贴切，燕王只好复旧官而厚遇之了。

知识也是生产力

张仪者，魏人也。始尝与苏秦俱事鬼谷先生，学术，苏秦自以不及张仪。

张仪已学游说诸侯。尝从楚相饮，已而楚相亡璧，门下意张仪，曰：“仪贫无行，必此盗相君之璧。”共执张仪，掠笞数百，不服，醳之。其妻曰：“嘻！子毋读书游说，安得此辱乎？”张仪谓其妻曰：“视吾舌尚在不？”其妻笑曰：“舌在也。”仪曰：“足矣。”**《史记卷 70 · 列传第 10 · 张仪》**

【以古鉴今】记得小时候，吃完晚饭枕在妈妈腿上听她讲故事：土地多了，会被人们当地主给分去；钱多了，会花掉；手艺好，身体不行干不动，也就没用了。只有头脑里的知识，是贼偷不去，火烧不去，水淹不去的，只要三寸气在就有用。我知道她是要我好好读书，张仪即是一例，虽笞数百，可只要“舌”还在，他就是个有用之人，因为头脑中的知识智慧是“笞”不去的！

激之以自强

苏秦已说赵王而得相约从亲[①]，然恐秦之攻诸侯，败约后负，念莫可使用于秦者，乃使人微感张仪曰："子始与苏秦善，今秦已当路，子何不往游，以求通子之愿？"张仪于是之赵[②]，上谒[③]求见苏秦。苏秦乃诫门下人不为通，又使不得去者数日。已而见之，坐之堂下，赐仆妾之食。因而数让之[④]曰："以子之才能，乃自令困辱至此。吾宁不能言而富贵子，子不足收也。" 谢去之。张仪之来也，自以为故人，求益，反见辱，怒，念诸侯莫可事，独秦能苦赵，乃遂入秦。

苏秦已而告其舍人曰："张仪，天下贤士，吾殆弗如也。今吾幸先用，而能用秦柄者，独张仪可耳。然贫，无因以进。吾恐其乐小利而不遂，故召辱之，以激其意。子为我阴奉之。"乃言赵王，发金币车马，使人微随张仪，与同宿舍，稍稍近就之，奉以车马金钱，所欲用，为取给，而弗告。张仪遂得以见秦惠王。惠王以为客卿，与谋伐诸侯。

苏秦之舍人乃辞去。张仪曰："赖子得显，方且报德，何故去也？" 舍人曰："臣非知君，知君乃苏君。苏君忧秦伐赵败从约，以为非君莫能得秦柄，故感怒君，使臣阴奉给君资，尽苏君之计谋。今君已用，请归报。"张仪曰："嗟乎，此在吾术中而不悟，吾不及苏君明矣！吾又新用，安能谋赵乎？为吾谢苏君，苏君之时，仪何敢言。且苏君在，仪宁渠能乎！"《**史记卷 70 · 列传第 10 · 张仪**》

【**注释**】①从亲：合纵相亲，指六国合纵结为联盟。②之赵："之"字作动词，意为"到……去"。整句话的意思是，张仪于是到赵国去。③上谒：求见地位或辈分高的人。④数让之：多次责备。

【**以古鉴今**】"乐小利而不遂"，人在困窘时，很容易有见好就收的心理，往往易被埋没而忘了初心，所以说苏秦不留张仪而气走他，是对张仪的最大爱护，是真帮助。这种不嫉贤不妒能的胸怀，非大智慧者弗能为也！

坐收渔翁之利

韩魏相攻，期年不解。秦惠王欲救之，问于左右。左右或曰救之便，或曰勿救便，惠王未能为之决。陈轸[①]适至秦，惠王曰："子去寡人之楚，亦思寡人不？"陈轸对曰："王闻夫越人庄舄[②]乎？"王曰："不闻。"曰："越人庄舄仕楚执珪[③]，有顷而病。楚王曰：'舄故越之鄙细[④]人也，今仕楚执珪，贵富矣，亦思越不？'中谢对曰：'凡人之思故，在其病也。彼思越则越声，不思越则楚声。'使人往听之，犹尚越声也。今臣虽弃逐之楚，岂能无秦声哉！"惠王曰："善。今韩魏相攻，期年不解，或谓寡人救之便，或曰勿救便，寡人不能决，愿子为子主计之余，为寡人计之。"陈轸对曰："亦尝有以夫卞庄子刺虎闻于王者乎？庄子欲刺虎，馆竖子止之，曰：'两虎方且食牛，食甘必争，争则必斗，斗则大者伤，小者死，从伤而刺之，一举必有双虎之名。'卞庄子以为然，立须之。有顷，两虎果斗，大者伤，小者死。庄子从伤者而刺之，一举果有双虎之功。今韩魏相攻，期年不解，是必大国伤，小国亡，从伤而伐之，一举必有两实。此犹庄子刺虎之类也。臣主与王何异也。"惠王曰："善。"卒弗救。大国果伤，小国亡，秦兴兵而伐，大克之。此陈轸之计也。《**史记卷 70 · 列传第 10 · 张仪**》

【注释】①轸 zhěn：车厢底部四面的横木。②舄 xì：鞋，古代一种复底鞋。③执珪：春秋战国时代楚国之爵名。珪为卿大夫在举行典礼时手中所执之一种玉版，爵高者始能用之。④鄙细：微贱。

【以古鉴今】道理特简单，在陈轸讲前，打虎的故事他们可能也都知道，可与当前战事能联系在一起的人却没有，这就是智者的见地。不是他们想得多深奥，而是他们能够用简单的方法处理复杂的事情，这才是智愚的区别。

干的怕看的

秦武王三年，谓甘茂曰："寡人欲容车通三川，以窥周室，而寡人死不朽矣。"甘茂曰："请之魏，约以伐韩，而令向寿辅行。"甘茂至，谓向寿曰："子归，言之于王曰'魏听臣矣，然愿王勿伐'。事成，尽以为子功。"向寿归，以告王，王迎甘茂于息壤①。甘茂至，王问其故。对曰："宜阳，大县也，上党、南阳积之久矣。名曰县，其实郡也。今王倍数险，行千里攻之，难。昔曾参之处费，鲁人有与曾参同姓名者杀人，人告其母曰'曾参杀人'，其母织自若也。顷之，一人又告之曰'曾参杀人'，其母尚织自若也。顷又一人告之曰'曾参杀人'，其母投杼下机，逾墙而走。夫以曾参之贤与其母信之也，三人疑之，其母惧焉。今臣之贤不若曾参，王之信臣又不如曾参之母信曾参也，疑臣者非特三人，臣恐大王之投杼也。始张仪西并巴蜀之地，北开西河之外，南取上庸，天下不以多张子而以贤先王。魏文侯令乐羊将而攻中山，三年而拔之。乐羊返而论功，文侯示之谤书一箧。乐羊再拜稽首曰：'此非臣之功也，主君之力也。'今臣，羁旅之臣也。樗②里子、公孙奭③二人者挟韩而议之，王必听之，是王欺魏王而臣受公仲侈之怨也。"王曰："寡人不听也，请与子盟。"卒使丞相甘茂将兵伐宜阳。五月而不拔，樗里子、公孙奭果争之。武王召甘茂，欲罢兵。甘茂曰："息壤在彼。"王曰："有之。"因大悉起兵，使甘茂击之。斩首六万，遂拔宜阳。韩襄王使公仲侈入谢，与秦平。**《史记卷 71 · 列传第 11 · 樗离子甘茂》**

【注释】①息壤：鲧治水在荆州古城留下的一处遗迹，位于南门外西侧城墙脚边，系一长约 40 米，宽约 10 米的土丘，其上有石柱四根，以示标志。据郭璞注《海内经》：息壤是一种可以自己生长、膨胀的土壤。②樗 chū：木名，即臭椿。樗里子，战国时秦国贵族，秦武王时任宰相，为人滑稽多智，秦人称为智囊。③奭：盛大。

【以古鉴今】前边干后边看，看看功多就不顺眼了，弄出点"莫须有"。让人听着反感，查无实据，然已弄得你灰头土脸，前边的辛苦打了折扣。更可悲的是咽不下这口气，一不冷静，往往还把事情弄向了反面，这就正中看者的下怀。何如让些好处与人，众人皆喜，才是皆大欢喜！

自污去疑

秦始皇既灭三晋，走燕王，而数破荆师。秦将李信者，年少壮勇，尝以兵数千逐燕太子丹至于衍水中，卒破得丹，始皇以为贤勇。于是始皇问李信："吾欲攻取荆，于将军度用几何人而足？"李信曰："不过用二十万人。"始皇问王翦，王翦曰："非六十万人不可。"始皇曰："王将军老矣，何怯也！李将军果势壮勇，其言是也。"遂使李信及蒙恬将二十万南伐荆。王翦言不用，因谢病，归老于频阳。李信攻平与，蒙恬攻寝，大破荆军。信又攻鄢郢，破之，于是引兵而西，与蒙恬会城父。荆人因随之，三日三夜不顿舍[①]，大破李信军，入两壁，杀七都尉，秦军走。

始皇闻之，大怒，自驰如频阳，见谢王翦曰："寡人以不用将军计，李信果辱秦军。今闻荆兵日进而西，将军虽病，独忍弃寡人乎！"王翦谢曰："老臣罢病悖乱，唯大王更择贤将。"始皇谢曰："已矣，将军勿复言！"王翦曰："大王必不得已用臣，非六十万人不可。"始皇曰："为听将军计耳。"于是王翦将兵六十万人，始皇自送至灞上。王翦行，请美田宅园池甚众。始皇曰："将军行矣，何忧贫乎？"王翦曰："为大王将，有功终不得封侯，故及大王之向臣，臣亦及时以请园池为子孙业耳。"始皇大笑。王翦既至关，使使还请善田者五辈。或曰："将军之乞贷，亦已甚矣。"王翦曰："不然。夫秦王怚[②]而不信人。今空秦国甲士而专委于我，我不多请田宅为子孙业以自坚，顾令秦王坐而疑我邪？"《史记卷73·列传第13·白起王翦》

【注释】①顿舍：停顿，舍弃。②怚 cū：古通"粗"，粗疏、鲁莽。粗心，粗暴。

【以古鉴今】功高权重者为防人疑，故意给自己抹黑，或贪财，或近色，或酗酒，以示胸无大志，无政治野心，对当权者构不成威胁，这是一种去疑自保的生存智慧。

“利”字误人

太史公曰：余读孟子书，至梁惠王问“何以利吾国”，未尝不废书而叹也。曰：嗟乎，利诚乱之始也！夫子罕言利者，常防其原也。故曰“放于利而行，多怨”。自天子至于庶人，好利之弊何以异哉！《**史记卷74·列传第14·孟子荀卿**》

【**以古鉴今**】利者，害人最深。为利困斗一生，至死不悟，世间乱象多由此生。终生做养德炼性的功夫，也多是得其皮毛，临了还是知易行难，当真放下名缰利锁者永远是凤毛麟角。可也是，若吃饱穿暖便足，如畜生何异，反倒显得了无生趣了！

子谏不可拒

孟尝君名文，姓田氏。文之父曰靖郭君田婴。（中略）文承间①问其父婴曰：“子之子为何？”曰：“为孙。”“孙之孙为何？”曰：“为玄孙。”“玄孙之孙为何？”曰：“不能知也。”文曰：“君用事相齐，至今三王矣，齐不加广而君私家富累万金，门下不见一贤者。文闻将门必有将，相门必有相。今君后宫蹈绮縠②而士不得短褐，仆妾余粱肉而士不厌糟糠。今君又尚厚积余藏，欲以遗所不知何人，而忘公家之事日损，文窃怪之。”于是婴乃礼文，使主家待宾客。宾客日进，名声闻于诸侯。诸侯皆使人请薛公田婴以文为太子，婴许之。婴卒，谥为靖郭君。而文果代立于薛，是为孟尝君。《**史记卷75·列传第15·孟尝君**》

【**注释**】①承间：趁机会。②绮縠hú：绫绸绉纱之类。丝织品的总称。绮，有文彩的丝织品；縠，古称质地轻薄纤细透亮、表面起皱的平纹丝织物为縠，也称绉纱。

【**以古鉴今**】做国家的官为自己忙活，古今不乏其人。如田婴者，有人提出批评就能认识到并改正，仍不失为好官。

均则平

孟尝君在薛，招致诸侯宾客及亡人有罪者，皆归孟尝君。孟尝君舍业厚遇之，以故倾天下之士。食客数千人，无贵贱一与文等。（中略）孟尝君曾待客夜食，有一人蔽火光。客怒，以饭不等，辍食辞去。孟尝君起，自持其饭比之。客惭，自刭[①]。士以此多归孟尝君。孟尝君客无所择，皆善遇之。人人各自以为孟尝君亲己。《**史记卷 75 · 列传第 15 · 孟尝君**》

【**注释**】①自刭：刎颈自杀。

【**以古鉴今**】能同时让数千人各自以为孟尝君亲己，生出心的诚服，实在是德行的魅力，绝非人力所能及。这魅力无他：无贵贱一与文等。

鸡鸣狗盗

齐湣王二十五年，复卒使孟尝君入秦，昭王即以孟尝君为秦相。人或说秦昭王曰："孟尝君贤，而又齐族也，今相秦，必先齐而后秦，秦其危矣。"于是秦昭王乃止。囚孟尝君，谋欲杀之。孟尝君使人抵昭王幸姬求解。幸姬曰："妾愿得君狐白裘。"此时孟尝君有一狐白裘，直千金，天下无双，入秦献之昭王，更无他裘。孟尝君患之，遍问客，莫能对。最下坐有能为狗盗[①]者，曰："臣能得狐白裘。"乃夜为狗，以入秦宫臧中，取所献狐白裘至，以献秦王幸姬。幸姬为言昭王，昭王释孟尝君。孟尝君得出，即驰去，更封传[②]，变名姓以出关。夜半至函谷关。秦昭王后悔出孟尝君，求之已去，即使人驰传逐之。孟尝君至关，关法鸡鸣而出客，孟尝君恐追至，客之居下坐者有能为鸡鸣，而鸡齐鸣，遂发传出。出如食顷③，秦追果至关，已后孟尝君出，乃还。始孟尝君列此二人于宾客，宾客尽羞之，及孟尝君有秦难，卒此二人拔之。自是之后，客皆服。《史记卷75·列传第15·孟尝君》

【注释】①狗盗：世有衣狗裘为狗盗者，人不觉知，假狗之皮毛，故人不意疑也。泛指窃贼。②更封传：封传，古时官府所发的出境及乘坐传车投宿驿站的凭证。传，凭证。更换出境证件。③食顷：吃一顿饭的工夫，形容时间很短。

【以古鉴今】鸡鸣狗盗末技，根本不入流，却救了孟尝君一命。人生都是发自己的光，尽自己的力，大能耐者也不要吹灭小能耐者的灯。

捐虚务实

孟尝君时相齐，封万户于薛。其食客三千人。邑入不足以奉客，使人出钱①于薛。岁余不入，贷钱者多不能与其息，客奉将不给②。孟尝君忧之，问左右："何人可使收债于薛者？"传舍长曰："代舍客冯公形容状貌甚辩，长者，无他伎能，宜可令收债。"孟尝君乃进冯驩而请之曰："宾客不知文不肖，幸临文者三千余人，邑入不足以奉宾客，故出息钱于薛。薛岁不入，民颇不与其息。今客食恐不给，愿先生责之。"冯驩曰："诺。"辞行，至薛，召取孟尝君钱者皆会，得息钱十万。乃多酿酒，买肥牛，召诸取钱者，能与息者皆来，不能与息者亦来，皆持取钱之券书合之。齐为会，日杀牛置酒。酒酣，乃持券如前合之，能与息者，与为期；贫不能与息者，取其券而烧之。曰："孟尝君所以贷钱者，为民之无者以为本业也；所以求息者，为无以奉客也。今富给者以要期③，贫穷者燔④券书以捐之。诸君强饮食。有君如此，岂可负哉！"坐者皆起，再拜。

孟尝君闻冯驩烧券书，怒而使使召驩。驩至，孟尝君曰："文食客三千人，故贷钱于薛。文奉邑少，而民尚多不以时与其息，客食恐不足，故请先生收责之。闻先生得钱，即以多具牛酒而烧券书，何？”冯驩曰：“然。不多具牛酒即不能毕会，无以知其有余不足。有余者，为要期。不足者，虽守而责之十年，息愈多，急，即以逃亡自捐之。若急，终无以偿，上则为君好利不爱士民，下则有离上抵负之名，非所以厉士民彰君声也。焚无用虚债之券，捐不可得之虚计，令薛民亲君而彰君之善声也，君有何疑焉！”孟尝君乃拊手⑤而谢之。《**史记卷 75·列传第 15·孟尝君**》

【**注释**】①出钱：放债，贷钱于人。②不给：供给不足，匮乏。③要期：约定日期。④燔 fán：焚烧。⑤拊手：拍手，表示喜悦或惊讶。

【**以古鉴今**】焚无用虚债之券，捐不可得之虚计。世上很多事，别人做了，看着也没什么了不起，可自己怎么就没想到呢？始信看花容易绣花难。

人情冷暖

自齐王毁废孟尝君，诸客皆去。后召而复之，冯驩迎之。未到，孟尝君太息叹曰：“文常好客，遇客无所敢失，食客三千有余人，先生所知也。客见文一日废，皆背文而去，莫顾文者。今赖先生得复其位，客亦有何面目复见文乎？如复见文者，必唾其面而大辱之。”冯驩结辔下拜。孟尝君下车接之，曰：“先生为客谢乎？”冯驩曰：“非为客谢也，为君之言失。夫物有必至，事有固然，君知之乎？”孟尝君曰：“愚不知所谓也。”曰：“生者必有死，物之必至也；富贵多士，贫贱寡友，事之固然也。君独不见夫趣市者乎？明旦，侧肩争门而入；日暮之后，过市朝者掉臂而不顾。非好朝而恶暮，所期物忘其中。今君失位，宾客皆去，不足以怨士而徒绝宾客之路。愿君遇客如故。”孟尝君再拜曰：“敬从命矣。闻先生之言，敢不奉教焉。”《**史记卷 75·列传第 15·孟尝君**》

【以古鉴今】“富贵多士，贫贱寡友”，这像人必死一样正常。门客投奔你，就是要乘你的势，成自己的名。你已无势可乘，不去待如何？来去都取决于你是否有用，且都符合人情。

莫笑失意人

平原君家楼临民家。民家有躄①者，槃散行汲②。平原君美人居楼上，临见，大笑之。明日，躄者至平原君门，请曰：“臣闻君之喜士，士不远千里而至者，以君能贵士而贱妾也。臣不幸有罢癃③之病，而君之后宫临而笑臣，臣愿得笑臣者头。”平原君笑应曰：“诺。”躄者去，平原君笑曰：“观此竖子，乃欲以一笑之故杀吾美人，不亦甚乎！”终不杀。居岁余，宾客门下舍人稍稍引去者过半。平原君怪之，曰：“胜所以待诸君者未尝敢失礼，而去者何多也？”门下一人前对曰：“以君之不杀笑躄者，以君为爱色而贱士，士即去耳。”于是平原君乃斩笑躄者美人头，自造门④进躄者，因谢焉。其后门下乃复稍稍来。是时齐有孟尝，魏有信陵，楚有春申，故争相倾⑤以待士。《史记卷76·列传第16·平原君虞卿》

【注释】①躄bì：瘸腿，行迟貌。②槃散行汲：槃散，行走时一瘸一拐的样子，也作“蹒跚”；行汲，出外取水。③罢癃pí lóng：驼背。④造门：上门，到别人家去。⑤相倾：相互竞争。

【以古鉴今】笑人体残，正说明你是少修养的人、是浅薄的人、是该受鄙视的人。记住：莫笑失意人，天道循环，谁知道下一分钟会发生什么呢？

失言

魏公子无忌者，魏昭王少子而魏安釐[1]王异母弟也。昭王薨，安釐王即位，封公子为信陵君。是时范雎亡魏相秦，以怨魏齐故，秦兵围大梁，破魏华阳下军，走芒卯。魏王及公子患之。

公子为人仁而下士，士无贤不肖皆谦而礼交之，不敢以其富贵骄士。士以此方数千里争往归之，致食客三千人。当是时，诸侯以公子贤，多客，不敢加兵谋魏十余年。

公子与魏王博，而北境传举烽，言“赵寇至，且入界”。魏王释博，欲召大臣谋。公子止王曰：“赵王田猎耳，非为寇也。”复博如故。王恐，心不在博。居顷，复从北方来传言曰：“赵王猎耳，非为寇也。”魏王大惊，曰：“公子何以知之？”公子曰：“臣之客有能深得赵王阴事者，赵王所为，客辄以报臣，臣以此知之。”是后魏王畏公子之贤能，不敢任公子以国政。《**史记卷 77 · 列传第 17 · 魏公子**》

【注释】①釐 xī：通“禧”，福的意思。

【以古鉴今】此处信陵君犯忌了，在主子面前逞能。人在魏而对赵事了然于胸，估计对这样的人来说，魏国也不会有什么秘密了。你的才能在我之上，你的存在已让国君大不自在，当然就不敢任以国政了。

顾左右而言他

《说苑》云，“晋灵公造九层之台，费用千金，谓左右曰：‘敢有谏者斩。’荀息闻之，上书求见。灵公张弩持矢见之。曰：‘臣不敢谏也。臣能累十二博棋，加九鸡子其上。’公曰：‘子为寡人作之。’荀息正颜色，定志意，以棋子置下，加九鸡子其上。左右惧慑息，灵公气息不续。公曰：‘危哉，危哉！’荀息曰：‘此殆不危也，复有危于此者。’公曰：‘愿见之。’荀息曰：‘九层之台三年不成，男不耕，女不织，国用空虚，邻国谋议将兴，社稷亡灭，君欲何望？’灵公曰：‘寡人之过也乃至于此！’即坏九层台也”。《史记卷79·列传第19·范雎蔡泽（注）》

【以古鉴今】直谏不便，就拐个弯说。不直接触碰当事人的敏感话题，而是让他听故事想问题，对错取舍都由他。侍君此谓善谏，做人就叫会说话，是能力，更是智慧。

将相和

既罢归国，以相如功大，拜为上卿，位在廉颇之右。廉颇曰：“我为赵将，有攻城野战之大功，而蔺相如徒以口舌为劳，而位居我上，且相如素贱人①，吾羞，不忍为之下。”宣言曰：“我见相如，必辱之。”相如闻，不肯与会。相如每朝时，常称病，不欲与廉颇争列。已而相如出，望见廉颇，相如引车避匿。于是舍人相与谏曰：“臣所以去亲戚而事君者，徒慕君之高义也。今君与廉颇同列，廉君宣恶言而君畏匿之，恐惧殊甚，且庸人尚羞之，况于将相乎！臣等不肖②，请辞去。”蔺相如固止之，曰：“公之视廉将军孰与秦王？”曰：“不若也。”相如曰：“夫以秦王之威，而相如廷叱之，辱其群臣，相如虽驽，独畏廉将军哉？顾吾念之，强秦之所以不敢加兵于赵者，徒以吾两人在也。今两虎共斗，其势不俱生。吾所以为此者，以先国家之急而后私仇也。”廉颇闻之，肉袒负荆③，因宾客至蔺相如门谢罪。曰：“鄙贱之人，不知将军宽之至此也。”卒相与欢，为刎颈之交。《史记卷81·列传第21·廉颇蔺相如》

【注释】①素贱人：素，本来；贱人，人微言轻，低贱。②不肖：这里指没有出息。③肉袒负荆：赤裸上身，背着荆条请罪，愿受责罚。

【以古鉴今】廉颇倒是能代表一大部分人，拿自己的长处去比别人的短处，越比越长，于是就不服气起来。这种糊涂多是一时的不服气，一旦明白过来多能痛悔不该，并能主动修好。

莫拆自家台

赵奢者，赵之田部吏也，收租税而平原君家不肯出租，奢以法治之，杀平原君用事①者九人。平原君怒，将杀奢。奢因说曰："君于赵为贵公子，今纵君家而不奉公则法削，法削则国弱，国弱则诸侯加兵，诸侯加兵是无赵也，君安得有此富乎！以君之贵，奉公如法则上下平，上下平则国强，国强则赵固，而君为贵戚，岂轻于天下邪？"平原君以为贤，言之于王。王用之治国赋，国赋大平，民富而府库实。《**史记卷81·列传第21·廉颇蔺相如**》

【注释】①用事：当权执政。

【以古鉴今】邻人失火会烧了你的房，国破何以家为？别做树倒猢狲散的傻事。一盘散沙抱不成团，是愚人干的蠢事，是历史上太多国破家亡的主因。相信我为人人的付出，定会收到人人为我的回报。

纸上谈兵

赵括自少时学兵法，言兵事，以天下莫能当。尝与其父奢言兵事，奢不能难，然不谓善。括母问奢其故，奢曰："兵，死地也，而括易言之。使赵不将括即已，若必将之，破赵军者必括也。"及括将行，其母上书言于王曰："括不可使将。"王曰："何以？"对曰："始妾事其父，时为将，身所奉饭饮而进食者以十数，所友者以百数。大王及宗室所赏赐者尽以予军吏士大夫，受命之日，不问家事。今括一旦为将，东向而朝，军吏无敢仰视之者；王所赐金帛，归藏于家，而日视便利田宅可买者买之。王以为何如其父？父子异心，愿王勿遣。”王曰：“毋置之，吾已决矣。”括母因曰：“王终遣之，即有如不称，妾得无随坐乎？”王许诺。

赵括既代廉颇，悉更约束，易置军吏。秦将白起闻之，纵奇兵，详败走，而绝其粮道，分断其军为二，士卒离心。四十余日，军饿，赵括出锐卒自搏战，秦军射杀赵括。括军败，数十万之众遂降秦，秦悉坑之。赵前后所亡凡四十五万。明年，秦兵遂围邯郸。岁余，几不得脱。赖楚、魏诸侯来救，乃得解邯郸之围。赵王亦以括母先言，竟不诛也。《**史记卷 81 · 列传第 21 · 廉颇蔺相如**》

【**以古鉴今**】纸上得来终觉浅，百无一用是书生。

市道交

廉颇之免长平归也，失势之时，故客尽去。及复用为将，客又复至。廉颇曰：“客退矣！”客曰：“吁①！君何见之晚也？夫天下以市道交②，君有势，我则从君，君无势则去，此固其理也，有何怨乎？”《**史记卷 81 · 列传第 21 · 廉颇蔺相如**》

【**注释**】①吁：叹气，表示惊异。②市道交：买卖双方之间的关系。比喻人与人之间以利害关系为转移的交情。

【**以古鉴今**】说世道交者皆小人，有失公允，说现实倒是事实。人与人交往是互补的、对等的，彼此在对方那里得到自己需要的，交往处于平衡状态，这时是朋友。有一方失去这一能力，就破坏了平衡，维系朋友的纽带断了，朋友没得做了，离去亦属人情。

跑腿学舌亦非小事

赵王使使者视廉颇尚可用否。廉颇之仇郭开多与使者金，令毁之。赵使者既见廉颇，廉颇为之一饭斗米，肉十斤，被甲上马，以示尚可用。赵使还报王曰:“廉将军虽老,尚善饭,然与臣坐,顷之三遗矢矣。”赵王以为老，遂不召。《**史记卷 81 · 列传第 21 · 廉颇蔺相如**》

【以古鉴今】重大事情如果像赵王这样，只看折子听汇报是会误事的。有句俚语说，阎王好见，小鬼难缠，估计这个使者不会是什么要员，可他竟敢拿军国大事当儿戏。因为他的视野就只能看到钱，至于国家的安危，对他似乎不如真金白银来得直接。看似跑腿学舌的小事，如所涉非轻，岂可所差非人。

士不为商贾事

平原君欲封鲁连，鲁连辞让（使）者三，终不肯受。平原君乃置酒，酒酣起前，以千金为鲁连寿。鲁连笑曰:“所贵于天下之士者，为人排患释难解纷乱而无取也。即有取者，是商贾之事也，而连不忍为也。”遂辞平原君而去，终身不复见。《**史记卷 83 · 列传第 23 · 鲁仲连邹阳**》

【以古鉴今】只做“为人排患释难解纷乱而无取”的君子；莫为“名为山人心同商贾，口谈道德而志在穿窬（yú）”的小人。把这句话放在枕边案头，让自己俯仰可见，久必有进。

人在自处耳

李斯者，楚上蔡人也。年少时，为郡小吏，见吏舍厕中鼠食不絜，近人犬，数惊恐之。斯入仓，观仓中鼠，食积粟，居大庑①之下，不见人犬之忧。于是李斯乃叹曰："人之贤不肖譬如鼠矣，在所自处耳！"《史记卷 87 · 列传第 27 · 李斯》

【注释】①庑：在高台基址上，周边连续建屋，以围成一个内向空间的院落，其周长屋，即古文献所谓的"庑"。奴隶制时代的庑，是一种防御性的设置。后世，宫廷外周更加筑宫墙、宫城，然而庑作为一种设置，一直被保留下来。

【以古鉴今】上蔡之一介布衣，因见到厕中鼠吃粪便，且怕人怕狗惊恐百端；而仓中鼠吃黍米，却从容肥大，顿悟"鼠在所居，人固择地"。从此投在荀子门下，学习帝王之术、治国之道，终成为一代名相，影响了一个时代。

物禁大盛

斯长男由为三川守，诸男皆尚秦公主，女悉嫁秦诸公子。三川守李由告归咸阳，李斯置酒于家，百官长皆前为寿，门廷车骑以千数。李斯喟然①而叹曰："嗟乎②！吾闻之荀卿曰'物禁大盛'。夫斯乃上蔡布衣，闾巷之黔首，上不知其驽下③，遂擢至此。当今人臣之位无居臣上者，可谓富贵极矣。物极则衰，吾未知所税驾④也！"《史记卷 87 · 列传第 27 · 李斯》

【注释】①喟然：迅疾貌，形容叹气的样子。②嗟乎：感叹词，相当于"唉"。③驽下：资质驽钝，才能低下。④税 tuō 驾：解下驾车的马，停车，有休息或归宿之意。

【以古鉴今】既知物极则衰，何不涵容外物修养自己，却联手赵高矫诏立胡亥，杀扶苏、蒙恬、蒙毅，最后直落得"求牵黄犬出上蔡东门，听华亭之鹤唳，岂可得哉"的秦末亡而斯先被五刑、夷三族。人啊，不是自己明白就能做得好，如果外部大环境不允许，个人仍是无能为力的。

令出法随

彭越者，昌邑人也，字仲。常渔钜野泽中，为群盗。陈胜、项梁之起，少年或谓越曰:“诸豪杰相立畔秦,仲可以来,亦效之。”彭越曰:“两龙方斗，且待之。”

居岁余，泽间少年相聚百余人，往从彭越，曰:“请仲为长。”越谢曰:“臣不愿与诸君。”少年强请,乃许。与期旦日日出会,后期者斩。旦日日出，十余人后，后者至日中。于是越谢曰:“臣老，诸君强以为长。今期而多后，不可尽诛，诛最后者一人。”令校长[1]斩之。皆笑曰:“何至是?请后不敢。”于是越乃引一人斩之，设坛祭，乃令徒属[2]。徒属皆大惊，畏越，莫敢仰视。乃行略地，收诸侯散卒，得千余人。《**史记卷90·列传第30·魏豹彭越**》

【**注释**】①校长：古代士卒一队之长。②徒属：有管辖关系的部属。

【**以古鉴今**】众人要组织起来干造反的勾当，一盘散沙岂能成事？必须是令行禁止。你在这时懈怠，实属政治上的糊涂人。也好，你的死警醒了他人，可能比你活着起的作用更大，因为你糊涂到如此地步，怕是活着也没有多大用处。

寄人篱下

淮阴侯韩信者，淮阴人也。始为布衣时，贫无行[1]，不得推择为吏，又不能治生商贾,常从人寄食饮,人多厌之者,常数从其下乡南昌亭长寄食,数月，亭长妻患之，乃晨炊蓐食[2]。食时信往，不为具食。信亦知其意，怒，竟绝去。

信钓于城下，诸母漂，有一母见信饥，饭信，竟漂数十日。信喜，谓漂母曰："吾必有以重报母。"母怒曰："大丈夫不能自食，吾哀王孙而进食[3]，岂望报乎！"**《史记卷 92 · 列传第 32 · 淮阴侯》**

【注释】①无行：行为恶劣；品行不好，有才无行。②晨炊蓐rù食：早晨做好了饭在被子里就把它吃掉。③吾哀王孙而进食：我可怜公子才给你饭吃。

【以古鉴今】"宁做乞儿"，也不可"寄人篱下"。乞讨是自食其力，干稀冷热，舒心；而寄人篱下，吃白饭，遭白眼，堵心！

胯下之辱

淮阴屠中少年有侮信者，曰："若虽长大，好带刀剑，中情怯耳。"众辱之曰："信能死，刺我；不能死，出我袴下。"于是信孰视之，俛出袴下，蒲伏。一市人皆笑信，以为怯。**《史记卷 92 · 列传第 32 · 淮阴侯》**

【以古鉴今】市井无赖的恶作剧，对心怀大抱负的韩信而言，没有那班小人看得那么重，这从他成名后并没有报复，而是把那混混弄去做了个小军官，就能明白他当时的心迹。因为彼此本来就不在一个层面上，一方穷极无聊寻开心，一方在积极储备知识寻求实现人生价值的途径。

追韩信

信数与萧何语，何奇之。至南郑，诸将行道亡者数十人，信度何等已数言上，上不我用，即亡。何闻信亡，不及以闻，自追之。人有言上曰：“丞相何亡。”上大怒，如失左右手。居一二日，何来谒上，上且怒且喜，骂何曰：“若亡，何也？”何曰：“臣不敢亡也，臣追亡者。”上曰：“若所追者谁？”何曰：“韩信也。”上复骂曰：“诸将亡者以十数，公无所追；追信，诈也。”何曰：“诸将易得耳。至如信者，国士无双。王必欲长王汉中，无所事信；必欲争天下，非信无所与计事者。顾王策安所决耳。”王曰：“吾亦欲东耳，安能郁郁久居此乎？”何曰：“王计必欲东，能用信，信即留；不能用，信终亡耳。”王曰：“吾为公以为将。”何曰：“虽为将，信必不留。”王曰：“以为大将。”何曰：“幸甚。”于是王欲召信拜之。何曰：“王素慢无礼，今拜大将如呼小儿耳，此乃信所以去也。王必欲拜之，择良日，斋戒[1]，设坛场[2]，具礼，乃可耳。”王许之。诸将皆喜，人人各自以为得大将。至拜大将，乃韩信也，一军皆惊。**《史记卷 92 · 列传第 32 · 淮阴侯》**

【注释】①斋戒：清除心的不净叫“斋”，禁止身的过非叫“戒”，斋戒就是守戒以杜绝一切嗜欲。②坛场：古代设坛举行祭祀、继位、盟会、拜将等大典的场所。

【以古鉴今】人类不生翅膀，却能乘飞机上天；不习水性，却能造船舶下水。何也？善假于物也。善于整合，统筹调度，形成互补。用好这十二个字，经商你是 CEO，从政你能当总统。贫穷卑微不是命不好，是没有集众思的能力！

足蹑汉王

汉四年，遂皆降平齐。使人言汉王曰：“齐伪诈多变，反复之国也，南边楚，不为假王以镇之，其势不定。愿为假王便。”当是时，楚方急围汉王于荥阳，韩信使者至，发书，汉王大怒，骂曰：“吾困于此，旦暮望若来佐我，乃欲自立为王！”张良、陈平蹑汉王足，因附耳语曰：“汉方不利，宁能禁信之王乎？不如因而立，善遇之，使自为守。不然，变生。”汉王亦悟，因复骂曰："大丈夫定诸侯，即为真王耳，何以假为！"乃遣张良往立信为齐王，征其兵击楚。《史记卷 92·列传第 32·淮阴侯》

【以古鉴今】这就是刘邦能胜项羽的原因，试想没有张良、陈平"蹑汉王足"，让他继续"骂"下去，历史可能就是另一个版本了。正因他身边聚集着方方面面的人才，所遇困难很快被克服，产生矛盾及时被化解，胜利当然非他莫属了。

妇人之仁

楚已亡龙且①，项王恐，使盱眙人武涉往说齐王信曰："天下共苦秦久矣，相与戮力击秦。秦已破，计功割地，分土而王之，以休士卒。今汉王复兴兵而东，侵人之分，夺人之地，已破三秦，引兵出关，收诸侯之兵以东击楚，其意非尽吞天下者不休，其不知厌足如是甚也。且汉王不可必，身居项王掌握中数矣，项王怜而活之，然得脱，辄倍约②，复击项王，其不可亲信如此。今足下虽自以与汉王为厚交，为之尽力用兵，终为之所禽矣。足下所以得须臾至今者，以项王尚存也。当今二王之事，权在足下。足下右投则汉王胜，左投则项王胜。项王今日亡，则次取足下。足下与项王有故，何不反汉与楚连和，参分天下王之？今释此时，而自必于汉以击楚，且为智者固若此乎！"韩信谢曰："臣事项王，官不过郎中，位不过执戟，言不听，画不用，故倍楚而归汉。汉王授我上将军印，予我数万众，解衣衣我，推食食我，言听计用，故吾得以至于此。夫人深亲信我，我倍之不祥，虽死不易。幸为信谢项王！"《史记卷 92·列传第 32·淮阴侯》

【注释】①龙且 jū：秦末楚汉争霸时期西楚国项羽手下第一猛将，与季布、钟离眜、英布、虞子期为楚军五大将。官拜西楚国大司马。②倍约：倍通"背"，即背约。

【以古鉴今】不自立而依附于人，命运就掌握在别人手里，以至非命于妇人之手。如有自立的可能，就不要犹豫，做仨人的小老板，也胜于做总裁的跟班，鸡头凤尾之别不可不察！

人各有差

上常从容与信言诸将能不，各有差①。上问曰："如我能将几何？"信曰："陛下不过能将十万。"上曰："于君何如？"曰："臣多多而益善耳。"上笑曰："多多益善，何为为我禽？"信曰："陛下不能将兵，而善将将，此乃信之所以为陛下禽也。且陛下所谓天授，非人力也。"《**史记卷92·列传第32·淮阴侯**》

【**注释**】①各有差：差，差别，差异。各有差别。

【**以古鉴今**】能行之者未必能言，能言之者未必能行。将兵，具体、细碎，行之者；将将，大政、方针，言之者。人都是有能有不能，可悲的是多数人终其一生，也不知自己啥能啥不能，空叹知己最难！

各为其主

高祖已从豨军来，至，见信死，且喜且怜之，问："信死亦何言？"吕后曰："信言恨不用蒯通计。"高祖曰："是齐辩士也。"乃诏齐捕蒯通。蒯通至，上曰："若教淮阴侯反乎？"对曰："然，臣固教之。竖子不用臣之策，故令自夷于此。如彼竖子用臣之计，陛下安得而夷之乎！"上怒曰："亨之。"通曰："嗟乎，冤哉亨也！"上曰："若教韩信反，何冤？"对曰："秦之纲绝而维弛，山东大扰，异姓并起，英俊乌集。秦失其鹿，天下共逐之，于是高材疾足者先得焉。蹠之狗吠尧，尧非不仁，狗因吠非其主。当是时，臣唯独知韩信，非知陛下也。且天下锐精持锋欲为陛下所为者甚众，顾力不能耳。又可尽亨之邪？”高帝曰：“置之。”乃释通之罪。《**史记卷 92 · 列传第 32 · 淮阴侯**》

【以古鉴今】乱世纷争，都在寻找舞台演自己这出戏。难免看不准，站错队，但只要不东倒西歪，即便如蒯通、魏徵般似不可恕，也会有刘邦、李世民等认可你是真人。最不济的是那些有奶就是娘者，让人不齿。

袁盎长者也

袁盎者，楚人也，字丝。父故为群盗，徙处安陵。高后时，盎尝为吕禄舍人。及孝文帝即位，盎兄哙任盎为中郎。

绛侯为丞相，朝罢趋出，意得甚。上礼之恭，常目送之。袁盎进曰：“陛下以丞相何如人？”上曰：“社稷臣。”盎曰：“绛侯所谓功臣，非社稷臣，社稷臣主在与在，主亡与亡。方吕后时，诸吕用事，擅相王，刘氏不绝如带。是时绛侯为太尉，主兵柄，弗能正。吕后崩，大臣相与共畔诸吕，太尉主兵，适会其成功，所谓功臣，非社稷臣。丞相如有骄主色。陛下谦让，臣主失礼，窃为陛下不取也。”后朝，上益庄，丞相益畏。已而绛侯望袁盎曰：“吾与而兄善，今儿廷毁我！”盎遂不谢。

及绛侯免相之国，国人上书告以为反，征系清室，宗室诸公莫敢为言，唯袁盎明绛侯无罪。绛侯得释，盎颇有力。绛侯乃大与盎结交。《**史记卷 101 · 列传第 41 · 袁盎晁错**》

【以古鉴今】正是绛侯得意时，公事公言之，纠正了臣主失礼的弊病；又是绛侯罢相，国人告他谋反时，仍是公事公言之，站出来说他无罪，使其得以清白。你得意时我不巴结，你落难时我也不落井下石，始终以国事为重，不带半点个人成分，袁盎长者也！

搬起石头砸自己脚

袁盎常引大体慷慨，宦者赵同以数幸，常害袁盎，袁盎患之。盎兄子种为常侍骑，持节夹乘，说盎曰："君与斗，廷辱之，使其毁不用。"孝文帝出，赵同参乘①，袁盎伏车前曰："臣闻天子所与共六尺舆者，皆天下豪英。今汉虽乏人，陛下独奈何与刀锯余人②载！"于是上笑，下赵同。赵同泣下车。

《史记卷 101 · 列传第 41 · 袁盎晁错》

【注释】①参乘 cān chéng：古代乘车，尊者在左，御者在中，一人在右陪坐，陪坐者称"参乘"或"车右"。②刀锯余人：刑余之人，又指宦官。

【以古鉴今】好好当自己的太监享受宠幸得了，却飘飘然和大臣斗法，结果人家一句话，连车子也没得坐了，这就叫搬起石头砸自己的脚。人间毁誉荣辱有外加诸人者，但更多是自己作的，不甘寂寞就是一种，无福消受现在，把将来也断送了。

名正言顺

上幸上林，皇后、慎夫人从。其在禁中，常同席坐。及坐，郎署长布席，袁盎引却①慎夫人坐。慎夫人怒，不肯坐。上亦怒，起，入禁中。盎因前曰："臣闻尊卑有序则上下和。今陛下既已立后，慎夫人乃妾，妾主岂可与同坐哉！适所以失尊卑矣。且陛下幸之，即厚赐之。陛下所以为慎夫人，适所以祸之。陛下独不见'人彘'乎？"于是上乃说②，召语慎夫人。慎夫人赐盎金五十斤。

《史记卷 101 · 列传第 41 · 袁盎晁错》

【注释】①引却：退却。②说 yuè：同"悦"。

【以古鉴今】尊卑有序是对的，它与平等不是一回事，与你喜欢不喜欢也不是一回事。是名分，是秩序，没了这种秩序，一切都名不正言不顺了，什么事也做不成了，后果一定是悲惨的。

与人方便，自己方便

袁盎以太常使吴。吴王欲使将，不肯。欲杀之，使一都尉以五百人围守盎军中。袁盎自其为吴相时，（尝）有从史[1]尝盗爱盎侍儿，盎知之，弗泄，遇之如故。人有告从史，言“君知尔与侍者通”，乃亡归，袁盎驱自追之，遂以侍者赐之，复为从史。及袁盎使吴见守，从史适为守盎校尉司马，乃悉以其装赍置二石醇醪，会天寒，士卒饥渴，饮酒醉，西南陬[2]卒皆卧。司马夜引袁盎起，曰：“君可以去矣！吴王期旦日斩君。”盎弗信，曰：“公何为者？”司马曰：“臣故为从史盗君侍儿者。”盎乃惊谢曰：“公幸有亲，吾不足以累公。”司马曰：“君弟去，臣亦且亡，辟吾亲，君何患！”乃以刀决张[3]，道从醉卒（直）隧出，司马与分背[4]。袁盎解节毛怀之，杖，步行七八里，明，见梁骑，骑驰去，遂归报。《史记卷101·列传第41·袁盎晁错》

【注释】①从史：只随官僚，不主文书。②陬：角落。③决张：劈开帐幕。④分背：也作“分北”，分手、别离。

【以古鉴今】从史虽做错了事，但错已铸成，深究无益，何如成全他们呢。当事人高兴，自己也落得清静，两全其美。事实证明，当初若不宽待从史，今夜就死定了，正应了与人方便，自己方便的话。

肉食者鄙

晁错者，颍川人也。（中略）晁错已死，谒者仆射邓公为校尉，击吴楚军为将。还，上书言军事，谒见上。上问曰："道军所来，闻晁错死，吴楚罢不？"邓公曰："吴王为反数十年矣，发怒削地，以诛错为名，其意非在错也。且臣恐天下之士噤口，不敢复言也！"上曰："何哉？"邓公曰："夫晁错患诸侯强大不可制，故请削地以尊京师，万世之利也。计画始行，卒受大戮，内杜忠臣之口，外为诸侯报仇，臣窃为陛下不取也。"于是景帝默然良久，曰："公言善，吾亦恨之。"《**史记卷 101 · 列传第 41 · 袁盎晁错**》

【以古鉴今】官场是个怪圈，在那里光有理是不行的。因为那里有权力、利害、人情、事故，诸多因素纠缠在一起，真是扯不断理还乱，所以，被杀下狱的不一定是真罪人，高居庙堂的也未必就是真好人。那里的好坏对错是不同俗的。

执法不阿

张廷尉释之者，堵阳人也，字季。（中略）太子与梁王共车入朝，不下司马门，于是释之追止太子、梁王无得入殿门。遂劾不下公门不敬，奏之。薄太后闻之，文帝免冠谢曰："教儿子不谨。"薄太后乃使使承诏赦太子、梁王，然后得入。文帝由是奇释之，拜为中大夫。《**史记卷 102 · 列传第 42 · 张释之冯唐**》

【以古鉴今】看来只要你依法秉公办事，即便是皇帝，乃至皇帝的老妈也拿你没办法，还得向你致谢，承认自己教子不谨。

无欲何戚

顷之，至中郎将。从行至霸陵，居北临厕。是时慎夫人从，上指示慎夫人新丰道，曰："此走邯郸道也。"使慎夫人鼓瑟，上自倚瑟而歌，意惨凄悲怀，顾谓群臣曰："嗟乎！以北山石为椁，用纻絮斫[1]陈，蕠漆其间，岂可动哉！"左右皆曰："善。"释之前进曰："使其中有可欲者，虽锢南山犹有郄[2]；使其中无可欲者，虽无石椁，又何戚焉！"**《史记卷102·列传第42·张释之冯唐》**

【注释】①斫：本意是大锄，引申为砍、斩。②郄 xì：空隙、嫌隙。

【以古鉴今】盗不盗不在于你埋得严不严实，而在于里面有没有人们想要的东西。如有，就一定是你能埋进去，他就能"盗"出来！

事有时也

顷之，上行出中渭桥，有一人从桥下走出，乘舆马惊。于是使骑捕，属之廷尉。释之治问。曰："县人来，闻跸[1]，匿桥下。久之，以为行已过，即出，见乘舆车骑，即走耳。"廷尉奏当，一人犯跸，当罚金。文帝怒曰："此人亲惊吾马，吾马赖柔和，令他马，固不败伤我乎？而廷尉乃当之罚金！"释之曰："法者天子所与天下公共也。今法如此而更重之，是法不信于民也。且方其时，上使立诛之则已。今既下廷尉，廷尉，天下之平也，一倾而天下用法皆为轻重，民安所措其手足？唯陛下察之。"良久，上曰："廷尉当是也。"**《史记卷102·列传第42·张释之冯唐》**

【注释】①跸：本意是帝王出行时开路清道，禁止他人通行，引申指帝王出行的车驾。

【以古鉴今】"且方其时"的话耐人寻味。就是说当时皇帝要杀也就杀了，既然当时没杀而交到廷尉，就得走法律程序，此时皇帝的话也算不得数了。时移势易，处理的方法乃至结果都会不一样，告诉我们事有时也。

依法而行

其后有人盗高庙坐前玉环，捕得，文帝怒，下廷尉治。释之案律盗宗庙服御物者为奏，奏当弃市①。上大怒曰："人之无道，乃盗先帝庙器，吾属廷尉者，欲致之族，而君以法奏之，非吾所以共承宗庙意也。"释之免冠顿首谢曰："法如是足也。且罪等，然以逆顺为差。今盗宗庙器而族之，有如万分之一，假令愚民取长陵一抔土，陛下何以加其法乎？"久之，文帝与太后言之，乃许廷尉当。《**史记卷 102 · 列传第 42 · 张释之冯唐**》

【注释】①弃市：在大众集聚的闹市，对犯人执行死刑。以示为大众所弃的刑罚。

【以古鉴今】做今天的事，就要想到此类事昨天是怎么了断的？明天再发生如何处置？既要考虑事情的连续性，又不能让后来者难以为继。

尊老是美德

王生者，善为黄老言，处士①也。尝召居廷中，三公九卿尽会立，王生老人，曰"吾袜解"，顾谓张廷尉："为我结袜！"释之跪而结之。既已，人或谓王生曰："独奈何廷辱张廷尉，使跪结袜？"王生曰："吾老且贱，自度终无益于张廷尉。张廷尉方今天下名臣，吾故聊辱廷尉，使跪结袜，欲以重之。"诸公闻之，贤王生而重张廷尉。《**史记卷 102 · 列传第 42 · 张释之冯唐**》

【注释】①处士：原指有德才而隐居不愿做官的人，后泛指没有做过官的读书人。

【以古鉴今】我有一同学，休息日和妻子拌嘴，理亏，母亲拿着鸡毛掸子将他撵出了大门，他停下来，被老妈打了一顿掸子杆。事后问他咋不跑了，他说：老太太岁数大了，跑摔着就坏了，站住让她打几下，气消了就好了。不少街坊看到了，没人笑话，都伸大拇指说“孝子”！为老年人提供帮助，让些方便，被父母申斥甚或是责打，不丢人，也不降身份，反倒彰显你有修养。

做人才是第一位的

万石君名奋，其父赵人也，姓石氏。赵亡，徙居温。高祖东击项籍，过河内，时奋年十五，为小吏，侍高祖。高祖与语，爱其恭敬，问曰：“若何有？”对曰：“奋独有母，不幸失明。家贫。有姊，能鼓琴。”高祖曰：“若能从我乎？”曰：“愿尽力。”于是高祖召其姊为美人，以奋为中涓[①]，受书谒，徙其家长安中戚里，以姊为美人故也。其官至孝文时，积功劳至大中大夫。无文学，恭谨无与比。

文帝时，东阳侯张相如为太子太傅，免。选可为傅者，皆推奋，奋为太子太傅。《**史记卷 103 · 列传第 43 · 万石张叔**》

【**注释**】①中涓：官名，指宫中主清洁洒扫的太监，后世一般指宦官。

【**以古鉴今**】没有太多学问的人，大可不必气馁自卑，因为我们是人，所以做人才是第一位的，其他都得排在后边。只要你德行不差，就永远不比别人矮。

身教重于言教

孝景帝季年，万石君以上大夫禄归老于家，以岁时为朝臣。过宫门阙，万石君必下车趋，见路马必式焉[①]。子孙为小吏，来归谒，万石君必朝服见之，不名[②]。子孙有过失，不谯让[③]，为便坐，对案不食。然后诸子相责，因长老肉袒[④]固谢罪，改之，乃许。子孙胜冠者在侧，虽燕居[⑤]必冠，申申如也[⑥]。僮仆䜣䜣如也，唯谨。上时赐食于家，必稽首俯伏而食之，如在上前。其执丧，哀戚甚悼。子孙遵教，亦如之。万石君家以孝谨闻乎郡国，虽齐鲁诸儒质行，皆自以为不及也。《史记卷 103 · 列传第 43 · 万石张叔》

【注释】①过宫门阙……见路马必式焉：经过皇帝的门楼，一定下车快走；看见皇帝的车驾，一定扶着车前的横木表示敬意。式，同“轼”。②不名：不直呼其名，表示优礼或尊重之意。③谯 qiào 让：谴责。④肉袒：脱去上衣，裸露肢体。古人在祭祀或谢罪时以此表示恭敬或惶恐。⑤燕居：闲居在家，独自一人闲暇无事。⑥申申如也：申，直也；如，自然，没有念头。内心空寂、清净，自然正直。

【以古鉴今】子孙有过失，不谴责，只是罢饭，逼着兄弟相责，直至谢罪改之乃许。而且，自己是人前人后一个样，家里外头一个样。要求子孙们做到的自己先做到，都是发自骨子里的谦恭谨敬。日久天长形成性格，自觉就做得好了。

家有一老，如有一宝

万石君徙居陵里。内史庆醉归，入外门不下车。万石君闻之，不食。庆恐，肉袒请罪，不许。举宗及兄建肉袒，万石君让[①]曰：“内史贵人，入闾里[②]，里中长老皆走匿，而内史坐车中自如，固当！”乃谢罢庆。庆及诸子弟入里门，趋至家。《史记卷 103 · 列传第 43 · 万石张叔》

【注释】①让：责备，谴责。②闾里：古代城镇中有围墙的住宅区，借指平民，邻居。

【以古鉴今】家有一老，如有一宝，有长者在那盯着你的言行举止，稍有差池就绝食上吊，你还敢歪歪一步吗？久而久之，不待人提醒，已成习惯。

老好人不好

塞侯直不疑者，南阳人也。为郎，事文帝。其同舍有告归，误持同舍郎金去，已而金主觉，妄意不疑，不疑谢有之，买金偿。而告归者来而归金，而前郎亡金者大惭，以此称为长者。文帝称举，稍迁至太中大夫。朝廷见，人或毁曰："不疑状貌甚美，然独无奈其善盗嫂何也！"不疑闻，曰："我乃无兄。"然终不自明也。《**史记卷 103 · 列传第 43 · 万石张叔**》

【以古鉴今】史上不乏褒奖这种侮不辩、辱不恼的人，我持不同看法。虽说清者自清，但我仍对这种向莫须有忍让的人怀疑，是不敢还是不肖？这是失金，你偿金就是了，倘是失命，难不成就不争不辩，偿命不成？这样的"长者"就是"老好人"，还是不要当了！

医者误人

扁鹊者，渤海郡郑人也，姓秦氏，名越人。（中略）扁鹊过齐，齐桓侯客之。入朝见，曰："君有疾在腠理[①]，不治将深。"桓侯曰："寡人无疾。"扁鹊出，桓侯谓左右曰："医之好利也，欲以不疾者为功。"后五日，扁鹊复见，曰："君有疾在血脉，不治恐深。"桓侯曰："寡人无疾。"扁鹊出，桓侯不悦。后五日，扁鹊复见，曰："君有疾在肠胃间，不治将深。"桓侯不应。扁鹊出，桓侯不悦。后五日，扁鹊复见，望见桓侯而退走。桓侯使人问其故。扁鹊曰："疾之居腠理也，汤熨之所及也；在血脉，针石之所及也；其在肠胃，酒醪之所及也；其在骨髓，虽司命无奈之何。今在骨髓，臣是以无请也。"后五日，桓侯体病，使人召扁鹊，扁鹊已逃去。桓侯遂死。

使圣人预知微，能使良医得蚤从事，则疾可已，身可活也。人之所病，病疾多；而医之所病，病道少。故病有六不治：骄恣不论于理，一不治也；

轻身重财，二不治也；衣食不能适，三不治也；阴阳并，藏气不定，四不治也；形羸不能服药，五不治也；信巫不信医，六不治也。有此一者，则重难治也。**《史记卷 105 · 列传第 45 · 扁鹊仓公》**

【注释】①腠 còu 理：腠者，三焦通会元真之处；理者，皮肤脏腑之纹理也。

【以古鉴今】桓侯不是讳疾忌医，是病未发而人无不适，误以“医之好利也，欲以不疾者为功”，属情理中事，在可恕之列。可医者明白，不治会死人，却撂下一句话走人，最后弄成“重难治也”，所以我说是医者误人！

干大事别怕得罪人

魏其侯窦婴者，孝文后从兄子也。（中略）梁孝王者，孝景弟也，其母窦太后爱之。梁孝王朝，因昆弟燕饮。是时上未立太子，酒酣，从容言曰：“千秋之后传梁王。”太后欢。窦婴引卮[①]酒进上，曰：“天下者，高祖天下，父子相传，此汉之约也，上何以得擅传梁王！”太后由此憎窦婴。窦婴亦薄其官，因病免。太后除窦婴门籍，不得入朝请。**《史记卷 107 · 列传第 47 · 魏其武安侯》**

【注释】①卮 zhī：盛酒的器皿。

【以古鉴今】皇权的传承，在宫内是家事，酒酣面热从容就是一说。可在国家层面上，它却是国事，是必慎之又慎，犹恐有失的。此时窦婴站出来纠偏，可以说是挽救了国家，获罪也值。

有理也得让人

灌将军夫者，颍阴人也。（中略）武安已罢朝，出止车门，召韩御史大夫载，怒曰：“与长孺共一老秃翁，何为首鼠两端[1]？”韩御史良久谓丞相曰：“君何不自喜？夫魏其毁君，君当免冠解印绶归，曰‘臣以肺腑幸得待罪，固非其任，魏其言皆是’。如此，上必多君有让，不废君。魏其必内愧，杜门齰舌[2]自杀。今人毁君，君亦毁人，譬如贾竖[3]女子争言，何其无大体也！”武安谢罪曰：“争时急，不知出此。”《**史记卷107·列传第47·魏其武安侯**》

【**注释**】①首鼠两端：首鼠，踌躇。形容迟疑不决、瞻前顾后。②齰zé舌：咬啮舌头，表示悔恨已极；不说话，或不敢说话。③贾竖：旧时对商人的贱称。

【**以古鉴今**】互相指责谩骂正酣，有一方不作声，那就不同了。不管为什么争，先退出的才是胜利者，胜在忍让！而仍喋喋不休者，不管当初理在何方，已是输了，输在不饶人。所以说人在慌乱或气急时，仍能有条理、有章法、有节制，才见修养功夫。

世事难料

其后安国坐法抵罪，蒙狱吏田甲辱安国。安国曰：“死灰独不复然乎？”田甲曰：“然即溺之。”居无何，梁内史缺，汉使使者拜安国为梁内史，起徒中为二千石。田甲亡走。安国曰：“甲不就官，我灭尔宗。”甲因肉袒谢。安国笑曰：“可溺矣！公等足与治乎？”卒善遇之。《**史记卷108·列传第48·韩长孺**》

【**以古鉴今**】韩安国，长者也，能善待倒霉时侮辱自己的人，不然恼起来“灭尔宗”可就惨了。说话留口德，做事留余地，说白了就是给将来留退路！

不可恶语伤人

李将军广者，陇西成纪人也。（中略）尝夜从一骑出，从人田间饮。还至霸陵亭，霸陵尉醉，呵止广。广骑曰："故李将军。"尉曰："今将军尚不得夜行，何乃故也！"止广宿亭下。居无何，匈奴入杀辽西太守，败韩将军，后韩将军徙右北平。于是天子乃召拜广为右北平太守。广即请霸陵尉与俱，至军而斩之。《**史记卷 109 · 列传第 49 · 李将军**》

【以古鉴今】你职责所在不让过没错，但什么"今将军尚不得夜行，何乃故也"的话，对下野之人这样的讽刺挖苦，实在是不如骂他好受。人挨几句骂可以忍，但对伤自尊心的话，却是容易记恨，霸陵尉丢命似也在情理之中了。

精神作用于物质

广出猎，见草中石，以为虎而射之，中石没镞[①]，视之石也。因复更射之，终不能复入石矣。广所居郡闻有虎，尝自射之。及居右北平射虎，虎腾伤广，广亦竟射杀之。《**史记卷 109 · 列传第 49 · 李将军**》

【注释】①镞：箭头。战国后期武器，通长 5.3 厘米。横截面作三角形，狭刃，十分锋利。

【以古鉴今】以为是虎，竟可中石没镞；知其为石，头脑连同肌肉，都被石不可入的思维禁锢了，终不能复入矣。正是初生牛犊不怕虎，长出角来反怕狼的意思，所以说英雄出少年，大来就世故了。

谦恭待人，成就自己

广廉，得赏赐辄分其麾下，饮食与士共之。终广之身，为二千石四十余年，家无余财，终不言家产事。广为人长，猿臂，其善射亦天性也，虽其子孙他人学者，莫能及广。广讷口少言，与人居则画地为军陈，射阔狭以饮。专以射为戏，竟死。广之将兵，乏绝[1]之处，见水，士卒不尽饮，广不近水，士卒不尽食，广不尝食。宽缓不苛，士以此爱乐为用。其射，见敌急，非在数十步之内，度不中不发，发即应弦而倒。用此，其将兵数困辱，其射猛兽亦为所伤云。《**史记卷 109 · 列传第 49 · 李将军**》

【**注释**】①乏绝：食用缺乏、断绝，多指暂时供应不继。

【**以古鉴今**】宽缓不苛，士乐为用。士乐为用就易打胜仗，经常打胜仗，当然就是名将了。由此可知，人际关系是人生成败的关键，是资源，要懂得节省并谨慎着使用。

不去当别人的家

丞相公孙弘者，齐菑川国薛县人也，字季。（中略）弘为人恢奇多闻，常称以为人主病不广大，人臣病不俭节。弘为布被，食不重肉。后母死，服丧三年。每朝会议，开陈其端，令人主自择，不肯面折庭争。于是天子察其行敦厚，辩论有余，习文法吏事，而又缘饰以儒术，上大说之。《**史记卷 112 · 列传第 52 · 平津侯主父**》

【**以古鉴今**】遇事可以谈自己的看法，但不要把自己的意见加于人。大主意让人家自己拿，就是对妻儿也不越俎代庖，这是大智慧！

不诛而害除

主父偃者，齐临菑人也。（中略）偃说上曰："古者诸侯不过百里，强弱之形易制。今诸侯或连城数十，地方千里，缓则骄奢易为淫乱，急则阻其强而合从以逆京师。今以法割削之，则逆节萌起，前日晁错是也。今诸侯子弟或十数，而适嗣代立，余虽骨肉，无尺寸地封，则仁孝之道不宣。愿陛下令诸侯得推恩分子弟，以地侯之。彼人人喜得所愿，上以德施，实分其国，不削而稍弱矣。"于是上从其计。《**史记卷 112 · 列传第 52 · 平津侯主父**》

【**以古鉴今**】阴谋阳谋？看着是老少都得了好处，实则是谁都成不了事。所以好事坏事还得分分清楚，别眼前得个小好处，长远却是个大窟窿。这就是所谓的政治权术，人不能玩权术，但却不能不懂权术！

上行下效

孙叔敖者，楚之处士也。（中略）楚民俗好庳①车，王以为庳车不便马，欲下令使高之。相曰："令数下，民不知所从，不可。王必欲高车，臣请教闾里使高其梱②。乘车者皆君子，君子不能数下车。"王许之。居半岁，民悉自高其车。

此不教而民从其化，近者视而效之，远者四面望而法之。故三得相而不喜，知其才自得之也；三去相而不悔，知非己之罪也。《**史记卷 119 · 列传第 59 · 循吏 · 孙叔敖**》

【**注释**】①庳 bǐ：低；矮。②梱 kǔn：门槛。

【**以古鉴今**】要民怎样，官先做出样子，上行下效，不教而民从其化，近者效之，远者法之。至于工作的调动，职务的升降，只要不是自己的主观原因造成的，就不必介怀，顺其自然最好。

去掉“自是”之心

《说苑》云：“孙叔敖为令尹，一国吏民皆来贺。有一老父衣粗衣，冠白冠，后来，吊曰：‘有身贵而骄人者，民亡之；位已高而擅权者，君恶之；禄已厚而不知足者，患处之。’叔敖再拜，敬受命，愿闻余教。父曰：‘位已高而意益下，官益大而心益小，禄已厚而慎不取。君谨守此三者，足以治楚。’”《**史记卷119·列传第59·循吏·孙叔敖（注）**》

【**以古鉴今**】能以“吊言”警醒自己，以“余教”为官箴，你就是有福之人，亦是家门之幸！

一时与长远

公仪休者，鲁博士也。以高弟为鲁相。奉法循理，无所变更，百官自正。（中略）客有遗相鱼者，相不受。客曰：“闻君嗜鱼，遗君鱼，何故不受也？”相曰：“以嗜鱼，故不受也。今为相，能自给鱼；今受鱼而免，谁复给我鱼者？吾故不受也。”《**史记卷119·列传第59·循吏·公仪休**》

【**以古鉴今**】深刻！鱼是送给相爷的，公仪休今为相，鱼就送公仪相爷。明天因“受鱼而免”，那鱼可能就送张相爷、李相爷了，没公仪休的事了。而且，你不送了，我也无力买了，岂不再无鱼可吃。贪一时损长远不划算，所以这鱼不能收。

受大者不得取小

食茹而美，拔其园葵而弃之。见其家织布好，而疾出其家妇，燔[1]其机，云“欲令农士工女安所雠其货乎”？《史记卷119 · 列传第59 · 循吏 · 公仪休》

【注释】①燔：本意是焚烧，引申为烧、烤。如人民饥饿，相燔烧以求食。

【以古鉴今】食禄者不得与民争利，受大者不得取小，天理也。这一点儿孙们要记住：人不能太贪心，不要得了大的还要小的。须知贫富太悬殊，人奈何你不得，老天也不放过你！

舍生取义

石奢者，楚昭王相也。坚直廉正，无所阿避[1]。行县，道有杀人者，相追之，乃其父也。纵其父而还自系焉。使人言之王曰：“杀人者，臣之父也。夫以父立政，不孝也；废法纵罪，非忠也；臣罪当死。”王曰：“追而不及，不当伏罪，子其治事矣。”石奢曰：“不私其父，非孝子也；不奉主法，非忠臣也。王赦其罪，上惠也；伏诛而死，臣职也。”遂不受令，自刎而死。《史记卷119 · 列传第59 · 循吏 · 石奢》

【注释】①阿 ā 避：曲从回避。

【以古鉴今】忠臣、孝子、义士！

失刑则刑，失死则死

李离者，晋文公之理①也。过听杀人②，自拘当死。文公曰："官有贵贱，罚有轻重。下吏有过，非子之罪也。"李离曰："臣居官为长，不与吏让位；受禄为多，不与下分利。今过听杀人，傅其罪下吏，非所闻也。"辞不受令。文公曰："子则自以为有罪，寡人亦有罪邪？"李离曰："理有法，失刑则刑，失死则死。③公以臣能听微决疑，故使为理。今过听杀人，罪当死。"遂不受令，伏剑而死。《**史记卷119·列传第59·循吏·李离**》

【**注释**】①理：法官。②过听杀人：听察案情有误而枉杀人命。③理有法，失刑则刑，失死则死：法官断案有法规，错判刑就要亲自受刑，错杀人就要以死偿命。

【**以古鉴今**】法律既有"失死则死"之规定，李离当死。然虽当死，能做到不推诿、不逃避，以身护法，实为难得之真君子！

"好"招人烦

汲黯字长孺，濮阳人也。（中略）孝景帝崩，太子即位，黯为谒者①。东越相攻，上使黯往视之。不至，至吴而还，报曰："越人相攻，固其俗然，不足以辱天子之使。"河内失火，延烧千余家，上使黯往视之。还报曰："家人失火，屋比延烧，不足忧也。臣过河南，河南贫人伤水旱万余家，或父子相食，臣谨以便宜②，持节发河南仓粟以赈贫民。臣请归节，伏矫制③之罪。"上贤而释之，迁为荥阳令。黯耻为令，病归田里。上闻，乃召拜为中大夫。以数切谏，不得久留内，迁为东海太守。《**史记卷120·列传第60·汲郑**》

【**注释**】①谒者：官名，始置于春秋战国时期，为国君掌管传达；使者的别称；古时亦用以泛指传达、通报的奴仆。②便 biàn 宜：便于公、宜于人。斟酌事宜，不拘陈规。③矫制：矫，托言受诏；制，制书，古代皇帝命令的一种。擅自越权处理事物，违反国家制度；假托君命行事；假托君命之人。

【以古鉴今】让干的事一件没干，没让干的事却干得很彻底，是个有见地的人。那些无足轻重的事，让那一般闲汉去做，而那事关百姓生死的大事不待吩咐，就能主动去做，宁冒杀头的危险也要做好。如此中正耿直之人终因数切谏，而不得久留京师。由此也不难看出，由古至今好官为什么如凤毛麟角了，不听话就离远点，因为你的“好”招人烦！

官为民役

黯学黄老之言，治官理民，好清静，择丞史而任之。其治，责大指而已，不苛小。黯多病，卧闺阁[①]内不出。岁余，东海大治。称之。上闻，召以为主爵都尉[②]，列于九卿。治务在无为而已，弘大体，不拘文法。《**史记卷120·列传第60·汲郑**》

【注释】①闺阁gé：内室小门。旧时指女子居住的内室。②主爵都尉：主要负责诸侯国各王及其子孙封爵夺爵等事宜。

【以古鉴今】官为民役。不扰民是官对民最大的爱护，让百姓按自己的意愿去生活。

无完人

黯为人性倨，少礼，面折，不能容人之过。合己者善待之，不合己者不能忍见，士亦以此不附焉。然好学，游侠[①]，任气节，内行修絜[②]，好直谏，数犯主之颜色，常慕傅柏、袁盎之为人也。善灌夫、郑当时及宗正刘弃。

亦以数直谏，不得久居位。《史记卷 120 · 列传第 60 · 汲郑》

【注释】①游侠：古代称豪爽好交游、轻生重义、勇于排难解纷的人。②修絜 jié：同“脩絜”，高尚纯洁。

【以古鉴今】人无完人，这样爱护百姓的好官，做人却偏激，容不得别人有缺点，与人处不好关系，不得久居位。正是予之齿者去其角，傅其翼者两其足，上帝也不让好事聚于一人之身。好被你独占了，别人岂不没好了？

纵爱身，奈辱国家何

当是时，太后弟武安侯蚡为丞相，中二千石来拜谒，蚡不为礼。然黯见蚡未尝拜，常揖之。天子方招文学儒者，上曰吾欲云云，黯对曰：“陛下内多欲而外施仁义，奈何欲效唐虞之治乎！”上默然，怒，变色而罢朝。公卿皆为黯惧。上退，谓左右曰：“甚矣，汲黯之戆也！”群臣或数黯，黯曰：“天子置公卿辅弼之臣，宁令从谀承意，陷主于不义乎？且已在其位，纵爱身，奈辱朝廷何！”《史记卷 120 · 列传第 60 · 汲郑》

【以古鉴今】汲黯戆也！这里是孔孟之乡、礼仪之邦，是讲面子的民族，面子比理、比法都大。岂可直白地批评“天子”？就算你讲的是真理，在中国也需分分时间、地点、场合、语气、对象。如此直来直去，别说皇帝，就是小百姓也会不高兴的，因此讲话需要委婉！

做孩子的伯乐

张汤者，杜人也。其父为长安丞，出，汤为儿守舍。还而鼠盗肉，其父怒，笞汤。汤掘窟得盗鼠及余肉，劾鼠掠治，传爰书[①]，讯鞫[②]论报，并取鼠与肉，具狱磔[③]堂下。其父见之，视其文辞如老狱吏，大惊，遂使书狱。《史记卷122·列传第62·酷吏·张汤》

【注释】①爰书：古代记录囚犯供词的文书。②讯鞫 jū：审讯。③磔 zhé：古代一种酷刑，即分尸。

【以古鉴今】人的天赋小时就有所表现，只是很少有人注意。家长应及早发现孩子的兴趣、爱好和长处，因势利导，尽人力使天性得以生发，做孩子的伯乐。

命运使然

邓通，蜀郡南安人也，以濯船[①]为黄头郎[②]。孝文帝梦欲上天，不能，有一黄头郎从后推之上天，顾见其衣裻[③]带后穿。觉而之渐台，以梦中阴目求推者郎，即见邓通，其衣后穿，梦中所见也。召问其名姓，姓邓氏，名通，文帝说焉，尊幸之日异。通亦愿谨，不好外交，虽赐洗沐，不欲出。于是文帝赏赐通巨万以十数，官至上大夫。文帝时时如邓通家游戏。然邓通无他能，不能有所荐士，独自谨其身以媚上而已。上使善相者相通，曰“当贫饿死”。文帝曰：“能富通者在我也，何谓贫乎？”于是赐邓通蜀严道铜山，得自铸钱，“邓氏钱”布天下。其富如此。

文帝尝病痈，邓通常为帝唶吮[④]之。文帝不乐，从容问通曰：“天下谁最爱我者乎？”通曰：“宜莫如太子。”太子入问病，文帝使唶痈，唶痈而色难之。已而闻邓通常为帝唶吮之，心惭，由此怨通矣。及文帝崩，景帝立，邓通免，家居。居无何，人有告邓通盗出徼外铸钱。下吏验问，颇有之，遂竟案，尽没入邓通家，尚负责数巨万。长公主赐邓通，吏辄随没入之，一簪不得著身。于是长公主乃令假衣食。竟不得名一钱，寄死人家。《史记卷125·列传第65·佞幸·邓通》

【注释】①濯 zhào 船：用桨划船。濯，通“棹”。②黄头郎：汉代掌管船舶行驶的吏员，头戴黄帽，故称“黄头郎”。后泛指船夫。③裻 dú：衣背缝。④唶 jiè 吮：吮吸。

【以古鉴今】能使邓通富者，皇权也。皇权，人事也；饿死，天命也。皇权再大，其奈天命何？我相信人生有命，但我又说不清楚，想不明白，可我宁愿它有。因为在人生路上，有许多的无奈，只一句“这都是命”，就释然了，就不再那般纠结了，使心有个安放处，总比终日惴惴强。

这就是命

（韩）嫣者，弓高侯孽孙[①]也。今上为胶东王时，嫣与上学书相爱。及上为太子，愈益亲嫣。嫣善骑射，善佞[②]。上即位，欲事伐匈奴，而嫣先习胡兵，以故益尊贵，官至上大夫，赏赐拟于邓通。时嫣常与上卧起。江都王入朝，有诏得从入猎上林中。天子车驾跸道[③]未行，而先使嫣乘副车，从数十百骑，骛驰视兽。江都王望见，以为天子，辟从者，伏谒[④]道傍。嫣驱不见。既过，江都王怒，为皇太后泣曰：“请得归国入宿卫，比韩嫣。”太后由此嗛[⑤]嫣。嫣侍上，出入永巷不禁，以奸闻皇太后。皇太后怒，使使赐嫣死。上为谢，终不能得，嫣遂死。《**史记卷125·列传第65·佞幸·韩嫣**》

【注释】①孽孙：庶出之孙。②善佞：口才敏捷而所言皆善。③跸道：禁行人，以清车驾所过之路。指帝王车驾行经之路。④伏谒：在古时指谒见尊者，伏地通姓名。⑤嗛 xián：怀恨。

【以古鉴今】在我看来这就是命，韩嫣有皇帝这棵大树罩着，他的人生应该是一路顺风。可凭空杀出个江都王来，且在韩嫣执行正常公务时，阴差阳错地让江都王给误会了。于是惹恼了太后，不但没借着皇帝同学的光，还因了这层关系搭上了性命。

劝不行就顺势放大

优孟，故楚之乐人也。（中略）楚庄王之时，有所爱马，衣以文绣，置之华屋之下，席以露床，啗[①]以枣脯。马病肥死，使群臣丧之，欲以棺椁大夫礼葬之。左右争之，以为不可。王下令曰："有敢以马谏者，罪至死。"优孟闻之，入殿门，仰天大哭。王惊而问其故。优孟曰："马者王之所爱也，以楚国堂堂之大，何求不得，而以大夫礼葬之，薄，请以人君礼葬之。"王曰："何如？"对曰："臣请以雕玉为棺，文梓为椁，楩[②]枫豫章为题凑[③]，发甲卒为穿圹[④]，老弱负土，齐赵陪位于前，韩魏翼卫其后，庙食太牢，奉以万户之邑。诸侯闻之，皆知大王贱人而贵马也。"王曰："寡人之过一至此乎！为之奈何？"优孟曰："请为大王六畜葬之。以垅灶为椁，铜历为棺，赍以姜枣，荐以木兰，祭以粮稻，衣以火光，葬之于人腹肠。"于是王乃使以马属太官，无令天下久闻也。《**史记卷126·列传第66·滑稽·优孟**》

【**注释**】①啗 dàn："啖"的异体字，吃或给人吃。②楩 pián：南方大木，即今黄楩木是也。③题凑：古代天子的椁制，也赐用于大臣。椁室用大木累积而成，木头皆内向为椁盖，上尖下方，犹如屋檐四垂，谓之"题凑"。题，头也；凑，聚集也。以头内向，所以为固。④圹 kuàng：墓穴，亦指坟墓。

【**以古鉴今**】见过小孩哭闹不止吗？怎么也哄不好时，就跟他说，使劲哭，再大点声；或索性你也号啕大哭起来，一般情况下他反而不哭了。大人亦然，在他固执己见、听不进正确意见时，不妨将问题放大，也许他能在被放大的事物面前看清是非对错呢！

账看你怎么算

《吕氏春秋》云："楚孙叔敖有功于国，疾将死，戒其子曰：'王数欲封我，我辞不受。我死，必封汝。汝无受利地，荆楚间有寝丘者，其为地不利，而前有妒谷，后有戾丘，其名恶，可长有也。’其子从之。楚功臣封二世而收，唯寝丘不夺也。”《史记卷126·列传第66·滑稽（注）》

【以古鉴今】年薪百万的岗位，你能干得久么？如果是十万八万呢，抢你饭碗的人还会多吗？道理一也！寝丘不利，却十世不绝，正是微福常享，强于暴富一朝。这个账看你怎么算！

小幽默，大道理

优旃[1]者，秦倡侏儒也。善为笑言，然合于大道，秦始皇时，置酒而天雨，陛楯[2]者皆沾寒。优旃见而哀之，谓之曰："汝欲休乎？"陛楯者皆曰："幸甚。"优旃曰："我即呼汝，汝疾应曰诺。"居有顷，殿上上寿呼万岁。优旃临槛大呼曰："陛楯郎！"郎曰："诺。"优旃曰："汝虽长，何益，幸雨立。我虽短也，幸休居。"于是始皇使陛楯者得半相代。

始皇尝议欲大苑囿，东至函谷关，西至雍、陈仓。优旃曰："善。多纵禽兽于其中，寇从东方来，令麋鹿触之足矣。"始皇以故辍止。《史记卷126·列传第66·滑稽·优旃》

【注释】①旃 zhān：亦作旜，赤色曲柄旗。②陛楯 dùn：执楯侍卫陛侧。指执楯立于陛侧的侍卫。

【以古鉴今】说的虽像笑话，可听话听音，明白人都能听出弦外音。似这种把劝人的大道理寓于滑稽的笑谈中，既不显得比被劝者高明，也容易被接受，可谓会说话者也。

妙哉“还顾”

武帝时有所幸倡①郭舍人者，发言陈辞虽不合大道，然令人主和说。武帝少时，东武侯母尝养帝，帝壮时，号之曰“大乳母”。率一月再朝。朝奏入，有诏使幸臣马游卿以帛五十匹赐乳母，又奉饮糒②飧③养乳母。乳母上书曰:“某所有公田,愿得假倩④之。”帝曰:“乳母欲得之乎？”以赐乳母。乳母所言，未尝不听。有诏得令乳母乘车行驰道中。当此之时，公卿大臣皆敬重乳母。乳母家子孙奴从者横暴长安中,当道掣顿⑤人车马,夺人衣服。闻于中，不忍致之法。有司请徙乳母家室，处之于边。奏可。乳母当入至前，面见辞。乳母先见郭舍人，为下泣。舍人曰:“即入见辞去，疾步数还顾。”乳母如其言,谢去,疾步数还顾。郭舍人疾言骂之曰:“咄⑥！老女子！何不疾行！陛下已壮矣，宁尚须汝乳而活邪？尚何还顾！”于是人主怜焉悲之，乃下诏止无徙乳母，罚谪谮之者。《**史记卷126·列传第66·滑稽·郭舍人**》

【**注释**】①幸倡：帝王宠爱的倡优。②糒 bèi：干粮。③飧 sūn：晚餐。④假倩：借贷。假手于人。假，不真实的；不是本来的。⑤掣顿：硬拉，强夺。犹困顿。⑥咄：呵斥。

【**以古鉴今**】劝人有多种方法，一般正面的说教，多是苍白无力，收效甚微。如能从侧面或反面，刺激一下执意者的神经，会收到一语惊醒梦中人的奇效。“陛下已壮矣，宁尚须汝乳而活邪？”语含鸟尽弓藏之意，效果好极了。

话在人说，事在人为

昔者，齐王使淳于髡献鹄于楚。出邑门，道飞其鹄，徒揭空笼，造诈成辞，往见楚王曰:“齐王使臣来献鹄，过于水上，不忍鹄之渴，出而饮之，去我飞亡。吾欲刺腹绞颈而死，恐人之议吾王以鸟兽之故令士自伤杀也。鹄，毛物，多相类者，吾欲买而代之，是不信而欺吾王也。欲赴佗国奔亡，痛吾两主使不通。故来服过，叩头受罪大王。”楚王曰：“善，齐王有信士若此哉！”厚赐之，财倍鹄在也。《**史记卷126·列传第66·滑稽·淳于髡**》

【以古鉴今】明显是谎言诈辞，可听者又多不去揭穿，就是他给谎言的注脚却是实话，且入情入理，再揭穿已无补，索性做个顺水人情。

以威御俗，民不敢欺

魏文侯时，西门豹为邺令。豹往到邺，会长老，问之民所疾苦。长老曰：“苦为河伯娶妇，以故贫。”豹问其故，对曰：“邺三老、廷掾常岁赋敛百姓，收取其钱得数百万，用其二三十万为河伯娶妇，与祝巫共分其余钱持归。当其时，巫行视小家女好者，云是当为河伯妇，即聘取。洗沐之，为治新缯绮縠[①]衣，间居斋戒；为治斋宫河上，张缇绛帷，女居其中。为具牛酒饭食，十余日。共粉饰之，如嫁女床席，令女居其上，浮之河中。始浮，行数十里乃没。其人家有好女者，恐大巫祝为河伯取之，以故多持女远逃亡。以故城中益空无人，又困贫，所从来久远矣。民人俗语曰‘即不为河伯娶妇，水来漂没，溺其人民’云。”西门豹曰：“至为河伯娶妇时，愿三老、巫祝、父老送女河上，幸来告语之，吾亦往送女。”皆曰：“诺。”

至其时，西门豹往会之河上。三老、官属、豪长者、里父老皆会，以人民往观之者三二千人。其巫，老女子也，已年七十。从弟子女十人所，皆衣缯单衣，立大巫后。西门豹曰：“呼河伯妇来，视其好丑。”即将女出帷中，来至前。豹视之，顾谓三老、巫祝、父老曰：“是女子不好，烦大巫妪为入报河伯，得更求好女，后日送之。”即使吏卒共抱大巫妪投之河中。有顷，曰：“巫妪何久也？弟子趣之！”复以弟子一人投河中。有顷，曰：“弟子何久也？

复使一人趣之！”复投一弟子河中。凡投三弟子。西门豹曰：“巫妪弟子是女子也，不能白事，烦三老为入白之。”复投三老河中。西门豹簪笔磬折，向河立待良久。长老、吏傍观者皆惊恐。西门豹顾曰：“巫妪、三老不来还，奈之何？”欲复使廷掾与豪长者一人入趣之。皆叩头，叩头且破，额血流地，色如死灰。西门豹曰：“诺，且留待之须臾。”须臾，豹曰：“廷掾起矣。状河伯留客之久，若皆罢去归矣。”邺吏民大惊恐，从是以后，不敢复言为河伯娶妇。《**史记卷 126 · 列传第 66 · 滑稽 · 西门豹**》

【**注释**】①縠 hú：丝织品。

【**以古鉴今**】西门豹的装糊涂，却禁绝了邺民的疾苦。社会上不法的人做违法的事的情况很多，但如结成团伙形成风气，并长时间得不到解决，放心吧，不是官绅勾结，就是政府不作为。不用劳神费力去和这般小人周旋，整饬吏治问题准能解决。

民可乐成，不可虑始

西门豹即发民凿十二渠，引河水灌民田，田皆溉。当其时，民治渠少烦苦，不欲也。豹曰：“民可以乐成，不可与虑始。今父老子弟虽患苦我，然百岁后期令父老子孙思我言。”至今皆得水利，民人以给足富。十二渠经绝驰道，到汉之立，而长吏以为十二渠桥绝驰道，相比近，不可。欲合渠水，且至驰道合三渠为一桥。邺民人父老不肯听长吏，以为西门君所为也，贤君之法式[①]不可更也。长吏终听置之。故西门豹为邺令，名闻天下，泽流后世，无绝已时，几可谓非贤大夫哉！《**史记卷 126·列传第 66·滑稽·西门豹**》

【**注释**】①法式：标准的格式。

【以古鉴今】民可以乐成，不可与虑始。民，别而听之则愚，合而听之则圣。在事实真相尚不明朗时，人们看法不一也属正常。当坐实了你是为他们好，且被你看得起，他们是最易被感动，也最知道感恩的！

异于常人

高祖，沛丰邑中阳里人也，姓刘氏。（中略）单父[①]人吕公善沛令，辟仇[②]，从之客，因家焉。沛中豪杰吏闻令有重客，皆往贺。萧何为主吏，主进，令诸大夫曰："进不满千钱，坐之堂下。"高祖为亭长，素易诸吏，乃绐为谒曰"贺钱万"，实不持一钱。谒入，吕公大惊，起，迎之门。吕公者，好相人，见高祖状貌，因重敬之，引入坐上坐。萧何曰："刘季固多大言，少成事。"高祖因狎侮[③]诸客，遂坐上坐，无所诎。《**汉书卷1上·帝纪第1上·高祖上**》

【注释】①单父 shàn fǔ：春秋鲁国邑名。②辟仇：避仇，古代法律规定：杀人者遇赦免刑，而被杀者家中尚有近亲属，为履行赦令，又防止仇杀，被赦者不得返居故乡，要移居千里之外落户。③狎侮：轻慢，戏弄。常用以形容人物言行举止。

【以古鉴今】看出与众不同了吧？一个子儿没拿愣说万钱，这是流气还是霸气？正因为他不走寻常路，才开创了400年汉室基业。人世不可说亦未可知，只要你敢，一切皆有可能。

有尊严地归去

上击布时，为流矢所中，行道疾。疾甚，吕后迎良医。医入见，上问医。曰："疾可治。"于是上嫚骂[①]之，曰："吾以布衣提三尺取天下，此非天命乎？

命乃在天，虽扁鹊何益！”遂不使治疾，赐黄金五十斤，罢之。吕后问曰：“陛下百岁后，萧相国既死，谁令代之？”上曰：“曹参可。”问其次，曰：“王陵可，然少戆，陈平可以助之。陈平知有余，然难独任。周勃重厚少文，然安刘氏者必勃也，可令为太尉。”吕后复问其次，上曰：“此后亦非乃所知也。”《**汉书卷 1 下·帝纪第 1 下·高祖下**》

【**注释**】①嫚骂：书面语，义同谩骂、漫骂等，但较正式。

【**以古鉴今**】病不可医就放弃，何必为多活几天而大费周折呢，多活几天少活几天有什么不同呢？尊严丧尽而获几个不能动转的晨昏，到头来仍不免一死，劳人伤财，真的好没意思。大限到了就消停走人，将臭皮囊还给大地。

真话假话辨

王陵，沛人也。（中略）陵为人少文任气①，好直言，为右丞相二岁，惠帝崩。高后欲立诸吕为王，问陵。陵曰：“高皇帝刑白马而盟②曰：‘非刘氏而王者，天下共击之。’今王吕氏，非约也。”太后不说。问左丞相平及绛侯周勃等，皆曰：“高帝定天下，王子弟。今太后称制，欲王昆弟诸吕，无所不可。”太后喜。罢朝，陵让平、勃曰：“始与高帝唼血③而盟，诸君不在邪。今高帝崩，太后女主，欲王吕氏，诸君纵欲阿意背约，何面目见高帝于地下乎？”平曰：“于面折廷争，臣不如君；全社稷，定刘氏后，君亦不如臣。”陵无以应之。于是吕太后欲废陵，乃阳迁陵为帝太傅，实夺之相权。陵怒，谢病免，闭门竟不朝请，十年而薨。《**汉书卷 40·列传第 10·王陵**》

【**注释**】①任气：意气用事。②刑白马而盟：当时会盟的内容为：非刘氏不得王，非有功不得侯。不如约，天下共击之。③唼 shà 血：歃血，古人会盟时以牲血涂于口旁，表示诚信。唼（唼喋），形容鱼、鸟吃东西的声音。

【以古鉴今】怎样讲话，是有讲究的。王陵面折廷争的话实且真，结果被阳迁太傅，实夺相权，让他没了施展才能的平台，好想法也得搁浅，一气还呜呼了。陈平、周勃“违听之”，说的是顺情假话，却留下了继续斗争的“青山”，结果是全社稷，定刘氏后，取得了恢复汉业的最终胜利。

非至亲莫敢逆鳞

樊哙，沛人也，以屠狗为事。（中略）哙以吕后弟吕须为妇，生子伉，故其比诸将最亲。先黥布造反时，高帝尝病，恶见人，卧禁中，诏户者[①]不得入群臣，群臣绛、灌婴莫敢入。十余日，哙乃排闼[②]直入，大臣随之。上独枕一宦者卧。哙等见上，流涕曰：“始陛下与臣等起丰沛，定天下，何其壮也！今天下已定，又何惫也！且陛下病甚，大臣震恐，不见臣等计事，顾独与一宦者绝乎？且陛下独不见赵高之事乎？”高祖笑而起。《**汉书卷41·列传第11·樊哙**》

【注释】①户者：守门的人。②排闼：闼，门、小门。推门，撞开门。

【以古鉴今】为某一目标而奋斗时，人的精力都是非常集中的，可获得阶段性成功后，却大多会松口气、惫懒，也多在这时最容易埋下失败的种子。能自觉者不多，有人提醒，能笑而改之，也就善莫大焉了！

逆取顺守，文武并用

陆贾，楚人也。（中略）贾时时前说称《诗》《书》。高帝骂之曰：“乃公居马上得之，安事《诗》《书》！”贾曰：“马上得之，宁可以马上治乎？且汤、武逆取而以顺守之，文武并用，长久之术也。昔者吴王夫差、智伯极武而亡；秦任刑法不变，卒灭赵氏。乡使秦以并天下，行仁义，法先圣，陛下安得而有之？”高帝不怿①，有惭色，谓贾曰：“试为我著秦所以失天下，吾所以得之者，及古成败之国。”贾凡著十二篇。每奏一篇，高帝未尝不称善，左右呼万岁，称其书曰《新语》。《汉书卷 43 · 列传第 13 · 陆贾》

【注释】①怿：喜悦。

【以古鉴今】推翻旧政权，要用革命的暴力手段，就需要武功；建立、巩固新政权，则需要文治。此意转至常人，为什么创业时很是了得，而成功后却很快又失败了呢？原因可能很多，但其中很大原因是创业和守业用的是一个套路，须知功成必改其物，业定必易其教。

忠厚长者

张欧字叔，高祖功臣安丘侯说少子也。欧孝文时以治刑名侍太子，然其人长者。景帝时尊重，常为九卿。至武帝元朔中，代韩安国为御史大夫。欧为吏，未尝言按人①，剸以诚长者处官。官属以为长者，亦不敢大欺。上具狱事，有可却②，却之；不可者，不得已，为涕泣，面而封之。其爱人如此。

老笃，请免，天子亦宠以上大夫禄，归老于家。家阳陵。子孙咸至大官。《汉书卷 46 · 列传第 16 · 张欧》

【注释】①未尝言按人：从不曾惩治别人。②却：推辞、拒绝。

【以古鉴今】满心的仁恕，见不得别人变坏受苦，对人总是一副菩萨心肠。好人亲他、敬他，坏人也“不敢大欺”。这样的人品对他人可收不肃而成之教，对事业可获不言而治之功，积阴德护佑子孙，见阳德归老于家！

聪明不可使尽

贾谊，雒阳人也，年十八，以能诵诗书属文称于郡中。（中略）是时，谊年二十余，最为少。每诏令议下，诸老先生未能言，谊尽为之对，人人各如其意所出。诸生于是以为能。文帝说之，超迁，岁中至太中大夫。

谊以为汉兴二十余年，天下和洽，宜当改正朔[①]，易服色制度，定官名，兴礼乐。乃草具其仪法，色上黄，数用五，为官名悉更，奏之。文帝谦让未皇[②]也。然诸法令所更定，及列侯就国，其说皆谊发之。于是天子议以谊任公卿之位。绛、灌、东阳侯、冯敬之属尽害[③]之，乃毁谊曰“雒阳之人年少初学，专欲擅权，纷乱诸事”。于是天子后亦疏之，不用其议，以谊为长沙王太傅。《**汉书卷 48 · 列传第 18 · 贾谊**》

【注释】①正朔：由于我国古代天命理论、大一统思想，以及华夷之辨等古代思想理论的发展而产生的政治概念，即“正统”的意思。象征着一个王朝统治，代表中国的合法性与唯一性。而其他同时期并列的政权，则往往被称为“番”“虏”“夷”“贼”等。②谦让未皇：皇通“遑”。谦让未暇。③害：嫉妒。

【以古鉴今】当周围人都不如你的时候，你就要小心了，不可将聪明使尽而把他人都比下去，一定要留出空间供别人施展才能，否则你就是众矢之的。那时大伙的口水怕也能淹死你，上边为了平衡关系，也得调开你，起码先让耳根清净。没了平台，才能也就没有用了，结果是可想而知的。

小处见性情

郑当时字庄，陈人也。（中略）当时为大吏，戒门下：“客至，亡贵贱亡留门者。[1]”执宾主之礼，以其贵下人。性廉，又不治产，卬奉赐给诸公。然其馈遗人，不过具器食。每朝，候上间说，未尝不言天下长者。其推毂士及官属丞史，诚有味其言也。常引以为贤于己。未尝名吏，与官属言，若恐伤之。闻人之善言，进之上，唯恐后。山东诸公以此翕然[2]称郑庄。《汉书卷 50 · 列传第 20 · 郑当时》

【注释】①客至，亡贵贱亡留门者：客人到来，无论地位高低，（都要立即通报），不要让他滞留在门口等候。②翕然：言论、行为一致。

【以古鉴今】没有轰轰烈烈，没有豪言壮语，日常小事都做得好，山东诸公翕然称庄公！其实人的能力大小各有等差，只要尽力就够了。

无市则情淡

先是下邽[1]翟公为廷尉，宾客亦填门，及废，门外可设爵罗。后复为廷尉，客欲往，翟公大署其门，曰：“一死一生，乃知交情；一贫一富，乃知交态；一贵一贱，交情乃见。”《汉书卷 50 · 列传第 20 · 郑当时（翟公）》

【注释】①邽 kuī：割杀；割取。

【以古鉴今】翟公差矣，为廷尉，对他人有用，所以宾客填门；及废，无用矣，当然就门可罗雀了。人在社会上，总得有得售，知识、智慧、权力、技艺、体力、美色，甚至美言亦在可售之列，这就叫有用于人。当别人在你这无可取时，形不成互市，你还抱怨人家离你而去，是没道理的。是你的穷尽，才使原来依靠你的人，做改换门庭的选择；你又有用了，他们再回来用你。其实人与人之间，永远是互为所用，有用则来，无用则去，人情也！

事异理一

卜式，河南人也。以田畜为事。有少弟，弟壮，式脱身出，独取畜羊百余，田宅财物尽与弟。式入山牧，十余年，羊致千余头，买田宅。而弟尽破其产，式辄复分与弟者数矣。

时汉方事匈奴，式上书，愿输家财半助边。上使使问式："欲为官乎？"式曰："自小牧羊，不习仕宦，不愿也。"使者曰："家岂有冤，欲言事乎？"式曰："臣生与人亡所争，邑人贫者贷之，不善者教之，所居，人皆从式，式何故见冤！"使者曰："苟，子何欲？[①]"式曰："天子诛匈奴，愚以为贤者宜死节，有财者宜输之，如此而匈奴可灭也。"使者以闻。上以语丞相弘。弘曰："此非人情。不轨之臣不可以为化而乱法，愿陛下勿许。"上不报，数岁乃置式。式归，复田牧。

岁余，会浑邪等降，县官费众，仓府空，贫民大徙，皆卬给县官，无以尽赡。式复持钱二十万与河南太守，以给徙民。河南上富人助贫民者，上识式姓名，曰："是固前欲输其家半财助边。"乃赐式外繇四百人，式又尽复与官。是时富豪皆争匿财，唯式尤欲助费。上于是以式终长者，乃召拜式为中郎，赐爵左庶长，田十顷，布告天下，尊显以风百姓[②]。

初，式不愿为郎，上曰："吾有羊在上林中，欲令子牧之。"式既为郎，布衣草蹻[③]而牧羊。岁余，羊肥息。上过其羊所，善之。式曰："非独羊也，治民亦犹是矣。以时起居，恶者辄去，毋令败群。"上奇其言，欲试使治民。拜式缑氏令，缑氏便之；迁成皋令，将漕最。上以式朴忠，拜为齐王太傅，转为相。《**汉书卷58·列传第28·卜式**》

【**注释**】①苟，子何欲：假如你想要什么，就说出来吧。②尊显以风百姓：（用他的）

尊贵显赫及良好品德，教育、激励天下人。③蹻 juē：通“屩”，草鞋，鞋。

【以古鉴今】自小牧羊，没有学问，不懂官箴，却非让其当官，不料几经升迁，都能胜任。可见当官没什么秘密，就是把官家事当家事做，把辖内子民当家人待，凡事就都顺了。

匿名迹，远权势

（张）安世字子孺。（中略）尝有所荐，其人来谢，安世大恨，以为举贤达能，岂有私谢邪？绝勿复为通。有郎功高不调，自言，安世应曰：“君之功高，明主所知。人臣执事，何长短而自言乎！”绝不许。已而郎果迁。莫府长史迁，辞去之官，安世问以过失。长史曰：“将军为明主股肱，而士无所进，论者以为讥。”安世曰：“明主在上，贤不肖较然，臣下自修而已，何知士而荐之？”其欲匿名迹远权势如此。《汉书卷 59 · 列传第 29 · 张安世》

【以古鉴今】为国荐贤，拒谢私门，是高明之举。谢私门得的是被荐者的感激，拒绝他，把功劳推给皇帝，得的是皇帝的欢心。孰轻孰重？所以在社会上做事，要有长远眼光，能从多个角度透视它，始能把事情处理妥帖。

隐人小过

郎有醉小便殿上，主事白行法，安世曰：“何以知其不反水浆邪？如何以小过成罪！”《汉书卷 59 · 列传第 29 · 张安世》

【以古鉴今】身在高位，能“视下如伤”，实在是仁者。一句话保全了一个人，岂不是积阴德的好事。试想安世要是落井下石，此人会是怎样的结果。掩卷冥想，遇此类事，自己会怎么做呢？

以人为法可乎？

杜周，南阳杜衍人也。（中略）周少言重迟，而内深次骨。宣为左内史，周为廷尉，其治大抵放张汤，而善候司①。上所欲挤者，因而陷之；上所欲释，久系待问而微见其冤状。客有谓周曰："君为天下决平，不循三尺法②，专以人主意指为狱，狱者固如是乎？"周曰："三尺安出哉？前主所是著为律，后主所是疏为令；当时为是，何古之法乎！"《汉书卷60·列传第30·杜周》

【注释】①候司：窥探；侦察。②三尺法：精确地讲，是在二尺四寸的竹简上书写法律条文，称三尺法。

【以古鉴今】表面看杜周"扛顺风气"错了，但他"权力"就是法的说法，粗听没道理，可细想想好像还真是那么回事。三尺法又出自谁？前一个皇帝的意志就是法律，后一个皇帝的意志就是法令，法也是随时而变的，哪里有自古以来不变的法呢？

情理之中

朱买臣字翁子，吴人也。家贫，好读书，不治产业，常艾薪樵，卖以给食，担束薪，行且诵书。其妻亦负戴相随，数止买臣毋歌呕道中。买臣愈益疾歌，妻羞之，求去。买臣笑曰："我年五十当富贵，今已四十余矣。女①苦日久，待我富贵报女功。"妻恚怒曰："如公等，终饿死沟中耳，何能富贵！"买臣不能留，即听去。《汉书卷第64上·列传第34上·朱买臣》

【注释】①女：通“汝”，你。

【以古鉴今】如果连起码的生存条件都不具备，女人想换种活法也无可厚非，有能活的法，谁愿意就一棵树吊死呢？这不叫见异思迁，也不算嫌贫爱富，只能说她热爱生活，不想饿死，她没有错。

自然的才是人性

初，买臣免，待诏，常从会稽守邸者寄居饭食。拜为太守，买臣衣故衣，怀其印绶，步归郡邸。直上计时，会稽吏方相与群饮，不视买臣。买臣入室中，守邸[1]与共食，食且饱，少见其绶，守邸怪之，前引其绶，视其印，会稽太守章也。守邸惊，出语上计掾吏。皆醉，大呼曰：“妄诞耳！”守邸曰：“试来视之。”其故人素轻买臣者入内视之，还走，疾呼曰：“实然！”坐中惊骇，白守丞，相推排陈列中庭拜谒。买臣徐出户。有顷，长安厩吏乘驷马车来迎，买臣遂乘传去。会稽闻太守且至，发民除道，县长吏并送迎，车百余乘。入吴界，见其故妻、妻夫治道。买臣驻车，呼令后车载其夫妻，到太守舍，置园中，给食之。居一月，妻自经死，买臣乞其夫钱，令葬。悉召见故人与饮食诸尝有恩者，皆报复焉。《汉书卷第64上·列传第34上·朱买臣》

【注释】①守邸：守卫官邸的人。

【以古鉴今】这才是人类社会，有用趋前，无用靠后，是符合人性的。至于雪中送炭，那是不符合人性的，是思想后的情感选择，是权衡利弊后的理性行为。明白此理，再遇到所谓的“势利小人”，就不会哀叹人世险恶，就不会感到人心不古了。

不收亦无授

贾捐之字君房，贾谊之曾孙也。（中略）赖圣汉初兴，为百姓请命，平定天下。至孝文皇帝，闵中国未安，偃武行文，则断狱数百，民赋四十，丁男三年而一事。时有献千里马者，诏曰："鸾旗在前，属车在后，吉行日五十里，师行三十里，朕乘千里之马，独先安之？"于是还马，与道里费，而下诏曰："朕不受献也，其令四方毋求来献。"《**汉书卷第 64 下·列传第 34 下·贾捐之**》

【**以古鉴今**】谁都懂得贿赂是收授双方的事，没有收的，授给谁去。倘能如孝文皇帝之谨身率下，怕是没人有贿赂的瘾。

教子以谄

子咸字子康，年十八，以万年任为郎。有异材，抗直，数言事，刺讥近臣，书数十上，迁为左曹。万年尝病，召咸教戒于床下，语至夜半，咸睡，头触屏风。万年大怒，欲仗之，曰："乃公教戒汝，汝反睡，不听吾言，何也？"咸叩头谢曰："具晓所言，大要教咸谄也。"万年乃不复言。《**汉书卷 66·列传第 36·陈万年**》

【**以古鉴今**】几千年就这样一路"谄"下来，其结果是对错不辨，是非不分，唯领导之马首是瞻。领导就是正确的代名词，并且是什么都懂、什么都能的全才，这种家长式领导，必须连根拔掉，我们的事情才有可能办好。

断槛旌直臣

朱云字游，鲁人也，徙平陵。（中略）至成帝时，丞相故安昌侯张禹以帝师位特进，甚尊重。云上书求见，公卿在前。云曰："今朝廷大臣上不能匡主，下亡以益民，皆尸位素餐，孔子所谓'鄙夫不可与事君'，'苟患失之，亡所不至'者也。臣愿赐尚方斩马剑，断佞臣一人以厉其余。"上问："谁也？"对曰："安昌侯张禹。"上大怒，曰："小臣居下讪上，廷辱师傅，罪死不赦。"御史将云下，云攀殿槛，槛折。云呼曰："臣得下从龙逢、比干游于地下，足矣！未知圣朝何如耳？"御史遂将云去。于是左将军辛庆忌免冠解印绶，叩头殿下曰："此臣素著狂直于世。使其言是，不可诛；其言非，固当容之。臣敢以死争。"庆忌叩头流血。上意解，然后得已。及后当治槛，上曰："勿易！因而辑之，以旌直臣。"**《汉书卷 67 · 列传第 37 · 朱云》**

【以古鉴今】小小县令，敢参帝师，明知罪死不赦，却义无反顾。虽没告赢，但坏人坏事已昭，使人警醒，也达到目的了！

曲突徙薪

霍光字子孟，票骑将军去病弟也。（中略）霍氏奢侈，茂陵徐生曰："霍氏必亡。夫奢则不逊，不逊必侮上。侮上者，逆道也。在人之右，众必害之。霍氏秉权日久，害之者多矣。天下害之，而又行以逆道，不亡何待！"乃上疏言："霍氏泰盛，陛下即爱厚之，宜以时抑制，无使至亡。"书三上，辄报闻。其后霍氏诛灭，而告霍氏者皆封。人为徐生上书曰："臣闻客有过主人者，见其灶直突，傍有积薪，客谓主人，更为曲突，远徙其薪，不者且有火患。主人嘿然[①]不应。俄而家果失火，邻里共救之，幸而得息。于是杀牛置酒，谢其邻人，灼烂者在于上行，余各以功次坐，而不录言曲突者。人谓主人曰：‘乡使②听客之言，不费牛酒，终亡火患。今论功而请宾，曲突徙薪亡恩泽，焦头烂额为上客耶？’主人乃寤而请之，今茂陵徐福数上书言霍氏且有变，宜防绝之。乡使福说得行，则国亡裂土出爵之费，臣亡逆乱诛灭之败。往事既已，而福独不蒙其功，唯陛下察之，贵徙薪曲突之策，使居焦发灼烂之右。”上乃赐福帛十匹，后以为郎。**《汉书卷 68 · 列传第 38 · 霍光》**

【注释】①嘿 mò 然：沉默无言的样子。②乡 xiàng 使：假设之辞，假使。

【以古鉴今】人都是对眼前的、直接的在意，对未来的很抱有希望，对以往的则好了疮疤就忘了疼，所以别人忘记了我们的恩情，不要不依不饶，其实我们又何尝不是呢！你记得我的好，就有那回事；你不记得了，正好我也忘了。人间没有百年的恩怨，因为百年后我们都“极乐”了！

富者，众人之怨也

疏广字仲翁，东海兰陵人也。（中略）广既归乡里，日令家共具设酒食，请族人故旧宾客，与相娱乐。数问其家金余尚有几所，趣卖以共具。居岁余，广子孙窃谓其昆弟老人广所爱信者曰：“子孙几及君时颇立产业基址，今日饮食费且尽。宜从丈人所，劝说君买田宅。”老人即以闲暇时为广言此计，广曰：“吾岂老悖不念子孙哉？顾自有旧田庐，令子孙勤力其中，足以共衣食，与凡人齐。今复增益之以为赢余，但教子孙怠惰耳。贤而多财，则损其志；愚而多财，则益其过。且夫富者，众人之怨也；吾既亡以教化子孙，不欲益其过而生怨。又此金者，圣主所以惠养老臣也，故乐与乡党宗族共飨其赐，以尽吾余日，不亦可乎！”于是族人说服。皆以寿终。**《汉书卷 71 · 列传第 41 · 疏广》**

【以古鉴今】身后留给子孙的，应是完美的人格、强健的体魄、生活的本领，而不是房子、票子、车子，物质财富多了易怠惰、招怨。疏广留的是土地，他是要后人自己动手养活自己，懒在床上是要饿肚子的。

好话好说岂不更好

薛广德字长卿，沛郡相人也。（中略）广德为人温雅有酝藉①。及为三公，直言谏争。始拜旬日间，上幸甘泉，郊泰畤②，礼毕，因留射猎。广德上书曰："窃见关东困极，人民流离。陛下日撞亡秦之钟，听郑、卫之乐，臣诚悼之。今士卒暴露，从官劳倦，愿陛下亟反宫，思与百姓同忧乐，天下幸甚。"上即日还。其秋，上酎祭③宗庙，出便门，欲御楼船，广德当乘舆车，免冠顿首曰："宜从桥。"诏曰："大夫冠。"广德曰："陛下不听臣，臣自刎，以血污车轮，陛下不得入庙矣！"上不说。先驱光禄大夫张猛进曰："臣闻主圣臣直。乘船危，就桥安，圣主不乘危。御史大夫言可听。"上曰："晓人不当如是邪！"乃从桥。《汉书卷71·列传第41·薛广德》

【注释】①酝藉：宽和有涵容。②泰畤 zhì：典故名。古代天子在泰畤坛祭天神，后世遂以此为典。③酎 zhòu 祭：汉武帝时，制定《酎金律》，以正月旦作酒，八月始成，叫酎酒。每年八月，以酎酒祭祀宗庙，称为酎祭。

【以古鉴今】我倒觉得宣帝说得对，"晓人不当如是邪"。讲明"乘船危，就桥安"的道理，不就结了吗，干吗非寻死觅活呢，好话好说岂不更好？

别样为子孙

平当字子思。（中略）哀帝即位，征当为光禄大夫、诸吏、散骑，复为光禄勋、御史大夫，至丞相。以冬月，赐爵关内侯。明年春，上使使者召，欲封当。当病笃，不应召。室家[①]或谓当：“不可强起受侯印为子孙耶？”当曰：“吾居大位，已负素餐之责矣，起受侯印，还卧而死，死有余罪。今不起者，所以为子孙也。”遂上书乞骸骨。《汉书卷71·列传第41·平当》

【注释】①室家：古礼男以女为室，女以男为家，男女结合组成家庭。属室谓夫妇所居，家谓一门之内。

【以古鉴今】妻子欲平当“强起受侯印为子孙”，子孙袭爵，享爵爷的清福；平当“今不起者，所以为子孙也”，怕子孙袭了爵爷的位，做不了爵爷的事，更少爵爷的德，由此惹祸上身。正在为子孙计的父母们，好好琢磨一下这对父母不同的爱子观吧！

亡德不报

丙吉字少卿，鲁国人也。（中略）吉为人深厚，不伐善[①]。自曾孙遭遇[②]，吉绝口不道前恩，故朝廷莫能明其功也。地节三年，立皇太子，吉为太子太傅，数月，迁御史大夫。及霍氏诛，上躬亲政，省尚书事。是时，掖庭宫婢则令民夫上书，自陈尝有阿保之功。章下掖庭令考问，则辞引使者丙吉知状。掖庭令将则诣御史府以视吉。吉识，谓则曰：“汝尝坐养皇曾孙不谨督笞，汝安得有功？独渭城胡组、淮阳郭征卿有恩耳。”分别奏组等共养劳苦状。诏吉求组、征卿，已死，有子孙，皆受厚赏。诏免则为庶人，赐钱十万。上亲见问，然后知吉有旧恩，而终不言。上大贤之，制诏丞相：“朕微眇[③]时，御史大夫吉与朕有旧恩，厥德[④]茂焉。《诗》不云乎？‘亡德不报’。其封吉为博阳侯，邑千三百户。”临当封，吉疾病，上将使人加绅而封之，及其生存也。上忧吉疾不起，太子太傅夏侯胜曰：“此未死也。臣闻有阴德者，必飨其乐以及子孙。今吉未获报而疾甚，非其死疾也。”后病果愈。吉上书固辞，自陈不宜以空名受赏。上报曰：“朕之封君，非空名也，而君上书归侯印，是显朕不德也。方今天下少事，君其专精神，省思虑，近医药，以自持。”后五岁，代魏相为丞相。《汉书卷74·列传第44·丙吉》

【注释】①伐善：夸耀自己的长处。②遭遇：碰上、遇到的，这里指升大位。③微眇：亦作“微渺”。精微要妙、幽微杳远；细小、微末；卑下、低贱；轻细微弱。④厥德：厥，古同“撅”，掘；德，遵循本性、本心，顺乎自然便是德，道德、品行。引申为修养道德、品行。

【以古鉴今】对人有恩，不要怕人忘记而终日挂在嘴上，那是很烦人的。最好是权当没那回事而绝口别提，受恩之人如有报恩之心，你不提他也不会忘，如他不想报，你就是一天叨咕八遍，他也会权当没听见。弄烦了再来个以怨报德，岂不悲哀！

公府不案吏

吉本起狱法小吏，后学《诗》《礼》，皆通大义。及居相位，上宽大，好礼让。掾史有罪臧，不称职，辄予长休告，终无所案验[①]。客或谓吉曰：“君侯为汉相，奸吏成其私，然无所惩艾[②]。”吉曰：“夫以三公之府有案吏[③]之名，吾窃陋焉。”后人代吉，因以为故事，公府不案吏，自吉始。《汉书卷74·列传第44·丙吉》

【注释】①案验：调查罪证。②惩艾 yì：亦作“惩乂”“惩刈”，惩治；戒惧。吸取过去教训，以前失为戒。③案吏：惩办下属官吏。

【以古鉴今】你放他长假，不深究，他自己已经觉悟该如何去走下一步了，一般人都会做出正确的抉择。可能比上官深究明察感触更深，受教育的效果更佳。仁政就是使有错之人自查自省，远比上官毁其名、罚其身，更能让人改得彻底。

人各有所长

于官属掾史，务掩过扬善。吉驭吏耆酒，数逋荡[①]，尝从吉出，醉呕丞相车上。西曹主吏白欲斥之，吉曰："以醉饱之失去士，使此人将复何所容？西曹地忍之，此不过污丞相车茵耳。"遂不去也。此驭吏，边郡人，习知边塞发奔命警备事，尝出，适见驿骑持赤白囊，边郡发奔命书驰来至。驭吏因随驿骑至公车刺取，知虏入云中、代郡，遽归府。见吉白状，因曰："恐虏所入边郡，二千石长吏有老病不任兵马者，宜可豫视。"吉善其言，召东曹案边长吏，琐科条其人。未已，诏召丞相、御史，问以虏所入郡吏，吉具对。御史大夫卒遽不能详知，以得谴让[②]。而吉见谓忧边思职，驭吏力也。吉乃叹曰："士亡不可容，能各有所长。向使丞相不先闻驭吏言，何见劳勉之有？"掾史由是益贤吉。《**汉书卷74·列传第44·丙吉**》

【**注释**】①逋荡：离职游荡；散漫游荡；流散。②谴让：谴责、责备。

【**以古鉴今**】宽容了驭吏醉呕丞相车的小过，驭吏却在边郡警备之事上让丞相应对得宜，获得劳勉。看来不是官越大越有能耐，车老板也有丞相不熟悉的边郡知识，"能各有所长"，干粗活者也可做丞相的"一事师"。

人伤不顾而问牛喘

吉又尝出，逢清道群斗者，死伤横道，吉过之不问，掾史独怪之。吉前行，逢人逐牛，牛喘吐舌，吉止驻，使骑吏问："逐牛行几里矣？"掾史独谓丞相前后失问，或以讥吉，吉曰："民斗相杀伤，长安令、京兆尹职所当禁备逐捕，岁竟丞相课[①]其殿最[②]，奏行赏罚而已。宰相不亲小事，非所当于道路问也。方春少阳用事，未可大热，恐牛近行，用暑故喘，此时气失节，恐有所伤害也。三公典调和阴阳，职当忧，是以问之。"掾史乃服，

以吉知大体。《汉书卷 74 · 列传第 44 · 丙吉》

【注释】①课：计量收获物，这里指考核。②殿最：古代考核政绩或军功，下等称为“殿”，上等称为“最”。

【以古鉴今】做官各司其职是对的，“明主之畜臣，臣不得越官而有功”。但都“死伤横道”了，却“过而不问”，我觉得这职是不是司得太绝对了，如此凶的斗殴，路人都会劝解，何况是当朝一品丞相呢，难不成官越大越不管事？是不是让手下把他们先“拿下”，控制局面不使扩大，制止事态发展，送交有司处理，你丞相职不在此，不去评判也就是了，一走了之我觉得不对劲。

推其至诚，吏民不欺

韩延寿字长公，燕人也。（中略）入守左冯翊，满岁称职为真。岁余，不肯出行县。丞掾数白：“宜循行郡中，览观民俗，考长吏治迹。”延寿曰：“县皆有贤令长，督邮分明善恶于外，行县恐无所益，重为烦忧。”丞掾皆以为方春月，可一出劝耕桑。延寿不得已，行县至高陵，民有昆弟相与讼田自言，延寿大伤之，曰：“幸得备位①，为郡表率，不能宣明教化，至令民有骨肉争讼，既伤风化，重使贤长吏②、啬夫、三老③、孝悌④受其耻，咎在冯翊，当先退。”是日，移病不听事，因入卧传舍⑤，闭阁思过。一县莫知所为，令丞、啬夫、三老亦皆自系待罪。于是讼者宗族传相责让，此两昆弟深自悔，皆自髡肉袒谢，愿以田相移，终死不敢复争。延寿大喜，开阁延见，内酒肉与相对饮食，厉勉以意告乡部，有以表劝悔过从善之民。延寿乃起听事，劳谢令丞以下，引见尉荐。郡中歙然，莫不传相敕厉，不敢犯。延寿恩信周遍二十四县，莫复以辞讼自言者。推其至诚，吏民不忍欺绐⑥。《汉书卷 76 · 列传第 46 · 韩延寿》

【注释】①备位：徒在其位，如尸位，不能尽职。是自谦不能做事的话。②长吏：地位较高的县级官吏。③三老：古代掌教化之官，乡、县、郡均曾先后设置。《礼记·礼运》："故宗祝在庙，三公在朝，三老在学。"④孝悌：孝，指对父母还报的爱；悌，指兄弟姊妹的友爱。孔子非常重视孝悌，认为孝悌是做人、做学问的根本。简言之就是孝敬父母、友爱兄弟。⑤传 chuán 舍：古时供行人休息住宿的处所。⑥绐 dài：欺骗、谎言。

【以古鉴今】教化即教育感化之意，教其明是非，化其知羞耻，远比用蹲班房来得更人性，收效更大、更彻底。遇事宁可吃亏，也耻于对簿公堂，用这种认知形成的群体，他们有自化的愿望和自治的能力，人与人更友善，社会更和谐。

观往古，行来今

张敞字子高，本河东平阳人也。（中略）王太后数出游猎，敞奏书谏曰："臣闻秦王好淫声，叶阳后为不听郑卫之乐；楚严好田猎，樊姬为不食鸟兽之肉。口非恶旨甘，耳非憎丝竹也，所以抑心意，绝耆欲者，将以率二君而全宗祀也。礼，君母出门则乘辎軿[1]，下堂则从傅母[2]，进退则鸣玉佩，内饰则结绸缪[3]。此言尊贵所以自敛制，不从恣之义也。今太后资质淑美，慈爱宽仁，诸侯莫不闻，而少以田猎纵欲为名，于以上闻，亦未宜也。唯观览于往古，全行乎来今，令后姬得有所法则，下臣有所称诵，臣敞幸甚！"书奏，太后止不复出。《汉书卷 76·列传第 46·张敞》

【注释】①辎軿 píng：古时有帷幕的车。②傅母：古时负责辅导、保育贵族子女的老年妇人；一般的保姆。③绸缪：缠绵。

【以古鉴今】劝老年人不能直指病处，特别是有地位有身份的人，不要让她觉得你是在纠正她，那会是很糟糕的，甚或她会宁可就这样错下去，也不会听你的。别提事，唠嗑讲故事，哪怕她已知你在规劝她，只要她不反感，你就装糊涂。嗑唠透了，相信人都有自省的能力。所以如此大费周折，就因为他们已退出社会舞台，已被边缘化了，那根自尊的神经特敏感，是万万伤不得的！

不肯低头也难出头

萧望之字长倩，东海兰陵人也。（中略）是时，大将军霍光秉政，长史丙吉荐儒生王仲翁与望之等数人，皆召见。先是，左将军上官桀与盖主谋杀光，光既诛桀等，后出入自备。吏民当见者，露索去刀兵，两吏挟持。望之独不肯听，自引出阁曰："不愿见。"吏牵持匈匈。光闻之，告吏勿持。望之既至前，说光曰："将军以功德辅幼主，将以流大化，致于洽平，是以天下之士延颈企踵，争愿自效，以辅高明。今士见者皆先露索挟持，恐非周公相成王躬吐握①之礼，致白屋②之意。"于是光独不除用望之，而仲翁等皆补大将军史。三岁间，仲翁至光禄大夫、给事中，望之以射策甲科为郎，署小苑东门候。仲翁出入从仓头庐儿，下车趋门，传呼甚宠，顾谓望之曰："不肯录录，反抱关为？"望之曰："各从其志。"《汉书卷78·列传第48·萧望之》

【注释】①吐握：典故，即吐哺握发，意谓洗发时多次挽束头发停下来不洗，进食时多次吐出食物停下来不吃，急于迎客。比喻为了招揽人才而操心忙碌。形容礼贤下士，求才心切。②白屋：谓白盖之屋以茅覆之，贱人所居。

【以古鉴今】萧望之"不受辱""面斥霍光"时，可能就想到了会有今天的下场，没办法，志不在此；王仲翁"忍辱"或干脆就没认为"搜身""挟持"是受辱，志在当官。"各从其志"不能说谁对谁错，这类问题没有对错，怎么都是人生，只能说各有各的活法。

讹言止于智者

王商字子威，涿郡蠡吾人也。（中略）建始三年秋，京师民无故相惊，言大水至，百姓奔走相蹂躏、老弱号呼，长安中大乱。天子亲御前殿，召公卿议。大将军凤以为太后与上及后宫可御船，令吏民上长安城以避水。群臣皆从凤议。左将军商独曰："自古无道之国，水犹不冒城郭。今政治和平，世无兵革，上下相安，何因当有大水一日暴至？此必讹言也，不宜令上城，重惊百姓。"上乃止。有顷，长安中稍定，问之，果讹言。上于是美壮商之固守，数称其议。而凤大惭，自恨失言。《**汉书卷 82 · 列传第 52 · 王商**》

【**以古鉴今**】谣言什么时候都有，出自什么目的的都有，但有一点是相同的，就是唯恐天下不乱。谣言止于智者，不信也就自生自灭了。如今网络时代，各种信息满天飞，今天你中奖了，交 3000 元所得税；明天你又透支了银行卡，把钱暂存在我给你的账号上，免被法院冻结；等等；不一而足。统统让它见鬼去吧，坚信一条：天上不会掉馅饼，世间没有免费的午餐！只要收起贪念，骗子的三圈鬼画弧就没了市场！

体貌好也是资本

商代匡衡为丞相，益封千户，天子甚尊任之。为人多质有威重，长八尺余，身体鸿大，容貌甚过绝人。河平四年，单于来朝，引见白虎殿。丞相商坐未央廷中，单于前，拜谒商。商起，离席与言，单于仰视商貌，大畏之，迁延却退。天子闻而叹曰："此真汉相矣！"《**汉书卷 82·列传第 52·王商**》

【**以古鉴今**】人的体貌也是资本，不只是招生、就业、恋爱，就是走路碰见靓丽的，也愿意多看几眼。所以在人为因素可决定的事情上，伟岸标致者，也是占先机的。可父母就给一张平常脸，外表不如人的话就修炼内功呗，让自己有长于他人的地方，人生也就有卖点了！

不是个案

薛宣字赣君，东海郯人也。（中略）宣为吏赏罚明，用法平而必行，所居皆有条教可纪，多仁恕爱利。池阳令举廉吏狱掾王立，府未及召，闻立受囚家钱。宣责让县，县案验狱掾，乃其妻独受系者钱万六千，受之再宿，狱掾实不知。掾惭恐自杀。宣闻之，移书池阳曰："县所举廉吏狱掾王立，家私受赇①，而立不知，杀身以自明，立诚廉士，甚可闵惜！其以府决曹掾书立之柩，以显其魂。府掾史素与立相知者，皆予送葬。"《**汉书卷83·列传第53·薛宣**》

【**注释**】①赇 qiú：以财物枉法相谢也。贿赂之意。

【**以古鉴今**】男人的一生与"她"的关系忒大了。一般认为男人当家主事，错了，大错特错了！她们才是这世界的主宰啊：用"小棉袄"的体贴俘获了父亲；用温柔乡把握住老公；用慈母的爱左右着儿子。男人啊，你的一生哪个阶段逃出女人的掌控了？她们的人品、德性，关系着一个家庭或一个家族的兴衰福祉。王立不就死在他老婆手上了吗？所以要慎选女人，居家过日子，德行比脸蛋儿重要！

刹歪风，去俗弊

朱博字子元，杜陵人也。（中略）齐郡舒缓养名，博新视事，右曹掾史皆移病卧。博问其故，对言："惶恐！故事①二千石新到，辄遣吏存问致意，乃敢起就职。"博奋髯抵几曰："观齐儿欲以此为俗邪！"乃召见诸曹史书佐及县大吏，选视其可用者，出教置之。皆斥罢诸病吏，白巾走出府门。郡中大惊。顷之，门下掾赣遂耆老大儒，教授数百人，拜起舒迟。博出教主簿："赣老生不习吏礼，主簿且教拜起，闲习乃止。"又敕功曹："官属多褒衣大袑②，不中节度，自今掾史衣皆令去地三寸。"博尤不爱诸生，所至郡辄罢去议曹，曰："岂可复置谋曹邪！"文学儒吏时有奏记称说云云，博见谓曰："如太守汉吏，奉三尺律令以从事耳，亡奈生所言圣人道何也！且持此道归，尧、舜君出，为陈说之。"其折逆人如此。视事数年，大改其俗，掾史礼节如楚、赵吏。《**汉书卷 83 · 列传第 53 · 朱博**》

【注释】①故事：旧日的行事制度；老规矩。②袑 shào：裤子的上半部。

【以古鉴今】新到的领导还得挨门慰问下属，给足了面子才能上班。朱博是谁？武吏呀，干不干，有病吗？不能上班就走人。矛盾的双方总是你强他就弱，你弱他就强，不能让歪风邪气变成一种风俗而正气不得伸张，开始就要刹住歪风，并告之以新的章程制度，使之从根本上得以改变，不可等其坐大，否则再根除就难了。

逃税乃变相偷窃

何武字君公，蜀郡郫县人也。（中略）武兄弟五人，皆为郡吏，郡县敬惮之。武弟显家有市籍[①]，租常不入，县数负其课。市啬夫[②]求商捕辱显家，显怒，欲以吏事中商。武曰："以吾家租赋繇役不为众先，奉公吏不亦宜乎！"武卒白太守，召商为卒吏，州里闻之皆服焉。《**汉书卷 86 · 列传第 56 · 何武**》

【注释】①市籍：商贾的户籍。秦汉时施行"重农抑商"政策，凡在籍的商贾及其子孙，与罪吏、亡命等同样看待，都要服役。汉时又规定凡有市籍的商贾不得坐车和穿丝绸衣服，其子孙不得做官。②啬夫：乡官。秦制，乡置啬夫，职掌听讼、收取赋税。汉、晋、南朝、宋因之。

【以古鉴今】逃税漏税，有人以为是能耐、地位的象征，不时在人前卖弄，引以为荣。其实逃漏税和偷盗是一个属性，只不过逃漏税是把该给出去的没给以据为己有，偷东西是把不该拿的拿过来以据为己有，只是方法手段的不同。怎么偷盗犯法，逃漏税倒还光荣了呢？

教化拯民

文翁，庐江舒人也。少好学，通《春秋》，以郡县吏察举。景帝末，为蜀郡守，仁爱好教化。见蜀地辟陋有蛮夷风，文翁欲诱进之，乃选郡县小吏开敏有材者张叔等十余人亲自饬厉[①]，遣诣京师，受业博士，或学律令。减省少府用度，买刀布蜀物，赍计吏以遗博士。数岁，蜀生皆成就还归，文翁以为右职，用次察举，官有至郡守刺史者。

又修起学官于成都市中，招下县子弟以为学官弟子，为除更徭，高者以补郡县吏，次为孝弟力田。常选学官僮子，使在便坐[②]受事。每出行县，益从学官诸生明经饬行[③]者与俱，使传教令，出入闺阁。县邑吏民见而荣之，数年，争欲为学官弟子，富人至出钱以求之。由是大化，蜀地学于京师者比齐鲁焉。至武帝时，乃令天下郡国皆立学校官，自文翁为之始云。**《汉书卷89·列传第59·循吏·文翁》**

【注释】①饬厉：告诫，勉励。②便坐：坐在别室里；别室、厢房。③饬行：使行为谨严合礼。

【以古鉴今】人间事还是要人去做的，只要注意人的教育培养，人间就再无难事。

人间正道是沧桑

龚遂字少卿，山阳南平阳人也。（中略）遂见齐俗奢侈，好末技[①]，不田作，乃躬率以俭约，劝民务农桑，令口种一树榆[②]，百本薤[③]、五十本葱、一畦韭，家二母彘、五鸡。民有带持刀剑者，使卖剑买牛，卖刀买犊，曰：“何为带牛佩犊[④]！”春夏不得不趋田亩，秋冬课收敛，益蓄果实菱芡。劳来循行，郡中皆有蓄积，吏民皆富实。狱讼止息。**《汉书卷89·列传第59·循吏·龚遂》**

【注释】①末技：古指工商业。②令口种一树榆：口，指每口人；榆，榆树。荒年皮和叶可以充饥。③薤 xiè：百合科，多年生宿根草本植物。④带牛佩犊：原指汉宣帝时渤海太守龚遂诱使持刀剑起义的农民放弃武装斗争而从事耕种。后比喻改业归农。

【以古鉴今】民风奢侈不务农桑，带刀佩剑招摇过市，忽本逐末，表面光鲜腹内糟糠。如龚遂既有行政命令，又辅以引导规劝，春种夏耘秋收冬藏，人有所务家有所蓄，吏民富实争讼止息，利在当下功德千秋！

人不可独杀

严延年字次卿，东海下邳人也。（中略）延年为人短小精悍，敏捷于事，虽子贡、冉有通艺于政事，不能绝也。吏忠尽节者，厚遇之如骨肉，皆亲乡之，出身不顾，以是治下无隐情。然疾恶泰甚，中伤者多，尤巧为狱文，善史书，所欲诛杀，奏成于手，中主簿亲近史不得闻知。奏可论死，奄忽如神。冬月，传属县囚，会论府上，流血数里，河南号曰“屠伯”。令行禁止，郡中正清。

是时，张敞为京兆尹，素与延年善。敞治虽严，然尚颇有纵舍，闻延年用刑刻急，乃以书谕之曰：“昔韩卢之取菟①也，上观下获，不甚多杀。愿次卿少缓诛罚，思行此术。”延年报曰：“河南天下喉咽，二周余斃，莠盛苗秽，何可不锄也？”自矜伐其能，终不衰止。时，黄霸在颍川以宽恕为治，郡中亦平，屡蒙丰年，凤皇下，上贤焉，下诏称扬其行，加金爵之赏。延年素轻霸为人，及比郡为守，褒赏反在己前，心内不服。（中略）初，延年母从东海来，欲从延年腊，到雒阳，适见报囚。母大惊，便止都亭，不肯入府。延年出至都亭谒母，母闭阁不见。延年免冠顿首阁下，良久，母乃见之，因数责延年：“幸得备郡守，专治千里，不闻仁爱教化，有以全安愚民，顾乘刑罚多刑杀人，欲以立威，岂为民父母意哉！”延年服罪，重顿首谢，因自为母御，归府舍。母毕正腊，谓延年：“天道神明，人不可独杀。

我不意当老见壮子被刑戮也！行矣！去女东归，扫除墓地耳。”遂去，归郡，见昆弟宗人，复为言之。后岁余，果败。《汉书卷90·列传第60·酷吏·严延年》

【注释】①韩卢之取菟 tù：韩卢，六国时韩氏之黑犬也。言良犬之取菟，仰观人主之意而获之，喻不妄杀。

【以古鉴今】又是一位有能力有才干的官员，对好人待之如兄弟手足；对有错误的人少仁爱之心，不教育不感化，重刑罚多杀戮，百姓曰“屠伯”。好友劝诫、母亲责骂都不能改，就因为他自以为做得对。在他眼里好人是禾苗，坏人是莠草，必须铲除莠草才能让禾苗长好，是一位认死理的主。败亡，是性格注定的。

仗义

郭解，河内轵人也。（中略）解姊子负解之势，与人饮，使之釂[①]，非其任，强灌之。人怒，刺杀解姊子，亡去。解姊怒曰：“以翁伯时人杀吾子，贼不得！”弃其尸道旁，弗葬，欲以辱解。解使人微知贼处。贼窘自归，具以实告解。解曰：“公杀之当，吾儿不直。”遂去其贼，罪其姊子，收而葬之。诸公闻之，皆多解之义，益附焉。《汉书卷92·列传第62·游侠·郭解》

【注释】①釂 jiào：喝干杯中酒。

【以古鉴今】不护小头仗义，是古时侠客的品格，他们能获得人们的尊重，主要原因也就在这里。他们不是在执法，可他能按常人的思维，站在公允的角度去对待发生的事，特别遇到欺压百姓的事，犹显得他们是穷苦弱势人群的守护神，宁可丢命，也得为之讨回公道。

事成不必在我

洛阳人有相仇者，邑中贤豪居间以十数，终不听。客乃见解。解夜见仇家，仇家曲听。解谓仇家："吾闻洛阳诸公在间，多不听。今子幸而听解，解奈何从它县夺人邑贤大夫权乎！"乃夜去，不使人知，曰："且毋庸，待我去，令洛阳豪居间①乃听。"《**汉书卷 92 · 列传第 62 · 游侠 · 郭解**》

【注释】①居间：亦作"居闲"。指处于双方之间调解或说合。法律上，居间是民事法律行为的一种。

【以古鉴今】这种情形常会碰到，当事双方僵持不下，多方调停无果，你的出现使问题得以解决。可怎样宣布结果很有学问，最好如郭解那样，把功劳归于先前那些出面的人，即在他们再来过之后，当事人再宣布同意和解，让功劳归于大家。

不可乘人之危

萬①章字子夏，长安人也。（中略）与中书令石显相善，亦得显权力，门车常接毂。至成帝初，石显坐专权擅势免官，徙归故郡。显资巨万，当去，留床席器物数百万直，欲以与章，章不受。宾客或问其故，章叹曰："吾以布衣见哀②于石君，石君家破，不能有以安也，而受其财物，此为石氏之祸，萬氏反当以为福邪！"诸公以是服而称之。《**汉书卷 92 · 列传第 62 · 游侠 · 萬章**》

【注释】①萬：读 yǔ 时，意思是草；读 jǔ 时，是姓。②见哀：受到爱怜。哀，通"爱"。

【以古鉴今】人家遇到家破人亡的大麻烦，你却接受人家的财物，怎么说也有幸灾乐祸、乘人之危的嫌疑。所以这时是能帮就尽量伸把手，万不可把人家的灾难变成你发财的机会，那会让人瞧不起的，自己也会心有不安。

话亦有时

石显字君房，济南人。（中略）是时，元帝被疾，不亲政事，方隆好于音乐，以显久典事，中人无外党，精专可信任，遂委以政。事无小大，因显白决，贵幸倾朝，百僚皆敬事显。显为人巧慧习事，能探得人主微指，内深贼[①]，持诡辩以中伤人，忤恨睚眦，辄被以危法。初元中，前将军萧望之及光禄大夫周堪、宗正刘更生皆给事中。望之领尚书事，知显专权邪辟，建白[②]以为："尚书百官之本，国家枢机，宜以通明公正处之。武帝游宴后庭，故用宦者，非古制也。宜罢中书宦官，应古不近刑人。"元帝不听，由是大与显忤。后皆害焉。（中略）自是公卿以下畏显，重足一迹。《汉书卷93·列传第63·佞幸·石显》

【注释】①深贼：阴险狠毒。②建白：提出建议或陈述主张。

【以古鉴今】常言道：得罪君子十个不多，得罪小人一个不少。就是说，小人得罪不起，因为小人是睚眦必报的。所以在小人正得势的当口，还是暂避锋芒待机而动为上，不然如萧望之者，受害且于事无补。

开张奸路

显内自知擅权事柄在掌握，恐天子一旦纳用左右耳目，有以间己，乃时归诚，取一信以为验。显尝使至诸官有所征发，显先自白，恐后漏尽宫门闭，请使诏吏开门。上许之。显故投夜还，称诏开门入。后果有上书告显颛[①]命矫诏开宫门，天子闻之，笑以其书示显。显因泣曰："陛下过私小臣，属任以事，群下无不嫉妒欲陷害臣者，事类如此非一，唯独明主知之。愚臣微贱，诚不能以一躯称快万众，任天下之怨，臣愿归枢机职，受后宫扫除之役，死无所恨，唯陛下哀怜财幸，以此全活小臣。"天子以为然而怜之，

数劳勉显，加厚赏赐。《汉书卷93·列传第63·佞幸·石显》

【注释】①颛 zhuān：通“专”，愚蒙；善良。

【以古鉴今】这是指鹿为马者的“后裔”，都是为了巩固自己的地位而玩的套路。赵高是分分营垒站站队，辨清敌友，做欺下瞒上的勾当；石显是给皇帝挖个坑，傍上皇帝的粗腿，以上压下，比赵高更稳便。都是野心家的伎俩，求一时一事的顺遂，多是不知足闹的。记住，不知足的人——就是连现有的也失去了，回归普通已不可得时，他才能消停，因为他没了再闹的资本了！

你不是我

孝昭上官皇后。祖父桀，陇西上邽人也。少时为羽林期门郎，从武帝上甘泉，天大风，车不得行，解盖授桀。桀奉盖，虽风常属车；雨下，盖辄御。上奇其材力，迁未央厩令。上尝体不安，及愈，见马，马多瘦，上大怒：“令以我不复见马邪！”欲下吏，桀顿首曰：“臣闻圣体不安，日夜忧惧，意诚不在马。”言未卒，泣数行下。上以为忠，由是亲近，为侍中，稍迁至太仆。《汉书卷97上·列传第67上·外戚》

【以古鉴今】事情都有两面性，武帝怒“以我不复见马”；上官泣“圣体不安，日夜忧惧，意诚不在马”。所以遇事你肯定有你的见解，但须知这见解只是你看到的一面、想到的一面，不妨听听别人的意见，也许会有不同呢！

塞翁失马

《淮南子》曰：“北塞上之人，其马无故亡入胡中，人皆吊之。其父曰：‘此何讵不为福？’居数月，其马将胡骏马而归，人皆贺之。对曰：‘此何讵不为祸？’家富马良，其子好骑，堕而折髀，人皆吊之。对曰：‘此何讵不为福？’居一年，胡夷大入，丁壮者皆控弦而战，塞上之人死者十九，此独以跛之故，父子相保。”老子《道德经》曰：“祸兮福所倚，福兮祸所伏。”故颇识其倚伏。《**汉书卷 100 上·列传第 70 上·叙传上（注）**》

【**以古鉴今**】人生首重的是生命，只要不是要命的事就都是小事。金钱、爱情、得失、祸福、名利、地位，到头来统统都是生命过程中的故事而已。只要生命还在，就要快乐着，没必要太放在心上。

为百姓请命

《谢承书》曰：“唐羌字伯游，辟公府，补临武长。县接交州，旧献龙眼、荔支及生鲜，献之，驿马昼夜传送之，至有遭虎狼毒害，顿仆死亡不绝。道经临武，羌乃上书谏曰：‘臣闻上不以滋味为德，下不以贡膳为功，故天子食太牢①为尊，不以果实为珍。伏见交趾七郡献生龙眼等，鸟惊风发。南州土地，恶虫猛兽不绝于路，至于触犯死亡之害。死者不可复生，来者犹可救也。此二物升殿，未必延年益寿。’帝从之。章报，羌即弃官还家，不应征召，著《唐子》三十余篇。”《**后汉书卷 4·帝纪第 4·孝和帝（注）**》

【**注释**】①太牢：古代帝王祭祀社稷时，牛、羊、豕三牲全备为“太牢”。古代祭祀所用牺牲，行祭前需先饲养于牢，故这类牺牲称为牢。

【**以古鉴今**】往往百姓的愿望和统治者的想法是矛盾的，不是没人说，而是没人敢说，因为那是要得罪上峰的，是要冒风险的。唐羌不也是“章报，弃官归家，不应征召”吗？还不是怕官们今天开明，说你批评的对，啥时候翻脸，你就欺君罔上了。见好就收，还是躲远点稳便！

妇人以色亲、以德固

《列女传》曰："周宣姜后，齐侯之女也。宣王尝早卧晏起，后夫人不出房。姜后既出，乃脱簪珥[①]，待罪于永巷[②]，使傅母通言于王曰：'妾不才，淫心见矣，至使君王失礼而晏起，以见君王乐色忘德。敢请罪，惟君王之命。'王曰：'寡人之过，夫人何辜。'遂勤政事，成中兴之名焉。"《**后汉书卷 10 上·皇后纪第 10 上·光武郭皇后（注）**》

【注释】①簪珥：发簪和耳饰，古代多为高贵妇女的首饰。②永巷：宫内一条狭长的小巷，起初是宫内供宫女、嫔妃所住的地方。后来，随着宫廷战争的深入，永巷就成了单独关押宫中女性犯罪者的监狱。

【以古鉴今】妇人以色亲以德固，这是正理。可有几人能如姜后般把缠绵的丈夫推出去处理公务呢？并能认识到皇帝的不早朝，是自己"淫心见矣"，是自己的罪过，请罪于君前，逼着皇帝"早朝晏退"，卒成中兴之名呢！记着，女人得管好身边的那个男人，不可使其乐色而忘德！总忘德就变成缺德了，一个"缺德"的男人做你的丈夫，你跟他还有好日子过吗？

难伤老人意

和熹邓皇后讳绥，太傅禹之孙也。父训，护羌校尉；母阴氏，光烈皇后从弟女也。后年五岁，太傅夫人爱之，自为剪发。夫人年高目冥，误伤后额，忍痛不言。左右见者怪而问之，后曰："非不痛也，太夫人哀怜为断发，难伤老人意，故忍之耳。"《**后汉书卷 10 上·皇后纪第 10 上·和熹邓皇后**》

【以古鉴今】五岁的孩子，就知道忍自己的痛，不伤老人的心，这份孝心就决定了她一生的命运。人啊，后天的教育固不可废，但须知教育并不是万能的，天赋的秉性是无法改变的，成人成兽自有天命，是强求不来的。所以对自己的孩子，也是尽人事听天命，不为难自己，不强求孩子，始谓明智！

克己谦下

七年，后复与诸家子俱选入宫。后长七尺二寸，姿颜姝丽，绝异于众，左右皆惊。八年冬，入掖庭①为贵人，时年十六。恭肃小心，动有法度。承事阴后，夙夜战兢。接抚同列，常克己以下之，虽宫人隶役，皆加恩借。帝深嘉爱焉。及后有疾，特令后母兄弟入视医药，不限以日数。后言于帝曰："宫禁至重，而使外舍久在内省，上令陛下有幸私之讥，下使贱妾获不知足之谤。上下交损，诚不愿也。"帝曰："人皆以数入为荣，贵人反以为忧，深自抑损②，诚难及也。"**《后汉书卷10上·皇后纪第10上·和熹邓皇后》**

【注释】①掖庭：宫中旁舍，妃嫔居住的地方。②抑损：谦逊，谦让；限制，减省；贬低，贬损。

【以古鉴今】"人以数入为荣，贵人反以为忧。"这正是邓后的高明处。她深知恃宠者的与众不同，必会得到与众不同的结果，那就是众人的羡慕嫉妒恨。"上令陛下有幸私之讥，下使贱妾获不知足之谤，上下交损。"无谓的结仇遭怨不值，所以小事上尤需谨慎。

修德

每有宴会，诸姬贵人竞自修整，簪珥光采，袿裳①鲜明，而后独着素，装服无饰。其衣有与阴后同色者，即时解易。若并时进见，则不敢正坐离立，行则偻身②自卑。帝每有所问，常逡巡③后对，不敢先阴后言。帝知后劳心曲体，叹曰："修德之劳，乃如是乎！"后阴后渐疏，每当御见，辄辞以疾。时帝数失皇子，后忧继嗣不广，恒垂涕叹息，数选进才人，以博帝意。《后汉书卷10上·皇帝纪第10上·和熹邓皇后》

【注释】①袿裳 guī cháng：袿衣。妇人华服曰绣衣袿裳。②偻身：弯下身子。③逡巡：因为有所顾虑而徘徊不前或退却。

【以古鉴今】有坚强的后盾，如再能自己检点，两好合一好，岂不是好上加好。如此简单的事，多数人没做好。反而是得志便猖狂的居多，不是检点自己而是恣意放纵，不把自己搞垮不算完，做亲痛仇快的事，始知修德诚难！

"小君"不小

十四年夏，阴后以巫蛊[1]事废，后请救不能得，帝便属意[2]焉。后愈称疾笃，深自闭绝。会有司奏建长秋宫，帝曰："皇后之尊，与朕同体，承宗庙，母天下，岂易哉！唯邓贵人德冠后庭，乃可当之。"至冬，立为皇后。辞让者三，然后即位。手书表谢，深陈德薄，不足以充小君之选。是时，方国贡献，竞求珍丽之物，自后即位，悉令禁绝，岁时但供纸墨而已。帝每欲官爵邓氏，后辄哀请谦让，故兄骘终帝世不过虎贲中郎将。《后汉书卷10上·皇后纪第10上·和熹邓皇后》

【注释】①巫蛊：古代信仰民俗，即用以加害仇敌的巫术。②属 zhǔ 意：归心，着意；犹指倾心，指男女相爱慕。

【以古鉴今】后宫虽是家事，却不是小事。在古代，男人在外面做事业，后院总不消停，让人不省心，此之谓女人不贤。女人应善处婆媳、姑嫂、亲戚、邻里之关系，让男人无后顾之忧；同时比这更要紧的就是，女人不可背着男人收礼，否则最后怕是连前程也被女人给葬送了。此类事古今不绝，所以娶妇首务是德！

用对一人，胜得千军

邓晨字伟卿，南阳新野人也。（中略）更始北都洛阳，以晨为常山太守。会王郎反，光武自蓟走信都，晨亦间行会于巨鹿下，自请从击邯郸。光武曰："伟卿以一身从我，不如以一郡为我北道主人[①]。"乃遣晨归郡。光武追铜马、高胡群贼于冀州，晨发积[②]射士千人，又遣委输给军不绝。光武即位，封晨房子侯。《后汉书卷15·列传第5·邓晨》

【注释】①北道主人：北道上接待过客的主人，与"东道主人"同义。②发积：发迹；寻迹。

【以古鉴今】古今中外成大事者，没有谁是单枪匹马成功的，总需聚千万人之力以成一己之功。所以会用人，用对人，乃为居上者之首要能力。

功高主自疑

寇恂字子翼，上谷昌平人也，世为著姓[①]。（中略）同门生茂陵董崇说恂曰："上新即位，四方未定，而郡侯以此时据大郡，内得人心，外破苏茂，威震邻敌，功名发闻，此谗人侧目怨祸之时也。昔萧何守关中，悟鲍生之言而高祖悦。今君所将，皆宗族昆弟也，无乃当以前人为镜戒。"恂然其言，称疾不视事。帝将攻洛阳，先至河内，恂求从军。帝曰："河内未可离也。"数固请，不听，乃遣兄子寇张、姊子谷崇将突骑，愿为军锋。帝善之，皆以为偏将军。《后汉书卷16·列传第6·寇恂》

【注释】①著姓：有声望的族姓；使族姓著名。

【以古鉴今】这种"功高主自疑"的事，实在是中国几千年封建社会的毒瘤。功不高主倒是不疑了，可你自己也没有出头之日呀，岂不委屈了一个有抱负的人；但功高官大了，主子又不放心了。选举制解决了这个闹心事儿，你功高，你有能力，那民众就选你当大官，听你指挥。谁想推翻你，民众就不答应，你自己就不用操心了。做民众的官，不做某人某家的官。

大树将军

冯异字公孙，颍川父城人也。（中略）异为人谦退不伐，行与诸将相逢，辄引车避道。进止皆有表识，军中号为整齐。每所止舍，诸将并坐论功，异常独屏树下，军中号曰："大树将军"。及破邯郸，乃更部分诸将，各有配隶。军士皆言愿属大树将军，光武以此多[①]之。《**后汉书卷 17 · 列传第 7 · 冯异**》

【注释】①多：赞许、推崇。

【以古鉴今】谦己让人，不管在什么时代，都是好人的一大标志。有这种品格的人，不须再去和别人争什么，一切都已经属于他了，因为他赢得了人心。

常胜之家，难与虑敌

臧宫字君翁，颍川郏人也。（中略）宫以谨信质朴，故常见任用。后匈奴饥疫，自相分争，帝以问宫，宫曰："愿得五千骑以立功。"帝笑曰："常胜之家，难与虑敌，吾方自思之。"《**后汉书卷 18 · 列传第 8 · 臧宫**》

【以古鉴今】刘秀的顾虑是对的，经常胜利，不知失败为何物的人，是容易轻敌的。作为最高决策者，把可能导致失败的因素避免了，远胜于失败后再去追责问罪。

棘手事平心料理

铫期字次况，颍川郏人也。（中略）光武即位，封安成侯，食邑五千户。时，檀乡、五楼贼入繁阳、内黄，又魏郡大姓数反复，而更始将卓京谋欲相率反邺城。帝以期为魏郡太守，行大将军事。期发郡兵击卓京，破之，斩首六百余级。京亡入山，追斩其将校数十人，获京妻子。进击繁阳、内黄，复斩数百级，郡界清平。督盗贼李熊，邺中之豪，而熊弟陆谋欲反城迎檀乡。或以告期，期不应，告者三四，期乃召问熊。熊叩头首服，愿与老母俱就死。期曰："为吏傥不若为贼乐者，可归与老母往就陆也。"使吏送出城。熊行求得陆，将诣[①]邺城西门。陆不胜愧感，自杀以谢期。期嗟叹，以礼葬之，而还熊故职。于是郡中服其威信。《**后汉书卷 20 · 列传第 10 · 铫期**》

【注释】①诣：动词，到、来到。

【以古鉴今】铫期了得！亲兄弟一为贼一为官，杀其贼弟，做官的哥哥会做何想？还能一心为官家做事而没有怨恨之心吗？可因弟弟是贼，就处理哥哥又不合法理。遇此棘手事，交由当事人，让他们自己去消化矛盾，解决问题。处理得合理，皆大欢喜，否则再出面也不迟。

诚心待人

期重于信义，自为将，有所降下，未尝虏掠。及在朝廷，忧国爱主，其有不得于心，必犯颜谏诤。帝尝轻与期门近出，期顿首车前曰："臣闻古今之戒，变生不意，诚不愿陛下微行数出。"帝为之回舆而还。《**后汉书卷 20 · 列传第 10 · 铫期**》

【以古鉴今】恐变生不意，劝皇帝不宜微服私行，话不多却让人听着心里发热，觉得爱意满满，君臣融洽和谐的关系溢于言表，皇帝也乖乖地收下了臣子的这片深情。对人不可虚情假意，你的用心别人是会体察到的，你发自内心，别人也会用心接受，你表面应付，别人也只当耳边风。心虽看不见、拿不来，但却是彼此相通的，这就叫心灵感应！

常怀感恩之心

《东观记》曰："期疾病，（中略）其母问期当封何子？期曰：'受国家恩深，常惭负，如死，不知当何以报国，何宜封子也！'上甚怜之。"**《后汉书卷20·列传第10·铫期（注）》**

【以古鉴今】自己始终觉得对不起国家，没有把工作做好，哪敢死后还向国家讨封赏。人不要把自己看得太重，国家、单位、家庭、夫妻，少了你都会照样很好，世上从来就没有必不可少的人。能做如是想，就不会有舍我其谁的心理，就能知道感恩，就会很有理智。

无私鬼神愁

祭遵字弟孙，颍川颍阳人也。少好经书。家富给，而遵恭俭，恶衣服。丧母，负土起坟。尝为部吏所侵，结客杀之。初，县中以其柔也，既而皆惮焉。

及光武破王寻等，还过颍阳，遵以县吏数进见，光武爱其容仪，署为门下史。从征河北，为军市令。舍中儿犯法，遵格杀之。光武怒，命收遵。时，主簿陈副谏曰："明公常欲众军整齐，今遵奉法不避，是教令所行也。"光武乃贯①之，以为刺奸将军。谓诸将曰："当备祭遵！吾舍中儿犯法尚杀之，必不私诸卿也。"**《后汉书卷20·列传第10·祭遵》**

【注释】①贳 shì：本意为出租、出借，这里意为赦免。后引申为与之相关的经济活动。

【以古鉴今】国法大于王权才能称得上是法治社会，不然官就是法。祭遵好样的，但我更爱光武老儿，没有他的大度、支持，一怒杀了祭遵，还奉什么法，行什么令？时代不缺祭遵这样的臣，而少刘秀这样的君。君正臣清！

不当守钱奴

马援字文渊，扶风茂陵人也。（中略）援年十二而孤，少有大志，诸兄奇之。尝受《齐诗》，意不能守章句，乃辞况①，欲就边郡田牧。况曰："汝大才，当晚成。良工不示人以朴②，且从所好。"会况卒，援行服期年，不离墓所；敬事寡嫂，不冠不入庐。后为郡督邮，送囚至司命府，囚有重罪，援哀而纵之，遂亡命北地。遇赦，因留牧畜，宾客多归附者，遂役属数百家。转游陇汉间，常谓宾客曰："丈夫为志，穷当益坚，老当益壮。"因处田牧，至有牛、马、羊数千头，谷数万斛。既而叹曰："凡殖货财产，贵其能施赈也，否则守钱虏耳。"乃尽散以班昆弟故旧，身衣羊裘皮裤。《**后汉书卷 24 · 列传第 14 · 马援**》

【注释】①况：大哥马况。②良工不示人以朴：朴，未经加工的原材料。比喻责任心强的人不肯随便把自己认为粗糙的东西拿出来给别人看。

【以古鉴今】这是真正有钱人的心理，当钱多到你能随心所欲时，它就只是一个数字了。只有施赈于最需要的人，才是钱的价值所在，持有者才会感受到有钱的乐趣，否则守钱虏耳。

井底蛙的见识

公孙述称帝于蜀，嚣使援往观之。援素与述同里闬[①]，相善，以为既至当握手欢如平生，而述盛陈陛卫，以延援入，交拜礼毕，使出就馆，更为援制都布单衣、交让冠，会百官于宗庙中，立旧交之位。述鸾旗旄骑，警跸就车，磬折而入，礼飨官属甚盛，欲授援以封侯大将军位。宾客皆乐留，援晓之曰："天下雄雌未定，公孙不吐哺走迎国士，与图成败，反修饰边幅，如偶人形。此子何足久稽天下士乎！"因辞归，谓嚣曰："子阳井底蛙耳，而妄自尊大，不如专意东方。"《**后汉书卷24·列传第14·马援**》

【**注释**】①闬 hàn：巷门、墙垣。

【**以古鉴今**】同乡小友相见，不是握手言欢而是"盛陈陛卫"，不是同榻抵足，彻夜畅谈而是"至馆舍"、打官腔、摆官谱，小有成就即如此飘飘然，实在是无远图之鼠辈小人。不去，只能玉石俱焚，这样的人不会有未来，有志者应早做打算。

守死规矩，气死活人

援尝有疾，梁松来候之，独拜床下，援不答。松去后，诸子问曰："梁伯孙帝婿，贵重朝廷，公卿已下莫不惮之，大人奈何独不为礼？"援曰："我乃松父友也。虽贵，何得失其序乎？"松由是恨之。《**后汉书卷24·列传第14·马援**》

【**以古鉴今**】《礼记》曰："见父之挚友，不谓之进不敢进，不谓之退不敢退，不问不敢对。"郑玄曰："敬父同志如事父也。"这是书面语，具体人已到床前，硬是不予待见，也着实让人窝火，恨倒未必，气是难免的。所以要会变通，不可死守章句而成为书呆子，特别是再遇到小人，因礼仪之细务而得罪人，让人记恨不值得！

无争也得有底线

卓茂字子康，南阳宛人也。（中略）时尝出行，有人认其马。茂问曰：“子亡马几何时？”对曰：“月余日矣。”茂有马数年，心知其谬，嘿解与之，挽车而去，顾曰：“若非公马，幸至丞相府归我。”他日，马主别得亡者，乃诣府送马，叩头谢之。《后汉书卷25·列传第15·卓茂》

【以古鉴今】你说是你的，你就拿去，这样一来人在现实社会中能生存吗？自己是不争了，会不会让那些使巧劲走歪道的人有机可乘呢？我的主张是，我不主动和你争，但也一定要拒绝你的无理取闹，保卫自己的尊严和权利，不能做无谓的让步。

礼仪交接，人情也

以儒术举为侍郎，给事黄门[①]，迁密令。劳心谆谆，视人如子，举善而教，口无恶言，吏人亲爱而不忍欺之。人尝有言部亭长受其米肉遗者，茂辟左右问之曰：“亭长为从汝求乎？为汝有事嘱之而受乎？将平居自以恩意遗之乎？”人曰：“往遗之耳。”茂曰：“遗之而受，何故言邪？”人曰：“窃闻贤明之君，使人不畏吏，吏不取人。今我畏吏，是以遗之，吏既卒受，故来言耳。”茂曰：“汝为敝人矣。凡人所以贵于禽兽者，以有仁爱，知相敬事也。今邻里长老尚致馈遗，此乃人道所以相亲，况吏与民乎？吏顾不当乘威力强请求耳。凡人之生，群居杂处，故有经纪礼义以相交接。汝独不欲修之，宁能高飞远走，不在人间邪？亭长素善吏，岁时遗之，礼也。”人曰：“苟如此，律何故禁之？”茂笑曰：“律设大法，礼顺人情。今我以礼教汝，汝必无怨恶；以律治汝，何所措其手足乎？一门之内，小者可论，大者可杀也。且归念之！”于是人纳其训，吏怀其恩。《后汉书卷25·列传第15·卓茂》

【注释】①黄门：一般指黄门侍郎。秦代初置，即给事于宫门之内的郎官，是皇帝近侍之臣，可传达诏令。汉代以后沿用此官职，明清时期为从二品官员，负责协助皇帝处理朝廷事务。

【以古鉴今】也真是“敝人”，自己登门送礼，回头就告人家的刁状，所以这“礼”可不是好收的。多少人对此是来者不拒，但最终都倒在那些送礼人手里了。因为他送礼不是和你“礼仪相交接”，而是“畏你”，因畏而生敬，那只能是对那些看不见摸不着的鬼怪神佛，对活生生的人往往是畏而生恨的多。当他感到时机成熟，就要出招弄倒你而解恨，人情大抵如此，不可不察！

犯而不校

刘宽字文饶，弘农华阴人也。父崎，顺帝时为司徒。宽尝行，有人失牛者，乃就宽车中认之。宽无所言，下驾步归。有顷，认者得牛而送还，叩头谢曰：“惭负长者，随所刑罪。”宽曰：“物有相类，事容脱误，幸劳见归，何为谢之？”州里服其不校。《后汉书卷25·列传15·刘宽》

【以古鉴今】不对别人无理取闹，但也不容许别人对我无理取闹。如果遇上，一定不能打私架，也不可私了，必要时可诉诸法律。二千多年前的人不同于今人，那时的人简单淳朴，很少弯弯绕，不如今天的小孩子复杂。学他们的好，不学他们的简单，因为今人都不简单，更少淳朴，当然也包括我辈！

不去生气是智者

宽简略嗜酒，不好盥浴，京师以为谚。尝坐客，遣苍头市酒，迂久[①]，大醉而还。客不堪之，骂曰：“畜产。”宽须臾遣人视奴，疑必自杀。顾左右曰："此人也，骂言畜产，辱孰甚焉！故吾惧其死也。"夫人欲试宽令恚，伺当朝会，装严已讫，使侍婢奉肉羹，翻污朝衣。婢遽收之，宽神色不异，乃徐言曰："羹烂汝手？"其性度如此。海内称为长者。《**后汉书卷 25·列传第 15·刘宽**》

【**注释**】①迂久：犹良久。

【**以古鉴今**】对人礼让，容人之过，都在可学范围，加强自我修养就可做到。然"不易怒"可不是学的，怕多是天分使然，说明人家天生就是好脾气，勉强不来的。

闻义则服

宋弘字仲子，京兆长安人也。（中略）弘当宴见，御坐新屏风，图画列女，帝数顾视之。弘正容言曰："未见好德如好色者。"帝即为彻之。笑谓弘曰："闻义则服，可乎？"对曰："陛下进德，臣不胜其喜。"《**后汉书卷 26·列传第 16·宋弘**》

【**以古鉴今**】臣子敢正容批评皇帝，怕不是仅凭君臣和谐的关系，更多的是正义于胸；皇帝能笑而撤之，且问"可乎"？足见其宽宏大度，是想干事的明君。所以有此一段佳话，得益于主谅臣直，不然怕不谐矣！没有十足把握，这类无关痛痒的事，还是视而不见，沉默不语的好！

糟糠之妻不下堂

时帝姊湖阳公主新寡，帝与共论朝臣，微观其竭。主曰："宋公威容德器，群臣莫及。"帝曰："方且图之。"后弘被引见，帝令主坐屏风后，因谓弘曰："谚言贵易交，富易妻，人情乎？”弘曰：“臣闻贫贱之知不可忘，糟糠之妻不下堂。”帝顾谓主曰：“事不谐矣。”《**后汉书卷26·列传第16·宋弘**》

【**以古鉴今**】“贵易交，富易妻”指的是见异思迁的人，只能共患难，不能同富贵。这种世态炎凉、人情冷暖，是永远都会存在的，不必大惊小怪，只要做好我们自己，对别人也只能是任其云卷云舒了。

放猪娃的成才路

承宫字少子，琅邪姑幕人也。少孤，年八岁为人牧豕。乡里徐子盛者，以《春秋经》授诸生数百人，宫过息庐下，乐其业，因就听经，遂请留门下，为诸生拾薪。执苦数年，勤学不倦，经典即明，乃归家教授。遭天下丧乱，遂将诸生避地汉中，后与妻子之蒙阴山，肆力耕种。禾黍将孰，人有认之者，宫不与计，推之而去，由是显名。三府更辟，皆不应。《**后汉书卷27·列传第17·承宫**》

【**以古鉴今**】看来穷不是不读书的理由。一个放猪娃，靠拾柴代学费而学有所成。人生穷通皆由己，只要胸中有目标，终其一生去奋斗，则必有所获。即使达不到当初的设想，也没有遗憾，因为尽力了！

说话算数

《续汉书》曰：“宫尝出行，得虎所杀鹿，持归，肉分门下，取皮上师，师不受，宫因弃之。人问其故，宫曰：‘既已与人，义不可复取。’”《**后汉书卷27·列传第17·承宫（注）**》

【以古鉴今】有句口头禅叫“吐口唾沫都是钉”，意即说话算数。但谁能做到承宫这样：说给你了，物件虽仍在我手，可它已经属于你了，因为给你的话已出口。至于你要不要，那是你的选择。你要，你拿走，你不要，我也绝不再要了！

礼尚往来

（杜林字伯山，扶风茂陵人也。）《东观记》曰：“林与马援同乡里，素相亲厚。援从南方还，时林马适死，援令子持马一匹遗林，曰：‘朋友有车马之馈，可且以备乏。’林受之。居数月，林遣子奉书曰：‘将军内施九族，外有宾客，望恩者多，林父子两人食列卿禄，常有盈，今送钱五万。’援受之，谓子曰：‘人当以此为法，是杜伯山所以胜我也。’”《**后汉书卷 27 · 列传第 17 · 杜林（注）**》

【以古鉴今】来而不往非礼也。须知人情债虽说没有借据，但内心的歉疚愈久愈烈，有人甚至临死时还嘱咐后人，我们欠某某人情，若有机会记着偿还。可见人情债是欠不得的，但还要做到不露痕迹方为得体，就是还的时候要有个说得过去的理由。

俗难卒变

（桓谭字君山，沛国相人也。）《东观记》载谭曰：“贾人多通侈靡之物，罗纨绮绣，杂彩玩好，以淫人耳目，而竭尽其财。是为下树奢媒而置贫本也。求人之俭约富足，何可得乎？夫俗难卒变，而人不可暴化。宜抑其路，使之稍自衰焉。”《**后汉书卷 28 上 · 列传第 18 上 · 桓谭（注）**》

【以古鉴今】财货够日用而稍有盈余最好，万不可成什么百万千万之富豪，那是顶不济的：一是一家饱暖千家怨，你占了别人的份额；二是由俭入奢易，暴殄天物罪孽深重；三是富不过三代，后辈坐享其成难出好人。

渐染则易性

（冯衍字敬通，京兆杜陵人也。）《淮南子》曰："杨子见逵路而哭之，为其可以南，可以北，伤其本同而末异也。"《墨子》曰"墨子见染丝，叹曰，染于苍则苍，染于黄则黄，五入之则为五色，故染不可不慎。非独丝也，国亦有染，汤染伊尹，纣染恶来"也。先王正道，规摹有常，苟生穿凿，则岐路竞起，故墨子知渐染之易性，杨朱悲造作之弗思。**《后汉书卷 28 下·列传第 18 下·冯衍（注）》**

【以古鉴今】今日之孩子，乃明天之父母，人生即如此绵延以致无穷。每个人都是这链条中的一环，稍有差池，一环出了问题，整条链子就会坏掉，谁愿做这断前绝后的人呢！都要提着精神做好自己，给孩子染上最好的底色，为后人做登天的梯子！

算计人，也被人算计

《韩子》曰："仲尼为政于鲁，道不拾遗，齐景公患之。犁鉏曰：'去仲尼犹吹毛耳。君何不遗鲁公以女乐，以骄其意。鲁君乐之，必怠于政，仲尼必谏，谏而不听，必轻绝鲁。'景公曰：'善。'乃令犁鉏以女乐遗鲁，哀公乐之，果怠于政，仲尼谏不听，遂去之。"**《后汉书卷 28 下·列传第 18 下·冯衍（注）》**

【以古鉴今】圣人也有被算计的时候，所以我们在世间受点委屈或遭人误会，就没什么可抱怨的了。人与人之间的关系就是微妙，要想相安无事，除撒手归去别无良策。只要还活在世上，就都能扯上关系，就都会被人算计，也都会算计别人，将其视为常态，也就见怪不怪了。

不避权贵

鲍永字君长，上党屯留人也。（中略）建武十一年，征为司隶校尉。帝叔父赵王良尊戚贵重，永以事劾良大不敬，由是朝廷肃然，莫不戒慎。乃辟扶风鲍恢为都官从事，恢亦抗直不避强御。帝常曰：“贵戚且宜敛手，以避二鲍。”其见惮如此。《后汉书卷 29 · 列传第 19 · 鲍永》

【以古鉴今】把官做到举朝肃然，无不戒慎的程度，可见不避权贵，刚直性格的威力。如果说太正直，需防奸人陷害；那太奸猾，也有正直人侧目。宁取“直如绳”，不作“曲如钩”。直如绳虽得罪人，但心安；曲如钩也不能让人人满意，还心愧。

可怜天下父母心

（郅恽字君章，汝南西平人也。）《家语》曰：“曾参妻为梨蒸不熟①，因出之，终身不娶。其子请焉。曾参曰：‘高宗以后妻杀孝子，尹吉甫以后妻放伯奇，吾上不及高宗，中不比吉甫，知其得免于非乎！’遂不娶。”《后汉书卷 29 · 列传第 19 · 郅恽（注）》

【注释】①梨蒸不熟：做饭有点夹生。

【以古鉴今】鉴古知今，母亲的位置岂是随便谁都可以替代得了的！做父母的，多能为孩子而放弃自己的利益，以成全子女的幸福。没有这层血浓于水的亲情，想做到也难！

民心

郭伋字细侯，扶风茂陵人也。（中略）（建武）十一年，（中略）乃调伋为并州牧。（中略）始至行部，到西河美稷，有童儿数百，各骑竹马，道次迎拜。伋问："儿曹何自远来？"对曰："闻使君到，喜，故来奉迎。"伋辞谢之。及事讫，诸儿复送至郭外，问："使君何日当还？"伋谓别驾从事，计日告之。行部既还，先期一日，伋为违信于诸儿，遂止于野亭，须期乃入。

《后汉书卷 31 · 列传第 21 · 郭伋》

【以古鉴今】芝麻绿豆大的事儿，史家不惜笔墨记在这里，足见其用心良苦。让我们后来读史者领悟的是为人正派，为官廉明，是连孩子都会尊敬你的，更不待说大人了。还有一层就是，对孩子说过的话，也必须遵守。先一日晚一日都不妥，一定是"须期乃入"。

平安是福

樊宏字靡卿，南阳湖阳人也。（中略）宏为人谦柔畏慎，不求苟进。常戒其子曰："富贵盈溢，未有能终者。吾非不喜荣势也，天道恶满而好谦，前世贵戚皆明戒也。保身全己，岂不乐哉！"每当朝会，辄迎期先到，俯伏待事，时至乃起。帝闻之，常敕驺骑临朝乃告，勿令豫到。宏所上便宜及言得失，辄手自书写，毁削草本。公朝访逮[①]，不敢众对。宗族染其化，未尝犯法。帝甚重之。及病困，车驾临视，留宿，问其所欲言。宏顿首自陈：“无功享食大国，诚恐子孙不能保全厚恩，令臣魂神惭负黄泉，愿还寿张，食小乡亭。”帝悲伤其言，而竟不许。《后汉书卷32·列传第22·樊宏》

【注释】①访逮：问及。

【以古鉴今】人须终生谨慎小心，以求保身全己，好像活得有点累，但却能活得好；有的人我行我素，张牙舞爪，好像是随心所欲，但很少能有好结果。怕是霉运一到，想做回小民犹不可得，那惨景岂是“悔”能避免的！

富贵有极，人当知足

兴字君陵，光烈皇后同母弟也。（中略）建武二年，为黄门侍郎，守期门仆射，典将武骑，从征伐，平定郡国。兴每从出入，常操持小盖，障翳风雨，躬履涂泥，率先期门。光武所幸之处，辄先入清宫，甚见亲信。（中略）九年，迁侍中，赐爵关内侯。帝后召兴，欲封之，置印绶于前，兴固让曰：“臣未有先登陷阵之功，而一家数人并蒙爵士，令天下觖望[①]，诚为盈溢。臣蒙陛下、贵人恩泽至厚，富贵已极，不可复加，至诚不愿。”帝嘉兴之让，不夺其志。贵人问其故，兴曰：“贵人不读书记邪？‘亢龙有悔[②]。’夫外戚家苦不知廉退，嫁女欲配侯王，取妇眄睨[③]公主，愚心实不安也。富贵有极，人当知足，夸奢益为观听所讥。”贵人感其言，深自降挹[④]，卒不为宗亲求位。十九年，拜卫尉，亦辅导皇太子。明年夏，帝风眩疾甚，后以兴领侍中，受顾命于云台广室。会疾瘳，召见兴，欲以代吴汉为大司马。兴叩头流涕，固让曰：“臣不敢惜身，诚亏损圣德，不可苟冒。”至诚发中，感动左右，帝遂听之。《后汉书卷32·列传第22·阴兴》

【注释】①觖 jué 望：因不满意而生怨恨。②亢龙有悔：成语。亢，至高的；悔，灾祸。意为居高位的人要戒骄，否则会因失败而后悔。后也形容倨傲者不免招祸。亦指要懂得进退。③眄睨 miǎn nì：斜视，表示轻慢。泛指眼睛盯住，看着。④降挹 yì：谦退损抑。

【以古鉴今】阴兴高人，深知居上体之极，则有悔吝之灾也。谨慎做人，小心做事，知足止足，过常人的日子，享常人的福，就不会有无妄之灾。

宁损己，不可害人

曹褒字叔通，鲁国薛人也。（中略）初举孝廉，再迁圉令，以礼理人，以德化俗。时它郡盗徒五人来入圉界，吏捕得之，陈留太守马严闻而疾恶，风县杀之[①]。褒敕吏曰："夫绝人命者，天亦绝之。皋陶不为盗制死刑，管仲遇盗而升诸公。今承旨而杀之，是逆天心，顺府意也，其罚重矣。如得全此人命而身坐之，吾所愿也。"遂不为杀。《**后汉书卷 35·列传第 25·曹褒**》

【注释】①风县杀之：风，通"讽"，有暗示、劝告意。这句话的意思是：叫县里把他们杀了。

【以古鉴今】依法办事，特别是涉及人命大案，更不能为顺上意而逆天心，不可用别人的鲜血染自己的顶子。如有不得已，宁损己，也不可害人！

人生在勤

郑玄字康成，北海高密人也。（中略）玄少为乡啬夫，得休归，尝诣学官，不乐为吏，父数怒之，不能禁。（中略）以山东无足问者，乃西入关，因涿郡卢植，事扶风马融。

融门徒四百余人，升堂进者五十余生。融素骄贵，玄在门下，三年不得见，乃使高业弟子①传授于玄。玄日夜寻诵，未尝怠倦。会融集诸生考论图纬，闻玄善算，乃召见于楼上，玄因从质诸疑义，问毕辞归。融喟然②谓门人曰："郑生今去，吾道东矣③。"《后汉书卷35·列传第25·郑玄》

【注释】①高业弟子：学业优异的学生。②喟然：叹气的样子。因感慨而深深地叹气。③吾道东矣：道，主张。自己的学术主张得人继承和推广。

【以古鉴今】郑玄三年不得见融，只听学业优异者讲述，玄日夜寻诵，未尝怠倦，终得真知。辞归之日，融感慨自己的学术主张得人继承和推广了，这是老师对学生最高的褒奖。学业在自强，人生又何尝不是靠自己打拼呢！

知识改变命运

（桓荣字春卿，沛郡龙亢人也。）荣初遭仓卒，与族人桓元卿同饥厄，而荣讲诵不息。元卿嗤荣曰："但自苦气力，何时复施用乎？"荣笑不应。及为太常，元卿叹曰："我农家子，岂意学之为利乃若是哉！"《后汉书卷37·列传第27·桓荣》

【以古鉴今】此乃劝学的最好教材，人活着，不管年纪几何，穷通与否，都应学而不厌，啥多都可成灾，唯有知识是多多益善！有而不用可以，用而没有不可以！

呆子

《东观记》曰"严①到吴郡，扬州刺史刘繇振给谷食衣服所乏者，悉不受。后东适会稽，住止山阴县故鲁相钟离意舍，太守王朗饷给粮食、布帛、牛羊，一无所当②。临去之际，屋中尺寸之物，悉疏付主人，纤微不漏。移居扬州从事屈豫室中，中庭橘树一株，遇实孰，乃以竹藩树四面，风吹落两实，以绳系着树枝。每当危亡之急，其志弥固，宾客从者皆肃其行”也。《**后汉书卷 37 · 列传第 27 · 桓荣**》

【**注释**】①严：桓晔又名严。②当：留。

【**以古鉴今**】悬果于树，宁可烂掉也不肯吃掉的做法，真是“呆”耶！把礼义廉耻当教条给执行死了，就反过来被这些条条框框给束缚住了。正确的做法是：布帛牛羊，一无所留是对的；风吹落两实，痛快吃掉也是对的！

封求硗埆

丁鸿字孝公，颍川定陵人也。

（父）公綝，字幼春，王莽末守颍阳尉。世祖略地①颍阳，颍阳城守不下，綝说其宰，遂与俱降，世祖大喜，厚加赏劳，以綝为偏将军，因从征伐。綝将兵先度河，移檄郡国，攻营略地，下河南、陈留、颍川二十一县。

建武元年，拜河南太守。及封功臣，帝令各言所乐，诸将皆占丰邑美县，惟綝愿封本乡。或谓綝曰：“人皆欲县，子独求乡，何也？”綝曰：“昔孙叔敖敕其子，受封必求硗埆②之地，今綝能薄功微，得乡亭厚矣。”帝从之，封定陵新安乡侯，食邑五千户，后徙封陵阳侯。《**后汉书卷 37·列传第 27·丁鸿**》

【**注释**】①略地：巡视边境；占领土地，侵占土地。②硗埆 qiāo què：瘠薄之地。

【**以古鉴今**】这里有当下和长远的说道。就眼下都知道人口众多、地方富庶为封地好，可你知道好，别人也知道啊，还没到手就有人眼热欲得，大概也得风水轮流转，想长远也难；而人口稀少，土地贫瘠的封地，不好领导，也没有多少实惠，你不愿意要，别人也不愿意要，反倒没人和你争，乐得每年都少得点，可因没人争而更长久。利弊得失，已在其中矣。

言出必行

刘平字公子，楚郡彭城人也。（中略）更始时，天下乱，平弟仲为贼所杀。其后贼复忽然而至，平扶侍其母，奔走逃难。仲遗腹女始一岁，平抱仲女而弃其子。母欲还取之，平不听，曰："力不能两活，仲不可以绝类。"遂去不顾，与母俱匿野泽中。平朝出求食，逢饿贼，将亨之，平叩头曰："今旦为老母求菜，老母待旷为命，愿得先归，食母毕，还就死。"因涕泣。贼见其至诚，哀而遣之。平还，既食母讫，因白曰："属与贼期，义不可欺。"遂还诣贼。众皆大惊，相谓曰："常闻烈士，乃今见之。子去矣，吾不忍食子。"于是得全。《**后汉书卷 39 · 列传第 29 · 刘平**》

【以古鉴今】救出弟弟的女儿却丢下自己的儿子，已是义薄云天！"食母毕，还就死"，更是让人不可思议，怕是人类史上仅此一家，再无别例。看出贼们的天良还没丧尽，遇到至诚之士，仅存的那点良知再现，送上门来反发悲悯，真心感天，诚意屈贼！

怀义忘罪

王望字慈卿，客授会稽，自议郎迁青州刺史，甚有威名。是时州郡灾旱，百姓穷荒，望行部，道见饥者，裸行草食，五百余人，愍然[①]哀之，因以便宜出所在布粟，给其廪粮，为作褐衣[②]。事毕上言，帝以望不先表请，章示百官，详议其罪。时公卿皆以为望之专命，法有常条。钟离意独曰："昔华元、子反，楚、宋之良臣，不禀君命，擅平二国，春秋之义，以为美谈。

今望怀义忘罪，当仁不让，若绳之以法，忽其本情，将乖圣朝爱育之旨。”帝嘉意议，赦其不罪。《后汉书卷 39 · 列传第 29 · 王望》

【注释】①愍 mǐn 然：怜悯貌。②褐衣：粗布衣服。古代贫贱者所穿。

【以古鉴今】让百姓活命，不也是皇帝的职责吗？替皇帝做了，表彰才是，何罪之有！让这样的混蛋做最高统治者，是世袭制度的最大弊端，明知是个歪瓜裂枣，可他就结在这个蔓上了。偌大中国，几千年来积贫积弱，病根就在这里。

低调做人

赵孝字长平，沛国蕲[1]人也。父普，王莽时为田禾将军，任孝为郎。每告归，常白衣步担。尝从长安还，欲止邮亭。亭长先时闻孝当过，以有长者客，扫洒待之。孝既至，不自名，长不肯内，因问曰：“闻田禾将军子当从长安来，何时至乎？”孝曰：“寻到矣。”于是遂去。《后汉书卷 39 · 列传第 29 · 赵孝》

【注释】①蕲 jī：古县名，秦置。治所在今安徽宿州南。

【以古鉴今】赵孝白衣步担还家，不自名遂去，如此不足挂齿之事，竟占史书一张纸，史家是在昭示：不事张扬，低调做人。不管世事如何变化，哪家的观念为主流，人终究是人，如果连人都没做好而去做事，大抵那做的也不会是人事儿。

诚可感天

及天下乱，人相食。孝弟礼为饿贼所得，孝闻之，即自缚诣贼，曰：“礼久饿羸瘦，不如孝肥饱。”贼大惊，并放之，谓曰：“可且归，更持米糒来。”孝求不能得，复往报贼，愿就亨。众异之，遂不害。乡党服其义。州郡辟召，进退必以礼。《**后汉书卷 39 · 列传第 29 · 赵孝**》

【**以古鉴今**】赵孝者，诚信之鼻祖也。说回家给贼人拿米粮，没弄到，就再回来赴死，把贼都吓着了。看似有点傻，但能傻到这份上，说明他心中只有做人的诚信，而没有考虑自身的安危。

心里装着他人

淳于恭字孟孙，北海淳于人也。善说老子，清静不慕荣名。家有山田果树，人或侵盗，辄助为收采。又见偷刈[①]禾者，恭念其愧，因伏草中，盗去乃起，里落化之。（中略）初遭贼寇，百姓莫事农桑。恭常独力田耕，乡人止之，曰：“时方淆乱，死生未分，何空自苦为？”恭曰：“纵我不得，他人何伤。”垦耨[②]不辍。《**后汉书卷 39 · 列传第 29 · 淳于恭**》

【**注释**】①刈 yì：割草。②耨：锄草。

【**以古鉴今**】“纵我不得，他人何伤”的话，是君子之思，高人之想。常人的想法无非是战乱，有早晨无后晌，“生死未卜，何自苦之”？这是心里只有自己的人，试想再残酷的战争，势必不能把人都打死吧，不死就得吃东西，即便自己吃不到了，为了别人也要耕耘啊！

活好逆境

刘般字伯兴，宣帝之玄孙也。（中略）般数岁而孤，独与母居。王莽败，天下乱，太夫人闻更始即位，乃将般俱奔长安。会更始败，复与般转侧兵革中，西行上陇，遂流至武威。般虽尚少，而笃志修行，讲诵不怠。其母及诸舅，以为身寄绝域，死生未必，不宜苦精若此，数以晓般，般犹不改其业。

建武八年，隗嚣①败，河西始通，般即将家属东至洛阳，修经学于师门。明年，光武下诏，封般为菑丘侯，奉孝王祀，使就国。后以国属楚王，徙封杼秋侯。《后汉书卷 39 · 列传第 29 · 刘般》

【注释】①隗 wěi 嚣：字季孟，天水成纪（今甘肃秦安）人。

【以古鉴今】人在逆境中，往往更见真性情。时不利我，多数人就心灰意冷，茶饭无心，无所事事起来。然如刘般者，天下乱，别人都放任了，我独笃志修行，讲诵不怠，恰更易出人头地。功夫用在平时，机会来了，就有能力抓住而改变命运，不然，急来抱佛脚，怕有机会也都错过了。

节士不以辱生

（卞严，卞庄子也。）《新序》曰："卞庄子好勇，养母，战而三北，交游非之，国君辱之。庄子受命，颜色不变。及母死三年，齐与鲁战，庄子请从。至，见于将军曰：'初独与母处，是以战而三北。今母没矣，请塞责①。'遂赴敌而斗，获甲首而献，曰：'夫三北，以养母也。吾闻之，节士不以辱生。'遂杀十人而死。"《后汉书卷 40 上 · 列传第 30 上 · 班彪（注）》

【注释】①塞责：抵塞罪责，弥补所任事的不足。

【以古鉴今】大孝之人，为了奉养老母，作战不敢豁命，连连败北，被世人耻笑。自己都能坦然面对，不解释、不辩驳，甘受其辱。可内心却是"节士不以辱生"，母亲走了，了无牵挂，遂以死证明自己不是贪生怕死之辈，以壮志行。

亲戚可富，不可职事

第五伦字伯鱼，京兆长陵人也。（中略）伦又上疏曰："臣愚以为贵戚可封侯以富之，不当职事以任之。何者？绳以法则伤恩，私以亲则违宪。伏闻马防今当西征，臣以太后恩仁，陛下至孝，恐卒有纤介[①]，难为意爱。闻防请杜笃为从事中郎，多赐财帛。笃为乡里所废，客居美阳，女弟为马氏妻，恃此交通，在所县令苦其不法，收系论之。今来防所，议者咸致疑怪，况乃以为从事，将恐议及朝廷。今宜为选贤能以辅助之，不可复令防自请人，有损事望。苟有所怀，敢不自闻。"**《后汉书卷 41 · 列传第 31 · 第五伦》**

【**注释**】①纤介：亦作"纤芥"，细微，细小的嫌隙。

【**以古鉴今**】第五伦的议论不可小觑："贵戚可封侯以富之，不当职事以任之。何者？绳以法则伤恩，私以亲则违宪。"将其移来小用：假定你当了小老板，有能力顾及亲情，就让他们衣食无忧；然须用有能力者任职做事，各得其所，皆大欢喜！

反省得深刻

伦奉公尽节，言事无所依违。诸子或时谏止，辄叱遣之，吏人奏记及便宜者，亦并封上，其无私若此。性质悫[①]，少文采，在位以贞白[②]称，时人方之前朝贡禹。然少蕴藉[③]，不修威仪，亦以此见轻。或问伦曰："公有私乎？"对曰："昔人有与吾千里马者，吾虽不受，每三公有所选举，心不能忘，而亦终不用也。吾兄子常病，一夜十往，退而安寝；吾子有疾，虽不省视而竟夕不眠。若是者，岂可谓无私乎？"**《后汉书卷 41 · 列传第 31 · 第五伦》**

【**注释**】①质悫 què：质朴诚信。②贞白：守正清白。③蕴藉：藏在其内，隐藏而不外露，多形容君子气质。也指言语、文字、神情等含蓄而不显露。

【以古鉴今】别说是人，世间所有生命都是为己的，这是天性，是本能，不可简单地以公私论之。如第五伦能对自己的私心由一闪念开始反省，从这个层面上说，任何人都有私心，只是程度不同罢了。

渴不饮盗泉水

钟离意字子阿，会稽山阴人也。（中略）显宗即位，征为尚书。时交阯太守张恢，坐臧千金，征还伏法，以资物簿入大司农，诏班赐群臣。意得珠玑，悉以委地[①]而不拜赐。帝怪而问其故。对曰："臣闻孔子忍渴于盗泉之水[②]，曾参回车于胜母[③]之间，恶其名也。此臧秽之宝，诚不敢拜。"帝嗟叹曰："清乎尚书之言！"《后汉书卷41·列传第31·钟离意》

【注释】①委地：散落或委弃于地。②孔子忍渴于盗泉之水：盗泉，在今山东省泗水县。孔子不喝"盗泉"水，是因为他憎恶这个名字。旧时人们引用这句话，表示坚守节操，不污其行。③胜母：地名，曾参认为不合孝道，所以不进去。

【以古鉴今】是有点让人恶心，犯人的赃物拿在手里是不舒服。正如血在血管里流淌，那是最宝贵的，可一旦流到地上，则会感到是最肮脏的一样。环境影响心情，同一对象放在不同地方，人们会对它有截然不同的看法。

爱护下属

诏赐降胡子缣[①]，尚书案事[②]，误以十为百。帝见司农上簿，大怒，召郎，将笞之。意因入叩头曰："过误之失，常人所容。若以懈慢为愆，则臣位大，

罪重，郎位小，罪轻，咎皆在臣，臣当先坐。”乃解衣就格。帝意解，使复冠而贯郎。《后汉书卷41·列传第31·钟离意》

【注释】①缣jiān：双经双纬的粗厚平丝织物之古称。②案事：考问情事或办理其事。

【以古鉴今】体谅下属，非原则性的小过失、错误，自己担着。同一件事，往往放在长官身上是“误”，可要放在下属身上可能就是“罪”了。轻重、性质都不一样，这就要领头的人，多为手下想想，能伸以援手的就不要吝啬，身在公门好修行！

知己之言信于心

朱晖字文季，南阳宛人也。（中略）晖刚于为吏，见忌于上，所在多被劾。自去临淮，屏居野泽，布衣蔬食，不与邑里通，乡党讥其介。建初中，南阳大饥，米石千余，晖尽散其家资，以分宗里故旧之贫羸者，乡族皆归焉。初，晖同县张堪素有名称，尝于太学见晖，甚重之，接以友道，乃把晖臂曰：“欲以妻子托朱生。”晖以堪先达，举手未敢对，自后不复相见。堪卒，晖闻其妻子贫困，乃自往候视，厚赈赡①之。晖少子颉怪而问曰：“大人不与堪为友，平生未曾相闻，子孙窃怪之。”晖曰：“堪尝有知己之言，吾以信于心也。”晖又与同郡陈揖交善，揖早卒，有遗腹子友，晖常哀之。及司徒桓虞为南阳太守，召晖子骈为吏，晖辞骈而荐友。虞叹息，遂召之。《后汉书卷43·列传第33·朱晖》

【注释】①赈赡：以财物周济。

【以古鉴今】古人的淳朴憨厚让我们觉得可爱，同时也觉得脸红。今人别说就一句话的朋友且已是死人，就是活着的“真”朋友也是照欺不误。有些人一生你都不知道他说的话到底哪一句是真的，就因为他的话不是发自肺腑，而是在心里加了伪装才说出的，让人云里雾里不得要领。无心无信的话，人们也权当耳旁风，吹过了事。

容人小过，成己大功

《说苑》曰“楚庄王赐群臣酒，日暮烛灭，乃有人引美人之衣者。美人援绝其冠缨，告王趣火来上，视绝缨者。王曰：‘赐人酒，使醉失礼，奈何欲显妇人之节而辱士乎？’乃命左右曰：‘与寡人饮，不绝冠缨者不欢。’群臣百余人皆绝去其冠缨，乃上火”也。《**后汉书卷 43·列传第 33·朱穆**（注）》

【**以古鉴今**】真是忠厚长者，一句“赐人酒，使醉失礼，奈何欲显妇人之节而辱士乎？”事不在大小，处理得让人心里暖暖的，就是为其卖命也值。

从政者以庇人

（何敞字文高，扶风平陵人也。）《国语》：“昔楚斗子文三登令尹，无一日之积。成王闻子文朝不及夕也，于是乎每朝设脯七束，糗①一筐，以羞子文。楚成王每出子文之禄，必逃，王止而后复。人谓子文曰：‘人生求富，子逃之，何也？’对曰：‘从政者，以庇人也。人多旷②者而我取富焉，是勤人以自封也，死无日矣。我逃死，非逃富也。’”《**后汉书卷 43 · 列传第 33 · 何敞**（注）》

【**注释**】①糗 qiǔ：炒熟的米、麦。②旷：空，指因贫穷而家室空旷。

【**以古鉴今**】追富等于找死，深刻至极，从政者诫！独富非好事，要懂得散财消灾，不要把你周围的人落得太远。木秀于林，风必摧之；堆出于岸，流必湍之；行高于人，众必非之。这都是老祖宗智慧的结晶，绝非闲话。

内省不疚，何恤人言

班超字仲升，扶风平陵人。（中略）李邑始到于寘[①]，而值龟兹[②]攻疏勒，恐惧不敢前，因上书陈西域之功不可成，又盛毁超拥爱妻，抱爱子，安乐外国，无内顾心。超闻之，叹曰："身非曾参而有三至之谗，恐见疑于当时矣。"遂去其妻。帝知超忠，乃切责邑曰："纵超拥爱妻，抱爱子，思归之士千余人，何能尽与超同心乎？"令邑诣超受节度。诏超："若邑任在外者，便留与从事。"超即遣邑将乌孙侍子还京师。徐干谓超曰："邑前亲毁君，欲败西域，今何不缘诏书留之，更遣它吏送侍子乎？"超曰："是何言之陋也！以邑毁超，故今遣之。内省不疚，何恤人言！快意留之，非忠臣也。"《**后汉书卷47·列传第37·班超**》

【注释】①寘 tián：放置。②龟兹 qiū cí：古地名，在今新疆库车一带。

【以古鉴今】班超高人，常人是你打我一拳，我必还你一脚，可他却以德报怨。你背后捅我一刀，我偏不计较，仍把美差给你。人品高下，不辩自明，班超的收获要比报复来得实在且完美。所以与小人过招，千万别用小人的伎俩，那样你与小人相去几何？而是广己胸襟、大己度量，愧小人之心，释众人之疑，获君子之誉！

直言不讳

爰延字子平，陈留外黄人也。清苦好学，能通经教授。性质悫，少言辞。县令陇西牛述好士知人，乃礼请延为廷掾，范丹为功曹，濮阳潜为主籍，常共言谈而已。后令史昭以为乡啬夫[1]，仁化大行，人但闻啬夫，不知郡县。在事二年，州府礼请，不就。桓帝时征博士，太尉杨秉等举贤良方正[2]，再迁为侍中。

帝游上林苑，从容问延曰："朕何如主也？"对曰："陛下为汉中主。"帝曰："何以言之？"对曰："尚书令陈蕃任事则化，中常侍黄门豫政则乱，是以知陛下可与为善，可与为非。"帝曰："昔朱云廷折栏槛，今侍中面称朕违，敬闻阙矣。"《后汉书卷 48 · 列传第 38 · 爰延》

【注释】①乡啬夫：官名。秦汉乡官，不足五千户之小乡置啬夫。掌赋税徭役，兼听辞讼，由县府委派。②贤良方正：贤良，才能，德行好；方正，正直。汉文帝时推行的一种举荐官吏后备人员的制度，唐宋沿用，设贤良方正科。指德才兼备的好人品。

【以古鉴今】在那个年代，臣下敢说君王"可与为善，可与为非，是谓中人"的话，岂止掉头，简直会被灭族。然皇帝非但不怪，还"敬闻阙矣"，大抵是"真"能动人，"诚"可感天吧！

不能开张奸路

桥玄字公祖，梁国睢阳人也。（中略）玄少子十岁，独游门次，卒有三人持杖劫执之，入舍登楼，就玄求货，玄不与。有顷，司隶校尉阳球率河南尹、洛阳令围守玄家。球等恐并杀其子，未欲迫之。玄瞋目呼曰："奸人无状，玄岂以一子之命而纵国贼乎！"促令兵进。于是攻之，玄子亦死。玄乃诣阙谢罪，乞下天下："凡有劫质，皆并杀之，不得赎以财宝，开张奸路。"诏书下其章。初自安帝以后，法禁稍弛，京师劫质，不避豪贵，自是遂绝。《后汉书卷 51 · 列传第 41 · 桥玄》

【以古鉴今】宁可与坏人鱼死网破、同归于尽，哪怕是舍弃自己的儿子，也不给其“开张奸路”。倘人人能如是想，绑架案怕也就绝迹了。

去就以时

桓帝时，安阳人魏桓，字仲英，亦数被征。其乡人劝之行。桓曰：“夫干禄求进，所以行其志也。今后宫千数，其可损乎？厩马万匹，其可减乎？左右悉权豪，其可去乎？”皆对曰：“不可。”桓乃慨然叹曰：“使桓生行死归，宗诸子何有哉！”遂隐身不出。《后汉书卷53·列传第43·魏桓》

【以古鉴今】做官是为了施展才能，实现抱负，不光是为了俸禄。如果一切结果都是不可更改的，自己什么事也办不了，尸位素餐，这样的官不做也罢！

接受命运安排

周燮字彦祖，汝南安城人，决曹掾燕之后也。燮生而钦颐折頞①，丑状骇人。其母欲弃之，其父不听，曰：“吾闻贤圣多有异貌。兴我宗者，乃此儿也。”于是养之。

始在髫鬌②，而知廉让；十岁就学，能通《诗》《论》；及长，专精《礼》《易》。不读非圣之书，不修贺问之好。有先人草庐结于冈畔，下有陂田，常肆勤以自给。非身所耕渔，则不食也。乡党宗族希得见者。《后汉书卷53·列传第43·周燮》

【注释】①钦颐折頞è：颐，颔也；钦颐，曲颔也；折亦曲也；頞，鼻茎如鞍也。丑状骇人。②髫鬌tiáo duǒ：婴儿三月剪发，剪下的谓髫，留而不剪的谓鬌。

谓童年。

【以古鉴今】异貌骇人，禀赋天成，此皆天意。一生穷通富贵，人事诚不可缺，但它不是万能的，尽力而为不要太看重结果。人一生的结果，绝不是个人能够掌控的。把自己的聪明才智发挥出来，就别去问结果，结果乃天意！

四知太守

杨震字伯起，弘农华阴人也。（中略）大将军邓骘闻其贤而辟之，举茂才[①]，四迁荆州刺史、东莱太守。当之郡，道经昌邑，故所举荆州茂才王密为昌邑令，谒见，至夜怀金十斤以遗震。震曰："故人知君，君不知故人，何也？"密曰："暮夜无知者。"震曰："天知，神知，我知，子知。何谓无知！"密愧而出。后转涿郡太守。性公廉，不受私谒。子孙常蔬食步行，故旧长者或欲令为开产业，震不肯，曰："使后世称为清白吏子孙，以此遗之，不亦厚乎！"**《后汉书 54 · 列传第 44 · 杨震》**

【注释】①茂才：和秀才同义，东汉时为了避讳光武帝刘秀的名字，将秀才改为茂才，后来有时也称秀才为茂才。

【以古鉴今】人能以此"四知"为戒，能不能当大官、成大事，我不知道，不会犯大错则是一定的。咱中国的父母口挪肚攒，就是想给子孙留下点资财，让他们不受冻饿，其实好样儿孙强于父祖的，无须留；不成人子的，留多少也守不住。不如留下好品德，使儿孙成为有修为的人，即使不能造福他人，起码能养活自己！

张扬遭忌

脩字德祖，好学，有俊才，为丞相曹操主簿，用事曹氏。及操自平汉中，欲因讨刘备而不得进，欲守之又难为功，护军不知进止何依①。操于是出教，唯曰“鸡肋”而已。外曹莫能晓，脩独曰：“夫鸡肋，食之则无所得，弃之则如可惜，公归计决矣。”乃令外白稍严，操于此回师。脩之几决，多有此类。脩又尝出行，筹操有问外事，乃逆为答记，敕守舍儿：“若有令出，依次通之。”既而果然。如是者三，操怪其速，使廉之，知状，于此忌脩。且以袁术之甥，虑为后患，遂因事杀之。《后汉书54·列传第44·杨脩》

【注释】①进止何依：一种口头暗号。常用来识别敌我。

【以古鉴今】杨修不识趣，丞相正在食之无味，弃之可惜，进退不得要领的当口，你卖乖弄巧玩潇洒，怕此时非“一人一口酥”之彼时矣！上峰的内心岂是你能随便揣摩的，犯了官场大忌，“动摇军心”是口实，因你张扬杀你是真意。

积德行善

张晧字叔明，犍为武阳人也。六世祖良，高帝时为太子少傅，封留侯。（中略）及顺帝即位，拜晧司空，在事多所荐达，天下称其推士。时清河赵腾上言灾变，讥刺朝政，章下有司，收腾系考，所引党辈八十余人，皆以诽谤当伏重法。晧上疏谏曰：“臣闻尧舜立敢谏之鼓，三王树诽谤之木，《春秋》采善书恶，圣主不罪刍荛①。腾等虽干上犯法，所言本欲尽忠正谏。如当诛戮，天下杜口，塞谏争之源，非所以昭德示后也。”帝乃悟，减腾死罪一等，余皆司寇②。《后汉书卷56·列传第46·张晧》

【注释】①刍荛 ráo：割草打柴的人。②司寇：刑罚名，罪人被罚往边地防御外敌。

【以古鉴今】有生杀予夺之权者，要记住：罪人，当于有过中求无过；量刑，当于无生中求有生。无需求神拜佛，已是功德无量矣！

不堪侵枉，怀愤相聚

纲字文纪。（中略）时，广陵贼张婴等众数万人，杀刺史、二千石，寇乱扬、徐间，积十余年，朝廷不能讨。冀乃讽尚书，以纲为广陵太守，因欲以事中之。前遣郡守，率多求兵马，纲独请单车之职。既到，乃将吏卒十余人，径造婴垒，以慰安之，求得与长老相见，申示国恩。婴初大惊，既见纲诚信，乃出拜谒。纲延置上坐，问所疾苦。乃譬之曰："前后二千石多肆贪暴，故致公等怀愤相聚。二千石信有罪矣，然为之者又非义也。今主上仁圣，欲以文德服叛，故遣太守，思以爵禄相荣，不愿以刑罚相加，今诚转祸为福之时也。若闻义不服，天子赫然震怒，荆、扬、兖、豫大兵云合，岂不危乎？若不料强弱，非明也；充善取恶，非智也；去顺效逆，非忠也；身绝血嗣，非孝也；背正从邪，非直也；见义不为，非勇也；六者成败之几，利害所从，公其深计之。"婴闻，泣下，曰："荒裔[①]愚人，不能自通朝廷，不堪侵枉[②]，遂复相聚偷生，若鱼游釜中，喘息须臾间耳。今闻明府之言，乃婴等更生之辰也。既陷不义，实恐投兵之日，不免孥戮。"纲约之以天地，誓之以日月，婴深感悟，乃辞还营。明日，将所部万余人与妻子面缚归降。纲乃单车入婴垒，大会，置酒为乐，散遣部众，任从所之；亲为卜居宅，相田畴；子弟欲为吏者，皆引召之。人情悦服，南州晏然。朝廷论功当封，梁冀遏绝，乃止。天子嘉美，征欲擢用纲，而婴等上书乞留，乃许之。《**后汉书卷 56 · 列传第 46 · 张纲**》

【**注释**】①荒裔：边远地区。②侵枉：侵害而使受冤枉。

【**以古鉴今**】古往今来为匪为盗者未必都是坏人，如张纲所言，"前后两千石多肆贪暴，故至公等怀愤相聚"，事出有因，不可把脏水都泼在"贼人"身上，官逼民反。地方出了乱子，不要去责难闹事的群众，只需狠狠地整顿吏治，好光景就一定会到来。

是不能，还是不为？

（王龚字伯宗，山阳高平人也。）孟子谓齐宣王曰："今恩足以及禽兽，而不能加于百姓者何？非力不能，是不为也。"王曰："不能不为，二者谓何也？"孟子曰："夫挟太山以超北海，王能乎？"王曰："不能。""为长者折枝[①]，王能乎？"曰："不能也。"孟子曰："夫挟太山以超北海，是实不能，不可强也。为长者折枝甚易，而王不为，非不能也。老吾老，以及人之老；幼吾幼，以及人之幼，天下可运诸掌，何为不能加于百姓乎？"**《后汉书卷56·列传第46·王龚（注）》**

【注释】①折枝：若今之按摩也。

【以古鉴今】不能和不为的不同，就在于不能是力不从心，想做也做不来；不为是有能力而不去做，大抵是念不及此。两者天渊之别，岂能混同。

抵死不改初衷

（虞诩字升卿，陈国武平人也。）《韩诗外传》曰"昔者卫大夫史鱼病且死，谓其子曰：'我数言蘧[①]伯玉之贤而不能进，弥子瑕不肖不能退。为人臣生不能进贤而退不肖，死不当理丧正堂，殡我于室足矣。'卫君问其故，子以父言闻，君乃立召蘧伯玉而贵之，弥子瑕而退之，徙殡于正堂，成礼而后去"也。**《后汉书卷58·列传第48·虞诩（注）》**

【注释】①遽：姓氏。

【以古鉴今】人也真怪，活着时的话没人听，死后却管用了。那大抵是因为人间的事已与死者无关，可他至死都不放过的问题，一定是有他的道理的，当然就易被人相信了！

刻舟求剑

（张衡字平子，南阳西鄂人也。）《吕氏春秋》曰："楚人有涉江者，其剑自舟中坠于水，遽契其舟，曰'是吾剑所从坠也'。舟已行而剑不行，若此求剑，不亦惑乎！"《韩子》曰"宋人有耕者，田中有株，兔走触之，折颈而死，因释耕守株，冀复得兔，为宋国笑"也。《**后汉书卷 59 · 列传第 49 · 张衡（注）**》

【以古鉴今】说出来就是故事，人人都觉得好笑，可谁不是明明知道，却又偏偏犯着同样的错误呢？人哪，什么时候能知行合一就好了。可我觉得那又是故事，人人都把世事参透，想活的人怕也就不多了！正是不知下一分钟会怎样，才让世人活得劲儿劲儿的，"能得剑""可获兔"地巴望着！

画鬼容易画人难

《韩子》曰"客为齐王画者。问：'画孰难？'对曰：'狗马最难。''孰易？''鬼魅最易。'狗马，人所知也，故难；鬼魅无形，故易"也。《**后汉书卷 59 · 列传第 49 · 张衡（注）**》

【**以古鉴今**】画鬼容易画人难，是人人都懂的理儿，也是人人会讲的故事。可如何能不被画鬼者所迷惑，却还得绷紧一根神经，小心别上贼船。现实五花八门的诈骗，就是骗子画的鬼，因为人人都不识鬼的模样，所以就屡屡被骗上当。

尽人事听天命

《搜神记》曰:“有夫妇夜田者，天帝见而矜之，问司命曰:‘此可富乎？’司命曰:‘命当贫，有张车子财可以借而与之期。曰，车子生，急还之。’田者稍富，及期，夫妇辇①其贿以逃。同宿有妇人，夜生子，问名于其父，父曰:‘生车间，名车子。’其家自此之后遂大贫敝。”《**后汉书卷59·列传第49·张衡（注）**》

【**注释**】①辇：人推挽的车。

【**以古鉴今**】人一思考，上帝就发笑。大半个世纪的浮沉通塞、顺逆苦乐，在当时是很难理解的，苦闷过，气恼过，可经历的多了，好像冥冥中有一只无形的手在操纵着，人意竟无着力处。所以活明白一个理儿：好好做人，认真做事，保有一个好心情，只活在当下，至于结果，那就不是人能管得了的事了。

醉生梦死

《吕氏春秋》曰:“梁北有黎丘乡，乡有丈人往市，醉而归者，黎丘奇鬼效其子之状而道苦①之。丈人醒，谓其子曰:‘吾为尔父，我醉，女道苦我，何故？’其子泣曰:‘必奇鬼也。’丈人明日之市，醉，其真子迎之，丈人拔剑而刺之。”《**后汉书卷59·列传第49·张衡（注）**》

【注释】①道苦：扶他，却在路上折磨他，使他受苦。

【以古鉴今】如此父子，老子整日活在醉乡，失去辨别真伪的能力，拿今天当昨天，刺死儿子，铸成大错。儿子倒是清醒，可又不谙事理，老父昨天被鬼愚弄，第二天你就毫不设防地迎上去，醉得一塌糊涂的人，不刺你那才是见鬼了呢！

知音

蔡邕字伯喈①，陈留圉人也。（中略）吴人有烧桐以爨②者，邕闻火烈之声，知其良木，因请而裁为琴，果有美音，而其尾犹焦，故时人名曰“焦尾琴”焉。初，邕在陈留也。其邻人有以酒食召邕者，比往而酒以酣焉。客有弹琴于屏，邕至门试潜听之，曰：“憘！以乐召我而有杀心，可也？”遂反。将命者告主人曰：“蔡君向来，至门而去。”邕素为邦乡所宗，主人遽自追而问其故，邕具以告，莫不怃然。弹琴者曰：“我向鼓弦，见螳螂方向鸣蝉，蝉将去而未飞，螳螂为之一前一却。吾心耸然，惟恐螳螂之失之也。此岂为杀心而形于声者乎？”邕莞然而笑曰：“此足以当之矣。”《后汉书卷60下·列传第50下·蔡邕》

【注释】①喈 jiē：鸟鸣声；风急貌。②爨 cuàn：烧火煮饭。

【以古鉴今】听到木头的燃烧声，便知是良木，可以为琴；听琴音，就能辨抚琴者的心绪。一个人如果能有这般本事，就是这方面的自由人了。此能力无诀窍，熟能生巧是也。穷其一生只做一件事，大都会成为那方面的专家。

“事实”未必真实

《说苑》曰“王国子前母子伯奇，后母子伯封。后母欲其子立为太子，说王曰：‘伯奇好妾。’王不信。其母曰：‘令伯奇于后园，妾过其旁，王上台视之，即可知。’王如其言，伯奇入园，后母阴取蜂十数置单衣中，过伯奇边曰：‘蜂螫我。’伯奇就衣中取蜂杀之。王遥见之，乃逐伯奇”也。《后汉书卷 61 · 列传第 51 · 黄琼（注）》

【以古鉴今】国王怎么能不相信自己的眼睛呢？亲眼所见，板上钉钉，逐伯奇没错。可他是被人算计了，国王看到的只是事物链中的一个环节，并非全部。这就提醒我们，想知道事的本真，就要了解其全过程，万不可把看到的一眼当成全部，否则结论一定是片面的，是不足为信的。

凡事须有节

《左传》曰，昔晋侯有疾，医和①视之，曰：“疾不可为也。是为近女室，疾如蛊，非鬼非食，惑以丧志。”公曰：“女不可近乎？”对曰：“节之。先王之乐，所以节百事也。天有六气，过则为灾。”于是乎节宣其气也。《后汉书卷 62 · 列传第 52 · 荀淑（注）》

【注释】①医和：春秋时秦国良医。医为职业，和是名字。是我国古代最早提出六淫致病的人，也反映了当时对疾病病因的认识水平。后借指良医。

【以古鉴今】万事有节，过犹不及。佳酿醇香，过量伤身；饺子好吃，不停嘴也会肚疼。世事莫不如此，房事亦然。

惜老怜贫

陈寔字仲弓，颍川许人也。（中略）寔在乡闾，平心率物。其有争讼，辄求判正，晓譬曲直，退无怨者。至乃叹曰："宁为刑罚所加，不为陈君所短。"时，岁荒民俭，有盗夜入其室，止于梁上。寔阴见，乃起自整拂，呼命子孙，正色训之曰："夫人不可不自勉。不善之人未必本恶，习以性成，遂至于此。梁上君子者是矣！"盗大惊，自投于地，稽颡[1]归罪。寔徐譬之曰："视君状貌，不似恶人，宜深克己反善。然此当由贫困。"令遗绢二匹。自是一县无复盗窃。

《后汉书卷 62 · 列传第 52 · 陈寔》

【注释】①稽颡 sǎng：古代一种跪拜礼，屈膝下拜，以额触地，表示极度虔诚。

【以古鉴今】礼貌道德不是穷人好讲的，人生在世活命是硬道理，常人不该做的事，发生在为生存、求活命的人身上则是可以理解的。我主张如遇此类人或事，有能力也有心情，就帮一把；没能力也没心情，就丢开，不要白眼加闲话，万一风水轮流转呢！

法理人情

吴祐字季英，陈留长垣人也。（中略）祐政唯仁简，以身率物。民有争诉者，辄闭阁自责，然后断其讼，以道譬之。或身到闾里，重相和解。自是之后，争隙省息，吏人怀而不欺。啬夫孙性私赋民钱，市衣以进其父，父得而怒曰："有君如是，何忍欺之！"促归伏罪。性惭惧，诣阁持衣自首。祐屏左右问其故，性具谈父言。祐曰："掾以亲故，受污秽之名，所谓'观过斯知人矣'。"使归谢其父，还以衣遗之。又安丘男子毌丘[1]长与母俱行市，道遇醉客辱其母，长杀之而亡，安丘追踪于胶东得之。祐呼长谓曰："子母见辱，人情所耻。然孝子忿必虑难，动不累亲。今若背亲逞怒，白日杀人，赦若非义，刑若不忍，将如之何？"长以械自系，曰："国家制法，囚身犯之。明府虽加哀矜，恩无所施。”祐问长有妻子乎？对曰：“有妻未有子也。”即移安丘逮长妻，妻到，解其桎梏，使同宿狱中，妻遂怀孕。至冬尽行刑，长泣谓母曰：“负母应死，当何以报吴君乎？”乃啮指而吞之，含血言曰：“妻若生子，名之‘吴生’，言我临死吞指为誓，属儿以报吴君。”因投缳而死。《后汉书卷 64 · 列传第 54 · 吴祐》

【注释】①毌 guàn 丘：复姓。

【以古鉴今】既不卖法又合人情，所以说只有好人才能做得好官。在人命大案中，法官应该在法律允许的范围内，以正义为念而勿忘慈悲，以严正的态度对事，以悲悯的心情待人。

惯性思维

《新序》曰：“燕昭王即位，卑身求贤。谓郭隗①曰：‘齐因孤国之乱而袭燕，然得贤士与共国，以雪先王之丑，孤之愿也。先生视可者，得身事之。’隗曰：‘臣闻古之人君，有以千金求千里马者，三年不得，涓人②言于君请求之，君遣焉。三月，得千里马，马已死，乃以五百金买其首以报。君大怒曰：‘所求者生马，安市死马而捐五百金乎？’对曰：‘死马且市之，况生马乎？天下必以王为能市马，马今至矣。不出期年，千里马至者二。今王诚欲必致士，从隗始。隗且见事，况贤于隗者乎？’于是王为隗筑宫而师之。乐毅自魏往，邹衍自齐往，剧辛自赵往，士争归燕焉。”《后汉书卷 65 · 列传第 55 · 张奂（注）》

【注释】①隗 wěi：高峻的样子。②涓人：古代宫中担任洒扫清洁的人。亦泛指亲近的内侍。

【以古鉴今】死马尚高价收买，况活马乎！郭隗平庸之辈，王尚为其筑宫而师之，况比郭隗高明的人呢？一定会得到重用的，所以他们当然会鱼贯而入了。郭隗可谓计深远，是当之无愧的谋略家，至今此法也是招贤纳士的不二法门。

泽及朽骨，况人乎？

《新序》曰："文王作灵台，掘得死人骨，吏以闻。文王曰：'葬之。'吏曰：'此无主矣。'文王曰：'有天下者，天下之主也；有一国者，一国之主也。寡人固其主焉。'令吏以棺葬之。天下闻之，曰：'文王贤矣，泽及朽骨，又况人乎。'"《后汉书卷65·列传第55·张奂（注）》

【以古鉴今】一个做着，百个瞧着，葬的是死人，死人无知，可是活人是会看到的，会在心目中给予认可，葬死人得活人心，这买卖做得值。往往说一句话、做一件事，就其本身而言可能也平常，但它所波及的面，所产生的影响，是要做到心中有数的，这才可谓有心人，才算是会说话、会办事。

扫除天下

陈蕃字仲举，汝南平舆人也。祖河东太守。蕃年十五，尝闲处一室，而庭宇芜秽。父友同郡薛勤来候之，谓蕃曰："孺子何不洒扫以待宾客？"蕃曰："大丈夫处世，当扫除天下，安事一室乎！"勤知其有清世志，甚奇之。《后汉书卷66·列传第56·陈蕃》

【以古鉴今】我不认为陈蕃有"清世志"，恰恰觉得他少不更事，生性疏狂。一室不扫，何以扫天下？一个连房间也不肯打扫的人，如何"清世"？成就大事者必从小事做起，只有雄心壮志而无脚踏实地的行动，大志往往空为大话。我倾向于不弃小事，也不囿于小事，这更适于涉世不深的年轻人。

官清民自正

时零陵、桂阳山贼为害，公卿议遣讨之。（中略）蕃上疏驳之曰："昔高祖创业，万邦息肩，抚养百姓，同之赤子。今二郡之民，亦陛下赤子也。致令赤子为害，岂非所在贪虐，使其然乎？宜严敕三府，隐核牧守令长，其有在政失和，侵暴百姓者，即便举奏，更选清贤奉公之人，能班宣法令情在爱惠者，可不劳王师，而群贼弭息矣。又三署郎吏二千余人，三府掾属过限[1]未除，但当择善而授之，简恶而去之。岂烦一切之诏，以长请属之路乎！"《**后汉书卷66·列传第56·陈蕃**》

【注释】①过限：共同犯罪中的实行犯，实施了超出共同犯罪故意的行为。

【以古鉴今】自古就有"官逼民反"的话，亦非空穴来风，试想，不逼到一定程度谁愿意干那偷鸡摸狗的勾当呢？都是没有活路了才"逼上梁山"的。因此有盗贼出没处，不用去抓去剿，一定是那里的主官出了问题，选派好人去就可以了。

卓乎其不可及

郭太字林宗，太原界休人也。家世贫贱。早孤，母欲使给事县廷。林宗曰："大丈夫焉能处斗筲之役乎？"遂辞。就成皋屈伯彦学，三年业毕，博通坟籍[1]。善谈论，美音制。（中略）或问汝南范滂曰："郭林宗何如人？"滂曰："隐不违亲，贞不绝俗，天子不得臣，诸侯不得友，吾不知其他。"后遭母忧，有至孝称。林宗虽善人伦，而不为危言核论，故宦官擅政而不能伤也。乃党事起，知名之士多被其害，唯林宗及汝南袁闳得免焉。遂闭门教授，弟子以千数。（中略）其奖拔士人，皆如所鉴。《后汉书卷 68 · 列传第 58 · 郭太》

【注释】①坟籍：古代典籍。

【以古鉴今】用司马光的话说就是：党人生昏乱之世，不在其位，四海横流，而欲以口舌救之，臧否人物，激浊扬清，撩虺蛇之头，践虎狼之属，以至身被淫刑，祸及朋友，士类歼灭而国随以亡，不亦悲乎！夫唯郭太既明且哲，以保其身，申屠蟠见几而作，不俟终日，卓乎其不可及已！

指路人

左原者，陈留人也，为郡学生，犯法见斥。林宗尝遇诸路，为设酒肴以慰之。谓曰："昔颜涿聚梁甫之巨盗，段干木晋国之大驵，卒为齐之忠臣，魏之名贤。蘧瑗、颜回尚不能无过，况其余乎？慎勿恚恨，责躬而已。"原纳其言而去。或有讥林宗不绝恶人者。对曰："人而不仁，疾之以甚，乱也。①"原后忽更怀忿，结客欲报诸生。其日林宗在学，原愧负前言，因遂罢去。后事露，众人咸谢服焉。《后汉书卷 68 · 列传第 58 · 郭太（左原）》

【注释】①人而不仁，疾之以甚，乱也：不仁之人，当以风化之。若疾之以甚，是益以为乱矣。

【以古鉴今】极富同情心，重视提携和帮助后进人士，即使是那些所谓的"不仁之人"，也能尽其所能。对犯错误的人以古贤哲为喻，劝其严于律己，责躬自省，痛改前非。劝其从善，不可疏远厌弃，帮助他们回到正确的人生轨道上来，实乃胜造七级浮屠！

以真心真面示人

茅容字季伟，陈留人也。年四十余，耕于野，时与等辈避雨树下，众皆夷踞[①]相对，容独危坐愈恭。林宗行见之而奇其异，遂与共言，因请寓宿。旦日，容杀鸡为馔，林宗谓为己设，既而以供其母，自以草蔬与客同饭。林宗起拜之曰："卿贤乎哉！"因劝令学，卒以成德。《**后汉书卷 68 · 列传第 58 · 郭太（茅容）**》

【**注释**】①夷踞：两腿伸直张开，坐在地上。形容随便，不拘礼节。

【**以古鉴今**】郭太多情了，茅容的鸡是做给母亲吃的。他侍奉母亲吃完饭，才请郭太共餐，但桌上却连个鸡爪子都没有，只是请郭太吃了一顿平常的饭菜。郭太吃完饭，对茅容说："你真是个高士！"高就高在，在尊贵的客人面前仍能以真心真面示人：孝母之心不易，不以假意顺人情，心地光明磊落！

小处见性情

孟敏字叔达，钜鹿杨氏人也。客居太原。荷甑[①]墮地，不顾而去。林宗见而问其意。对曰："甑以破矣，视之何益？"林宗以此异之，因劝令游学。十年知名，三公俱辟，并不屈云。《**后汉书卷 68 · 列传第 58 · 郭太（孟敏）**》

【**注释**】①甑 zèng：古代炊具，底部有许多小孔，放在鬲（lì）上蒸食物。蒸馏或使物体分解用的器皿。

【**以古鉴今**】不按常理出牌的人，多有其独特之处。背着砂锅走路，砂锅掉到地上摔碎了，竟头也不回地继续往前走。问之却说："砂锅已经破了，看它有什么用呢？"可见这人很有决断，是拿得起放得下的主，若能辅之以学识和阅历，定能做出一番事业。

改过自厉

贾淑字子厚，林宗乡人也。虽世有冠冕，而性险害，邑里患之。林宗遭母忧。淑来修吊，既而钜鹿孙威直亦至。威直以林宗贤而受恶人吊，心怪之，不进而去。林宗追而谢之曰：“贾子厚诚实凶德，然洗心向善。仲尼不逆互乡，故吾许其进也。”淑闻之，改过自厉，终成善士。乡里有忧患者，淑辄倾身营救，为州闾所称。《**后汉书卷68·列传第58·郭太（贾淑）**》

【以古鉴今】一个成功人士或名望较高的人，对后来者，特别是有问题的年轻人，是负有道义上的“扶正祛邪”责任的。年轻人的不长进，极少数是原生态的，多是在成长过程中迈歪了步子，走错了路子。他们渴望回归正途，但多苦于不被认可。一旦有人向他们抛出橄榄枝，他们会感恩戴德地“改过自厉”，而成善士的。

人可相

许劭字子将，汝南平舆人也。（中略）曹操微时，常卑辞厚礼，求为己目。劭鄙其人而不肯对，操乃伺隙胁劭，劭不得已，曰：“君清平之奸贼，乱世之英雄。”操大悦而去。《**后汉书卷68·列传第58·许劭**》

【以古鉴今】相术只不过是对一个人性格、行事风格等诸多要素进行分析的经验科学。事实上，一个人的外在表征和一举一动都可能显示其内在心理趋向或个人期望的某种状态。正确地解释这些表现和内在心理的联系，也就能清楚地分析一个人了。

天生乖孩子

（孔融字文举，鲁国人，孔子二十世孙也。）《融家传》曰："兄弟七人，融第六，幼有自然之性。年四岁时，每与诸兄共食梨，融辄引小者。大人问其故，答曰：'我小儿，法当取小者。'由是宗族奇之。"《**后汉书卷 70 · 列传第 60 · 孔融（注）**》

【以古鉴今】从小就能在人群中找准自己的位置，实在不是件容易事，可孔融做到了。如果说一个四岁的孩子就懂什么谦恭礼让，我不信，我更信这是天生的，他天生就是个乖孩子。不要强求自己的孩子学，学了也是皮毛，是在大人的说教下"让"的，而骨子里还是想要大的。但可以让孩子知道这故事，至于如何选择由他好了。硬逼孩子要小的，多会把孩子教"伪"了，适得其反。

活到老学到老

《家语》曰："孔子谓南宫敬叔曰：'吾闻老聃博古而达今，通礼乐之源，明道德之归，即吾之师也。今将往矣。'遂至周，问礼于老聃焉。"《**后汉书卷 70 · 列传第 60 · 孔融（注）**》

【以古鉴今】有一字师、一事师，就是说不管什么人，他可能是十事九不妥，但也许有一二事强于我，则此即为吾师矣。因为永远没有万能的人，人都是某一方面或某几方面突出，其他也就平平了。如在品德上要求完人，则世无好人；若在能力上找完人，则世无可用之人。只能是取其长不问其短罢了。

草菅人命

《韩子》曰：“楚人和氏得璞玉于楚山之中，献之武王。武王使玉人相之，曰：‘石也。’王以和为谩己，刖[①]其左足。及文王即位，和又奉其璞，玉人又曰：‘石也。’又刖其右足。文王薨，成王即位，和乃抱其璞而哭于楚山之下，三日三夜，泣尽而继以血。王使玉人攻璞而得宝焉。”琴操曰：“荆王封和为陵阳侯，和辞不就而去。乃作怨歌曰：‘进宝得刑，足离分兮。去封立信，守休芸兮。断者不续，岂不冤兮！’”《**后汉书卷70·列传第60·孔融（注）**》

【**注释**】①刖：古代的一种酷刑，把脚砍掉。

【**以古鉴今**】有好东西想着要献给你，是对你的一份尊敬。即便献的东西不好或可能是假的，但念其初衷，也不该刖了左足刖右足。怎么就不能以他不太懂、看走眼作想，要不逐出门去也就是了，何必残其身体，让人痛苦终生呢？所谓人上人都这么冷血？难道那些仁慈谦恭礼让诸多好词都是说给人听的？真搞不懂肉食者为何多阴狠，对弱小忍心下这般毒手。

峭渐之势异

《史记》李斯曰：“故城高五丈，而楼季不轻犯也；太山之高百仞，而跛牂[①]牧其上。夫楼季而难五丈之限，岂跛牂而易百仞之高哉？峭渐之埶[②]异也。”（中略）《易》曰：“天险不可升，地险山川丘陵也。”《**后汉书卷70·列传第60·孔融（注）**》

【**注释**】①跛牂 zāng：跛足的母羊。②埶 shì：古通“势”。

【**以古鉴今**】好个“峭渐之势异”，温水煮青蛙。把青蛙放在常温水中，再慢慢加热，青蛙就渐渐适应，直至烫死，也没明白是怎么回事，所因者渐也！如果把青蛙一下就扔在沸水里，它会立刻感到不适而拼命逃出，所因者峭也。想想我们自己，身体是一天天长大的，品德是一点点修炼的，知识是日积月累的，好坏都由一“渐”字来。渐可攀珠峰，峭不过五尺，诸事慢慢来！

狗狂则酒酸

《韩子》曰:“宋人有沽酒者，斗概①甚平，遇客甚谨，为酒甚美，而酒不售，酒酸者。怪其故，问所知闾长者杨倩。倩曰:‘汝狗猛耶？’曰:‘狗猛。’‘何故不售？’曰:‘人畏焉。’令孺子怀钱挈壶往沽，狗迎龁②之，酒所以酸而不售。”《后汉书卷70·列传第60·孔融（注）》

【注释】①斗概:平斗器具，为一长棒形，将米粮盛于斗中，以概沿斗口将之画平。②龁 hé：咬。

【以古鉴今】经商之道：硬件是货品，软件是服务。货再好，环境不安全，人们宁可多跑路去别处买，也要避开你的猛狗，以免被咬。长时间卖不出去的酒，可不就酸了呗。

背后之言莫听

（董卓字仲颖，陇西临洮人也。）《袁宏纪》曰“李傕①数设酒请汜②，或留汜止宿。汜妻惧与傕婢妾私而夺己爱，思有以离间之。会傕送馈，汜妻乃以豉③为药。汜将食，妻曰:‘食从外来，傥或有故？’遂摘药示之，曰:‘一栖不两雄，我固疑将军之信李公也。’他日傕请汜，大醉，汜疑傕药之，绞粪汁饮之乃解，于是遂相猜疑”也。《后汉书卷72·列传第62·董卓（注）》

【注释】①傕 jué：用于人名。②汜：这里指郭汜，与李傕同为三国时人。③豉：用煮熟的大豆发酵制成。有咸淡两种，供调味用，淡的可以入药。

【以古鉴今】古来凡做离间事，多会成功，就因为人都有疑心，别人的离间之词正好碰到了自己的疑心，一拍即合并确信不疑。知此，再听到嚼舌根的话，就要多方求证，缜密调查，万不可听风就是雨，让星星之火烧了万年之柴。害人害己，做出亲痛仇快的事来。

分定无争

（袁绍字本初，汝南汝阳人也。）《慎子》曰："兔走于街，百人追之，贪人具存，人莫之非者，以兔为未定分也。积兔满市，过不能顾，非不欲兔也，分定之后，虽鄙不争。"《**后汉书卷 74 上 · 列传第 64 上 · 袁绍（注）**》

【以古鉴今】世人所以需名分者，由此可见一斑。常听青年人好说，某男女生"不是还没结婚吗？那我就可以追"。这"可追"的理由，就是那人还没有取得某某的爱人"名分"，大家都有权利追，然一旦结婚，名分已定，谁再追就不道德了。显然名分并非是可有可无的。

冲动是魔鬼

《韩诗外传》曰："齐庄公猎，有螳螂举足将持其轮，问其御曰：'此何虫？'对曰：'此螳螂也。此虫知进而不知退，不量其力而轻就敌。'公曰：'此为天下勇士矣。'回车避之，勇士归焉。"《**后汉书卷 74 上·列传第 64 上·袁绍（注）**》

【以古鉴今】螳螂好笑，而比螳螂聪明不知多少倍的人，不也有“轻就敌”的冲动吗！奉劝后来诸君，遇事不可莽撞，一定要量力而行，不作无谓牺牲。明知不可为而为之，不是勇敢，是愚蠢。

嫉妒比仇恨更可怕

（袁术字公路，汝南汝阳人也。）《九州春秋》曰：“司隶冯方女，国色也。避乱扬州，术登城见而悦之，遂纳焉，甚爱幸。诸妇害其宠，语之曰：‘将军贵人，有志节，当时时涕泣忧悲，必长见敬重。’冯氏以为然，后见术辄垂涕，术以有心志，益哀之。诸妇人因共绞杀，悬之厕梁，术诚以为不得志而死，乃厚加殡敛。”《**后汉书卷 75 · 列传第 65 · 袁术（注）**》

【以古鉴今】彼此有利害关系之人出的主意，能好到哪去，可就有人确信不疑，并坚决执行。结果信了馊主意，上了窟窿桥，被出主意的人当眼中钉给拔了。嫉妒者杀人害命可恨，可我更恨冯方女，本来是一堆醋坛子，她却嗅不出酸来，还整天哭哭啼啼悲悲切切，坐实自己有心志，一时想不开而自杀。

善政者教化为先

《东观记》曰：“茨充字子河，宛人也。（中略）元和中，荆州刺史上言：臣行部入长沙界，观者皆徒跣[①]。臣问御佐曰：‘人无履亦苦之否？’御佐对曰：‘十二月盛寒时并多剖裂血出，燃火燎之，春温或脓溃。建武中，桂阳太守茨充教人种桑蚕，人得其利，至今江南颇知桑蚕织履[②]，皆充之化也。’”《**后汉书卷 76 · 列传第 66 · 循吏 · 茨充（注）**》

【注释】①徒跣：赤足。②织屦：用麻、草、丝、革等为材料编织鞋子。

【以古鉴今】善政，教民种植桑柘麻纻之属，劝令养蚕织屦，民得利焉。这是造福一方的官，人民感激，青史留名，也没枉为一世人。人不怕死，倒是怕名字随肉体的离去而一块烂掉了，从此再无人提及，似乎世上就从来没这一号，那才是最可悲的！

移风易俗

任延字长孙，南阳宛人也。（中略）建武初，（中略）诏征为九真太守。光武引见，赐马杂缯①，令妻子留洛阳。九真俗以射猎为业，不知牛耕，民常告籴交址，每致困乏。延乃令铸作田器，教之垦辟。田畴岁岁开广，百姓充给。又骆越之民无嫁娶礼法，各因淫好，无适对匹，不识父子之性，夫妇之道。延乃移书属县，各使男年二十至五十，女年十五至四十，皆以年齿相配。其贫无礼娉，令长吏以下各省奉禄以赈助之。同时相娶者二千余人。是岁风雨顺节，谷稼丰衍。其产子者，始知种姓。咸曰："使我有是子者，任君也。"**《后汉书卷76·列传第66·循吏·任延》**

【注释】①缯 zēng：古代对丝织品的总称。

【以古鉴今】为官一任，竟把蛮荒野人教化得识父子之性，懂夫妻之道，直是人为地让他们加速了进化的历程，实在是功德无量。因为你的存在，给别人带来了福祉，无疑也增加了自己生命的价值，使自己的人生更有意义。

官为民役

延视事四年，征诣洛阳，以病稽留，左转睢阳令，九真吏人生为立祠。

拜武威太守，帝亲见，戒之曰“善事上官，无失名誉。”延对曰：“臣闻忠臣不私，私臣不忠。履正奉公，臣子之节。上下雷同，非陛下之福。善事上官，臣不敢奉诏。”帝叹息曰：“卿言是也。”《后汉书卷 76·列传第 66·循吏·任延》

【以古鉴今】国家设官分职本是为引领民众，整齐步伐，开愚从化。官为民役，而非事上，只知事上的官，不会是好官。

为民官，管民事

第五访字仲谋，京兆长陵人，司空伦之族孙也。少孤贫，常佣耕以养兄嫂。有闲暇，则以学文。（中略）迁张掖太守。岁饥，粟石数千，访乃开仓赈给以救其敝。吏惧谴，争欲上言。访曰：“若上须报，是弃民也。太守乐以一身救百姓！”遂出谷赋人。顺帝玺书嘉之。由是一郡得全。岁余，官民并丰，界无奸盗。《后汉书卷 76·列传第 66·循吏·第五访》

【以古鉴今】地方官是代表国家行使权力、维护百姓利益的。遇有偶发事件，要有先做后报或边做边报，即便宜行事之担当，不可拘泥，否则贻误了解决问题的最佳时机，会造成巨大损失的。至于所冒风险，要勇于承当，相信世上自有公道在；为国家为人民，即使个人受到不公正待遇或是委屈，也要有担得起、忍得下的心胸，即当民官，就要管民事、解民难。

教化治下

仇览字季智，一名香，陈留考城人也。少为书生淳默，乡里无知者。

年四十，县召补史，选为蒲亭长。劝人生业，为制科令，至于果菜为限，鸡豕有数，农事既毕，乃令子弟群居，还就黉学①。其剽轻游恣者，皆役以田桑，严设科罚。躬助丧事，赈恤穷寡。期年称大化。览初到亭，人有陈元者，独与母居，而母诣览告元不孝。览惊曰："吾近日过舍，庐落整顿，耕耘以时。此非恶人，当是教化未及至耻。母守寡养孤，苦身投老，奈何肆忿于一朝，欲致子以不义乎？"母闻感悔，涕泣而去。览乃亲到元家，与其母子饮，因为陈人伦孝行，譬以祸福之言。元卒成孝子。乡邑为之谚曰："父母何在在我庭，化我鸤枭②哺所生。"《**后汉书卷 76 · 列传第 66 · 循吏 · 仇览**》

【注释】①黉 hóng 学：古代的学校。②鸤 shī 枭：鸱枭。

【以古鉴今】教化得一佳士，如把他劳教起来呢，怕就多了个混混，所以有权者千万要慎用你的权力。多做感化教育工作，相信浪子回头金不换的古训，给出路，万不可一棒子打死。是造孽还是积德可马虎不得。

强项令

董宣字少平，陈留圉人也。(中略)为洛阳令。时湖阳公主苍头白日杀人，因匿主家，吏不能得。及主出行，而以奴骖乘，宣于夏门亭候之，乃驻车叩马，以刀画地，大言数主之失，叱奴下车，因格杀之。主即还宫诉帝，帝大怒，召宣，欲棰杀之。宣叩头曰："愿乞一言而死。"帝曰："欲何言？"宣曰："陛下圣德中兴，而纵奴杀良人，将何以理天下乎？臣不须棰，请得自杀。"即以头击楹，流血被面。帝令小黄门持之，使宣叩头谢主，宣不从，强使顿之，宣两手据地，终不肯俯。主曰："文叔为白衣时，臧主匿死，吏不敢至门。今为天子，威不能行一令乎？"帝笑曰："天子不与白衣同。"因敕强项令出。赐钱三十万，宣悉以班诸吏。由是搏击豪强，莫不震栗。京师

号为“卧虎”。歌之曰：“枹鼓[1]不鸣董少平。”《后汉书卷 77 · 列传第 67 · 酷吏 · 董宣》

【注释】①枹鼓：鼓槌和鼓。指报警之鼓。

【以古鉴今】董宣好样的，职责所在，必须是“明火执仗”除豪强。头可断，膝不能弯。

馈一笥饵，报一都尉

樊晔字仲华，南阳新野人也。与光武少游旧。建武初，征为侍御史，迁河东都尉，引见云台。初，光武微时，尝以事拘于新野，晔为市吏，馈饵一笥[1]，帝德之不忘，仍赐晔御食，及乘舆服物。因戏之曰：“一笥饵得都尉，何如？”晔顿首辞谢。《后汉书卷 77 · 列传第 67 · 酷吏 · 范晔》

【注释】①笥 sì：盛饭食或衣物的竹器。

【以古鉴今】樊晔的都尉表面看是光武帝恩赐的，我却说是樊晔自己好心赢得的。先时，光武帝贫贱，曾因事被拘于新野，樊晔任市吏，送一箱干粮给光武帝，这是与人方便。后来，光武帝中兴，不忘当初一笥之赠，回赠一河东都尉，这是方便他人自己方便的果报。所以呀，有能力帮人一把时，切莫作壁上观。

生活的有心人

蔡伦字敬仲，桂阳人也。以永平末始给事宫掖，建初中，为小黄门。及和帝即位，转中常侍，豫参帷幄。

伦有才学，尽心敦慎，数犯严颜，匡弼得失。每至休沐[1]，辄闭门绝宾，暴体田野。后加位尚方令。永元九年，监作秘剑及诸器械，莫不精工坚密，为后世法。

自古书契多编以竹简，其用缣帛②者谓之为纸。缣贵而简重，并不便于人。伦乃造意，用树肤、麻头及敝布、鱼网以为纸。元兴元年奏上之，帝善其能，自是莫不从用焉，故天下咸称“蔡侯纸”。**《后汉书卷 78 · 列传第 68 · 宦者 · 蔡伦》**

【注释】①休沐：休息、洗沐，犹休假。②缣帛：古代一种质地细薄的丝织品。古人在纸发明以前常在缣帛上书写文字。

【以古鉴今】天生就是大工匠，监作器械，莫不精工坚密，为后世法。又是生活的有心人，见缣贵而简重，不便于人，乃生改变之意，“蔡侯纸”就应运而生了。也是有心人天不负！

寒门出孝子

（赵壹字元叔，汉阳西县人也。）原大夫谓赵衰之子盾，谥曰宣。《吕氏春秋》曰：“赵宣孟将之绛，见骫①桑之下有卧饿人，宣孟与脯二朐②，拜受之，不敢食，问其故，曰：‘臣有母，持以遗之。’宣孟更赐之脯二束，遂去。”**《后汉书卷 80 下 · 列传第 70 下 · 文苑下 · 赵壹（注）》**

【注释】①骫 wěi：本谓骨弯曲，引申枉曲。②朐 qú：屈曲的干肉。

【以古鉴今】寒门出孝子，名言。大概是他自己深刻理解穷困的滋味吧，所以也就更能理解父母的不易。

嗟来之食

齐大饥。黔敖为食于路，以待饿者而食之。有饿者，蒙袂辑屦[①]，贸贸然而来。黔敖左奉食，右执饮，曰："嗟[②]！来食！"扬其目而视之，曰："予惟不食嗟来之食，以至于斯也！"从而谢焉，终不食而死。曾子闻之，曰："微与！其嗟与，可去，其谢也，可食。"《**后汉书卷 80 下·列传第 70 下·文苑下·赵壹（注）**》

【**注释**】①蒙袂辑屦：蒙袂，用袖子蒙住脸，指不愿见人；辑屦，拖着鞋不让脱落。用袖子蒙住脸，拖着鞋走路。形容潦倒困顿的样子。②嗟：不礼貌的招呼声，相当于现代汉语中的"喂"或"哎"。

【**以古鉴今**】黔敖没什么错，就是错也是无心之过，并且意识到错误马上道歉。我倒觉得那饿者有点不懂变通，黔敖已经道过歉了，他完全可以接受黔敖的道歉，这样既维护了自己的尊严，也不会被饿死。

犯以义，违以礼

（刘梁字曼山，一名岑，东平宁阳人也。）《新序》曰："楚恭王有疾，告诸大夫曰：'管苏犯我以义，违我以礼，与处不安，不见不思，然而有得焉。吾死之后，爵之于朝。申侯伯顺吾所欲，行吾所乐，与处则安，不见则思，然未尝有得焉。必速遣之。'"《**后汉书卷 80 下·列传第 70 下·文苑下·刘梁（注）**》

【**以古鉴今**】人哪，多是死神来临时才活明白，因为只有那时人才能真正把一颗几欲操碎的心放下，在无我中思考问题。因为是无我的，所以也就更公允，人们也就更愿意听从，遵此行事。

愚孝不可取

赵苞字威豪，甘陵东武城人。（中略）初仕州郡，举孝廉，再迁广陵令。视事三年，政教清明，郡表其状，迁辽西太守。抗厉威严，名振边俗。以到官明年，遣使迎母及妻子，垂当到郡，道经柳城，值鲜卑万余人入塞寇钞，苞母及妻子遂为所劫质，载以击郡。苞率步骑二万，与贼对阵。贼出母以示苞，苞悲号谓母曰："为子无状，欲以微禄奉养朝夕，不图为母作祸。昔为母子，今为王臣，义不得顾私恩，毁忠节，唯当万死，无以塞罪。"母遥谓曰："威豪，人各有命，何得相顾，以亏忠义！昔王陵母对汉使伏剑，以固其志，尔其勉之。"苞实时进战，贼悉摧破，其母妻皆为所害。苞殡敛母毕，自上归葬。灵帝遣策吊慰，封鄃[1]侯。

苞葬讫，谓乡人曰："食禄而避难，非忠也；杀母以全义，非孝也。如是，有何面目立于天下！"遂欧血[2]而死。《**后汉书卷 81 · 列传第 71 · 独行 · 赵苞**》

【注释】①鄃 shū：古县名。②欧血：吐血。

【以古鉴今】私恩永远不得亏公义，两者不能兼顾时，一定要以国家利益为重。赵苞做得对，可我对他杀母以全义，非孝的说法，不敢苟同。作为人子，能为国出力效命，是对父母最大的安慰，是大孝，何谓不孝？更不赞成他的"欧血而死"，母亲慷慨赴义，是为成全儿子，儿子的"欧血而死"，违背了母亲的初心，尽的是愚孝，不可取！

不事篡位者

郭宪字子横，汝南宋人也。少师事东海王仲子。时，王莽为大司马，召仲子。仲子欲往。宪谏曰："礼有来学，无有往教之义。今君贱道畏贵，窃所不取。"仲子曰："王公至重，不敢违之。"宪曰："今正临讲业，且当讫事。"仲子从之，日晏乃往。莽问："君来何迟？"仲子具以宪言对，莽阴奇之。

及后篡位，拜宪郎中，赐以衣服。宪受衣焚之，逃于东海之滨。莽深忿恚，讨逐不知所在。《**后汉书卷** 82 **上 · 列传第** 72 **上 · 方术上 · 郭宪**》

【**以古鉴今**】志意修则骄富贵，道义重则轻王公！

不仁而富，谓之不幸

折像字伯式，广汉雒人也。（中略）像幼有仁心，不杀昆虫，不折萌牙。能通《京氏易》，好黄老言。及国卒，感多藏厚亡①之义，乃散金帛资产，周施亲疏。或谏像曰："君三男两女，孙息盈前，当增益产业，何为坐自殚竭②乎？"像曰："昔斗子文有言：'我乃逃祸，非避富也。'吾门户殖财日久，盈满之咎，道家所忌。今世将衰，子又不才。不仁而富，谓之不幸。墙隙而高，其崩必疾也。"智者闻之咸服焉。《**后汉书卷** 82 **上 · 列传第** 72 **上 · 方术上 · 折像**》

【**注释**】①多藏厚亡：厚，大；亡，损失。指积聚很多财物而不能周济别人，引起众人的怨恨，最后会损失更大。②殚竭：用尽；竭尽。

【**以古鉴今**】世间财富皆由地出，有其时亦有其数。贫富差距到了足够大时，贫者为了活命就要向富者讨公道。文子说的他逃祸，非逃富，绝不是危言耸听，而是智者的洞见。

因为贪得，所以怕失

樊英字季齐，南阳鲁阳人也。（中略）永建二年，顺帝策书备礼，玄纁[1]征之，复固辞疾笃。乃诏切责郡县，驾载上道。英不得已，到京，称疾不肯起。乃强舆入殿，犹不以礼屈。帝怒，谓英曰：“朕能生君，能杀君；能贵君，能贱君；能富君，能贫君。君何以慢朕命？”英曰：“臣受命于天。生尽其命，天也；死不得其命，亦天也。陛下焉能生臣，焉能杀臣！臣见暴君如见仇雠，立其朝犹不肯，可得而贵乎？虽在布衣之列，环堵之中，晏然自得，不易万乘之尊，又可得而贱乎？陛下焉能贵臣，焉能贱臣！臣非礼之禄，虽万钟不受；若申其志，虽箪食不厌也。陛下焉能富臣，焉能贫臣！”帝不能屈，而敬其名，使出就太医养疾，月致羊、酒。《**后汉书卷82上·列传第72上·方术上·樊英**》

【注释】①玄纁 xūn：玄、纁皆为华夏文化中的色彩名称，合在一起指帝王用作延聘贤士的礼品。

【以古鉴今】这段对白，道出一个人生哲理，那就是只要我们自己做到无欲无求，世间的一切功名利禄其奈我何？怕又何来？就当下种种诈骗，只要我们自己心中没有贪欲，你就说把地球都给我，我也不稀罕，我也不动心，谁又能骗得了我呢？

妻，齐也

颍川陈寔少从英学。尝有疾，妻遣婢拜问，英下床答拜。寔怪而问之。英曰：“妻，齐也，共奉祭祀，礼无不答。”《**后汉书卷82上·列传第72上·方术上·樊英**》

【以古鉴今】理虽如此，但家礼不可常叙，此兄实在迂腐，不学他也罢。夫妻间居家过日子，只要能互相包容，弥缝另一半的不足，而不是刻意去改变谁，这样两个人就能和平共处其乐融融，家也就是一个安乐窝了！没必要“谢谢”“不客气”的没完没了，反倒显得生分。

神医

华佗字元化，沛国谯人也，一名旉①。游学徐土，兼通数经。晓养性之术，年且百岁而犹有壮容，时人以为仙。（中略）又有一郡守笃病久，佗以为盛怒则差②。乃多受其货而不加功。无何弃去，又留书骂之。太守果大怒，令人追杀佗，不及，因瞋恚③，吐黑血数升而愈。

又有疾者，诣佗求疗，佗曰："君病根深，应当剖破腹。然君寿亦不过十年，病不能相杀也。"病者不堪其苦，必欲除之，佗遂下疗，应时愈。十年竟死。

广陵太守陈登，忽患匈中烦懑，面赤不食。佗脉之，曰："府君胃中有虫，欲成内疽④，腥物所为也。"即作汤二升，再服，须臾，吐出三升许虫，头赤而动，半身犹是生鱼脍，所苦便愈。佗曰："此病后三期当发，遇良医可救。"登至期疾动，时佗不在，遂死。《后汉书卷 82 下 · 列传第 72 下 · 方术下 · 华佗》

【注释】①旉 fū：古同"敷"。②差 chài：病愈。③瞋恚：愤怒，怨恨。④疽：局部皮肤下发生的疮肿。

【以古鉴今】说这样的老中医是神是仙，一点都不过分。就凭望、闻、问、切，便知哪个"零部件"出了问题，利用自然所提供材料的属性，结合病情合理搭配，或内服或外敷，即能获起死回生之效，非仙而何！

向平愿了

向长字子平，河内朝歌人也。隐居不仕，性尚中和，好通《老》《易》。贫无资食，好事者更馈焉，受之取足而反其余。王莽大司空王邑辟之，连年乃至，欲荐之于莽，固辞乃止。潜隐于家。读《易》至《损》《益》卦，喟然叹曰："吾已知富不如贫，贵不如贱，但未知死何如生耳。"建武中，男女娶嫁既毕，敕[①]断家事勿相关，当如我死也。于是遂肆意，与同好北海禽庆俱游五岳名山，竟不知所终。《**后汉书卷 83 · 列传第 73 · 逸民 · 向长**》

【注释】①敕：告诫，嘱咐。

【以古鉴今】向平活明白了。一代人有一代人的活法，一代人有一代人的使命，用不着做父母的唠叨。你给了他生命，也养育他长大，当他能自立时，就把命运的钥匙交给他，彼此相忘于江湖，是最好了。

灭绝人性者不可近

逢萌字子康，北海都昌人也。家贫，给事县为亭长。时尉行过亭，萌候迎拜谒，既而掷楯[①]叹曰："大丈夫安能为人役哉！"遂去之长安学，通《春秋经》。时王莽杀其子宇，萌谓友人曰："三纲绝矣！不去，祸将及人。"即解冠挂东都城门，归，将家属浮海，客于辽东。《**后汉书卷 83 · 列传第 73 · 逸民 · 逢萌**》

【注释】①掷楯：舍弃微职，重新就学。

【以古鉴今】在社会上，我们总要接触很多人，这些人良莠不齐。可只要你自己能把持住，做贼的、赌博的、不学的、懒惰的、贫贱的，你都可友好相待，只不学他便是。

应担之责死不避

梁鸿字伯鸾[①]，扶风平陵人也。（中略）后受业太学，家贫而尚节介[②]，博览无不通，而不为章句。学毕，乃牧豕于上林苑中。曾误遗火，延及它舍。鸿乃寻访烧者，问所去失，悉以豕偿之。其主犹以为少。鸿曰："无它财，愿以身居作。"主人许之。因为执勤，不懈朝夕。邻家耆老见鸿非恒人③，乃共责让主人，而称鸿长者。于是始敬异焉，悉还其豕。鸿不受而去，归乡里。《后汉书卷 83 · 列传第 73 · 逸民 · 梁鸿》

【注释】①鸾：传说中凤凰一类的鸟。②节介：节，本义为竹节，引申为规则、法度、约束、节操；介，有孤独之义，引申为耿直，有操守，不趋俗流。节介即气节操守。③恒人：常人，一般的人。

【以古鉴今】有担当敢负责，无钱偿还即以身抵债，不拖泥带水，不磨磨唧唧，这才是男人。

夫唱妇随

势家慕其高节，多欲女之，鸿并绝不娶。同县孟氏有女，状肥丑而黑，力举石臼，择对不嫁，至年三十。父母问其故。女曰："欲得贤如梁伯鸾者。"鸿闻而娉之。女求作布衣、麻屦，织作筐缉绩之具。及嫁，始以装饰入门。七日而鸿不答。妻乃跪床下请曰："窃闻夫子高义，简斥数妇，妾亦偃蹇①数夫矣。今而见择，敢不请罪。"鸿曰："吾欲裘褐②之人，可与俱隐深山者尔。今乃衣绮缟③，傅粉墨，岂鸿所愿哉？"妻曰："以观夫子之志耳。妾自有隐居之服。"乃更为椎髻，着布衣，操作而前。鸿大喜曰："此真梁鸿妻也。能奉我矣！"字之曰德曜，名孟光。

居有顷，妻曰："常闻夫子欲隐居避患，今何为默默？无乃欲低头就之乎？"鸿曰："诺。"乃共入霸陵山中，以耕织为业，咏《诗》《书》，弹琴以自娱。《后汉书卷 83 · 列传第 73 · 逸民 · 梁鸿》

【注释】①偃蹇：骄横、傲慢、盛气凌人。②裘褐：粗陋的衣服。③绮缟：精美而有花纹的丝织品。

【以古鉴今】选择伴侣可马虎不得，选对了，幸福一生；选错了，苦恼一辈子。父母操心，子女无教，前后三辈系于一身，岂可大意？有这几点我认为很重要：家教需门当户对，这是人生的底色，是改不了，也丢不掉的；身体康健，先天的因素居多，靠后天的锻炼、饮食，是不会有根本改变的；观念、爱好相近，有共同语言。如此，即可成婚。

专一者皆有傻相

高凤字文通，南阳叶人也。少为书生，家以农亩为业，而专精诵读，昼夜不息。妻尝之田，曝麦于庭，令凤护鸡。时天暴雨，而凤持竿诵经，不觉潦水流麦。妻还怪问，凤方悟之。其后遂为名儒，乃教授业于西唐山中。

邻里有争财者，持兵而斗，凤往解之，不已，乃脱巾叩头，固请曰："仁义逊让，奈何弃之！"于是争者怀感，投兵谢罪。《**后汉书卷 83 · 列传第 73 · 逸民 · 高凤**》

【以古鉴今】如此专注，世上还有他干不成的事吗？至于叩头劝架，虽有迂腐之嫌，倒也憨得可爱。

孝心不需包装

戴良字叔鸾，汝南慎阳人也。（中略）良少诞节，母憙[①]驴鸣，良常学之，以娱乐焉。及母卒，兄伯鸾居庐啜粥，非礼不行，良独食肉饮酒，哀至乃哭，而二人俱有毁容。或问良曰："子之居丧，礼乎？"良曰："然。礼所以制情佚也。情苟不佚，何礼之论！夫食旨不甘，故致毁容之实。若味

不存口，食之可也。”论者不能夺之。《后汉书卷 83 · 列传第 73 · 逸民 · 戴良》

【注释】①憙：同“喜”。

【以古鉴今】我欣赏佛在心中的说法，只要心里有佛，不做伤天害理之事，又何必天天吃斋念佛打坐参禅呢？孝亲也如此，只要心中有父母，照顾好他的饮食起居，平时顺着他，哄着他，不让他为我们操心，已是孝矣，又何必在乎吃荤吃素呢？

自取其辱

汉阴老父者，不知何许人也。桓帝延熹中，幸竟陵，过云梦，临沔水，百姓莫不观者，有老父独耕不辍。尚书郎南阳张温异之，使问曰：“人皆来观，老父独不辍，何也？”老父笑而不对。温下道百步，自与言。老父曰：“我野人耳，不达斯语。请问天下乱而立天子邪？理而立天子邪？立天子以父天下邪？役天下以奉天子邪？昔圣王宰世，茅茨采椽，而万人以宁。今子之君，劳人自纵，逸游无忌。吾为子羞之，子何忍欲人观之乎！”温大惭。问其姓名，不告而去。《后汉书卷 83 · 列传第 73 · 逸民 · 汉阴老父》

【以古鉴今】当官的不妨都来读读这段文字，反思一下，在你的一亩三分地上，你是让人以宁呢，还是劳人自纵？古人就知官为民役，今人怎能不如古人！

也谈遗子孙

庞公者，南郡襄阳人也。居岘山之南，未尝入城府。夫妻相敬如宾。荆州刺史刘表数延请，不能屈，乃就候之。谓曰：“夫保全一身，孰若保全天下乎？”庞公笑曰：“鸿鹄巢于高林之上，暮而得所栖；鼋鼍[1]穴于深渊之下，夕而得所宿。夫趣舍行止，亦人之巢穴也。且各得其栖宿而已，天下非所保也。”因释耕于垄上，而妻子耘于前。表指而问曰：“先生苦居畎[2]亩而不肯官禄，后世何以遗子孙乎？”庞公曰：“世人皆遗之以危，今独遗之以安。虽所遗不同，未为无所遗也。”表叹息而去。后遂携其妻子登鹿门山，因采药不反。《**后汉书卷 83 · 列传第 73 · 逸民 · 庞公**》

【注释】①鼋鼍 yuán tuó：动物名。鼋亦称绿团鱼，俗称癞头鼋，爬行纲，鳖科；鼍亦称扬子鳄，俗称猪婆龙，爬行纲，鼍科。②畎：田间小沟。

【以古鉴今】遗子孙，是人类的一大通病，弄得父母子女一生纠缠不清。其实其他动物都做得比人类好，父母遗其身体，儿时关怀得无微不至，大了就各自讨生活，彼此相忘于江湖，是最好了。

贤妻良母

勃海鲍宣妻者，桓氏之女也，字少君。宣尝就少君父学，父奇其清苦，故以女妻之，装送资贿甚盛。宣不悦，谓妻曰：“少君生富骄，习美饰，而吾实贫贱，不敢当礼。”妻曰：“大人以先生修德守约，故使贱妾侍执巾栉。即奉承君子，唯命是从。”宣笑曰：“能如是，是吾志也。”妻乃悉归侍御服饰，更着短布裳，与宣共挽鹿车归乡里。拜姑礼毕，提瓮出汲，修行妇道，乡邦称之。

宣，哀帝时官至司隶校尉。子永，中兴初为鲁郡太守。永子昱从容问少君曰：“太夫人宁复识挽鹿车时不？”对曰：“先姑有言：‘存不忘亡，安不忘危。’吾焉敢忘乎！”《**后汉书卷 84 · 列传第 74 · 列女 · 鲍宣妻**》

【以古鉴今】典型嫁鸡随鸡嫁狗随狗的旧时中国女性，夫妻二人果能举案齐眉、相敬如宾也没什么不好。今天的夫妻不也需要有共同爱好，共同语言吗？为心爱的人有所放弃，是别样的幸福！就是啊！爱情是只有幸福甜蜜，而不知苦为何物的。

过自己的日子

太原王霸妻者，不知何氏之女也。霸少立高节，光武时连征，不仕。霸已见《逸人传》。妻亦美志行。初，霸与同郡令狐子伯为友，后子伯为楚相，而其子为郡功曹。子伯乃令子奉书于霸，车马服从，雍容如也。霸子时方耕于野，闻宾至，投耒而归，见令狐子，沮怍不能仰视。霸目之，有愧容，客去而久卧不起。妻怪问其故，始不肯告，妻请罪，而后言曰："吾与子伯素不相若，向见其子容服甚光，举措有适，而我儿曹蓬发历齿[1]，未知礼则，见客而有惭色。父子恩深，不觉自失耳。"妻曰："君少修清节，不顾荣禄。今子伯之贵孰与君之高？奈何忘宿志而惭儿女子乎！"霸屈起而笑曰："有是哉！"遂共终身隐遁。《**后汉书卷84·列传第74·列女·王霸妻**》

【**注释**】①蓬发历齿：头发蓬乱，牙齿稀疏。形容人衰老的容貌。

【**以古鉴今**】熟人作高官，同学发大财，战友娶娇妻，都没有什么好艳羡的。人生在世，各有活法，苦乐自知，只要自己觉得幸福就够了！

好妻子成就好丈夫

河南乐羊子之妻者，不知何氏之女也。羊子尝行路，得遗金一饼，还以与妻，妻曰："妾闻志士不饮盗泉之水，廉者不受嗟来之食，况拾遗求利，以污其行乎！"羊子大惭，乃捐金于野，而远寻师学。一年来归，妻跪问其故。羊子曰："久行怀思，无它异也。"妻乃引刀趋机而言曰："此织生自蚕茧，成于机杼，一丝而累，以至于寸，累寸不已，遂成丈匹。今若断斯织也，则捐失成功，稽废时日。夫子积学，当日知其所亡，以就懿德[①]。若中道而归，何异断斯织乎？"羊子感其言，复还终业，遂七年不反。《后汉书卷 84·列传第 74·列女·乐羊子妻》

【注释】①懿德：特指妇女的美德。

【以古鉴今】多见女人既要男人出人头地，让自己如贵夫人般享乐；又要把男人拴在自己的衣大襟上，不得离开须臾寸步的例子。这种想法，不知古今难为过多少痴情女子。然乐羊子之妻则逼丈夫"复还终业"，实乃好妻子成就好丈夫！

后母

汉中程文矩妻者，同郡李法之姊也，字穆姜。有二男，而前妻四子。文矩为安众令，丧于官。四子以母非所生，憎毁日积，而穆姜慈爱温仁，抚字[①]益隆，衣食资供，皆兼倍所生。或谓母曰："四子不孝甚矣，何不别居以远之？"对曰："吾方以义相导，使其自迁善也。"及前妻长子兴遇疾困笃，母恻隐自然，亲调药膳，恩情笃密。兴疾久乃瘳[②]，于是呼三弟谓曰："继母慈仁，出自天受。吾兄弟不识恩养，禽兽其心。虽母道益隆，我曹过恶亦已深矣！"遂将三弟诣南郑狱，陈母之德，状己之过，乞就刑辟。县言之于郡，郡守表异其母，蠲除家徭，遣散四子，许以修革。自后训导愈明，并为良士。《后汉书卷 84·列传第 74·列女·程文矩妻》

【注释】①抚字：对子女的爱护养育。②瘳：病愈。

【以古鉴今】人生路上，能有幸遇上修养良好、品德高尚的人，一颦一笑、一言一行以义相导引，使人自行迁善，久之则形成性格，获近朱之效，实乃三生之幸事。

是奸诈还是聪明

（太祖武皇帝，沛国谯人也，姓曹，讳操，字孟德。）《曹瞒传》云：太祖少好飞鹰走狗，游荡无度，其叔父数言之于嵩。太祖患之，后逢叔父于路，乃阳败面㖞口①；叔父怪而问其故，太祖曰："卒中恶风。"叔父以告嵩。嵩惊愕，呼太祖，太祖口貌如故。嵩问曰："叔父言汝中风，已差乎？"太祖曰："初不中风，但失爱于叔父，故见罔②耳。"嵩乃疑焉。自后叔父有所告，嵩终不复信，太祖于是益得肆意矣。《三国志卷1·魏书1·武帝纪第1（注）》

【注释】①㖞 wāi 口：嘴歪。②见罔：被诬陷枉屈。

【以古鉴今】是奸诈还是聪明？我说都是。把聪明用在歪处，就是奸诈；用在正处，就是智慧。看看故事中的三个人吧，亲不过父子，叔父犯了疏不间亲之过；曹嵩被爱迷住了眼睛，偏听偏信；太祖搞恶作剧，为逃避父亲的管教费尽心机。或许我们自己现在就是故事里的某一角色，你将怎样表演呢？

生逢其时是幸运

《魏书》载《庚申令》曰："议者或以军吏虽有功能，德行不足堪任郡国之选，所谓'可与适道①，未可与权'。管仲曰：'使贤者食于能则上尊，斗士食于功则卒轻于死，二者设于国，则天下治。'未闻无能之人，不斗之士，并受禄赏，而可以立功兴国者也。故明君不官无功之臣，不赏不战之士；治平尚德行，有事赏功能。论者之言，一似管窥虎欤！"《三国志卷1·魏书1·武帝纪第1（注）》

【注释】①适道：归从道统。

【以古鉴今】此可谓牧者驭人之术：有能力、有功劳，但德行不足的，与爵以荣之，与财以富之，而不可与官与权。世易时移，用什么人也是不同的，天下太平，重在治理，要用有德行的人，能力倒可以是第二位的；内忧外患，或有战事，则重在守土保疆，功能者就要受到重用，先打赢了才有后来。文武之道，一张一弛！

干大事不拘常理

常出军，行经麦中，令士卒"无败麦，犯者死"。骑士皆下马，持麦以相付[1]，于是太祖马腾入麦中，敕主簿议罪；主簿对以春秋之义，"罚不加于尊"。太祖曰："制法而自犯之，何以帅下？然孤为军帅，不可自杀，请自刑。"因援剑割发以置地。又有幸姬常从昼寝，枕之卧，告之曰："须臾觉我。"姬见太祖卧安，未即寤，及自觉，棒杀之。常讨贼，廪谷不足，私谓主者曰："如何？"主者曰："可以小斛以足之。"太祖曰："善。"后军中言太祖欺众，太祖谓主者曰："特当借君死以厌众，不然事不解。"乃斩之，取首题徇曰："行小斛，盗官谷，斩之军门。"其酷虐变诈，皆此类也。《三国志卷1·魏书1·武帝纪第1（注）》

【注释】①付：拨开。

【以古鉴今】说酷虐变诈可以，说政治需要则更准确。三件事太祖处理得都挺到位。割发自刑，法律面前官兵平等；棒杀幸姬，以明号令；借头厌众，稳住军心。干大事不可拘小节，结果永远比过程重要。

活好今天

（文皇帝讳丕，字子桓，武帝太子也。）《魏略》曰：太祖不时立太子，太子自疑。是时有高元吕者，善相人，乃呼问之，对曰：“其贵乃不可言。”问：“寿几何？”元吕曰：“其寿，至四十当有小苦，过是无忧也。”后无几而立为王太子，至年四十而薨。《三国志卷 2 · 魏书 2 · 文帝纪第 2（注）》

【以古鉴今】由此可见打命算卦，都是胡说八道。为了不让人烦心，就是有真本事能算出来，也是用模棱两可的语言，弄得你丈二和尚摸不着头脑。明明曹丕只有四十岁的寿命，可他却说至四十有小苦，过是无忧也。让人觉得四十岁时不太好，过了四十就好了，谁知四十就歇了，歇了可不就无忧了。如是算又何益？

仁心感天

（明皇帝讳叡，字元仲，文帝太子也。）《魏略》曰：文帝以郭后无子，诏使子养帝。帝以母不以道终，意甚不平。后不获已，乃敬事郭后，旦夕因长御问起居，郭后亦自以无子，遂加慈爱。文帝始以帝不悦，有意欲以他姬子京兆王为嗣，故久不拜太子。《魏末传》曰：帝常从文帝猎，见子母鹿。文帝射杀鹿母，使帝射鹿子，帝不从，曰：“陛下已杀其母，臣不忍复杀其子。”因涕泣。文帝即放弓箭，以此深奇之，而树立之意定。《三国志卷 3·魏书 3·明帝纪第 3（注）》

【以古鉴今】人只要坚定一颗仁爱之心，而不是那种有所希求的故意买好，总会被发现而得到公正对待的，特别是处于低谷时更要注意，千万不能用邪门歪道钻营算计，恰恰越是不顺遂越要有守，越要以本色示人，坚信诚可感天，即便无果，也无愧我心！

人是要有点伪的

（武宣卞皇后，琅邪开阳人，文帝母也。）《魏书》曰：后性约俭，不尚华丽，无文绣珠玉，器皆黑漆。太祖常得名珰[①]数具，命后自选一具，后取其中者，太祖问其故，对曰："取其上者为贪，取其下者为伪，故取其中者。"《三国志卷5·魏书5·后妃传第5·武宣卞皇后（注）》

【注释】①珰：古时女子的耳饰。屋椽头的装饰，即瓦当。汉代宦官充武职者的冠饰。

【以古鉴今】取其中者非本心也，顾及别人的议论，顾及皇帝的看法，这就有点"伪"了。但没人说她伪，却觉得她会做人，三千佳丽，她成了皇后，余人不及。看来人还是不能我行我素，一点都不顾及他人的感受不行，还需要有点"伪"的！

知书达礼

（文昭甄皇后，中山无极人，明帝母。）《魏书》曰：年八岁，外有立骑马戏者，家人诸姊皆上阁观之，后独不行。诸姊怪问之，后答言："此岂女人之所观邪？"年九岁，喜书，视字辄识，数用诸兄笔砚，兄谓后言："汝当习女工。用书为学，当作女博士邪？"后答言："闻古者贤女，未有不学前世成败，以为己诫。不知书，何由见之？"《三国志卷5·魏书5·后妃传第5·文昭甄皇后（注）》

【以古鉴今】读书到底为什么？为当官，为摸金，为出名，为光宗耀祖，为讨个好伴侣，为脱离地垄沟……不一而足。以上种种，几千年来中国的读书人，多做如是想。然读书更多是为提高做人的品位。我八岁入学，至今未尝须臾离书，就是居家也未离开知识分子堆。原来也没觉得怎样，退休后杂居于社区才发现，和原来的生活不太相同，如同生活在不同星球一样的陌生，终于明白了，人的差异在读书，是知识使人不同！

驭人术

吕布字奉先，五原郡九原人也。（中略）始，布因登求徐州牧，登还，布怒，拔戟斫机曰："卿父劝吾协同曹公，绝婚公路。今吾所求无一获，而卿父子并显重，为卿所卖耳！卿为吾言，其说云何？"登不为动容，徐喻之曰："登见曹公言：'待将军譬如养虎，当饱其肉，不饱则将噬人。'公曰：'不如卿言也。譬如养鹰，饥则为用，饱则扬去。'其言如此。"布意乃解。《三国志卷7·魏书7·吕布传》

【以古鉴今】此乃驭人之术，牧者箴言。曹操高陈登多矣，虎喻是把养虎人放在从属地位了，你得满足虎的欲求，否则虎就会吃人；鹰喻则牧者为主，人操控鹰的饥饱，让它依赖人、离不开人，而为人所用。明此道并识此理，方法因时因事可矣！

示之活门，开其生路

曹仁，字子孝，太祖从弟①也。（中略）河北既定，从围壶关。太祖令曰："城拔，皆坑之。"连月不下。仁言于太祖曰："围城必示之活门，所以开其生路也。今公告之必死，将人自为守。且城固而粮多，攻之则士卒伤，守之则引日久。今顿兵坚城之下，以攻必死之虏，非良计也。"太祖从之，城降。《三国志卷9·魏书9·曹仁传》

【注释】①从 zòng 弟：称谓。为同祖叔伯之子而年纪小于己的人，亦称堂弟。

【以古鉴今】知道战败必死的士兵，绝对是以一当十，因为他只有胜利之一途。如有可逃之机、投降之门，可能就会懈怠多了。所以战争不是光凭勇敢就能胜利，用谋略、虏人心，更强于以死相拼多矣！

用人长不顾其短

《魏略》曰：丁谧，字彦靖。父斐，字文侯。初，斐随太祖，太祖以斐乡里，特饶爱之。斐性好货，数请求，犯法，辄得原宥。为典军校尉，总摄内外，每所陈说，多见从之。建安末，从太祖征吴。斐随行，自以家牛羸困，乃私易官牛，为人所白，被收送狱，夺官。其后太祖问斐曰："文侯，印绶所在？"斐亦知见戏，对曰："以易饼耳。"太祖笑，顾谓左右曰："东曹毛掾数白此家，欲令我重治，我非不知此人不清，良有以也①。我之有斐，譬如人家有盗狗而善捕鼠，盗虽有小损，而完我囊贮②。"遂复斐官，听用如初。《三国志卷9·魏书9·曹爽传（注）》

【注释】①良有以也：良，的确，诚然；以，所以，原因。指某种事情的产生是确有些原因的。②囊贮：贮于袋中的物品。

【以古鉴今】世间所有事物都要分利弊看，这样能省去很多烦恼，不然只求利，那弊将谁归呢？想不烦恼都不可能。曹公就深明此理，丁斐虽有盗货财遭小损之弊，但也有捕鼠而完囊贮之利，听用如初。曹公可谓明事理，会用人者。

愧其心胜羞其面

（管宁字幼安，北海朱虚人也。）皇甫谧《高士传》曰：宁所居屯落，会井汲者，或男女杂错，或争井斗阋①。宁患之，乃多买器，分置井傍，汲以待之，又不使知。来者得而怪之，闻知宁所为，乃各相责，不复斗讼。邻有牛暴宁田者，宁为牵牛著凉处，自为饮食，过于牛主。牛主得牛，大惭，若犯严刑。是以左右无斗讼之声，礼让移于海表②。《三国志卷11·魏书11·管宁传（注）》

【注释】①斗阋：争斗。②海表：犹言海外，指国境以外之地。

【以古鉴今】你争他让，你偷他送，你的牛祸害人，他给你养起来。除了感激怕就是惭愧了，下次还这样？还好意思有下次吗？乡里乡亲，让他自己不好意思再犯，远比你告诫惩罚改得更彻底！

卖恩买怨

《魏略》曰：攸字子远，少与袁绍及太祖善。初平中，随绍在冀州，尝在坐席言议。官渡之役，谏绍勿与太祖相攻，语在《绍传》。绍自以强盛，必欲极其兵势。攸知不可为谋，乃亡诣太祖。绍破走，及后得冀州，攸有功焉。攸自恃勋劳，时与太祖相戏，每在席，不自限济，至呼太祖小字，曰："某甲，卿不得我，不得冀州也。"太祖笑曰："汝言是也。"然内嫌之。其后从行出邺东门，顾谓左右曰："此家非得我，则不得出入此门也。"人有白者，遂见收之。《三国志卷12·魏书12·崔琰传（注）》

【以古鉴今】对人有一点好处，就挂在嘴上，不分场合地要人情，这种行为最是浅薄。人们总是习惯埋怨受恩者忘恩，其实多是施恩者自己把恩卖了。见面就念念有词，施恩者快了嘴，却堵了受恩者的心。到头来恩没了，空留一腔怨叹！

己见不可持

（程昱，字仲德，东郡东阿人也。）《魏书》曰：太祖征马超，文帝留守，使昱参军事。田银、苏伯等反河间，遣将军贾信讨之。贼有千余人请降，议者皆以为宜如旧法，昱曰："诛降者，谓在扰攘之时，天下云起，故围而后降者不赦，以示威天下，开其利路，使不至于围也。今天下略定，且在邦域之中，此必降之贼，杀之无所威惧，非前日诛降之意。臣以为不可诛也；纵诛之，宜先启闻。”众议者曰：“军事有专，无请。”昱不答。文帝起入，特引见昱曰：“君有所不尽邪？”昱曰：“凡专命者，谓有临时之急，呼吸之间者耳。今此贼制在贾信之手，无朝夕之变。故老臣不愿将军行之也。”文帝曰：“君虑之善。”即白太祖，太祖果不诛。太祖还，闻之甚说，谓昱曰：“君非徒明于军计，又善处人父子之间。”《三国志卷 14·魏书 14·程昱传（注）》

【以古鉴今】涉事的两位上级是父子关系，多说一句都怕引出麻烦误会。在外边，工作好做，难的是处理人际关系，多看少说，更有疏不间亲一说。

授人以点金之术

（刘晔，字子扬，淮南成悳[1]人也。）《傅子》曰：太祖征晔及蒋济、胡质等五人，皆扬州名士。每舍亭传，未曾不讲，所以见重；内论国邑先贤、御贼固守、行军进退之宜，外料敌之变化、彼我虚实、战争之术，夙夜不解。而晔独卧车中，终不一言。济怪而问之，晔答曰：“对明主非精神不接，精神可学而得乎？”及见太祖，太祖果问扬州先贤，贼之形势。四人争对，待次而言，再见如此，太祖每和悦，而晔终不一言。四人笑之。后一见太祖止无所复问，晔乃设远言以动太祖，太祖适知便止。若是者三。其旨趣以为远言宜征精神，独见以尽其机，不宜于猥坐说也。太祖已探见其心矣，坐罢，寻以四人为令，而授晔以心腹之任；每有疑事，辄以函问晔，至一夜数十至耳。《三国志卷 14 · 魏书 14 · 刘晔传（注）》

【注释】①悳：德的异体字。

【以古鉴今】能给人出主意，助其成事，远不如促其人自己变聪明、自能成事来得彻底，也更能从根上解决问题。刘晔话不多，却能教人自任大事，正是太祖所梦寐以求的，远胜他人多矣，因而被视为心腹。

巧诈不如拙诚

《傅子》曰：晔事明皇帝，又大见亲重。帝将伐蜀，朝臣内外皆曰“不可”。晔入与帝议，因曰“可伐”，出与朝臣言，因曰“不可伐”。晔有胆智，言之皆有形。中领军杨暨，帝之亲臣，又重晔，持不可伐蜀之议最坚，每从内出，辄过晔，晔讲不可之意。后暨从驾行天渊池，帝论伐蜀事，暨切谏。帝曰：“卿书生，焉知兵事！”暨谦谢曰：“臣出自儒生之末，陛下过听，拔臣群萃之中，立之六军之上，臣有微心，不敢不尽言。臣言诚不足采，侍中刘晔，先帝谋臣，常曰蜀不可伐。”帝曰：“晔与吾言蜀可伐。”暨曰：“晔可召质也。”诏召晔至，帝问晔，终不言。后独见，晔责帝曰：“伐国，大谋也，臣得与闻大谋，常恐眯梦漏泄以益臣罪，焉敢向人言之？夫兵，诡道也，军事未发，不厌其密也。陛下显然露之，臣恐敌国已闻之矣。”于是帝谢之。晔见出，责暨曰：“夫钓者中大鱼，则纵而随之，须可制而后牵，则无不得也。人主之威，岂徒大鱼而已！子诚直臣，然计不足采，不可不精思也。”暨亦谢之。晔能应变持两端如此。或恶晔于帝曰：“晔不尽忠，善伺上意所趋而合之。陛下试与晔言，皆反意而问之，若皆与所问反者，是晔常与圣意合也。复每问皆同者，晔之情必无所逃矣。”帝如言以验之，果得其情，从此疏焉。晔遂发狂，出为大鸿胪，以忧死。谚曰“巧诈不如拙诚”，信矣。以晔之明智权计，若居之以德义，行之以忠信，古之上贤，何以加诸？独任才智，不与世士相经纬，内不推心事上，外困于俗，卒不能自安于天下，岂不惜哉！《三国志卷14·魏书14·刘晔传（注）》

【以古鉴今】这种见人说人话、见鬼说鬼话的人，随处可见。他们大都有些小聪明，所以对同一事才能有几种说辞且都近情理。如果他们能将那份聪明用在正处，不到处逢迎，也许真能做出一番事业，可惜都被自己“逢迎”坏了，弄得上下里外不是人。人人厌弃是这种人注定的命运。

儿孙自有儿孙福

（刘馥字元颖，沛国相人也。）《晋阳秋》曰：刘弘字叔和，熙之弟也。弘与晋世祖同年，居同里，以旧恩屡登显位。自靖至弘，世不旷名，而有政事才。晋西朝之末，弘为车骑大将军开府[①]，荆州刺史，假节都督荆、交、广州诸军事，封新城郡公。其在江、汉，值王室多难，得专命一方，尽其器能。推诚群下，厉以公义，简刑狱，务农桑。每有兴发，手书郡国，丁宁款密，故莫不感悦，颠倒奔赴，咸曰“得刘公一纸书，贤于十部从事也”。时帝在长安，命弘得选用宰守。征士武陵伍朝高尚其事，牙门将皮初有勋江汉，弘上朝为零陵太守，初为襄阳太守。诏书以襄阳显郡，初资名轻浅，以弘婿夏侯陟[②]为襄阳。弘曰：“夫统天下者当与天下同心，治一国者当与一国推实。吾统荆州十郡，安得十女婿，然后为治哉！”乃表“陟姻亲，旧制不得相监临事，初勋宜见酬”。报听之，众益服其公当。《三国志卷15·魏书15·刘馥传（注）》

【注释】①开府：古代指高级官员，如三公、大将军、将军等，建立府署并自选僚属。②陟：升；登；进用。

【以古鉴今】看似简单的用人问题，多大的胸怀才能做出如此决定。那可是自己的女婿呀！一个女婿半个儿，哪有岳父阻女婿前程的道理？一般人怕是提携犹恐不及呢。但不知人们想过没有，你硬是凭长辈外力提拔起来，如果能力不够或是德行不及，跌下来怕是想回到原来也不可得，岂不是丢了老的脸，也害了小的前程！

见图惭恚

于禁字文则，泰山钜平人也。（中略）建安二十四年，太祖在长安，使曹仁讨关羽于樊，又遣禁助仁。秋，大霖雨，汉水溢，平地水数丈，禁等七军皆没。禁与诸将登高望水，无所回避，羽乘大船就攻禁等，禁遂降，惟庞德不屈节而死。太祖闻之，哀叹者久之，曰："吾知禁三十年，何意临危处难，反不及庞德邪！"会孙权禽羽，获其众，禁复在吴。文帝践阼①，权称藩②，遣禁还。帝引见禁，须发皓白，形容憔瘁，泣涕顿首。帝慰谕以荀林父、孟明视故事，拜为安远将军。欲遣使吴，先令北诣邺谒高陵。帝使豫于陵屋画关羽战克、庞德愤怒、禁降服之状。禁见，惭恚发病薨。《三国志卷 17 · 魏书 17 · 于禁传》

【注释】①践阼：走上阼阶主位。古代庙寝堂前两阶，主阶在东，称阼阶，阼阶上为主位。即位，登基。②称藩：自称藩属，向大国或宗主国承认自己的附庸地位。

【以古鉴今】惭恚而死何如当初战死，晚节不保，苟延几日何益？生命诚然宝贵，但到必死的地步，宁可站着死，决不跪着生。晚死些时日又怎样？失去了忠贞的名誉，留下了贪生怕死的千古骂名。

舍私憾而从公义

李典字曼成，山阳钜野人也。（中略）建安二十年与张辽、乐进屯合肥，孙权率众围之，辽欲奉教出战。进、典、辽皆素不睦，辽恐其不从，典慨然曰："此国家大事，顾君计何如耳，吾可以私憾而忘公义乎！"《三国志卷 18 · 魏书 18 · 李典传》

【以古鉴今】公私总要分明，你与某人的私人恩怨，就用私人的途径解决，胜负是你的本事，千万别与公事搅和在一起。李典是聪明人，此时张辽代表的是国家，进退成败都不是他个人的事。你的搅局，受损的是国家，影响太坏，责任太大，个人无法承担。永远不要公报私仇，即便胜利了，也是小胜个人而大亏公家，切记不要做连自己都不愿回忆的事。

仁爱识达

邓哀王冲，字仓舒。少聪察岐嶷，生五六岁，智意所及，有若成人之智。时孙权曾致巨象，太祖欲知其斤重，访之群下，咸莫能出其理。冲曰："置象大船之上，而刻其水痕所至，称物以载之，则校可知矣。"太祖大悦，即施行焉。时军国多事，用刑严重。太祖马鞍在库，而为鼠所啮，库吏惧必死，议欲面缚首罪，犹惧不免。冲谓曰："待三日中，然后自归。"冲于是以刀穿单衣，如鼠啮者，谬为失意，貌有愁色。太祖问之，冲对曰："世俗以为鼠啮衣者，其主不吉。今单衣见啮，是以忧戚。"太祖曰："此妄言耳，无所苦也。"俄而库吏以啮鞍闻，太祖笑曰："儿衣在侧，尚啮，况鞍悬柱乎？"一无所问。冲仁爱识达，皆此类也。凡应罪戮，而为冲微所辨理，赖以济宥者，前后数十。太祖数对群臣称述，有欲传后意。《三国志卷二十·魏书二十·武文世王公传》

【以古鉴今】身处高位，能为下面小人物的小过小错打掩护，体谅他们的苦衷和不易，真可谓仁义长者。在曹冲那儿就是撒个小谎，可在库吏那儿却是生死攸关。身在公门好修行，有能力时尽量及时行善。

君子违伤其类

刘向《新序》曰：赵简子欲专天下，谓其相曰："赵有犊犨[1]，晋有铎鸣，鲁有孔丘，吾杀三人者，天下可王也。”于是乃召犊犨、铎鸣而问政焉，已即杀之。使使者聘孔子于鲁，以胖牛肉迎于河上。使者谓船人曰：“孔子即上船，中河必流而杀之。”孔子至，使者致命，进胖牛之肉。孔子仰天而叹曰：“美哉水乎，洋洋乎，使丘不济此水者，命也夫！”子路趋而进曰：“敢问何谓也？”孔子曰：“夫犊犨、铎鸣，晋国之贤大夫也，赵简子未得意之时，须而后从政，及其得意也，杀之。黄龙不反于涸泽，凤皇不离其罻罗[②]。故刳胎焚林，则麒麟不臻；覆巢破卵，则凤皇不翔；竭泽而渔，则龟龙不见。鸟兽之于不仁，犹知避之，况丘乎？故虎啸而谷风起，龙兴而景云见，击庭钟于外，而黄钟应于内。夫物类之相感，精神之相应，若响之应声，影之象形，故君子违伤其类者。今彼已杀吾类矣，何为之此乎？”于是遂回车不渡而还。《三国志卷21·魏书21·刘廙[③]传（注）》

【注释】①犨 chōu：牛的喘息声。②罻 wèi 罗：捕鸟的网。借喻法网。③廙 yì：恭敬的样子。

【以古鉴今】去事之戒，来事之师也。一只麻雀已经在罗网里，另一只就不会飞来吃米。犊犨、铎鸣已做后人取得教训的前例，孔丘当然不会重蹈覆辙了。

交友宜慎

（傅嘏[①]字兰石，北地泥阳人也。）《傅子》曰：是时何晏以材辩显于贵戚之间，邓飏好变通，合徒党，鬻[②]声名于闾阎[③]，而夏侯玄以贵臣子少有重名，为之宗主，求交于嘏而不纳也。嘏友人荀粲，有清识远心，然犹怪之。谓嘏曰：“夏侯泰初一时之杰，虚心交子，合则好成，不合则怨至。二贤不睦，非国之利，此蔺相如所以下廉颇也。”嘏答之曰：“泰初志大其量，能合虚声而无实才。何平叔言远而情近，好辩而无诚，所谓利口覆邦国之人也。邓玄茂有为而无终，外要名利，内无关钥，贵同恶异，多言而妒前；多言多衅，妒前无亲[4]。以吾观此三人者，皆败德也。远之犹恐祸及，况昵之乎？”

《三国志卷 21 · 魏书 21 · 傅嘏传（注）》

【注释】①嘏 gǔ：福，受福曰嘏。称祝寿为“祝嘏”。②鬻：卖，钓，钓取。③闾阎：闾泛指门户，人家，中国古代以二十五家为一闾；阎指里巷的门。闾阎泛指平民老百姓。④妒前无亲：前，胜过。妒忌胜过自己的人，就无人亲近你了。

【以古鉴今】朋友的标准是行为而不是语言，那些表面上说尽好话的人，实际上离这个标准还远着呢。交一个读万卷书的邪士，不如交一个不识字的端人，所以交友要看对方有没有好品德，而不是看他会不会说。败德者远之犹恐不及，焉敢引以为友？

议刑为国，非为私也

陈群字长文，颍川许昌人也。（中略）初，太祖时，刘廙坐弟与魏讽谋反。当诛。群言之太祖，太祖曰：“廙，名臣也，吾亦欲赦之。”乃复位。廙深德群，群曰：“夫议刑为国，非为私也；且自明主之意，吾何知焉？”

《三国志卷 22 · 魏书 22 · 陈群传》

【以古鉴今】一般人无功还想邀功，无好还想买好，可陈群却有功不居，有好不要。和这样人亲近，虽没有甜言蜜语，但他心地干净，不会为讨好谁而出卖你。

不可当众扬人之非

《袁子》曰：或云“故少府杨阜岂非忠臣哉？见人主之非，则勃然怒而触之，与人言未尝不道也，岂非所谓‘王臣謇謇[1]，匪躬[2]之故’者欤！”答曰：“然可谓直士，忠则吾不知也。夫仁者爱人。施于君谓之忠，施于亲谓之孝。忠孝者，其本一也。故仁爱之至者，君亲有过，谏而不入，求之反复，不得已而言，不忍宣也。今为人臣，见人主失道，直诋其非而播扬其恶，可谓直士，未为忠臣也。故司空陈群则不然，其谈论终日，未尝言人主之非；书数十上而外人不知。君子谓群于是乎长者矣。”《三国志卷22·魏书22·陈群传（注）》

【注释】①謇：忠诚正直。②匪躬：忠心耿耿，不顾自身。

【以古鉴今】人有了毛病，亲人或朋友都是私底下提醒劝诫，而不是随处广播扩大影响。如果谁当众揭示或到处嚷嚷，大概就不能算是亲人、朋友了。当事人会反感，旁观者也会觉得你有点不地道，是在有意贬低别人、抬高自己。长此下去，会被人所不齿。

百代胜一时

《吕氏春秋》曰：昔晋文公将与楚人战于城濮，召咎犯而问曰：“楚众我寡，奈何而可？”咎犯对曰：“臣闻繁礼之君，不足于文，繁战之君，不足于诈，君亦诈之而已。”文公以咎犯言告雍季，雍季曰：“竭泽而渔，岂不得鱼，而明年无鱼。焚薮而田，岂不得兽，而明年无兽。诈伪之道，虽今偷可，后将无复，非长术也。”文公用咎犯之言，而败楚人于城濮。反而为赏，雍季在上。左右谏曰：“城濮之功，咎犯之谋也。君用其言而后其身，或者不可乎！”文公曰：“雍季之言，百代之利也；咎犯之言，一时之务也。焉有以一时之务，先百代之利乎？”《三国志卷22·魏书22·徐宣传（注）》

【以古鉴今】晋文公够格，群下各抒己见，采纳谁的决策在他，最后奖惩提拔重用谁也在他。他虽用了咎犯之言获得了胜利，可那是一时之务；他重用雍季，是因为他认为百代重于一时。

慎交游，少烦恼

（杜袭字子绪，颍川定陵人也。曾祖父安，祖父根，著名前世。）《先贤行状》曰：安年十岁，名称乡党。至十三，入太学[①]，号曰神童。既名知人，清高绝俗。洛阳令周纡数候安，安常逃避不见。时贵戚慕安高行，多有与书者，辄不发，以虑后患，常凿壁藏书。后诸与书者果有大罪，推捕所与交通者，吏至门，安乃发壁出书，印封如故，当时皆嘉其虑远。《三国志卷23·魏书23·杜袭传（注）》

【注释】①太学：中国古代最高学府。始于西周，汉以后是传授儒家经典、培养统治人才的场所。

【以古鉴今】当你处在或尊或贵的优越地位时，向你抛媚眼，送橄榄枝者，千万不可接招。他们或是有求于你，或是有用于你，或是拉大旗做虎皮，总之看上你的，是对他有用的，而不是你的人。此处不谨慎，糊糊涂涂犯错误的大有人在！

一矜而叛者九

习凿齿曰：昔齐桓一矜其功而叛者九国，曹操暂自骄伐而天下三分，皆勤之于数十年之内而弃之于俯仰之顷，岂不惜乎！是以君子劳谦日昃[①]，虑以下人，功高而居之以让，势尊而守之以卑。情近于物，故虽贵而人不厌其重；德洽群生，故业广而天下愈欣其庆。夫然，故能有其富贵，保其功业，隆显当时，传福百世，何骄矜之有哉！君子是以知曹操之不能遂兼天下者也。《三国志卷31·蜀书1·刘璋传（注）》

【注释】①日昃：太阳偏西。地支中的未时，相当于计时的13点至15点这个时间区间。

【以古鉴今】要想干出一番事业，就得让老百姓顺气舒心，因为就个人而言，任谁都是渺小的，没有民众的拥戴，个人谁都成就不了多少。切记民情即天心。

上楼去梯

诸葛亮字孔明，琅邪阳都人也。（中略）刘表长子琦，亦深器亮。表受后妻之言，爱少子琮，不悦于琦。琦每欲与亮谋自安之术，亮辄拒塞，未与处画。琦乃将亮游观后园，共上高楼，饮宴之间，令人去梯，因谓亮曰："今日上不至天，下不至地，言出子口，入于吾耳，可以言未？"亮答曰："君不见申生在内而危，重耳在外而安乎？"琦意感悟，阴规出计。会黄祖死，得出，遂为江夏太守。《三国志卷三十五 · 蜀书五 · 诸葛亮传》

【以古鉴今】何时？何地？何种方式？说谁？对谁说？亲不过父子，疏不间亲，更须防隔墙有耳。即便如此小心，我仍觉得不如不说，没有不透风的墙。"出子口，入吾耳"，好像已私密至极，到头来还不是被史家记在这里了吗！

法不私刑

习凿齿曰：昔管仲夺伯氏骈邑三百，没齿而无怨言，圣人以为难。诸葛亮之使廖立垂泣，李平致死，岂徒无怨言而已哉！夫水至平而邪者取法，镜至明而丑者无怒，水镜之所以能穷物而无怨者，以其无私也。水镜无私，犹以免谤，况大人君子怀乐生之心，流矜恕之德，法行于不可不用，刑加乎自犯之罪，爵之而非私，诛之而不怒，天下有不服者乎！诸葛亮于是可谓能用刑矣，自秦、汉以来未之有也。《三国志卷 40 · 蜀书 10 · 李平传（注）》

【以古鉴今】罪人所以伏法，就因为法是先于你就明明白白写在那儿的，你不管什么原因违犯了，都只能服从法律的裁判，一是因为约束在前，二是对谁都是一样的，你没有反驳、不服的理由。

做好自己

费诗字公举，犍为南安人也。（中略）先主为汉中王，遣诗拜关羽为前将军，羽闻黄忠为后将军，羽怒曰："大丈夫终不与老兵同列！"不肯受拜。诗谓羽曰："夫立王业者，所用非一。昔萧、曹与高祖少小亲旧，而陈、韩亡命后至，论其班列，韩最居上，未闻萧、曹以此为怨。今汉王以一时之功，隆崇于汉升，然意之轻重，宁当与君侯齐乎！且王与君侯，譬犹一体，同休等戚，祸福共之，愚为君侯，不宜计官号之高下，爵禄之多少为意也。仆一介之使，衔命之人，君侯不受拜，如是便还，但相为惜此举动，恐有后悔耳！"羽大感悟，遽即受拜。《三国志卷41·蜀书11·费诗传》

【以古鉴今】好坏利弊，把不能被否决或很难被否决的，筛选出来，最后时刻，再决定去留。好像很费时费事，但世事难料，慎之又慎也未必就是最好的，岂可草率随意。重大问题，绝不可把第一个想法先说出口！

技无贵贱，在人用耳

郄正字令先，河南偃师人也。（中略）《淮南子》曰：楚将子发好求技道之士。楚有善为偷者，往见曰："闻君求技道之士，臣偷也，愿以技备一卒。"子发闻之，衣不及带，冠不暇正，出见而礼之。左右谏曰："偷者，天下之盗也，何为礼之？"君曰："此非左右之所得与。"后无几何，齐兴兵伐楚。

子发将师以当之，兵三却。楚贤大夫皆尽其计而悉其诚，齐师愈强。于是卒偷进请曰："臣有薄技，愿为君行之。"君曰"诺"。偷即夜出，解齐将军之帱，而献之子发。子发使人归之，曰："卒有出采薪者，得将军之帱，使使归于执事。"明日又复往取枕，子发又使归之。明日又复往取簪，子发又使归之。齐师闻之大骇，将军与军吏谋曰："今日不去，楚军恐取吾头矣！"即旋师而去。《三国志卷 42 · 蜀书 12 · 郄正传（注）》

【以古鉴今】偷技也在于怎么用，子发没用它去为自己窃取财物，而是把它用在战事上，先偷帱，次偷枕，再偷簪，吓得齐军怕丢头，旋师而去。虽然没见刀光剑影，却赢得了战事，这和战士的作用有两样吗？你能说偷者不是立了军功而是犯了盗窃罪吗？所以说"技"无贵贱，在人用耳。

明位分

《襄阳记》曰：杨颙[①]字子昭，杨仪宗人也。入蜀，为巴郡太守，丞相诸葛亮主簿。亮尝自校簿书，颙直入谏曰："为治有体，上下不可相侵，请为明公以作家譬之。今有人使奴执耕稼，婢典炊爨，鸡主司晨，犬主吠盗，牛负重载，马涉远路，私业无旷，所求皆足，雍容高枕，饮食而已，忽一旦尽欲以身亲其役，不复付任，劳其体力，为此碎务，形疲神困，终无一成。岂其智之不如奴婢鸡狗哉？失为家主之法也。是故古人称坐而论道谓之三公，作而行之谓之士大夫。故邴吉不问横道死人而忧牛喘，陈平不肯知钱谷之数，云自有主者，彼诚达于位分之体也。今明公为治，乃躬自校簿书，流汗竟日，不亦劳乎！"亮谢之。《三国志卷 45 · 蜀书 15 · 杨戏传（注）》

【注释】①颙 yóng：大头；昂头景仰貌。

【以古鉴今】智者千虑必有一失，诸葛孔明一代名相，可谓大智慧者，也有自校簿书，流汗竟日，未达于位分之体者也。为官治家，本同一理，各司其职，各负其责，上下不得相侵。何苦自己受累，他人失业，两头不着？

一钱太守

《续汉书》曰：宠字祖荣，受父业，以经明行修①，举孝廉，光禄察四行，除东平陵令。视事数年，以母病弃官，百姓士民攀舆拒轮，充塞道路，车不得前，乃止亭，轻服潜遁，归修供养。后辟大将军府，稍迁会稽太守，正身率下，郡中大治。征入为将作大匠。山阴县民去治数十里有若邪中在山谷间，五六老翁年皆七八十，闻宠迁，相率共送宠，人赍百钱。宠见，劳来曰："父老何乃自苦远来！"皆对曰："山谷鄙老，生未尝至郡县。他时吏发求不去，民间或夜不绝狗吠，竟夕民不得安。自明府下车以来，狗不夜吠，吏稀至民间，年老遭值圣化，今闻当见弃去，故戮力来送。"宠谢之，为选受一大钱，故会稽号宠为取一钱太守。其清如是。《三国志卷49·吴书4·刘繇传（注）》

【注释】①经明行修：通晓经学，品行端正。

【以古鉴今】一钱太守活得清苦，但得到百姓的爱戴，留得生前身后名，至今人们还慕名往拜。而贪儿少有善终者，生时身败名裂，死后遗臭万年，子孙蒙羞，后世不齿。贪廉两重天！

张昭褒功

（张昭字子布，彭城人也。）《江表传》曰：权既即尊位，请会百官，归功周瑜。昭举笏欲褒赞功德，未及言，权曰："如张公之计，今已乞食矣。"昭大惭，伏地流汗。昭忠謇亮直，有大臣节，权敬重之，然所以不相昭者，盖以昔驳周瑜、鲁肃等议为非也。臣松之以为张昭劝迎曹公，所存岂不远乎？夫其扬休正色，委质孙氏，诚以厄运初遘，涂炭方始，自策及权，才略足辅。是以尽诚匡弼，以成其业，上藩汉室，下保民物；鼎峙之计，本非其志也。曹公仗顺而起，功以义立，冀以清一诸华，拓平荆郢，大定之机，在于此会。若使昭议获从，则六合为一，岂有兵连祸结，遂为战国之弊哉！虽无功于孙氏，有大当与天下矣。昔窦融归汉，与国升降；张鲁降魏，赏延于世。况权举全吴，望风顺服，宠灵之厚，其可测量哉？然则昭为人谋，岂不忠且正乎！《三国志卷 52 · 吴书 7 · 张昭传（注）》

【以古鉴今】一事当前，想问题的出发点是关键，张昭想的是国家的统一、百姓的福祉。若使昭议获从，则六合为一，岂有兵连祸结之弊哉！虽无功于孙氏，有大当与天下矣。张昭善谋天下，却拙于自谋。一句"如张公之计，今已乞食矣"。让孙权恨一辈子，不得重用，却还自褒功德，足见该公心地简单干净，没有太多的弯弯绕。

只提意见不做主

权以公孙渊称藩，遣张弥、许晏至辽东拜渊为燕王。昭谏曰："渊背魏惧讨，远来求援，非本志也。若渊改图，欲自明于魏，两使不反，不亦取笑于天下乎？"权与相反复，昭意弥切。权不能堪，案刀而怒曰："吴国士人入宫则拜孤，出宫则拜君，孤之敬君，亦为至矣，而数于众中折孤，孤尝恐失计。"昭熟视权曰："臣虽知言不用，每竭愚忠者，诚以太后临崩，呼老臣于床下，遗诏顾命①之言故在耳。"因涕泣横流。权掷刀致地，与昭对泣。然卒遣弥、晏往。昭忿言之不用，称疾不朝。权恨之，土塞其门，昭又于内以土封之。渊果杀弥，晏。权数慰谢昭，昭固不起，权因出过其门呼昭，昭辞疾笃。权烧其门，欲以恐之，昭更闭门户。权使人灭火，住门良久，昭诸子共扶昭起，权载以还宫，深自克责。昭不得已，然后朝会。《三国志卷 52 · 吴书 7 · 张昭传》

【注释】①顾命：临终遗命。后称帝王临终前的遗诏为顾命。

【以古鉴今】建议总归是建议，提了并不见用，不用也应心平气和。像张昭这样使性子怄气，是从根本上没摆正自己的位置。非得按你说的去做，皇帝的意见不作数，皇帝的威信颜面呢？记住，不管对谁，永远不要把自己的意见强加于人。

饮醇自醉

（周瑜字公瑾，庐江舒人也。）《江表传》曰：普颇以年长，数凌侮瑜。瑜折节①容下，终不与校。普后自敬服而亲重之，乃告人曰："与周公瑾交，若饮醇醪②，不觉自醉。"《三国志卷 54 · 吴书 9 · 周瑜传（注）》

【注释】①折节：屈己下人；改变平时的志节行为。②醇醪：味厚的美酒。

【以古鉴今】不与人校多不是怕，而是自身大度不想校、等待对方悔改不去校。多数时候不校都比校的效果好，因为不校起码两下相安无事，而校则两败俱伤。不校是胸怀，是气度，是君子行为，而校则双双皆小人矣！

官就得这样做

黄盖字公覆，零陵泉陵人也。初为郡吏，察孝廉，辟公府。孙坚举义兵，盖从之。坚南破山贼，北走董卓，拜盖别部司马。坚薨，盖随策及权，擐甲周旋，蹈刃屠城。诸山越[①]不宾，有寇难之县，辄用盖为守长。石城县吏，特难检御，盖乃署两掾[②]，分主诸曹。教曰："令长不德，徒以武功为官，不以文吏为称。今贼寇未平，有军旅之务，一以文书委付两掾，当检摄诸曹，纠擿[③]谬误。两掾所署，事入诺出，若有奸欺，终不加以鞭杖，宜各尽心，无为众先。"初皆怖威，夙夜恭职。久之，吏以盖不视文书，渐容人事。盖亦嫌外懈怠，时有所省，各得两掾不奉法数事。乃悉请诸掾吏，赐酒食，因出事诘问。两掾辞屈，皆叩头谢罪。盖曰："前已相敕，终不以鞭杖相加，非相欺也。"遂杀之。县中震栗。后转春谷长，寻阳令。凡守九县，所在平定。《三国志卷 55 · 吴书 10 · 黄盖传》

【注释】①山越：地方割据势力，因社会动荡或者不纳王租而占山为王，被称为山越。②掾 yuàn：古代属官的通称。③纠擿 tī：纠举揭发。

【以古鉴今】不加以鞭笞，是等你自省，是对你的尊重。可如果你觉得武吏可欺，得寸进尺，工作懈怠，不依法办事，那就做"为众先"的试法者了。赏罚有度，恩威并用，官就得这样做。

义不复毁

陆逊字伯言，吴郡吴人也。（中略）会丹杨贼帅费栈受曹公印绶，扇动山越，为作内应，权遣逊讨栈。栈支党多而往兵少，逊乃益施牙幢[①]，分布鼓角，夜潜山谷间，鼓噪而前，应时破散。遂部伍东三郡，强者为兵，羸者补户，得精卒数万人，宿恶荡除，所过肃清，还屯芜湖。

会稽太守淳于式表逊枉取民人，愁扰所在。逊后诣都，言次，称式佳吏，权曰："式白君而君荐之，何也？"逊对曰："式意欲养民，是以白逊。若逊复毁式以乱圣听，不可长也。"权曰："此诚长者之事，顾人不能为耳。"《三国志卷 58 · 吴书 13 · 陆逊传》

【注释】①牙幢：牙旗。有所征伐，作五采牙幢。

【以古鉴今】此类事如果双方对攻都不会有好下场，充其量是各打五十大板，一个也不冤。但陆逊不毁反荐，那就不同了，高出对方一大截，收到了意想不到的效果。此处深意，一试便知，别做巧诈想，实在、低调、谦退，更易于前行！

捧杀

吕蒙称疾诣建业，逊往见之。谓曰："关羽接境，如何远下，后不当可忧也？"蒙曰："诚如来言，然我病笃。"逊曰："羽矜其骁气，陵轹[1]于人。始有大功，意骄志逸，但务北进，未嫌于我，有相闻病，必益无备。今出其不意，自可禽制。下见至尊，宜好为计。"蒙曰："羽素勇猛，既难为敌，且已据荆州，恩信大行，兼始有功，胆势益盛，未易图也。"蒙至都，权问："谁可代卿者？"蒙对曰："陆逊意思深长，才堪负重，观其规虑，终可大任。而未有远名，非羽所忌，无复是过。若用之，当令外自韬隐，内察形便，然后可克。"权乃召逊，拜偏将军右部督代蒙。

逊至陆口，书与羽曰："前承观衅而动，以律行师，小举大克，一何巍巍！敌国败绩，利在同盟，闻庆拊节，想遂席卷，共奖王纲。近以不敏，受任来西，延慕光尘，思廪良规。"又曰："于禁等见获，遐迩欣叹，以为将军之勋足以长世，虽昔晋文城濮之师，淮阴拔赵之略，蔑以尚兹。闻徐晃等少骑驻旌，窥望麾葆。操猾虏也，忿不思难，恐潜增众，以逞其心。虽云师老，犹有骁悍。且战捷之后，常苦轻敌，古人杖术，军胜弥警，愿将军广为方计，以全独克。仆书生疏迟，忝所不堪。喜邻威德，乐自倾尽。虽未合策，犹可怀也。傥明注仰，有以察之。"羽览逊书，有谦下自托之意，意大安，无复所嫌。《三国志卷58·吴书13·陆逊传》

【注释】①陵轹 lì：欺压，欺蔑。

【以古鉴今】凡人一为盛满之气所中，临大事行以简易，处小事视尤弁髦，遗不经心之罅，结不留意之仇。关羽不幸被言中，内有意骄志逸之气，外被陆逊美言捧杀，失荆州是情理之中的事。奉承话听着舒服，弦外音怕难消受。所谓大丈夫因此落马者，古今不乏其人！

忍辱负重

初，孙桓别讨备前锋于夷道，为备所围，求救于逊。逊曰："未可。"诸将曰："孙安东公族，见围已困，奈何不救？"逊曰："安东得士众心，城牢粮足，无可忧也。待吾计展，欲不救安东，安东自解。"及方略大施，备果奔溃。桓后见逊曰："前实怨不见救，定至今日，乃知调度自有方耳。"

当御备时，诸将军或是孙策时旧将，或公室贵戚，各自矜恃，不相听从。逊案剑曰："刘备天下知名，曹操所惮，今在境界，此强对也。诸君并荷国恩，当相辑睦，共翦此虏，上报所受，而不相顺，非所谓也。仆虽书生，受命主上。国家所以屈诸君使相承望者，以仆有尺寸可称，能忍辱负重故也。各在其事，岂复得辞！军令有常，不可犯矣。"及至破备，计多出逊，诸将乃服。权闻之，曰："君何以初不启诸将违节度者邪？"逊对曰："受恩深重，任过其才。又此诸将或任腹心，或堪爪牙，或是功臣，皆国家所当与共克定大事者。臣虽驽懦，窃慕相如、寇恂相下之义，以济国事。"权大笑称善，加拜逊辅国将军，领荆州牧，即改封江陵侯。《**三国志卷58·吴书13·陆逊传**》

【以古鉴今】当官一般都是盼着大些再大些，能说自己"任过其才"的人，有是有，但那往往是嘴上的谦辞，能与行动一致的怕只有陆逊了。能用将相和的故事要求自己，磨破嘴皮子，说服众人听从号令，以国事为重，不负所托。有矛盾自己解决，不上交，不给上级出难题，有长者之风，堪当大任者也。

宽忍待人

逊虽身在外，乃心于国，上疏陈时事曰："臣以为科法严峻，下犯者多。顷年[①]以来，将吏罹罪[②]，虽不慎可责，然天下未一，当图进取，小宜恩贷，以安下情。且世务日兴，良能为先，自非奸秽入身，难忍之过，乞复显用，展其力效。此乃圣王忘过记功，以成王业。昔汉高舍陈平之愆，用其奇略，终建勋祚，功垂千载。夫峻法严刑，非帝王之隆业；有罚无恕，非怀远之弘规也。"《三国志卷58·吴书13·陆逊传》

【注释】①顷年：近年、往年。②罹罪：遭受罪罚。

【以古鉴今】此议不单是初始用人之际，就是平常宽忍恩贷也是仁者之行。吹毛索垢、严刑峻法只能是人人自危，惶惶不可终日，与人有害，于事无补，弄不好还容易为渊驱鱼，被敌人利用。不管什么时候，爱人都是我们做人的首务，爱同类是连禽兽都会做的。

诈病赚曹爽

宣皇帝讳懿，字仲达，河内温县孝敬里人，姓司马氏。（中略）九年春三月，黄门张当私出掖庭才人石英等十一人，与曹爽为伎人。爽、晏谓帝疾笃，遂有无君之心，与当密谋，图危社稷，期有日矣。帝亦潜为之备，爽之徒属亦颇疑帝。会河南尹李胜将莅荆州，来候帝。帝诈疾笃，使两婢侍，持衣衣落，指口言渴，婢进粥，帝不持杯饮，粥皆流出沾胸。胜曰："众情谓明公旧风发动，何意尊体乃尔！"帝使声气才属，说"年老枕疾，死在旦夕。君当屈并州，并州近胡，善为之备。恐不复相见，以子师、昭兄弟为托。"胜曰："当还忝本州岛，非并州。"帝乃错乱其辞曰："君方到并州。"胜复曰："当忝荆州。"帝曰："年老意荒，不解君言。今还为本州岛，盛德壮烈，好建功勋！"胜退告爽曰："司马公尸居余气，形神已离，不足虑矣。"

他日，又言曰："太傅不可复济，令人怆然。"故爽等不复设备。**《晋书卷1·帝纪第1·高祖宣帝》**

【以古鉴今】鹰立似睡，虎行似病，表面上对你构不成任何威胁的人恰恰是最危险的，因为他们的能量是内在的。一旦爆发，后果多不可收拾。倒是那些张牙舞爪、大话连篇的人不必在意，多是纸糊的灯笼，徒有其表，内里空空。

用人之长

石苞，字仲容，渤海南皮人也。雅旷有智局，容仪伟丽，不修小节。（中略）稍迁景帝中护军司马。宣帝闻苞好色薄行，以让景帝。帝答曰："苞虽细行不足，而有经国才略。夫贞廉之士，未必能经济世务。是以齐桓忘管仲之奢僭，而录其匡合之大谋；汉高舍陈平之污行，而取其六奇之妙算。苞虽未可以上俦①二子，亦今日之选也。"意乃释。**《晋书卷33·列传第3·石苞》**

【注释】①俦：伴侣；同辈。

【以古鉴今】成大事者多善用人，绝不是他自己有多能干。而世无完人，人都是有某种缺点和不足的，所以只能用其长而不问其短。只要他能完成本职工作，工作时间以外的他，就不应该被要求过多。人是社会动物，他的言行举止只要社会容许，我们又何必吹毛索垢呢？取这样的用人思路，一定是双赢的！

计事不密反成害

羊祜，字叔子，泰山南城人也。（中略）祜历职二朝，任典枢要，政事损益，皆谘访焉，势利之求，无所关与。其嘉谋谠议，皆焚其草，故世莫闻。凡所进达，人皆不知所由。或谓祜慎密太过者，祜曰："是何言欤！夫入则造膝，出则诡辞[①]，君臣不密之诫，吾惟惧其不及。不能举贤取异，岂得不愧知人之难哉！且拜爵公朝，谢恩私门，吾所不取。"《**晋书卷34·列传第4·羊祜**》

【注释】①诡辞：不透露谈话的真实内容；不以实告人。

【以古鉴今】君不密失臣，臣不密失身，话说有时，不当说时就不能说，做人不能大嘴巴。

树私背公，大惑也

祜女夫尝劝祜"有所营置，令有归戴者，可不美乎？"祜默然不应，退告诸子曰："此可谓知其一不知其二。人臣树私则背公，是大惑也。汝宜识吾此意。"尝与从弟琇书曰："既定边事，当角巾东路[①]，归故里，为容棺之墟。以白士[②]而居重位，何能不以盛满受责乎！疏广是吾师也。"《**晋书卷34·列传第4·羊祜**》

【注释】①角巾东路：辞官退隐，登东归之路。后用为归隐的典故。②白士：清贫的读书人。

【以古鉴今】为官时要往前想想，我原不是官；又要往后想想，不能常为官。寻求真我，方有着落。人的人生轨迹一般是由白士进官场，再由官位退居白士。如疏广叔侄，皆以白士而居太子太傅之高位，但任职五年后双双称病请辞，后世尊为功遂身退的典范。不可贪位不去，或因树私背公而破败，或因盛满之气而受责，到头来害事害己。

行己以正

刘寔，字子真，平原高唐人也。（中略）寔少贫窭，杖策徒行，每所憩止，不累主人，薪水之事，皆自营给。及位望通显，每崇俭素，不尚华丽。尝诣石崇家，如厕，见有绛纹帐，裀褥甚丽，两婢持香囊。寔便退，笑谓崇曰："误入卿内。"崇曰："是厕耳。"实曰："贫士未尝得此。"乃更如他厕。虽处荣宠，居无第宅，所得俸禄，赡恤亲故。虽礼教陵迟，而行己以正。丧妻为庐杖[①]之制，终丧不御内。轻薄者笑之，寔不以介意。自少及老，笃学不倦，虽居职务，卷弗离手。《**晋书卷 41 · 列传第 11 · 刘寔**》

【注释】①赡恤：赡养抚恤。②庐杖：庐，建造房舍。古人在父母坟前筑庐居住，为父母守丧。杖，苴杖，古人守丧时所用的竹杖。

【以古鉴今】人都是按自己的意愿生活，没有固定标准，不好说啥样是生活，啥样是造孽。虽奢俭两重天，也只能做萝卜白菜各有所爱想。然我看好刘寔，因为他没有忘本。

功归于上

王濬，字士治，弘农湖人也。（中略）濬自以功大，而为浑父子及豪强所抑，屡为有司所奏，每进见，陈其攻伐之劳，及见枉之状，或不胜忿愤，径出不辞。帝每容恕之。益州护军范通，濬之外亲也。谓濬曰："卿功则美矣，然恨所以居美者，未尽善也。"濬曰："何谓也？"通曰："卿旋旆[①]之日，角巾私第[②]，口不言平吴之事。若有问者，辄曰：'圣主之德，群帅之力，老夫何力之有焉！'如斯，颜老之不伐，龚遂之雅对，将何以过之。蔺生所以屈廉颇，王浑能无愧乎！"濬曰："吾始惧邓艾之事，畏祸及，不得无言，亦不能遣诸胸中，是吾偏也。"《**晋书卷 42 · 列传第 12 · 王濬**》

【注释】①旋旆 pèi：回师。②角巾私第：角巾，古时隐士常戴的一种有棱角的头巾；私第，私人住宅。脱掉官服，戴上头巾，居住在私宅。指闲居不仕。

【以古鉴今】范通了得，他把人情世故是吃得透透的了。不管你身居何位，职务多高，只要你还有上级，你的成绩、功劳，就统统要记在头头名下，并且一定要真心实意的。这样领导满意了，你就好干了。因为你不居功，别人也就没了嫉妒、攻击的由头了。

是金子总会发光

唐彬，字儒宗，鲁国邹人。（中略）彬忠肃公亮，尽规匡救，不显谏以自彰，又奉使诣相府计事，于时僚佐皆当世英彦，见彬莫不钦悦，称之于文帝，荐为掾属。帝以问其参军孔颢，颢忌其能，良久不答。陈骞在坐，敛板而称曰："彬之为人，胜骞甚远。"帝笑曰："但能如卿，固未易得，何论于胜。"因辟彬为铠曹属。帝问曰："卿何以致辟？"对曰："修业陋巷，观古人之遗迹，言满天下无口过，行满天下无怨恶。"帝顾四坐曰："名不虚行。"他日，谓孔颢曰："近见唐彬，卿受蔽贤之责矣。"《**晋书卷 42 · 列传第 12 · 唐彬**》

【以古鉴今】说得好听是蔽贤，其实就是嫉妒，卧榻之侧岂容他人鼾睡？引能人于我同列，我不就矮了吗？这也是常人的心理活动。可如做深层想，你能蔽人一时，绝不能蔽人一世，哪天别人得露头角，你的小人嘴脸也就昭然若揭了，何等的难为情！

贪酒者诫

彬有经国大度，而不拘行检。（中略）泰始初，赐爵关内侯。出补鄴令，彬道德齐礼，期月化成。迁戈阳太守，明设禁防，百姓安之。以母丧去官。

益州东接吴寇，监军位缺，朝议用武陵太守杨宗及彬。武帝以问散骑常侍文立，立曰："宗、彬俱不可失。然彬多财欲，而宗好酒，惟陛下裁之。"帝曰："财欲可足，酒者难改。"遂用彬。《**晋书卷 42·列传第 12·唐彬**》

【以古鉴今】好酒者诫！宁用贪财之人，因为用贪财者损失的只是钱物，政事尚有着落；而嗜酒者，酒后误事，酒后无德，或大嘴巴泄露机密，别说"政事"，就是"正事"也已不可得，真的属于"没正事"一族了，万不可用，也没人敢用！

不争功才更有功

后与王濬共伐吴，彬屯据冲要，为众军前驱。每设疑兵，应机制胜，陷西陵、乐乡，多所擒获。自巴陵、沔口以东，诸贼所聚，莫不震惧，倒戈肉袒。彬知贼寇已殄，孙皓将降，未至建邺二百里，称疾迟留，以示不竞。果有先到者争物，后到者争功，于时有识莫不高彬此举。吴平，诏曰："广武将军唐彬受任方隅，东御吴寇，南监蛮越，抚宁疆埸，有绥御之绩。又每慷慨，志在立功。顷者征讨，扶疾奉命，首启戎行，献俘授馘[①]，勋效显著。其以彬为右将军、都督巴东诸军事。"《**晋书卷 42·列传第 12·唐彬**》

【注释】①馘 guó：古代战时割取所杀敌人的左耳，用以记功。

【以古鉴今】称病迟留，以示不争功。这种冲锋在前，有功不居的大度，让局里局外的人都佩服得五体投地。战功赚的是艳羡，敬你是英雄；不居功赚的是人心，尊你是长者。谁是最终赢家显而易见。

权不可专

山涛，字巨源，河内怀人也。（中略）涛再居选职十有余年，每一官缺，辄启拟数人，诏旨有所向，然后显奏，随帝意所欲为先。故帝之所用，或非举首，众情不察，以涛轻重任意。或谮之于帝，故帝手诏戒涛曰："夫用人惟才，不遗疏远单贱，天下便化矣。"而涛行之自若，一年之后众情乃寝。涛所奏甄拔人物，各为题目，时称《山公启事》。《**晋书卷 43·列传第 13·山涛**》

【以古鉴今】有句俗语说，事事得由东，一事不由东，累死也无功。皇帝是说了，你全权负责官员的任免，不用请示汇报。你就真的一切主意都自己拿，把领导架空，怕是一阵子还行，但绝对是长远不了的。领导的信任示好，你就更要谨慎谦恭，把事做好。领导尚不可专权，况下级了。记住权不可专！

天资聪慧

王戎，字濬冲，琅邪临沂人也。（中略）戎幼而颖悟，神彩秀彻。视日不眩，裴楷见而目之曰："戎眼灿灿，如岩下电。"年六七岁，于宣武场观戏，猛兽在槛中虓[①]吼震地，众皆奔走，戎独立不动，神色自若。魏明帝于阁上见而奇之。又尝与群儿嬉于道侧，见李树多实，等辈竞趣之，戎独不往。或问其故，曰："树在道边而多子，必苦李也。"取之信然。《**晋书卷 43 · 列传第 13 · 王戎**》

【注释】①虓 xiāo：表虎啸，也可表人勇猛。

【以古鉴今】一个才几岁的孩子，就能有虎啸于前而不惊，道边之李多实必苦的见地，实属难能可贵。假以时日，知识与阅历俱增，定是人中龙凤。所以我说英雄不是造的，在娘胎里就已定型了。

世无完人

寻拜司徒，虽位总鼎司[1]，而委事僚采。间乘小马，从便门而出游，见者不知其三公也。故吏多至大官，道路相遇辄避之。性好兴利，广收八方园田水碓[2]，周遍天下。积实聚钱，不知纪极，每自执牙筹，昼夜算计，恒若不足。而又俭啬，不自奉养，天下人谓之膏肓之疾。女适裴頠[3]，贷钱数万，久而未还。女后归宁[4]，戎色不悦，女遽还直，然后乃欢。从子将婚，戎遣其一单衣，婚讫而更责取。家有好李，常出货之，恐人得种，恒钻其核。以此获讥于世。《晋书卷 43 · 列传第 13 · 王戎》

【注释】①鼎司：指重臣之职位。②水碓：利用水流力量来自动舂米的机具，以河水流过水车进而转动轮轴，再拨动碓杆上下舂米。③頠 wěi：安静。④归宁：回门又称归宁。传统婚俗，指女子出嫁后首次回娘家探亲。

【以古鉴今】人啊，就是这么不可捉摸，对下属信任委事，对百姓不摆架子不耍威风，对故吏也谦虚有礼。这样的好人却小抠的可以，女儿借的钱不还也不行；侄子结婚送一件单衣，结完婚还得要回来；家种的李子好吃，怕别人栽种，得把果核钻坏才能卖果。两者如此不搭，却发生在一个人身上，你说他是君子还是小人？我说世上没有啥都好的人，也没有啥都坏的人，都是不完美的人！

阿堵物

（王）衍，字夷甫，神情明秀，风姿详雅。（中略）衍妻郭氏，贾后之亲，藉中宫之势，刚愎贪戾，聚敛无厌，好干预人事，衍患之而不能禁。（中略）衍疾郭之贪鄙，故口未尝言钱。郭欲试之，令婢以钱绕床，使不得行。衍晨起见钱，谓婢曰："举阿堵物却[1]！"其措意若此。《晋书卷 43 · 列传第 13 · 王衍》

【注释】①举阿堵物却：阿堵物是古钱的又一个别名，又是最俗、最虚伪的一种蔑称。举却，拿开。

【以古鉴今】看来为官能否清白，与内子是否喜奢好侈有很大关系。常听说成功男人的背后都有一个贤惠的女人，那失败男人的背后是不是也有一个败德的女人呢？

杯弓蛇影

乐广，字彦辅，南阳淯阳人也。（中略）尝有亲客，久阔不复来，广问其故，答曰："前在坐，蒙赐酒，方欲饮，见杯中有蛇，意甚恶之，既饮而疾。"于时河南听事壁上有角，漆画作蛇，广意杯中蛇即角影也。复置酒于前处，谓客曰："酒中复有所见不？"答曰："所见如初。"广乃告其所以，客豁然意解，沈痾顿愈。《晋书卷43·列传第13·乐广》

【以古鉴今】心病也是病，并且还很难治。这种有形有影的还好办，重复一下就化解了。可那琢磨出来的心病，怕就无解了！所以遇事多问几个为什么，尽力向积极方面去找破解之法，别吓自己。其实生活中"杯弓蛇影"的事，绝不止乐广的亲客，好多怕了一辈子的事，至死也没发生过！

内在的魅力

广所在为政，无当时功誉，然每去职，遗爱为人所思。凡所论人，必先称其所长，则所短不言而自见矣。人有过，先尽弘恕，然后善恶自彰矣。《晋书卷43·列传第13·乐广》

【以古鉴今】有那么一种人，你和他在一起时，说笑玩闹，很好。但离开了，也就离开了，像一阵风吹过般不着痕迹，不再被记起。可有一种人，在一起时也没觉得有什么深交，可离开后却生出一种怀想、不舍、忘不掉，愈久弥思，这大概就是人格的魅力吧！

公对公，事就简单

崔洪，字良伯，博陵安平人也。（中略）选吏部尚书，举用甄明①，门无私谒。荐雍州刺史郄诜代己为左丞。诜后纠洪，洪谓人曰："我举郄丞而还奏我，是挽弩自射②也。"诜闻曰："昔赵宣子任韩厥为司马，以军法戮宣子之仆。宣子谓诸大夫曰：'可贺我矣，我选厥也任其事。'崔侯为国举才，我以才见举，惟官是视，各明至公，何故私言乃至此！"洪闻其言而重之。《晋书卷 45 · 列传第 15 · 崔洪》

【注释】①甄明：辨明；明察。②挽弩自射：弩，强弓。拉弓自射，比喻自己做事害自己。

【以古鉴今】这事是有点违背常情，被自己举荐的人给纠察了，郄诜有寡恩之嫌。但客观却是好事，崔洪应自豪地说："我有识人之能，我为公选人，选的人也能为公，贤人所举荐的也一定是贤人！"

重情重义的人

向雄，字茂伯，河内山阳人也。（中略）雄初仕郡为主簿，事太守王经。及经之死也，雄哭之尽哀，市人咸为之悲。后太守刘毅尝以非罪笞雄，及吴奋代毅为太守，又以少谴系雄于狱。司隶钟会于狱中辟雄为都官从事，会死无人殡敛，雄迎丧而葬之。文帝召雄而责之曰："往者王经之死，卿哭王经于东市，我不问也。今钟会躬为叛逆，又辄收葬，若复相容，其如王法何！”雄曰："昔者先王掩骼埋胔[①]，仁流朽骨，当时岂先卜其功罪而后葬之哉！今王诛既加，于法已备。雄感义收葬，教亦无阙。法立于上，教弘于下，何必使雄违生背死以立于时！殿下仇枯骨而捐之中野，为将来仁贤之资，不亦惜乎！”帝甚悦，与谈宴而遣之。《**晋书卷48·列传第18·向雄**》

【**注释**】①掩骼埋胔：骨枯曰骼，肉腐曰胔，指收葬暴露于野的尸骨。为古代的恤民之政。

【**以古鉴今**】其人有罪但已伏法，何必仇及枯骨呢？是呀，杀人不过头点地。如果连死人都不放过，还非得暴尸荒野，连掩埋的人都视为有罪，未免太残酷，太少人情味了。谁还敢和你接近，有谁愿意和你共事，怕都先存了戒心！

骂人不带脏字

阮籍，字嗣宗，陈留尉氏人也。（中略）有司言有子杀母者，籍曰："嘻！杀父乃可，至杀母乎！”坐者怪其失言。帝曰："杀父，天下之极恶，而以为可乎？”籍曰："禽兽知母而不知父，杀父，禽兽之类也。杀母，禽兽之不若。”众乃悦服。《**晋书卷49·列传第19·阮籍**》

【**以古鉴今**】善辩者，首先是智者。骂人不带脏字，是要有学问和知识做基础的，因为他能借助其他事物或自然现象的相类，设喻求似，让人有豁然的畅快；更是思维敏捷、思想活跃的表现。一事之来，别人还在愣神，他已做深层思索且结论在胸了。

醉不误事，方为善饮

籍闻步兵厨营人善酿，有贮酒三百斛，乃求为步兵校尉。遗落世事，虽去佐职，恒游府内，朝宴必与焉。会帝让九锡，公卿将劝进，使籍为其辞。籍沈醉忘作，临诣府，使取之，见籍方据案醉眠。使者以告，籍便书案，使写之，无所改窜。辞甚清壮，为时所重。《晋书卷 49 · 列传第 19 · 阮籍》

【以古鉴今】规矩是给常人立的，目的是用规矩作保证做好工作。而像阮籍这样的人，能在酒后晕晕乎乎中一挥而就，轻松写好劝进书，就没必要非要他也去呆板地遵守那死规矩。让工作的环境轻松自由些不是更好吗？前提是你有没有阮籍的本事，否则的话还是朝九晚五吧！

高阳酒徒

刘伶，字伯伦，沛国人也。身长六尺，容貌甚陋。放情肆志，常以细宇宙齐万物为心。澹默少言，不妄交游，与阮籍、嵇康相遇，欣然神解，携手入林。初不以家产有无介意。常乘鹿车，携一壶酒，使人荷锸①而随之，谓曰："死便埋我。"其遗形骸如此。尝渴甚，求酒于其妻。妻捐酒毁器，涕泣谏曰："君酒太过，非摄生之道，必宜断之。"伶曰："善！吾不能自禁，惟当祝鬼神自誓耳。便可具酒肉。"妻从之。伶跪祝曰："天生刘伶，以酒为名。一饮一斛，五斗解酲②。妇儿之言，慎不可听。"仍引酒御肉，隗然③复醉。尝醉与俗人相忤，其人攘袂奋拳而往。伶徐曰："鸡肋不足以安尊拳。"其人笑而止。《晋书卷 49 · 列传第 19 · 刘伶》

【注释】①锸 chā：锹。②解酲 chéng：消除酒病。酲，酒醒后神志不清，有如患病的感觉。③隗然：颓然，醉倒的样子。

【以古鉴今】晋武帝在任用大臣时有句名言："财欲可足，酒者难改。"人生交友、寻找事业伙伴、处男女朋友，都要把嗜酒与否做一个条件考虑，且不可掉以轻心。饮酒是人生中的小事，但小事却不可小觑。阅读上边的文字，活脱一个酒鬼的嘴脸，整天和这样的人一起过日子，他改不了，你离不开，想想都觉得烦死了！

贫者不以酒肉为礼

皇甫谧，字士安，幼名静，安定朝那人。（中略）城阳太守梁柳，谧从姑①子也，当之官，人劝谧饯之。谧曰："柳为布衣时过吾，吾送迎不出门，食不过盐菜，贫者不以酒肉为礼。今作郡而送之，是贵城阳太守而贱梁柳，岂中古人之道？是非吾心所安也。"《晋书卷 51 · 列传第 21 · 皇甫谧》

【注释】①从姑：父亲的叔伯姊妹，叫从祖姑，简称从姑。

【以古鉴今】贫时不迎送，做了太守仍不迎送，皇甫谧是对的。处的是表兄弟，而不是太守，前后一样反而显得更亲近、更自然，否则会有敬太守而薄表弟之嫌！

浪子回头金不换

周处，字子隐，义兴阳羡人也。（中略）处少孤，未弱冠，膂力①绝人，好驰骋田猎，不修细行，纵情肆欲，州曲患之。处自知为人所恶，乃慨然有改励之志，谓父老曰："今时和岁丰，何苦而不乐耶？"父老叹曰："三害未除，何乐之有！"处曰："何谓也？"答曰："南山白额猛兽，长桥下蛟，并子为三矣。"处曰："若此为患，吾能除之。"父老曰："子若除之，则一郡之大庆，非徒去害而已。"处乃入山射杀猛兽，因投水搏蛟，蛟或沉或浮，行数十里，而处与之俱，经三日三夜，人谓死，皆相庆贺。处果杀蛟而反，闻乡里相庆，始知人患己之甚，乃入吴寻二陆。时机不在，见云，具以情告，曰："欲自修而年已蹉跎，恐将无及。"云曰："古人贵朝闻夕改，君前途尚可，且患志之不立，何忧名之不彰！"处遂励志好学，有文思，志存义烈，言必忠信克己。期年，州府交辟[2]。仕吴为东观左丞。《**晋书卷58·列传第28·周处**》

【注释】①膂力：体力。②交辟：交相征聘。

【以古鉴今】能使坏，说明此人有头脑，只是他把聪明才智用歪了。只要他认识到自己的路不对了，回头就是坦途，因为他有这个能力。"快牛为犊子时，多能破车，当小忍也。"初为父母者，小心了，别把自己的天性扼杀在你的辱骂和拳脚中哦！

模糊处理

解系，字少连，济南著人也。父修，魏琅邪太守、梁州刺史，考绩为天下第一。武帝受禅[1]，封梁邹侯。系及二弟结、育并清身洁己，甚得声誉。时荀勖[2]门宗强盛，朝野畏惮之。勖诸子谓系等曰："我与卿为友，应向我公拜。"勖又曰："我与尊先使君亲厚。"系曰："不奉先君遗教。公若与先君厚，往日哀顿[3]，当垂书问。亲厚之诲，非所敢承。"勖父子大惭，当世壮之。《**晋书卷60·列传第30·解系**》

【注释】①受禅：指王朝更迭，新皇帝承受旧皇帝让给的帝位。②勖xù：本意是指勉励。③哀顿：犹困苦、悲伤。谓风格沉郁顿挫。

【以古鉴今】生活中也常有这种人，攀高结贵，本来风马牛不相及的两个人或两家人，硬是绕出十万八千里也得扯上关系。目的很明确，就是你对他有用啦。真的遇到这样不要脸的人，我主张就和他哈哈，模糊处理，不可和这样的人实处！

法不容亲

荀晞，字道将，河内山阳人也。（中略）晞练于官事，文簿盈积，断决如流，人不敢欺。其从母[1]依之，奉养甚厚。从母子求为将，晞距之曰："吾不以王法贷人，将无后悔邪？"固欲之，晞乃以为督护。后犯法，晞杖节斩之，从母叩头请救，不听。既而素服哭之，流涕曰："杀卿者兖州刺史，哭弟者苟道将。"其杖法如此。《晋书卷 61 · 列传第 31 · 苟晞》

【注释】①从母：母亲的姊妹。

【以古鉴今】贵戚可以封侯以富之，不当职事以任之，何者？绳以法则伤恩，私以亲则违宪。姨妈不知此中利害，误了儿子的前程且搭上了性命。苟晞哭时的话耐人寻味：杀卿者兖州刺史，公法；哭弟者苟道将，私情。读此句须入心，切记公私泾渭者耶！

制造时尚

王导，字茂弘，光禄大夫览之孙也。（中略）导善于因事，虽无日用之益，而岁计有余。时帑藏空竭，库中惟有练数千端，鬻之不售，而国用不给。导患之，乃与朝贤俱制练布单衣，于是士人翕然[1]竞服之，练遂踊贵。乃令主者出卖，端至一金。其为时所慕如此。《晋书卷 65 · 列传第 35 · 王导》

【注释】①翕然：形容言论、行动一致。

【以古鉴今】捧着金碗要饭吃的事古已有之，就看你会不会吆喝。会宣传、会造势，一般般的商品，也能一夜身价百倍，没人问津的东西立马变成抢手货。其妙处就在于"制造时尚"，很多人都有跟风的嗜好，根本不去想它到底如何，只要那些有头有脸的人做了，跟着犹恐落后，等他人都想明白了，你已成赢家了！

正身群下

陶侃，字士行，本鄱阳人也。（中略）常语人曰：“大禹圣者，乃惜寸阴，至于众人，当惜分阴，岂可逸游荒醉，生无益于时，死无闻于后，是自弃也。”诸参佐或以谈戏废事者，乃命取其酒器、蒱博[1]之具，悉投之于江，吏将则加鞭扑，曰：“樗蒱者，牧猪奴戏耳！《老》《庄》浮华，非先王之法言，不可行也。君子当正其衣冠，摄其威仪，何有乱头养望自谓宏达邪！”《晋书卷66·列传第36·陶侃》

【注释】①蒱 pú 博：泛指赌博。

【以古鉴今】自己惜时做正人，也不许下属虚掷光阴，更不许贪杯嗜赌，这就是好领导。人总是要到社会上去做事的，特别是刚踏入社会的年轻人，那个群体的当家人很重要。他可能学历不高，工作经验也可能不多，但只要他是个正人，你就有福了！他说的、做的、要求的，都能出于一个公字，不苟且、不龌龊，长此以往你也就蓬生麻中自然直，这岂不是造化！

不逾母约

侃每饮酒有定限，常欢有余而限已竭，浩等劝更少进，侃凄怀良久曰：“年少曾有酒失，亡亲见约，故不敢逾。”《晋书卷66·列传第36·陶侃》

【以古鉴今】“年少曾有酒失，亡亲见约，故不敢逾。”母亲的一句话，终生不敢逾。听着就觉得心里一热，身为人子，怎好违了亡亲的叮嘱，让她死后还为我们操心呢？

家乡无风景

王湛，字处冲，司徒浑之弟也。（中略）兄子济轻之，所食方丈盈前，不以及湛。湛命取菜蔬，对而食之。济尝诣湛，见床头有《周易》，问曰："叔父何用此为？"湛曰："体中不佳时，脱复看耳。"济请言之。湛因剖析玄理，微妙有奇趣，皆济所未闻也。济才气抗迈，于湛略无子侄之敬。既闻其言，不觉栗然，心形俱肃。遂留连弥日累夜，自视缺然，乃叹曰："家有名士，三十年而不知，济之罪也。"既而辞去，湛送至门。济有从马绝难乘，济问湛曰："叔颇好骑不？"湛曰："亦好之。"因骑此马，姿容既妙，回策如萦，善骑者无以过之。又济所乘马，甚爱之，湛曰："此马虽快，然力薄不堪苦行。近见督邮马当胜，但刍秣[1]不至耳。"济试养之，而与己马等。湛又曰："此马任重方知之，平路无以别也。"于是当蚁封内试之，济马果踬[2]，而督邮马如常。济益叹，还白其父，曰："济始得一叔，乃济以上人也。"武帝亦以湛为痴，每见济，辄调之曰："卿家痴叔死未？"济常无以答。及是，帝又问如初，济曰："臣叔殊不痴。"因称其美。帝曰："谁比？"济曰："山涛以下，魏舒以上。"时人谓湛上方山涛不足，下比魏舒有余。湛闻曰："欲处我于季孟之间乎？"《晋书卷75·列传第45·王湛》

【注释】①刍秣：饲养牛马的饲料。②踬：被绊倒。

【以古鉴今】人上有人，天外有天，任何时候都不要视己为天下第一。放低身段，遇到矮子你是谦虚，遇到高人也不尴尬。否则如王济，自己叔叔满腹经纶，在侄子眼里却当了三十年的白痴，这就是家乡无风景的悲哀。

政不可碎

（王）承字安期。清虚寡欲，无所修尚。言理辩物，但明其指要而不饰文辞，有识者服其约而能通。弱冠知名。（中略）东海王越镇许，以为记室参军。雅相知重，敕其子毗曰：“夫学之所益者浅，体之所安者深。闲习礼度，不如式瞻仪形；讽味遗言，不若亲承音旨。王参军人伦之表，汝其师之。”在府数年，见朝政渐替，辞以母老，求出。越不许。久之，迁东海太守，政尚清净，不为细察。小吏有盗池中鱼者，纲纪推之，承曰：“文王之囿与众共之，池鱼复何足惜耶！”有犯夜者，为吏所拘，承问其故，答曰：“从师受书，不觉日暮。”承曰：“鞭挞宁越以立威名，非政化之本。”使吏送，令归家。其从容宽恕若此。《**晋书卷75·列传第45·王承**》

【**以古鉴今**】从容宽恕就是好官，好官视人如伤。人都希望生活在宽松的环境里，对那些无关痛痒、细枝末节不苛察，宽宥待之，使其自省，这才是上峰、长者该有的胸襟。

恒心改变命运

（王）述字怀祖。（中略）初，述家贫。求试宛陵令。颇受赠遗。而修家具，为州司所检，有一千三百条。王导使谓之曰：“名父之子不患无禄，屈临小县，甚不宜耳。”述答曰：“足自当止。时人未之达也。”比后屡居州郡，清洁绝伦，禄赐皆散之亲故，宅宇旧物不革于昔，始为当时所叹。但性急为累。尝食鸡子，以箸刺之，不得，便大怒掷地。鸡子圆转不止，便下床以屐齿踏之，又不得。瞋甚，掇内口中，啮破而吐之。既跻重位，每以柔克为用。谢奕性粗，尝忿述，极言骂之。述无所应，面壁而已，居半日，奕去，始复坐。人以此称之。《**晋书卷75·列传第45·王述**》

【**以古鉴今**】贪得一塌糊涂，罪状达一千三百条之多，上边约谈，他竟以“足自当止”作答，贪污受贿能有止时？实在是闻所未闻，可王述真的做到了。性子急，急到用筷子扎个鸡蛋没扎起来，就床上地下脚踹嘴咬，最后吐掉不吃了，可后来被别人骂了半日无反应，面壁使然。这样的人我不如也，想想我们自己要改个小毛病有多难，就该知王述的自控能力了。

倔得可以

殷浩，字深源，陈郡长平人也。父羡，字洪乔，为豫章太守，都下人士因其致书者百余函，行次石头，皆投之水中，曰："沈者自沈，浮者自浮，殷洪乔不为致书邮。"其资性介立[1]如此。《**晋书卷 77 · 列传第 47 · 殷浩**》

【**注释**】①介立：特立与众不同，多指操守清高。

【**以古鉴今**】看都不看就投之水中，任其沉者自沉、浮者自浮，大可不必如此拒人于千里之外。你怎知那些书函中都是无足轻重的求告文字，而没有好的建议和中肯的批评呢？退一万步，就算都是有求于你的，你不帮，谁又能奈你何？处人不当如此绝情。

人皆有能有不能

浩识度清远，弱冠有美名，尤善玄言[1]，与叔父融俱好《老》《易》。融与浩口谈则辞屈，著篇则融胜，浩由是为风流谈论者所宗。或问浩曰："将莅官而梦棺，将得财而梦粪，何也？"浩曰："官本臭腐，故将得官而梦尸，钱本粪土，故将得钱而梦秽。"时人以为名言。《**晋书卷 77 · 列传第 47 · 殷浩**》

【**注释**】①玄言：魏晋间崇尚老庄玄理的言论。

【**以古鉴今**】人没有什么都能的，也没有什么都不能的。觉得自己很行的，也没什么可骄傲的，你一定有不行的；觉得自己很平常的，也不用自暴自弃，你也一定有长处。能把自己的长处发挥到极致，也就不枉此生了。

名人效应

谢安，字安石。（中略）安少有盛名，时多爱慕。乡人有罢中宿县者，还诣安。安问其归资，答曰："有蒲葵扇五万。"安乃取其中者捉[①]之，京师士庶竞市，价增数倍。《晋书卷 79 · 列传第 49 · 谢安》

【注释】①捉：握、抓、拿。

【以古鉴今】谢安只是拿了一把蒲扇用，京师的追星族就蜂拥仿效，产生了轰动性的名人效应，以此帮了这位同乡。对待有困难的人，能帮的就尽量出手帮衬一把，特别如谢安捉扇，真个是"举手之劳"。那种"多一事不如少一事"的想法，指的是对闲事，但对扶危济困的事，做得越多越好。

坦腹东床

王羲之，字逸少。（中略）时太尉郗鉴使门生求女婿于导，导令就东厢遍观子弟。门生归，谓鉴曰："王氏诸少并佳，然闻信至，咸自矜持。惟一人在东床坦腹食，独若不闻。"鉴曰："正此佳婿邪！"访之，乃羲之也，遂以女妻之。《晋书卷 80 · 列传第 50 · 王羲之》

【以古鉴今】世事就是如此让人琢磨不透，无心插柳柳成荫的事到处可见，即人无心，命使然，等你活过了再来讨论此中的玄妙吧！这方面的知识找不到老师解惑，也少有相关书籍可参阅，全凭自己感悟，倒是一门很吃功夫的"学问"呢。

留好样与儿孙

陈寿，字承祚，巴西安汉人也。少好学，师事同郡谯周，仕蜀为观阁令史。宦人黄皓专弄威权，大臣皆曲意附之，寿独不为之屈，由是屡被谴黜。遭父丧，有疾，使婢丸药，客往见之，乡党以为贬议。及蜀平，坐是沈滞者累年。司空张华爱其才，以寿虽不远嫌，原情不至贬废，举为孝廉，除佐著作郎，出补阳平令。撰《蜀相诸葛亮集》，奏之。除著作郎，领本郡中正。撰魏吴蜀《三国志》，凡六十五篇。时人称其善叙事，有良史之才。夏侯湛时著《魏书》，见寿所作，便坏己书而罢。《**晋书卷 82·列传第 52·陈寿**》

【以古鉴今】我不是要赞陈寿多有学问，我是赞夏侯湛尊重事实，已不如人就宁可毁弃，也要给后人留下好的作品。

闻见难一

干宝，字令升，新蔡人也。（中略）虽考先志于载籍，收遗逸于当时，盖非一耳一目之所亲闻睹也，亦安敢谓无失实者哉！卫朔失国，二传互其所闻；吕望事周，子长存其两说，若此比类，往往有焉。从此观之，闻见之难一，由来尚矣。夫书赴告之定辞，据国史之方策，犹尚若兹，况仰述千载之前，记殊俗之表，缀片言于残阙，访行事于故老，将使事不二迹，言无异途，然后为信者，固亦前史之所病。然而国家不废注记之官，学士不绝诵览之业，岂不以其所失者小，所存者大乎！今之所集，设有承于前载者，则非余之罪也。若使采访近世之事，苟有虚错，愿与先贤前儒分其讥谤。及其著述，亦足以明神道之不诬也。

群言百家不可胜览，耳目所受不可胜载，今粗取足以演八略之旨，成其微说而已。幸将来好事之士录其根本，有以游心寓目而无尤焉。《**晋书卷**

82·列传第52·干宝》

【以古鉴今】对同一人或事即便是同时得见得闻，也是见仁见智，各人观察的角度、记述的侧重点都不会相同。所以史书之各处记载也就不尽相同，常情常理，无可厚非。但不影响我们去了解历史，倒是让我们后来者，有幸从各种版本中的不同视角，去观察了解我们的老祖宗是如何做人、怎样做事的。

读无字书

习凿齿，字彦威，襄阳人也。宗族富盛，世为乡豪。凿齿少有志气，博学洽闻，以文笔著称。荆州刺史桓温辟为从事，江夏相袁乔深器之，数称其才于温，转西曹主簿，亲遇隆密。时温有大志，追蜀人知天文者至，夜执手问国家祚运修短。答曰："世祀方永。"疑其难言，乃饰辞云："如君言，岂独吾福，乃苍生之幸。然今日之语自可令尽，必有小小厄运，亦宜说之。"星人曰："太微、紫微、文昌三宫气候如此，决无忧虞。至五十年外不论耳。"温不悦，乃止。异日，送绢一匹、钱五千文以与之。星人乃驰诣凿齿曰："家在益州，被命远下，今受旨自裁，无由致其骸骨。缘君仁厚，乞为标碣棺木耳。"凿齿问其故，星人曰："赐绢一匹，令仆自裁，惠钱五千，以买棺耳。"凿齿曰："君几误死！君尝闻前知星宿有不覆之义乎？此以绢戏君，以钱供道中资，是听君去耳。"星人大喜，明便诣温别。温问去意，以凿齿言答。温笑曰："凿齿忧君误死，君定是误活。然徒三十年看儒书，不如一诣习主簿。"《晋书卷82·列传第52·习凿齿》

【以古鉴今】正是这话，整天钻在故纸堆里，除书中的"之乎者也"外不知尚有人间事。哪知世上的是非曲直苦辣酸甜，不通人情、不谙世事，傻子般的还以为自己是满腹经纶的饱学之士呢，其实早已成了带脚的书橱。死读书、读死书的结果就是三十年让你不如一主簿，再读三十年就不食人间烟火了。

手令戒诸子

武昭王讳暠[1]，字玄盛，小字长生，陇西成纪人，姓李氏，汉前将军广之十六世孙也。（中略）手令诫其诸子曰：

吾自立身，不营世利；经涉累朝，通否任时；初不役智，有所要求，今日之举，非本愿也。然事会相驱，遂荷州土，忧责不轻，门户事重。虽详人事，未知天心，登车理辔，百虑填胸。后事付汝等，粗举旦夕近事数条，遭意便言，不能次比。至于杜渐防萌，深识情变，此当任汝所见深浅，非吾敕诫所益也。汝等虽年未至大，若能克己纂修，比之古人，亦可以当事业矣。苟其不然，虽至白首，亦复何成！汝等其戒之慎之。

节酒慎言，喜怒必思，爱而知恶，憎而知善，动念宽恕，审而后举。众之所恶，勿轻承信，详审人，核真伪，远佞谀，近忠正。蠲[2]刑狱，忍烦扰，存高年，恤丧病，勤省案，听讼诉。刑法所应，和颜任理，慎勿以情轻加声色。赏勿漏疏，罚勿容亲。耳目人间，知外患苦。禁御左右，无作威福。勿伐善施劳，逆诈亿必[3]，以示己明。广加谘询，无自专用，从善如顺流，去恶如探汤。富贵而不骄者至难也，念此贯心，勿忘须臾。僚佐邑宿，尽礼承敬，宴飨馔食，事事留怀。古今成败，不可不知，退朝之暇，念观典籍，面墙而立[4]，不成人也。《晋书卷 87 · 列传第 57 · 李玄盛》

【注释】①暠：同“皓”，意为光明、明亮。②蠲：通“捐”。③逆诈亿必：逆，事先预料；逆诈，谓以诈意逆猜人也；亿，通“臆”，主观臆测。不预先怀疑别人欺诈，不凭空臆想别人不诚信，却能先行察觉。④面墙而立：比喻不学之人，如面对墙壁而立，一无所见。

【以古鉴今】人之所以为人，大概就是以一颗操不完的心而异于他类。从成胎母腹至自己闭眼，何曾有一刻放下！有识之士的告诫有些是借鉴前人，有的就是自身的教训，望能用心体察。尽量多地了解人类社会，不关学问，只为活好自己几十年的光阴岁月！

不可面斥人过

刘殷，字长盛，新兴人也。（中略）殷恒戒子孙曰："事君之法，当务几谏，凡人尚不可面斥其过，而况万乘[①]乎！夫犯颜之祸，将彰君过，宜上思召公咨商[②]之义，下念鲍勋触鳞[③]之诛也。"《晋书卷88·列传第58·孝友·刘殷》

【注释】①万乘：天子。周制，天子地方千里，出兵车万乘，诸侯地方百里，出兵车千乘，故称天子为"万乘"。②咨商：咨同"谘"，征询、商议。国有大政，必议之于前训，谘之于故老。咨商即咨询、商议。③触鳞：古人以龙比喻君主，传说龙喉下有逆鳞径尺，有触之必怒而杀人。后遂以"触龙鳞"等指触犯龙的逆鳞。比喻臣子对君主的过失犯颜直谏。亦省作"触鳞"。

【以古鉴今】见人不妥，不可当众斥其过，就是对已成年之子女，亦不可太直白，因为人都有自尊心。此类事处理得好，他改了错，你收获了友谊。弄不好他会误以为你是在和他过不去，故意给他难堪，甚至恼羞成怒也是有的。

穷得理直气壮

胡威，字伯武，一名貔[①]。淮南寿春人也。父质，以忠清著称，少与乡人蒋济、朱绩俱知名于江淮间，仕魏至征东将军、荆州刺史。威早厉志尚。质之为荆州也，威自京都定省，家贫，无车马僮仆，自驱驴单行。每至客舍，躬放驴，取樵炊爨，食毕，复随侣进道。既至，见父，停厩中十余日。告归，父赐绢一匹为装。威曰："大人清高，不审于何得此绢？"质曰："是吾俸禄之余，以为汝粮耳。"威受之，辞归。质帐下都督先威未发，请假还家，阴资装于百余里，要威为伴，每事佐助。行数百里，威疑而诱问之，既知，乃取所赐绢与都督，谢而遣之。后因他信以白质，质杖都督一百，除吏名。《晋书卷90·列传第60·良吏·胡威》

【注释】①貔：古籍中记载的一种猛兽。

【以古鉴今】父亲给的东西也得问清来路，如果来路不明也不能收。真是有其父必有其子，忠清传家。苦的是那督邮，本意是使点巧劲，博得胡氏父子欢心，奔个前程，不想在真佛面前动荤腥，吃一百棒，再扫地出门开除公职，只有自认倒霉啦！还是老老实实做人，认认真真做事，其他的就听从命运的安排吧！

不可贬损人

后入朝，武帝语及平生，因叹其父清，谓威曰："卿孰与父清？"对曰："臣不如也。"帝曰："卿父以何胜耶？"对曰："臣父清恐人知，臣清恐人不知，是臣不及远也。"帝以威言直而婉，谦而顺。《晋书卷90·列传第60·良吏·胡威》

【以古鉴今】有麝自然香，不用大风扬。好不好自己说的不算，周围人的评价才是你最好的名片。中国人多崇奉儒学，喜内敛而不事张扬，当然是好不欲人知，要比好恐人不知要高一筹了。

事在人为

吴隐之，字处默，濮阳鄄城人。（中略）弱冠而介立，有清操，虽日晏歠菽[①]，不飨[②]非其粟，儋石无储，不取非其道。（中略）广州包带山海，珍异所出，一箧之宝，可资数世，然多瘴疫，人情惮焉。唯贫窭不能自立者，求补长史，故前后刺史皆多黩货。朝廷欲革岭南之弊，隆安中，以隐之为龙骧将军、广州刺史、假节，领平越中郎将。未至州二十里，地名石门，有水曰贪泉，饮者怀无厌之欲。隐之既至，语其亲人曰："不见可欲，使心不乱。越岭丧清，吾知之矣。”乃至泉所，酌而饮之，因赋诗曰：“古人云此水，一歃怀千金。试使夷齐饮，终当不易心。”及在州，清操逾厉，常食不过菜及干鱼而已，帷帐器服皆付外库，时人颇谓其矫，然亦终始不易。帐下人进鱼，每剔去骨存肉，隐之觉其用意，罚而黜焉。元兴初，诏曰：“夫孝行笃于闺门，清节厉乎风霜，实立人之所难，而君子之美致也。龙骧将军、广州刺史吴隐之孝友过人，禄均九族，菲己洁素，俭愈鱼飧[3]。夫处可欲之地，而能不改其操，飨惟错之富，而家人不易其服，革奢务啬，南域改观，朕有嘉焉。（略）”《晋书卷 90 · 列传第 60 · 良吏 · 吴隐之》

【注释】①歠菽 chuò shū：吸；喝。指可以喝的，如粥、羹汤等。形容生活清苦。②飨：用酒食款待人；祭献。③飧：晚饭，亦泛指熟食，饭食。

【以古鉴今】清廉还是贪腐，绝对是取决于人，与外界什么贪泉、盗泉无涉。吴隐之虽饮贪泉水，却清操逾厉。正是处可欲之地，而不改其操，可知事在人为，只在当事者之一心耳！

重在平时

赵至，字景真，代郡人也。寓居洛阳。缑氏令初到官，至年十三，与母同观。母曰：“汝先世本非微贱，世乱流离，遂为士伍耳。尔后能如此不？”至感母言，诣师受业。闻父耕叱牛声，投书而泣。师怪问之，至曰：“我小未能荣养，使老父不免勤苦。”师甚异之。《晋书卷 92 · 列传第 62 · 文苑 · 赵至》

【以古鉴今】随时随地给孩子以正面教育，母亲领孩子看官老爷赴任，即景说的话，在赵至的脑袋里就留下了要努力读书，恢复祖业的念头。所以说教育子女是“浸染”功夫，你放养他二十年，需要时，再给他上政治课，灌“心灵鸡汤”，怕是讲出花来也没用。

活好当下

张翰，字季鹰，吴郡吴人也。（中略）翰有清才，善属文，而纵任不拘。（中略）翰谓同郡顾荣曰：“天下纷纷，祸难未已。夫有四海之名者，求退良难。吾本山林间人，无望于时。子善以明防前，以智虑后。”荣执其手，怆然曰：“吾亦与子采南山蕨，饮三江水耳。”（中略）翰任心自适，不求当世。或谓之曰：“卿乃可纵适一时，独不为身后名邪？”答曰：“使我有身后名，不如即时一杯酒。”时人贵其旷达。《**晋书卷 92·列传第 62·文苑·张翰**》

【**以古鉴今**】前生已无从查考，知又怎样？来生更是缥缈，有否尚不得知，所以我欣赏“使我有身后名，不如即时一杯酒”。不问前生、不求来世，打卦问卜，求仙拜佛，何如问问自己现在怎样？活好当下才是明智之举！

钱神论

鲁褒，字元道，南阳人也。（中略）钱之为体，有乾坤之象，内则其方，外则其圆。其积如山，其流如川。动静有时，行藏有节，市井便易，不患耗折。难折象寿，不匮象道，故能长久，为世神宝。亲之如兄，字曰孔方，失之则贫弱，得之则富昌。无翼而飞，无足而走，解严毅之颜[①]，开难发之口。钱多者处前，钱少者居后。处前者为君长，在后者为臣仆。君长者丰衍而有余，臣仆者穷竭而不足。《诗》云：“哿矣富人，哀此茕独[②]。”钱之为言泉也，无远不往，无幽不至。京邑衣冠，疲劳讲肄，厌闻清谈，对之睡寐，见我家兄，莫不惊视。钱之所祐，吉无不利，何必读书，然后富贵！昔吕公欣悦于空版，汉祖克之于嬴二，文君解布裳而被锦绣，相如乘高盖而解犊鼻，官尊名显，皆钱所致。空版至虚，而况有实；嬴二虽少，以致亲密。由此论之，谓为神物。无德而尊，无势而热，排金门而入紫闼。危可使安，死可使活，贵可使贱，生可使杀。是故忿争非钱不胜，幽滞非钱不拔，怨仇非钱不解，令问非钱不发。洛中朱衣，当途之士，爱我家兄，皆我已已。执我之手，抱我终始，不计优劣，不论年纪，宾客辐辏，门常如市。谚曰：“钱无耳，可使鬼。”凡今之人，惟钱而已。故曰军无财，士不来；军无赏，士不往。仕无中人，不如归田。虽有中人，而无家兄，不异无翼而欲飞，无足而欲行。《**晋书卷94·列传第64·隐逸·鲁褒**》

【**注释**】①解严毅之颜：能使严厉刚正的面孔露出笑脸。②哿 gě 矣富人，哀此茕独：哿，乐。意谓乐了富人，苦了孤独无依者。

【**以古鉴今**】钓人，金钱是最好的饵。最容易上瘾的“毒品”是金钱。金钱是人类所有发明中最近似恶魔的一种，再没有其他东西比在金钱上有更多的卑鄙和欺骗，因而也没有其他方面能为培植伪善提供这么丰腴的土壤。

自画像

陶潜，字元亮，大司马侃之曾孙也。祖茂，武昌太守。潜少怀高尚，博学善属文，颖脱不羁，任真自得，为乡邻之所贵。尝著《五柳先生传》以自况曰：“先生不知何许人，不详姓字，宅边有五柳树，因以为号焉。闲静少言，不慕荣利。好读书，不求甚解，每有会意，欣然忘食。性嗜酒，而家贫不能恒得。亲旧知其如此，或置酒招之，造饮必尽，期在必醉。既醉而退，曾不吝情。环堵萧然，不蔽风日，短褐穿结，箪瓢屡空，晏如也[①]。常著文章自娱，颇示己志，忘怀得失，以此自终。”其自序如此，时人谓之实录。《**晋书卷94·列传第64·隐逸·陶潜**》

【**注释**】①短褐穿结，箪瓢屡空，晏如也：粗布短衣上打了补丁，盛饭的篮子和喝水用的瓢里常常是空空如也，但他依然安然自若。

【以古鉴今】率性之人，说自己想说的，做自己愿意做的，不会也不齿于钻营。活得通透，是活成自己的人。

职守乃人之大义

羊耽妻辛氏，字宪英，陇西人，魏侍中毗之女也。（中略）弟敞为大将军曹爽参军，宣帝将诛爽，因其从魏帝出而闭城门，爽司马鲁芝率府兵斩关赴爽，呼敞同去。敞惧，问宪英曰：“天子在外，太傅闭城门，人云将不利国家，于事可得尔乎？”宪英曰：“事有不可知，然以吾度之，太傅殆不得不尔。明皇帝临崩，把太傅臂，属以后事，此言犹在朝士之耳。且曹爽与太傅俱受寄托之任，而独专权势，于王室不忠，于人道不直，此举不过以诛爽耳。”敞曰：“然则敞无出乎？”宪英曰：“安可以不出！职守，人之大义也。凡人在难，犹或恤之；为人执鞭而弃其事，不祥也。且为人任，为人死，亲昵之职也，汝从众而已。”敞遂出。宣帝果诛爽。事定后，敞叹曰：“吾不谋于姊，几不获于义！”《**晋书卷96·列传第66·列女·羊耽妻辛氏**》

【以古鉴今】职守，人之大义也。为人执鞭而弃其事，不祥也。你的职分归甲，可乙是大领导，甲乙不和，且甲势弱，你可如何对待？大部分人会站在乙的一边，上蹿下跳等着分享胜利果实。错了，混乱时期你还受欢迎，因为你增加了乙获胜的筹码。等胜利后，你就成了叛徒，连失败者都不如。因为失败者是职分所在，是忠于职守，你呢？并且人家要防你，你当初在甲害甲，今后在乙会不会害乙呀？人生路上若遇此类事，千万注意别站错队。

非此母不生此子

陶侃母湛氏，豫章新淦人也。初，侃父丹娉为妾，生侃，而陶氏贫贱，湛氏每纺绩资给之，使交结胜己。侃少为寻阳县吏，尝监鱼梁，以一坩鲊[1]遗母。湛氏封鲊及书，责侃曰："尔为吏，以官物遗我，非惟不能益吾，乃以增吾忧矣。"鄱阳孝廉范逵寓宿于侃，时大雪，湛氏乃彻所卧新荐，自锉给其马，又密截发卖于邻人，供肴馔。逵闻之，叹息曰："非此母，不生此子。"**《晋书卷96·列传第66·列女·陶侃母湛氏》**

【注释】①坩鲊 gān zhǎ：坩，盛物的陶器；鲊，经过加工的鱼类食品，如腌鱼、糟鱼之类。

【以古鉴今】孩子谁生的不打紧，谁教的很重要。在贤惠善良人的身边，不待教，自成人。至今仍有家长抱怨自己的孩子如何如何不成人，那些为人父、为人母者，是否想过，为什么把小孩放到狼窝里，他就会长成狼孩呢？你的孩子是跟着谁成长的？在你孩子"不成人"的诸般劣迹里是否有你们的影子？

女人贤惠家兴旺

刘聪妻刘氏，名娥，字丽华，伪太保殷女也。幼而聪慧，昼营女工，夜诵书籍，傅母恒止之，娥敦习弥厉。每与诸兄论经义，理趣超远，诸兄深以叹伏。性孝友，善风仪进止。聪既僭位，召为右贵嫔，甚宠之。俄拜为后，将起凰仪殿以居之，其廷尉陈元达切谏，聪大怒，将斩之。娥时在后堂，私敕左右停刑，手疏启曰："伏闻将为妾营殿，今昭德足居，凰仪非急。四海未一，祸难犹繁，动须人力资财，尤宜慎之。廷尉之言，国家大政。夫忠臣之谏，岂为身哉？帝王距之，亦非顾身也。妾仰谓陛下上寻明君纳谏之昌，下忿暗主距谏之祸，宜赏廷尉以美爵，酬廷尉以列土，如何不惟不纳，而反欲诛之？陛下此怒由妾而起，廷尉之祸由妾而招，人怨国疲，咎归于妾，距谏害忠，亦妾之由。自古败国丧家，未始不由妇人者也。妾每览古事，忿之忘食，何意今日妾自为之！后人之观妾，亦犹妾之视前人也，复何面目仰侍巾栉，请归死此堂，以塞陛下误惑之过。”聪览之色变，谓其群下曰：“朕比得风疾，喜怒过常。元达，忠臣也，朕甚愧之。”以娥表示元达曰：“外辅如公，内辅如此后，朕无忧矣。”**《晋书卷96·列传第66·列女·刘聪妻刘氏》**

【以古鉴今】有如此样的老婆是男人的福气。她不是为一己之私去闹男人，而是舍弃自己的利益去考虑男人的事业，乃巾帼胜须眉。

自毁长城

檀道济，高平金乡人。（中略）道济立功前朝，威名甚重；左右腹心，并经百战，诸子又有才气，朝廷疑畏之。太祖寝疾累年，屡经危殆，彭城王义康虑宫车晏驾[①]，道济不可复制。十二年，上疾笃，会索虏为边寇，召道济入朝。既至，上间。十三年春，将遣道济还镇，已下船矣，会上疾动，召入祖道，收付廷尉。诏曰：“檀道济阶缘时幸，荷恩在昔，宠灵优渥，莫与为比。曾不感佩殊遇，思答万分，乃空怀疑贰，履霜日久。元嘉以来，猜阻滋结，不义不昵之心，附下罔上之事，固已暴之民听，彰于遐迩。谢灵运志凶辞丑，不臣显著，纳受邪说，每相容隐。又潜散金货，招诱剽猾，逋逃必至，实繁弥广，日夜伺隙，希冀非望。镇军将军仲德往年入朝，屡陈此迹。朕以其位居台铉，豫班河岳，弥缝容养，庶或能革。而长恶不悛，凶慝遂遘，因朕寝疾，规肆祸心。前南蛮行参军庞延祖具悉奸状，密以启闻。夫君亲无将，刑兹罔赦。况罪衅深重，若斯之甚。便可收付廷尉，肃正刑书。事止元恶，余无所问。”于是收道济及其子给事黄门侍郎植、司徒从事中郎粲、太子舍人隰、征北主簿承伯、秘书郎遵等八人，并于廷尉伏诛。又收司空参军薛彤，付建康伏法。又遣尚书库部郎顾仲文、建武将军茅亨至寻阳，收道济子夷、邕、演及司空参军高进之，诛之。薛彤、进之并道济腹心，有勇力，时以比张飞、关羽。初，道济见收，脱帻投地曰：“乃复坏汝万里之长城！”《宋书卷43·列传第3·檀道济》

【注释】①宫车晏驾：晏，迟。宫车迟出，旧为帝王死亡的讳辞。

【以古鉴今】欲加之罪，何患无辞？手臂比大腿粗就成畸形了，功高震主终无好果子吃。仕途中要切记功成身退，否则你就算是长城也得被推倒。最好是避之如范蠡、韬晦如刘备、自污如萧何，取其一即可致太平。

皎皎者易污

谢晦，字宣明，陈郡阳夏人也。（中略）晦美风姿，善言笑，眉目分明，鬓发如点漆。涉猎文义，朗赡①多通，高祖深加爱赏，群僚莫及。从征关、洛，内外要任悉委之。刘穆之遣使陈事，晦往往措异同，穆之怒曰：“公复有还时否？”高祖欲以为从事中郎，以访穆之，坚执不与。终穆之世，不迁。穆之丧问至，高祖哭之甚恸。晦时正直，喜甚，自入阁内参审穆之死问。其日教出，转晦从事中郎。《宋书卷44·列传第4·谢晦》

【注释】①朗赡：颖悟赡详；也指清朗充足。

【以古鉴今】最得罪不起的是人，哪怕你说的都对，可在当事人那里，你的话让人家不爽，就能记你到永远。所以说有得罪人的勇气，你就得有不怕被记恨的担当。几句不同的声音，就横在你的前路至死方休，敢不慎欤？

自矜的尴尬

初为荆州，甚有自矜之色，将之镇，诣从叔①光禄大夫澹别。澹问晦年，晦答曰："三十五。"澹笑曰："昔荀中郎年二十七为北府都督，卿比之，已为老矣。"晦有愧色。《宋书卷 44 · 列传第 4 · 谢晦》

【注释】①从叔：祖父亲兄弟的比父亲年幼的儿子，即父亲的堂弟。

【以古鉴今】凡人一被盛满之气所中，临大事行以简易，处小事视犹弁髦，遗不经心之罅，结不留意之仇。所以在打败敌人或战胜困难之后，还要提防自己被盛满所毁！此处如不加意，大成功后毁于大骄傲者，人类史上可是不乏先例的呀！

不议论人

刘敬宣字万寿，彭城人。（中略）初，刘毅之少也，为敬宣宁朔参军。时人或以雄杰许之，敬宣曰："夫非常之才，当别有调度，岂得便谓此君为人豪邪？其性外宽而内忌，自伐[①]而尚人，若一旦遭逢，亦当以陵上取祸耳。"毅闻之，深以为恨。及在江陵，知敬宣还，乃使人言于高祖曰："刘敬宣父子，忠国既昧，今又不豫义始。猛将劳臣，方须叙报，如敬宣之比，宜令在后。若使君不忘平生，欲相申起者，论资语事，正可为员外常侍耳。闻已授其郡，实为过优；寻知复为江州，尤所骇惋[②]。"敬宣愈不自安。安帝反正，自表解职。《宋书卷 47 · 列传第 7 · 刘敬宣》

【注释】①自伐：自戕，自己败坏；自夸，自夸其功。②骇惋：惊叹，惊异。

【以古鉴今】一句在势时评论年轻人的闲话，被当事人记恨在心，多年后害得自己连官都不敢做了，自表解职。还敢满嘴跑火车不？小心你的好话，被传话人有意无意传歪喽。如真能谨慎，就连别人背地议论人，都要离开别听，别做闲话的知情者！"灭口"不就是消灭"知情者"吗？与你传没传无关。

真情父子

张兴世，字文德，竟陵人也。（中略）父仲子，由兴世致位给事中。兴世欲将往襄阳，爱恋乡里，不肯去。尝谓兴世："我虽田舍老公，乐闻鼓角，可送一部，行田时吹之。"兴世素恭谨畏法宪，譬之曰："此是天子鼓角，非田舍老公所吹。"兴世欲拜墓，仲子谓曰："汝卫从太多，先人必当惊怖。"兴世减撤而后行。**《宋书卷 50 · 列传第 10 · 张兴世》**

【以古鉴今】天子的鼓角田舍公不能用；官吏的卫从鬼也不敢用。如此小心处事做人的一对父子，互相监督，就都把事情做对了、做好了、圆满了。父子情真，真情父子！

背后话

（庾）炳之，字仲文。（中略）炳之为人强急而不耐烦，宾客干诉非理者，忿詈[①]形于辞色。素无术学，不为众望所推。性好洁，士大夫造之者，去未出户，辄令人拭席洗床。（中略）领选[②]既不缉众论，又颇通货贿。炳之请急还家，吏部令史钱泰、主客令史周伯齐出炳之宅咨事。泰能弹琵琶，伯齐善歌，炳之因留停宿。尚书旧制，令史咨事，不得宿停外，虽有八座[③]命，亦不许。为有司所奏。上于炳之素厚，将恕之，召问尚书右仆射何尚之，尚之具陈炳之得失。又密奏曰："夫为国为家，何尝不谨用前典，今苟欲通一人，虑非哲王御世之长术。炳之所行，非暧昧而已。臣所闻既非一旦，又往往眼见，事如丘山，彰彰若此，遂纵而不纠，不知复何以为治。晋武不曰明主，断鬲令事，遂能奋发，华暠见待不轻，废锢累年，后起，止作城门校尉耳。若言炳之有诚于国，未知的是何事？政当云与殷景仁不失其旧，与刘湛亦复不疏。且景仁当时事意，岂复可蔑，朝士两边相推，亦复何限，纵有微诚，复何足掩其恶。今贾充勋烈，晋之重臣，虽事业不胜，不闻有大罪，诸臣进说，便远出之。陛下圣睿，反更迟迟于此。炳之身上之衅，既自藉藉，交结朋党，构扇是非，实足乱俗伤风。诸恶纷纭，过于范晔，所少贼一事耳。伏愿深加三思，试以诸声传，普访诸可顾问者。群下见陛下顾遇既重，恐不敢苦相侵伤；顾问之日，宜布嫌责之旨。若不如此，亦当不辩有所得失。臣蠢，既有所启，要欲尽其心，如无可纳，伏愿宥其触忤之罪。”《宋书卷 53 · 列传第 13 · 庾炳之》

【注释】①忿詈：因愤怒而骂。②领选：兼管荐举官吏之事。③八座：亦作“八坐”。封建时代中央政府的八种高级官员。历朝制度不一，所指不同。

【以古鉴今】修养太差，急脾气再加穷干净，客人不走就开始擦席洗床，谁能不气呢？处事再不检点，让人抓住口实，就找到下蛆的缝了，一顿密奏，直是该杀了。其实别人背后说你的话，就是你的人缘，你平时视人如草芥，人家到时候也把你当粪土。

入俗

江智渊，济阳考城人。（中略）智渊爱好文雅，词采清赡，世祖深相知待，恩礼冠朝。上燕私[①]甚数，多命群臣五三人游集，智渊常为其首。同侣未及前，辄独蒙引进，智渊每以越众为惭，未尝有喜色。每从游幸，与群僚相随，见传诏驰来，知当呼己，耸动愧恧[②]，形于容貌，论者以此多之。迁骁骑将军，尚书吏部郎。上每酣宴，辄诟辱群臣，并使自相嘲讦[③]，以为欢笑。智渊素方退，渐不会旨。尝使以王僧朗嘲戏其子景文，智渊正色曰：“恐不宜有此戏。”上怒曰：“江僧安痴人，痴人自相惜。”智渊伏席流涕，由此恩宠大衰，出为新安王子鸾北中郎长史、南东海太守，加拜宁朔将军，行南徐州事。初，上宠姬宣贵妃殷氏卒，使群臣议谥，智渊上议曰“怀”。上以不尽嘉号，甚衔之。后车驾幸南山，乘马至殷氏墓，群臣皆骑从，上以马鞭指墓石柱谓智渊曰：“此上不容有怀字！”智渊益惶惧。大明七年，以忧卒。《宋书卷

59 · 列传第 19 · 江智渊》

【注释】①燕私：古代祭祀后的同族亲属私宴。泛指宴饮。②愧恧 nǜ：惭愧。③讦：攻击别人的短处或揭发别人的隐私。

【以古鉴今】自己的修为很好，处处谦恭谨慎，其实这就够了，千万不要用你的标准去要求别人。我们都见过好人不被认可，或干脆被排挤的事，仔细想来就是卓尔不群惹的祸。你一枝独秀本来就容易被摧折，还非让人家也和你一样，强人所难的后果就是被人厌弃，你的好反成了你的罪过。所以在你经常出没的圈子里，"洁身"无望，那就"入俗"，和周边人保持一致，只不"合污"就是了。否则不被人接纳，孤家寡人不说，更难以一起共事，也显得矫情。

少心计的直人

朱修之，字恭祖，义兴平氏人也。（中略）修之治身清约，凡所赠贶[①]，一无所受。有饷，或受之，而旋与佐吏赌之，终不入己，唯以抚纳群蛮为务。征为左民尚书，转领军将军。去镇，秋毫不犯，计在州然油及牛马谷草，以私钱十六万偿之。然性俭克少恩情，姊在乡里，饥寒不立，修之未尝供赡。尝往视姊，姊欲激之，为设菜羹粗饭，修之曰："此乃贫家好食。"致饱而去。先是，新野庾彦达为益州刺史，携姊之镇，分禄秩之半以供赡之，西土称焉。
《宋书卷 76 · 列传第 36 · 朱修之》

【注释】①赠贶 kuàng：赠送。

【以古鉴今】朱修之是位对物质生活没有要求的人，所以对姐姐的"菜羹粗饭"，他并没有走心，仍认为是"贫家好食"而视为正常。心里只装着"抚纳群蛮"的军国大事，是工作型的人，如没人照料，他会把自己的生活过得一团糟。这类人多是少心计的直人，做事执着，不会变通，肯卖力，也能取得成绩，但人际关系一般，属于提干、涨工资、评职称诸好事都很难被想到的那种。

做人要有大格局

宗悫[1]，字元干，南阳人也。（中略）孝建中，累迁豫州刺史，监五州诸军事。先是，乡人庾业，家甚富豪，方丈之膳，以待宾客；而悫至，设以菜菹[2]粟饭，谓客曰："宗军人，惯啖粗食。"悫致饱而去。至是业为悫长史，带梁郡，悫待之甚厚，不以前事为嫌。《宋书卷76·列传第36·宗悫》

【注释】①悫：诚笃；忠厚。②菹 zū：酢菜；腌菜。

【以古鉴今】做人心胸宽些，别人招待的一顿饭，是丰盛还是平常，都不要计较。如果把心思放到吃喝上，干正事的心思就少了。人到世间是来做事的，吃饭是为了活着，而活着却不只是为了吃饭。

不与百姓争利

柳元景，字孝仁，河东解人也。（中略）元景起自将帅，及当朝理务，虽非所长，而有弘雅之美。时在朝勋要，多事产业，唯元景独无所营。南岸有数十亩菜园，守园人卖得钱二万送还宅，元景曰："我立此园种菜，以供家中啖尔。乃复卖菜以取钱，夺百姓之利邪！"以钱乞守园人。《宋书卷77·列传第37·柳元景》

【以古鉴今】既吃皇粮，就别再与百姓争那菜蔬小钱了，让弱者也有碗粥喝，留条生存小道给穷苦人，此事就今天也有现实意义。多少人既当官又经商，既占着平民就业的机会，又夺了百姓少得可怜的来钱道，这些人该好好学学元景。

替儿子积阳德

顾觊之，字伟仁，吴郡吴人也。（中略）觊之家门雍睦[①]，为州乡所重。五子：约、缉、绰、缜、绲。绰私财甚丰，乡里士庶多负其责，觊之每禁之，不能止。及后为吴郡，诱绰曰："我常不许汝出责，定思贫薄亦不可居。民间与汝交关有几许不尽，及我在郡，为汝督之。将来岂可得。凡诸券书皆何在？"绰大喜，悉出诸文券一大厨与觊之，觊之悉焚烧，宣语远近："负三郎债，皆不须还，凡券书悉烧之矣。"绰懊叹弥日。《**宋书卷 81 · 列传第 41 · 顾觊之**》

【**注释**】①雍睦：团结，和谐。

【**以古鉴今**】儿子小气，对欠小钱的穷苦百姓也不放过，父亲烧了借据，实则是替儿子积阳德。之所以叫阳德，就是远近百姓皆感激顾绰放弃债权，使他们得以减轻负担，人人都看得见的现世好处岂不是阳德。

方法是为内容的

薛安都，河东汾阴人也。（中略）从弟道生，亦以军功为大司马参军。犯罪，为秣陵令庾淑之所鞭。安都大怒，乃乘马从数十人，令左右执槊，欲往杀淑之。行至朱雀航，逢柳元景。元景遥问："薛公何处去？"安都跃马至车后曰："小子庾淑之鞭我从弟，今诣往刺杀之。"元景虑其不可驻，乃绐之曰："小子无宜适，卿往与手，甚快。"安都既回马，复追呼之："别宜与卿有所论。"令下马入车。既入车，因责让之曰："卿从弟服章言论，与寒细不异，虽复人士，庾淑之亦何由得知？且人身犯罪，理应加罚，卿为朝廷勋臣，宜崇奉法宪，云何放恣，辄欲于都邑杀人？非唯科律所不容，主上亦无辞以相宥。"因载之俱归，安都乃止。《**宋书卷 88·列传第 48·薛安都**》

【以古鉴今】且不论安都“怒”得对否，就柳元景的做法而言我很赞赏。如果不是把他诱到车上而是直接说，恐怕不会有“罢了”的结果。所以说不讲方法只凭热情是做不好事的。

众醉不容你独醒

袁粲字景倩，陈郡阳夏人也。（中略）昔有一国，国中一水，号曰狂泉。国人饮此水，无不狂，唯国君穿井而汲，独得无恙。国人既并狂，反谓国主之不狂为狂。于是聚谋，共执国主，疗其狂疾，火艾针药，莫不毕具。国主不任其苦，于是到泉所酌水饮之，饮毕便狂。君臣大小，其狂若一，众乃欢然。我既不狂，难以独立，比亦欲试饮此水。**《宋书卷 89 · 列传第 49 · 袁粲》**

【以古鉴今】人是群居动物，不能离群索居，既然不能离开人，就要和人一样。别人都狂就你不狂，那有病的就是你，所以你不狂也得装狂，否则就无法与别人相处。要医治也得先“同流”，否则，想求得配合都难。

专款专用

何子平，庐江灊[①]人也。（中略）子平世居会稽，少有志行，见称于乡曲。事母至孝。扬州辟从事史，月俸得白米，辄货市粟麦。人或问曰：“所利无几，何足为烦？”子平曰：“尊老在东，不办常得生米，何心独飧白粲[②]。”每有赠鲜肴者，若不可寄致其家，则不肯受。母本侧庶，籍[③]注失实，年未及养，而籍年已满，便去职归家。时镇军将军顾觊之为州上纲，谓曰：“尊上年实未八十，亲故所知。州中差有微禄，当启相留。”子平曰：“公家正取信黄籍，籍年既至，便应扶侍私庭，何容以实年未满，苟冒荣利。且归养之愿，又切微情。”觊之又劝令以母老求县，子平曰：“实未及养，何假以希禄。”觊之益重之。既归家，竭身运力，以给供养。元嘉三十年，元凶弑逆，安东将军随王诞入讨，以为行参军。子平以凶逆灭理，普天同奋，故废己受职，事宁，自解。又除奉朝请[④]，不就。末除吴郡海虞令，县禄唯以养母一身，而妻子不犯一毫。人或疑其俭薄，子平曰：“希禄本在养亲，不在为己。”问者惭而退。《宋书卷91·列传第51·孝义·何子平》

【注释】①灊 qián：古水名。②白粲：白米。③籍：户口册，即下文的“黄籍”。当时规定，官员父母年满八十，应解职归家奉养。④奉朝请：给予闲散大官的优惠待遇。古称春季的朝见为“朝”，秋季的朝见为“请”。奉朝请，即有参加朝会的资格。

【以古鉴今】县里给的钱只为养母一身，而妻子不得犯一毫，专款专用。有点死性，但一个人做事能认真到如此地步，我倒服他是个真君子。

贫己济人

沈道虔，吴兴武康人也。（中略）有人窃其园菜者，还见之，乃自逃隐，待窃者取足去后乃出。人拔其屋后笋，令人止之，曰：“惜此笋欲令成林，更有佳者相与。”乃令人买大笋送与之。盗者惭不取，道虔使置其门内而还。常以捃拾[①]自资，同捃者争穟，道虔谏之不止，悉以其所得与之，争者愧恧。后每争，辄云：“勿令居士知。”冬月无复衣，戴颙闻而迎之，为作衣服，并与钱一万。既还，分身上衣及钱，悉供诸兄弟子无衣者。乡里年少，相率受学。道虔常无食，无以立学徒。武康令孔欣之厚相资给，受业者咸得有成。太祖闻之，遣使存问，赐钱三万，米二百斛，悉以嫁娶孤兄子。征员外散骑侍郎，不就。累世事佛，推父祖旧宅为寺。至四月八日，每请像。

请像之日，辄举家感恸焉。道虔年老，菜食，恒无经日之资，而琴书为乐，孜孜不倦。太祖敕郡县令，随时资给。《**宋书卷 93 · 列传第 53 · 隐逸 · 沈道虔**》

【**注释**】①捃 jùn 拾：拾取、收集。

【**以古鉴今**】对“性本善”之说，我一直持怀疑态度，总觉得那善里有点“伪”。小孩子手里的东西，你想拿走很难。就我们自己的本心，你是想自己过得好些，还是不顾自己净想着别人？人的自私是从娘胎里带来的，“私”才是人的本性，后天不学习教化，不自我约束，没有法律的高压，整个人类会私欲泛滥。所以人类社会不断涌现善人善举，都是后天学养、教化的结果。改恶从善，是人生一辈子要做的功课，不可须臾懈怠！

愚孝不可取

朱百年，会稽山阴人也。（中略）好饮酒，遇醉或失之。颇能言理，时为诗咏，往往有高胜之言。郡命功曹，州辟从事，举秀才，并不就。隐迹避人，唯与同县孔觊友善。觊亦嗜酒，相得辄酣，对饮尽欢。百年家素贫，母以冬月亡，衣并无絮，自此不衣绵帛。尝寒时就觊宿，衣悉夹布，饮酒醉眠，觊以卧具覆之，百年不觉也。既觉，引卧具去体，谓觊曰：“绵定奇温。”因流涕悲恸，觊亦为之伤感。《**宋书卷 93 · 列传第 53 · 隐逸 · 朱百年**》

【**以古鉴今**】朱百年对母是孝，但不必自己从此就“不衣绵帛”。多亏其母是衣无絮，要是口无食，朱百年怕早就饿死了。社会在进步，生产力在发展，人人都停留在母亲的时代，超过老人就是不孝，我觉得实属迂腐，不可取。

上阵父子兵

周盘龙，北兰陵兰陵人也。（中略）明年，虏寇淮阳，（中略）盘龙子奉叔单马率二百余人陷阵，虏万余骑张左右翼围绕之，一骑走还，报奉叔已没。盘龙方食，弃箸，驰马奋槊，直奔虏阵，自称“周公来！”虏素畏盘龙骁名，即时披靡。时奉叔已大杀虏，得出在外，盘龙不知，乃冲东击西，奔南突北，贼众莫敢当。奉叔见其父久不出，复跃马入阵。父子两匹骑，萦搅数万人，虏众大败。盘龙父子由是名播北国。《**南齐书 29 · 列传第 10 · 周盘龙**》

【以古鉴今】平时也看不出有什么不同，也如常人般生活，但遇事，特别是生命攸关时，父亲绝对能为儿子豁出去，乃至生命，这是天性使然。

真话不好说

虞愿，字士恭，会稽余姚人也。（中略）帝以故宅起湘宫寺，费极奢侈。以孝武庄严刹七层，帝欲起十层，不可立，分为两刹，各五层。新安太守巢尚之罢郡还，见帝，曰：“卿至湘宫寺未？我起此寺，是大功德。”愿在侧曰：“陛下起此寺，皆是百姓卖儿贴妇①钱，佛若有知，当悲哭哀愍。罪高佛图，有何功德？”尚书令袁粲在坐，为之失色。帝乃怒，使人驱下殿，愿徐去无异容。以旧恩，少日中，已复召入。《**南齐书 53 · 列传第 34 · 良政 · 虞愿**》

【注释】①卖儿贴妇：因生活所迫，把妻子、儿女卖给别人。

【以古鉴今】该君够直白的，如此对一个志得意满的当权者，说如此让他颜面扫地的话，实在是勇气可嘉，因为可能就为这一句话，而要了他这“不合时宜”者的命。还好，以旧恩气过了事。官场不可嘴大舌长，于事无补、只为痛快的话最好还是咽回去，切记直话伤人，真话害己！当然若是为国为民的话，又当别论。

当心被捧杀

帝好围棋，甚拙，去格七八道，物议共欺为第三品。与第一品王抗围棋，依品赌戏，抗每饶借之，曰："皇帝飞棋，臣抗不能断。"帝终不觉，以为信然，好之愈笃。愿又曰："尧以此教丹朱，非人主所宜好也。"虽数忤旨，而蒙赏赐犹异余人。迁兼中书郎。《南齐书53·列传第34·良政·虞愿》

【以古鉴今】当官被别人尊重，与你那臭皮囊没啥关系。说你的好话、对你恭维以至于谦让，可千万当不得真，一当真你就骄傲了，一当真你就上当了。记住邹忌的话"吾妻之美我者，私我也；妾之美我者，畏我也；客之美我者，欲有求于我也"。听听多可怕吧，私的、畏的、求的，统统都没真话，把你捧晕，他们好从中各取所需，直至弄得你一无所用才肯罢手！

活明白了

裴昭明，河东闻喜人。（中略）元徽中，出为长沙郡丞，罢任，刺史王蕴谓之曰："卿清贫，必无还资。湘中人士有须一礼之命[①]者，我不爱也。"昭明曰："下官忝为邦佐，不能光益上府，岂以鸿都之事仰累清风。"历祠部通直郎。永明三年使虏，（中略）及还，甚贫罄。世祖曰："裴昭明罢郡还，遂无宅。我不谙书，不知古人中谁比？"（中略）建武初为王玄邈安北长史、广陵太守。（中略）常谓人曰："人生何事须聚蓄，一身之外，亦复何须？子孙若不才，我聚彼散；若能自立，则不如一经。"故终身不治产业。《南齐书53·列传第34·良政·裴昭明》

【注释】①一礼之命：国家的礼籍和君王的策命。礼，谓延聘之礼；命，谓辟置之命。

【以古鉴今】财不须积，满足日常用度就行。一般人都是为子女计深远，欲留给孩子将来过好光景。裴昭明说对了，子孙若不才，我聚彼散；若能自立，则不如一经。贼偷不去，火烧不去，水淹不去，“经”胜“金”多矣！

口不论勋

冯道根，字巨基，广平酇人也。（中略）道根性谨厚，木讷少言，为将能检御部曲，所过村陌，将士不敢虏掠。每所征伐，终不言功，诸将讙哗争竞，道根默然而已。其部曲或怨非之，道根喻曰：“明主自鉴功之多少，吾将何事。”高祖尝指道根示尚书令沈约曰：“此人口不论勋。”约曰：“此陛下之大树将军也。”处州郡，和理清静，为部下所怀。在朝廷，虽贵显而性俭约，所居宅不营墙屋，无器服侍卫，入室则萧然如素士之贫贱者。当时服其清退，高祖亦雅重之。微时不学，既贵，粗读书，自谓少文，常慕周勃之器重。《梁书卷 18 · 列传第 12 · 冯道根》

【以古鉴今】做事只要对得起自己良心，就不要去想自己会得到什么。你不为自己想，就不能有私心搅和进去，公的成分就多了。别人就会因你做的事而获益，产生出来的感激之心就是对你最好的回报，绝非是金钱可比的。正是唯其不争，则天下莫能与之争。

一句实话千古美誉

明山宾，字孝若，平原鬲人也。（中略）性笃实，家中尝乏用，货所乘牛。既售受钱，乃谓买主曰："此牛经患漏蹄，治差已久，恐后脱发，无容不相语。"买主遽追取钱。处士阮孝绪闻之，叹曰："此言足使还淳反朴，激薄停浇[1]矣。"《梁书卷27·列传第21·明山宾》

【注释】①激薄停浇：形容振作人心，挽回不良的社会风气。

【以古鉴今】一般人的心理是：可抓住个不识货的，总算把病牛卖出去了，以利己害人为能事，可他却主动交代"此牛经患漏蹄，治差已久，恐后脱发，无容不相语"。一句实话，人的形象立刻高大起来，有了还淳反朴、激薄停浇的至尚美誉，诚可感天竟使其青史留名，成为千古美谈！

笃旧守信

韦放，字元直。（中略）初，放与吴郡张率皆有侧室怀孕，因指为婚姻。其后各产男女，未及成长而率亡，遗嗣孤弱，放常赡恤之。及为北徐州，时有势族请姻者，放曰："吾不失信于故友。"乃以息岐娶率女，又以女适率子，时称放能笃旧。《梁书卷28·列传第22·韦放》

【以古鉴今】韦放是守信了，不知嫁过去的女儿，娶过来的媳妇都是怎么想的。这是个观念问题，古人以为儿女的婚姻是父母的事，因为他们把子女当成自己的私有财产了，一定是父母说行则行；今人则以为婚姻是孩子们自己的事，当然就要孩子自己做主了。孰是孰非，我看还是今人胜古人。感情的事，怎好让"第三者"决定呢？儿女之事最不该干涉的就是婚姻。

好人多清苦

顾协，字正礼，吴郡吴人也。（中略）协少清介有志操。初为廷尉正，冬服单薄，寺卿蔡法度谓人曰："我愿解身上襦与顾郎，恐顾郎难衣食者。"竟不敢以遗之。及为舍人，同官者皆润屋，协在省十六载，器服饮食，不改于常。有门生始来事协，知其廉洁，不敢厚饷，止送钱二千，协发怒，杖二十，因此事者绝于馈遗。自丁艰忧，遂终身布衣蔬食。少时将娉舅息女①，未成婚而协母亡，免丧后不复娶。至六十余，此女犹未他适，协义而迎之。晚虽判合，卒无胤嗣②。《**梁书卷 30 · 列传第 24 · 顾协**》

【**注释**】①息女：古时在别人面前称自己的女儿。②胤嗣：后嗣，后代。

【**以古鉴今**】好人，就是可惜了，为人处世太死板，把人和事都看死了。这样的人不会幸福，因为他的思维与外边的社会不协调，人是环境动物，与你生活的环境总闹矛盾，你还能活舒坦？要学会与时俱进，万不可学顾协样的呆子。

宽厚不是放纵

张率，字士简，吴郡吴人。（中略）嗜酒，事事宽恕，于家务尤忘怀。在新安，遣家僮载米三千石还吴宅，既至，遂耗太半。率问其故，答曰："雀鼠耗也。"率笑而言曰："壮哉雀鼠。"竟不研问。《**梁书卷 33·列传第 27·张率**》

【**以古鉴今**】这种当家人实有败家之嫌，三千石米一路雀鼠耗去大半，竟不研问。这种谁做事谁说了算的放手当家人，得是啥样的家业能扛住他败祸呢？如果说对下属宽厚仁慈，也不能表现在这种不负责任的浪费上，暴殄天物乃大罪过，这不是宽厚，是放纵，于公于私都是不可取的！

吝啬鬼

朱异，字彦和，吴郡钱唐人也。（中略）异居权要三十余年，善窥人主意曲，能阿谀以承上旨，故特被宠任。历官自员外常侍至侍中，四官皆珥貂[①]，自右卫率至领军，四职并驱卤簿[②]，近代未之有也。异及诸子自潮沟列宅至青溪，其中有台池玩好，每暇日与宾客游焉。四方所馈，财货充积。性吝啬，未尝有散施。厨下珍羞腐烂，每月常弃十数车，虽诸子别房亦不分赡。《**梁书卷 38 · 列传第 32 · 朱异**》

【注释】①珥貂：插戴貂尾，指贵官显宦。②卤簿：古代帝王出外时其前后的仪仗队。

【以古鉴今】做如此大官，有如此多钱，却宁可扔掉也不分赡给儿女或亲戚，这哪里是吝啬，是有病，是没人味，是连畜生都不如的。我们见那畜生得到食物还知道先让它的幼畜进食，甚或把吞进去的食物再吐出来喂给它的幼崽呢。可朱异呢？真是名如其人，与"猪"无异。人是知道分享的！

木秀于林，风必折之

何远字义方，东海郯人也。（中略）远本倜傥，尚轻侠，至是乃折节为吏，杜绝交游，馈遗秋毫无所受。武昌俗皆汲江水，盛夏远患水温，每以钱买民井寒水；不取钱者，则摙水还之。其佗事率多如此。迹虽似伪，而能委曲用意焉。车服尤弊素，器物无铜漆。江左多水族，甚贱，远每食不过干鱼数片而已。然性刚严，吏民多以细事受鞭罚者，遂为人所讼，征下廷尉，被劾数十条。当时士大夫坐法，皆不受立，远度己无赃，就立三七日不款，犹以私藏禁仗除名。《**梁书卷 53 · 列传第 47 · 良吏 · 何远**》

【以古鉴今】你有圣人般的高风亮节，那是你的修为，可你不能用你的标准去丈量别人，你得允许别人过普通人的日子。不合要求的吏民，虽细务亦受鞭罚，犯了“众怒”的大忌，那权力机构就要牺牲你而平息民怨，形成你不入地狱，谁入地狱的尴尬局面，做了上峰安抚百姓的祭品！会做自己，更要会处人，才可在仕途上行走。

为官如营家

远在官，好开途巷，修葺墙屋，民居市里，城隍厩库，所过若营家焉。田秩俸钱，并无所取，岁暮，择民尤穷者，充其租调，以此为常。然其听讼犹人，不能过绝，而性果断，民不敢非，畏而惜之。所至皆生为立祠，表言治状，高祖每优诏答焉。天监十六年，诏曰：“何远前在武康，已著廉平；复莅二邦，弥尽清白。政先治道，惠留民爱，虽古之良二千石，无以过也。宜升内荣，以显外绩。可给事黄门侍郎。”远即还，仍为仁威长史。顷之，出为信武将军，监吴郡。在吴颇有酒失，迁东阳太守。远处职，疾强富如仇雠，视贫细如子弟，特为豪右所畏惮。在东阳岁余，复为受罚者所谤，坐免归。《梁书卷53·列传第47·良吏·何远》

【以古鉴今】一句“若营家焉”，就让人倍生敬意。古往今来多少身居庙堂之人，所营只是他一身一家一姓，为芸芸众生谋福祉那是说给别人听的，是官场的套话，是当不得真的。所以一旦某官“若营家”般的上心做事，百姓就如拨云见日般的呼为“青天”。可好官多“短命”，就因为他对强富豪右有威胁，挡了这个群体巧取豪夺的路，于是他们起而攻之，被打倒、被搬开也就成了这些好官的宿命了。

与乡人同丰俭

吴明彻，字通昭，秦郡人也。（中略）明彻幼孤，性至孝，年十四，感坟茔未备，家贫无以取给，乃勤力耕种。时天下亢旱，苗稼焦枯，明彻哀愤，每之田中，号泣，仰天自诉。居数日，有自田还者，云苗已更生。明彻疑之，谓为绐①已，及往田所，竟如其言。秋而大获，足充葬用。（中略）及侯景寇京师，天下大乱，明彻有粟麦三千余斛②，而邻里饥馁，乃白诸兄曰："当今草窃，人不图久，奈何有此而不与乡家共之？"于是计口平分，同其丰俭，群盗闻而避焉，赖以存者甚众。《陈书卷 9 · 列传第 3 · 吴明彻》

【注释】①绐：欺诳、欺骗。②斛：旧量器名，方形，口小，底大。亦是容量单位，一斛本为十斗，后来改为五斗。

【以古鉴今】天意还是人心？这样的好人自有上苍眷顾，让他替天行道以佑万民。或有迷信色彩，但也是人们对好心人应有好报的一种心理祈盼，无可厚非。

选择活法

沈众，字仲师，吴兴武康人也。（中略）众好学，颇有文词。（中略）众性吝啬，内治产业，财帛以亿计，无所分遗。其自奉养甚薄，每于朝会之中，衣裳破裂，或躬提冠屦①。永定二年，兼起部尚书②，监起太极殿。恒服布袍芒屩③，以麻绳为带，又携干鱼蔬菜饭独啖之，朝士共诮其所为。众性狷急④，于是忿恨，遂历诋公卿，非毁朝廷。高祖大怒，以众素有令望，不欲显诛之，后因其休假还武康，遂于吴中赐死，时年五十六。《陈书卷 18 · 列传第 12 · 沈众》

【注释】①屦：古时用麻、葛等做成的鞋。②起部尚书：不常置，每营宗庙宫室则权置之，事毕则省。③屩 juē：古代一种草编的鞋履，较轻便，适宜行走。④狷急：急躁，对事情不能容忍。

【以古鉴今】人啊！来世上一遭不容易，再想活好三万天更非易事，所以一定要选好活法。如沈众好学有文词，聚敛颇多，却自奉甚薄，穿草鞋、系麻绳，吃干鱼咸菜下饭。器量狭小而性情急躁，这样的人根本就不适合出来做官，不宜做公众人物，试想守在田园做个员外。那吝啬小抠、气量窄小且急躁之糟糕性格，就都不那么扎眼了。这就是没选好活法，所以说活法是要选择的，不是官越大越好，而是适合自己的才是最好的。

说人"不是"须谨慎

徐陵，字孝穆，东海郯人也。（中略）（绍泰）六年，（中略）时安成王顼[①]为司空，以帝弟之尊，势倾朝野。直兵鲍僧叡假王威权，抑塞辞讼，大臣莫敢言者。陵闻之，乃为奏弹，导从南台官属，引奏案而入。世祖见陵服章严肃，若不可犯，为敛容正坐。陵进读奏版时，安成王殿上侍立，仰视世祖，流汗失色。陵遣殿中御史引王下殿，遂劾免侍中、中书监。自此朝廷肃然。《**陈书卷 26 · 列传第 20 · 徐陵**》

【注释】①顼 xū：谨貌；自失貌。

【以古鉴今】这是忠臣遇明主，要遇上个昏君，"劾免"的就不知是谁了，所以意见不能闭着眼睛提，要有个预判。因为提意见不是要痛快嘴，而是要解决问题，如不能解决问题，把自己给绕进去了，那不是给别人提意见，是给自己找麻烦。

诚可免祸

高允，字伯恭，勃海人也。（中略）初，浩之被收也，允直中书省。恭宗使东宫侍郎吴延召允，仍留宿宫内。翌日，恭宗入奏世祖，命允骖乘。至宫门，谓曰："入当见至尊，吾自导卿。脱至尊有问，但依吾语。"允请曰："为何等事也？"恭宗曰："入自知之。"既入见帝。恭宗曰："中书侍郎高允自在臣宫，同处累年，小心密慎，臣所委悉。虽与浩同事，然允微贱，制由于浩。请赦其命。"世祖召允，谓曰："《国书》皆崔浩作不？"允对曰："《太祖记》，前著作郎邓渊所撰。《先帝记》及《今记》，臣与浩同作。然浩综务处多，总裁而已。至于注疏，臣多于浩。"世祖大怒曰："此甚于浩，安有生路！"恭宗曰："天威严重，允是小臣，迷乱失次耳。臣向备问，皆云浩作。"世祖问："如东宫言不？"允曰："臣以下才，谬参著作，犯逆天威，罪应灭族，今已分死，不敢虚妄。殿下以臣侍讲日久，哀臣乞命耳。实不问臣，臣无此言。臣以实对，不敢迷乱。"世祖谓恭宗曰："直哉！此亦人情所难，而能临死不移，不亦难乎！且对君以实，贞臣也。如此言，宁失一有罪，宜宥之。"允竟得免。《**魏书卷 48 · 列传第 36 · 高允**》

【**以古鉴今**】短短二三百字描画出一个憨态可掬的文弱书生，在生死抉择之际，仍是从容镇定地实话实说。这可不是用"不怕死"几个字就能概括的，而是把"诚实"视为与生命同等重要，些许马虎不得，让其说谎他毋宁死。天亦可怜见允的诚实，竟得免。诚可感天，信矣！

欺人者自欺也

辽东公翟黑子有宠于世祖，奉使并州，受布千匹，事寻发觉。黑子请计于允曰："主上问我，为首为讳乎？"允曰："公帷幄宠臣，答诏宜实。又自告忠诚，罪必无虑。"中书侍郎崔览、公孙质等咸言首实罪不可测，宜讳之。黑子以览等为亲己，而反怒允曰："如君言，诱我死，何其不直！"遂与允绝。黑子以不实对，竟为世祖所疏，终获罪戮。《**魏书卷 48 · 列传第 36 · 高允**》

【**以古鉴今**】不独翟黑子，一般人多是信奸计，不愿听忠言。这并不奇怪，因其彼此心中皆有奸邪之念，所以一拍即合。其实人问计于人，并不是真的要听别人的意见，而是在验证自己的想法，一旦吻合，则以为是高招妙计，其实不过是一己之念得以认可后的确信不疑罢了。

清贫自得，浊富多忧

或有上事陈得失者，帝省而谓群臣曰："君父一也，父有是非，子何为不作书于人中谏之，使人知恶，而于家内隐处也？岂不以父亲，恐恶彰于外也。今国家善恶，不能面陈而上表显谏，此岂不彰君之短，明己之美？至如高允者，真忠臣矣。朕有是非，常正言面论，至朕所不乐闻者，皆侃侃言说，无所避就。朕闻其过，而天下不知其谏，岂不忠乎！汝等在左右，曾不闻一正言，但伺朕喜时求官乞职。汝等把弓刀侍朕左右，徒立劳耳，皆至公王。此人把笔匡我国家，不过著作郎。汝等不自愧乎？"于是拜允中书令，著作如故。司徒陆丽曰："高允虽蒙宠待，而家贫布衣，妻子不立。"高宗怒曰："何不先言！今见朕用之，方语其贫。"是日幸允第，惟草屋数间，布被缊袍，厨中盐菜而已。高宗叹息曰："古人之清贫，岂有此乎！"即赐帛五百匹、粟千斛。拜长子忱为绥远将军、长乐太守。允频表固让，高宗不许。初与允同征游雅等多至通官封侯，及允部下吏百数十人亦至刺史二千石。而允为郎二十七年不徙官。时百官无禄，允常使诸子樵采自给。

《魏书卷 48 · 列传第 36 · 高允》

【以古鉴今】贫，肯定不是自由人。比起那些用腐败得来的钱而花天酒地的富，高允的物质生活是不自由的，不能要啥有啥，可他的精神世界是自由的，问心无愧，不怕夜半敲门。如果精神和物质不可兼得时，你作何选择？在这里我可以用我近八十年的人生阅历权威地告诉你：要精神而放弃物质。因为精神是长久的，死后犹存；物质是一时的，吃光用坏就完。

善待下属

诏以御马车迎允就郊所板殿观瞩。马忽惊奔，车覆，伤眉三处。高祖、文明太后遣医护治，存问相望。司驾将处重坐，允启陈无恙，乞免其罪。先是，命中黄门苏兴寿扶持允，曾雪中遇犬惊倒，扶者大惧。允慰勉之，不令闻彻。《魏书卷 48 · 列传第 36 · 高允》

【以古鉴今】对待下属的态度，能看出一个人的修养。踮起脚尖去巴结上司的人，必然会跷起二郎腿来呵斥下属。高允者，仁心长也！

守土有责

李崇，字继长，小名继伯，顿丘人也。（中略）时有泉水涌于八公山顶。寿春城中有鱼无数，从地涌出；野鸭群飞入城，与鹊争巢。五月，大霖雨十有三日，大水入城，屋宇皆没，崇与兵泊于城上。水增未已，乃乘船附于女墙，城不没者二板而已。州府劝崇弃寿春，保北山。崇曰："吾受国重恩，忝守籓岳，德薄招灾，致此大水。淮南万里，系于吾身。一旦动脚，百姓瓦解，扬州之地，恐非国物。昔王尊慷慨，义感黄河；吾岂爱一躯，取愧千载？但怜兹士庶，无辜同死，可桴筏随高，人规自脱。吾必死守此城，幸诸君勿言！"《魏书卷 66 · 列传第 54 · 李崇》

【以古鉴今】守土之责应该重于自己的性命，因为自己的职责连着全城人的性命。没什么值得称道的，当差应役分内之事，没有为全城百姓牺牲自己的胸襟，就不该当此官，既当此官就当负此责。

不辱使命

于简，字什门，代人也。太宗时为谒者[1]，使喻冯跋。及至和龙，住外舍不入，使人谓跋曰："大魏皇帝有诏，须冯主出受，然后敢入。"跋使人牵逼令入，见跋不拜，跋令人按其项。什门曰："冯主拜受诏，吾自以宾主致敬，何须苦见逼也！"与跋往复，声气厉然，初不挠屈。既而跋止什门。什门于群众之中，回身背跋，被袴后裆以辱之。既见拘留，随身衣裳败壤略尽，虮虱被体。跋遗以衣服，什门拒而不受。和龙人皆叹曰："虽古烈士，无以过也！"历二十四年，后冯文通上表称臣，乃送什门归。拜治书侍御史。世祖下诏曰："什门奉使和龙，值狂竖肆虐，勇志壮厉，不为屈节，虽昔苏武何以加之。"赐羊千口、帛千匹，进为上大夫，策告宗庙，颁示天下，咸使闻也。《**魏书卷** 87 · **列传第** 75 · **节义 · 于什门**》

【注释】①谒者：官名，国君左右掌传达等事宜的近侍。

【以古鉴今】人有人格，国有国格，人格尚不可侮，况国格乎？所以说外交无小事，就因为代表的是国家，宁死也不能辱没了使命。这不是口号，更不是宣传，在国家民族大义面前，毋宁死，不可失却大节。

义薄云天

乐部郎胡长命妻张氏，事姑王氏甚谨。太安中，京师禁酒，张以姑老且患，私为酝之，为有司所纠。王氏诣曹自告曰："老病需酒，在家私酿，王所为也。"张氏曰："姑老抱患，张主家事，姑不知酿，其罪在张。"主司疑其罪，不知所处。平原王陆丽以状奏，高宗义而赦之。《**魏书卷** 92 · **列传第** 80 · **列女 · 张氏**》

【以古鉴今】谁说婆媳不比母女，争吃官司，怕是母女也有所不能吧？人是有感情的动物，母女血亲是天性，婆媳至亲是人性，人是有感情的，亲疏在处耳。

环境造就人

清河房爱亲妻崔氏者，同郡崔元孙之女。性严明高尚，历览书传，多所闻知。子景伯、景光，崔氏亲授经义，学行修明，并为当世名士。景伯为清河太守，每有疑狱，常先请焉。贝丘民列子不孝，吏欲案之。景伯为之悲伤，入白其母。母曰："吾闻闻不如见面，山民未见礼教，何足责哉！但呼其母来，吾与之同居。其子置汝左右，令其见汝事吾，或应自改。"景伯遂召其母，崔氏处之于榻，与之共食。景伯之温清[1]，其子侍立堂下。未及旬日，悔过求还。崔氏曰："此虽颜惭，未知心愧，且可置之。"凡经二十余日，其子叩头流血，其母涕泣乞还，然后听之，终以孝闻。《**魏书卷92·列传第80·列女·崔氏**》

【注释】①温清：冬温夏凊的省称。冬天温被使暖，夏天扇席使凉。侍奉父母之礼。

【以古鉴今】很有今天城乡孩子互去对方家过假期的感觉，让孩子适应不同环境、不同文化、不同"父母"。这诸多的不同，足以增广孩子的见闻，拓宽孩子的视野，让他们知道原来人还可以这样活。原来好的，知道珍惜；原本差的，寻求改变。

无愧国母称号

神武明皇后娄氏，讳昭君，赠司徒内干之女也。少明悟，强族多聘之，并不肯行。及见神武于城上执役，惊曰："此真吾夫也。"（中略）后高明严断，雅遵俭约，往来外舍，侍从不过十人。性宽厚，不妒忌，神武姬侍，咸加恩待。神武尝将西讨出师，后夜孪生一男一女，左右以危急，请追告神武。后弗听曰："王出统大兵，何得以我故轻离军幕。死生命也，来复何为！"神武闻之，嗟叹良久。沙苑败后，侯景屡言请精骑二万，必能取之。神武悦，以告于后。后曰："若如其言，岂有还理，得獭失景，亦有何利。"乃止。神武逼于茹茹，欲娶其女而未决。后曰："国家大计，愿不疑也。"及茹茹公主至，后避正室处之。神武愧而拜谢焉，曰："彼将有觉，愿绝勿顾。"慈爱诸子，不异己出，躬自纺绩，人赐一袍一袴。手缝戎服，以帅左右。弟昭，以功名自达，其余亲属，未尝为请爵位。每言有材当用，义不以私乱公。《**北齐书卷9·列传第1·神武娄后**》

【**以古鉴今**】能洞悉别人是聪明，能做好自己是智慧，娄氏就是位聪慧明敏的女子。和人相处知道别人要什么，如与己有冲突则回避退让，先满足别人，不争不抢不抱怨。貌似吃亏，实则省却了无谓的纷争和烦恼，得到别人的理解和尊敬，自己也获得大自在！

谏过成仇

永安简平王浚，字定乐，神武第三子也。初，神武纳浚母，当月而有孕，及产浚，疑非己类，不甚爱之。而浚早慧，后更被宠。年八岁时，问于博士卢景裕曰："'祭神如神在。'为有神邪，无神邪？"对曰："有。"浚曰："有神当云祭神神在，何烦'如'字？"景裕不能答。及长，嬉戏不节，曾以属请受纳，大见杖罚，拘禁府狱，既而见原。后稍折节①，颇以读书为务。元象中，封永安郡公。豪爽有气力，善骑射，为文襄所爱。文宣性雌懦，每参文襄，有时涕出。浚常责帝左右，何因不为二兄拭鼻，由是见衔。累迁中书监、兼侍中。出为青州刺史，颇好畋猎，聪明矜恕，上下畏悦之。天保初，进爵为王。文宣末年多酒，浚谓亲近曰："二兄旧来不甚了了，自登祚[2]已后，识解顿进。今因酒败德，朝臣无敢谏者，大敌未灭，吾甚以为忧，欲乘驿至邺面谏，不知用吾不。”人有知，密以白帝，又见衔。八年来朝，从幸东山。帝裸裎[3]为乐，杂以妇女，又作狐掉尾戏。浚进言此非人主所宜。帝甚不悦。浚又于屏处召杨遵彦，讥其不谏。帝时不欲大臣与诸王交通，遵彦惧以奏。帝大怒曰：“小人由来难忍！”遂罢酒还宫。浚寻还州，又上书切谏。诏令征浚，浚惧祸，谢疾不至。上怒，驰驿收浚，老幼泣送者数千人。至，盛以铁笼，与上党王涣俱置北城地牢下，饮食溲秽共在一所。明年，帝亲将左右临穴歌讴，令浚和之。浚等惶怖且悲，不觉声战。帝为怆然，因泣，将赦之。长广王湛先与浚不睦，进曰：“猛兽安可出穴。”帝默然。浚等闻之，呼长广小字曰：“步落稽，皇天见汝！”左右闻者，莫不悲伤。浚与涣皆有雄略，为诸王所倾服，帝恐为害，乃自刺涣，又使壮士刘桃枝就笼乱刺。槊每下，浚、涣辄以手拉折之，号哭呼天。于是薪火乱投，烧杀之，填以石土。后出，皮发皆尽，尸色如炭，天下为之痛心。**《北齐书卷10·列传第2·永安简平王浚》**

【注释】①折节：降低自己身份或改变平时的志趣行为。②登祚：即位。③裸裎：赤身露体，裸露，无遮盖。

【以古鉴今】见亲人有不妥处，一定要劝谏，不可看着亲人犯错，但也止于劝谏。听不听改不改是人家的自由，因为他才是自己行为的责任人。不可过于激切，以致疏，致怨，致仇，直至刀兵相见、性命相搏。

八岁小儿难博士

彭城景思王浟[1]，字子深，神武第五子也。元象二年，拜通直散骑常侍，封长乐郡公。博士韩毅教浟书，见浟笔迹未工，戏浟曰：“五郎书画如此，忽为常侍开国，今日后宜更用心。”浟正色答曰：“昔甘罗幼为秦相，未闻能书。凡人唯论才具何如，岂必动夸笔迹。博士当今能者，何为不作三公？”时年盖八岁矣。毅甚惭。《北齐书卷10·列传第2·彭城景思王浟》

【注释】①浟 yóu：水流貌。

【以古鉴今】韩毅比喻不当，让八岁的孩子钻了空子，即此因得不出彼果，行不成因果链条。所以教育孩子，绝不要以为他们小，就不去深思熟虑而带随意性。你指的问题要准确，说理要充分，分析要透彻，举例要鲜明，语言要亲切，态度要和蔼，让孩子能听得进，愿意改，高兴按你教导的去做。不然小脾气上来，或顶撞，或抵触，或哭闹，都是不会有好结果的。

不许人错，你已错了

库[①]狄干，善无人也。（中略）性清苦，不受公料[②]，家无余财。其子尝啖官厨饼，士文枷之于狱累日，杖之二百，步送还京，僮隶无敢出门。所买盐菜，必于外境。凡有出入，皆封署其门，亲故绝迹，庆吊不通。法令严肃，吏人贴服，道不拾遗。凡有细过，必深文陷害之。尝入朝，遇上赐公卿入左藏，任取多少。人皆极重，士文独口衔绢一匹，两手各持一匹。上问其故，士文曰：“臣口手俱足，余无所须。”上异之，别赍遗之。士文至州，发擿奸吏，尺布斗粟之赃，无所宽贷，得千人奏之，悉配防岭南。亲戚相送，哭声遍于州境。至岭南，遇瘴疠死者十八九，于是父母妻子唯哭士文。士文闻之，令人捕搦，捶楚盈前，而哭者弥甚。司马京兆韦焜、清河令河东赵达十人并苛刻，唯长史有惠政，时人语曰：“刺史罗刹政，司马蝮蛇瞋，长史含笑判，清河生吃人。”上闻，叹曰：“士文暴过猛兽。”竟坐免。未几为雍州长史，谓人曰：“我向法深，不能窥候要贵，无乃必死此官。”及下车，执法严正，不避贵戚，宾客莫敢至门。人多怨望。士文从妹为齐氏嫔，有色，齐灭后，赐薛公长孙览。览妻郑氏妒，谮之文献后，后令览离绝。士文耻之，不与相见。后应州刺史唐君明居母忧，娉以为妻，由是君明、士文并为御史所劾。士文性刚，在狱数日，愤恚而死，家无余财，有三子，朝夕不继，亲宾无赡之者。《**北齐书卷15·列传第7·厍士文**》

【注释】①厍shè：姓。用于地名，义同村舍。②公料：公家给予官吏俸禄以外的一种津贴。

【以古鉴今】人贵有自知之明，如厍士文者，即知“我向法深，不能窥候要贵，无乃必死此官”。干吗就非死此官呢？不会当官，咱不当官行不？回家种地去；不会处人，咱就不与人接触；不会办事，咱就过隐居的日子，也比做那必死的官强。人不是当官才好，做适合自己的才好。

天道无亲，唯德是辅

（段）韶，字孝先，小名铁伐。少工骑射，有将领才略。高祖以武明皇后姊子，尽器爱之，常置左右，以为心腹。建义初，领亲信都督。中兴元年，从高祖拒尔朱兆，战于广阿。高祖谓韶曰：“彼众我寡，其若之何？”韶曰：“所谓众者，得众人之死；强者，得天下之心。尔朱狂狡，行路所见，裂冠毁冕，拔本塞源，邙山之会，搢绅何罪，兼杀主立君，不脱旬朔，天下思乱，十室而九。王躬昭德义，除君侧之恶，何往而不克哉！”高祖曰：“吾虽以顺讨逆，奉辞伐罪，但弱小在强大之间，恐无天命，卿不闻之也？”答曰：“韶闻小能敌大，小道大淫①，皇天无亲，唯德是辅，尔朱外贼天下，内失善人，知者不为谋，勇者不为斗，不肖失职，贤者取之，复何疑也。”《**北齐书卷16·列传第8·段韶**》

【注释】①小道大淫：小国有道而大国邪恶。

【以古鉴今】人要想在社会上站住脚，最要紧的是心怀正道，身为正事。倘若是，上帝都会向你伸出援手！

如此教子可乎

（斛律）羡，字丰乐。（中略）羡及光并少工骑射，其父每日令其出畋，还即较所获禽兽。光所获或少，必丽龟[①]达腋。羡虽获多，非要害之所。光常蒙赏，羡或被捶挞。人问其故，金答云：“明月必背上着箭，丰乐随处即下手，其数虽多，去兄远矣。”闻者咸服其言。《**北齐书卷17·列传第9·斛律羡**》

【**注释**】①丽龟：射中禽兽背部中心的隆起处。杜预注：“丽，着也；龟，背之隆高当心。”杨伯峻注：“古之田猎者，其箭先着背以达于腋为善射。”

【**以古鉴今**】“猫”论有言，别管什么猫，逮着耗子就是好猫。有板有眼地抓住耗子当然好，但毫无章法地抓到了，也无可厚非，何必苛责必射背达腋不可呢？

顾家就不是好男人？

李元忠，赵郡柏人人也。（中略）时州境灾俭，人皆菜色[①]，元忠表求赈贷，俟秋征收。被报，听用万石。元忠以为万石给人，计一家不过升斗而已，徒有虚名，不救其弊，遂出十五万石以赈之。事讫表陈，朝廷嘉而不责。兴和末，拜侍中。元忠虽居要任，初不以物务干怀，唯以声酒自娱，大率常醉，家事大小，了不关心。（中略）常布言于执事云：“年渐迟暮，志力已衰，久忝名官，以妨贤路。若朝廷厚恩，未便放弃者，乞在闲冗，以养余年。”（中略）孙腾、司马子如尝共诣元忠，见其坐树下，拥被对壶，庭室芜旷。谓二公曰："不意今日披藜藿[2]也。"因呼妻出，衣不曳地。二公相顾叹息而去，大饷米绢衣服，元忠受而散之。《北齐书卷22·列传第14·李元忠》

【注释】①菜色：本义指蔬菜的颜色。形容因饥饿而营养不良的脸色。②藜藿：粗劣的汤羹。

【以古鉴今】一世为官，且官居要职，可老来树下拥被对壶，庭室芜旷，食贱菜，妻子衣不曳地，真是满眼话凄凉。官俸去哪了？"不以物务干怀，唯以声酒自娱，大率常醉，家事大小，了不关心"，原来如此。不少记载对这样的人多给予肯定，好像男人顾家，过好自己的小日子就不是好官，或干脆就不是好人。我以为一个男人，是要担起社会责任，但得是在治理好小家的前提下，几口之家都经营得缺衣少食，你到底能担起几多斤两的社会责任？我真怀疑有谁还敢给你压担子。

不请自来

（崔）瞻字彦通，聪明强学，有文情，善容止，神采嶷然[1]，言不妄发。（中略）性简傲，以才地自矜，所与周旋，皆一时名望。在御史台，恒于宅中送食，备尽珍羞，别室独餐，处之自若。有一河东人士姓裴，亦为御史，伺瞻食，便往造焉。瞻不与交言，又不命匕箸。裴坐观瞻食罢而退。明日，裴自携匕箸，恣情饮啖。瞻方谓裴云："我初不唤君食，亦不共君语，君遂能不拘小节。昔刘毅在京口，冒请鹅炙，岂亦异于是乎？君定名士。"于是每与之同食。《北齐书卷23·列传第15·崔瞻》

【注释】①嶷然：形容年幼聪慧。卓异貌，屹立貌，端庄貌。

【以古鉴今】这样不请自来者有两种可能，一是痴呆傻，一是自视高，河东裴氏当属后者。这种人，如有好的德行，都能成就一番事业，是人中的佼佼者；如没有好的德行，则将成为混混，又臭又硬，是无赖行列的后备力量。望能认真识别，以决取舍。但都不可冒昧开罪，静观一段时期，即便需要离开也要不着痕迹，因为得罪一个无赖比得罪十个君子还可怕！

劝人不可再

高德政，字士贞，渤海蓨[1]人。（中略）德政与帝旧相昵爱，言无不尽。（中略）显祖末年，纵酒酣醉，所为不法，德政屡进忠言。后召德政饮，不从，又进言于前，谏曰："陛下道我寻休，今乃甚于既往，其若社稷何，其若太后何！"帝不悦。又谓左右云："高德政恒以精神凌逼人。"德政甚惧，乃称疾屏居佛寺，兼学坐禅，为退身之计。帝谓杨愔曰："我大忧德政，其病何似？"愔以禅代之际，因德政言情切至，方致诚款，常内忌之。由是答云："陛下若用作冀州刺史，病即自差。"帝从之，德政见除书而起。帝大怒，召德政谓之曰："闻尔病，我为尔针。"亲以刀子刺之，血流沾地。又使曳下，斩去其趾。刘桃枝捉刀不敢下。帝起临阶砌，切责桃枝曰："尔头即堕地！"因索大刀自带，欲下阶。桃枝乃斩足之三指。帝怒不解，禁德政于门下，其夜开城门，以毡舆送还家。旦日，德政妻出宝物满四床，欲以寄人。帝奄至其宅，见而怒曰："我府藏犹无此物！"诘其所从得，皆诸元赂之也。遂曳出斩之。时妻出拜，又斩之，并其子祭酒伯坚。《**北齐书卷30·列传第22·高德政**》

【注释】①蓨 tiáo：同"蓚"，古代县名，在今河北省景县南。

【以古鉴今】看了这段文字，不禁毛骨悚然，本是旧相昵爱，方敢言无不尽。虽然都是好话，但是听的人不耐烦了，厄运就接踵而至。所以说劝人不可再，觉得人有不妥，至亲至近之人也只说一遍，改不改由人。至于外人，你还是什么都没看见的好！要知道好坏对错，皆存乎一心。心外无物，说他错了是你心想的，你心非彼心，彼心却认为是对的呢！恐怕在人家那里错的原本就是你。敢不慎欤！

不做热官

弟晞，字叔朗，小名沙弥。（中略）帝欲以晞为侍中，苦辞不受。或劝晞勿自疏，晞曰："我少年以来，阅要人多矣，充诎①少时，鲜不败绩。且性实疏缓，不堪时务，人主恩私，何由可保，万一披猖，求退无地。非不爱作热官，但思之烂熟耳。"《北齐书卷31·列传第23·王晞》

【注释】①充诎 qū：亦作"充倔"，得意忘形貌。

【以古鉴今】热官好啊！上官青睐，下官逢迎，人前光彩，人后美女、美酒、美钞，内心更是美醉了。须知好事被你一人占尽，有多少贪婪的心恨你，欲寝皮食肉，一个人一旦做了众矢之的，任由你履薄临深般谨慎，也禁不住小人的"莫须有"！还是苏大学士高明，他说"自喜渐不为人知"，我也觉得不为人知比众矢之的稳便，就是出外散步，我也愿独享清静，不喜嘈杂。

好人怕好人吃亏

孟业，字敬业，巨鹿安国人。家本寒微，少为州吏。性廉谨，同僚诸人侵盗官绢，分三十匹与之，拒而不受。（中略）魏彭城王韶拜定州，除典签。长史刘仁之谓业曰："我处其外，君居其内，同心戮力，庶有济乎。"未几仁之征入为中书令，临路启韶云："殿下左右可信任者唯有孟业，愿专任之。余人不可信也。"又与业别，执手曰："今我出都，君便失援，恐君在后，不自保全。唯正与直，愿君自勉。"业唯有一马，因瘦而死。韶以业家贫，令州府官人同食马肉，欲令厚偿，业固辞不敢。韶乃戏业曰：“卿邀名人也。”对曰：“业以微细，伏事节下，既不能裨益，宁可损败清风。”后高祖书与韶云：“典签姓孟者极能用心，何不置之目前。”韶，高祖之婿也。仁之后为兖州，临别谓吏部崔暹曰：“贵州人士，唯有孟业，宜铨举之，他人不可信也。”崔暹问业曰：“君往在定州，有何政绩，使刘西兖如此钦叹？”答曰：“禀性愚直，唯知自修，无他长也。”《**北齐书卷46·列传第38·循吏·孟业**》

【**以古鉴今**】物以类聚，人以群分，惺惺相惜，好人怕好人吃亏。有机会就想伸以援手，既没有金钱交易，也没有利害关系，没有目的或说没有个人目的。这是好人与好人之间的事，所以“无他”，因其原本就淡如水。这种好法小人就要费解了！

不可以貌取人

天保初，清河王岳拜司州牧，闻业名行，复召为法曹。业形貌短小，及谒见，岳心鄙其眇小，笑而不言。后寻业断决之处，乃谓业曰：“卿断决之明，可谓有过躯貌之用。”（中略）寻迁东郡守，以宽惠著。《**北齐书卷46·列传第38·循吏·孟业**》

【**以古鉴今**】人的长相是父母给的，与其人品、德行、学识无涉，万不可以貌取人。貌美只是外表好看，心美才是好人！

无由论及私事

苏琼，字珍之，武强人。（中略）琼幼时随父在边，尝谒东荆州刺史曹芝，芝戏问曰：“卿欲官不！”对曰：“设官求人，非人求官。”（中略）琼性清慎，不发私书。道人道研为济州沙门统[1]，资产巨富，在郡多有出息，常得郡县为征。及欲求谒，度知其意，每见则谈问玄理，应对肃敬，研虽为债数来，无由启口。其弟子问其故，研曰："每见府君，径将我入青云间，何由得论地上事。"《北齐书卷46·列传第38·循吏·苏琼》

【注释】①沙门统：官名。全国最高僧官。北魏文成帝时改道人统置，主持昭玄事务，管理全国僧众。

【以古鉴今】有那种情境：置身于庄严肃穆的环境，所及尽高雅玄妙之话题，让人不自觉就正襟危坐起来，无由露出皮下的小来，入云端而不得论地上事之感。

都是明白人

郡民赵颍曾为乐陵太守，八十致事[1]归。五月初，得新瓜一双自来送。颍恃年老，苦请，（琼）遂便为留，仍致于听事梁上，竟不剖。人遂竞贡新果，至门，闻知颍瓜犹在，相顾而去。《北齐书卷46·列传第38·循吏·苏琼》

【注释】①致事：辞官。

【以古鉴今】盛情难却不得不收的礼，收而不用，放在醒目的位置。既给了送礼者足够的尊重，又表明了自己收礼是无奈之举，有下不为例之意，免去了后送拒收的尴尬。

一身获罪活千室

每年春，总集大儒卫觊隆、田元凤等讲于郡学，朝吏文案之暇，悉令受书，时人指吏曹为学生屋。禁断淫祠，婚姻丧葬皆教令俭而中礼。又蚕月[1]预下绵绢度样于部内，其兵赋次第并立明式，至于调役，事必先办，郡县长吏常无十杖稽失。当时州郡无不遣人至境，访其政术。天保中，郡界大水，人灾，绝食者千余家。琼普集部中有粟家，自从贷粟以给付饥者。州计户征租，复欲推其贷粟。纲纪谓琼曰："虽矜饥馁，恐罪累府君。"琼曰："一身获罪，且活千室，何所怨乎？"遂上表陈状，使检皆免，人户保安。《**北齐书卷46·列传第38·循吏·苏琼**》

【注释】①蚕月：夏历三月。该月是养蚕的月份，所以叫蚕月。

【以古鉴今】人要有担当，切不可遇事推诿，大是大非面前不能含糊，即便是砍头也要站直了，只要自己认为值。一身获罪活千室的事能摊上是人生的幸事，因为那正是体现生命价值的时刻，又何怨焉？

天意

王思政字思政，太原祁人。（中略）及河桥之战，思政下马，用长矛左右横击，一击踣[1]数人。时陷阵既深，从者死尽，思政被重创闷绝。会日暮，敌将收军。思政久经军旅，每战唯着破弊甲，敌人疑非将帅，故免。有帐下督雷五安于战处哭求思政，会其已苏，遂相得。乃割衣裹创，扶思政上马，夜久方得还。《**周书卷18·列传第10·王思政**》

【注释】①踣bó：仆倒、倒毙、灭亡、败亡。

【以古鉴今】破衣弊甲捡条命，虽是特例，但俭朴绝对是人的最大美德，冥冥中死神也对俭朴者网开一面。有一种说法，说人生、财富、儿女都是有定数的，你早早就把它挥霍了，那阳间也就没你事儿了，去阴曹地府安息吧！王思政俭朴，上天遂让其回人间享用命中余下的财物。所以，想长寿吗？就节省用度吧！

刺史封金

十二年，加特进、荆州刺史，州境卑湿，城堑多坏。思政方命都督蔺小欢督工匠缮治之。掘得黄金三十斤，夜中密送之。至旦，思政召佐吏以金示之，曰“人臣不宜有私”，悉封金送上。《周书卷 18 · 列传第 10 · 王思政》

【以古鉴今】钱是生活的必需，也是万恶的根源。一切人类残酷肮脏的行为，都是金钱导演出来的。世上的喜剧不需要金钱就能产生，可世上的悲剧大半和金钱脱不了干系。世间最容易上瘾的毒品是金钱。既然钱如此危险可人又离不开它，怎么办？就要以正当的途径赚取，并且俭约地使用。万不可在钱上动歪心思，谨防它把人带入万劫不复的深渊！

得意时更需检点

达奚武，字成兴，代人也。（中略）武贱时，奢侈好华饰。及居重位，不持威仪，行常单马，左右止一两人而已。外门不施戟，恒昼掩一扉。或谓武曰：“公位冠群后，功名盖世，出入仪卫，须称具瞻，何轻率若是？”武曰：“子之言，非吾心也。吾在布衣，岂望富贵，不可顿忘畴昔①。且天下未平，国恩未报，安可过事威容乎。”言者惭而退。《周书卷 19 · 列传第 11 · 达奚武》

【注释】①畴昔：往昔、以前；往事或以往的情怀。

【以古鉴今】贱时却好奢华，是人的普遍心理，因为人已贱再不弄点虚景，恐怕自己都要讨厌自己了。居重位不持威仪，位已重再施威，岂不弄成孤家寡人了，当此时需要谦恭。可谓此一时彼一时也。我倒觉得此公会做人，贱时须提振士气，不可萎靡，倒下没人救；贵时要谦恭，美玉不饰，张狂失众。

不改初心

豆卢宁，字永安，昌黎徒何人。（中略）初，宁未有子，养弟永恩子勣。及生子赞，亲属皆请赞为嗣。宁曰："兄弟之子，犹子也，吾何择焉。"遂以勣为世子。世以此称之。及宁薨，勣袭爵。少历显位，大象末，上柱国、利州总管。赞以宁勋，建德初，赐爵华阳县侯。累迁开府仪同大将军、进爵武阳郡公。**《周书卷19·列传第11·豆卢宁》**

【以古鉴今】见过这类事，没孩子时或领养或过继，亲如己出。一旦自己生了孩子，不得了了，视前者百无一是，精神层面怕分享爱，物质层面怕分家产。像豆卢宁这样把世袭的爵位给了过继的孩子的情况，实在是古今罕有。学学人家的大气，"不改初心"才是真人。

至孝是色养

尉迟迥，字薄居罗，代人也。（中略）迥性至孝，色养不怠。身虽在外，所得四时甘脆，必先荐奉，然后敢尝。大长公主年高多病，迥往在京师，每退朝参候起居，忧悴形于容色。大长公主每为之和颜进食，以宁迥心。太祖知其至性，征迥入朝，以慰其母意。遣大鸿胪郊劳，仍赐迥衮冕[①]之服。蜀人思之，立碑颂德。**《周书卷21·列传第13·尉迟迥》**

【注释】①衮冕：衮衣和冕，是古代皇帝及上公的礼服和礼冠，是皇帝等王公贵族在祭天地、宗庙等重大庆典活动时穿戴用的正式服装。

【以古鉴今】一幅母慈子孝的画图跃然纸上，儿子向年迈体衰的母亲嘘寒问暖、晨昏定省，母亲为不让儿子过于分心而高兴地进食。眼前的母子正是我中华孝文化的写真，尽孝的最佳方式莫过于：柔声低语、满面春风地出现在老人面前，它比钞票、美服、烟酒糖茶更让父母心里敞亮。因为人老了，总会有"无用"了的自卑。所以他（她）

这时更需要的是精神上的尊重，而不是物质上的满足！

人众没秘密

柳庆，字更兴，解人也。（中略）有胡家被劫，郡县按察，莫知贼所，邻近被囚系者甚多。庆以贼徒既众，似是乌合，既非旧交，必相疑阻，可以诈求之。乃作匿名书多榜官门曰："我等共劫胡家，徒侣混杂，终恐泄露。今欲首，惧不免诛。若听先首免罪，便欲来告。"庆乃复施免罪之榜。居二日，广陵王欣家奴面缚自告榜下。因此推穷，尽获党与。**《周书卷 22 · 列传第 14 · 柳庆》**

【以古鉴今】案子是人做的，破案的也是人，人心是相通的，你能想到的，别人也能。乌合之众本来就各揣各心，事先并没有什么约定，即便有约定也未必守约，谁愿意"炒豆众人吃，炸锅一人事"呢？所以一旦有洗清自身的机会，就会有人背叛。大众没秘密即此谓也！

公私分明

赫连达，字朔周，盛乐人。（中略）虽非文吏，然性质直，遵奉法度，轻于鞭挞，而重慎死罪。性又廉俭，边境胡民或馈达以羊者，达欲招纳异类，报以缯帛。主司请用官物，达曰："羊入我厨，物出官库，是欺上也。"命取私帛与之。识者嘉其仁恕焉。**《周书卷 27 · 列传第 19 · 赫连达》**

【以古鉴今】羊入我厨，物出官库，是贪官的做法，正人君子无此举。

自己觉着好就成

裴侠，字嵩和，河东解人也。（中略）侠又撰九世伯祖贞侯潜传，以为裴氏清公，自此始也，欲使后生奉而行之，宗室中知名者，咸付一通。从弟伯凤、世彦，时并为丞相府佐，笑曰："人生仕进，须身名并裕。清苦若此，竟欲何为？"侠曰："夫清者莅职之本，俭者持身之基。况我大宗，世济其美，故能存，见称于朝廷，没，流芳于典策。今吾幸以凡庸，滥蒙殊遇，固其穷困，非慕名也。志在自修，惧辱先也。翻被嗤笑，知复何言。"伯凤等惭而退。《周书卷35·列传第27·裴侠》

【以古鉴今】世上万事万物，其本身并没有好坏对错，好坏对错是人定义的。你看它是什么，就说明你心里有什么，你认为他清苦，他却以清为莅职之本，以俭为持身之基，活着见称于朝廷，死后流芳于典籍，乐在其中。有人整天骂骂咧咧，这不好那不对，其实都是自己心境使然，与外界一毛钱关系都没有，收拾好自己的心情，生活无处不艳阳！

得财失行不值

寇儁，字祖儁，上谷昌平人也。祖赞，魏南雍州刺史。父臻，安远将军、郢州刺史。

儁性宽雅，幼有识量，好学强记。兄祖训、祖礼及儁，并有志行。闺门雍睦，白首同居。父亡虽久，而犹于平生所处堂宇，备设帷帐几杖，以时节列拜，垂涕陈荐，若宗庙焉。吉凶之事，必先启告，远行往返，亦如之。性又廉恕，不以财利为心。家人曾卖物与人，而剩得绢五匹。儁于后知之，乃曰："恶木之阴，不可暂息；盗泉[①]之水，无容误饮。得财失行，吾所不取。"遂访主还之。《周书卷37·列传第29·寇儁》

【注释】①盗泉：古泉名，故址在今山东泗水县东北。据说泗水县内共有泉水87处，唯有盗泉不流，其余都汇入泗河。古籍中有："(孔子)过于盗泉，渴矣而不饮，恶其名也。"

【以古鉴今】父母在堂，能顺其心承其意，即为孝子。至于身外之物，是自己的，要有能力保护，不是自己的，套到脚上也解下来还人家。不管老少，无论男女，不贪是做人的第一美德。

操别人心，丢自己命

王轨，太原祁人也，小名沙门，汉司徒允之后。(中略)宣帝之征吐谷浑也，高祖令轨与宇文孝伯并从，军中进取，皆委轨等，帝仰成而已。时宫尹郑译、王端等并得幸帝。帝在军中，颇有失德，译等皆预焉。军还，轨等言之于高祖。高祖大怒，乃挞帝，除译等名，仍加捶楚。帝因此大衔之。轨又尝与小内史贺若弼言及此事，且言皇太子必不克负荷。弼深以为然，劝轨陈之。轨后因侍坐，乃谓高祖曰："皇太子仁孝无闻，复多凉德①，恐不了陛下家事。愚臣短暗，不足以论是非。陛下恒以贺若弼有文武奇才，识度宏远，而弼比每对臣，深以此事为虑。"高祖召弼问之。弼乃诡对曰："皇太子养德春宫，未闻有过。未审陛下，何从得闻此言？"既退，轨诮弼曰："平生言论，无所不道，今者对扬，何得乃尔翻覆？"弼曰："此公之过也。皇太子，国之储副，岂易攸言。事有蹉跌，便至灭门之祸。本谓公密陈臧否②，何得遂至昌言。"轨默然久之，乃曰："吾专心国家，遂不存私计。向者对众，良寔非宜。"后轨因内宴上寿，又捋高祖须曰："可爱好老公，但恨后嗣弱耳。"高祖深以为然。但汉王次长，又不才，此外诸子并幼，故不能用其说。

及宣帝即位，追郑译等复为近侍。轨自知必及于祸，谓所亲曰："吾昔在先朝，实申社稷至计。今日之事，断可知矣。此州控带淮南，邻接强寇，欲为身计，易同反掌。但忠义之节，不可亏违。况荷先帝厚恩，每思以死自效，岂以获罪于嗣主，便欲背德于先朝。止可于此待死，义不为他计。冀千载之后，知吾此心。”

大象元年，帝令内史杜虔信就徐州杀轨。御正中大夫颜之仪切谏，帝不纳，遂诛之。轨立朝忠恕，兼有大功，忽以无罪被戮，天下知与不知，无不伤惜。《周书卷40·列传第32·王轨》

【注释】①凉德：薄德，少德。②臧否：褒贬、评价、评论。

【以古鉴今】这种借你嘴卖你，让你有嘴难辩，这才是真小人。杜绝之法就是不在背后议论人。

话有不可说处

宇文孝伯，字胡三，吏部安化公深之子也。（中略）建德之后，皇太子稍长，既无令德，唯昵近小人。孝伯白高祖曰：“皇太子四海所属，而德声未闻。臣忝宫官，寔当其责。且春秋尚少，志业未成，请妙选正人，为其师友，调护圣质，犹望日就月将①。如或不然，悔无及矣。”帝敛容曰：“卿世载鲠直，竭诚所事。观卿此言，有家风矣。”孝伯拜谢曰：“非言之难，受之难也。深愿陛下思之。”帝曰：“正人岂复过君。”于是以尉迟运为右宫正，孝伯仍为左宫正。寻拜宗师中大夫。及吐谷浑入寇，诏皇太子征之。军中之事，多决于孝伯。俄授京兆尹，入为左宫伯，转右宫伯。尝因侍坐，帝问之曰：“我儿比来渐长进不？”答曰：“皇太子比惧天威，更无罪失。”及王轨因内宴捋帝须，言太子之不善，帝罢酒，责孝伯曰：“公常语我，云太子无过。今轨有此言，公为诳矣。”孝伯再拜曰：“臣闻父子之际，人所难言。臣知陛下不能割情忍爱，遂尔结舌②。”帝知其意，默然久之，乃曰：“朕已委公矣，公其勉之。”《周书卷40·列传第32·宇文孝伯》

【注释】①日就月将：就：成就；将：前进。意思是每天有成就，每月有进步，形容精进不止。②结舌：不敢说话或想说而说不出话。

【以古鉴今】王规见太子有不妥处，多次直陈于帝，结果是老皇帝没有下文，太子也没改顽劣，最后小皇帝还取了王规的项上人头。宇文孝伯则圆融得多："臣闻父子之际，人所难言。臣知陛下不能割情忍爱，遂尔结舌。"是啊，当说和不说一个样时，还是"结舌"的好，自省唇舌，人也少烦。

宅心仁厚

张元，字孝始，河北芮城人也。（中略）元性谦谨，有孝行。微涉经史，然精修释典。年六岁，其祖以夏中热甚，欲将元就井浴。元固不肯从。祖谓其贪戏，乃以杖击其头曰："汝何为不肯洗浴？"元对曰："衣以盖形，为覆其亵。元不能亵露其体于白日之下。"祖异而舍之。南邻有二杏树，杏熟，多落元园中。诸小儿竞取而食之；元所得者，送还其主。村陌有狗子为人所弃者，元见，即收而养之。其叔父怒曰："何用此为？"将欲更弃之。元对曰："有生之类，莫不重其性命。若天生天杀，自然之理。今为人所弃而死，非其道也。若见而不收养，无仁心也。是以收而养之。"叔父感其言，遂许焉。《周书卷46·列传第38·张元》

【以古鉴今】人的品德既有天赋，也有后天的养成。如没有先天的禀赋，光有后天的教育，犹如植树：栽下树苗，浇水、施肥可能长成参天大树；插下的是烧火棍，怕是任你怎么精心莳弄，也是枉然。所以呀，家长对子女也是尽人事，听天命，不然期望越高，怕是失望越大！

人无完人，事难两全

文献独孤皇后，河南洛阳人，周大司马、河内公信之女也。（中略）突厥尝与中国交市，有明珠一箧，价值八百万，幽州总管阴寿白后市之。后曰："非我所须也。当今戎狄屡寇，将士罢劳[①]，未若以八百万分赏有功者。"百僚闻而毕贺。高祖甚宠惮之。上每临朝，后辄与上方辇而进，至阁乃止。使宦官伺上，政有所失，随则匡谏，多所弘益。候上退朝而同反燕寝，相顾欣然。后早失二亲，常怀感慕，见公卿有父母者，每为致礼焉。有司奏以《周礼》百官之妻，命于王后，宪章[②]在昔，请依古制。后曰："以妇人与政，或从此渐，不可开其源也。"不许。后每谓诸公主曰："周家公主，类无妇德，失礼于舅姑，离薄人骨肉，此不顺事，尔等当诫之。"大都督崔长仁，后之中外兄弟也，犯法当斩。高祖以后之故，欲免其罪。后曰："国家之事，焉可顾私！"长仁竟坐死。后异母弟陀，以猫鬼巫蛊咒诅于后，坐当死。后三日不食，为之请命曰："陀若蠹政害民者，妾不敢言。今坐为妾身，敢请其命。"陀于是减死一等。后每与上言及政事，往往意合，宫中称为二圣。

后颇仁爱，每闻大理决囚，未尝不流涕。然性尤妒忌，后宫莫敢进御。尉迟迥女孙有美色，先在宫中。上于仁寿宫见而悦之，因此得幸。后伺上听朝，阴杀之。上由是大怒，单骑从苑中而出，不由径路，入山谷间二十余里。高颎[③]、杨素等追及上，扣马苦谏。上太息曰："吾贵为天子，而不得自由！"高颎曰："陛下岂以一妇人而轻天下！"上意少解，驻马良久，中夜方始还宫。后俟上于阁内，及上至，后流涕拜谢，颎、素等和解之。上置酒极欢，后自此意颇衰折。初，后以高颎是父之家客，甚见亲礼。至是，闻颎谓己为一妇人，因此衔恨。又以颎夫人死，其妾生男，益不善之，渐加谮毁，上亦每事唯后言是用。后见诸王及朝士有妾孕者，必劝上斥之。时皇太子多内宠，妃元氏暴薨，后意太子爱妾云氏害之。由是讽上黜高颎，竟废太子，立晋王广，皆后之谋也。**《隋书卷36·列传第1·后妃·文献独孤皇后》**

【注释】①罢 pí 劳：疲劳，疲惫。②宪章：典章制度。③颎 jiǒng：古同“炯”，光；明亮。

【以古鉴今】独孤皇后在国家大事、亲友关系、对待下人、金钱财货诸方面都让人叹为不如。然性妒，上幸尉迟女，竟阴杀之；别人的妾怀孕，必斥之；说她一句“妇人”便遭衔恨而终被废黜，凡此种种又让人不齿。然这就是人，人都有两面性，不能什么都好，也不能什么都不好。人无完人，事难两全！

父亲的责任何其大

苏威，字无畏，京兆武功人也。（中略）初，威父在西魏，以国用不足，为征税之法，颇称为重。既而叹曰：“今所为者，正如张弓，非平世法也。后之君子，谁能弛乎？”威闻其言，每以为己任。至是，奏减赋役，务从轻典，上悉从之。渐见亲重，与高颎参掌朝政。威见宫中以银为幔钩，因盛陈节俭之美以谕上。上为之改容，雕饰旧物，悉命除毁。《**隋书卷41·列传第6·苏威**》

【以古鉴今】父亲的一句感叹，在儿子那里竟变成了终生的使命，父亲的责任何其大呀！父亲的一言一行一颦一笑，在孩子那就成了永久的记忆，做了父亲的男人们，可要检点自己啊！所以才有一问：你做好结婚的准备了吗？估计一般人都会理解为是否准备好婚房、婚戒之类的物质层面的东西，其实是提醒年轻人：你长大了吗？你的修为怎样了？可以做“人样子”了吗？如果结婚之后生了孩子，你有资格做父亲吗？

怒戒多言

上尝怒一人，将杀之，威入阁进谏，不纳。上怒甚，将自出斩之，威当上前不去。上避之而出，威又遮止。上拂衣而入。良久，乃召威谢曰："公能若是，吾无忧矣。"《隋书卷 41 · 列传第 6 · 苏威》

【以古鉴今】暴脾气的皇帝遇上难缠的宰相，好在他们在盛怒时都不说话，这是很有说道的。想想吧，生气时说的一定是气话，气话就难免不近情理、难听、伤人。所以生气时切记：既无制怒之修养，就退一步保持沉默。

领导者得有定力

治书侍御史梁毗以威领五职，安繁恋剧，无举贤自代之心，抗表劾威。上曰："苏威朝夕孜孜，志存远大，举贤有阙，何遽迫之！"顾谓威曰："用之则行，舍之则藏，唯我与尔有是夫！"因谓朝臣曰："苏威不值我，无以措其言；我不得苏威，何以行其道？杨素才辩无双，至若斟酌古今，助我宣化，非威之匹也。苏威若逢乱世，南山四皓，岂易屈哉！"其见重如此。《隋书卷 41 · 列传第 6 · 苏威》

【以古鉴今】知人善任，能者多劳，对那些不做事或不会做事人的瞎嚷嚷，不要理睬，按自己的感觉做事、用人。因为嚷嚷者不会是瞎嚷嚷，都是从自己的好恶出发的，首先是发泄，当然如果能左右领导就更是求之不得了。如果人云亦云，就正中嚷嚷者的下怀了，把决策者带到沟里，嚷嚷者是不负责的。

兵不厌诈

贺若弼，字辅伯，河南洛阳人也。（中略）于是拜弼为吴州总管，委以平陈之事，（中略）弼请缘江防人每交代之际，必集历阳。于是大列旗帜，营幕被野。陈人以为大兵至，悉发国中士马。既知防人交代，其众复散。后以为常，不复设备。及此，弼以大军济江，陈人弗之觉也。《隋书卷52·列传第17·贺若弼》

【以古鉴今】这种麻痹人的方法，只要坚持的时间足够长，一般都能收到“狼来了”的效果。兵不厌诈是清楚地写在兵书上的，可还是有被麻痹而大意的人，这里“坚持的时间足够长”很有味道。细想想大事难事哪件不是靠坚持成就的，有一蹴而就的先例吗？

多事招过

陆爽，字开明，魏郡临漳人也。（中略）初，爽之为洗马，尝奏高祖云：“皇太子诸子未有嘉名，请依《春秋》之义，更立名字。”上从之。及太子废，上追怒爽云：“我孙制名，宁不自解？陆爽乃尔多事！扇惑于勇，亦由此人。其身虽故，子孙并宜屏黜，终身不齿。”法言竟坐除名。《隋书卷58·列传第23·陆爽》

【以古鉴今】好好做自己的官得了，给皇家的孩子改什么名呀，出了事被皇上当了出气筒，自己倒是怕出事早早钻进土去了，让儿孙跟着吃瓜落。多事不如省事，没事别找事。切记万言万中，不如一默！

人得有守

许善心，字务本，高阳北新城人也。（中略）祯明二年，加通直散骑常侍，聘于隋。遇高祖伐陈，礼成而不获反命，累表请辞。上不许，留絷[1]宾馆。

及陈亡，高祖遣使告之。善心衰服号哭于西阶之下，藉草东向，经三日。敕书唁焉。明日，有诏就馆，拜通直散骑常侍。赐衣一袭。善心哭尽哀，入房改服，复出北面立，垂涕再拜受诏。明日乃朝，伏泣于殿下，悲不能兴。上顾左右曰："我平陈国，唯获此人。既能怀其旧君，即是我诚臣也。"敕以本官直门下省，赐物千段，皂马二十匹。《**隋书卷58·列传第23·许善心**》

【**注释**】①縶：拘囚。

【**以古鉴今**】"既能怀其旧君，即是我诚臣也"一句，道出了怎样做人的道理，人不能有奶就是娘，危急关头能舍生取义，不卖主求荣。人们往往难过这一关，以为跪地求饶，卖旧求新是活命的唯一出路，你能卖旧就不能卖新吗？真有那么一天，新的，你也照卖，谁还会信你呢？倒是不忘其旧者，更易取信于新，死也要死得有尊严，才能活出人样子。

舍生取义

十四年，化及杀逆之日，隋官尽诣朝堂谒贺，善心独不至。许弘仁驰告之曰："天子已崩，宇文将军摄政，合朝文武莫不咸集。天道人事，自有代终，何预于叔而低徊若此！"善心怒之，不肯随去。弘仁反走上马，泣而言曰："将军于叔全无恶意，忽自求死，岂不痛哉！"还告唐奉义，以状白化及，遣人就宅执至朝堂。化及令释之，善心不舞蹈而出。化及目送之曰："此人大负气。"命捉将来，骂云："我好欲放你，敢如此不逊！"其党辄牵曳，因遂害之，时年六十一。《**隋书卷58·列传第23·许善心**》

【**以古鉴今**】这种死往往被"好死不如赖活着"的人认为不值，其实对有坚定信仰和操守的人，是毋宁死也绝不苟活。所谓"舍生取义"者，这义就是他的信仰和操守。他们把信仰、操守看得比生命更重要，是不待监督自忠诚的！

深明大义

善心母范氏，梁太子中舍人孝才之女，少寡养孤，博学有高节。高祖知之，敕尚食每献时新，常遣分赐。尝诏范入内，侍皇后讲读，封永乐郡君。及善心遇祸，范年九十有二，临丧不哭，抚柩曰:“能死国难，我有儿矣!”因卧不食，后十余日亦终。《**隋书卷58·列传第23·许善心**》

【以古鉴今】人总有一死，与其老死在家，何如死于国难悲壮！七尺男儿来人世一遭，不轰轰烈烈弄出点动静，长在庭院里，老死在床榻上，真是“白活”！我欣赏曹操“不能流芳百世，亦当遗臭万年”的话，哪怕留下的是骂名，也给后人做个前车之鉴，人生最不济是默默无闻!

激浊扬清，唯在正直

博陵李文博，性贞介鲠直，好学不倦，至于教义名理，特所留心。每读书至治乱得失，忠臣列士，未尝不反复吟玩。开皇中，为羽骑尉，特为吏部侍郎薛道衡所知，恒令在听事帷中披检书史，并察己行事。若遇治政善事，即抄撰记录，如选用疏谬，即委之臧否。道衡每得其语，莫不欣然从之。后直秘书内省，典校坟籍，守道居贫，晏如①也。虽衣食乏绝，而清操逾厉，不妄通宾客，恒以礼法自处，侪辈莫不敬惮焉。道衡知其贫，每延于家，给以资费。文博商略古今，治政得失，如指诸掌，然无吏干。稍迁校书郎。后出为县丞，遂得下考②，数岁不调。道衡为司隶大夫，遇之于东都尚书省，甚嗟愍③之，遂奏为从事。因为齐王司马李纲曰：“今日遂遇文博，得奏用之。”以为欢笑。其见赏知音如此。在洛下，曾诣房玄龄，相送于衢路。玄龄谓之曰：“公生平志尚，唯在正直，今既得为从事，故应有会素心。比来激浊扬清，所为多少？”文博遂奋臂厉声曰：“夫清其流者必洁其源，正其末者须端其本。今治源混乱，虽日免十贪郡守，亦何所益！”

其謇直疾恶，不知忌讳，皆此类也。于时朝政浸坏，人多赃贿，唯文博不改其操，论者以此贵之。《**隋书卷58·列传第23·李文博**》

【注释】①晏如：安然自若的样子。②下考：科举考试或官吏考绩列为下等。③嗟愍：悲叹哀怜。

【以古鉴今】所谓“吏干”不就是既圆且滑吗？一张嘴能同时呼出人鬼两种气来，见人是人，遇鬼则鬼，正直人哪有这等本领，当然就“无吏干”只好“数岁不调”了。看一个人的好坏，不是看他的官大小，官大不一定就是好人，好人也不一定就得当大官，但正直者一定是好人。

牛比人忠厚

于仲文，字次武。（中略）寻迁安固太守，有任、杜两家各失牛，后得一牛，两家俱认，州郡久不能决。益州长史韩伯俊曰：“于安固少聪察，可令决之。”仲文对曰：“此易解耳。”于是令二家各驱牛群至，乃放所认者，遂向任氏群中。又阴使人微伤其牛，任氏嗟惋，杜家自若。仲文于是诃诘杜氏，杜氏服罪而去。《**隋书卷60·列传第25·于仲文**》

【以古鉴今】人可以昧着良心说瞎话，牛不会。要想得实情，问人确实不如问牛。写这段话时我心里是矛盾的，人、牛的这种不同，我是应该高兴人比牛“机灵”呢，还是应悲哀人不如牛忠厚？“机灵”者多狡诈，忠厚者却愚笨，真是造化弄人！

机不可失

王韶，字子相，自云太原晋阳人也，世居京兆。（中略）武帝既拔晋州，意欲班师，韶谏曰：“齐失纪纲，于兹累世，天奖王室，一战而扼其喉。加以主昏于上，民惧于下，取乱侮亡，正在今日。方欲释之而去，以臣愚固，深所未解，愿陛下图之。”帝大悦，赐缣一百匹。及平齐氏，以功进位开府，封晋阳县公，邑五百户，赐口马杂畜以万计。《**隋书卷 62 · 列传第 27 · 王韶**》

【**以古鉴今**】有句话说“学好文武艺，货于帝王家”，人各有长，将自己之长卖给社会，换回生存之所需。王韶的能耐就是善于观察时局的起伏跌宕、形势的未来走向，将其货于武帝，换来邑五百户、口马万计、开府封爵。人生之路绝非一途，读书只是其一而已，所以一旦小时候没读好书，也绝不意味着一生就没前途了。努力发掘自身的潜能，将其发挥到极致，定会有一个不错的人生，切不可轻言放弃！

老当识趣

开皇十一年，上幸并州，以其称职，特加劳勉。其后，上谓韶曰：“自朕至此，公须鬓渐白，无乃忧劳所致？柱石之望，唯在于公，努力勉之！”韶辞谢曰：“臣比衰暮，殊不解作官人。”高祖曰：“是何意也？不解者，是未用心耳。”韶对曰：“臣昔在昏季[①]，犹且用心，况逢明圣，敢不罄竭！但神化精微，非驽蹇所逮。加以今年六十有六，桑榆云晚，比于畴昔，昏忘又多。岂敢自宽，以速身累，恐以衰暮，亏紊朝纲耳。”《**隋书卷 62 · 列传第 27 · 王韶**》

【**注释**】①臣昔在昏季：臣往昔在北周那样的乱世。

【**以古鉴今**】人之一生，每个年龄段都有其相应的事要做，太过牵强就容易出纰漏。桑榆晚景就是含饴弄孙之期，不宜于官场奔波，一是体力不支，二是精力不及，自己费力劳神，公事也难尽人意。公私不逮，何如识趣将位子让给年富力强者，自己也乐得清闲！

设官分职，各有司存

刘行本，沛人也。（中略）周代故事，天子临轩，掌朝典笔砚，持至御坐，则承御大夫取以进之。及行本为掌朝，将进笔于帝，承御复欲取之。行本抗声谓承御曰："笔不可得。"帝惊视问之，行本言于帝曰："臣闻设官分职，各有司存。臣既不得佩承御刀，承御亦焉得取臣笔。"帝曰："然。"因令二司各行所职。《隋书卷 62 · 列传第 27 · 刘行本》

【以古鉴今】刘行本说得有道理，设官分职，各有司存。"臣既不得佩承御刀，承御亦焉得取臣笔。"是刻板教条还是做事认真，怕也没有严格界限，但我偏向于做事认真说，就连皇帝不也只能点头"然"吗？

所言非私，岂可不顾

上尝怒一郎，于殿前笞之。行本进曰："此人素清，其过又小，愿陛下少宽假之。"上不顾。行本于是正当上前曰："陛下不以臣不肖，置臣左右。臣言若是，陛下安得不听？臣言若非，当致之于理，以明国法，岂得轻臣而不顾也！臣所言非私。"因置笏[①]于地而退，上敛容谢之，遂原所笞者。《隋书卷 62 · 列传第 27 · 刘行本》

【注释】①笏：古时候文武大臣朝见君王时，双手执笏以记录君命或旨意，亦可以将要对君王上奏的话记在笏板上，以防止遗忘。

【以古鉴今】倔得可以，皇上面前也敢辩理三分，质问皇上"安得不听"，"置笏于地而退"，大有不容置疑，只能照办的气势，皇帝老儿真的"怕"了，"原所笞者"。不管是谁，亏理都是走不远的，皇帝也不例外。

不可亏法取威

雍州别驾元肇言于上曰："有一州吏，受人馈钱三百文，依律合杖一百。然臣下车之始，与其为约。此吏故违，请加徒一年。"行本驳之曰："律令之行，并发明诏，与民约束。今肇乃敢重其教命，轻忽宪章。欲申己言之必行，忘朝廷之大信，亏法取威，非人臣之礼。"上嘉之。**《隋书卷62·列传第27·刘行本》**

【以古鉴今】执法者怒不可越法以加虐，喜不得愈宪以厚遗。轻忽宪章，申己言之必行，忘朝廷之大信，亏法取威，绝对是大忌。切记：不可弄法！

人死留名

在职数年，拜太子左庶子，领治书如故。皇太子虚襟敬惮。时唐令则亦为左庶子，太子昵狎[①]之，每令以弦歌教内人。行本责之曰："庶子当匡太子以正道，何有嬖昵[②]房帷之间哉！"令则甚惭而不能改。时沛国刘臻、平原明克让、魏郡陆爽并以文学为太子所亲。行本怒其不能调护，每谓三人曰："卿等正解读书耳。"时左卫率长史夏侯福为太子所昵，尝于阁内与太子戏。福大笑，声闻于外。行本时在阁下闻之，待其出，行本数之曰："殿下宽容，赐汝颜色。汝何物小人，敢为亵慢！"因付执法者治之。数日，太子为福致请，乃释之。太子尝得良马，令福乘而观之。太子甚悦，因欲令行本复乘之。行本不从，正色而进曰："至尊置臣于庶子之位者，欲令辅导殿下以正道，非为殿下作弄臣[③]也。"太子惭而止。复以本官领大兴令，权贵惮其方直，无敢至门者。由是请托路绝，法令清简，吏民怀之。未几，卒官，上甚伤惜之。及太子废，上曰："嗟乎！若使刘行本在，勇当不及于此。"**《隋书卷62·列传第27·刘行本》**

【注释】①昵狎：亲近而态度不庄重。②嬖昵：宠幸，昵爱。③弄臣：为帝王所宠幸狎玩之臣。虽然身份卑下，但往往是宫廷中唯一享有言论自由的人。

【以古鉴今】做左庶子让皇帝有“若使刘行本在，勇当不及于此”的嗟叹；做大兴令，权贵惮其方正，无敢至其门者，由是请托路绝，吏民怀之。好不让人悲从中来，一个人死后还能让人如此不舍，虽死犹生矣！

正身率下

梁毗，字景和，安定乌氏人也。（中略）开皇初，置御史官，朝廷以毗鲠正，拜治书侍御史，名为称职。寻转大兴令，迁雍州赞治。毗既出宪司，复典京邑，直道而行，无所回避，颇失权贵心，由是出为西宁州刺史，改封邯郸县侯。在州十一年。先是，蛮夷酋长皆服金冠，以金多者为豪俊，由此递相陵夺，每寻干戈，边境略无宁岁。毗患之。后因诸酋长相率以金遗毗，于是置金坐侧，对之恸哭而谓之曰：“此物饥不可食，寒不可衣。汝等以此相灭，不可胜数。今将此来，欲杀我邪？”一无所纳，悉以还之。于是蛮夷感悟，遂不相攻击。高祖闻而善之，征为散骑常侍、大理卿。处法平允，时人称之。《**隋书卷 62 · 列传第 27 · 梁毗**》

【以古鉴今】言简意赅，一语道破黄金是身外之物，“饥不可食，寒不可衣”，非人生之必需，更多时候还带来烦恼。既如此，人生又何必以积金为能事呢！把心思用在发挥自身潜能方面，给社会增添精神财富，岂不更能体现生命的价值，让自己活得更精彩！

执法一心，不敢惜死

赵绰，河东人也。（中略）故陈将萧摩诃，其子世略在江南作乱，摩诃当从坐。上曰："世略年未二十，亦何能为！以其名将之子，为人所逼耳。"因赦摩诃。绰固谏不可，上不能夺，欲绰去而赦之，固命绰退食。绰曰："臣奏狱未决，不敢退朝。"上曰："大理其为朕特赦摩诃也。"因命左右释之。刑部侍郎辛亶，尝衣绯裈，俗云利于官，上以为厌蛊，将斩之。绰曰："据法不当死，臣不敢奉诏。"上怒甚，谓绰曰："卿惜辛亶而不自惜也？"命左仆射高颎将绰斩之，绰曰："陛下宁可杀臣，不得杀辛亶。"至朝堂，解衣当斩，上使人谓绰曰："竟何如？"对曰："执法一心，不敢惜死。"上拂衣而入，良久乃释之。明日，谢绰，劳勉之，赐物三百段。时上禁行恶钱[①]，有二人在市，以恶钱易好者，武侯执以闻，上令悉斩之。绰进谏曰："此人坐当杖，杀之非法。"上曰："不关卿事。"绰曰："陛下不以臣愚暗，置在法司，欲妄杀人，岂得不关臣事？"上曰："撼大木不动者，当退。"对曰："臣望感天心，何论动木！"上复曰："啜羹者，热则置之。天子之威，欲相挫耶？"绰拜而益前，诃之不肯退。上遂入。治书侍御史柳彧复上奏切谏，上乃止。

《隋书卷62·列传第27·赵绰》

【注释】①恶钱：并不是具体指哪一种钱币，而是对流通功能极差、铸造工艺低劣的轻薄钱币的笼统称呼。这种低劣的钱币一旦出现，就会通货膨胀，百姓生活就会受到严重影响，民间称这种钱为"恶钱"。

【以古鉴今】一个大权在握的人，身边有一个像赵绰这样的宁死也得坚持正确见解的下属，我想即便有的时候他可能坚持的也不对，但也一定要原谅他，相信他都是出自真心的好意，那么这个掌权人也就不会有大的闪失。须知难得的不是他的能力如何，而是他"执法一心，不敢惜死"的护法精神！

为官要有守

李圆通，京兆泾阳人也。父景，以军士隶武元皇帝，因与家僮黑女私，生圆通。景不之认，由是孤贱，给使高祖家。及为隋国公，擢授参军事。初，高祖少时，每宴宾客，恒令圆通监厨。圆通性严整，左右婢仆咸所敬惮。唯世子乳母恃宠轻之，宾客未供，每有干请，圆通不许，或辄持去。圆通大怒，叱厨人挞之数十，叫呼之声彻于阁内，僚吏左右代其失色。宾去之后，高祖具知之，召圆通，命坐赐食，从此独善之，以为堪当大任。《**隋书卷 64 · 列传第 29 · 李圆通**》

【以古鉴今】人不管男女，遇事得有担当，有见解。答应的事就得负起责任，在你的职权范围内，不许他人染指，就是顶头上司也不成。我错了，你可以处分我，但在没撤我之前，在我的一亩三分地上就得我说了算，出了问题我负全责。这叫有守，也就是要知道自己是干啥的。

时移事易

源师，字践言，河南洛阳人也。（中略）帝在显仁宫，敕宫外卫士不得辄离所守。有一主帅，私令卫士出外，帝付大理绳之。师据律奏徒，帝令斩之，师奏曰："此人罪诚难恕，若陛下初便杀之，自可不关文墨。既付有司，义归恒典，脱宿卫近侍者更有此犯，将何以加之？"帝乃止。《**隋书卷 66 · 列传第 31 · 源师**》

【以古鉴今】由此看来办事的时机是相当重要的。不是吗，付有司前，皇帝要杀也就杀了；可一旦交付有司，那就得走司法程序，皇权再大也不能越法，不然下次再有如此者，何以处之？

做孩子的人样子

房彦谦，字孝冲，本清河人也。（中略）居家，每子侄定省，常为讲说督勉之，亹亹①不倦。家有旧业，资产素殷，又前后居官，所得俸禄，皆以周恤亲友，家无余财，车服器用，务存素俭。自少及长，一言一行，未尝涉私，虽致屡空，怡然自得。尝从容独笑，顾谓其子玄龄曰："人皆因禄富，我独以官贫。所遗子孙，在于清白耳。"所有文笔，恢廓闲雅，有古人之深致。又善草隶，人有得其尺牍者，皆宝玩之。太原王邵，北海高构，蓨县李纲，河东柳彧、薛孺，皆一时知名雅澹之士，彦谦并与为友。虽冠盖成列，而门无杂宾。体资文雅，深达政务，有识者咸以远大许之。**《隋书卷 66 · 列传第 31 · 房彦谦》**

【注释】①亹 wěi 亹：勤勉貌、不倦貌。

【以古鉴今】做人是要学的，不学是不能成人的。怎么学，向谁学，这就需要有个人样子，父母即是子女天然的人样子。日常的言行举止，不要给孩子留下邋遢、猥琐、滑稽，甚至下流等诸方面的坏印象。如果总让孩子们感到你是正人君子，是长者，那么你的话他们愿听，也愿意照着去做，更愿意长大后成为你这样的人，你这个人样子就立住了，将有无限个你在你身后成长，你将因此而不朽！

地方官为地方

公孙景茂，字元蔚，河间阜城人也。（中略）开皇初，诏征入朝，访以政术，拜汝南太守。郡废，转曹州司马。在职数年，以老病乞骸骨，优诏不许。俄迁息州刺史，法令清静，德化大行。时属平陈之役，征人在路，有疾病者，景茂撤减俸禄，为饘粥①汤药，分赈济之，赖全活者以千数。上闻而嘉之，诏宣告天下。（中略）转道州刺史。悉以秩俸买牛犊鸡猪，散惠孤弱不自存者。好单骑巡人，家至户入，阅视百姓产业。有修理者，于都会时乃褒扬称述。如有过恶，随即训导，而不彰也。由是人行义让，有无均通，男子相助耕耘，妇人相从纺绩。大村或数百户，皆如一家之务。其后请政事，上优诏听之。《**隋书卷73·列传第38·循吏·公孙景茂**》

【注释】①饘 zhān 粥：稀饭。厚曰饘，稀曰粥。

【以古鉴今】看公孙景茂所做的无非赈饘粥汤药，买牛犊鸡猪散惠孤弱，走家串户阅视男耕女织，于都会时褒扬好人好事，有过恶者训导不彰。这些琐事似无关紧要，做好也算不得政绩，不做也坏不了年成。这恰恰是绝大多数为官者的认识误区。官者，就是对上负责，为下做主，责任好负主难做，所以你的重头戏在百姓这边，通过你的工作，罩住你下辖的百姓，他们的衣食住行柴米油盐都有着落了，你的官也就做得好了。

移风易俗

辛公义，陇西狄道人也。(中略)从军平陈，以功除岷州刺史。土俗畏病，若一人有疾，即合家避之，父子夫妻不相看养，孝义道绝，由是病者多死。公义患之，欲变其俗。因分遣官人巡检部内，凡有疾病，皆以床舆来，安置厅事。暑月疫时，病人或至数百，厅廊悉满。公义亲设一榻，独坐其间，终日连夕，对之理事。所得秩俸，尽用市药，为迎医疗之，躬劝其饮食，于是悉差，方召其亲戚而谕之曰："死生由命，不关相着。前汝弃之，所以死耳。今我聚病者，坐卧其间，若言相染，那得不死，病儿复差！汝等勿复信之。"诸病家子孙惭谢而去。后人有遇病者，争就使君，其家无亲属，因留养之。始相慈爱，此风遂革，合境之内呼为慈母。《**隋书卷73·列传第38·循吏·辛公义**》

【以古鉴今】地方闭塞，百姓愚钝，对病人避之犹恐不及，以致亲人有病就被抛到一边，随其自生自灭，大失人伦纲常，且已成风气。公义亲临病人之中，给那些害怕的人做出了样子，风气大变。为官一任能教化改变一方风俗，使之向文明迈进，对百姓如同再造，这样的官称为父母官可谓实至名归！

禁人在狱，心不自安

后迁牟州刺史，下车，先至狱中，因露坐牢侧，亲自验问。十余日间，决断咸尽，方还大厅。受领新讼，皆不立文案，遣当直佐僚一人，侧坐讯问。事若不尽，应须禁者，公义即宿厅事，终不还阁。人或谏之曰："此事有程，使君何自苦也！"答曰："刺史无德可以导人，尚令百姓系于囹圄，岂有禁人在狱而心自安乎？"罪人闻之，咸自款服。后有欲诤讼者，其乡闾父老遽相晓曰："此盖小事，何忍勤劳使君。"讼者多两让而止。《**隋书卷73·列传第38·循吏·辛公义**》

【以古鉴今】人心换人心，使君不忍将百姓系于囹圄，百姓也不忍因小事而烦劳使君，良性循环。官民皆作如是想，世道清平有日矣！

以德化人

王伽，河间章武人也。开皇末，为齐州行参军，初无足称。后被州使送流囚李参等七十余人诣京师。时制，流人并枷锁传送。伽行次荥阳，哀其辛苦，悉呼而谓之曰："卿辈既犯国刑，亏损名教，身婴缧绁[①]，此其职也。今复重劳援卒[②]，民独不愧于心哉！"参等辞谢。伽曰："汝等虽犯宪法，枷锁亦大辛苦。吾欲与汝等脱去，行至京师总集，能不违期不？"皆拜谢曰："必不敢违。"伽于是悉脱其枷，停援卒，与期曰："某日当至京师，如致前却，吾当为汝受死。”舍之而去。流人咸悦，依期而至，一无离叛。上闻而惊异之，召见与语，称善久之。于是悉召流人，并令携负妻子俱入，赐宴于殿庭而赦之。乃下诏曰：“凡在有生，含灵禀性，咸知好恶，并识是非。若临以至诚，明加劝导，则俗必从化，人皆迁善。往以海内乱离，德教废绝，官人无慈爱之心，兆庶怀奸诈之意，所以狱讼不息，浇薄难治。朕受命上天，安养万姓，思遵圣法，以德化人，朝夕孜孜，意在于此。而伽深识朕意，诚心宣导。参等感悟，自赴宪司。明是率土之人非为难教，良是官人不加晓示，致令陷罪，无由自新。若使官尽王伽之俦，人皆李参之辈，刑厝[3]不用，其何远哉！”于是擢伽为雍令，政有能名。**《隋书卷73·列传第38·循吏·王伽》**

【注释】①缧绁：拘系犯人的绳索，引申为囚禁。②援卒：押送罪犯的兵卒。③刑厝：置刑法而不用。

【以古鉴今】感化是很有效的教育手段，但不是万能的，遇到顽固不化的人，感化就只能使其感动，而得不到实质性的收效，所以不能将特例当普遍推广。治理社会还须教化与法治并用，才能收到最佳的效果。

文人相轻

元善，河南洛阳人也。（中略）性好学，遂通涉五经，尤明《左氏传》。（中略）武帝甚礼之，以为太子宫尹，赐爵江阳县公。每执经以授太子。开皇初，拜内史侍郎，上每望之曰：“人伦仪表也。”凡有敷奏，词气抑扬，观者属目。陈使袁雅来聘，上令善就馆受书，雅出门不拜。善论旧事有拜之仪，雅不能对，遂拜，成礼而去。后迁国子祭酒。上尝亲临释奠[1]，命善讲《孝经》。于是敷陈义理，兼之以讽谏。上大悦曰：“闻江阳之说，更起朕心。”（中略）善之通博，在何妥之下，然以风流酝藉，俯仰可观，音韵清朗，听者忘倦，由是为后进所归。妥每怀不平，心欲屈善。因善讲《春秋》，初发题，诸儒毕集。善私谓妥曰："名望已定，幸无相苦。"妥然之。及就讲肆，妥遂引古今滞义以难，善多不能对。善深衔之，二人由是有隙。《**隋书卷75·列传第40·儒林·元善**》

【**注释**】①释奠：原为古代学校的祭祀典礼。

【**以古鉴今**】世上有多少篇文章，怕是没有人能说得清楚，更不会有人通读过。终其一生每天读书不止，也不可能读得过来，所以读书人遇到没读过的文章，不理解的章句，不认识的字，都属正常，不用脸红，更没必要因羞而生隙、致怒、成仇。正确的做法我觉得是放下身段，虚心求教，得一篇师、一句师、一字师，收获的是知识，别人怎么看那是别人的事。要我看这是敏而好学的人，是实事求是的人，是认真做学问的人，是过去、现在、将来都会被推崇的读书人。

专注之人多有所成

刘臻，字宣挚，沛国相人也。（中略）臻无吏干，又性恍惚，耽悦[①]经史，终日覃思[②]，至于世事，多所遗忘。有刘讷者亦任仪同，俱为太子学士，情好甚密。臻住城南，讷住城东，臻尝欲寻讷，谓从者曰："汝知刘仪同家乎？"从者不知寻讷，谓臻还家，答曰："知。"于是引之而去，既扣门，臻尚未悟，谓至讷家。乃据鞍大呼曰："刘仪同可出矣。"其子迎门，臻惊曰："此汝亦来耶？"其子答曰："此是大人家。"于是顾盼，久之乃悟，叱从者曰："汝大无意，吾欲造刘讷耳。"《**隋书卷76·列传第41·文学·刘臻**》

【**注释**】①耽悦：深爱，甚喜。②覃思：深思。

【**以古鉴今**】人都是在某方面突出，能同时左手画方右手画圆者，百无一也。如刘臻，心思都在经史子集上，其余当然就"恍惚"了，视而不见，充耳不闻，且多所遗忘。

这样的人多是好样的，心无旁骛，久之定能有所成就。

交友不慎

虞绰，字士裕，会稽余姚人也。（中略）绰恃才任气[①]，无所降下[②]。著作郎诸葛颍以学业幸丁帝，绰每轻侮之，由是有隙。帝尝问绰于颍，颍曰："虞绰粗人也。"帝颔之。时礼部尚书杨玄感称为贵倨[③]，虚襟礼之，与结布衣之友。绰数从之游。其族人虞世南诫之曰："上性猜忌，而君过厚玄感。若与绝交者，帝知君改悔，可以无咎；不然，终当见祸。"绰不从。寻有告绰以禁内兵书借玄感，帝甚衔之。及玄感败后，籍没其家，妓妾并入宫。帝因问之，玄感平常时与何人交往，其妾以虞绰对。帝令大理卿郑善果穷治其事，绰曰："羁旅薄游，与玄感文酒谈款，实无他谋。"帝怒不解，徙绰且末[④]。绰至长安而亡，吏逮之急，于是潜渡江，变姓名，自称吴卓。游东阳，抵信安令天水辛大德，大德舍之。岁余，绰与人争田相讼，因有识绰者而告之，竟为吏所执，坐斩江都，时年五十四。**《隋书卷76·列传第41·文学·虞绰》**

【注释】①任气：意气用事。②降下：使降服归顺，俯伏称臣。③贵倨：尊贵者或尊贵倨傲。④且末：汉代西域国名，位于今新疆维吾尔自治区巴音郭楞蒙古自治州西南部。

【以古鉴今】交友不慎，你自己可能真没啥，可你的朋友有事呀。要命的是关键时刻你的声音是那么微弱，在强权下有谁能听得进你的解释，还不是说你有罪，你就有罪，要你死，你就得纳命来吗？所以慎交友不是说说就了的官话，是决定你向哪个方面发展，最终走向哪里的大事情，不可掉以轻心！

无德而尊，必罹颠覆

高祖外家吕氏，其族盖微，平齐之后，求访不知所在。至开皇初，济南郡上言，有男子吕永吉，自称有姑字苦桃，为杨忠妻。勘验知是舅子，始追赠外祖双周为上柱国、太尉、八州诸军事、青州刺史，封齐郡公，谥①曰敬，外祖母姚氏为齐敬公夫人。诏并改葬，于齐州立庙，置守冢十家。以永吉袭爵，留在京师。大业中，授上党郡太守，性识庸劣，职务不理。后去官，不知所终。

永吉从父道贵，性尤顽呆，言词鄙陋。初自乡里征入长安，上见之悲泣。道贵略无戚容，但连呼高祖名，云："种末定不可偷，大似苦桃姊。"是后数犯忌讳，动致违忤，上甚耽之。乃命高颎厚加供给，不许接对朝士。拜上仪同三司，出为济南太守，令即之任，断其入朝。道贵还至本郡，高自崇重，每与人言，自称皇舅。数将仪卫出入闾里，从故人游宴，官民咸苦之。后郡废，终于家，子孙无闻焉。《**隋书卷 79·列传第 44·外戚·高祖外家吕氏**》

【注释】①谥：古代帝王、诸侯、卿大夫、高官等死后，朝廷根据他们的生平行为，给予一种称号以褒贬善恶，称为谥或谥号。"谥者，行之迹也；号者，表之功也。"

【以古鉴今】说到亲戚，就会想到"贫在闹市无人问，富居深山有远亲"的话，意在说人是嫌贫爱富的居多，有钱人多是为富不仁者。可像吕永吉爷俩这种不知深浅，别说礼仪，就连眉眼高低都看不出来的人，最终子孙无闻，把责任都推给高祖，你心里落忍吗？我理解人与人能否处得来，不在金钱的多寡有无，而在文化、信仰、观念的相近。交朋友、处对象时的所谓门第，指的不全是穷富，更是文化、信仰、观念等意识形态。

唠叨是福

郑善果母者，清河崔氏之女也。（中略）母性贤明，有节操，博涉书史，通晓治方。每善果出听事，母恒坐胡床[①]，于鄣后察之。闻其剖断合理，归则大悦，即赐之坐，相对谈笑。若行事不允，或妄瞋怒，母乃还堂，蒙被而泣，终日不食。善果伏于床前，亦不敢起。母方起谓之曰："吾非怒汝，乃愧汝家耳。吾为汝家妇，获奉洒扫，如汝先君，忠勤之士也，在官清恪，未尝问私，以身徇国，继之以死，吾亦望汝副其此心。汝既年小而孤，吾寡妇耳，有慈无威，使汝不知礼训，何可负荷忠臣之业乎？汝自童子承袭茅土[②]，位至方伯，岂汝身致之邪？安可不思此事而妄加瞋怒，心缘骄乐，堕于公政！内则坠尔家风，或亡失官爵，外则亏天子之法，以取罪戾。吾死之日，亦何面目见汝先人于地下乎！"《**隋书卷80·列传第45·列女·郑善果母**》

【**注释**】①胡床：古时一种可以折叠的轻便坐具。②茅土：王、侯的封爵。古天子分封王、侯时，用代表方位的五色土筑坛，在封地所在方向取一色土，包以白茅而授之，作为受封者得以有国建社的表征。

【**以古鉴今**】有这样一位贤德的母亲，是绝对的幸事，特别是年轻的时候，时时事事有人在身边提醒、点拨，帮你随时矫正航向，让你总能走在正确的人生路上，没有比这再幸运的事了。唠叨是不忍不舍，是爱是福！

人应各有所制

母恒自纺绩，夜分而寐。善果曰："儿封侯开国，位居三品，秩俸幸足，母何自勤如是邪？"答曰："呜呼！汝年已长，吾谓汝知天下之理，今闻此言，故犹未也。至于公事，何由济乎？今此秩俸，乃是天子报尔先人之徇命也。当须散赡六姻[①]，为先君之惠，妻子奈何独擅其利，以为富贵哉！又丝枲[②]纺织，妇人之务，上自王后，下至大夫士妻，各有所制。若堕业者，是为骄逸。吾虽不知礼，其可自败名乎？"《**隋书卷80·列传第45·列**

女·郑善果母》

【注释】①六姻：六亲。②丝枲 xǐ：生丝和麻。缫丝绩麻之事。

【以古鉴今】母以子贵，更何况儿子做了三品大员呢，一般人这清福都不能消停享。可这位母亲却自己纺绩，目的是不堕业，防骄逸，让儿子知礼，不可败名。年轻的母亲们，要学郑母的样，当好孩子的第一任老师，并终身做子女的人样子。

寡妇门前是非多

自初寡，便不御脂粉，常服大练[①]。性又节俭，非祭礼宾客之事，酒肉不妄陈于前。静室端居，未尝辄出门阁。内外姻戚有吉凶事，但厚加赠遗，皆不诣其家。非自手作及庄园禄赐所得，虽亲族礼遗，悉不许入门。

善果历任州郡，唯内自出馔，于衙中食之。公廨[②]所供，皆不许受，悉用修治廨宇及给分僚佐。善果亦由此克己，号为清吏。炀帝遣御史大夫张衡劳之，考为天下最。征授光禄卿。《隋书卷 80·列传第 45·列女·郑善果母》

【注释】①大练：粗帛。苏轼《御试制科策》："后宫有大练之饰，则天下以罗纨为羞。"②公廨：官员办公的场所。

【以古鉴今】郑母做得有些刻板，但检点自己，防人嚼舌，也只能勉为其难了。对单身女人，就是今天也仍有借鉴的意义。我以为这类涉及礼义廉耻的大事，过之要好于不及，不然稍不留神，怕就不可收拾而悔恨终生！我不听从一而终的鬼话，只不要既不嫁又不耐的假正经！

劝谏不是命令

刘穆之，字道和，小字道人，东莞莒人也，世居京口。（中略）帝举止施为，穆之皆下节度。帝书素拙，穆之曰："此虽小事，然宣布四远，愿公小复留意。"帝既不能留意，又禀分有在，穆之乃曰："公但纵笔为大字，一字径尺无嫌。大既足有所包，其势亦美。"帝从之，一纸不过六七字便满。《南史卷 15 · 列传第 5 · 刘穆之》

【以古鉴今】劝不是命令。规劝比自己级别高、年龄长的人，一要注意方式方法，二是劝而不改，就不要再絮叨，换个途径试试。刘穆之就做得很好，写小字，帝不能留意，那就写大字，帝亦藏拙，我意已达，皆大欢喜！穆之可谓善处事者也。

心结难解

穆之少时，家贫诞节，嗜酒食，不修拘检。好往妻兄家乞食，多见辱，不以为耻。其妻江嗣女，甚明识，每禁不令往江氏。后有庆会，属令勿来。穆之犹往，食毕求槟榔。江氏兄弟戏之曰："槟榔消食，君乃常饥，何忽须此？"妻复截发市肴馔，为其兄弟以饷穆之，自此不对穆之梳沐。及穆之为丹阳尹，将召妻兄弟，妻泣而稽颡①以致谢。穆之曰："本不匿怨，无所致忧。"及至醉，穆之及令厨人以金盘贮槟榔一斛以进之。《南史卷 15 · 列传第 5 · 刘穆之》

【注释】①稽颡：古代一种跪拜礼，屈膝下拜，以额触地，表示极度的虔诚。

【以古鉴今】豁达大度，不拘小节，不计人过，干大事者。锱铢必较，小处精明，大处都放过了，成不了器。也奉劝有嫌贫嗜好的小人，不要对暂不如你的人投以鄙夷的目光，风水轮流转，一旦人家时来运转，不好见面不是？

会做人，也会做事

王弘，字休元，琅邪临沂人也。（中略）自领选及当朝总录，将加荣爵于人者，每先呵责谴辱之，然后施行；若美相盼接语欣欢者，必无所谐。人问其故，答曰："王爵既加于人，又相抚劳，便成与主分功，此所谓奸以事君者也。若求者绝官叙之分，既无以为惠，又不微借颜色，即大成怨府，亦鄙薄所不任。"问者悦伏。《南史卷 21 · 列传第 11 · 王弘》

【以古鉴今】这是为官的潜规则，永远要把头功让给上边，千万不可自居，不管你是否有功，这不是谦虚，而是真心相让。你就想，如果领导不给你做事的机会，你功从何来？所以领导的筹划是功劳，你具体做事只是疲劳。对下也得会处，将要加官晋爵者，你不用示好，让他对你感恩戴德，夺了上边的彩头，你就有结党营私之嫌；对不能得到提拔的重用者要款语温存，不能让他对上边有不满情绪，这是为领导分忧，是做下级的本分所系。否则，被提拔的，你居功，不提拔的，你推责，你总是王三姐，领导老是大麻丫头，你不用退休了，先下岗歇着去吧！

顺其自然

王裕之，字敬弘。（中略）子恢之被召为秘书郎，敬弘求为奉朝请，与恢之书曰："彼秘书有限故有竞，朝请无限故无竞，吾欲使汝处不竞之地。"文帝嘉之，并见许。敬弘见儿孙，岁中不过一再相见，见辄克日[①]。未尝教子孙学问，各随所欲。人或问之，答曰："丹朱不应乏教，宁越不闻被捶。"恢之位新安太守，尝请假定省。敬弘克日见之，至日辄不果。假日将尽，恢之求辞，敬弘呼前至阁，复不见。恢之于阁外拜辞流涕而去。《南史卷 24 · 列传第 14 · 王裕之》

【注释】①克日：约定或严格限定（期限）。

【以古鉴今】人由生至死这段时光，是个自然过程。人为的干预可能会起点作用，但改变不了人的本质属性，是吃肉还是茹菜，完全取决于他自己。父母将子女带到世上来，只呵护他的幼小就是，睁眼看世界那是他自己的事，别人的唠叨大都派不上用场。大来就放他到外面去，让他自己讨生活，放心吧，他的一天也是24小时。你省却了干着急、白生气的苦恼，孩子的耳根也清净。

时刻准备着

沈庆之，字弘先，吴兴武康人也。（中略）永初二年，庆之除殿中员外将军，又随伯符隶到彦之北伐。伯符病归，仍隶檀道济。道济还白太祖，称庆之忠谨晓兵，上使领队防东掖门，稍得引接，出入禁省。（中略）领军刘湛知之，欲相引接，谓曰："卿在省年月久远，比当相论。"庆之正色曰："下官在省十年，自应得转，不复以此仰累。"寻转正员将军。及湛被收之夕，上开门召庆之，庆之戎服履袜缚裤入，上见而惊曰："卿何意乃尔急装？"庆之曰："夜半唤队主，不容缓服。"遣收吴郡太守刘斌杀之。《南史卷37·列传第27·沈庆之》

【以古鉴今】夜半三更，国主唤队主，一定是有要事，哪还有时间穿戴，原样来见犹恐贻误。看来文官武将都不容易，睡觉也得睁着一只眼，肩负重任，没有平头百姓自在。所以高薪厚酬，也是情理中事，应予理解。

炫耀者，浅薄之徒

孝武晏驾，庆之与柳元景等并受顾命①。遗制"若有大军旅及征讨，悉委庆之"。前废帝即位，加庆之几杖，给三望车②一乘。庆之每朝贺，常乘猪鼻无幰车[3]，左右从者不过三五骑。履行田园，每农桑剧月，无人从行，遇之者不知三公也。及加三望车，谓人曰："我每游履田园，有人时与马成三，无人则与马成二。今乘此车，安所之乎？"及赐几杖，并固让。柳元景、颜师伯尝诣庆之，会其游田，元景等鸣笳列卒满道，庆之独与左右一人在田，见之悄然改容曰："夫贫贱不可居，富贵亦难守。吾与诸公并出贫贱，因时际会，荣贵至此，唯当共思损挹之事。老子八十之年，目见成败者已多，诸君炫此车服，欲何为乎！"于是插杖而耘，不为之顾。元景等撤侍褰裳从之，庆之乃与相对为欢。庆之既通贵，乡里老旧素轻庆之者，后见皆膝行而前。庆之叹曰："故是昔时沈公。"视诸沈为劫首者数十，人士悉患之。庆之诡为置酒大会，一时杀之，于是合境肃清，人皆喜悦。**《南史卷 37 · 列传第 27 · 沈庆之》**

【注释】①顾命：取临终遗命之意。后称帝王临终前的遗诏为顾命。②三望车：六朝时王公大臣所乘之车，有窗可望，分四望、三望、夹望等等级。③幰 xiǎn 车：施有帘幔的车子。

【以古鉴今】贫贱的生活不可久居，富贵的日子也一样难以守住。偶然的机遇得以富贵，则不思长远而摆阔炫富，典型短见少识之人。还是过去老沈头的话说的好，不要一阔脸就变，变得连自己都忘了是谁了。要始终记着：贫富贵贱都是暂时的，做人才是一辈子的事！

领导的职能在用人

陆慧晓，字叔明，吴郡吴人也。（中略）武帝第三子庐陵王子卿为南豫州刺史，帝称其小名谓司徒竟陵王子良曰："乌熊痴如熊，不得天下第一人为行事，无以压一州。"既而曰："吾思得人矣。"乃使慧晓为长史、行事。别帝，问曰："卿何以辅持庐陵？"答曰："静以修身，俭以养性。静则人不

扰，俭则人不烦。”上大悦。《南史卷48·列传第38·陆慧晓》

【以古鉴今】一把手忙得昏天黑地，连跳舞喝咖啡的时间都没有，不待问，他的正事也绝好不到哪去，因为他把一把手的根本丢了，一把手不是做某具体事的，他是上通下达，让上下通气的；是结合本单位的实际去执行上级精神的；是部署任务，检查完成情况的；是遇有过不去的坎知道派谁能行的。有如此本事你可竞争一把手了，否则就别嫌官小！

待人以礼

慧晓历辅五政，立身清肃，僚佐以下造诣①，必起送之。或谓慧晓曰：“长史贵重，不宜妄自谦屈。”答曰：“我性恶人无礼，不容不以礼处人。”未尝卿士大夫，或问其故，慧晓曰：“贵人不可卿，而贱者乃可卿。②人生何容立轻重于怀抱。”终身常呼人位。《南史卷48·列传第38·陆慧晓》

【注释】①造诣：此处为拜访。②贵人不可卿，而贱者乃可卿：对于比自己尊贵的人不能用“卿”这个称谓，只有对于比自己低下的才可称呼为“卿”。

【以古鉴今】终身呼人位，不直呼其名，事虽小，能坚持终生，就是大事，就是有修养的表现，就比直呼其名好，比“哎”就更不知要好多少倍了。一生大事能有几何，更多的都是不足道的鸡毛蒜皮，而不注意小事，怕是一辈子也无可注意的事了！

会说话是能力

庾杲之，字景行，新野人也。（中略）武帝尝与朝臣商略，酒后谓群臣曰：“我后当得何谥？”群臣莫有答者。王俭因目杲之，从容曰：“陛下寿等南山，

方与日月齐明，千载之后，岂是臣子轻所仰量？”时人雅叹其辩答。《南史卷49·列传第39·庾杲之》

【以古鉴今】善于应答能让对话双方，乃至所有在场的人都如释重负般的轻松，使凝固的空气重新流动起来，僵持的场面再欢快。不单救了场，更使谈话得以继续，这都得益于会说话，所以会说话是能力，并且是轻易学不来的能力。

做人一世，当官一时

吕僧珍，字元瑜，东海范阳人也。（中略）去家久，表求拜墓，武帝欲荣以本州岛，乃拜南兖州刺史。僧珍在任，见士大夫，迎送过礼，平心率下，不私亲戚。兄弟皆在外堂，并不得坐。指客位谓曰：“此兖州刺史坐，非吕僧珍床。”及别室促膝如故。从父兄子先以贩葱为业，僧珍至，乃弃业求州官。僧珍曰：“吾荷国重恩，无以报效，汝等自有常分，岂可妄求叨越①？当速反葱肆耳。”僧珍旧宅在市北，前有督邮廨，乡人咸劝徙廨以益其宅。僧珍怒曰：“岂可徙官廨以益吾私宅乎？”姊适于氏，住市西，小屋临路，与列肆杂。僧珍常导从卤簿到其宅，不以为耻。在州百日，征为领军将军，直秘书省如先。常以私车輂水洒御路。《南史卷56·列传第46·吕僧珍》

【注释】①叨越：非分占有。

【以古鉴今】“此兖州刺史坐，非吕僧珍床”，此句大有深意。他把自己和官位分开，说明他是清醒的。他没忘自己没当官时，也知道他不能总在那官位上。可绝大多数人不是这样，一朝升迁，则摆足架子、耍尽威风，好像只有他能坐这把椅子并到永远。忘了还有铁打的衙门流水的官这句话了！

谦恭审慎

僧珍既有大勋，任总心膂[①]，性甚恭慎。当直禁中，盛暑不敢解衣。每侍御坐，屏气鞠躬，对果食未尝举箸。因醉后取一甘食，武帝笑谓曰："卿今日便是大有所进。"禄俸外，又月给钱十万，其余赐赉[②]不绝于时。《南史卷56·列传第46·吕僧珍》

【注释】①心膂：喻主要的辅佐人员，亦以喻亲信得力之人。②赐赉：赏赐；赏赐的东西。

【以古鉴今】做人恭慎二字不可须臾马虎，不管对方和你多熟，关系多不一般，也不可放肆自己，小心驶得万年船。多是大意犯错，没见恭慎吃亏，好时须防恼时；总能恭慎处人，就是真修养、真品格、真性情。

择邻

宋季雅罢南康郡，市宅僧珍宅侧。僧珍问宅价，曰"一千一百万"。怪其贵，季雅曰："一百万买宅，千万买邻。"《南史卷56·列传第46·吕僧珍》

【以古鉴今】跟着啥人学啥人，邻居对小孩成长的影响，有时可与家长同。特别是农耕时期，左邻右舍的发小、闺蜜，除睡觉时间外，几乎是整天在一起。现在的单元楼能好些，但环境仍是会影响孩子成长的，年轻的家长们要留意啊！不要以为孩子小，什么都无所谓，其实孩子小时耳闻目见的种种，都在不知不觉、潜移默化间变成了他们一生做人的底色，大来就是能改，也只是在小时的养成上修修补补，万变不离其宗了。

不负暗室

傅昭，字茂远，北地灵州人。（中略）昭所莅官，常以清静为政，不尚严肃。居朝廷，无所请谒[1]，不畜私门生，不交私利。终日端居，以书记为乐，虽老不衰。博极古今，尤善人物。（中略）性尤笃慎，子妇尝得家饷[2]牛肉以进昭，昭召其子曰："食之则犯法，告之则不可，取而埋之。"其居身行己，不负暗室，类皆如此。后进宗其学，重其道，人人自以为不逮[3]。《南史卷 60 · 列传第 50 · 傅昭》

【注释】①请谒：私下告求。②饷：本意是给在田间里劳动的人送饭。后指用酒食等款待；薪金（旧时多指军警等的薪金）。③不逮 dài：不足之处、过错。

【以古鉴今】"不负暗室"说着轻巧，做到实难。心里的阴暗再遇阴暗的环境，世间一个罪恶勾当可能就诞生了。所谓一拍即合，就是人心先有了坏种子，遇到适合的外界条件就发芽生长了。要让人心没有坏种子谈何容易，那得有仙佛般的修为。所以我们凡人家很难飞出金凤凰，作为后人的前人，我们的修为就不够，却让后来者超越我们太多，岂不是无源之水、无本之木吗？只要一代比一代有进步就好！

公事不私谈

徐勉，字修仁，东海郯人也。（中略）居选官[1]，彝伦[2]有序。既闲尺牍，兼善辞令，虽文案填积，坐客充满，应对如流，手不停笔。又该综百氏，皆避其讳。尝与门人夜聚，客有虞皓求詹事五官。勉正色答云："今夕止可谈风月，不宜及公事。"故时人服其无私。《南史卷 60 · 列传第 50 · 徐勉》

【注释】①选官：古代称主管铨选的官，指吏部。②彝伦：常理、常道；伦常；成为表率、成为典范；铨选官吏。

【以古鉴今】做“公事不私谈”的人，做“闲谈不及公事”的人，更重要的是不把公权私用，不用公权谋私利。公私别混就不会犯毛病：亲情是私、爱情更私，你不用它害公，没人不让你私！职务是公、工作是公，你别把公权私用，就能在社会上立得住。

演好自己的角色

勉虽居显职，不营产业，家无畜积，奉禄分赡亲族之贫乏者。门人故旧，或从容致言，勉乃答曰：“人遗子孙以财，我遗之清白。子孙才也，则自致辎軿；如不才，终为他有。”《南史卷 60 · 列传第 50 · 徐勉》

【以古鉴今】此事由古及今也无了局，皆因其没有对错，只当事人怎么认为就怎么对。只是那财，干净最好！

真廉者

姚察，字伯审，吴兴武康人。（中略）察自居显要，一不交通。尝有私门生不敢厚饷，送南布一端，花练[①]一匹。察谓曰：“吾所衣著，止是麻布蒲练，此物于吾无用。既欲相款接，幸不烦尔。”此人逊请，察厉色驱出，自是莫敢馈遗。《南史卷 69 · 列传第 59 · 姚察》

【注释】①练 shū：粗丝织成的布。

【以古鉴今】受贿最让人作呕的是“恭敬不如从命”“盛情难却”之类假惺惺的谦让，其实内心却是另一番景象。如姚察般讲明自己的情况，如那人仍不识相，说什么“不成敬意，请笑纳”“家乡土特产”之类的套话，“厉声驱出”，岂不干净痛快。所以说受贿之人最可耻，连小偷都不如，小偷还知道拿人家的东西不道德，不敢让人知道，暗地里悄悄地干；受贿者却是光天化日之下冠冕堂皇地“白拿”别人的财物，岂止可耻，简直可恶！

卖法同坐

吉翰，字休文，冯翊池阳人也。（中略）时有死罪囚，典签意欲活之，因翰入关斋呈事，翰省讫，语令且去，明可更呈。明旦，典签不敢复入，呼之乃来。取昨所呈事视讫，谓曰：“卿意当欲宥此囚死命。昨于斋坐见其事，亦有心活之。但此囚罪重，不可全贷，既欲加恩，卿便当代任其罪。”因命左右收典签付狱杀之，原此囚生命。自下畏服，莫敢犯禁。《**南史卷70·列传第60·循吏·吉翰**》

【**以古鉴今**】如典签者，你买别人的命可以，但你得替他抵罪，所以然者，就因为不能亏法。今天是法制社会，我建议吉翰的这一做法不妨写到法典里，就叫“代任其罪”或“替人埋单”条。如果卖多大的法就犯多大的罪，并且罪不能赦，看看到底有多少人是真愿意为“朋友”而不要命的！

孝子能人

傅琰，字季珪，北地灵州人也。（中略）美姿仪，仕宋为武康令，迁山阴令，并著能名，二县皆谓之傅圣。赐爵新亭侯。元徽中，迁尚书左丞。母丧，邻家失火，延烧琰屋，抱柩不动。邻人竞来赴救，乃得俱全。琰股髀之间已被烟焰。

齐高帝辅政，以山阴狱讼烦积，复以琰为山阴令。卖针、卖糖老妪争团丝来诣琰，琰挂团丝于柱鞭之，密视有铁屑，乃罚卖糖者。又二野父争鸡，

琰各问何以食鸡，一人云粟，一人云豆。乃破鸡得粟，罪言豆者。县内称神明，无敢为偷。《南史卷70·列传第60·循吏·傅琰》

【以古鉴今】在家为孝子，为官有能名。对父母好的人，对百姓也坏不了；对自己父母都不好的人，对百姓能好到哪里去？所以古时以孝治天下，是有一定道理的。我们交朋友、处人不用看门第，但要看看他是不是孝顺他的双亲，如果某人连他的父母都处不好，你却能和他处得来，八成你和他是一丘之貉。

仕途好难

（沈）巑[①]之，吴兴武康人，性疏直，在县自以清廉，不事左右，浸润[②]日至，遂锁系尚方。叹曰：“一见天子足矣。”上召问曰：“复欲何陈？”答曰：“臣坐清所以获罪。”上曰：“清复何以获罪？”曰：“无以承奉要人。”上曰：“要人为谁？”巑之以手板四面指曰：“此赤衣诸贤皆是。若臣得更鸣，必令清誉日至。”巑之虽危言，上亦不责。后知其无罪，重除丹徒令。入县界，吏人候之，谓曰：“我今重来，当以人肝代米[③]，不然清名不立。”《南史卷70·列传第60·循吏·沈巑之》

【注释】①巑 cuán：山之峻大貌。②浸润：谗言。③人肝代米：作刻意求治，廉洁自持用。

【以古鉴今】你说古代做清官有多难吧，不贪吧，拿什么去打发“赤衣诸贤”？摆不平人际关系，别说做什么清官了，想活命都难。

做官为民

琰子翙[①]，为官亦有能名。后为吴令，别建康令孙廉，廉因问曰："闻丈人发奸擿伏[②]，惠化[③]如神，何以至此？"答曰："无他也，唯勤而清。清则宪纲自行，勤则事无不理。宪纲自行则吏不能欺，事自理则物无疑滞，欲不理，得乎？"时临淮刘玄明亦有吏能，历山阴、建康令，政当为天下第一，终于司农卿。后翙又代玄明为山阴令，问玄明曰："愿以旧政告新令尹。"答曰："我有奇术，卿家谱所不载，临别当相示。"既而曰："作县令唯日食一升饭而莫饮酒，此第一策也。"《南史卷70·列传第60·循吏·傅翙》

【注释】①翙 huì：鸟飞声。②发奸擿伏：擿，挑、揭发；伏，隐藏。揭发奸邪，形容治理政事精明。③惠化：旧谓地方官为人所称道的政绩和教化。

【以古鉴今】史载循吏多有酒戒，盖因贪杯之官莫不以百姓为鱼肉。然而，"为官一方，造福百姓"仅仅靠"清廉"还不够，还必须勤政。所谓"清廉以修身""勤政以爱民"，二者不可偏废，互为体用。

廉不等于贫

又有汝南周洽，历句容、曲阿、上虞、吴令，廉约无私，卒于都水使者。无以殡敛，吏人为买棺器。齐武帝闻而非之，曰："洽累历名邑而居处不理，遂坐无车宅，死令吏衣棺之，此故宜罪贬，无论褒恤。"乃敕不给赠赙[①]。《南史卷70·列传第60·循吏·周洽》

【注释】①赠赙 fù：赠送财物以助治丧，亦指所送助丧家治丧的财物。

【以古鉴今】这里有一个认识误区：当官的只能有两种生活，一种是贪得无厌，为富不仁；一种是一贫如洗，死无以葬。怎么就不能过正常人的生活呢？衣食无忧，乐乐呵呵为官理政，回家安享天年。是沽名钓誉，越穷越廉洁吗？难道廉洁就得与贫穷相挂钩，就得生无食、死无葬？还是不会安排生活，如说他不会安排生活，可他又是怎么安排治下百姓的日子的呢？一室不能扫，可怎么扫天下呢？几口之家让他过得这般不堪，管理好百姓怕也是虚言。我挺齐武帝，虽不近人情却合物理。

好人好事

子原平，字长恭，幼禀至行，养亲必以已力，佣赁以给供养。性甚巧，每为人作，止取散夫价。主人设食，原平自以家贫，父母不办有肴味，唯飧[①]盐饭而已。若家或无食，则虚中竟日，义不独饱。须日暮作毕，受直归家，于里籴买，然后举爨。父笃疾弥年，原平衣不解带，口不尝盐菜者，跨积寒暑，又未尝睡卧。父亡，哭踊恸绝，数日方苏。以为奉终之义，情礼自毕，茔圹凶功，不欲假人。本虽巧而不解作墓，乃访邑中有营墓者，助人运力，经时展勤，久乃闲练。又自卖十夫以供众费，窀穸[②]之事，俭而当礼。性无术学，因心自然。葬毕，诣所买主执役无懈，与诸奴分务，让逸取劳。主人不忍使，每遣之。原平服勤，未尝暂替，佣赁养母有余，聚以自赎。既学构冢，尤善其事，每至吉岁，求者盈门。原平所起，必自贫始，既取贱价，又以夫力助之。及父丧终，自起两间小屋以为祠堂，每至节岁，常于此数日中哀思，绝饮粥。父服除后，不复食肉。高阳许瑶之罢建安郡丞还家，以绵一斤遗之，不受。瑶之乃自往，曰："今岁过寒，而建安绵好，以此奉尊上下耳。"原平乃拜而受之。及母终，毁瘠弥甚，仅乃免丧。墓前有数十亩田，不属原平，每至农月，耕者恒裸袒。原平不欲使人慢其坟墓，乃贸家资，贵买此田，三农之月，辄束带垂泣，躬自耕垦。

每出卖物，裁求半价，邑人皆共识悉，辄加本价与之，彼此相让，要使微贱，然后取直。宅上种竹，夜有盗其笋者，原平遇见之，盗者奔走坠沟。原平乃于所植竹处，沟上立小桥令通，又采笋置篱外，邻里惭愧，无复取者。

《南史卷73·列传第63·孝义上·郭原平》

【注释】①飧：晚餐，引申为熟食。②窀穸 zhūn xī：墓穴。

【以古鉴今】都是些小事，但总表现在一个人身上，就折射出这个人的品德修养超越我们常人。我无意谁如何如何做，但多读读这样的文字，了解一下原来还可以这样做人！广见闻，阔视野，也正是读书的意义所在吧！

痴情女子

又霸城王整之姊嫁为卫敬瑜妻，年十六而敬瑜亡，父母舅姑咸欲嫁之，誓而不许，乃截耳置盘中为誓乃止。遂手为亡婿种树数百株，墓前柏树忽成连理，一年许还复分散。女乃为诗曰："墓前一株柏，根连复并枝。妾心能感木，颓城何足奇。"所住户有燕巢，常双飞来去，后忽孤飞。女感其偏栖，乃以缕系脚为志。后岁此燕果复更来，犹带前缕。女复为诗曰："昔年无偶去，今春犹独归。故人恩既重，不忍复双飞。"《南史卷74·列传第64·孝义下·卫敬瑜妻》

【以古鉴今】不是不想，而是不忍。活人让死人困住，是自己走不出自己的思想牢笼。换位想一下，你爱他而不忍去，那已去的人也一定是爱你的，他忍心让你孤单寂寞地了此一生吗？他也一定希望你幸福，你呢，也应该满足爱人的愿望，解放自己，活出自己。

率真做人

陶潜，字渊明，或云字深明，名元亮。寻阳柴桑人。（中略）潜不解音声，而畜素琴一张。每有酒适，辄抚弄以寄其意。贵贱造之者，有酒辄设。潜若先醉，便语客："我醉欲眠，卿可去。"其真率如此。《**南史卷75·列传第65·隐逸上·陶潜**》

【**以古鉴今**】率真得可爱，都说童言无忌，因为他们还没有心机，嘴说的就是心想的。可成年人能做到心怎么想就怎么说，实在是不多见，因为成年人大都"世故"了。他们的话都是经过加工后才吐出来的，其可信度是要打折的，有的根本就是南辕北辙。可如陶潜样的人，真是真了，却不容易被社会人接受。

赏功罚过

文成文明皇后冯氏，长乐信都人也。（中略）多智，猜忍[①]，能行大事；杀戮赏罚，决之俄顷，多有不关帝者。是以威福兼作，震动内外。故杞道德、王遇、张佑、苻承祖等拔自微阉，岁中而至王公。王睿出入卧内，数年便为宰辅。赏赍千万亿计，金书铁券，许以不死之诏。李冲以器能受任，亦由见宠帏幄，密加锡赍，不可胜数。后性严明，假有宠侍，亦无所纵。左右纤介之愆，动加棰楚，多至百余，少亦数十。然性不宿憾，寻亦待之如初；或因此更加富贵，是以人人怀于利欲，至死而不思退。《**北史卷13·列传第1·后妃上·文成文明皇后冯氏**》

【**注释**】①猜忍：多疑而残忍。

【**以古鉴今**】赏罚乃权之表征，宽严系存乎于心，但有一点是掌权者必须谨记的：赏罚要对等。重赏轻罚，人将玩法，久则难以驾驭；重罚轻赏，易生怨愤，进取无望人心离散。一定是重罚重赏旗帜鲜明，不讲出身，不看门第，微阉之人岁中可至王公；然有过亦无所纵，纤介之愆，动加捶楚，且不计前嫌，事了心亦了，待之如初。如是，则人心悦服，人人怀于利欲，至死而不思退。这既是领导艺术，也是为人处世所应遵从的法则。

恭俭是福，傲侈为祸

景哲子冏，字法峻，幼好学，泛览经傅，多伎艺。（中略）冏性廉谨，恭俭自修，所得俸秩，必分亲故。终鸿胪卿。临终，诫其二子曰："夫恭俭福之舆，傲侈祸之机。乘福舆者浸以康休，蹈祸机者忽而倾覆，汝其诫欤！吾没后，敛以时服，祭无牢饩[①]，棺足周尸，瘗[②]不泄露而已。"及卒，长子修遵父命。《北史卷24·列传第12·崔冏》

【注释】①牢饩xì：祭祀用的牛羊豕等牺牲。②瘗yì：埋、埋葬。

【以古鉴今】这是作为父亲用一生的感悟凝聚成的肺腑之言，在即将离世时告诫儿子的话，可谓情真意切，终生不得须臾有忘。

官场大忌

晞字叔朗，小名沙弥。（中略）王复录尚书事。新除官者必诣王谢职，去必辞。晞言于王曰："受爵天朝，拜恩私第，自古以为干纪[①]。朝廷文武，出入辞谢，宜一约绝。主上颙颙[②]，赖殿下扶翼。"王深纳焉。《北史卷24·列传第12·王晞》

【注释】①干纪：违犯法纪。犹干系；责任。②颙yóng颙：昂头景仰貌。

【以古鉴今】受爵天朝，拜恩私第，从来就是官场大忌，似有结党不臣之嫌，可不慎欤！

懂女人

晞无子，帝将赐之妾。使小黄门就宅宣旨，皇后相闻晞妻。晞令妻答，妻终不言，晞以手撩胸而退。《**北史卷 24 · 列传第 12 · 王晞**》

【以古鉴今】一家人，是男女搭伴过日子，都高兴才是幸福。不管男女只一个人好，另一个人觉得不好，这个家就不会幸福。王晞深知此理，尽管是皇帝赐妾，老婆不点头、不高兴，也不能答应。是个懂女人的好男人。

忠心可嘉

古弼，代人也。（中略）上谷人上书，言苑囿①过度，人无田业，宜减大半，以赐贫者。弼入欲陈奏，遇帝与给事中刘树棋，志不听事。弼侍坐良久，不获申闻。乃起，于帝前捽树头，掣下床，以手搏棋耳，以拳殴其背，曰："朝廷不理，实尔之罪！"帝失容，放棋曰："不听奏事，过在朕，树何罪？置之！"弼具状以闻。帝奇弼公直，皆可其奏，以与百姓。弼曰："为臣逞志于君前者，非无罪也。"乃诣公车，免冠徒跣②，自劾请罪。帝召之，谓曰："卿其冠履。吾闻筑社之役，蹇蹶而筑之，端冕而事之，神与之福。然则卿有何罪？自今以后，苟利社稷，益国便人者，虽复颠沛造次，卿则为之，无所顾也。"《**北史卷 25 · 列传第 13 · 古弼**》

【注释】①苑囿：划定一定范围的（如墙垣等），具有生产、游赏等功能的皇家专属领地，常见于古籍中。②免冠徒跣：摘掉帽子，光着脚。冠，帽子；徒，空的，光着；跣，光脚赤足。

【以古鉴今】古弼是个直臣。古时大臣在皇帝面前动手打大臣，大概罪责不轻，往小说是"大不敬"，好在皇帝老儿还算开明，深知"益国便人"比"大不敬"重要。在此也奉劝如古弼者：不可造次、好话好说、好事好办。皇帝心情好，你可无罪，心情不好呢？再大不敬起来，怕就没你好果子吃喽！

遇事先想大处

太武大阅，将校猎于河西，弼留守。诏以肥马给骑人，弼命给弱者。太武大怒曰："尖头奴敢裁量朕也！朕还台，先斩此奴！"弼头尖，帝常名之曰"笔头"，时人呼为"笔公"。属官惧诛。弼告之曰："吾谓事君使田猎不过盘游，其罪小也。不备不虞，使戎冠恣逸，其罪大也。今北狄孔炽[①]，南虏未灭，狡焉之志，窥伺边境，是吾忧也。故选肥马备军实，为不虞之远虑。苟使国家有利，吾宁避死乎？明主可以理干，此自吾罪。"帝闻而叹曰："有臣如此，国之宝也。"《**北史卷25·列传第13·古弼**》

【注释】①孔炽：很猖獗，很嚣张。

【以古鉴今】一心做好事，不用问前程。只要出于公心，不为己谋，你的好总会被理解的。所以好的东西不怕被埋没，相信时间是最公允的，只要是世间发生过、存在过的，迟早都会大白于天下，没有永远被埋没的事物，只要你有好事！

明白自己要什么

冲字文朗。十三而孤，孝慕过人。其祖母司空高允女，聪明妇人也。哀其早孤，抚养尤笃。冲免丧后，便志学他方，高氏泣涕留之，冲终不止。虽家世贵达，及从师于外，自同诸生。于时学制，诸生悉日直监厨。冲虽有仆隶，不令代己，身自炊爨。每师受之际，发志精专，不舍昼夜，殆忘寒暑。学通诸经，偏修郑说。阴阳、图纬、算数、天文、风气之书莫不关综，当世服其精博。刺史郭祚闻其盛名，访以疑义，冲应机解辩，无不祛其久惑。后太守范阳卢尚之、刺史河东裴桓并征冲为功曹主簿。非所好也，受署而已，不关事务，唯以讲学为心。四方学徒就其受业者，岁有数百。《**北史卷26·列传第14·刁冲**》

【**以古鉴今**】少有主见，既知道自己有什么，又知道自己要什么，这是一种了不起的能力。一般人今天干这个、明天干那个，浑浑噩噩几十年一无所成，多是既不知自己的长处在哪，也不知自己到底需要什么，无头苍蝇般东一头西一头乱撞，虚掷了光阴，埋没了才智。所以说一个人在踏上人生之路的那一刻，最好是先弄弄清楚自己是怎样的人再出发，匆忙上路，忙错了方向，越努力越失败！

公平执法

（寇）俊字祖俊。（中略）永安初，华州人史底与司徒杨椿讼田。长史以椿势贵，皆言椿直，欲以田给椿。俊曰："史底穷人，杨公横夺其地，若欲损不足以给有余，见使雷同，未敢闻命。"遂以地还史底。孝庄帝后知之，嘉俊守正不挠，拜司马。其附椿者咸责焉。《**北史卷27·列传第15·寇俊**》

【**以古鉴今**】古代世间怪事颇多，其中凡有的，还要再给他，让他更多；没有的，连他所有的也要夺走就是一怪。你没见凡穷人与富人冲突，富人胜算总会多些；平民与官斗，不倾家荡产、人头落地就是万幸。其中原委谁都心知肚明，富人的钱、当官的权，那都是"硬道理"，钱能使鬼，权可通神，穷人只有一文不值的理，在黑心歪嘴的贪官面前难讨公道。学学寇俊，做雪中送炭的人，少凑锦上添花的热闹。

得失有度

矫弟遵，字世礼。（中略）性不廉清。在中书时，每假归山东，必借备骡马，将从百余，屯逼人家，不得丝缣满意，则诟詈[①]不去。旬月之间，缣布千数，郡邑苦之。既莅方岳，本意未弭，选召僚吏，多所取纳。又其妻明氏，家在齐州，母弟舅甥，共相凭属，争取货利。严暴，非理杀害甚多。贪酷之响，帝颇闻之。及车驾幸邺，遵自州来朝。会有赦宥，遵临还州，请辞。帝于行宫引见诮让[②]之。遵自陈无负。帝厉声曰："若无迁都赦，必无高遵矣！又卿非唯贪婪，又虐于刑法。"谓："何如济阴王，犹不免于法。卿何人，而为此行！自今宜自谨约。"还州，仍不悛革[③]。齐州人孟僧振至洛讼遵，诏廷尉少卿邓述穷鞫[④]，皆如所诉。先，沙门道登过遵。遵以道登荷眷于孝文，多奉以货，深托仗之。道登屡因言次，申启救遵，帝不省纳，遂诏述赐遵死。时遵子元荣诣洛讼冤，犹恃道登，不时还赴。道登知事决，方乃遣之。遵恨其妻，不与诀，别处沐浴，引椒[⑤]而死。《**北史卷31·列传第19·高遵**》

【**注释**】①诟詈：辱骂，责骂。②诮让：责问。③悛革：悔改。④穷鞫：彻底审讯或追究。⑤引椒：服毒。椒，蜀椒，又名巴椒，辛热有毒。

【**以古鉴今**】人类拥有的强烈的占有欲，让人永不满足，促使人类不断去探索攀登，主观能动地创造和改变着世界。如牛羊般吃饱了，今天就不管明天，社会岂不永远是茹毛饮血的蛮荒。

弃朽劳，唯才是举

（高）佑字子集，允之从祖弟也。（中略）祐又上疏云："今选举不采职政之优劣，专简年劳之多少，斯非尽才之谓。宜弃彼朽劳，唯才是举。

又勋旧之臣，年勤可录而才非抚人者，则可加以爵赏，不宜委以方任。所谓王者可私人以财，不私人以官者也。”《**北史卷 31 · 列传第 19 · 高佑**》

【以古鉴今】能吃苦耐劳，肯出力流汗的人最应该得到重用？应该拿“官位”当奖品吗？错了！提拔官员的目的是干事，所以用人应弃朽劳，唯才是举，至于出力流汗者，赏其货财可矣。

处人以让人舒服为上

谧子士谦，字子约。（中略）李氏宗党豪盛，每春秋二社，必高会极宴，无不沈醉喧乱。尝集士谦所，盛馔盈前，而先为设黍。谓群从曰：“孔子称黍为五谷之长，荀卿亦云食先黍稷，古人所尚，宁可违乎！”少长肃然，无敢弛惰，退而相谓曰：“既见君子，方觉吾徒之不德也。”士谦闻而自责曰：“何乃为人疏，顿至于此！”《**北史卷 33 · 列传第 21 · 李士谦**》

【以古鉴今】在与不如你的人交往时，不必把强于别人的方面凸显出来，让人有压抑感、不舒服，产生心理距离。至于人前非要表现自己的雅，而不顾及周围人的感受，那就有卖弄的嫌疑了，不只是让人疏，而是招人厌了。

有钱的好人

家富于财，躬处节俭，每以振施为务。（中略）出粟万石以贷乡人，属年谷不登，债家无以偿，皆来致谢。士谦曰：“吾家余粟，本图赈赡，岂求利哉！”于是悉召债家，为设酒食，对之燔契，曰：“债了矣，幸勿为念也。”各令罢去。明年大熟，债家争来偿，士谦拒之，一无所受。《**北史卷 33 · 列**

传第 21 · 李士谦》

【以古鉴今】在不断追求、累积财货达到相当数额时，人的思想会生出一个飞跃，由物质的转而进入精神的层面。终日奔忙于身衣口食者，怎么也弄不明白有钱人的“善举”到底是出于怎样的心理，因为还差着一个层次，进入他的量级，相信你也会的。当然，人有等差，也不尽然，虽富可敌国，拔一毛可拯天下而不为者，也是有的。但永远要相信：世上什么时候都是好人多！

本性难移

（宋）游道刚直，疾恶如仇，见人犯罪，皆欲致之极法。弹纠见事，又好察阴私，问狱察情，捶挞严酷。兖州刺史李子贞在州贪暴，游道案之。文襄以子贞预建义勋，意将含忍。游道疑陈元康为其内助，密启云：“子贞、元康交游，恐其别有请属。”文襄怒，于尚书都堂集百寮，扑杀子贞。又兖州人为游道生立祠堂，像题曰“忠清君”。游道别劾吉宁等五人同死，有欣悦色。朝士甚鄙之。（中略）每戒其子士素、士约、士慎等曰：“吾执法太刚，数遭屯蹇[1]，性自如此，子孙不足以师之。”诸子奉父言，柔和廉逊。《北史卷 34 · 列传第 22 · 宋游道》

【注释】①屯蹇：艰难困苦，不顺利。

【以古鉴今】疾恶如仇是人之共性，但不可太察。如见恶即必除之而后快，那配活的人怕也不多了，谁的所说所做能尽如人意呢？要十分清楚，不是十恶不赦的，就没必要去穷追不舍，给人家时间让其自察自省，改了更好，不改也坏不了大局。好坏参差才是社会，人类永远不可能是整齐划一的。宋游道的不足取处更在于劾人死而“有欣悦色”，这是很遭人鄙的阴暗歹毒心理。父母本应是子女最好的老师，可他却是个“不足以师之”的父亲，悲其明明知道却又偏偏犯着，可叹人性之难移若此！

不以口腹役人

裴侠，字嵩和，河东解人也。（中略）侠躬履俭素，爱人如子，所食唯菽麦盐菜而已，吏人莫不怀之。此郡旧制，有渔猎夫三十人以供郡守。侠曰："以口腹役人，吾所不为也。"乃悉罢之。又有丁三十人，供郡守役，侠亦不以入私，并收庸为市官马。岁时既积，马遂成群。去职之日，一无所取。人歌曰："肥鲜不食，丁庸不取；裴公贞惠，为世规矩。"侠尝与诸牧守俱谒周文，周文命侠别立，谓诸牧守曰："裴侠清慎奉公，为天下之最。"令众中有如侠者，可与之俱立。众皆默然，无敢应者。周文乃厚赐侠，朝野服焉，号为"独立使君"。《北史卷38·列传第26·裴侠》

【以古鉴今】 为体现人生价值而步入仕途的人不能说没有，但是少之又少，自觉为百姓做事不求回报的人亦是凤毛麟角，而为获得权势、捞取金钱、人前风光、满足虚荣者是绝大多数。如裴侠肥鲜不食，丁庸不取，不以口腹役人的，还有第二人吗？扪心自问，你喜欢啥样的？如果让你当官，你想做怎样的官？

诫子孙

（杨）椿字延寿，弘农华阴人也。（中略）庄帝还宫，椿上书频请归老。（中略）椿临行，诫子孙曰：我家入魏之始，即为上客。（中略）太和初，吾兄弟三人并居内职：兄在高祖左右，吾与津在文明太后左右。于时口敕[①]，责诸内官，十日仰密得一事，不列便大嗔嫌[②]。诸人多有依敕密列者，亦有太后、高祖中间传言构间者。吾兄弟自相诫曰："今忝[③]二圣近臣，居母之间难，宜深慎之。又列人事，亦何容易，纵被嗔责，勿轻言。"十余年中，不尝言一人罪过。时大被嫌责，答曰："臣等非不闻人语，正恐不审，仰误圣听，以是不敢言。"于后终以不言。蒙赏及二圣间言语，终不敢辄尔[④]

传通。太和二十一年，吾从济州来朝，在清徽堂豫宴。高祖谓诸贵曰："北京之日，太后严明，吾每得杖。左右因此有是非言。和朕母子者，唯杨播兄弟。"遂举爵赐兄及我酒。汝等脱若⑤万一蒙明主知遇，宜深慎言语，不可轻论人恶也。吾自惟文武才艺、门望姻援不胜他人。一旦位登侍中、尚书，四历九卿，十为刺史，光禄大夫、仪同、开府、司徒、太保，津今复为司空者，正由忠谨慎口，不尝论人之过，无贵无贱，待之以礼，以是故至此耳。闻汝等学时俗人，乃有坐待客者，有驱驰势门者，有轻论人恶者；及见贵胜则敬重之，见贫贱则慢易之，此人行之大失，立身之大病也。汝家仕皇魏以来，高祖以下乃有七郡太守、三十二州刺史，内外显职，时流少比。汝等若能存礼节，不为奢淫骄慢，假不胜人，足免尤诮⑥，足成名家。吾今年始七十五，自惟气力，尚堪朝觐天子，所以孜孜求退者，正欲使汝等知天下满足之议，为一门法耳，非是苟求千载之名。汝等能记吾言，吾百年后终无恨矣。《**北史卷 41 · 列传第 29 · 杨椿**》

【**注释**】①口敕：亦作"口勅"。口宣诏敕。帝王口头的诏令。②嗔嫌：怒怨。③忝：辱，有愧于，常用作谦辞。④辄尔：任意。⑤脱若：倘若。⑥尤诮：过失与谴责。

【**以古鉴今**】杨椿用心良苦，说了这么多，就是要他的后辈"深慎言语，不可轻论人恶""纵被嗔责，勿轻言"。他认为管住自己的嘴，再"能存礼节，不为奢淫骄慢，假不胜人，足免尤诮，足成名家"。人生的旅途，首要的是修好自己的人品，先学会做人，能力如果没有德行驾驭，怕是越大跌得越重。

不达时变

裴粲，字文亮，河东闻喜人也。（中略）沉重善风仪，（中略）宣武闻粲善自标置，欲观其风度，令传诏就家急召之，须臾间，使者相属，合家恇惧①，不测所以，粲更恬然②，神色不变。帝叹异之。时仆射高肇以外戚之贵，势倾一时，朝士见者，咸望尘拜谒。粲候肇，唯长揖而已。及还，家人尤责之，粲曰："何可自同凡俗也。"又曾诣清河王怿，下车始进，便属暴雨，粲容步舒雅，不以霑、濡改节。怿乃令人持盖覆之，叹谓左右曰："何代无奇人！"（中略）孝武初，出为骠骑大将军、胶州刺史。属时亢旱，土人劝令祷于海神。粲惮违众人，乃为祈请，直据胡床③，举杯曰："仆白君。"左右云："前后例皆拜谒。"粲曰："五岳视三公，四渎④视诸侯，安有方伯⑤致礼海神。"卒不肯拜。时青州叛贼耿翔寇乱三齐，粲唯高谭虚论，不事防御之术。翔乘其无备，掩袭州城。左右白言贼至，粲云："岂有此理！"左右又言"已入州门！"粲乃徐云："耿王可引上听事，自余部众，且付城人。"不达时变如此。寻为翔害，送首于梁。《北史卷45·列传第33·裴粲》

【注释】①恇惧：恐惧，惊慌。②恬然：安静、不在意的样子。③胡床：古时一种可以折叠的轻便坐具。④四渎：长江、黄河、淮河、济水的合称。⑤方伯：原指一方诸侯之长，后泛指地方长官。

【以古鉴今】遇暴雨不乱步，跟海神论品级，真乃迂腐得可以。人是好人，但不会做官，不谙世事。敌军已入城门，他还讲礼仪规矩，不达时变如此，直是个呆子。光是好人不成，社会上总有坏人啊！都得应对，所以就须有遇事故懂事故，遇混乱能厘清的本领，方可到社会去做事。否则如裴粲，即便不死于敌人刀下，自己怕也得糊涂死！

坚持正义

高恭之，字道穆，自云辽东人也。（中略）道穆外执直绳，内参机密，凡是益国利人之事，必以奏闻，谏争尽言，无所顾惮。（中略）帝姊寿阳公主行犯清路，执赤棒卒呵之不止，道穆令卒棒破其车。公主深恨，泣以诉帝。帝曰："高中尉清直人，彼所行者公事，岂可私恨责之也？"道穆后见帝，帝曰："一日家姊行路相犯，深以为愧。"道穆免冠谢，帝曰："朕以愧卿，卿反谢朕！"《北史卷50·列传第38·高恭之》

【以古鉴今】高恭之的直如绳，得到了皇帝的认可，可有多少人因坚持正义而丢了命啊！那正义到底还要不要坚持？当然要坚持，但前提是你坚持得是否有意义，如果你的坚持不但于事无补，很可能还得搭上小命的赔本赚吆喝，我以为一开始你就不该出头。所以说坚持不是硬顶，更不是玩命，坚持的目的是使正义得以伸张，讲策略或迂回都是可以理解的。要认清形势，不可强出头！

去乃见思

王罴，字熊罴，京兆霸城人，（中略）性俭率，不事边幅。尝有台使至，罴为设食，使乃裂去薄饼缘。罴曰："耕种收获，其功已深，舂爨①造成，用力不少，尔之选择，当是未饥。"命左右撤去之。使者愕然大惭。又客与罴食瓜，客削瓜皮，侵肉稍厚，罴意嫌之。及瓜皮落地，乃引手就地取而食之。客甚愧色。性又严急，尝有吏挟私陈事者，罴不暇命捶扑，乃手自取靴履，持以击之。每至享会②，自秤量酒肉，分给将士。时人尚其均平，嗤其鄙碎。罴举动率情，不为巧诈，凡所经处，虽无当时功迹，咸去乃见思。《北史卷62·列传第49·王罴》

【注释】①舂爨：舂米与做饭。②享会：犒劳将士的宴会。

【以古鉴今】有一种人，脾气耿直，说话率真，不会曲就，张口见心，对事对人嘴说的就是心想的。这种人你和他在一起时，不见有什么好，甚或还觉得他有点不招人待见。可一旦分别，你就会想到他的好，可谓去乃见思。最好引这种人为朋友、知己，因为他抗处，处的时间越长，就越见他的好、他的真！

知错能改就好

韩褒，字弘业，颍川颍阳人也。（中略）褒少有志尚，好学而不守章句。其师怪问之，对曰："文字之间，常奉训诱，至于商较异同，请从所好。"师因此奇之。及长，涉猎经史，深沈有远略。（中略）出为北雍州刺史。州带北山，多有盗贼。褒密访之，并豪右所为也，而阳不之知。厚加礼遇，谓曰："刺史起自书生，安知督盗？所赖卿等共分其忧耳。"乃悉召杰黠[1]少年素为乡里患者，置为主帅，分其地界，有盗发而不获者，以故纵论。于是诸被署者莫不惶惧，皆首伏曰："前盗发者，并某等为之。"所有徒侣，皆列其姓名，或亡命隐匿者，并悉言其所在。褒乃取盗名簿藏之，因大榜州门曰："自知行盗者，可急来首，即除其罪。尽今月不首者，显戮其身，籍没妻子，以赏前首者。"旬日之间，诸盗咸悉首尽。褒取名簿勘之，一无差异，并原其罪，许以自新，由是群盗屏息。《北史卷70·列传第58·韩褒》

【注释】①杰黠：凶猛而狡诈。

【以古鉴今】都是遇到过不去的坎了，才铤而走险为盗，没有人生下来就是贼的。对这样的人给政策、许自新，都会回到好人行列里来的。这里有对待犯错误的人的态度问题，是推还是拉，可不要小看这一推一拉，有时竟能决定人的一生。人都是在迷失自己时才出错的，你的一个笑脸、一句暖语，他可能就迷途知返变好了；你一脸的不屑、诡异的眼神，他可能就万劫不复了。遇此类人，特别是我们牵挂和不舍的人该如何做，更要慎之又慎！

如何对待贫富

羌胡之俗，轻贫弱，尚豪富。豪富之家，侵渔[1]百姓，同于仆录。故贫者日削，豪者益富。褒乃悉募贫人，以充兵士，优复其家，蠲免徭赋。

又调富人财物以振给之。每西城商货至，又先尽贫者市之。于是贫富渐均，户口殷实。《北史卷 70 · 列传第 58 · 韩褒》

【注释】①侵渔：侵夺他人的财物。渔，捕鱼，此处引申为得到财物。

【以古鉴今】自己尽可全力以赴奔好日子，发大财成富翁，但不许看不起穷人，如有可能一定要帮衬。最可耻的是俯首低眉于比自己更富有的人，而对不如自己的穷人连鼻子都懒得哼，这副奴才嘴脸，是人群的败类。倘能雪中送炭最好，不能也不许为富不仁。人可以不高贵，但绝不许下贱！

不欺心

（赵）轨少好学，有行检。周蔡王引为记室，以清苦闻。隋文帝受禅，为齐州别驾，有能名。其东邻有桑，葚落其家，轨遣人悉拾还其主，戒其诸子曰："吾非以此求名，意者非机杼物，不愿侵人。汝等宜以为戒。"在州考绩连最。持节使者合阳公梁子恭上状，文帝赐以米帛甚优，令入朝。父老将送者，各挥涕曰："别驾在官，水火不与百姓交，是以不敢以杯酒相送。公清如水，请酌一杯水奉饯。"轨受饮之。（中略）时卫王爽为原州总管，召为司马。在道夜行，其左右马逸入田中，暴人禾。轨驻马待明，访知禾主，酬直而去。原州人吏闻之，莫不改操。后检校硖州刺史，甚有恩惠。转寿州总管长史。芍陂旧有五门堰，芜秽①不通。轨劝课吏人，更开三十六门，灌田五千余顷，人赖其利。《北史卷 70 · 列传第 58 · 赵轨》

【注释】①芜秽：杂草丛生，土地荒废。

【以古鉴今】桑葚事小，却反射出赵轨不贪小利，不愿侵人的性格；夜行马踏麦田，自觉待天明，访得禾主，赔偿损失再走，更反映出其爱民的高尚情操。赵轨是个不欺心的人，思维如此缜密，做人如此谨慎，为官也一定能执行上级的意图，顺应百姓的愿望。人生一世，能得青史一幅纸，也算没白来人间走一遭！

修仁守信

孟信，字修仁，广川索卢人也。家世贫寒，颇传学业。信常曰：“穷则变，变则通。吾家世传儒学，而未有通官，当由儒非世务也。”遂感激，弃书从军。（中略）从孝武帝入关，封东州子，赵平太守。政尚宽和，权豪无犯。山中老人会以豘酒馈之，信和颜接引，殷勤劳问，乃自出酒，以铁铛温之，素木盘盛芜青菹[①]，唯此而已。又以一铛借老人，但执一杯，各自斟酌，申酬酢之意，谓老人曰：“吾至郡来，无人以一物见遗，今卿独有此饷。且食菜已久，欲为卿受一豚髆[②]耳。酒既自有，不能相费。”老人大悦，再拜，擘豚[③]进之。酒尽方别。及去官，居贫无食。唯有一老牛，其兄子卖之，拟供薪米。券契已讫，市法应知牛主住在所。信适从外来，见买牛人，方知其卖也。因告之曰：“此牛先来有病，小用便发，君不须也。”杖其兄子二十。买牛人嗟异良久，呼信曰：“孟公，但见与牛，未必须其力也。”苦请不得，乃罢。买牛者，周文帝帐下人，周文深叹异焉。未几，举为太子少师，后迁太子太傅，儒者荣之。特加车骑大将军、仪同三司、散骑常侍。辞老请退，周文不夺其志，赐车马、几杖、衣服、床帐。卒于家。《北史卷70·列传第58·孟信》

【注释】①菹 zū：酢菜，腌菜。②豚髆 bó：猪肋肉。一说猪腿。③擘豚：手裂豚肉。

【以古鉴今】名如其人，修仁有信。就应如此做人，明不亏人，暗不愧心，不是我的，给也不要。杨震的四知不是说着玩的，昧良心的话不着于口，昧良心的事宁死勿为，须知人欺天不欺，果报不爽。

手足情

蔡景王整，隋文帝之次弟也。（中略）整娶同郡尉迟纲女，生智积。开皇中，有司奏智积将葬尉太妃，帝曰："昔几杀我。我有同生二弟，并倚妇家势，常憎疾我。我向之笑云：'尔既嗔我，不可与尔角嗔。'并云：'阿兄止倚头额。'时有医师边隐逐势，言我后百日当病癫。二弟私喜。以告父母。父母泣谓我曰：'尔二弟大剧，不能爱兄。'我因言：'一日有天下，当改其姓。夫不受其亲而爱他人者，谓之悖德[①]，当改之为悖。'父母许我此言。父母亡后，二弟及妇又谗我，言于晋公。于时每还，欲入门，常不喜，如见狱门。托以患气，常锁阁静坐，唯食至时暂开阁。每飞言入耳，窃云'复未邪？'当时实不可耐，羡人无兄弟。世间贫家兄弟多相爱，由相假藉；达官兄弟多相憎，争名利故也。"《**北史卷 71 · 列传第 59 · 杨整**》

【注释】①悖德：背离道德。

【以古鉴今】达官兄弟争权，富贵之家争财，因为有得争，所以就争来争去闹得鸡犬不宁，以致坑兄灭弟；倒是穷苦人家没得争，兄弟互相帮衬着更容易度日，正是这互相假籍反而成就了鱼水般的兄弟情。由此可知，人不需那么多"阿堵物"，小温饱或还有点贫的日子才更有味道！

世态炎凉

虞庆则，京兆栎阳[①]人也。（中略）平陈后，帝幸晋王第，置酒会群臣。高颎等奉觞[②]上寿。帝曰："高颎平江南，虞庆则平突厥，可谓茂功矣。"杨素曰："皆由至尊威德所被。"庆则曰："杨素前出兵武牢、硖石，若非至尊威德，亦无克理。"遂互相长短。御史欲弹之，帝曰："今日计功为乐，并不须劾。"帝观群臣宴射，庆则进曰："臣蒙赉酒，令尽乐，御史在侧，恐醉被弹。”帝赐御史酒，遣之出。庆则奉觞上寿，极欢。帝谓诸公曰：“饮此酒，愿我与公等子孙常如今日，世守富贵。”（中略）十七年，岭南人李世贤据州反，议欲讨之。诸将二三请行，皆不许。帝顾谓庆则曰：“位居宰相，爵为上公，国家有贼，遂无行意，何也？”庆则拜谢恐惧，帝乃遣焉。为桂州道行军总管，以妇弟赵什柱为随府长史。什柱与庆则爱妾通，恐事彰，乃宣言：“庆则不欲此行。”帝闻之。先是，朝臣出征，帝皆宴别，礼赐遣之。庆则南讨辞帝，帝色不悦，庆则由是怏怏不得志。暨平世贤还，归桂镇，观眺山川形势，曰：“此诚险固，加以足粮。若守得其人，攻不可拔。”遂使什柱驰诣京奏事，观帝颜色。什柱至京，因告庆则谋反。帝按验之，于是伏诛。《**北史卷 73 · 列传第 61 · 虞庆则**》

【注释】①栎阳：古县名。战国时秦国之都，在今陕西省临潼。②奉觞：举杯敬酒。

【以古鉴今】世上就没有不变的，变是绝对的，人说永远和你好，永远不变心，听听可以，却当不得真，要是当真你就真的被骗了。但变也不是说就一定变成敌人，就得你死我活，只是不像当初那么单纯，因为有后来许多人和事。珍惜眼前人，好在当下，享受现在，不幻想天长地久，世上根本就没有天长地久的人和事。说好了与公等子孙常如今日，世守富贵，哪知没几年竟取了卿卿性命，当事人倘不得永年，又何待子孙焉？

做无悔的人

裴政，字德表，河东闻喜人也。（中略）幼聪明，博闻强记，达于从政，为当世所称。（中略）政好面折人短，而退无后言。时云定兴数入侍太子，为奇服异器，进奉后宫，又缘女宠，来往无节。政数切谏，太子不纳。政谓定兴曰：“公所为不合礼度。又元妃暴薨，道路籍籍，此于太子非令名也。愿公自引退，不然将及祸。”定兴怒，以告太子，太子益疏政。由是出为襄州总管，妻子不之官，所受秩奉，散给僚吏。人犯罪者，阴悉知之，或竟岁不发，至再三犯，乃因都会时，于众中召出，亲案其罪，五人处死，流、徙者甚众。合境惶慑，令行禁止，称为神明，尔后不修囹圄，殆无净讼。卒于官。及太子废，文帝追忆之曰："向遣裴政、刘行本在，共匡弼之，犹应不令至此。"《**北史卷 77 · 列传第 65 · 裴政**》

【以古鉴今】当你正在得意时，如听到不顺耳的声音，为了面子，你可以不承认、不接受，回敬他，甚至是狠狠地回敬他。但事后你可千万要认认真真地去回想：你都做了什么，是不是当下很舒服惬意？如是，则小心啦，命运不会总眷顾你一人，月满则亏，福祸相依啊！那人为什么如此不合时宜，他说那些对他有什么好处？如果对他没什么好处，可能对你恰恰有好处，忠言逆耳，旁观者清啊！记住：得意时被你轻快否定的，可能正是你将来最沉痛的。

奉法一心

荣毗[①]，字子谌[②]，北平无终人也。（中略）毗少刚鲠，有局量，涉猎群言。（中略）时以华阴多盗贼，妙选长史，杨素荐毗为华州长史，世号为能。素之田宅，多在华阴，左右放纵，毗以法绳之，无所宽贷。毗因朝集，素谓之曰："素之举卿，适以自罚也？"毗答曰："奉法一心者，但恐累公所举。"素笑曰："前言戏耳。卿之奉法，素之望也。"时晋王在扬州，每令人密觇[③]京师消息，遣张衡于路次往往置马坊，以畜牧为辞，实给私人也。州县莫敢违，毗独遏绝其事。《**北史卷 77 · 列传第 65 · 荣毗**》

【注释】①毗：辅助。损伤；败坏。如庄子语："人大喜邪毗于阳，人大怒邪毗于阴。阴阳并毗，四时不至，寒暑之和不成，其反伤人之形乎？"②谌 chén：相信。③密觇 chān：暗中窥探。

【以古鉴今】一句"恐累公所举"恰是荣毗的真心话，绝非应付场面。可见当初就只知执法，而没顾及犯法的是谁，正是奉法一心者也。执法就应只看事，不看人，否则公事和私情一搅和，就难办了。没有抛开私情的勇气，就不要染指司法。

注意后院

历观累代外戚之家，乘母后之权以取高位厚秩者多矣！而鲜能有克终之美，必罹颠覆之患，何哉？皆由乎居上不以至公任物，在下徒用私宠要荣。茧犊[1]引大车，升质任厚栋，无德而尊，不知纪极，忽于满盈之戒，罔念高危之咎。故鬼瞰其室[2]，忧必及之，所以杀身倾族相继于西京也。夫诚著艰难，功宣社稷，不以谦冲自牧[3]，未免颠蹶[4]之祸；而况道不足以济时，仁不足以利物，自矜于己，以富贵骄人者乎！《北史卷 80 · 列传第 68 · 外戚》

【注释】①茧犊：牛犊。②鬼瞰其室：鬼神窥望显达富贵人家，将祸害其满盈之志。③自牧：自我修养。④颠蹶：颠倒失次。

【以古鉴今】后党乱国破家者屡见不鲜，因亲因近狎昵不尊，小毛小病就放过了，养成大患则杀身灭族。要记住：居家别拔掉篱笆墙，熟人也要长幼尊卑有序；私议不及公事，公事公言之；绝不合伙做生意，也不借钱给他人；有困难帮钱帮物，出人出力都成，就是不能替人主事；儿女大了，也不去当儿女的家。我就是我，我永远都不是你，更不是他！

生命是相通的

李惠，中山人。（中略）长于思察。雍州厅事，有燕争巢，斗已累日，惠令人掩获，试命纲纪[1]断之，并辞。惠乃使卒以弱竹弹两燕，既而一去一留，惠笑谓吏属曰："此留者自计为巢功重，彼去者既经楚痛，理无固心。"

群下伏其深察。人有负盐负薪者，同释重檐息树阴。二人将行，争一羊皮，各言藉背之物。惠遣争者出，顾州纲纪曰："此羊皮可拷知主乎？"群下咸无答者。惠令人置羊皮席上，以杖击之，见少盐屑，曰："得其实矣。"使争者视之，负薪者乃伏而就罪。凡所察究，多如此类，由是吏人莫敢欺犯。《北史卷 80 · 列传第 68 · 外戚 · 李惠》

【注释】①纲纪：社会秩序和国家法纪。

【以古鉴今】燕子的故事，实则道出一个真理：在生命世界里万物都是相通的。食色之性，贪得之心，都是一样的。羊皮的案子，可看出李惠是个热爱生活、懂生活的人，能在他人不经意的细枝末节中，有如穿越时空般的找出再现生活原貌的方法，不用法器，说话好像都是多余的。燕子不会讲话，会讲话的又各执一词，似乎棘手，换个思维方式，相信世间无解不开的结！

不要亵渎人性

于洛侯，代人也。为秦州刺史，贪酷安忍。部人富炽夺人吕胜胫缠[①]一具，洛侯辄鞭富炽一百，截其右腕。百姓王陇客刺杀人王羌奴、王愈二人，依律罪死。而洛侯生拔陇客舌，刺其本，并刺胸腹二十余疮。陇客不堪苦痛，随刀战动。乃立四柱，磔其手足，命将绝，始斩其首，支解四体，分悬道路。见者无不伤楚叹愕。百姓王元寿等一时反叛。有司纠劾，孝文诏使者于州常刑人处，宣告兵人，然后斩洛侯以谢百姓。《北史卷 87 · 列传第 75 · 酷吏 · 于洛侯》

【注释】①胫缠：绑腿的布带。

【以古鉴今】杀人偿命天经地义，他犯的是国法就用国法惩处，死罪也就一死而已，何苦拔舌刺本，死后尚肢解四体，分悬道路！如此举动亵渎了人性，让活着的人心里像堵把草，喘不过气来，觉得受到了侮辱，有物伤其类之痛。百姓是啥，单个是人，合起来是神，谁敢让神不痛快，谁就别想痛快，这是人类社会的法则，迟早得还民众一个公道。

以义犯法，理在可原

平原鄃县女子孙氏男玉者，夫为零陵县人所杀。男玉追执仇人，欲自杀之。其弟止而不听。男玉曰："女人出适①，以夫为天，当亲自复雪，云何假人之手？"遂以杖殴杀之。有司处死，以闻。献文诏曰："男玉重节轻身，以义犯法，缘情定罪，理在可原，其特恕之。"《**北史卷91·列传第79·列女·平原女子孙氏**》

【注释】①出适：出嫁。

【以古鉴今】法理者，人情也，可人情又大不过王法。犯法自有执法机关裁处，个人无执法权。此处的处理虽让人解气，但不适于今天。古代封建社会，讲的是王法，行的是王权，所以皇帝说"理在可原"，即可"特恕"之。如今是法制社会，讲的是国法，行的是人权。此处不注意，容易越权触法，是要吃官司的，不可莽撞！

无忧之乐久

姚氏妇杨氏者，阉人苻承祖姨也。家贫。及承祖为文明太后所宠贵，亲姻皆求利润，唯杨独不欲。常谓其姊曰："姊虽有一时之荣，不若妹有无忧之乐。"姊每遗其衣服，多不受，强与之，则云："我夫家世贫，好衣美服则使人不安。"与之奴婢，云："我家无食，不能供给。"终不肯受。常著破衣，自执劳事。时受其衣服，多不著，密埋之；设有著者，污之而后服。承祖每见其寒悴[①]，深恨其家，谓不供给之。乃启其母曰："今承祖一身，何所乏少，而使姨如是？"母具以语之。承祖乃遣人乘车往迎之，则厉志不起，遣人强舆于车上，则大哭言："尔欲杀我也！"由是苻家内外，皆号为痴姨。及承祖败，有司执其二姨至殿庭致法，以姚氏妇衣裳弊陋，特免其罪。其识机，虽吕媭[②]亦不如也。《**北史卷91·列传第79·列女·姚氏妇杨氏**》

【注释】①寒悴：寒微；微贱。②吕媭 xū：吕雉的妹妹，吕后当政时，吕媭被封为临光侯。吕媭掌管政事十分专断，大臣们没有不怕她的。吕后死后，吕媭在诛除吕氏的斗争中被乱棍打死。

【以古鉴今】别人风光自是别人的福，别眼红，别人倒霉时也就沾不上霉气了。时下有些人，见人有钱了、当官了，同学、战友、发小、闺蜜，反正只要能找出点关系的，不是亲，强认亲，且到处嚷嚷，以此招摇，抬高身价，就不怕有朝破败如吕媭样！

时不如人须退步

高祖太穆皇后窦氏，京兆始平人，隋定州总管、神武公毅之女也。（中略）大业中，高祖为扶风太守，有骏马数匹。常言于高祖曰："上好鹰爱马，公之所知，此堪进御，不可久留，人或言者，必为身累，愿熟思之。"高祖未决，竟以此获谴。未几，后崩于涿郡，时年四十五。高祖追思后言，方为自安之计，数求鹰犬以进之，俄而擢拜将军，因流涕谓诸子曰："我早从汝母之言，居此官久矣。"《**旧唐书卷51·列传第1·后妃上·太穆皇后窦氏**》

【以古鉴今】与头头有相同爱好，要注意不可比他强，强则遭忌。他在玩上胜不了你，小心在正事上触你的霉头，岂不因小失大？解决之法嘛，一是暂时放弃这一爱好；二是离开这个头头；三是韬晦自己，不要超过他。反正不能硬磕，别应了烦恼只因"强出头"这句话，闲事上让一步求得正事的顺遂，也矮不了自己。

不护小头的女人

太宗即位，立长孙氏为后。赠后父晟司空、齐献公。后性尤俭约，凡所服御，取给而已。太宗弥加礼待，常与后论及赏罚之事，对曰："牝鸡之晨，惟家之索。[①]妾以妇人，岂敢豫闻[②]政事？"太宗固与之言，竟不之答。时后兄无忌，夙与太宗为布衣之交，又以佐命元勋，委以腹心，出入卧内，将任之朝政。后固言不可，每乘间奏曰："妾既托身紫宫，尊贵已极，实不愿兄弟子侄布列朝廷。汉之吕、霍可为切骨之诫，特愿圣朝勿以妾兄为宰执。"《**旧唐书卷 51 · 列传第 1 · 后妃上 · 长孙皇后**》

【注释】①牝鸡司晨，惟家之索：索，尽也。雌代雄鸣则家尽，妇夺夫政则国亡。意思是母鸡在清晨打鸣，这个家庭就要破败。比喻女性掌权，颠倒阴阳，会导致家破国亡。②豫闻：参与闻知。豫，通"与"。

【以古鉴今】此乃明智之举，官场的阴晴雨雪瞬息万变，爬得高跌得重，一朝不慎有个马高镫短，恐怕要当平民百姓亦不可能。切记"好"不可集于一身一姓，不管是哪方面都不可以。一家饱暖千家怨的话，永远不会过时！

相夫教子

后所生长乐公主[①]，太宗特所钟爱，及将出降，敕所司资送倍于长公主。魏徵谏曰："昔汉明帝时，将封皇子，帝曰：'朕子安得同于先帝子乎！'然谓长主者，良以尊于公主也，情虽有差，义无等别。若令公主之礼有过长主，理恐不可，愿陛下思之。"太宗以其言退而告后，后叹曰："尝闻陛下重魏徵，殊未知其故。今闻其谏，实乃能以义制主之情，可谓正直社稷之臣矣。妾与陛下结发为夫妇，曲蒙礼待，情义深重，每言必候颜色，尚不敢轻犯威严，况在臣下，情疏礼隔，故韩非为之说难，东方称其不易，良有以也[②]。忠言逆于耳而利于行，有国有家者急务，纳之则俗宁，杜之则政乱，诚愿陛下详之，则天下幸甚。”后因请遣中使赍帛五百匹，诣征宅以赐之。太子承乾乳母遂安夫人常白后曰：“东宫器用阙少，欲有奏请。”后不听，曰：“为太子，所患德不立而名不扬，何忧少于器物也！”《旧唐书卷51·列传第1·后妃上·长孙皇后》

【注释】①公主：自东汉之后，皇帝的女儿称为公主，皇帝的姐妹称为长公主，皇帝的姑母称为大长公主。得宠的长公主位高于一般嫔妃。②良有以也：某种事情的产生的确是有原因的。

【以古鉴今】劝丈夫勇于纳谏，善待中正犯颜之臣；鼓励儿子立德扬名，不要在衣食住行的小事上花心思；嫁女儿，遵循礼法，不因为她是自己的女儿就高过“长公主”。这一桩桩一件件，都能折射出一个女人对丈夫和儿女那份浓浓的爱。相夫教子，妇德高杰，女人的楷模！

将心比心

窦建德，贝州漳南人也。（中略）尝破赵州，执刺史张昂、邢州刺史陈君宾、大使张道源等，以侵轶[①]其境，建德将戮之。其国子祭酒凌敬进曰：“夫犬各吠非其主，今邻人坚守，力屈就擒，此乃忠确士也。若加酷害，何以劝大王之臣乎？”建德盛怒曰：“我至城下，犹迷不降，劳我师旅，罪何可赦？”敬又曰：“今大王使大将军高士兴于易水抗御罗艺，兵才至，士兴即降，大王之意复为可不？”建德乃悟，即命释之。《旧唐书卷54·列传第4·窦建德》

【注释】①侵轶：侵犯袭击。

【以古鉴今】人多是一副肚腩两种心肠，要求自己的部下尽忠报效，而敌人的部下抵抗了就罪不可赦，原因是他忠于他的主人而给自己添了麻烦。要求子女对自己恭敬孝顺，常回家看看，而你自己的爹娘空巢凄清。人人心中都有一杆秤，人在做，天在看。人心是相通的，将心比心。

论功行赏

贞观元年，（中略）太宗谓诸功臣曰："朕叙公等勋效，量定封邑，恐不能尽当，各自言。"神通曰："义旗初起，臣率兵先至，今房玄龄、杜如晦等刀笔[①]之人，功居第一，臣且不服。"上曰："义旗初起，人皆有心。叔父虽率兵先至，未尝身履行阵。山东未定，受委专征，建德南侵，全军陷没；及刘黑闼翻动，叔父望风而破。今计勋行赏，玄龄等有筹谋帷幄定社稷功，所以汉之萧何，虽无汗马[②]，指纵推毂，故功居第一。叔父于国至亲，诚无所爱，必不可缘私滥与勋臣同赏耳。"《**旧唐书卷60·列传第10·宗室·李神通**》

【**注释**】①刀笔：古代写字的工具。用笔在竹片上记事，有错误则用刀刮去重写，因此刀笔连用指有关公文案卷的事。②汗马：战马奔走而出汗，喻劳苦征战，原指立的战功，后泛指在工作中做出的贡献。

【**以古鉴今**】领导的作用，就是明赏罚、均利益平衡关系。明智者，应该是一碗水端平，觉得绝对端平有困难，最好是倾向于外人，而让至亲好友吃一点点亏。这可能会使亲友不满，那就背地里安慰安慰呗！结果是能赢得绝大多数人的欢心。不管是谁，就是神仙也不可能让所有人满意，能让多数人满意，也就是公平了！

孰对孰错

初，高祖受禅，以天下未定，广封宗室以威天下，皇从弟及侄年始孩童者数十人，皆封为郡王。太宗即位，因举宗正属藉问侍臣曰："遍封宗子，于天下便乎？"尚书右仆射封德彝对曰："历观往古，封王者，今最为多。两汉已降[①]，唯封帝子及亲兄弟，若宗室疏远者，非有大功如周之郇[②]、滕，汉之贾、泽，并不得滥封，所以别亲疏也。先朝敦睦九族，一切封王，爵命既隆，多给力役，盖以天下为私，殊非至公驭物之道。"太宗曰："朕理天下，本为百姓，非欲劳百姓以养己之亲也。"于是宗室率以属疏降爵为郡公，唯有功者数十人封王。《旧唐书卷 60 · 列传第 10 · 宗室 · 李神通》

【注释】①已降：犹言以后，表示时间在后。②郇 xún：周朝国名。

【以古鉴今】有什么样的世界观，就有什么样的方法论，高祖认为是他家的天下，则李姓孩童皆可为王，要天下人养他一门；李世民则认为天下者，天下人之天下，非欲劳百姓以养己之亲也。所以爹封的，儿子再给他撤掉，孰对孰错？世间事本无对错，对错都是人说的，处在不同位置，结论也就不一样。就因为人都是把适合自己的视为对的，所以才有夫妻反目、父子成仇。放下自己的成见，则天下太平矣！

执法不可拘泥

河间王孝恭，瑗之弟也。高祖克京师，拜左光禄大夫，寻为山南道招慰大使。自金州出于巴蜀，招携以礼，降附者三十余州。孝恭进击朱粲，破之，诸将曰："此食人贼也，为害实深，请坑之。"孝恭曰："不可！自此以东，皆为寇境，若闻此事，岂有来降者乎？"尽赦而不杀，由是书檄[①]所至，相继降款。《旧唐书卷 60 · 列传第 10 · 宗室 · 李孝恭》

【注释】①书檄：书简与檄文，泛指文书。

【以古鉴今】朱粲该死，和他一样该死的人还有许多，杀一个朱粲，会让千百个如朱粲者为保命而拼命。所以按律当斩可因具体情况而不能斩，因为活其一人，可让那多人看到活的希望而传檄来降，否则就都是你的死敌。因此执法不可拘泥，要因时、因事、因人而异，为人处世又何尝不是如此呢，要看长远、看大处、看全局。

明白人

孝恭性奢豪，重游宴，歌姬舞女百有余人，然而宽恕退让，无骄矜自伐之色。太宗甚加亲待，诸宗室中莫与为比。孝恭尝怅然谓所亲曰："吾所居宅微为宏壮，非吾心也，当卖之，别营一所，粗令充事而已。身殁之后，诸子若才，守此足矣；如其不才，冀免他人所利也。"《旧唐书卷 60 · 列传第 10 · 宗室 · 李孝恭》

【以古鉴今】孝恭生性宽恕退让，无骄矜自伐之色，说明他活得明白，当然对身后的事情也能想清楚。任何人的一生都是自己活出来的，而不是他人事先设计的，父母费尽心机也多是徒劳，到头来都只是老人的一厢情愿。所以父母遗金远不如教以点金之术，掌握生存本领，与时俱进地活好每一天！

人心无厌，当以理制之

（贞观）十二年，（李道宗）迁礼部尚书，改封江夏王。寻坐赃下狱。太宗谓侍臣曰："朕富有四海，士马如林，欲使辙迹周宇内，游观无休息，绝域采奇玩，海外访珍馐，岂不得耶？劳万姓而乐一人，朕所不取也。人心无厌，唯当以理制之。道宗俸料甚高，宴赐不少，足有余财，而贪婪如此，

使人嗟惋[①]，岂不鄙乎！”遂免官，削封邑。《旧唐书卷60·列传第10·宗室·李道宗》

【注释】①嗟惋：慨叹惋惜。

【以古鉴今】知足止足话是有的，只是人们总是在嘴上说说，并不准备实行，致使一些人在人生路上跌倒、翻船。记住：“劳万姓而乐一人”，绝不可取！“人心无厌”，定要以理制之！倘能记住、践行，终生无祸矣！

骄矜自负，败亡之道

（贞观）十四年，（李道宗）复拜礼部尚书。时侯君集立功于高昌，自负其才，潜有异志。道宗尝因侍宴，从容言曰：“君集智小言大，举止不伦，以臣观之，必为戎首[①]。”太宗曰：“何以知之？”对曰：“见其恃有微功，深怀矜伐[②]，耻在房玄龄、李靖之下。虽为吏部尚书，未满其志，非毁时贤，常有不平之语。”（中略）俄而君集谋反诛。《旧唐书卷60·列传第10·宗室·李道宗》

【注释】①戎首：发动战争的主谋、祸首。②矜伐：恃才夸功、夸耀。

【以古鉴今】做自己该做的事，说对得起自己良心的话，不放大自己，不贬损他人，这是厚道。不然你目空一切就必然一切皆空，七个不服八个不忿的人，你不服身边的人，那身边的人也不会服你，你一人看不起众人不打紧，但如果众人看你不顺眼，你的霉运就不远了。众怒难犯，你看不起的人，正是你为自己埋下的祸根。

环境造就人

李纲，字文纪，观州蓨人也。(中略)隋开皇末，为太子洗马[①]。皇太子勇尝以岁首宴宫臣，左庶子唐令则自请奏琵琶，又歌《武媚娘》之曲。纲自勇曰："令则身任宫卿，职当调护，乃于宴座自比倡优，进淫声，秽视听。事若上闻，令则罪不测，岂不累于殿下？臣请遽正其罪。"勇曰："我欲为乐耳，君勿多事。"纲趋而出。及勇废黜，文帝召东宫官属切让[②]之，无敢对者。纲对曰："今日之事，乃陛下之过，非太子罪也。勇器非上品，性是常人，若得贤明之士辅导之，足堪继嗣皇业。方今多士盈朝，当择贤者居其任，奈何以弦歌鹰犬之才侍侧，至令致此？乃陛下训导不足，岂太子之罪耶！"辞气凛然，左右皆为之失色。文帝曰："令汝在彼，岂非择人？"纲曰："臣在东宫，非得言者。"帝奇其对，擢拜尚书右丞。《旧唐书卷62·列传第12·李钢》

【注释】①太子洗马：辅佐太子，教太子政事、文理的官员。②切让：严厉责备。

【以古鉴今】典型的子不孝父之过也。孩子的世界就是一张白纸，染黄则黄，染苍则苍，家庭就是他的模具。年轻的父母们，请为你的孩子营造一个好的成长环境，让他看的是文明高雅的举止，听的是天籁般的乐音，接触的总是向上的正人君子，不待你劳神，你的孩子已成人了！

善揣摩者

封伦，字德彝，观州蓨人。(中略)内史令杨素往征之，署为行军记室。船至海曲，素召之，伦坠于水中，人救免溺，乃易衣以见，竟寝不言。素后知，问其故，曰："私事也，所以不白。"素甚嗟异之。素将营仁寿宫，引为土木监。隋文帝至宫所，见制度奢侈，大怒曰："杨素为不诚矣！殚百姓之力，雕饰离宫①，为吾结怨于天下。”素惶恐，虑将获谴。伦曰：“公当弗忧，待皇后至，必有恩诏。”明日，果召素入对，独孤后劳之曰：“公知吾夫妻年老，无以娱心，盛饰此宫，岂非孝顺。”素退问伦曰：“卿何以知之？”对曰：“至尊性俭，故初见而怒，然雅听后言。后，妇人也，惟丽是好，后心既悦，帝虑必移，所以知耳。”素叹伏曰：“揣摩之才，非吾所及。”素负贵恃才，多所凌侮，唯击赏伦。每引与论宰相之务，终日忘倦，因抚其床曰：“封郎必当据吾此座。”骤称荐于文帝，由是擢授内史舍人。《旧唐书卷 63 · 列传第 13 · 封伦》

【注释】①离宫：在国都之外为皇帝修建的永久性居住的宫殿，皇帝一般在固定的时间都要去居住；也泛指皇帝出巡时的住所。

【以古鉴今】具揣摩之才者，定走“趋利避害”的路数。为一己之利，什么原则立场、公理正义怕都得退居二线。这种人长远不了。不做这样的人，也不接近这样的人！

厚葬无益

高祖尝幸温汤，经秦始皇墓，谓伦曰：“古者帝王，竭生灵之力，殚府库之财，营起山陵，此复何益？”伦曰：“上之化下，犹风之靡草。自秦、汉帝王盛为厚葬，故百官众庶竞相遵仿。凡是古冢丘封，悉多藏珍宝，咸见开发。若死而无知，厚葬深为虚费；若魂而有识，被发岂不痛哉！”高祖称善，谓伦曰：“从今之后，宜自上导下，悉为薄葬。”《旧唐书卷 63 · 列传第 13 · 封伦》

【以古鉴今】若死而无知，厚葬深为虚费；若魂而有识，被发岂不痛哉！今人若还热衷于厚葬，实在是不如古人多矣！

死也了不了

初，伦数从太宗征讨，特蒙顾遇。以建成、元吉之故，数进忠款，太宗以为至诚，前后赏赐以万计。而伦潜持两端，阴附建成。时高祖将行废立，犹豫未决，谋之于伦，伦固谏而止。然所为秘隐，时人莫知，事具《建成传》。卒后数年，太宗方知其事。十七年，治书侍御史唐临追劾伦曰："臣闻事君之义，尽命不渝；为臣之节，岁寒无贰。苟亏其道，罪不容诛。伦位望鼎司，恩隆胙土①，无心报效，乃肆奸谋，荧惑储藩，奖成元恶，置于常典，理合诛夷。但苞藏之状，死而后发，猥加褒赠，未正严科。罪恶既彰，宜加贬黜，岂可仍畴爵邑，尚列台槐②！此而不惩，将何沮劝？"太宗令百官详议，民部尚书唐俭等议："伦罪暴身后，恩结生前，所历众官，不可追夺，请降赠改谥。"诏从之，于是改谥缪，黜其赠官，削所食实封。《**旧唐书卷63·列传第13·封伦**》

【**注释**】①胙 zuò 土：帝王将土地赐封功臣宗室，以酬其勋劳。②台槐：三公。古以三台星象征三公，周在外朝种槐树，以定三公之位，后因以"台槐"称宰辅之位。

【**以古鉴今**】人们有句口头禅叫死了拉倒，但从实际情况看来死了也拉倒不了。生前的好，人们会建庙塑像，以彰其功，显其德，四时八节祭扫、礼拜。像封伦者，活时潜持两端，侥幸没被发现，死后查知也要降赠改谥，累及子孙。始知人不但要保晚节，死节也不可忽，不信就瞧瞧秦桧，都跪了多少年了，啥时能获"人身自由"呢？其实说容易也容易，终生别做亏心事，就可自在地活，放心地死了！

发挥主观能动性

萧瑀，字时文。（中略）高祖常有敕①而中书不时宣行，高祖责其迟，瑀曰："臣大业之日，见内史宣敕，或前后相乖者，百司行之，不知何所承用。所谓易必在前，难必在后，臣在中书日久，备见其事。今皇基初构，事涉安危，远方有疑，恐失机会。比每受一敕，臣必勘审，使与前敕不相乖背者，始敢宣行。迟晚之愆，实由于此。"高祖曰："卿能用心若此，我有何忧？"《旧唐书卷 63 · 列传第 13 · 萧瑀》

【注释】①敕：诫也，皇帝的诏令。

【以古鉴今】职场中彼此帮衬，补台不拆台，既保证了良好的人际关系，又使工作得以顺利完成。不把自己能解决的问题上交，孩子哭了先哄，实在哄不好再抱给他娘。能不声不响弥补调停工作中细微的瑕疵或纰漏，是从业人员起码的道德底线，是称职的最低标准。

如何提建议

瑀尝称："玄龄以下同中书门下内臣，悉皆朋党比周①，无至心奉上。"累独奏云："此等相与执权，有同胶漆，陛下不细谙知，但未反耳。"太宗谓瑀曰："为人君者，驱驾英材，推心待士，公言不亦甚乎，何至如此！"太宗数日谓瑀曰："知臣莫若君，夫人不可求备，自当舍其短而用其长。朕虽才谢聪明，不应顿迷臧否。"因数为瑀信誓。瑀既不自得，而太宗积久衔之，终以瑀忠贞居多而未废也。《旧唐书卷 63 · 列传第 13 · 萧瑀》

【注释】①比周：结党营私、集结、聚合、亲近。

【以古鉴今】每个人都是独立的个体，都在用自己的觉悟感知世界，时移事易，万类都在变化中。有如此认知，就要掌握好给人提建议的分寸，把自己认为的说清楚，至于是否采纳，那就不关你的事了。不可坚持，更不可逼着领导去执行你的意见，否则会祸及自身。

以财物试人，可乎？

裴矩，字弘大，河东闻喜人。（中略）太宗初即位，务止奸吏，或闻诸曹案典，多有受赂者，乃遣人以财物试之。有司门令史受馈绢一匹，太宗怒，将杀之，矩进谏曰："此人受赂，诚合重诛。但陛下以物试之，即行极法，所谓陷人以罪[①]，恐非导德齐礼之义。"太宗纳其言，因召百僚谓曰："裴矩遂能廷折，不肯面从，每事如此，天下何忧不治！"《**旧唐书卷63·列传第13·裴矩**》

【**注释**】①陷人以罪：陷人，设置计策害人；以，目的在于；罪，刑罚处罚。设置计策害人，目的在于让人得到刑罚处罚。

【**以古鉴今**】陷人以罪的试人办法是有点阴，但也不全错，虽然坑是我挖的，但跳不跳却是你的选择。在人心隔肚皮的纷纭世界里，也不失为识人的一种手段。正如一位哲人说的，如果你需要不择手段才能使事情大功告成的话，那不择手段恰恰就是真手段。

博览经史

房乔，字玄龄，齐州临淄人。（中略）父彦谦。（中略）玄龄幼聪敏，博览经史，工草隶，善属文。尝从其父至京师，时天下宁晏，论者咸以国祚方永，玄龄乃避左右告父曰："隋帝本无功德，但诳惑黔黎[①]，不为后嗣长计，混诸嫡庶，使相倾夺，诸后籓枝，竞崇淫侈，终当内相诛夷，不足保全家国。今虽清平，其亡可翘足而待。"彦谦惊而异之。《**旧唐书卷66·列传第16·房玄龄**》

【**注释**】①黔黎：黔，黔首；黎，黎民。黎民百姓。

【以古鉴今】十八岁的年轻人，根本没有社会阅历，就能对一个国家的未来做出如此判断，这完全得益于多读书，观往知来！读书仿佛是人生最讨巧的事，实则是站在前人的肩上，等于是抄了人生的近道，可与延年益寿同！

让位辞荣，善鉴止足

（贞观）十六年，（中略）（房玄龄）进拜司空，仍综朝政，依旧监修国史，玄龄抗表辞让。太宗遣使谓之曰："昔留侯让位，窦融辞荣，自惧盈满，知进能退，善鉴止足，前代美之。公亦欲齐踪往哲，实可嘉尚。然国家久相任使，一朝忽无良相，如失两手。公若筋力不衰，无烦此让。"玄龄遂止。《旧唐书卷 66 · 列传 16 · 房玄龄》

【以古鉴今】以房玄龄的聪明，应该不是故作姿态，而是学先哲惧盈满，深知久居高位，总有不胜寒的人或事。自己再小心也难免他人觊觎侧目，知进能退，善鉴止足。

人才难得

杜如晦，字克明，京兆杜陵人也。（中略）太宗平京城，引为秦王府兵曹参军，俄迁陕州总管府长史。时府中多英俊，被外迁者众，太宗患之。记室房玄龄曰："府僚去者虽多，盖不足惜。杜如晦聪明识达，王佐才也。若大王守籓端拱[①]，无所用之；必欲经营四方，非此人莫可。"太宗大惊曰："尔不言，几失此人矣！"遂奏为府属。后从征薛仁杲、刘武周、王世充、窦建德，尝参谋帷幄。时军国多事，剖断如流，深为时辈所服。《旧唐书卷 66 · 列传第 16 · 杜如晦》

【注释】①端拱：指帝王庄严临朝，清简为政。

【以古鉴今】想过没有，是人家不用还是自己没用？用你，你能干啥？你有啥用？倘有杜如晦之才，害怕没工作吗？临渊羡鱼不如退而结网！

义存吊伐

李靖，本名药师，雍州三原人也。（中略）铣遣使请降，靖即入据其城，号令严肃，军无私焉。时诸将咸请孝恭云："铣之将帅与官军拒战死者，罪状既重，请籍没其家，以赏将士。"靖曰："王者之师，义存吊伐[①]。百姓既受驱逼，拒战岂其所愿？且犬吠非其主，无容同叛逆之科，此蒯通所以免大戮于汉祖也。今新定荆、郢，宜弘宽大，以慰远近之心，降而籍之，恐非救焚拯溺[②]之义。但恐自此以南城镇，各坚守不下，非计之善。"于是遂止。江、汉之域，闻之莫不争下。《旧唐书卷67·列传第17·李靖》

【注释】①吊伐：忧愍百姓，讨伐有罪。②救焚拯溺：焚，火灾；溺，水灾。救人于水火之中。形容紧急救助陷于困境中的人。

【以古鉴今】今天杀了投降者，等于告诉未降之敌，宁战死勿投降，因为降亦死，不降尚有活的希望。人在做，天在看，所谓天就是广大的人民群众，他们是看得清楚，想得明白的，你做的永远比你说的更具可信度。所以不杀放下屠刀的人，理解犬吠非其主，给人出路！

知止足

（贞观）八年，（中略）（靖）寻以足疾上表乞骸骨，言甚恳至。太宗遣中书侍郎岑文本谓曰："朕观自古已来，身居富贵，能知止足者甚少。不问愚智，莫能自知，才虽不堪，强欲居职，纵有疾病，犹自勉强。公能识达大体，深足可嘉，朕今非直成公雅志，欲以公为一代楷模。"乃下优诏，加授特进[1]，听在第摄养。赐物千段、尚乘马两匹，禄赐、国官府佐，并依旧给，患若小瘳，每三两日至门下、中书平章政事。《**旧唐书卷 67 · 列传第 17 · 李靖**》

【**注释**】①特进：官名。始设于西汉末年。授予列侯中有特殊地位的人，位在三公下。

【**以古鉴今**】时至今日仍有"才不堪，强居职，纵有病，犹勉强"的人，能知止足者永远是凤毛麟角，看不透放不下者还是多数。这样的人，就像能永远活着，不知死为何事一样，把世界都给他，也还嫌不足。人要懂得适时放下，李靖可谓明白人，主动放下退出，让年轻有为的人挑担子。对自己、他人、国家，都是好事，绝不可因自己的"不堪"或"勉强"而坏了国家或集体的事业！

盛德推功

李勣，曹州离狐人也。隋末徙居滑州之卫南。本姓徐氏，名世勣，永徽中，以犯太宗讳，单名勣焉。（中略）武德二年，密为王世充所破，拥众归朝。其旧境东至于海，南至于江，西至汝州，北至魏郡，勣并据之，未有所属，谓长史郭孝恪[1]曰："魏公既归大唐，今此人众土地，魏公所有也。吾若上表献之，即是利主之败，自为己功，以邀富贵，吾所耻也。今宜具录州县名数及军人户口，总启魏公，听公自献，此则魏公之功也。"乃遣使启密。使人初至，高祖闻其无表，惟有启与密，甚怪之。使者以勣意闻奏，高祖大喜曰："徐世勣感德推功，实纯臣也。"诏授黎阳总管、上柱国，莱国公。寻加右武侯大将军，改封曹国公，赐姓李氏。《**旧唐书卷 67 · 列传第 17 · 李勣**》

【注释】①恪 kè：谨慎，恭敬。

【以古鉴今】赚钱最多的,往往是追求理想顺便赚钱的人。如果心里只有“赚钱”两个字，那行动上就非跑偏不可，非但钱没的赚，恐怕人生的路也要走得七扭八歪。人啊，少动歪心思，直道而行，结果都是命运安排！

用对人，胜筑长城

勣在并州凡十六年，令行禁止，号为称职。太宗谓侍臣曰：“隋炀帝不能精选贤良，安抚边境，惟解筑长城以备突厥，情识之惑，一至于此。朕今委任李世勣于并州，遂使突厥畏威遁走，塞垣安静，岂不胜远筑长城耶？”《旧唐书卷 67 · 列传第 17 · 李勣》

【以古鉴今】领导的作用不是本人多么的能干，而是能不能任用能干的人，并发挥能干人的全部潜能为己所用。倘能如此者，那世界就是他的了。总怕人超过自己，压制有能力的人，以显示自己多么多么的能行，放心吧，这样的人走不远！

政治者，权术也

二十三年，太宗寝疾[①]，谓高宗曰：“汝于李勣无恩，我今将责出之。我死后，汝当授以仆射[②]，即荷汝恩，必致其死力。”乃出为叠州都督。高宗即位，其月，召拜洛州刺史，寻加开府仪同三司，令同中书门下，参掌机密。是岁，册拜尚书左仆射。永徽元年，抗表求解仆射，仍令以开府仪同三司依旧知政事。四年，册拜司空。初，贞观中，太宗以勋庸特著，尝图其形于凌烟阁，至是，帝又命写形焉，仍亲为之序。显庆三年，从幸东都，在路遇疾，帝亲临问。麟德初，东封泰山，诏勣为封禅大使，乃从驾。次滑州，其姊早寡，居勣旧闾，皇后亲自临问，赐以衣服，仍封为东平郡君。又坠马伤足，上亲降问，以所乘赐之。《旧唐书卷 67 · 列传第 17 · 李勣》

【注释】①寝疾：卧病。②仆射 pú yè：古代官名。始于秦。凡侍中、尚书、博士、郎皆有，根据所领职事作称号，即其中的首长。仆射，仆是“主管”的意思，古代重武，主射者掌事，故诸官之长称仆射。

【以古鉴今】太宗嘱高宗的话，道出了朋友的真谛。李勣对李唐已是竭尽全力辅佐，李世民对李勣也是信任重用，但仍玩弄权术。临死把李勣贬黜朝堂，让儿子卖一个大大的好给李勣，使其荷恩高宗以致死力。这种政治小把戏对李勣倒也没什么不好，可这种背后的设计，总让人有被玩弄的感觉。

田夫厚道

（勣）与弟弼特存友爱，闺门之内，肃若严君。自遇疾，高宗及皇太子送药，即取服之；家中召医巫，皆不许入门。子弟固以药进，勣谓曰：“我山东一田夫耳，攀附明主，滥居富贵，位极三台，年将八十，岂非命乎？修短必是有期，宁容浪就医人求活！”竟拒而不进。《旧唐书卷 67 · 列传第 17 · 李勣》

【以古鉴今】“山东一田夫耳”，这正是他的可贵之处，李勣始终知道自己是谁，对今天所有的一切都怀有一颗感恩的心。不敢张狂，不敢坐大，履薄临深，犹恐不及。一生只存此念，不忘初心，知荣识辱，所以活出了个多彩的人生！

至死不渝父母心

（勣）谓弼曰：“我似得小差[①]，可置酒以申宴乐。”于是堂上奏女妓，檐下列子孙。宴罢，谓弼曰：“我自量必死，欲与汝一别耳。恐汝悲哭，诳言似差，可未须啼泣，听我约束。我见房玄龄、杜如晦、高季辅辛苦作得门户，亦望垂裕[②]后昆[③]，并遭痴儿破家荡尽。我有如许豚犬，将以付汝，汝可防察，有操行不伦、交游非类，急即打杀，然后奏知。”《**旧唐书卷67·列传第17·李勣**》

【**注释**】①小差：（病）稍减。②垂裕：为后人留下业绩或名声。③后昆：后代、后嗣。

【**以古鉴今**】不积货财，激励儿女自立。将死亦不放心儿女，原来天下父母竟是如此多情。你的父母呢？你此时是否已为人父母？你自己是否辜负了父母的苦心？你又将以怎样的心情对待你的子女呢？生命只此一次，浪掷不起，仔细想好，认真去做，临走时敢对自己说：我已认真活过了！

慧眼识人

尉迟敬德，朔州善阳人。大业末，从军于高阳，讨捕群贼，以武勇称，累授朝散大夫。刘武周起，以为偏将。（中略）武德三年，太宗讨武周于柏壁，武周令敬德与宋金刚来拒王师于介休。金刚战败，奔于突厥；敬德收其余众，城守介休。太宗遣任城王道宗、宇文士及往谕之。敬德与寻相举城来降。太宗大悦，赐以曲宴[①]，引为右一府统军，从击王世充于东都。既而寻相与武周下降将皆叛，诸将疑敬德必叛，囚于军中。行台左仆射屈突通、尚书殷开山咸言：“敬德初归国家，情志未附。此人勇健非常，絷之又久，既被猜贰，怨望必生。留之恐贻后悔，请即杀之。”太宗曰：“寡人所见，有异于此。敬德若怀翻背之计，岂在寻相之后耶？”遽命释之，引入卧内，赐以金宝，谓曰：“丈夫以意气相期，勿以小疑介意。寡人终不听谗言以害忠良，公宜体之。必应欲去，今以此物相资，表一时共事之情也。”是日，因从猎于榆窠，遇王世充领步骑数万来战。世充骁将单雄信领骑直趋太宗，敬德跃马大呼，横刺雄信坠马。贼徒稍却，敬德翼太宗以出贼围。更率骑兵与世充交战，数合，其众大溃，擒伪将陈智略，获排槊兵六千人。太宗谓敬德曰：“比众人证公必叛，天诱我意，独保明之，福善有征，何相报之速也！”特赐金银一箧②，此后恩眄日隆。《**旧唐书卷 68·列传第 18·尉迟敬德**》

【**注释**】①曲宴：犹私宴。它是古代宫廷赐宴的一种，其特别之处就在于无事而宴，时间、地点不固定，席上常有赏花、赋诗等活动，参加的人员主要是宗室成员、外国使臣以及近密臣僚。曲宴是一种高档的休闲方式，由汉到清不断发展变化，而以在宋代最为兴盛，也最典型，多为辽、金所模仿。②箧：小箱子，藏物之具。大曰箱，小曰箧。

【**以古鉴今**】在天下大乱，群雄逐鹿的时刻，某人往往能最终获胜成为新的统治者，这绝非偶然。他未必有出奇的智谋，也未必有可冠三军的神勇，可胜利果实就是被他摘得了。天诱保明，让他们有识人驭人的能力，说他们是天子，那是迷信，但说他们是天命，倒有几分是真。天命所归，非人力所能左右！

坚持自己的选择

隐太子、巢剌王元吉将谋害太宗，密致书以招敬德曰：“愿迂长者之眷，敦布衣之交，幸副所望也。”仍赠以金银器物一车。敬德辞曰：“敬德起自幽贱，逢遇隋亡，天下土崩，窜身无所，久沦逆地，罪不容诛。实荷秦王惠以生命，今又隶名藩邸，唯当以身报恩。于殿下无功，不敢谬当重赐。若私许殿下，便是二心，徇利忘忠，殿下亦何所用？”建成怒，是后遂绝。《**旧唐书卷 68 · 列传第 18 · 尉迟敬德**》

【以古鉴今】在黄金白银的诱惑下，仍不改初衷，这很有定力。“徇利忘忠，殿下亦何所用？”此话有深意。是呀，我今天为一车财物而背叛秦王，你还敢用我吗？就不怕我哪个早晨又收了谁的翡翠玛瑙，而背叛你吗？朝秦暮楚的人，你自己万不可做，也不要与这种人有过往，防其将你也熏得没了人味！

人情畏死

会突厥侵扰乌城，建成举元吉为将，密谋请太宗同送于昆明池，将加屠害。敬德闻其谋，与长孙无忌遽启太宗曰：“大王若不速正之，则恐被其所害，社稷危矣。”太宗叹曰：“今二宫离阻骨肉，灭弃君亲，危亡之机，共所知委。寡人虽深被猜忌，祸在须臾，然同气之情，终所未忍。欲待其先起，然后以义讨之，公意以为何如？”敬德曰：“人情畏死，众人以死奉王，此天授也。若天与不取，反受其咎。虽存仁爱之小情，忘社稷之大计，祸至而不恐，将亡而自安，失人臣临难不避之节，乏先贤大义灭亲之事，非所闻也。以臣愚诚，请先诛之。王若不从，敬德言请奔逃亡命，不能交手受戮。且因败成功，明贤之高见；转祸为福，智士之先机。敬德今若逃亡，无忌亦欲同去。”《旧唐书卷68·列传第18·尉迟敬德》

【以古鉴今】皇子们手下都有一班人马，这些人，如能使他们的主子将来成为皇帝，他们也就跟着鸡犬升天了。所以当老皇帝还在时，他们就急不可耐地要阴谋、搞摩擦、弄事端，扩大自己主子的影响，做着登基的努力。名义是各为其主，实际都是为自己。

罪止元凶，余无所问

时议者以建成等左右百余人，并合从坐籍没[1]，唯敬德执之不听，曰：

"为罪者二凶，今已诛讫，若更及支党，非取安之策。"《旧唐书卷 68 · 列传第 18 · 尉迟敬德》

【注释】①籍没：登记所有的财产，加以没收。

【以古鉴今】事有可止，波及太广容易在社会上形成对立面，不但于事无补反成阻力，得不偿失。特别事涉政治且人数众多，记住法不责众的话，得人心比得什么都难，也比得什么都划算！所以乱世处事，以得人心为要，人心即天意，天人都向着你，你就是最大的赢家。

矛盾不能有缺席方

敬德好讦直[①]，负其功，每见无忌、玄龄、如晦等短长，必面折廷辩，由是与执政不平。三年，出为襄州都督。八年，累迁同州刺史。尝侍宴庆善宫，时有班在其上者，敬德怒曰："汝有何功，合坐我上？"任城王道宗次其下，因解喻之。敬德勃然，拳殴道宗目，几至眇。太宗不怿[②]而罢，谓敬德曰："朕览汉史，见高祖功臣获全者少，意常尤之。及居大位以来，常欲保全功臣，令子孙无绝。然卿居官辄犯宪法，方知韩、彭夷戮，非汉祖之愆[③]。国家大事，唯赏与罚，非分之恩，不可数行，勉自修饬，无贻后悔也。"《旧唐书卷 68 · 列传第 18 · 尉迟敬德》

【注释】①讦直：亢直敢言。②不怿：不悦、不欢愉；病不愈。③愆：罪过，过失；耽误。

【以古鉴今】敬德夺槊陷阵，鼓勇王师，却赂报恩，竭忠霸主。然而奋拳负气，非自全之道；文皇告诫之言，可为功臣药石。我们总说伴君如伴虎，可共患难，不可共安乐，把脏水统统泼在当权者的头上，看了敬德的做法，似乎被杀被剐的也并非都是冤魂怨鬼。恃旧功试新法，让当局者无法执政，只好忍痛割爱，为大局舍私恩。

善善恶恶

王珪，字叔玠，太原祁人也。（中略）太宗尝闲居，与珪宴语，时有美人侍侧，本庐江王瑗之姬，瑗败籍没入宫，太宗指示之曰："庐江不道，贼杀其夫而纳其室。暴虐之甚，何有不亡者乎！"珪避席[①]曰："陛下以庐江取此妇人为是耶，为非耶？"太宗曰："杀人而取其妻，卿乃问朕是非，何也？"对曰："臣闻于管子曰：'齐桓公之郭，问其父老曰："郭何故亡？"父老曰："以其善善而恶恶[②]也。"桓公曰："若子之言，乃贤君也，何至于亡？"父老曰："不然，郭君善善而不能用，恶恶而不能去，所以亡也。"'今此妇人尚在左右，窃以圣心为是之，陛下若以为非，此谓知恶而不去也。"太宗虽不出此美人，而甚重其言。《旧唐书卷 70 · 列传第 20 · 王珪》

【注释】①避席：古人席地而坐，有时为了表示对对方的尊敬或自己的谦恭，要离开坐席而伏地，称避席。②善善而恶恶 wù è：称赞善事，而憎恶坏事。形容人区别善恶，爱憎分明。

【以古鉴今】自己明明犯着，嘴上却还要说着，总是"行"拖"知"的后腿，所以然者，知易行难故也。

纳谏固难

时太常少卿祖孝孙以教宫人声乐不称旨，为太宗所让[①]。珪及温彦博谏曰："孝孙妙解音律，非不用心，但恐陛下顾问不得其人，以惑陛下视听。且孝孙雅士，陛下忽为教女乐而怪之，臣恐天下怪愕。"太宗怒曰："卿皆我之心腹，当进忠献直，何乃附下罔上[②]，反为孝孙言也！"彦博拜谢，珪独不拜，曰："臣本事前宫，罪已当死。陛下矜恕性命，不以不肖，置之枢近，责以忠直。今臣所言，岂是为私？不意陛下忽以疑事诮臣，是陛下负臣，臣不负陛下。”帝默然而罢。翌日，帝谓房玄龄曰：“自古帝王，能纳谏者固难矣。昔周武王尚不用伯夷、叔齐；宣王贤主，杜伯犹以无罪见杀。（中略）昨责彦博、王珪，朕甚悔之，公等勿以此而不进直言也。”《旧唐书卷70·列传第20·王珪》

【注释】①让：责备，谴责。②附下罔上：附和、偏袒同僚或下属，却欺骗君上。

【以古鉴今】作为皇帝能自我反思，知错能改并能在臣子面前主动检讨，贞观之治也就在预料中了。再说纳谏为什么古今皆难，就因为所以谏，是你原来的想法、做法不妥，需改变。简言之，就是你的那些不行，要按我的来，所以一般人找不着台阶，下不来，更何况是高高在上的君王呢？特别是旧时的中国，那“面子”有时比命都重要，是宁舍命也不能丢面子的，能不难吗？

识鉴清通

后尝侍宴，太宗谓珪曰：“卿识鉴清通，尤善谈论，自房玄龄等，咸宜品藻，又可自量，孰与诸子贤？”对曰：“孜孜奉国，知无不为，臣不如玄龄；才兼文武，出将入相，臣不如李靖；敷奏详明，出纳惟允，臣不如温彦博；处繁理剧，众务必举，臣不如戴胄；以谏诤为心，耻君不及于尧、舜，臣不如魏徵。至如激浊扬清，嫉恶好善，臣于数子，亦有一日之长。”太宗深然其言，群公亦各以为尽己所怀，谓之确论。《旧唐书卷70·列传第20·王珪》

【以古鉴今】在外面做事，尽量知己知彼，这样你才能摆正自己的位置。知道自己的位置，也就知道自己在该群体中能起怎样的作用。有多大的分量，在哪用力，在哪下功夫，如此了然于胸，才能让自己做得更好。

自我约束

岑文本，字景仁，南阳棘阳人。（中略）文本出自书生，每怀捴损。平生故人，虽微贱必与之抗礼[①]。居处卑陋，室无茵褥帷帐之饰。事母以孝闻，抚弟侄恩义甚笃。太宗每言其“弘厚忠谨，吾亲之信之”。是时，新立晋王为皇太子，名士多兼领宫官，太宗欲令文本兼摄。文本再拜曰：“臣以庸才，久逾涯分，守此一职，犹惧满盈，岂宜更忝春坊[②]，以速时谤。臣请一心以事陛下，不愿更希东宫恩泽。”太宗乃止。仍令五日一参东宫，皇太子执宾友之礼，与之答拜。《旧唐书卷 70 · 列传第 20 · 岑文本》

【注释】①抗礼：行平等的礼。又作“亢礼”和“伉礼”。②春坊：魏晋以来称太子宫为春坊。

【以古鉴今】人要自我约束，才不觉得是受约束，如果别人不让你这样，不许你那样，你就会觉得太不自在。人得知道自己的斤两，如果事事埋好，到头来没好的准是你；处处留情，最后没家的也是你。

做本分人

俄拜中书令，归家有忧色，其母怪而问之，文本曰：“非勋非旧，滥荷宠荣，责重位高，所以忧惧。”亲宾有来庆贺，辄曰：“今受吊，不受贺也。”又有劝其营产业者，文本叹曰：“南方一布衣，徒步入关，畴昔[①]之望，不过秘书郎、一县令耳。而无汗马之劳，徒以文墨致位中书令，斯亦极矣。荷俸禄之重，为惧已多，何得更言产业乎？”言者叹息而退。《旧唐书卷 70 · 列传第 20 · 岑文本》

【注释】①畴昔：往昔、日前、以前；往事或以往的情怀。

【以古鉴今】以布衣致首席宰相，位列三公之上，一定有他的过人之处。一般人升迁，一定是喜出望外，可文本却有忧色。这忧色就是他的过人之处，他的过人之处就是不忘初心。

直面问题远胜回避

魏徵，字玄成，巨鹿曲城人也。（中略）隐太子闻其名，引直洗马，甚礼之。征见太宗勋业日隆，每劝建成早为之所[①]。及败，太宗使召之，谓曰："汝离间我兄弟，何也？"徵曰："皇太子若从徵言，必无今日之祸。"太宗素器之，引为詹事主簿。《旧唐书卷71·列传第21·魏徵》

【注释】①早为之所：为安排处所。及早为他安排一个场所。

【以古鉴今】不回避、不掩饰，直抒胸臆，这种坦荡会让敌人礼敬，恰恰比违心编瞎话效果好。一诚解百惑，哪怕是对敌人也照样以实相告，正如魏徵，如此坦诚，不但没丢命反被重用，看来直如绳远胜曲如钩。

苟利社稷，专之可也

使安辑河北，许以便宜[①]从事。徵至磁州，遇前宫千牛李志安、齐王护军李思行锢送诣京师。徵谓副使李桐客曰："吾等受命之日，前宫、齐府左右，皆令赦原不问。今复送思行，此外谁不自疑？徒遣使往，彼必不信，此乃差之毫厘，失之千里。且公家之利，知无不为，宁可虑身，不可废国家大计。今若释遣思行，不问其罪，则信义所感，无远不臻。古者，大夫出疆，苟利社稷，专之可也。况今日之行，许以便宜从事，主上既以国士

见待，安可不以国士报之乎？”即释遣思行等，仍以启闻，太宗甚悦。《旧唐书卷71·列传第21·魏徵》

【注释】①便biàn宜：方便。便宜就是指用最方便、最适宜的方式，不需要汇报、申请之类的，怎样简单方便就怎样处理！

【以古鉴今】人人心中都有一杆秤，你是真心还是假意，他人不比你知道得少。办大事就别揣个人心思，尽心做事，把国家、集体的大事做好了，个人的名利、地位也就在其中了。

存形迹则无公道

太宗新即位，励精政道，数引徵入卧内，访以得失。徵雅有经国之才，性又抗直，无所屈挠。太宗与之言，未尝不欣然纳受。徵亦喜逢知己之主，思竭其用，知无不言。太宗尝劳之曰：“卿所陈谏，前后二百余事，非卿至诚奉国，何能若是？”其年，迁尚书左丞。或有言徵阿党亲戚者，帝使御史大夫温彦博案验①无状，彦博奏曰：“徵为人臣，须存形迹②，不能远避嫌疑，遂招此谤。虽情在无私，亦有可责。”帝令彦博让徵，且曰：“自今后不得不存形迹。”他日，徵入奏曰：“臣闻君臣协契，义同一体。不存公道，唯事形迹，若君臣上下，同遵此路，则邦之兴丧，或未可知。”帝瞿然改容曰：“吾已悔之。”徵再拜曰：“愿陛下使臣为良臣，勿使臣为忠臣。”帝曰：“忠、良有异乎？”徵曰：“良臣，稷、契、咎陶是也。忠臣，龙逄、比干是也。良臣使身获美名，君受显号，子孙传世，福禄无疆。忠臣身受诛夷，君陷大恶，家国并丧，空有其名。以此而言，相去远矣。”帝深纳其言。《旧唐书卷71·列传第21·魏徵》

【注释】①案验：调查罪证；查询验证。②形迹：人的举动和神色。

【以古鉴今】进忠言就是提意见，就是指不足，人有不足是常事，可偏就觉得被人指出会不舒服，还有些尴尬。所以要委婉，也就是“存行迹”。中国人重面子，什么君臣父子、家国天下，不管事体如何，只要不存行迹，也就是不给面子，统统免谈。几千年的人治，造就了古代人情大于王法之怪现状，“大人”们的面子大于王法，或干脆就是王法。魏徵就是要去形迹，存公道。忠良之说，何等深刻！

宰相家奴七品官

后太宗幸九成宫，因有宫人还京，憩于湋川县之官舍。俄又右仆射李靖、侍中王珪继至，官属移宫人于别所而舍靖等。太宗闻之，怒曰：“威福之柄，岂由靖等？何为礼靖而轻我宫人！”即令案验湋川官属及靖等。徵谏曰：“靖等，陛下心膂大臣；宫人，皇后扫除之隶。论其委付，事理不同。又靖等出外，官吏访朝廷法式，归来，陛下问人间疾苦。靖等自当与官吏相见，官吏亦不可不谒也。至于宫人，供食之外，不合参承。若以此罪责县吏，恐不益德音，徒骇天下耳目。”帝曰：“公言是也。”乃释官吏之罪，李靖等亦寝而不问。《旧唐书卷71·列传第21·魏徵》

【以古鉴今】两千多年的中华民族，多有阉人作祟，所以然者，就是李世民嘴里的“我宫人”！他们终日生活在一起，服侍皇帝的饮食起居，关系亲厚，早把宫人当成了家人，而视百官为外人，所以才信阉人而防官员。鉴于此，领导的秘书、司机、侍卫、保姆等皆不可小觑，与这班人接触倒是真得存点“形迹”，因为他们被领导们视为“家人”，有吹耳边风的机会，你这个“外人”在不知不觉间就可能被伤到了。

尔无面从，退有后言

寻宴于丹霄楼，酒酣。太宗谓长孙无忌曰：“魏徵、王珪，昔在东宫，尽心所事，当时诚亦可恶。我能拔擢用之，以至今日，足为无愧古人。然徵每谏我不从，发言辄即不应，何也？”对曰：“臣以事有不可，所以陈论，若不从辄应，便恐此事即行。”帝曰：“但当时且应，更别陈论，岂不得耶？”徵曰：“昔舜诫群臣：‘尔无面从，退有后言。’若臣面从陛下方始谏，此即‘退有后言’，岂是稷、契事尧、舜之意耶？”帝大笑曰：“人言魏徵举动疏慢，我但觉妩媚，适为此耳。”徵拜谢曰：“陛下导之使言，臣所以敢谏，若陛下不受臣谏，岂敢数犯龙鳞[1]？”《旧唐书卷71·列传第21·魏徵》

【注释】①龙鳞：传说龙喉下有逆鳞径尺，有触之必怒而杀人。常以喻弱者触怒强者或臣下触犯君主等。

【以古鉴今】魏徵与文皇讨论政术，往复应对，其匡过弼违，能近取譬，博约连类，皆前代诤臣之不至者。其实根于道义，发为律度，身正而心劲，上不负时主，下不阿权幸，中不侈亲族，外不为朋党，不以逢时改节，不以图位卖忠。可为万代王者法，前代诤臣，一人而已。

法理不违人情

代王珪为侍中，尚书省滞讼有不决者，诏徵评理之。徵性非习法，但存大体[1]，以情处断，无不悦服。《旧唐书卷71·列传21·魏徵》

【注释】①存大体：总揽不独揽，宏观不主观，决断不武断，放手不撒手。

【以古鉴今】不懂法但能决狱讼，所持者“情”也，由情入理，法理不违人情，遇事存大体，只要正常人都能服气，所以有的人知识不多，不懂法，但遇事还能居中调停，终生不违法，所据者人情也。

知进退，惧满盈

徵自以无功于国，徒以辩说，遂参帷幄，深惧满盈，后以目疾频表逊位。太宗曰："朕拔卿于雠虏之中，任公以枢要之职，见朕之非，未尝不谏。公独不见金之在矿也，何足贵哉？良冶锻而为器，便为人所宝，朕方自比于金，以卿为良匠。卿虽有疾，未为衰老，岂得便尔？"其年，徵又面请逊位，太宗难违之，乃拜徵特进[①]，仍知门下事。《旧唐书卷71·列传第21·魏徵》

【注释】①特进：官名。始设于西汉末年。授予列侯中有特殊地位的人，位在三公下。东汉至南北朝仅为加官，无实职。隋唐以后为散官。明代以特进光禄大夫为正一品。清废。

【以古鉴今】倔老头是个言行一致的人，时刻提醒李世民做个好皇帝，自己也没忘做好人，知止足深惧满盈。每读史至此，总是想：是李世民成就了魏徵的正直呢，还是魏徵成就了李世民的明君，还是君臣相得益彰？人生路上，能遇上个懂自己的人，是最大的幸事，他会凸显你鲜活的个性，让你的人生更有光彩。所以一旦有幸遇见，千万要知道珍惜！

欲闻过失，恣其陈述

太宗尝嫌上封者众，不近事实，欲加黜责[①]。徵奏曰："古者立诽谤之木，欲闻己过。今之封事[②]，谤木之流也。陛下思闻得失，祇可恣其陈道。若所言衷，则有益于陛下；若不衷，无损于国家。"太宗曰："此言是也。"并劳而遣之。《旧唐书卷71·列传第21·魏徵》

【注释】①黜责：贬斥；责罚。②封事：古代臣下上书奏事，防有泄漏，用袋封缄，称封事。

【以古鉴今】这是对待批评的态度问题，批评本来如苦药利病一样，对人、对己、对事都是有百利而无一害的。可这类话往往是不招人待见的，就因为它是在揭人的疮疤，让听的人不舒服，如果再说得很直白，还有伤自尊之嫌。所以在提批评意见时，话也不可说的太直，更不可夹枪带棒，让人难堪。

施恩未远，不可言求

先是，遣使诣西域立叶护可汗，未还，又遣使多赍金银帛历诸国市马。徵谏曰："今以立可汗为名，可汗未定，即诣诸国市马，彼必以为意在市马，不为专意立可汗。可汗得立，则不甚怀恩。诸蕃闻之，以为中国薄义重利，未必得马，而失义矣。昔汉文有献千里马者，曰：吾凶行[①]日三十里，吉行五十里，銮舆在前，属车在后，吾独乘千里马将安之？乃赏其道里所费而返之。汉光武有献千里马及宝剑者，马以驾鼓车，剑以赐骑士。陛下凡所施为，皆邈逾[②]三王之上，奈何至于此事，欲为孝文、光武之下乎？又魏文帝欲求市西域大珠，苏则曰：'若陛下惠及四海，则不求自至，求而得之，不足为贵也。'陛下纵不能慕汉文之高行，可不畏苏则之言乎？"太宗纳其言而止。《旧唐书卷71·列传第21·魏徵》

【注释】①凶行：军行。②邈逾：超越。

【以古鉴今】施恩未远，即有所求，恩不复存，嫌隙已至。因为人家会认为你施恩是有目的的，这很可怕，能让人以为你在用心算计人。群体中，一旦出现这样的人，人们都会像躲避瘟疫般躲着他，他再听不到别人的真话，别人更会怀疑他的话，他会变成十足的孤家寡人。

死而后已

太宗尝临朝谓侍臣曰："（中略）徵亡后，朕遣人至宅，就其书函得表一纸，始立表草，字皆难识，唯前有数行，稍可分辨，云：'天下之事，有善有恶，任善人则国安，用恶人则国乱。公卿之内，情有爱憎，憎者唯见其恶，爱者唯见其善。爱憎之间，所宜详慎，若爱而知其恶，憎而知其善，去邪勿疑，任贤勿贰，可以兴矣。'其遗表如此，然在朕思之，恐不免斯事。公卿侍臣，可书之于笏，知而必谏也。"《旧唐书卷 71 · 列传第 21 · 魏徵》

【以古鉴今】至死不忘国家的安危，嘱咐皇帝辨善恶，慎爱憎。且爱而知其恶，憎而知其善，去邪勿疑，任贤勿贰，真是死而后已。真相知，死不忘！

善待批评者

刘洎[1]，字思道，荆州江陵人也。（中略）太宗尝谓侍臣曰："夫人臣之对帝王，多顺旨而不逆，甘言以取容。朕今发问，欲闻己过，卿等须言朕愆失。"长孙无忌、李勣、杨师道等咸云："陛下圣化致太平，臣等不见其失。"洎对曰："陛下化高万古，诚如无忌等言。然顷上书人不称旨者，或面加穷诘[2]，无不惭退，恐非奖进言者之路。"太宗曰："卿言是也，当为卿改之。"《旧唐书卷 74 · 列传第 24 · 刘洎》

【注释】①洎 jì：向锅里灌水。②穷诘：深入追问，追根寻源。

【以古鉴今】从疏贱以干至尊，怀切直以明正理，可谓至难矣。本来就心怀忐忑，考虑再三可能只说三四成，你再调侃诘难，怕是这次已是后悔不迭，更不敢有下次了，等同于你不许别人提意见。所以正确的做法应该是不管那人提的是否对头，不辩驳、不解释，更不诘难，一并笑脸收下，坚信都是惩前毖后的良药，从内心感激人家的好意。拿出你的真诚，也许能听到一些真话，否则你会被自己弄成聋子、瞎子，那可就很难做成什么事了！

百行孝为先

马周，字宾王，清河茌平[①]人也。（中略）六年，（中略）周上书曰：臣伏见大安宫在宫城之西，其墙宇宫阙之制，方之紫极，尚为卑小。臣伏以东宫皇太子之宅，犹处城中，大安乃至尊所居，更在城外。虽太上皇游心道素，志存清俭，陛下重违慈旨，爱惜人力；而蕃夷朝见及四方观听，有不足焉。臣愿营筑雉堞[②]，修起门楼，务从高显，以称万方之望，则大孝昭乎天下矣。臣又伏见明敕以二月二日幸九成宫。臣窃惟太上皇春秋已高，陛下宜朝夕视膳而晨昏起居。今所幸宫去京三百余里，銮舆动轫[③]，严跸经旬，非可以旦暮至也。太上皇情或思感，而欲即见陛下者，将何以赴之？且车驾今行，本为避署。然则太上皇尚留热所，而陛下自逐凉处，温凊[④]之道，臣窃未安。然敕书既出，业已成就，愿示速返之期，以开众惑。《旧唐书卷 74 · 列传第 24 · 马周》

【注释】①茌 chí 平：公元前 221 年置县，因县境在茌山之平陆故名，位于山东省西部。②雉堞 dié：古代在城墙上面修筑的矮而短的墙，守城人可借以掩护自己。③轫：阻碍车轮转动的木头，车发动时须拔去，引申为阻止。④温凊：温，暖被窝。凊，用扇子扇席子，让席子变凉。形容子女非常孝顺。

【以古鉴今】百行孝为先，这里给人提了个醒，双亲年老，子女与老人应是一碗粥的距离。老来多生无用感，总觉得世上没我不少，有我就多，多又不死，真死又不舍，就某些方面，人真的不如其他矛来盾去竟日，这就是老来的无奈！其实皇帝未必就是不孝，只是他还没到老的地步，不理解老人的心情罢了。想想年轻人，也多是未经老去，尚不解老为何物，不可一概以不孝视之。

为他人作嫁衣

十一年，周又上疏曰：（中略）自古以来，国之兴亡，不由积畜多少，唯在百姓苦乐。且以近事验之，隋家贮洛口仓，而李密因之；东都积布帛，而世充据之；西京府库，亦为国家之用，至今未尽。向使洛口、东都无粟帛，则世充、李密未能必聚大众。但贮积者固是有国之常事，要当人有余力而后收之，岂人劳而强敛之？更以资寇，积之无益也。《**旧唐书卷 74 · 列传第 24 · 马周**》

【以古鉴今】 人，在贪之一字上尤为明显。牛哇马呀吃饱了，都知道自己离开草场；可有些人却至死放不下欲得之心，从没听谁说钱挣够了，从此歇手。有故事说：某老板年纪不大就挣下千万资产，可因操劳过度，不幸英年早逝。不久夫人就和别人牵手走上了红地毯，在婚礼上，某副总一句“贺词”博得了满堂彩。他说：“我今天终于明白了，咱们的老总生前为什么拼命赚钱了，原来是给老板娘准备嫁妆呢！”多么深刻的讽刺。

胜者不问争肉之罪

苏世长，雍州武功人也。（中略）武德四年，洛阳平，世长首劝弘烈归降。既至京师，高祖诛褒而责世长来晚之故，世长顿颡[①]曰：“自古帝王受命，为逐鹿之喻，一人得之，万夫敛手。岂有获鹿之后，忿同猎之徒，问争肉之罪也？陛下应天顺人，布德施惠，又安得忘管仲、雍齿[②]之事乎！且臣武功之士，经涉乱离，死亡略尽，惟臣残命，得见圣朝，陛下若复杀之，是绝其类也。实望天恩，使有遗种。”高祖与之有故，笑而释之。《**旧唐书卷 75 · 列传第 25 · 苏世长**》

【注释】 ①顿颡 sǎng：屈膝下拜，以额触地；多表示请罪或投降。②管仲、雍齿：

齐桓公忘射钩之耻，亲释管仲于堂阜，用之为相，卒兴齐国；雍齿数窘辱汉帝，后仍被赐爵，以致贤才广进于朝。

【以古鉴今】既然是逐鹿，那就是机会均等的竞争，得者王侯，不得者敛手。既已敛手，则得者忿从何来，不得者又何罪之有？今天的市场经济，就是这种逐鹿竞争模式，竞时可争，一旦名花有主，即名分已定，就应敛手。这是人类社会的游戏规则，遵则有序，违则乱矣！

聊天的艺术

（世长）后于玄武门引见，语及平生，恩意甚厚。高祖曰："卿自谓谄佞耶，正直耶？"对曰："臣实愚直。"高祖曰："卿若直，何为背世充而归我？"对曰："洛阳既平，天下为一，臣智穷力屈，始归陛下。向使世充尚在，臣据汉南，天意虽有所归，人事足为勍敌[①]。"高祖大笑。尝嘲之曰："名长意短，口正心邪，弃忠贞于郑国，忘信义于吾家。"世长对曰："名长意短，实如圣旨；口正心邪，未敢奉诏。昔窦融以河西降汉，十世封侯；臣以山南归国，惟蒙屯监。"即日擢拜谏议大夫。《旧唐书卷 75·列传第 25·苏世长》

【注释】①勍 qíng 敌：强敌或有力的对手。

【以古鉴今】李渊与苏世长的这段对话，事涉是非曲直，可我更欣赏这对君臣文学层面的巧妙问答。既说明了事体，又不害君臣之义及尊卑之礼，这叫学问，叫能力，需要深厚的知识底蕴和长期的沧桑阅历，始能有如此从容的应答。这种临场发挥不可小觑，很考验人的，平时注意积累，遇事才能不慌。

比照前人，活好自己

（世长）从幸泾阳校猎，大获禽兽于旌门。高祖入御营，顾谓朝臣曰：“今日畋[①]乐乎？”世长进曰：“陛下游猎，薄废万机，不满十旬，未为大乐。”高祖色变，既而笑曰：“狂态发耶？”世长曰：“为臣私计则狂，为陛下国计则忠矣。”及突厥入寇，武功郡县，多失户口，是后下诏将幸武功校猎。世长又谏曰：“突厥初入，大为民害，陛下救恤之道犹未发言，乃于其地又纵畋猎，非但仁育之心有所不足，百姓供顿[②]，将何以堪？”高祖不纳。又尝引之于披香殿，世长酒酣，奏曰：“此殿隋炀帝所作耶？是何雕丽之若此也？”高祖曰：“卿好谏似真，其心实诈。岂不知此殿是吾所造，何须设诡疑而言炀帝乎？”对曰：“臣实不知。但见倾宫鹿台琉璃之瓦，并非受命帝王爱民节用之所为也。若是陛下作此，诚非所宜。臣昔在武功，幸常陪侍，见陛下宅宇，才蔽风霜，当此之时，亦以为足。今因隋之侈，民不堪命，数归有道，而陛下得之，实谓惩其奢淫，不忘俭约。今初有天下，而于隋宫之内，又加雕饰，欲拨其乱，宁可得乎？”高祖深然之。**《旧唐书卷75·列传第25·苏世长》**

【注释】①畋：耕种，打猎。②供顿：供给行旅宴饮所需之物；设宴待客；饮食。

【以古鉴今】世间万物最聪明的是人，然最蠢的也是人。别人因错而被夺了江山，后来人屁股还没坐热，就又犯前人的错。这种蠢事在人类历史上走马灯似的你方唱罢我登场，从无了时，我不知人类是怎么浪得万物之灵美誉的，经查得此结论的也是人类！这也是我写此书的目的，以历史人物的得失成败做鉴诫，避开他们跌倒的坑，走稳自己人生的路！

推功揽过

刘祎[①]之，常州晋陵人也。（中略）时有司门员外郎房先敏得罪，左授[②]卫州司马，诣宰相陈诉。内史骞味道谓曰："此乃皇太后处分也。"祎之谓先敏曰："缘坐改官，例从臣下奏请。"则天闻之，以味道善则归己，过则推君，贬青州刺史。以祎之推善于君，引过在己，加授太中大夫，赐物百段、细马一匹。因谓侍臣曰："夫为臣之体，在扬君之德，君德发扬，岂非臣下之美事？且君为元首，臣作股肱，情同休戚，义均一体。未闻以手足之疾移于腹背，而得一体安者。味道不存忠赤，已从屏退。祎之竭忠奉上，情甚可嘉。"纳言王德真对曰："昔戴至德每有善事，必推于君。"太后曰："先朝每称至德能有此事，逮其终殁，有制褒崇。为臣之道，岂过斯行，传名万代，可不善欤！"《旧唐书卷 87 · 列传第 37 · 刘祎之》

【注释】①祎：美好。②左授：降官；贬职。

【以古鉴今】不要相信谁爱听批评的鬼话，不管思想境界多高的人还是愿意听好话的，所以遇事要推功揽过。如有领导，那功劳就一定是领导的，实在没法具体，那也是领导有方，个人充其量只能是苦劳，甚或是疲劳，万不可傻咧咧地居功。

背后说人失身

后祎之尝窃谓凤阁舍人贾大隐曰："太后既能废昏立明，何用临朝称制？不如返政，以安天下之心。"大隐密奏其言。则天不悦，谓左右曰："祎之我所引用，乃有背我之心，岂复顾我恩也！"垂拱三年，或诬告祎之受归州都督孙万荣金，兼与许敬宗妾有私，则天特令肃州刺史王本立推鞫其事。本立宣敕[①]示祎之，祎之曰："不经凤阁鸾台[②]，何名为敕？"则天大怒，以为拒捍制使，乃赐死于家，时年五十七。《旧唐书卷 87 · 列传第 37 · 刘祎之》

【注释】①敕：帝王的诏书、命令。古同“饬”，整顿。②凤阁鸾台：唐朝改中书省为凤阁，门下省为鸾台，合称为凤阁鸾台。

【以古鉴今】君不密则失臣，臣不密则失身。背后嚼舌根，说者无心，听者有意，找个机会把你“贡献”出去，轻者前程受阻，重者牢狱之灾或性命之虞。之所以会这样，就因为你们当初是朋友。请注意：朋友也要分分清楚，哪些话该说，哪些话不该说，人恰恰是被朋友出卖的居多，因为敌人对你知道的很少！

狂鄙之性，易为身灾

韦思谦，郑州阳武人也。（中略）尝谓人曰：“御史出都，若不动摇山岳，震慑州县，诚旷职耳。”时中书令褚遂良贱市[①]中书译语人地，思谦奏劾其事，遂良左授同州刺史。及遂良复用，思谦不得进，出为清水令。谓人曰：“吾狂鄙之性，假以雄权，触机便发，固宜为身灾也。大丈夫当正色之地，必明目张胆以报国恩，终不能为碌碌之臣保妻子耳。”《**旧唐书卷 88 · 列传第 38 · 韦思谦**》

【注释】①贱市：低价出售。

【以古鉴今】韦思谦的遭遇告诉我们：对社会上的人来说，有些事有时明知那样做会给自己带来烦恼，但为了法律的公正，为了多数人的利益，仍慨然为之。能躲而不躲，甘愿触霉头，这就是担当！

特立独行

思谦在宪司[①]，每见王公，未尝行拜礼。或劝之，答曰：“雕鹗鹰鹯，

岂众禽之偶，奈何设拜以狎之？且耳目之官，固当独立也。”《旧唐书卷88·列传第38·韦思谦》

【注释】①宪司：御史的别称；犹上司。

【以古鉴今】御史为风霜之任，有权“风闻奏事”，弹纠不法，百僚震恐，官之雄峻，莫之比焉，奈何与王公为伍？更何况本御史凭能力做官，依律例办差，不攀不爬，不吃、不卡、不要，王公大人又奈我何？别人怎么看我，那是别人的事，我得看得起自己，绝不拜舞在达官显贵的脚下！

宽仁为政

（陆）象先，本名景初。（中略）出为益州大都督府长史，仍为剑南道按察使，（中略）司马韦抱真言曰：“望明公稍行杖罚，以立威名。不然，恐下人怠堕，无所惧也。”陆象先曰：“为政者理则可矣，何必严刑树威。损人益己，恐非仁恕之道。”竟不从抱真之言。（中略）六年，废河中府，依旧为蒲州，象先为刺史，仍为河东道按察使。尝有小人犯罪，但示语而遣之。录事白曰：“此例当合于杖。”象先曰：“人情相去不远，此岂不解吾言？若必须行杖，即当自汝为始。”录事惭惧而退。象先尝谓人曰：“天下本自无事，祇是庸人扰之，始为繁耳。便当静之于源，则亦何忧不简。”前后为刺史，其政如一，人吏咸怀思之。《旧唐书卷88·列传第38·陆象先》

【以古鉴今】看了这段文字，我想起了一句谚语：“任你官清似水，难逃吏滑如油。”主官已明白放过了，可秘书却觉不妥，“此例当合于杖”。真是“阎王好见，小鬼难搪”。在这里想提醒后来者：若为官，注意不要让手下人把你弄成瞎子聋子，在你眼皮子底下干不法之事；若为吏，不许跟领导玩心眼儿，把百姓当傻子。殷鉴不远，谨防临了良心没个安放处！

老吾老，以及人之老

狄仁杰字怀英，并州太原人也。（中略）仁杰赴并州，登太行山，南望见白云孤飞，谓左右曰："吾亲所居，在此云下。"瞻望伫立久之，云移乃行。仁杰孝友绝人，在并州，有同府法曹郑崇质，母老且病，当充使绝域。仁杰谓曰："太夫人有危疾，而公远使，岂可贻亲万里之忧！"乃诣长史蔺仁基，请代崇质而行。时仁基与司马李孝廉不协，因谓曰："吾等岂独无愧耶？"由是相待如初，每曰："狄公之贤，北斗以南，一人而已。"**《旧唐书卷89·列传第39·狄仁杰》**

【以古鉴今】老吾老，以及人之老；幼吾幼，以及人之幼。能替别人孝亲，自己的孝心可见矣！也让我看到环境造人，就因身边有狄仁杰这样北斗以南之唯一，才让蔺仁基与李孝廉心生愧悔而相待如初。这是榜样的力量，我们自己在周围人的心目中是啥样子？是争效的楷模，还是覆辙的前车？

先捧你，再说我

（杰）为大理丞，（中略）时武卫大将军权善才坐误斫[①]昭陵柏树，仁杰奏罪当免职。高宗令即诛之，仁杰又奏罪不当死。帝作色曰："善才斫陵上树，是使我不孝，必须杀之。"左右瞩仁杰令出，仁杰曰："臣闻逆龙鳞[②]，忤人主，自古以为难，臣愚以为不然。居桀、纣时则难，尧、舜时则易。臣今幸逢尧、舜，不惧比干之诛。昔汉文时有盗高庙玉环，张释之廷诤，罪止弃市。魏文将徙其人，辛毗引裾而谏，亦见纳用。且明主可以理夺，忠臣不可以威惧。今陛下不纳臣言，瞑目之后，羞见释之、辛毗于地下。陛下作法，悬之象魏，徒流死罪，俱有等差。岂有犯非极刑，即令赐死？法既无常，则万姓何所措其手足？陛下必欲变法，请从今日为始。古人云：

‘假使盗长陵一抔土，陛下何以加之？’今陛下以昭陵一株柏杀一将军，千载之后，谓陛下为何主？此臣所以不敢奉制[3]杀善才，陷陛下于不道。”帝意稍解，善才因而免死。居数日，授仁杰侍御史。（中略）左司郎中王本立恃宠用事，朝廷慑惧，仁杰奏之，请付法司，高宗特原之。仁杰奏曰：“国家虽乏英才，岂少本立之类，陛下何惜罪人而亏王法？必欲曲赦本立，请弃臣于无人之境，为忠贞将来之诫。”本立竟得罪，由是朝廷肃然。《旧唐书卷89·列传第39·狄仁杰》

【注释】①斫 zhuó：大锄；引申为用刀、斧等砍。②逆龙鳞：传说龙喉下有逆鳞径尺，有触之必怒而杀人。常以喻弱者触怒强者或臣下触犯君主等。③奉制：接受天子的命令。

【以古鉴今】敢谏也得会谏，“臣今幸逢尧、舜”，把唐高宗比作尧舜，让皇帝美滋滋的，再听下文就容易多了。有理有据又头头是道，当然是该放的放了、该杀的杀了，看来劝人也要讲究艺术。

不信妖言

寻加（仁杰）朝散大夫，累迁度支郎中。高宗将幸汾阳宫，以仁杰为知顿使。并州长史李冲玄以道出妒女祠，俗云盛服过者必致风雷之灾，乃发数万人别开御道。仁杰曰：“天子之行，千乘万骑，风伯清尘，雨师洒道，何妒女之害耶？”遽令罢之。高宗闻之，叹曰：“真大丈夫也！”《旧唐书卷89·列传第39·狄仁杰》

【以古鉴今】鬼神仙佛，原本就是一些愚昧的百姓自己制造出来吓唬自己的，更被统治者拿去，作为统治人民的道具。天子要出行，这是他们自己需要没鬼神的时刻，当然就“何妒女之害”了。狄仁杰大气魄，“千乘万骑，风伯清尘，雨师洒道”，如此豪气万丈，岂容污秽近身，自是平安顺利了！

入其境，知其政

（狄仁杰）俄转宁州刺史，抚和戎夏，人得欢心，郡人勒碑颂德。御史郭翰巡察陇右，所至多所按劾。及入宁州境内，耆老[1]歌刺史德美者盈路。翰既授馆，召州吏谓之曰："入其境，其政可知也。愿成使君之美，无为久留。"州人方散。翰荐名于朝，征为冬官侍郎，充江南巡抚使。《旧唐书卷89·列传第39·狄仁杰》

【注释】①耆老：六十曰耆，七十曰老，原指六七十岁的老人。

【以古鉴今】有麝自然香，不必大风扬，身边人是你最好的名片。更多时候官当得好坏，自己的标榜、僚佐的饶舌，统统不作数。民众才是最好的裁判，他们的冷暖饥饱才是为官者的政绩所在。

不诛支党

（杰）转文昌右丞，出为豫州刺史。时越王贞称兵汝南事败，缘坐者六七百人，籍没者五千口，司刑使逼促行刑。仁杰哀其诖误[1]，缓其狱，密表奏曰："臣欲显奏，似为逆人申理；知而不言，恐乖陛下存恤之旨。表成复毁，意不能定。此辈咸非本心，伏望哀其诖误。"特敕原之，配流丰州。豫囚次于宁州，父老迎而劳之曰："我狄使君活汝辈耶！"相携哭于碑下，斋三日而后行。豫囚至流所，复相与立碑颂狄君之德。《旧唐书卷89·列传第39·狄仁杰》

【注释】①诖 guà 误：被别人牵连而受到处分或损害。

【以古鉴今】密奏而不显奏者，有这样几个问题：一怕这些人真的以为自己是无辜被屈，惯坏了；又怕被人说成是为叛逆之人张目；想不说，又有不忍，深知这些人是被连累的。写了撕，撕了写，拿不定主意。所以模棱两可，就因事处隐微，要说是谋反，可格杀勿论；要说是受连累，不罪也行。值此当口说话须万分小心，不可造次表态，容易授人以柄。但如果是处在非说不可的境地时，就咋想咋说，只要出以公心。

怒斥奸相

初，越王之乱，宰相张光辅率师讨平之。将士恃功，多所求取，仁杰不之应。光辅怒曰："州将轻元帅耶？"仁杰曰："乱河南者，一越王贞耳。今一贞死而万贞生。"光辅质其辞，仁杰曰："明公董戎[①]三十万，平一乱臣，不戢[②]兵锋，纵其暴横，无罪之人，肝脑涂地，此非万贞何耶？且凶威协从，势难自固，及天兵暂临，乘城归顺者万计，绳坠四面成蹊。公奈何纵邀功之人，杀归降之众？但恐冤声腾沸，上彻于天。如得尚方斩马剑加于君颈，虽死如归。"光辅不能诘，心甚衔之。还都，奏仁杰不逊，左授[③]复州刺史。

《旧唐书卷 89 · 列传第 39 · 狄仁杰》

【注释】①董戎：主持军事。②不戢：不检束，放纵。③左授：降官；贬职。

【以古鉴今】能为百姓鼓与呼者，人民不会忘记，历史不会忘记。"一贞死而万贞生"，就为百姓说出了想说而不敢说的话，即便受到降职处分也值，狄公可谓是一位大写的人！

不知谮者，并为友善

天授二年九月丁酉，（杰）转地官侍郎、判尚书、同凤阁鸾台平章事。则天谓曰："卿在汝南时，甚有善政，欲知谮[①]卿者乎？"仁杰谢曰："陛下以臣为过，臣当改之；陛下明臣无过，臣之幸也。臣不知谮者，并为善友，臣请不知。”则天深加叹异。**《旧唐书卷 89 · 列传第 39 · 狄仁杰》**

【注释】①谮：无中生有地说人坏话。

【以古鉴今】不想知道背后毁谤自己的人，实在是不多见，一般总是挖门子盗洞，想方设法要找出此人。故狄仁杰，人杰也。其实知道了又怎样，报复他？也学他的样去背地里饶舌？仔细想来还是不知的好。这就是狄公的过人处，是真豁达，真明事体。扪心自问，我做不到，如遇此事，我还是想知道，即便不是为了报复，也觉得心里敞亮。其实知道了，就怕不光是“敞亮”那么简单了，就怕变成一辈子也挥之不去的心结了！

利己害人，君子不为

未几，（杰）为来俊臣诬构下狱。时一问即承者例得减死，来俊臣逼协仁杰，令一问承反。仁杰叹曰：“大周革命，万物唯新，唐朝旧臣，甘从诛戮。反是实！”俊臣乃少宽之。判官王德寿谓仁杰曰：“尚书必得减死。德寿意欲求少阶级，凭尚书牵杨执柔，可乎？”仁杰曰：“若何牵之？”德寿曰：“尚书为春官时，执柔任其司员外，引之可也。”仁杰曰：“皇天后土，遣仁杰行此事！”以头触柱，流血被面，德寿惧而谢焉。**《旧唐书卷 89 · 列传第 39 · 狄仁杰》**

【以古鉴今】在蒙冤被屈时，有人就像落水者，总想抓棵稻草留住性命。这种拖人下水，找替死鬼的行为，往往是害了别人，也救不了自己，枉做伤天害理事，智者不为。

大才不可小用

初，则天尝问仁杰曰："朕要一好汉任使，有乎？"仁杰曰："陛下作何任使？"则天曰："朕欲待以将相。"对曰："臣料陛下若求文章资历，则今之宰臣李峤、苏味道亦足为文吏矣。岂非文士龌龊[1]，思得奇才用之，以成天下之务者乎？"则天悦曰："此朕心也。"仁杰曰："荆州长史张柬之，其人虽老，真宰相才也。且久不遇，若用之，必尽节于国家矣。"则天乃召拜洛州司马。他日，又求贤。仁杰曰："臣前言张柬之，犹未用也。"则天曰："已迁之矣。"对曰："臣荐之为相，今为洛州司马，非用之也。"又迁为秋官侍郎，后竟召为相。柬之果能兴复中宗，盖仁杰之推荐也。《旧唐书卷 89 · 列传第 39 · 狄仁杰》

【注释】①龌龊：形容人品质恶劣，思想不纯正；气量狭小，拘于小节。

【以古鉴今】人才难得，大才不能小用，把梁栋当椽子岂不可惜。从另一面也可见狄公的执着，我荐的是宰相，你用为司马，非用也。既不见信，再求无人！这不是犟，是自信、是认真。

唯才是举

长子光嗣，圣历初为司府丞，则天令宰相各举尚书郎一人，仁杰乃荐光嗣。拜地官员外郎，莅事称职，则天喜而言曰："祁奚内举[1]，果得其人。"《旧唐书卷 89 · 列传第 39 · 狄仁杰》

【注释】①祁奚内举：春秋时代，晋国贵族之间权力斗争十分激烈，范宣子赶跑了他的外孙栾盈，并杀了他的同党羊舌虎。大夫祁奚向晋侯请求告老还乡，晋侯问他谁可以接任，他推荐了自己的仇敌解狐。晋侯又问谁可以担任中军尉，祁奚推荐了自己的儿子祁午。

【以古鉴今】荐的是人才，又何必问他是谁的儿子呢？唯才是举。正如鸡蛋好吃，何必知道是哪只鸡下的。荐人如此，用人也一样，只要能胜任你交付的工作，没必要知道他的祖宗八代是谁。

无听浮说

姚璹[①]，字令璋，散骑常侍思廉之孙也。（中略）有司以璹从父弟犯法，奏言不合更为侍臣。璹上言："昔王敦称兵犯顺，王导仍典枢机；嵇康戮于晋朝，嵇绍忠于晋室。窃惟前古，尚不为疑；今奉圣恩，岂由臣下。必以体例有乖，伏请甘从屏退。"则天曰："此乃我意，卿复何言！但当尽忠，无听浮说[②]。"《旧唐书卷 89·列传第 39·姚璹》

【注释】①璹 shú：玉器。②浮说：虚浮不实的言谈。

【以古鉴今】人都是用自己的认知去观察、理解外界的人和事，彼此是不可取代的，父母妻子皆然。可人是有感情的，你伤了他，他是会有想法的；但人也是有理智的，他会用理性的思维，趋利避害，决定自己应取的态度。所以不必因一人有罪，而不放心他的亲朋故旧，更不可因一人受到处罚，而牵涉三代九族。对己也要自信，无须辩解，勿听浮言！

站直了活

杨再思，郑州原武人也。（中略）再思自历事三主，知政十余年，未尝有所荐达。为人巧佞邪媚，能得人主微旨，主意所不欲，必因而毁之，主意所欲，必因而誉之。然恭慎畏忌，未尝忤物。或谓再思曰："公名高位重，何为屈折如此？"再思曰："世路艰难，直者受祸。苟不如此，何以全其身哉！”长安末，昌宗既为法司所鞫，司刑少卿桓彦范断解其职。昌宗俄又抗表称冤，则天意将申理昌宗，廷问宰臣曰：“昌宗于国有功否？”再思对曰：“昌宗往因合练神丹，圣躬服之有效，此实莫大之功。”则天甚悦，昌宗竟以复职。时人贵彦范而贱再思也。时左补阙戴令言作《两脚野狐赋》以讥刺之，再思闻之甚怒，出令言为长社令，朝士尤加嗤笑。再思为御史大夫时，张易之兄司礼少卿同休尝奏请公卿大臣宴于司礼寺，预其会者皆尽醉极欢。同休戏曰：“杨内史面似高丽。”再思欣然，请剪纸自贴于巾，却披紫袍，为高丽舞，萦头舒手，举动合节，满座嗤笑。又易之弟昌宗以姿貌见宠幸，再思又谀之曰：“人言六郎面似莲花；再思以为莲花似六郎，非六郎似莲花也。”其倾巧取媚也如此。《旧唐书卷 90 · 列传第 40 · 杨再思》

【以古鉴今】佞而取贵，苟以全身，掩不善而自欺，谓无十目十手也。这样做人，生时不为所容，死后遗臭万年，子孙因你而不齿，亲戚为你而蒙羞，非但白活而且是不配活。毛主席说：“人嘛，可以走，可以跑，但有时也要手脚并用地爬一下，如上山，也叫爬山。但人只能偶尔爬一下，不能一生总在爬。偶尔爬一下，人们还承认你是人，如果一生都在爬，为了个人的名誉、地位爬个不停，人们就要怀疑你是不是人啰。”记住伟人的教导，活好自己，活出人样！

无累父母是大孝

崔玄暐，博陵安平人也。父行谨，为胡苏令。本名晔，以字下体有则天祖讳，乃改为玄暐。少有学行，深为叔父秘书监行功所器重。龙朔中，举明经，累补库部员外郎。其母卢氏尝诫之曰：“吾见姨兄屯田郎中辛玄驭云：‘儿子从官者，有人来云贫乏不能存，此是好消息。若闻赀货充足，衣马轻肥，此恶消息。’吾常重此言，以为确论。比见亲表中仕宦者，多将钱物上其父母，父母但知喜悦，竟不问此物从何而来。必是禄俸余资，诚亦善事。如其非理所得，此与盗贼何别？纵无大咎，独不内愧于心？孟母不受鱼鲊之馈[1]，盖为此也。汝今坐食禄俸，荣幸已多，若其不能忠清，何以戴天履地[2]？孔子云：‘虽日杀三牲之养，犹为不孝。’又曰：‘父母惟其疾之忧。’持宜修身洁己，勿累吾此意也。”玄暐遵奉母氏教诫，以清谨见称。《旧唐书卷 91 · 列传第 41 · 崔玄暐》

【注释】①鱼鲊之馈：三国时吴国孟仁曾做过养鱼的官，送给其母一些自制的腌鱼，其母没有接受，告诫孟仁：“汝为鱼官，而以鲊寄我，非避嫌也。”②戴天履地：戴，顶着天；履，踏、踩着。头顶着天，脚踩着地。形容人活在天地之间。比喻恩德深广，如天高地厚。

【以古鉴今】有母如是，实在是家门之幸，更是儿子的莫大之福。短短百十字的一段话，就把做人做官的道理说得透彻明白，例子也恰到好处。天下的母亲们，你见钱眼开，却要孩子在外边清廉自守，那确是难为孩子了：他拿什么让你“开眼”啊？你的孩子怎能那般的不像你呢？

心若静，波澜无从起

魏元忠，宋州宋城人也。（中略）寻陷周兴狱，诣市将刑，则天以元忠有讨平敬业功，特免死配流贵州。时承敕者将至市，先令传呼，监刑者遽释元忠令起，元忠曰：“未知敕虚实，岂可造次。”徐待宣敕，然始起谢，观者咸叹其临刑而神色不挠[1]。《旧唐书卷 92 · 列传第 42 · 魏元忠》

【注释】①挠：弯曲。

【以古鉴今】死不惧，生不喜，心如止水，奸邪淫弊无所用也。

做人难

圣历元年，召（魏元忠）授侍御史，擢拜御史中丞。又为来俊臣、侯思止所陷，再被流于岭表。复还，授御史中丞。元忠前后三被流，于时人多称其无罪。则天尝谓曰："卿累负谤铄[①]，何也？"对曰："臣犹鹿也，罗织之徒，有如猎者，苟须臣肉作羹耳。此辈杀臣以求达，臣复何辜。"《旧唐书卷 92 · 列传第 42 · 魏元忠》

【注释】①谤铄：非议，毁谤。

【以古鉴今】我得不到的，谁也别想得到；我不舒服，谁也别想舒服。这是小人的心理，这种人是人群中的败类，他们破坏了社会的和谐和融洽的人际关系。但也只能小心应对，别幻想这种人能绝迹。人活着不易，你为好人，小人不买账，还设法整治你。多数时候好人还易中招，一时间弄得人不人鬼不鬼，吃官司受委屈，甚至亡国破家的也不在少数，所以说做人难，做好人更难！

心外无物

姚崇，本名元崇，陕州硖石人也。（中略）中宗时，公主外戚皆奏请度人为僧尼，亦有出私财造寺者，富户强丁，皆经营避役，远近充满。至是，崇奏曰："佛不在外，求之于心。佛图澄最贤，无益于全赵；罗什多艺，不救于亡秦。何充、苻融，皆遭败灭；齐襄、梁武，未免灾殃。但发心慈悲，行事利益，使苍生安乐，即是佛身。何用妄度奸人，令坏正法？"上纳其言，令有司隐括[①]僧徒，以伪滥还俗者万二千余人。《旧唐书卷 96·列传第 46·姚崇》

【注释】①隐括：揉曲曰隐，正方曰括。用以矫正邪曲的器具。引申为标准、规范；矫正、修正。

【以古鉴今】佛不在外，求之于内，心外无物，每个人都是自己的现在佛。心动处着一“正”念，何须外求福报！

志在安人，思不失礼

开元四年，山东蝗虫大起，（中略）乃遣御史分道杀蝗。汴州刺史倪若水执奏曰：“蝗是天灾，自宜修德。刘聪时除既不得，为害更深。”仍拒御史，不肯应命。崇大怒，牒报①若水曰：“刘聪伪主，德不胜妖；今日圣朝，妖不胜德。古之良守，蝗虫避境，若其修德可免，彼岂无德致然！今坐看食苗，何忍不救，因以饥馑，将何自安？幸勿迟回，自招悔吝。”若水乃行焚瘗②之法，获蝗一十四万石，投汴渠流下者不可胜纪。时朝廷喧议，皆以驱蝗为不便，上闻之，复以问崇。崇曰：“庸儒执文，不识通变。凡事有违经而合道者，亦有反道而适权者。昔魏时山东有蝗伤稼，缘小忍不除，致使苗稼总尽，人至相食；后秦时有蝗，禾稼及草木俱尽，牛马至相啖毛。今山东蝗虫所在流满，仍极繁息，实所稀闻。河北、河南，无多贮积，倘不收获，岂免流离，事系安危，不可胶柱③。纵使除之不尽，犹胜养以成灾。陛下好生恶杀，此事请不烦出敕，乞容臣出牒处分。若除不得，臣在身官爵，并请削除。”上许之。黄门监卢怀慎谓崇曰：“蝗是天灾，岂可制以人事？外议咸以为非。又杀虫太多，有伤和气。今犹可复，请公思之。”崇曰：“楚王吞蛭④，厥疾用瘳；叔敖杀蛇⑤，其福乃降。赵宣至贤也，恨用其犬；孔丘将圣也，不爱其羊。皆志在安人，思不失礼。今蝗虫极盛，驱除可得，若其纵食，所在皆空。山东百姓，岂宜饿杀！此事崇已面经奏定讫，请公勿复为言。若救人杀虫，因缘致祸，崇请独受，义不仰关。”怀慎既庶事曲从，竟亦不敢逆崇之意，蝗因此亦渐止息。《旧唐书卷 96 · 列传第 46 · 姚崇》

【注释】①牒报：行文通报。②焚瘗 yì：焚化并埋葬。③胶柱：胶住瑟上的弦柱。

比喻拘泥成规，不知灵活变通。④楚王吞蛭：楚惠王食寒菹（菹同“菹”，酢菜；腌菜）而得蛭，怕司厨得罪受到处罚，就悄悄把食寒菹时发现的蛭吞下，不让人知道。后以“吞蛭”用为称颂统治者宽以待下之词。⑤叔敖杀蛇：孙叔敖幼时，尝出游，见两头蛇，杀而埋之。归而泣。其母问其故，叔敖对曰：“吾闻之：见两头之蛇者死。向者吾见之，恐去母而死也。”母曰：“蛇今安在？”曰：“恐他人又见，杀而埋之矣。”母曰：“尔有阴德，神必佑之，毋忧。”

【以古鉴今】蝗虫繁殖特别快，一旦发现，即已成灾，未及扑杀，田禾几变荒野。百姓谈蝗色变，于是就生出神虫、天意等无稽之谈，其实这些虚妄之说多是人们无奈的别解。杀蝗造孽，然因蝗而饿死人，谁来治蝗虫的罪？浅显明白之理，何须赘言，勿为所累！终生别信虚妄之词、虚妄之事，解释不来，求助于心，问心无愧，大道直行，无须他顾！

“征询”意见

玄宗将幸东都，而太庙屋坏，上召宋璟、苏颋问其故，璟等奏言：“陛下三年之制未毕，诚不可行幸。凡灾变之发，皆所以明教诫。陛下宜增崇大道，以答天意，且停幸东都。”上又召崇问曰：“朕临发京邑，太庙无故崩坏，恐神灵诫以东行不便耶？”崇对曰：“太庙殿本是苻坚时所造，隋文帝创立新都，移宇文朝故殿造此庙，国家又因隋氏旧制，岁月滋深，朽蠹而毁。山有朽坏，尚不免崩，既久来枯木，合将摧折，偶与行期相会，不是缘行乃崩。且四海为家，两京相接，陛下以关中不甚丰熟，转运又有劳费，所以为人行幸，岂是无事烦劳？东都百司已作供拟，不可失信于天下。以臣愚见，旧庙既朽烂，不堪修理，望移神主于太极殿安置，更改造新庙，以申诚敬。车驾依前径发。”上曰：“卿言正合朕意。”《旧唐书卷96·列传第46·姚崇》

【以古鉴今】由此可见所谓征询意见，其实就是寻找符合自己的意见，谁符合自己的想法了，谁的意见也就正确了。此类无关痛痒的事，送个顺水人情，讨主子欢心，落得个皆大欢喜，也无不可。若事关民族兴衰、国家存亡之大计，就不能顾及是否“合朕意”，就得站在真理一边据理力争了。

正义战胜邪恶

宋璟，邢州南和人。（中略）长安中，幸臣张易之诬构御史大夫魏元忠有不顺之言，引凤阁舍人张说令证之。说将入于御前对覆，惶惑迫惧，璟谓曰：“名义至重，神道难欺，必不可党邪陷正，以求苟免。若缘犯颜流贬，芬芳多矣。或至不测，吾必叩阁救子，将与子同死。努力，万代瞻仰，在此举也。”说感其言。及入，乃保明元忠，竟得免死。**《旧唐书卷96·列传第46·宋璟》**

【以古鉴今】此类事永远都会有的，为了自己的观点能立得住，拉人支持，有时还许以好处。这都是正常社会现象，关键是这被拉者，是为了人情而不要正义呢，还是为得好处而出卖良心？张说做对了，不被外界威逼利诱，说真心话，做自己认为该做的，至于真话的代价也自己负责。

义激于心，死不恨

璟寻迁左御史台中丞。张易之与弟昌宗纵恣益横，倾朝附之。昌宗私引相工李弘泰观占吉凶，言涉不顺，为飞书所告。璟廷奏请穷究其状，则天曰：“易之等已自奏闻，不可加罪。”璟曰：“易之等事露自陈，情在难恕，且谋反大逆，无容首免。请勒就御史台勘当，以明国法。易之等久蒙驱使，分外承恩，臣必知言出祸从，然义激于心，虽死不恨。”则天不悦。内史杨再思恐忤旨，遽宣敕令璟出。璟曰："天颜咫尺，亲奉德音，不烦宰臣擅宣王命。"则天意稍解，乃收易之等就台，将加鞫问。俄有特敕原之，仍令易之等诣璟辞谢，璟拒而不见，曰："公事当公言之，若私见，则法无私也。"《旧唐书卷 96 · 列传第 46 · 宋璟》

【以古鉴今】自古信奸不信忠，就因为小人诈而巧，他们只为一人着想，摸透主子脾性而投其所好，让他迷失自己，对谄媚奉承感到舒服熨帖，进而坚信之、重用之、亲爱之。忠臣义士是从江山社稷出发说话做事，不单是为皇帝个人，所以就有逆鳞之可能，让皇帝不顺耳、不开心，因此也就少了亲近。然小人又不能尽除，防其乱国经也就是了。

不谄媚权贵

璟尝侍宴朝堂，时易之兄弟皆为列卿，位三品，璟本阶六品，在下。易之素畏璟，妄悦其意，虚位揖璟曰："公第一人，何乃下座？"璟曰："才劣品卑，张卿以为第一人，何也？"当时朝列，皆以二张内宠，不名官，呼易之为五郎，昌宗为六郎。天官侍郎郑善果谓璟曰："中丞奈何呼五郎为卿？"璟曰："以官言之，正当为卿；若以亲故，当为张五。足下非易之家奴，何郎之有？郑善果一何懦哉！"《旧唐书卷 96 · 列传第 46 · 宋璟》

【以古鉴今】任你公，任你侯，任你曲如钩，我只一路直行，终究是邪不压正。这样做的前提是要时时提醒自己，不可有半点瑕疵，以防备苍蝇叮了有缝的蛋。这也是关系紧张的人能给对方的唯一好处——时刻不敢放松自己！

推恩于上

驾幸东都，次永宁之崤谷，驰道隘狭，车骑停拥，河南尹李朝隐、知顿使王怡并失于部伍，上令黜其官爵。璟入奏曰："陛下富有春秋，方事巡狩，一以垫隘，致罪二臣，窃恐将来人受艰弊。"于是遽令舍之。璟曰："陛下责之，以臣言免之，是过归于上而恩由于下。请且使待罪于朝，然后诏复其职，则进退得其度矣。"上深善之。《旧唐书卷 96 · 列传第 46 · 宋璟》

【以古鉴今】宋璟老辣了得！似有宋璟比皇帝高明不知多少倍的嫌疑，他在教皇帝一步一步该如何做。皇帝还深善之，怕是表面理屈而应付，内里又是一番滋味在心头吧！我以为话说到不该"黜其官爵"就打住，后边的都多了！切记，不可说上司这么不妥，那样才行之类的话，因为你不能高于你的上司，那会伤人家自尊心的。哈哈，好像我比宋璟还老辣，世事难测，都是"不得不"吧！

做好人是有代价的

韩休，京兆长安人。伯父大敏，则天初为凤阁舍人。时梁州都督李行褒为部人诬告，云有逆谋，则天令大敏就州推究。或谓大敏曰："行褒诸李近属，太后意欲除之，忽若失旨，祸将不细，不可不为身谋也。"大敏曰："岂有求身之安而陷人非罪！"竟奏雪之。则天俄又命御史重覆，遂构成其罪，大敏坐推反失情，与知反不告同罪，赐死于家。《旧唐书卷 98·列传第 48·韩休》

【以古鉴今】官场险恶，上欲借你之手除己之恨，如韩大敏者，顺了武则天，就丧失了自己的良心，冤杀了好人，反之则祸将及身。所以我认为，谋生的手段千千万，当官是最不济的那种，是看着风光，实则是把自己放在火上烤。因为坐不到皇帝的位子上，你就只能是个传声筒，不能发自己的声，只能按上司的意愿说话办事。自己的想法做不得数，活的意义也就少了情趣，打了折扣。然仍趋之若鹜者，盖因可以摸金发财，又有人前风光诸般。

不为百姓，何以为政

（休）出为虢州刺史。时虢州以地在两京之间，驾在京及东都，并为近州，常被支税草以纳闲厩。休奏请均配余州，中书令张说驳之曰："若独免虢州，即当移向他郡，牧守欲为私惠，国体固不可依。"又下符不许之。休复将执奏，僚吏曰："更奏必忤执政之意。"休曰："为刺史不能救百姓之弊，何以为政！必以忤上得罪，所甘心也。"竟执奏获免。《旧唐书卷98·列传第48·韩休》

【以古鉴今】为保自己官位，怕得罪上司而不顾百姓生计，那当这个官还有什么劲，所以宁丢官帽，也得为百姓申明正义，否则真的不如回家卖红薯了！

言者无罪

张嘉贞，蒲州猗[①]氏人也。（中略）俄有告其在军奢僭及赃贿者，御史大夫王晙因而劾奏之，按验无状，上将加告者反坐之罪。嘉贞奏曰："昔者天子听政于上，瞍赋蒙诵[②]，百工谏，庶人谤，而后天子斟酌焉。今反坐此辈，是塞言者之路，则天下之事无由上达。特望免此罪，以广谤诵之道。"从之，遂令减死，自是帝以嘉贞为忠。《旧唐书卷99·列传第49·张嘉贞》

【注释】①猗：神话传说中祖巫水神共工的宠物；美好盛大的样子。②瞍赋蒙诵：古代乐官皆以盲人充任，据说是由于他们的听觉敏锐，善于辨别音律。但这几种盲人又略有差别。从等级上讲，"瞽"是乐官中的太师，地位比"瞍""蒙"高。从失明的情况讲，眼睫间有缝隙，内有眼珠而不能见物者叫"瞽"；眼中空洞无眼珠者叫"瞍"；眼中有珠，双睫也能开合，但不能见物者叫"蒙"。

【以古鉴今】御史是专掌监察的官，职责所在，参劾不实，也应原其初心，怎么说也不至反坐。何况处理了王晙，谁还敢谏，更无人敢"谤"了。天下之事无由上达，皇帝还怎么听政？如此政乱国亡无日矣！

物贵有用

张九龄，字子寿，一名博物。（中略）九龄为中书令时，天长节①百僚上寿，多献珍异，唯九龄进《金镜录》五卷，言前古兴废之道，上赏异之。《旧唐书卷 99 · 列传第 49 · 张九龄》

【注释】①天长节：唐玄宗时，群臣奏请定其寿辰为天长节。

【以古鉴今】皇帝不缺奇珍异宝、玩赏之物，《金镜录》乃兴废之鉴，献给有江山社稷的皇帝，似有物归原主之感，中书令用心良苦。这里有送礼的学问，礼物不在多贵重，而在于能使受者喜欢。真心送的礼，就是一方手帕，也会被对方珍藏到永远，只要是从内心发出的，就一定会感动另一颗心，这就叫心灵感应。

公无私仇

契苾何力，其先铁勒别部之酋长也。（中略）太宗征辽东，以何力为前军总管，军次白崖城，为贼所围，被矛中腰，疮重疾甚，太宗自为傅药。及拔贼城，敕求伤之者高突勃，付何力自杀之。何力奏言："犬马犹为其主，况于人乎？彼为其主，况致命冒白刃而刺臣，是其义勇士也。本不相识，岂是冤仇？"遂舍之。《旧唐书卷 109 · 列传第 59 · 契苾何力》

【以古鉴今】表面是高突勃重创了契苾何力，究其因二人本不相识，岂有冤仇？彼时各为其主，乃是冒白刃之勇士。今日落在何力之手，杀，合人情，放，是仁义。何力长者也，战场无私敌，交手无私仇，伤乃公伤，焉能私报？

礼以节人

李勉，字玄卿，郑惠王元懿曾孙。（中略）至德初，从至灵武，拜监察御史。属朝廷右武，勋臣恃宠，多不知礼。大将管崇嗣于行在朝堂背阙而坐，言笑自若，勉劾之，拘于有司，肃宗特原之，叹曰："吾有李勉，始知朝廷尊也。"《**旧唐书卷** 131 · **列传第** 81 · **李勉**》

【以古鉴今】 知礼仪才能肃纲纪。庙堂之上，是严肃神圣的所在，容不得衣貌不整、面目不洁、举止猥琐等，更不待说你背对皇帝而坐，且言笑自若，实属大不敬，论罪，轻者坐牢，重则可以处死。就今天礼仪也是很要紧的：在大庭广众之下，不可大声喧哗；除特殊情况，不可以背向人；不能有与环境不协调的语言或表情。我中华乃礼仪之邦，时时小心犹有不到处，你再随便起来，岂不坏了纲纪，有辱斯文！

胁从不问

（勉）迁司膳员外郎。时关东献俘百余，诏并处斩，囚有仰天叹者，勉过问之，对曰："某被胁制守官，非逆者。"勉乃哀之，上言曰："元恶未殄①，遭点污者半天下，皆欲澡心归化。若尽杀之，是驱天下以资凶逆也。"肃宗遽令奔骑宥释，由是归化日至。《**旧唐书卷** 131 · **列传第** 81 · **李勉**》

【注释】 ①殄：灭绝。

【以古鉴今】 老百姓并不愚蠢，但在政治上却是迟钝的，因穷而偷盗，因怒而斗殴，深究起来，不少应在情有可原之列。如说他们聚众谋反，我敢说充其量他们也只能是胁从，是受人蛊惑或是利诱。指定是有罪，但罪不至死。更有不可杀的理由是驱天下以资凶逆，帮敌人的忙，你愿意吗？

经营好自己

（勉）在官累年，器用车服无增饰。及代归，至石门停舟，悉搜家人所贮南货犀象诸物，投之江中，耆老以为可继前朝宋璟、卢奂、李朝隐之徒。人吏诣阙请立碑，代宗许之。《**旧唐书卷** 131 · **列传第** 81 · **李勉**》

【以古鉴今】做官的怎么才能做到廉洁呢？只有自己跟自己过不去。如果你把自己放过了，因你是官，你是执法者，是人上人，在你这就是无视法律了。其实做人也是一样的，靠别人管才能好，岂不把自己等同于“囚犯”或是没长大的孩子了！

正人岂知奸邪路数

无何，卢杞自新州员外司马除澧州刺史，给事中袁高以杞邪佞蠹政，贬未塞责，停诏执表，遂授澧州别驾。他日，上谓勉曰：“众人皆言卢杞奸邪，朕何不知！卿知其状乎？”对曰：“天下皆知其奸邪，独陛下不知，所以为奸邪也。”《**旧唐书卷** 131 · **列传第** 81 · **李勉**》

【以古鉴今】“天下皆知其奸邪，独陛下不知，所以为奸邪也。”这样的话你能懂吗？如能懂就说明你长大了，可以放你到外面去了。奸邪者，他知道自己做的是皇家的官，能左右自己命运的只有皇上，天下人都知他“奸邪”也无所谓，只要皇上不知道，就能保证自己继续奸邪下去。正因有如此心计，他才是真奸邪！

为人厚道

（勉）在相位二十年，禄俸皆遗亲党，身没而无私积。其在大官，礼贤下士，终始尽心。以名士李巡、张参为判官，卒于幕，三岁之内，每遇宴饮，必设虚位于筵次，陈膳执酹[①]，辞色凄恻，论者美之。《旧唐书卷131·列传第81·李勉》

【注释】①酹：酒洒于地，表示祭奠或立誓。

【以古鉴今】离开三年了，同事都不忘，设虚位于筵次，陈膳执酹，辞色凄恻。可见李勉在同僚心目中的威望，所以然者，俸禄遗亲党，身无私积，礼贤下士，始终尽心。死后仍被怀念，是虽死犹生；万不可人健在，却已被忘却了，那是虽生犹死。人们在交往中，是会称出你斤两的，往往比你自己感觉得更准确。人啊，自欺可以，欺人不行！

苟用于事，不必循俗

李皋，字子兰。（中略）上元初，京师旱，米斗直数千，死者甚多。皋度俸不足养，亟请外官，不允，乃故抵微法，贬温州长史。无几，摄行州事。岁俭，州有官粟数十万斛，皋欲行赈救，掾吏叩头乞候上旨，皋曰："夫人日不再食，当死，安暇禀命！若杀我一身，活数千人命，利莫大焉。"于是开仓尽散之，以擅贷之罪，飞章自劾。天子闻而嘉之，答以优诏，就加少府监。《旧唐书卷131·列传第81·李皋》

【以古鉴今】非常之时不得循常理。要出人命了，是四平八稳地履行公文手续，还是先保住人命要紧？此处有文章，为官一任，手中的权力怎么用，为国为民，丢乌纱不要怕，必要时丢性命也不要怕。说句不中听的，不也就是早死些时候吗？人反正终有一死，只是鸿毛泰山之别，能得史册一幅纸，实乃幸事，岂计早晚哉！

不孝之人不能为官

皋行县，见一媪[①]垂白而泣，哀而问之，对曰："李氏之妇，有二子：钧、锷，宦游二十年不归，贫无以自给。"时钧为殿中侍御史，锷为京兆府法曹，俱以文艺登科，名重于时。皋曰："'入则孝，出则悌，行有余力，然后可以学文。'若二子者，岂可备于列位！"由是举奏，并除名勿齿[②]。《旧唐书卷131·列传第81·李皋》

【注释】①媪：年老的妇女。②勿齿：不愿意提及，表示鄙视；不录用。

【以古鉴今】为人子，弃母不顾，试想他能为百姓做什么好事？做官之人在家不孝，不用问他也绝当不了好官。今天能不能也彻查一下公众人物的在家侍亲情形，如有不孝且弃养者，再有能耐也让他回家待着去，或可为纯洁社会风气起点作用呢！

忠肝义胆

建中元年，（皋）迁湖南观察使。前使辛京杲贪残，有将王国良镇邵州武冈县，豪富，京杲以死罪加之。国良危惧，因人所苦，遂散财聚众据县以叛，诸道同讨，联岁不能下。皋授命日，乃曰："驱疲甿[①]，诛反侧，非所以奉圣朝事。"遣使遗国良书曰："观将军非敢大逆，盖遭谗嫉，救误死而已。将军遇我，何不速降？我与将军同为辛京杲所构，我已蒙圣朝昭雪，使我何心持刃杀将军耶！将军以为不然，我以阵术破将军阵，以攻法屠将军城，非将军所度也。"国良捧书，且忧且喜，遣使请降，亦未必决。皋即日赴县受降，中道有候骑驰告曰："国良军中有变，言降是诈也。"皋曰："非尔辈所知。"遂留麾下兵，单骑假称使者，径入国良垒中。国良召使者入，皋遂大叫军中曰："有人识曹王否？只我是。国良何不速降？"一军愕眙[②]不敢动。适有识者走至，传呼曰："是"。国良匍匐叩头请罪。皋执手约为

兄弟，尽焚攻守之备，散仓库，给兵士，令复农桑。有诏赦国良罪，赐名惟新。《旧唐书卷 131 · 列传第 81 · 李皋》

【注释】①疲甿 méng：疲，身体劳累的感觉；甿，古指农村居民。②愕眙：惊视。

【以古鉴今】这一举动，想李皋当时也没有稳操胜券的把握，只是忠肝义胆驱使他冒险一试。成则皆大欢喜，免去屠城之血腥，最不济也就是自己的一颗头颅。还好，国良请罪，也是诚可感天！

嘴大舌长

李晟，字良器，陇右临洮人。（中略）晟既罢兵权，朝谒之外，罕所过从。有通王府长史丁琼者，亦为张延赏所排，心怀怨望，乃求见晟言事，且曰："太尉功业至大，犹罢兵权，自古功高，无有保全者。国家倘有变故，琼愿备左右，狡兔三穴，盍早图之。"晟怒曰："尔安得不祥之言！"遽执琼以闻。《旧唐书卷 133 · 列传第 83 · 李晟》

【以古鉴今】没弄清人家的心思，就献"忠心"，大谈国有变故，愿备左右的混账话。被人家视为"不详之言"而送官究办，坐实了谋反大罪，这丁君是不是也太性急了点？这类掉头灭族的话，没有十足把握不可轻易着口，不然覆水难收，连回旋之地都没有。

做心口相应的人

初，晟在凤翔，谓宾介曰："魏徵能直言极谏，致太宗于尧、舜之上，真忠臣也，仆所慕之。"行军司马李叔度对曰："此搢绅儒者之事，非勋德所宜。”晟敛容曰：“行军失言。传称‘邦有道，危言危行’。今休明之期，晟幸得备位将相，心有不可，忍而不言，岂可谓有犯无隐，知无不为者耶！是非在人主所择耳。”叔度惭而退。故晟为相，每当上所顾问，必极言匪躬[①]。尽大臣之节。《**旧唐书卷 133 · 列传第 83 · 李晟**》

【注释】①匪躬：忠心耿耿，不顾自身。

【以古鉴今】做官与做人无论哪个，我都觉得只要见人有不妥处指出来就好，至于会不会被采纳，由别人自主抉择。在我，做到了对人以诚，远比坐观成败，心里要舒服得多。

嫉妒是魔鬼

于公异者，吴人。登进士第，文章精拔，为时所称。建中末，为李晟招讨府掌书记。兴元元年，收京城，公异为露布上行在云：“臣已肃清宫禁，祗奏寝园，钟虡[①]不移，庙貌如故。”德宗览之，泣下不自胜，左右为之呜咽。既而曰：“不知谁为之？”或对曰：“于公异之词也。”上称善久之。

公异初应进士时，与举人陆贽不协；至是贽为翰林学士，闻上称与，尤不悦。时议者言之，公异少时不为后母所容，自游宦成名，不归乡里；及贞元中陆贽为宰相，奏公异无素行，黜之。诏曰：“祠部员外郎于公异，顷以才名，升于省闼。其少也，为父母之所不容，宜其引慝在躬，孝行不匮，匿名迹于畎亩，候安否于门闾，俾其亲之过不彰，庶其诚之至必感。安于弃斥，游学远方，忘其温凊之恋，竟至存亡之隔，为人子者，忍至是乎！宜放归田里，俾自循省。其举公异官尚书左丞卢迈，宜夺俸两月。”时中书舍人高郢荐监察御史元敦义，及睹公异谴逐，惧为所累，乃上疏首陈敦义亏于礼教，诏嘉郢之知过，俾敦义罢归。公异竟名位不振，感轲而卒，人士惜其才，恶贽之褊急焉。《**旧唐书卷 137 · 列传第 87 · 于公异**》

【注释】①钟虡 jù：一种悬钟的格架，上有猛兽为饰。

【以古鉴今】欲加之罪，何患无辞！官场上的钩心斗角，中外古今无一例外。细想想也不奇怪，官位就那么多，你坐上去我就得站着，本来就是你上我下，有我没你嘛！为了自己，有点奸猾狡诈也是可以理解的。苍蝇不叮无缝的蛋，于公异确有不妥处。所以要想立于不败之地，还是得自己干净，让小人找不到缝抓不到把柄，终无奈何！由此观之，于公异也就没什么可惜的了。只不做陆贽就好，你痛快一时，却害人一生乃至一命，亏心不？

民心即天意

陆贽，字敬舆，苏州嘉兴人。（中略）贽少孤，特立不群，颇勤儒学。（中略）建中四年，硃泚谋逆，从驾幸奉天。时天下叛乱，（中略）尝启德宗曰："今盗遍天下，舆驾播迁，陛下宜痛自引过，以感动人心。昔成汤以罪己勃兴，楚昭以善言复国。陛下诚能不吝改过，以言谢天下，使书诏无忌，臣虽愚陋，可以仰副圣情，庶令反侧之徒，革心向化。"德宗然之。故奉天所下书诏，虽武夫悍卒，无不挥涕感激，多贽所为也。《**旧唐书卷 139 · 列传第 89 · 陆贽**》

【以古鉴今】文人的"毛锥子"与武夫的大刀长矛有异曲同工之效。毛锥子攻心，而大刀长矛杀身。任何战争都不是要把百姓杀绝，所以攻心永远比杀身来得更长远，更有效。只有百姓的心都向着你，那才是最后的胜利。从长远看，毛锥子一定是胜大刀长矛一筹的！

民虽愚，不可欺

陛下嗣位之初，务遵理道，敦行俭约，斥远贪饕。虽内库旧藏，未归太府，而诸方曲献，不入禁闱，清风肃然，海内丕变。近以寇逆乱常，銮舆外幸，既属忧危之运，宜增儆励之诚。臣昨奉使军营，出经行殿，忽睹右廓之下，榜列二库之名，戄然[1]若惊，不识所以。何者？天衢尚梗，师旅方殷，痛心呻吟之声，噢咻[2]未息；忠勤战守之效，赏赉未行。诸道贡珍，遽私别库，万目所视，孰能忍情？窃揣军情，或生觖望[3]，或忿形谤讟[4]，或丑肆讴谣，颇含思乱之情，亦有悔忠之意。是知氓俗昏鄙，识昧高卑，不可以尊极临，而可以诚义感。《旧唐书卷 139 · 列传第 89 · 陆贽》

【注释】①戄然：惊貌，惊惧貌。②噢咻 ō xiū：抚慰病痛。③觖 jué 望：因不满意而怨恨。④谤讟 dú：怨恨，毁谤。

【以古鉴今】人心有趋同性，不怕少而怕不均，不管多么贫困，只要上下一致，就觉得心里平衡。可要是你只为一家一姓或一小部分人，而抛弃他们的利益，他们一旦觉悟，你会发现他们至贱而不可简，至愚而不可欺。

说话是艺术

李忠臣，本姓董，名秦，平卢人也，世家于幽州蓟县。（中略）建中初，尝因奏对，德宗谓之曰："卿耳甚大，真贵人也。"忠臣对曰："臣闻驴耳甚大，龙耳甚小；臣耳虽大，乃驴耳也。"上说之。时常侍张涉承恩用事，坐受财贿事露，帝将以法绳之。涉即帝在春宫时侍讲也。忠臣奏曰："陛下贵为天子，而先生以乏财抵法，以愚臣观之，非先生之过也。"帝意解，但令归田里。前湖南观察辛京杲尝以忿怒杖杀部曲，有司劾奏京杲杀人当死，从之。忠臣奏曰："京杲合死久矣！"上问之，对曰："渠柏叔某于某处战死，兄弟某于某处战死，渠尝从行，独不死，是以知渠合死久矣。”上亦悯然，不令加罪，改授王傅而已。《旧唐书卷 145 · 列传第 95 · 李忠臣》

【以古鉴今】会说话即是本事，更是学问。两人闲聊，能让对方受用而生好感；涉及第三者，可致别人之生死于张嘴闭口之间。这种既会说话，又有仁者之心，不动声色救人于倒悬者，可谓是会说话者也。

俭以足用

李藩，字叔翰，赵郡人。（中略）藩性忠荩，事无不言，上重之，以为无隐。

四年冬，顾谓宰臣曰：“前代帝王理天下，或家给人足，或国贫下困，其故何也？”藩对曰：“古人云：‘俭以足用。’盖足用系于俭约。诚使人君不贵珠玉，唯务耕桑，则人无淫巧，俗自敦本[①]，百姓既足，君孰与不足！自然帑藏充羡，稼穑丰登。若人君竭民力，贵异物，上行下效，风俗日奢，去本务末，衣食益乏，则百姓不足！君孰与足！自然国贫家困，盗贼乘隙而作矣！今陛下永鉴前古，思跻富庶，躬尚勤俭，自当理平。伏愿以知之为非艰，保之为急务，宫室舆马，衣服器玩，必务损之又损，示人变风，则天下幸甚。”帝曰：“俭约之事，是我诚心；贫富之由，如卿所说。唯当上下相勖[②]，以保此道，似有逾滥[③]，极言箴规，此固深期于卿等也。”《旧唐书卷 148 · 列传第 98 · 李藩》

【注释】①敦本：注重根本。②勖：勉励。③逾滥：过度；漫无限度。

【以古鉴今】老百姓过日子又何尝不是如此呢，节俭用度，不为无益害有益。先满足温饱再去文化娱乐，对当下寅吃卯粮的年轻人，本人不敢苟同。欠着几十万、上百万的债务，优哉游哉地出入于酒楼饭店歌厅影院，真佩服心大，所以也多体胖。我见过人贷款做生意，正在风生水起的当口，不知因了什么，一夜间家徒四壁了。试想他要是不去借贷，而是摸着自己的口袋过活，有多少本钱做多大买卖的话，结果怎么会这样呢？

义于人者和于神

帝又问曰："禳灾祈福之说，其事信否？"藩对曰："臣窃观自古圣达，皆不祷祠。故楚昭王有疾，卜者谓河为祟，昭王以河不在楚，非所获罪，孔子以为知天道。仲尼病，子路请祷，仲尼以为神道助顺，系于所行，己既全德，无愧屋漏①。故答子路云：'丘之祷久矣。'《书》云：'惠迪吉②，从逆凶。'言顺道则吉，从逆则凶。《诗》云：'自求多福③。'则祸福之来，咸应行事，若苟为非道，则何福可求？是以汉文帝每有祭祀，使有司敬而不祈，其见超然，可谓盛德。若使神明无知，则安能降福；必其有知，则私己求媚之事，君子尚不可悦也，况于明神乎！由此言之，则履信思顺，自天佑之，苟异于此，实难致福。故尧、舜之德，唯在修己以安百姓。管仲云：'义于人者和于神。'盖以人为神主，故但务安人而已。虢公求神，以致危亡，王莽妄祈，以速汉兵，古今明诫，书传所纪。伏望陛下每以汉文、孔子之意为准，则百福具臻。"帝深嘉之。《**旧唐书卷 148 · 列传第 98 · 李藩**》

【注释】①屋漏：古代室内西北隅施设小帐，安藏神主，为人所不见的地方称作"屋漏"。②迪吉：迪，道也。顺道吉，从逆凶。后以"迪吉"表示吉祥，安好。③自求多福：求助自己比求助他人会得到更多的幸福。

【以古鉴今】我们的老祖宗真是聪明，在科技不发达的封建社会，就有如此明晰的认识：无神无佛，义于人者和于神，人乃神之主，人安而福至。更了得的是祭祀时敬而不祈，使神无知，则不能降福；有知，固不可私己求媚而悦之。但时至今日仍有烧香念佛祈福禳灾者，可悲呀，何以不如古人如是！

厚养薄葬

令狐峘[①]，德棻之玄孙。（中略）德宗即位，将厚奉元陵，峘上疏谏曰：（中略）臣读《汉书·刘向传》，见论王者山陵之诫，良史称叹，万古芬芳。何者？圣贤之心，勤俭是务，必求诸道，不作无益。故舜葬苍梧，不变其肆；禹葬会稽，不改其列。周武葬于毕陌，无丘垅之处；汉文葬于霸陵，因山谷之势。禹非不忠也，启非不顺也，周公非不悌也，景帝非不孝也，其奉君亲，皆从微薄。昔宋文公始为厚葬，用蜃炭，益车马，其臣华元、乐举，《春秋》书为不臣。秦始皇葬骊山，鱼膏为灯烛，水银为江海，珍宝之藏，不可胜计，千载非之。宋桓魋[②]为石椁，夫子曰："不如速朽。"子游问丧具，夫子曰："称家之有无。"张释之对孝文曰："使其中无可欲，虽无石椁，又何戚焉？"汉文帝霸陵皆以瓦器，不以金银为饰。由是观之，有德者葬逾薄，无德者葬逾厚，昭然可睹矣！《旧唐书卷 149 · 列传第 99 · 令狐峘》

【注释】①峘 huán：小山与大山并立，如小山高过大山就称为峘。②桓魋 tuí：又称向魋，东周春秋时代宋国（今河南商丘）人。

【以古鉴今】亲人在世，身享物质，心感满足，饱食暖衣，晨昏定省，是为真孝。死后哭天抢地，藏金埋银是显孝，孝在生前而不是死后。因为死者已无知，是你在花钱显孝买名，是沽名钓誉，是满足自己的虚荣心而故作姿态。

各尽所能

蒋乂，字德源，常州义兴人也。（中略）性朴直，不能事人，或遇权臣专政，辄数岁不迁官。在朝垂三十年，前后每有大政事、大议论，宰执不能裁决者，必召以咨访。乂征引典故，以参时事，多合其宜，然亦以此自滞。而好学不倦，老而弥笃，虽甚寒暑，手不释卷。旁通百家，尤精历

代沿革。《旧唐书卷 149 · 列传第 99 · 蒋乂》

【以古鉴今】有人很有能力，但就是得不到提拔，且总是被能力平平者领导，不过遇到难事还得请这种人出面。所以然者，表面看有点怪，细想又觉得是必然。一是性直者多少包容，遇事认死理，少变通。二是遇到难事你能引经据典，以参时事，且多合其宜，别人做不来。如此鹤立鸡群的聪明人，更使尽聪明，名利双收，别人还怎么活？那好，你用学问做事，我以世故当官，也算人尽其才、各得其所吧！

养志显亲为孝

穆宁，怀州河内人也。（中略）宁好学，善教诸子，家道以严称。事寡姊以悌闻。通达体命，未尝服药。每诫诸子曰："吾闻君子之事亲，养志为大，直道而已。慎无为谄，吾之志也。"《旧唐书卷 155 · 列传第 105 · 穆宁》

【以古鉴今】我同意穆宁的子女怎样做才是孝心的说法，子女的大出息就是对双亲最大的孝，强于你给他买吃买穿买车买房。为人父母者，自身的苦累穷通，多不如子女的前途命运重要。还有一层，没能实现的理想，往往是老人心中挥之不去的块垒，也多寄望于子女。做儿女的是不是应该做出努力，完成爸妈的心愿，圆了老人的梦，所以说养志显亲是大孝。

求人不如求己

韦绶，字子章，京兆人。（中略）帝尝问："禳灾祈福，其可必乎？"绶对曰："昔宋景公以一善言而法星[①]退之三舍，此禳灾以德也。汉文帝除秘祝，每于祠祭，尽敬而已，言无所祈，以明福不可以求致也。而二君卒能变已变之灾，享自致之福，著于史传，其理甚明。如失德以祈灾消，媚神以祈

福至，神苟有知，当因以致谴，非祈禳之道也。”时人主失德，绶因以讽之。《旧唐书卷 162 · 列传第 112 · 韦绶》

【注释】①法星：星名。北斗七星第二星天璇的别名。也是荧惑星的别名。

【以古鉴今】祸不会外至，福不可外求，言其祸福由己，禳祈皆妄。凭良知做事，求自心安稳，只做敢回忆、愿提及的事，一生所做，无事不可对人言，福虽没至，祸已远矣！其实求神求佛不如求己，人只有求己才是老实态度。

妄言邪说不攻自息

李绛，字深之，赵郡赞皇人也。（中略）上尝谓绛曰：“卜筮[1]之事，习者罕精，或中或否。近日风俗。尤更崇尚，何也？”对曰：“臣闻古先哲王畏天命，示不敢专，邦有大事可疑者，故先谋于卿士庶人，次决于卜筮，俱协则行之。末俗浮伪，幸以徼福。正行虑危，邪谋觊安，迟疑昏惑，谓小数能决之。而愚夫愚妇，假时日鬼神者，欲利欺诈，参之见闻，用以刺射小近之事，神而异之。近者，风俗近巫，此诚弊俗。圣旨所及，实辨邪源。但存而不论，弊斯息矣。”《旧唐书卷 164 · 列传第 114 · 李绛》

【注释】①卜筮：古代用龟甲占卜叫卜，用蓍草占卜叫筮，合称卜筮。

【以古鉴今】人哪，认真想来也怪可怜的，自身的生老病死，忧愁烦恼，任你是谁都难免；外界的冰霜雨雪，尔虞我诈仍是谁也奈何不得的。想想能让自己说了算的到底有多少呢！而更可怜的是自己对“奈何不得”的事，就尽人事听天命得了，又偏不，信什么神汉巫婆。说白了就是对眼前发生的一切，不愿意接受，幻想去改变它。我的经验就是：人必须要有勇气承受命运加给自己的一切苦难，用自己可以控制的方法去改变它，活的是过程。

安危理乱在用人

他日延英，上曰："朕读《玄宗实录》，见开元致理，天宝兆乱。事出一朝，治乱相反，何也？"

绛对曰："臣闻理生于危心，乱生于肆志。玄宗自天后朝出居籓邸，尝莅官守，接时贤于外，知人事之艰难。临御之初，任姚崇、宋璟，二人皆忠鲠上才，动以致主为心。明皇乘思理之初，亦励精听纳，故当时名贤在位，左右前后，皆尚忠正。是以君臣交泰，内外宁谧。开元二十年以后，李林甫、杨国忠相继用事，专引柔佞[①]之人，分居要剧，苟媚于上，不闻直言。嗜欲转炽，国用不足，奸臣说以兴利，武夫说以开边。天下骚动，奸盗乘隙，遂至两都覆败，四海沸腾，乘舆播迁，几至难复。盖小人启导，纵逸生骄之致也。至今兵宿两河，西疆削尽，甿户[②]凋耗，府藏空虚，皆因天宝丧乱，以至于此。安危理乱，实系时主所行。陛下思广天聪，亲览国史，垂意精赜[③]，鉴于化源，实天下幸甚。"《旧唐书卷 164・列传第 114・李绛》

【注释】①柔佞：伪善谄媚。②甿户：民户。③赜 zé：幽深，玄妙。

【以古鉴今】周围是些什么人可不是小事，近朱者赤，近墨者黑不是谁杜撰出来的。奉劝看此处的诸君，都能警醒起来，不妨也经常搞个"清身侧"，让自己的人际环境清新干净。麻将桌上下来进酒楼，五迷三道后去歌厅、下舞池，这样的人际环境就不正常，就得想到抽身。说什么人在江湖身不由己，那是你已和他们同流合污了，不是别人要你那样，而是你自己就想那样。狠心刹车，跳出圈子，回观身后，反思过往；自己重新规划设计，不要游戏人生，因为没有来生供你愧悔呀！

规过谏失

上又曰："凡人行事，常患不通于理，已然之失，追悔诚难。古人处此，复有道否？”绛对曰：“行事过差，圣哲皆所不免，故天子致诤臣以匡其失。故主心理于中，臣论正于外，制理于未乱，销患于未萌。主或过举，则谏以正之，故上下同体，犹手足之于心膂，交相为用，以致康宁。此亦常理，非难遵之事。但矜得护失，常情所蔽。古人贵改过不吝，从善如流，良为此也。臣等备位①，无所发明，但陛下不废刍言②，则端士贤臣，必当自效。”帝曰：“朕擢用卿等，所冀直言。各宜尽心无隐，以匡不逮。无以护失为虑也！”《旧唐书卷164·列传第114·李绛》

【注释】①备位：居官的自谦之词。谓愧居其位，不过聊以充数。②刍言：浅陋的言论；卑贱者的言论。多用为自谦之词。

【以古鉴今】规过谏失，常人也是需要的。人在社会活动中，说话做事是常态，说错做错也是常态，关键是有没有人愿意给你指出来。这愿意不愿意取决于你的为人，你改过不吝，从善如流，别人当然就乐于荐以正之了，否则就不愿意管你的“闲”事。

拉大旗作虎皮

时教坊忽称密旨，取良家士女及衣冠别第妓人，京师嚣然。绛谓同列曰：“此事大亏损圣德，须有论谏。”或曰：“此嗜欲间事，自有谏官论列。”绛曰：“相公居常病谏官论事，此难事即推与谏官，可乎？”乃极言论奏。翌日延英，宪宗举手谓绛曰：“昨见卿状所论采择事，非卿尽忠于朕，何以及此？朕都不知向外事，此是教坊罪过，不谕朕意，以至于此。朕缘丹王已下四人，院中都无侍者，朕令于乐工中及闾里有情愿者，厚其钱帛，只取四人，四王各与一人。伊不会朕意，便如此生事。朕已令科罚，其所取人，并已放归。若非卿言，朕宁知此过？”《旧唐书卷164·列传第114·李绛》

【以古鉴今】上官拿走一根木，下面就敢砍倒一片林。你让下面采择四人，他就敢抓四十人、四百人，借题发挥，浑水摸鱼，官虎吏狼即此谓也，这永远是古代官场不落幕的戏。所以当家人，光自己做好不算数，更要管好、用好下属。你的经文再好，也得当心歪嘴和尚给你念走样。保证上缴的不层层加码，下拨的不层层扒皮，税外无税，赋外无赋，方为善治。

小心暗箭

绛以直道进退，闻望倾于一时。然刚肠嫉恶，贤不肖太分，以此为非正之徒所忌。又尝与御史中丞王播相遇于道，播不为之避；绛奏论事体，敕命两省详议，咸以绛论奏是。李逢吉佑播恶绛，乃罢绛仆射，改授太子少师，分司东都。《**旧唐书卷164·列传第114·李绛**》

【以古鉴今】什么事都有个度，贤不肖太分，一是你自己太累，二是为不肖者所忌。不肖之人，只要不是十恶不赦，不影响大局，就让他不肖好了，你的说三道四空讨人烦。至于那些挑好人的刺，看不惯别人好的不肖之徒，你尽可与之正面交锋，这时好人的胜算多。但好人你也得听好喽，你一次胜利，须一生防那不肖者的暗箭，所以我还是以为“忍”为高，只把他当作“三季人”好了。

法不容私

（柳）仲郢，字谕蒙，元和十三年进士擢第，释褐秘书省校书郎。牛僧孺镇江夏，辟为从事。仲郢有父风，动修礼法，僧孺叹曰：“非积习名教，安能及此！”入为监察御史。

五年，迁侍御史。富平县人李秀才，籍在禁军，诬乡人斫父墓柏，射杀之。法司以专杀论。文宗以中官所庇，决杖配流。右补阙蒋系上疏论之，不省。仲郢执奏曰："圣王作宪，杀人有必死之令；圣明在上，当官无坏法之臣。今秀才犯杀人之科，愚臣备监决之任，此贼不死，是乱典章。臣虽至微，岂敢旷职？其秀才未敢行决，望别降敕处分。"乃诏御史萧杰监之。杰又执奏。帝遂诏京兆府行决，不用监之。然朝廷嘉其守法。《**旧唐书卷165·列传第115·柳仲郢**》

【以古鉴今】犯了国法，就应以国法论罪，若你私自执行则你也犯法，因为不经国家授权，任何个人都无执法资格。二是任何人不得徇私枉法，哪怕是皇帝。至于当权者非把自己凌驾于法律之上，那他所代表的政权，一定是腐败的、短命的。一个国家靠法律维持秩序，人民则依法行使权利，如有法不依，谁当权谁说了算，没有不失败的。当皇帝的不懂此理，就是自毁长城、自掘坟墓！

诫子弟书

玭[①]尝著书诫其子弟曰：

夫门地高者，可畏不可恃。可畏者，立身行己，一事有坠先训，则罪大于他人。虽生可以苟取名位，死何以见祖先于地下？不可恃者，门高则自骄，族盛则人之所嫉。实艺懿行，人未必信；纤瑕微累，十手争指矣。所以承世胄[②]者，修己不得不恳，为学不得不坚。夫人生世，以无能望他人用，以无善望他人爱，用爱无状，则曰"我不遇时，时不急贤"。亦由农夫卤莽而种，而怨天泽之不润，虽欲弗馁，其可得乎！

予幼闻先训，讲论家法。立身以孝悌为基，以恭默[③]为本，以畏怯为务，以勤俭为法，以交结为末事，以气义为凶人。肥家以忍顺，保交以简敬。百行备，疑身之未周；三缄密，虑言之或失。广记如不及，求名如傥来[④]。去吝与骄，庶几减过。莅官则洁己省事，而后可以言守法；守法而后可以言养人。直不近祸，廉不沽名。廪禄虽微，不可易黎氓之膏血；榎楚[⑤]虽用，不可恣褊狭之胸襟。忧与福不偕，洁与富不并。比见门家子孙，其先正直当官，耿介特立，不畏强御；及其衰也，唯好犯上，更无他能。如其先逊顺处己，和柔保身，以远悔尤；及其衰也，但有暗劣，莫知所宗。此际几微，非贤不达。

夫坏名灾己，辱先丧家。其失尤大者五，宜深志之。其一，自求安逸，靡甘澹泊，苟利于己，不恤人言。其二，不知儒术，不悦古道：懵前经而不耻，论当世而解颐；身既寡知，恶人有学。其三，胜己者厌之，佞己者悦之，唯乐戏谭，莫思古道。闻人之善嫉之，闻人之恶扬之。浸渍颇僻，销刻德义，簪裾徒在，厮养何殊。其四，崇好慢游，耽嗜曲蘖[⑥]，以衔杯为高致，以勤事为俗流，习之易荒，觉已难悔。其五，急于名宦，昵近权要，一资半级，虽或得之；众怒群猜，鲜有存者。兹五不是，甚于痤疽。痤疽则砭石可瘳，五失则巫医莫及。前贤炯戒，方册具存，近代覆车，闻见相接。

夫中人已下，修辞力学者，则躁进患失，思展其用；审命知退者，则业荒文芜，一不足采。唯上智则研其虑，博其闻，坚其习，精其业，用之则行，舍之则藏。苟异于斯，岂为君子？《旧唐书卷 165 · 列传第 115 · 柳玭》

【注释】①玭 pín："玉"和"比"联合起来，表示"珍珠串"。本义为珍珠串。引申义为珍珠。②世胄：世家子弟，贵族后裔。③恭默：庄敬而沉静寡言。④傥来：偶然、意外得来的，意思是无意中得到的或非本分应得的财物。⑤榎 jiǎ 楚：榎，同"槚"，楸树的别称。楚，牡荆，落叶灌木。这里指用作鞭笞的刑具。⑥曲蘖 niè：有酒曲、酒、酒税等含义。

【以古鉴今】要想维持家族长盛不衰，爵禄蝉联，就必须懂得"盛极自损"的规律。要避免这个规律发生在自己身上就必须明白"止足为贵""持盈畏满"的道理。河东柳氏懂得这个道理：他们世代以敬畏的态度对待自己的地位，绝不自恃；他们知道自己的一言一行具有表率作用，从不敢有半点怠慢。也正是柳氏世代秉持修己律身、刚直无私、谦恭谨慎的家风，他们家族不仅在那个动荡的时代能安身立命，也留下了千古美名！

博爱

李训，肃宗时宰相揆之族孙也。始名仲言。（中略）是日，训中拳而仆，知事不济，乃单骑走入终南山，投寺僧宗密。训与宗密素善，欲剃其发匿之。从者止之，乃趋凤翔，欲依郑注。出山，为盩厔[①]镇将宗楚所得，械送京师。至昆明池，训恐入军别受搒掠，乃谓兵士曰："所在有兵，得我者即富贵，不如持我首行，免被夺取。"乃斩训，持首而行。

训弟仲景、再从弟户部员外郎元皋，皆伏法。

仇士良以宗密容李训，遣人缚入左军，责以不告之罪。将杀之，宗密怡然曰："贫僧识训年深，亦知反叛。然本师教法，遇苦即救，不爱身命，死固甘心。"中尉鱼弘志嘉之，奏释其罪。《**旧唐书卷 169 · 列传第 119 · 李训**》

【注释】①盩厔 zhōu zhì：地名，在陕西省，今作周至。

【以古鉴今】我不知这是什么教法，也无法说它对错，但就"遇苦即救，不爱身命"八个字，我就觉得这个僧人品格可贵，是个博爱的人。我同意中尉鱼弘志的意见，赦免他。

家国一理

裴度，字中立，河东闻喜人。（中略）宣徽院五坊小使，每岁秋按鹰犬于畿甸[①]，所至官吏必厚邀供饷，小不如意，即恣其须索，百姓畏之如寇盗。先是，贞元末，此辈暴横尤甚，乃至张网罗于民家门及井，不令出入汲水，曰："惊我供奉鸟雀。"又群聚于卖酒食家，肆情饮啖。将去，留蛇一箧，诫之曰："吾以此蛇致供奉鸟雀，可善饲之，无使饥渴。"主人赂而谢之，方肯携蛇箧而去。至元和初，虽数治其弊，故态未绝。小使尝至下邽县，县令裴寰性严刻，嫉其凶暴，公馆之外，一无曲奉。小使怒，构寰出慢言。及上闻，宪宗怒，促令摄寰下狱，欲以大不敬论。宰相武元衡等以理开悟，帝怒不解。度入延英奏事，因极言论列，言寰无罪。上愈怒曰："如卿之言，寰无罪即决五坊小使；如小使无罪，即决裴寰。"度对曰："按罪诚如圣旨，但以裴寰为令长，忧惜陛下百姓如此，岂可加罪？"上怒色遽霁[②]。翌日，令释寰。《旧唐书卷 170 · 列传第 120 · 裴度》

【注释】①畿甸：京城地区。泛指京城郊外的地方。②霁：本指雨停，引申为风雪停、云雾散、天气放晴。

【以古鉴今】由此看来，小官吏的欺压百姓，违法乱纪，都是得到大官吏或干脆就是皇帝的默许。所以说一个国家要灭亡时，叫连根烂了，那根就是皇帝。国如此，我们的小家呢？小家的那个男人行得端、主得正，其家可昌，否则喝大酒耍大钱，在外狐朋狗友，在家打孩子骂老婆，正事不多闲事不少，这个家想好也难。

无故不宜服药

时有处士张皋上疏曰：

神虑淡则血气和，嗜欲胜则疾疹作。和则必臻于寿考，作则必致于伤残。是以古之圣贤，务自颐养[①]，不以外物挠耳目，不徇声色败性情。由是和平自臻，福庆斯集。故《易》曰："无妄之疾，勿药有喜。"《诗》曰："自天降康，降福穰穰。"此皆理合天人，著在经训。然则药以攻疾，无疾固不可饵之也。高宗朝，处士孙思邈者，精识高道，深达摄生，所著《千金方》三十卷，行之于代。其《序论》云："凡人无故不宜服药，药气偏有所助，令人脏气不平。"思邈此言，可谓洞于事理也。或寒暑为寇，节宣有乖，事资医方，尚须重慎。故《礼》云："医不三世，不服其药[②]。"施于凡庶，犹且如此，况在天子，岂得自轻？先朝暮年，颇好方士，征集非一，尝试亦多；果致危疾，闻于中外，足为殷鉴。皆陛下素所详知，必不可更踵前车，自贻后悔。今朝野之人，纷纭窃议，直畏忤旨，莫敢献言。臣蓬艾微生，麋鹿同处，既非邀宠，亦又何求？但泛览古今，粗知忠义，有闻而默，于理不安。愿陛下无怒刍荛，庶裨万一。《旧唐书卷 171 · 列传第 121 · 张皋》

【注释】①颐养：保养；保护调养。②医不三代，不服其药：其实这个三代是指：《黄帝内经》《灵枢》《素问》；《神农本草》；《太素》（脉理）。精通这三项，是做医生的必备条件之一。所以，不通三世者，不能算是医生，不能服其药。《太素》所讲求的，完全是气脉的问题，在宋、明以后，懂得《太素》的，称为三指禅，不但在摸脉以后能了解病人的病情，并且可以了解人的穷通富贵。脉理是一门玄而又玄的学问，难怪称这些人为三指禅。

【以古鉴今】无病服药，乃无事生事，此诚不易之论。人之养身，幸五脏之安泰，六腑之和平，谨于摄生。春夏奉以生长之道，秋冬奉以收藏之理，饮食之有节，起居之有常，少思寡欲，恬淡虚无，精神内守，此无病之时，不药之药也。

骄侈易满，荣宠难保

自古后族，能以德礼进退、全宗保名者，鲜矣。盖恃宫掖之宠，接宴私之欢，高爵厚禄骄其内，声色服玩惑于外；莫知师友之训，不达危亡之道。故以中才处之，罕不覆败；亦由重植之木，自然颠披也。明哲之君，知骄侈之易满，荣宠之难保；授任各当其才，禄位不过其量；告之以天命不易，诫之以大义灭亲；使居无过之地，永享不赀之福，与国终始，不失其所以亲也。《易》曰："震来虩虩①，恐致福也。"又曰："妇子嘻嘻，失家节也。"与其爱而失节，曷若惧而致福？魏氏惩汉人之败，著矫枉之法：幼主嗣位，母后不得临朝；外氏无功，时主不得封爵。虽曰刻薄，而卞、甄之族，竟无大过。皇唐受命，长孙、窦氏以勋贤任职，而武氏、韦氏以盈满致覆。夫废兴者，岂天命哉，盖人事也！《旧唐书卷 183 · 列传第 133 · 外戚》

【注释】①虩 xì 虩：恐惧貌。

【以古鉴今】借着男婚女嫁的由头，欲攀龙附凤，想鸡犬升天，说明人家有攀附的资本，可悲的是身价涨了，修养没跟上——“晕高”！从此不知天高地厚起来，内骄外惑，全宗保名哪得能够啦！这般破家败名的富贵，何如子孝妻贤的清贫，人前的显赫怎比得暗夜心安！这盆覆败的脏水都泼在攀附者头上了，然那高高在上的人呢？倘他能知骄侈之易满，荣宠之难保；授任各当其才，禄位不过其量；告之以天命不易，诫之以大义灭亲；使居无过之地，永享不赀之福，有敢不遵从者吗？可他熟视无睹，则知上非明哲之君，下才有覆亡之灾。

做人得有脊梁

窦怀贞，太穆顺圣皇后兄之玄孙也。（中略）少有名誉，时兄弟宗族，并以舆马为事，怀贞独折节自修，衣服俭素。圣历中为清河令，治有能名。俄历越州都督、扬州大都督府长史，所在皆以清干著称。

神龙二年，累迁御史大夫，兼检校雍州长史。时韦庶人及安乐公主等干预朝政。怀贞每谄顺委曲取容，改名从一，以避后父之讳，自是名称日损。庶人微时乳母王氏，本蛮婢也，特封莒国夫人，嫁为怀贞妻。俗谓乳母之婿为阿[①]䢪，怀贞每因谒见之次及进表疏，列在官位，必曰“皇后阿䢪”，时人或以“国䢪”呼之，初无惭色。宦官用权，怀贞尤所畏敬，每视事听讼，见无须者，误以接之。监察御史魏传弓尝以内常侍辅信义尤纵暴，将奏劾之。怀贞曰：“辅常侍深为安乐公主所信任，权势甚高，言成祸福，何得辄有弹纠？”传弓曰：“今王纲渐坏，君子道消，正由此辈擅权耳！若得今日杀之，明日受诛，无所恨。”怀贞无以答，但固止之。

韦庶人败，左迁濠州司马。寻擢授益州大都督府长史。以附会太平公主，累拜侍中、兼御史大夫，代韦安石为尚书左仆射，监修国史，赐爵魏国公。

睿宗为金仙、玉真二公主创立两观，料功甚多，时议皆以为不可。唯怀贞赞成其事，躬自监役。怀贞族弟詹事司直维鋈[②]谓怀贞曰："兄位极台衮，当思献可替否，以辅明主。奈何校量瓦木，厕迹工匠之间，欲令海内何所瞻仰也？"怀贞不能对，而监作如故。时人为之语曰："窦仆射前为韦氏国伝，后作公主邑丞。"言怀贞伏事公主，同于邑官也。

先天二年，太平公主逆谋事泄，怀贞惧罪，投水而死。追戮其尸，改姓毒氏。《旧唐书卷 183 · 列传第 133 · 外戚 · 窦怀贞》

【注释】①阿：古代某些方言中对父亲的称呼，也称乳母的丈夫为阿。②鋈 xiǎn：人名。

【以古鉴今】有学问无人品，有能力无德行，命运注定是悲惨的。因为他们没有脊梁，极易拜倒在权势下，成为达官贵人的鹰犬、帮凶。人不管男女，脑袋一定要长在自己的肩膀上，要学会独立思考，挺起胸膛做人。可能我们没有显赫的地位，也没有炫富的资本，但那也不要去依附别人。人生在世，没有任何人是可以依靠终身的，父母、夫妻、子女都只能陪伴人生旅途中的某一阶段，只有靠自己才是老实态度，特别是人生的后半程，打错了主意连悔改的时间都没有了！

吃粥怕烫

张允济，青州北海人也。隋大业中为武阳令，务以德教训下，百姓怀之。元武县与其邻接，有人以牸牛[①]依其妻家者八九年，牛孳产至十余头；及将异居，妻家不与，县司累政不能决。其人诣武阳质于允济。允济曰："尔自有令，何至此也？"其人垂泣不止，具言所以。允济遂令左右缚牛主，以衫蒙其头，将诣妻家村中，云捕盗牛贼，召村中牛悉集，各问所从来处。妻家不知其故，恐被连及，指其所诉牛曰："此是女婿家牛也，非我所知。"允济遂发蒙，谓妻家人曰："此即女婿，可以牛归之。"妻家叩头服罪。元武县司闻之，皆大惭。《旧唐书卷 185 上 · 列传第 135 上 · 良吏上 · 张允济》

【注释】①牸 zì 牛：母牛。牸，雌性牲畜。

【以古鉴今】人多是“吃粥怕烫”，贪财而怕贪事，想赖女婿家的牛，又怕说不好牛的来历而吃官司，于是实情就出来了。

直言不讳

蒋俨，常州义兴人。（中略）永淳元年，拜太仆卿；以父名卿，固辞，乃除太子右卫副率。时征隐士田游岩为太子洗马[①]，在宫竟无匡辅。俨乃贻书以责之曰：“足下负巢、由之峻节，傲唐、虞之圣主。养烟霞之逸气，守林壑之遁情，有年载矣！故能声出区宇，名流海内。主上屈万乘之重，申三顾之荣，遇子以商山之客，待子以不臣之礼。将以辅导储贰，渐染芝兰耳。皇太子春秋鼎盛，圣道未周，拾遗补阙，臣子恒务。仆以不才，犹参廷谍，诚以素非德望，位班卒伍，言以人废，不蒙采掇。足下受调护之寄，是可言之秋；唯唯而无一谈，悠悠以卒年岁。向使不飡周粟，仆何敢言！禄及亲矣，将何酬塞？想为不达，谨书起予。”游岩竟不能答。**《旧唐书卷185上·列传第135上·良吏上·蒋俨》**

【注释】①太子洗马：是辅佐太子，教太子政事、文理的官员，官居从五品。

【以古鉴今】拜太仆卿，以父名卿，固辞之一节，即可见此人之木讷，绝非随波逐流之辈。哪容得游岩之尸位素餐，辜负圣主殷殷之意，毁弃储贰青春年华，如鲠在喉，意欲一吐为快。责人直言不讳，使不能答，快则快矣，只是不知于事有补否？

为官择人

阳峤，河南洛阳人，其先自北平徙焉，北齐右仆射休之玄孙也。仪凤中应八科举，授将陵尉，累迁詹事司直。长安中，桓彦范为左御史中丞，袁恕己为右御史中丞，争荐峤，请引为御史。内史杨再思素与峤善，知峤不乐搏击之任，谓彦范等曰："闻其不情愿，如何？"彦范曰："为官择人，岂待情愿。唯不情愿者，尤须与之，所以长难进之风，抑躁求之路。"再思然其言，擢为右台侍御史。（中略）所在以清白闻。（中略）峤素友悌，抚孤侄如己子。常谓人曰："吾虽位登方伯①，而心不异于曩时②一尉耳。"识者甚称叹之。寻以年老致仕③，卒于家，谥曰敬。《**旧唐书卷 185 下 · 列传第 135 下 · 良吏下 · 阳峤**》

【**注释**】①方伯：夏、商、周时期一方诸侯的首领，唐代以后地方长官的泛称。②曩 nǎng 时：往时、以前。③致仕：交还官职，即退休。古代官员正常退休叫作"致仕"。

【**以古鉴今**】阳峤"不乐搏击"御史的官，而桓彦范"为官择人，岂待情愿。唯不情愿者，尤须与之，所以长难进之风，抑躁求之路"。倒是说出了为官择人是正道，而为人设官则是腐败的。

在理致治

潘好礼，贝州宗城人。少与乡人孟温礼、杨茂谦为莫逆之友。好礼举明经①，累授上蔡令，理有异绩，擢为监察御史。开元三年，累转邠王府长史。俄而邠王出为滑州刺史，以好礼兼邠王府司马，知滑州事。王欲有所游观，好礼辄谏止之。后王将鹰犬与家人出猎，好礼闻而遮道请还。王初不从，好礼遂卧于马前，呼曰："今正是农月，王何得非时将此恶少狗马践暴禾稼，纵乐以损于人！请先蹋杀司马，然后听王所为也！”王惭惧，谢之而还。《旧唐书卷 185 下 · 列传第 135 下 · 良吏下 · 潘好礼》

【注释】①明经：汉朝出现的选举官员的科目，始于汉武帝时期，至宋神宗时期废除。被推举者须明习经学，故以“明经”为名。

【以古鉴今】人的一生光自己好还不行，还需要有几个耿直敢言的朋友。在你犯糊涂时，有人能站出来犯颜直谏，不仅不怕得罪人，就连死也不怕。这就能让人明白时做得好，糊涂时也坏不了，因为有朋友“补台”，只要你信他！

只做君子

崔衍，左丞伦之子。继母李氏，不慈于衍。衍时为富平尉，伦使于吐蕃，久方归，李氏衣弊衣以见伦。伦问其故，李氏称：“自伦使于蕃中，衍不给衣食。”伦大怒，召衍责诟，命仆隶拉于地，袒其背，将鞭之。衍涕泣，终不自陈。伦弟殷，闻之趋往，以身蔽衍，杖不得下。因大言曰：“衍每月俸钱，皆送嫂处，殷所具知，何忍乃言衍不给衣食！”伦怒乃解。由是伦遂不听李氏之谮。及伦卒，衍事李氏益谨。李氏所生子郃，每多取子母钱，使其主以契书征负于衍。衍岁为偿之，故衍官至江州刺史，而妻子衣食无所余。《旧唐书卷 188 · 列传第 138 · 孝友 · 崔衍》

【以古鉴今】与小人处，最不济是针尖对麦芒，因为时间一长事一多，就分不清谁是君子谁是小人了。最好是离开，离不开就反其道而行之，即不管你怎么小人，我只君子直行。愧其心，改好；不能改，我收获不较之快乐及心理之安宁。

不欺死人

罗道琮，蒲州虞乡人也。祖顺，武德初，为兴州刺史。勤于学业，而慷慨有节义。贞观末，上书忤旨，配流岭表。时有同被流者，至荆、襄间病死，临终，泣谓道琮曰："人生有死，所恨委骨[1]异壤。"道琮曰："我若生还，终不独归，弃卿于此！"瘗之路左而去。岁余，遇赦得还，至殡所，属霖潦弥漫，柩不复可得。道琮设祭恸哭，告以欲与俱归之意，若有灵者，幸相警示。言讫，路侧水中，忽然涌沸。道琮又咒云："若所沸处是，愿更令一沸。"咒讫，又沸。道琮便取得其尸，铭志可验，遂负之还乡。当时识者称道琮诚感所致。《旧唐书卷 189 上 · 列传第 139 上 · 儒学上 · 罗道琮》

【注释】①委骨：抛弃的骸骨。

【以古鉴今】人的诚实，严格说是对己的，是为了让自己的内心安宁、舒服。至于由此而得到他人的认可，那只是辐射效应。

不与穷人争小利

尹知章，绛州翼城人。少勤学。（中略）尤明《易》及庄、老玄言之学，远近咸来受业。其有贫匮者，知章尽其家财以衣食之。

性和厚，喜愠不形于色，未尝言及家人产业。其子尝请并市樵米[1]，以备岁时之费，知章曰："如汝所言，则下人何以取资？吾幸食禄[2]，不宜夺其利也！"竟不从。《旧唐书卷 189 下 · 列传第 139 下 · 儒学下 · 尹知章》

【注释】①樵米：柴草与粮食。②食禄：享受俸禄。

【以古鉴今】生而为人，命好食禄，就不该与困于衣食者争分角小利了。退休族不该，公务员不该，大权在握者就更不该了！留一条生路与人行，就算抓大放小积德做好事了！

老天弄人

孔绍安，越州山阴人。（中略）子祯，高宗时为苏州长史。曹王明为刺史，不循法度，祯每进谏。明曰："寡人天子之弟，岂失于为王哉！"祯曰："恩宠不可恃，大王不奉行国命，恐今之荣位，非大王所保，独不见淮南之事乎？"明不悦。明左右有侵暴[1]下人者，祯捕而杖杀之。明后果坐法，迁于黔中，谓人曰："吾愧不用孔长史言，以及于此！"祯累迁绛州刺史，封武昌县子。卒，谥曰温。《**旧唐书卷190上·列传第140上·文苑上·孔绍安（子祯）**》

【注释】①侵暴：侵犯暴掠，侵凌。

【以古鉴今】我常常想，人究竟是怎样一种动物呢？一无所有者，玩了命似的挣钱置业；而如明王者，天子之弟，却不能安享福禄，弄得不可收拾，想回到原来而不可得。这都是为了什么啊？这大概就叫"老天弄人"吧！

止足

若思孤，母褚氏亲自教训，遂以学行知名。年少时，有人赍褚遂良书迹数卷以遗若思，唯受其一卷。其人曰："此书当今所重，价比黄金，何不总取？"若思曰："若价比金宝，此为多矣！"更截去半以还之。明经举，累迁库部郎中。若思常谓人曰："仕至郎中足矣！"至是持一石止水，置于

座右，以示有止足之意。寻迁给事中。《**旧唐书卷 190 上·列传第 140 上·文苑上·孔绍安（孙若思）**》

【以古鉴今】此人定有佛根，人生在世，财不贪多，官不图大，名利双抛，岂不是佛家境地。这与谁教的关系不大，绝对是命中注定，努力向他学习可以，不要妄想做到。

尊严高于自由

元德秀者，河南人，字紫芝。（中略）早失恃怙①，縗麻②相继，不及亲在而娶。既孤之后，遂不娶婚。族人以绝嗣规之，德秀曰："吾兄有子，继先人之祀。"以兄子婚娶，家贫无以为礼，求为鲁山令。先是，堕车伤足，不任趋拜，汝郡守以客礼待之。部人为盗，吏捕之，系狱。会县界有猛兽为暴，盗自陈曰："愿格杀猛兽以自赎。"德秀许之。胥吏曰："盗诡计苟免，擅放官囚，无乃累乎？"德秀曰："吾不欲负约，累则吾坐，必请不及诸君。"即破械出之。翌日，格猛兽而还。诚信化人，大率此类。《**旧唐书卷 190 下·列传第 140 下·文苑下·袁德秀**》

【注释】①恃怙：无父何怙，无母何恃。后以恃怙为母亲、父亲的代称。②縗 cuī 麻：粗麻布丧服。

【以古鉴今】人心虽被包裹得严严实实，其实是相通的，信任的讯息更是会被人强烈地感觉到。特别是在无自由、少尊严的人那里，这种信任感会让他舍命去践行。这时的人如果还没有失去理智，他要的不是自由而是尊严，所以他是不会爽约的。

医者，意也

许胤宗，常州义兴人也。初事陈，为新蔡王外兵参军。时柳太后病风不言，名医治皆不愈，脉益沉而噤。胤宗曰:“口不可下药，宜以汤气薰之。令药入腠理[①]，周理即差。”乃造黄蓍防风汤数十斛，置于床下，气如烟雾，其夜便得语。由是超拜义兴太守。陈亡入隋，历尚药奉御。武德初，累授散骑侍郎。

时关中多骨蒸[②]病，得之必死，递相连染，诸医无能疗者。胤宗每疗，无不愈。或谓曰：“公医术若神，何不著书以贻将来？”胤宗曰：“医者，意也，在人思虑。又脉候幽微，苦其难别，意之所解，口莫能宣。且古之名手，唯是别脉；脉既精别，然后识病。夫病之于药，有正相当者，唯须单用一味，直攻彼病，药力既纯，病即立愈。今人不能别脉，莫识病源，以情臆度，多安药味。譬之于猎，未知兔所，多发人马，空地遮围，或冀一人偶然逢也。如此疗疾，不亦疏乎！假令一药偶然当病，复共他味相和，君臣相制，气势不行，所以难差，谅由于此。脉之深趣，既不可言，虚设经方，岂加于旧。吾思之久矣，故不能著述耳！”年九十余卒。《旧唐书卷191·列传第141·方伎·许胤宗》

【注释】①腠理：泛指皮肤、肌肉、脏腑的纹理，及皮肤、肌肉间隙交接处的结缔组织。②骨蒸：结核病。中医的称法。

【以古鉴今】由此可见，中医只读医书是不行的，它是经验之学，须辨证施治方有效，用彼方治此病，差之毫厘，谬以千里。所以名家不敢尽信书，也不著述，皆此之谓也。

一往无前的人

僧玄奘，姓陈氏，洛州偃师人。大业末出家，博涉经论。尝谓翻译者多有讹谬，故就西域，广求异本以参验之。贞观初，随商人往游西域。玄奘既辩博出群，所在必为讲释论难，蕃人[1]远近咸尊伏之。在西域十七年，经百余国，悉解其国之语，仍采其山川谣俗，土地所有，撰《西域记》十二卷。贞观十九年，归至京师。太宗见之，大悦，与之谈论。于是诏将梵本六百五十七部于弘福寺翻译，仍敕右仆射房玄龄、太子左庶子许敬宗，广召硕学沙门[2]五十余人，相助整比。**《旧唐书卷 191·列传第 141·方伎·僧玄奘》**

【注释】①蕃人：我国古代对外族或异国人的泛称。蕃，通“番”。②沙门：出家的佛教徒的总称。

【以古鉴今】人类文明就是由这些不畏劳苦，只知一路向前的人创造的。这类人都有种痴傻劲，认准的事，豁出命去也得弄个水落石出。一生不够，就子子孙孙无穷匮，最后老天也只有低头让路了。

美貌是资本

神秀同学僧慧能者，新州人也。与神秀行业相埒[1]。（中略）神秀尝奏则天，请追慧能赴都，慧能固辞。神秀又自作书重邀之，慧能谓使者曰：“吾形貌短陋，北土见之，恐不敬吾法。又先师以吾南中有缘，亦不可违也。”竟不度岭而死。天下乃散传其道，谓神秀为北宗，慧能为南宗。**《旧唐书卷 191·列传第 141·方伎·僧慧能》**

【注释】①相埒：相等。

【以古鉴今】因形貌丑陋而不敢北上应邀，怕因了自己的长相而不敬我法。始知人的形貌不是无所谓的，恰恰是有所谓的很，特别是初见，因为人多是以初见为主的。所以有幸生得一副好模样者，切莫辜负了上天的好生之德，千万把它用在正地方！

活出自己

卫大经者，笃学善《易》，口无二言。则天降诏征之，辞疾不赴。与魏州人夏侯乾童有旧，闻乾童母卒，徒步往吊之。乡人止之曰："当夏溽暑[①]，岂可步涉千里，致书可也。"大经曰："尺书无能尽意。"遂行。至魏州，会乾童出行，大经造门[②]设席[③]，行吊礼，不讯其家人而还。《旧唐书卷192·列传第142·隐逸·卫大经》

【注释】①溽暑：夏季潮湿闷热的气候。②造门：上门；到别人家去。③设席：设置座位。

【以古鉴今】这种执着的人做事，总给人感觉有点憨，但却憨得可爱。自己不喜的，皇帝征召也不去，对自己喜欢的朋友，徒步千里终须尽意。他们才是活出自己的人！

有来有往

李元恺者，博学善天文律历，然性恭慎，口未尝言人之过。乡人宋璟，年少时师事之。及璟作相，使人遗元恺束帛，将荐举之，皆拒而不答。景龙中，元行冲为洺州刺史，邀元恺至州，问以经义，因遗衣服。元恺辞曰："微躯不宜服新丽，但恐不能胜其美以速咎也。"行冲乃以泥涂污而与之，不获已而受。及还，乃以己之所蚕素丝五两以酬行冲，曰："义不受无妄[①]之财。"《旧唐书卷192·列传第142·隐逸·李元恺》

【注释】①无妄：不测；意外。

【以古鉴今】礼尚往来，来而不往非礼也！朋友亲故皆是一理，不亲不友哪有往来，既为亲友就须财货分明。你来我往，越处越厚，只来不往，终有一天会不来不往，就走散了！

无师自通

阳城，字亢宗，北平人也。代为宦族。家贫不能得书，乃求为集贤写书吏，窃官书读之，昼夜不出房，经六年，乃无所不通。既而隐于中条山。远近慕其德行，多从之学。闾里相讼者，不诣官府，诣城请决。《旧唐书卷192·列传第142·隐逸·阳城》

【以古鉴今】横下一条心，并假以时日，世上就没有人不能实现的愿望，尤其是读书。什么没人教，什么没有经济实力，统统都是借口。如阳城者，六年窃官家书，昼夜不出房，竟学得无所不通。

狐媚偏能惑主

高宗则天顺圣皇后武氏，并州文水人。父士彟[①]，见《外戚传》。文德皇后崩，久之，太宗闻士彟女美，召为才人，方十四。母杨，恸泣[②]与诀，后独自如，曰："见天子庸知非福，何儿女悲乎？"母韪其意，止泣。既见帝，赐号武媚。及帝崩，与嫔御皆为比丘尼[③]。高宗为太子时，入侍，悦之。王后久无子，萧淑妃方幸，后阴不悦。它日，帝过佛庐，才人见且泣，帝感动。后廉知状，引内后宫，以挠妃宠。

才人有权数，诡变不穷。始，下辞降体事后，后喜，数誉于帝，故进为昭仪。一旦顾幸在萧后，寝与后不协。后性简重，不曲事上下，而母柳见内人尚宫无浮礼，故昭仪伺后所薄，必款结之，得赐予，尽以分遗。由是后及妃所为必得，得辄以闻，然未有以中也。昭仪生女，后就顾弄，去，昭仪潜毙儿衾下，伺帝至，阳为欢言，发衾视儿，死矣。又惊问左右，皆曰："后适来。"昭仪即悲涕，帝不能察，怒曰："后杀吾女，往与妃相谗媢[④]，今又尔邪！"由是昭仪得入其訾，后无以自解，而帝愈信爱，始有废后意。

久之，欲进号“宸妃”，侍中韩瑗、中书令来济言：“妃嫔有数，今别立号，不可。”昭仪乃诬后与母厌胜[⑤]，帝挟前憾，实其言，将遂废之。长孙无忌、褚遂良、韩瑗及济濒死固争，帝犹豫；而中书舍人李义府、卫尉卿许敬宗素险侧，狙势即表请昭仪为后，帝意决，下诏废后。诏李勣、于志宁奉玺绶进昭仪为皇后，命群臣及四夷酋长朝后肃义门，内外命妇入谒。朝皇后自此始。**《新唐书卷76·列传第1·后妃上·高宗则天顺圣皇后武氏》**

【注释】①矱 yuē：尺度。②恸泣：悲痛哭泣。③比丘尼：满二十岁出家，已受具足戒的女子，称为比丘尼。④谗媢：因妒忌而进谗言。⑤厌胜：古代的一种巫术。用法术诅咒或祈祷，以达到制胜所厌恶的人、物或魔怪的目的。

【以古鉴今】为了获得皇帝的专宠，不惜以自己的骨肉做筹码，这样蛇蝎心肠的女人，不仅得到了恩宠，而且还做了皇帝，可那又怎样呢？最终不也就是一抔黄土了事。到头来什么是她的？只有骂名这一宗！

他活得好

李勣，字懋功，曹州离狐人。本姓徐氏，（中略）初，勣拔黎阳仓，就食者众，高季辅、杜正伦往客焉，及平虎牢，获戴胄，咸引见卧内，推礼之，后皆为名臣，世以勣知人。平洛阳，得单雄信，故人也。表其材武，且言：“若贷死，必有以报，请纳官爵以赎。”不许。乃号恸，割股肉啖之曰：“生死永诀，此肉同归于土！”为收养其子焉。性友爱，其姊病，尝自为粥而燎其须。姊戒止。答曰：“姊多疾，而勣且老，虽欲数进粥，尚几何？”**《新唐书卷93·列传第18·李勣》**

【以古鉴今】好好品味一下李勣的为人：对他人——礼待名士；对朋友——割股以义；对亲人——为粥燎须；对自身——重名誉于地下。这样的人怎能不名重当代，流芳千古呢？人可以不相信有来生，但一定不可不顾身后名，因为你死了还有你的后人，不要让他们因了你而活得艰难，甚至不愿或不敢提及自己的来处！

用人的学问

侯君集，豳州[①]三水人。（中略）初，君集配没罪人不以闻，又私取珍宝、妇女，将士因亦盗人，不能制。及还京师，有司劾之，诏君集诣狱簿对。中书侍郎岑文本谏曰："高昌之罪，议者以其遐远，欲置度外，唯陛下奋独见之明，授决胜之略，君集得指期平殄。今推劳将帅，从征之人悉蒙重赏，未逾数日，更以属吏，天下闻之，谓陛下录过遗功，无以劝后。且古之出师，克敌有重赏，不胜蒙显戮。当其有功也，虽贪财纵欲，尚蒙爵邑；其无功也，虽勤躬洁己，不免铁钺。故曰：'记人之功，忘人之过，宜为君者也。'昔李广利贪不爱卒，陈汤盗所收康居财物，二主皆赦其罪，封侯赐金。夫将帅之臣，廉慎少而贪没多。军法曰：'使智，使勇，使贪，使愚。故智者乐立其功，勇者好行其志，贪者邀趋其利，愚者不计其死。'是以前圣使人，必收所长而弃所短。陛下宜申宥[②]君集，俾复朝列，以劝有功。"帝寤，释不问。《**新唐书卷 94 · 列传第 19 · 侯君集**》

【**注释**】①豳 bīn 州：古地名，位于今陕西咸阳北。②申宥：施恩，宽宥。

【**以古鉴今**】岑文本这段用人的话实在耐人寻味，不妨字斟句酌地研读，特别是"使智，使勇，使贪，使愚。故智者乐立其功，勇者好行其志，贪者邀趋其利，愚者不计其死"。使其各得其所，我亦受益，何乐而不为呢？将其用于自己的实践中，经商发财，仕途升官，过日子家和业兴！

小心无大错

房乔，字玄龄，齐州临淄人。（中略）帝讨辽，玄龄守京师，有男子上急变，玄龄诘状，曰："我乃告公。"玄龄驿遣追帝，帝视奏已，斩男子。下诏责曰："公何不自信！"《新唐书卷 96 · 列传第 21 · 房玄龄》

【以古鉴今】 让你留守是信任，但你永远不是他，哪怕是父子、母女，还是夫妻。所以说话做事还是要陪上小心的好，别听嘴上说 "公何不自信"，那是示好，你真的自信起来而不问他试试！不管别人对你怎么好，自己始终要认真处事，谨慎做人，永不托大，方可立于不败之地。

合作可形成互补

杜如晦，字克明，京兆杜陵人。（中略）方为相时，天下新定，台阁制度，宪物容典[①]，率二人讨裁。每议事帝所，玄龄必曰："非如晦莫筹之。"及如晦至，卒用玄龄策也。盖如晦长于断，而玄龄善谋，两人深相知，故能同心济谋，以佐佑帝，当世语良相，必曰房、杜云。《新唐书卷 96 · 列传第 21 · 杜如晦》

【注释】 ①容典：礼容之法则。

【以古鉴今】 能合作很好的都是有识之士，偏是小人却自认全才，不愿与人合作，所以也永远成不了事，永远是孤家寡人。这里要明白一个道理：如果你和一两个人合不来，可能原因在他人，如果你和很多人都无法共事，那原因可能就在你了，就要自省了！

兼听则明，偏信则暗

魏徵，字玄成，魏州曲城人。（中略）（帝）因问："为君者何道而明，何失而暗？"徵曰："君所以明，兼听也；所以暗，偏信也。尧、舜氏辟四门，明四目，达四聪。虽有共、鲧[1]，不能塞也，靖言庸违[2]，不能惑也。秦二世隐藏其身，以信赵高，天下溃叛而不得闻；梁武帝信朱异，侯景向关而不得闻；隋炀帝信虞世基，贼遍天下而不得闻。故曰，君能兼听，则奸人不得壅蔽，而下情通矣。"《新唐书卷97·列传第22·魏徵》

【注释】①鲧 gǔn：原始时代的部落首领。②靖言庸违：言语巧饰而行动乖违。

【以古鉴今】人类进入21世纪，这些言论仍掷地有声，奉劝看到此处的诸君，多想想自己是兼听了还是偏信了，不管你是谁，也不管你干什么，都要兼听，不可偏信。哪怕是夫妻，也不可只听一面之词！因为他（她）虽无害你意，却也有看不透、想不到的，怕也误了。

以百姓之心为心

郑仁基息女[1]美而才，皇后建请为充华，典册具。或言许聘矣。徵谏曰："陛下处台榭[2]，则欲民有栋宇；食膏粱，则欲民有饱适；顾嫔御，则欲民有室家。今郑已约昏，陛下取之，岂为人父母意！"帝痛自咎，即诏停册。《新唐书卷97·列传第22·魏徵》

【注释】①息女：歉词。古时在别人面前称自己的女儿。②台榭：古代将地面上的夯土高墩称为台，台上的木构房屋称为榭，两者合称为台榭。

【以古鉴今】自古有道之君，无不以百姓之心为心。所以统治者住别墅，百姓也得有个单元楼啊；统治者肉林酒海，百姓也得有蔬果充饥呀；统治者姬妾成群，小百姓也能夫妻度日吧。虽不平均，亦无覆舟之虞，得承平之世矣！

暗讽

文德皇后既葬，帝即苑中作层观，以望昭陵，引徵同升，徵孰视曰："臣眊昏[①]，不能见。"帝指示之，徵曰："此昭陵邪？"帝曰："然。"徵曰："臣以为陛下望献陵，若昭陵，臣固见之。"帝泣，为毁观。《新唐书卷 97 · 列传第 22 · 魏徵》

【注释】①眊 mào 昏：视力昏花。

【以古鉴今】想老婆比想爹厉害，满嘴的忠孝仁义也只是说给别人听的。但可贵的是听人劝，被魏徵旁敲了一句，就立即毁观，以示痛改，仍不失为孝子。君臣如此相得，至今仍被传为佳话。这种人际关系，没有，不可强求，有，则万千珍惜，难得的知己，是黄金白银莫比之宝啊！

殷鉴不远

后（帝）幸洛阳，次昭仁宫，多所谴责。徵曰："隋惟责不献食，或供奉不精，为此无限，而至于亡。故天命陛下代之，正当兢惧戒约，奈何令人悔为不奢。若以为足，今不啻足矣；以为不足，万此宁有足邪？"帝惊曰："非公不闻此言。"《新唐书卷 97 · 列传第 22 · 魏徵》

【以古鉴今】供奉祭祀，只是尽活人心，以心诚为要，不必以祭品的丰俭为念。我们只见活人孝敬，谁见鬼神享用了？得失成败则是半人事半天意，非要如何如何，则是难为自己，空自烦恼。

礼法高于皇权

王珪，字叔玠。（中略）子敬直，尚南平公主。是时，诸主下嫁，以帝女贵，未尝行见舅姑①礼。珪曰："主上循法度，吾当受公主谒见。岂为身荣，将以成国家之美。"于是，与夫人坐堂上，主执笲②盥馈乃退。其后公主降，有舅姑者，备妇礼，本于珪。《新唐书卷 98 · 列传第 23 · 王珪》

【注释】①舅姑：公婆。②笲 fán：盛物的竹器。

【以古鉴今】这里是告诫身份高贵的女孩，既有下嫁的决心，就得有放下身段的准备。如不能，就别嫁，否则会生出无谓的烦恼。因为谁家也不愿意娶个媳妇请尊神，坏了规矩，乱了礼数。

欲知其人，视其友

始，隐居时，与房玄龄、杜如晦善，母李尝曰："而必贵，然未知所与游者何如人，而试与偕来。"会玄龄等过其家，李窥大惊，敕具酒食，欢尽日，喜曰："二客公辅才，汝贵不疑。"《新唐书卷 98 · 列传第 23 · 王珪》

【以古鉴今】与凤凰比翼是俊鸟，与狐狸为伍一身骚。欲知子弟成何品，只看何人与往来。孩子的玩伴绝不止于玩，是彼此熏陶、模仿的侵染过程，不可等闲视之。要有房母择友的觉悟、孟母择邻的决心，始可谓合格之家长。

谨言恭听

薛收，字伯褒。蒲州汾阴人。（中略）王入观隋宫室，且叹炀帝无道，殚人力以事夸侈。收进曰："峻宇雕墙，殷辛以亡；土阶茅茨，唐尧以昌。始皇兴阿房而秦祸速，文帝罢露台而汉祚永。后主曾不是察，奢虐是矜，死一夫之手，为后世笑，何此之能保哉？"王重其言。俄授天策府记室参军。从平刘黑闼，封汾阴县男。尝上书谏王止畋猎，王答曰："览所陈，知成我者，卿也。明珠兼乘，未若一言，今赐黄金四十铤。"《新唐书卷98·列传第23·薛收》

【以古鉴今】明珠兼乘，未若一言，智者之见。明珠死物，无知无识，需你去认可它，它的意义是你赋予的。言语通心，出君口入我心，可点拨人开释顿悟，近者知眼前对错，远者可改变人生。由此观之，语言是有生命力的，谨言之，恭听之！

孩子是要人教的

（薛）元超，薛收之子，九岁袭爵。及长，好学，善属文。（中略）帝幸东都，留辅太子监国，手敕曰："朕留卿，若失一臂。顾太子未习庶务，关中事，卿悉专之。"时太子射猎，诏得入禁御，故太子稍怠政事。元超谏曰："内苑之地，缭丛薄，冒翳荟①，绝磴险途。殿下截轻禽，逐狡兔，衔橛之变，讵无可虞？又户奴多反逆余族，或夷狄遗丑，使凶谋窃发，将何以御哉？夫为人子者，不登高，不临深，谓其近危辱也。天皇所赐书戒丁宁，惟殿下罢驰射之劳，留情坟典②，岂不美欤！"帝知之，遣使厚赐慰其意，召太子还东都。《新唐书卷98·列传第23·薛元超》

【注释】①翳荟：草木茂盛，可为障蔽。②坟典：三坟、五典的合称，后转为古代典籍的通称。

【以古鉴今】孩子是要人教的，经常和他在一起的人的举手投足、接人待物、嬉笑怒骂，无一不在潜移默化地教孩子，表面是陪伴戏耍，深层也可以说是在教孩子做人呢。所以说，孩子是谁生的不打紧，和谁在一起很重要，孩子的玩伴要有选择，最好选你欣赏的人，就是你希望孩子将来成什么样子，就让那样的人做他的玩伴、保姆、师长，以期收“近朱”之效。

勿使后人复哀后人

马周，字宾王，博州茌平人。（侍御中马周言：）（中略）今京师及益州诸处，营造供奉器物，并诸王妃主服饰，皆过靡丽。臣闻昧旦丕显，后世犹怠，作法于治，其弊犹乱。陛下少处人间，知百姓辛苦，前代成败，目所亲见，尚犹如此，而皇太子生长深宫，不更外事，即万岁后，圣虑之所当忧也。

臣窃寻自古黎庶怨叛，聚为盗贼，其国无不即灭，人主虽悔，未有重能安全者。凡脩政教，当脩之于可脩之时。若事变一起而后悔之，无益也。故人主每见前代之亡，则知其政教之所由丧，而不知其身之失。故纣笑桀之亡，而幽、厉笑纣之亡，隋炀帝又笑齐、魏之失国也。今之视炀帝，犹炀帝之视齐、魏也。《**新唐书卷 98 · 列传第 23 · 马周**》

【以古鉴今】人生如戏。演悲欢离合，当代岂无前代事；观抑扬褒贬，座中常有戏中人。人都是看花容易绣花难，所以然者，知易行难也。由知道至做到这段距离，可谓十万八千里般遥远。大部分人终其一生，也没能让“知”“行”相遇，空作愿景罢了！

忍小忿，存大信

戴胄，字玄胤，相州安阳人。性坚正，干局[①]明强。（中略）时选者盛集，有诡资廕冒牒取调者，诏许自首；不首，罪当死。俄有诈得者，狱具，胄以法当流。帝曰：“朕诏不首者死，而今当流，是示天下不以信，卿卖狱邪？”胄曰：“陛下登杀之，非臣所及。既属臣，敢亏法乎？”帝曰：“卿自守法，而使我失信，奈何？”胄曰：“法者，布大信于人；言乃一时喜怒所发。陛下以一朝忿，将杀之，既知不可而寘[②]于法，此忍小忿、存大信也。若阿忿[③]违信，臣为陛下惜之。”帝大感寤，从其言。《**新唐书卷 99·列传第 24·戴胄**》

【注释】①干局：办事的才干器局。②寘：同“置”。安排，放置。③阿忿：曲从（自己的）一时之愤。

【以古鉴今】大则一国，小则一家，总得有个人说了算，这本平常。可这个说了算的人总好以他的喜怒好恶作准，调度处置发生的大事小情，这就让好坏对错没了谱，接踵而来的乱套就是不可避免的了。这里要注意的是：说了算是有条件的，就是不能把自己凌驾于国法家规、人情事理之上，而是在其范围内你说了算，出圈的当不在此列。

别亏了良心

崔仁师，定州安喜人。（中略）时青州有男子谋逆，有司捕支党，累系填狱，诏仁师按覆。始至，悉去囚械，为具食，饮汤沛，以情讯之，坐止魁恶十余人，它悉原纵。大理少卿孙伏伽谓曰：“原雪者众，谁肯让死？就决而事变，奈何？”仁师曰：“治狱主仁恕，故谚称‘杀人刖足，亦皆有礼’。岂有知枉不申，为身谋哉？使吾以一介易十囚命，固吾愿也！”及敕使覆讯，诸囚咸叩头曰：“崔公仁恕，必无枉者。”举无异辞。由是知名。《**新唐书卷 99·列传第 24·崔仁师**》

【以古鉴今】居上位者能体谅在下者的苦衷，设身处地为他人想，不独断案，怕是做人也一定是个好人。就怕孙伏伽之流，他人的多大冤屈乃至性命，统统可以拿去交易，或换上司满意，或保自己乌纱，甚或得人好处，只要对己有利就行。做崔仁师还是做孙伏伽，大不一样，崔仁师吃香睡稳身心俱安，孙伏伽则活在愧疚中，良心会让他终生不得安宁。人生只有一次，没有来生供你悔过，别错了主意。一生能力大小，成就多少，都不打紧，重要的是别亏了良心！

事皆有因

裴矩，字弘大，绛州闻喜人。（中略）矩性勤谨，未尝忤物，见天下方乱，其待遇士尤厚，虽厮役皆得其欢。是时，卫兵数逃去，帝忧之，以问矩。矩曰："今乘舆淹狩已二年，诸骁果皆无家，人无匹合，则不久安，臣请皆听纳室。"帝笑曰："公定多智。"因诏矩尽召江都女子、孀家，恣将士所欲，即配之，人情翕然相悦，曰："裴公惠也！"《新唐书卷100·列传第25·裴矩》

【以古鉴今】任何事的出现总有它的原因，找准原因，对症下药，就不会有败事。同时这件事也告诉我们，要想成就点事，除自己的主观努力外，也要尽量照顾到下属的欲求，并且最大限度地使之满足。他们满足了、高兴了，就乐于听你的话，愿意为你出力，双赢总比独乐更易成事。

见人堕落拉一把

岑文本，字景仁，邓州棘阳人。（中略）既任职久，赉锡[①]丰饶，皆令弟文昭主之。文昭任校书郎，多交轻薄，帝不悦，谓文本曰："卿弟多过，朕将出之。"文本曰："臣少孤，母所钟念者弟也，不欲离左右。今若外出，母必忧，无此弟，是无老母也！"泣下呜咽。帝愍其意，召文昭让敕，卒无过。《新唐书卷102·列传第27·岑文本》

【注释】①赉锡：赉赐，赏赐。锡，通“赐”。

【以古鉴今】人生路上谁都会犯糊涂，对待走差道者有两种态度：一是气愤、埋怨、哀叹、放弃；一是批评、教育、帮助、鼓励。前者因为你说他是“贼”，所以他从此真的就“偷”起来了，毁人一生；后者因为你的帮助鼓励，他改掉毛病成为有用的人。鼓励永远比贬损更有利于人生，好孩子是夸出来的，对成年人也一样。

谏者救其源

褚遂良，字登善，通直散骑常侍亮子。（中略）帝尝怪：“舜造漆器，禹雕其俎，谏者十余不止，小物何必尔邪？”遂良曰：“雕琢害力农，纂绣伤女工，奢靡之始，危亡之渐也。漆器不止，必金为之，金又不止，必玉为之，故谏者救其源，不使得开。及夫横流，则无复事矣。”帝咨美之。《新唐书卷105·列传第30·褚遂良》

【以古鉴今】“谏者救其源，不使得开。及夫横流，则无复事矣。”世事诸般无不如此，开个好头也未必就有好的结果，更何况开的是坏头，那肯定是不会有好结果的，所以古人有教孩于幼时，即为救其源也。

事难全遂，物不两兴

李义琰，魏州昌乐人，其先出陇西望姓。及进士第，补太原尉。李勣为都督，僚吏惮其威，义琰独敢廷辨曲直，勣甚礼之。徙白水令，有能名，擢司刑员外郎。义琰姿体魁秀，博学，有智识。累迁中书侍郎。上元中，进同中书门下三品，兼太子右庶子。高宗欲使武后摄国政，义琰与郝处俊固争，事得寝。章怀太子之废，尽赦宫臣罪，庶子薛元超等皆蹈舞，义琰独引咎涕泣，搢绅义之。帝每顾问，必鲠切不回。宅无正寝，弟义琎为市堂材送之。义琰曰："以吾为国相，且自愧，尚营美宇，是速吾祸，岂爱我者邪？"义琎曰："凡仕为丞尉，且崇第舍，兄位高，安可逼下哉？"答曰："不然。事难全遂，物不两兴。既处贵仕，又广居宇，非有令德，必受其殃。"卒不许。后其木久腐，乃弃之。《新唐书卷 105 · 列传第 30 · 李义琰》

【以古鉴今】做人能有"事难全遂，物不两兴"的见地，是洞明世事后的睿智，是水溢月亏的觉悟。官高、权重、名扬——贵矣！别墅、豪车、名表——富矣！贵且富，名利双收，好尽了——前边就是下坡路了！规避之法，勿使之极，勿求全遂，知足止足。

唾面自干

娄师德，字宗仁，郑州原武人。（中略）师德长八尺，方口博唇。深沉有度量，人有忤己，辄逊以自免，不见容色。尝与李昭德偕行，师德素丰硕，不能遽步，昭德迟之，恚[①]曰："为田舍子所留。"师德笑曰："吾不田舍，复在何人？"其弟守代州，辞之官，教之耐事[②]。弟曰："人有唾面，洁之乃已。"师德曰："未也。洁之，是违其怒，正使自干耳。"《新唐书卷 108 · 列传第 33 · 娄师德》

【注释】①恚：恼恨，发怒。②耐事：忍让处事，经得起得失、荣辱等人事之变。

【以古鉴今】单从大度容人这一点上，我就不如古人多矣！他是扁的圆的长的方的都能容纳，这种耐人耐事的能力是天生的，学，怕是学不来的。但知此一"耐"字能让人变得伟岸高大，还是会强迫自己拿来用的，耐不了大的，起码能忍得住小的，耐不了长久，起码能忍得了短暂吧？这对暴脾气的人来说，也是一个不小的进步了。

世之长者

狄仁杰未辅政，师德荐之，及同列，数挤令外使。武后觉，问仁杰曰："师德贤乎？"对曰："为将谨守，贤则不知也。"又问："知人乎？"对曰："臣尝同僚，未闻其知人也。"后曰："朕用卿，师德荐也，诚知人矣。"出其奏，仁杰惭，已而叹曰："娄公盛德，我为所容乃不知，吾不逮远矣！"总边要、为将相者三十年，恭勤朴忠，心无适莫，方酷吏残鸷①，人多不免，独能以功名始终，与郝处俊相亚②，世之言长者，称娄、郝。《**新唐书卷 108 · 列传第 33 · 娄师德**》

【**注释**】①残鸷：残是"凶恶"；鸷是"凶猛的鸟"。残暴。②相亚：相近似；相当。

【**以古鉴今**】荐人不要人知这一点，怕是我们一辈子都学不来。我们常人，我荐你当个班长，我投你一票当先进，那都得要你人情，何况荐你当副宰相，那可是天大的人情，是下半辈子都还不完的，不让你知道，我不冤出大天了？只此一事高下已见，他当宰相我做平民，心服口服！

成就丈夫的伟业

薛仁贵，绛州龙门人。少贫贱，以田为业。将改葬其先，妻柳氏曰："夫有高世之材，要须遇时乃发。今天子自征辽东，求猛将，此难得之时，君盍图功名以自显？富贵还乡，葬未晚。"仁贵乃往见将军张士贵应募。《**新唐书卷 111 · 列传第 36 · 薛仁贵**》

【**以古鉴今**】柳氏者，贤妻也，帮助丈夫抓住了施展才能的机会，不但为国家做出了贡献，也改变了自己的命运。这是相夫的典范，知道自己男人的长处所在，并能帮其理顺葬父与自显的先后，收到国家个人双赢的效果，当得起成功男人背后的贤惠女人。

人是第一可宝贵的

王师攻安市城，高丽莫离支遣将高延寿等率兵二十万拒战，倚山结屯，太宗命诸将分击之。仁贵恃骁悍，欲立奇功，乃著白衣自标显，持戟，腰鞬两弓，呼而驰，所向披靡；军乘之，贼遂奔溃。帝望见，遣使驰问："先锋白衣者谁？"曰："薛仁贵。"帝召见，嗟异，赐金帛、口马[①]甚众，授游击将军、云泉府果毅，令北门长上。师还，帝谓曰："朕旧将皆老，欲擢骁勇付阃外[②]事，莫如卿者。朕不喜得辽东，喜得皦将。"迁右领军中郎将。《新唐书卷 111 · 列传第 36 · 薛仁贵》

【注释】①口马：张家口或山西吞虎口所产的蒙古马。亦泛指良马。②阃 kǔn 外：指京城或朝廷以外，亦指外任将吏驻守管辖的地域，与朝中、朝廷相对。

【以古鉴今】关键时刻，得有自荐的勇气，不然从小卒到领军中郎将，怕要几年十几年或更长时间。人的命运还是掌握在自己手里，自己不争取，终生被埋没也是有的。所以说就算是千里马，也得有施展的平台，才能被赏识。

赠予的学问

张文瓘[①]，字稚圭，贝州武城人。隋大业末，徙家魏州之昌乐。幼孤，事母、兄以孝友闻。贞观初，第[②]明经，补并州参军。时李勣为长史，尝叹曰："稚圭，今之管、萧，吾所不及。"勣入朝，文瓘与属僚二人皆饯，勣赠二人以佩刀、玉带，而不及文瓘。文瓘以疑请，勣曰："子无为嫌。若某，犹豫[③]少决，故赠以刀，欲其果于断；某放诞少检，故赠以带，俾其守约束。若子才，无施不可，焉用赠？"《新唐书卷 113 · 列传第 38 · 张文瓘》

【注释】①瓘 guàn：裸圭。②第：第：次序、前缀、表示次序。科第，科举时代称考中叫及第，没有考中叫落第。③犹豫：迟疑不决。

【以古鉴今】原来馈赠有如此讲究！它暗含着赠予者的一番苦心，或希望，或祝福，或警醒，或劝诫，受赠者要细细品味，用心领悟。这是一种文化，你的做法必须符合当时当地的民俗，否则，你的用心就不被人理解，还容易闹出笑话。如把该送开业典礼的花篮，误送葬礼现场，岂不尴尬！所以送礼光有好心，舍得花钱还不行，还须使受赠者体悟到自己的用心。

模棱手

苏味道，赵州栾城人。（中略）味道练台阁故事，善占奏。然其为相，特具位[①]，未尝有所发明，脂韦[②]自营而已。常谓人曰："决事不欲明白，误则有悔，模棱持两端可也。"故世号"模棱手"。《**新唐书卷114·列传第39·苏味道**》

【注释】①具位：具瞻之位。指徒居官位，充数。唐宋以后，官吏在奏疏、函牍或其他应酬文字上，常把应写明的官职爵位写作"具位"，表示谦敬。②脂韦：油脂和软皮。《楚辞·卜居》中曰："宁廉洁正直以自清乎？将突梯滑稽如脂如韦以絜楹乎？"后以"脂韦"比喻阿谀或圆滑。

【以古鉴今】决事不明、模棱两端如钝刀杀人，对坏人等同放纵，让他失去认识错误的时机，使之越滑越远；对好人极不公平，正义得不到伸张，含冤被屈；对自己亏心，占着位子不干事，对不起上司的信任和纳税人的俸禄。如此不堪的人，看似圆滑，实乃一举三不得，他的如意算盘注定是打不长的，因为再腐败的政府，也不能容忍你长期首鼠两端混日子。

还政李唐

狄仁杰，字怀英，并州太原人。（中略）张易之尝从容问自安计，仁杰曰："惟劝迎庐陵王可以免祸。"会后欲以武三思为太子，以问宰相，众莫敢对。仁杰曰："臣观天，人未厌唐德。比匈奴犯边，陛下使梁王三思募勇士于市，逾月不及千人。庐陵王代之，不浃日[①]，辄五万。今欲继统，非庐陵王莫可。"后怒，罢议。久之，召谓曰："朕数梦双陆[②]不胜，何也？"于是，仁杰与王方庆俱在，二人同辞对曰："双陆不胜，无子也。天其意者以儆陛下乎！且太子，天下本，本一摇，天下危矣。文皇帝身蹈锋镝，勤劳而有天下，传之子孙。先帝寝疾，诏陛下监国。陛下掩神器而取之，十有余年，又欲以三思为后。且姑侄与母子孰亲？陛下立庐陵王，则千秋万岁后常享宗庙；三思立，庙不祔[③]姑。"后感悟，即日遣徐彦伯迎庐陵王于房州。王至，后匿王帐中，召见仁杰语庐陵事。仁杰敷请切至，涕下不能止。后乃使王出，曰："还尔太子！"仁杰降拜顿首，曰："太子归，未有知者，人言纷纷，何所信？"后然之。更令太子舍龙门。具礼迎还，中外大悦。

《新唐书卷 115・列传第 40・狄仁杰》

【注释】①浃日：古代以干支纪日，自甲至癸十日为"浃日"。②双陆：古代的一种棋类游戏。两人对下，局如棋盘，左右各有六路，所以称之为双陆。每人各有锥形棋子十五枚，分黑白两色。以掷骰子决定谁先走。白棋由右向左走，黑子由左向右走，谁先完全走到对方的领地，谁就获胜。③祔 fù：新死者俯祭于先祖；合葬，言将后丧合前丧。

【以古鉴今】武则天的做法警醒女人，护娘家可以，但得分什么事。娘家有困难，周济财物，出人出力，都是可以，也是应该的。可事涉社稷传承，宗庙祔祭类大事，在古时既不符人情，也不合死礼，因为中国古代的礼俗是"庙不祔姑"。

不为无益之事

后将造浮屠[1]大像，度费数百万，官不能足，更诏天下僧日施一钱助之。仁杰谏曰："工不役鬼，必在役人；物不天降，终由地出。不损百姓，且将何求？今边垂未宁，宜宽征镇之傜，省不急之务。就令顾作，以济穷人，既失农时，是为弃本。且无官助，理不得成。既费官财，又竭人力，一方有难，何以救之？"后由是罢役。《新唐书卷115·列传第40·狄仁杰》

【注释】①浮屠：佛陀。原指佛教的创始人释迦牟尼。古时曾把佛塔误译为浮屠，故又称佛塔为浮屠。后来统称佛塔为浮屠，佛塔成了人们的一种纪念礼拜建筑。

【以古鉴今】理说得透，文章也工，是一篇为政者的警世语。握有一点权力的人，都要好好读一读。切不可生事扰民，以无益害生民。那些妄图把水搅浑，做浑水摸鱼的官，要知道浑水终有澄清时，他日水清，则遁形无处，自己被毁，后人蒙羞。

教孩以真

郝处俊，安州安陆人。（中略）上元初，帝观酺翔鸾阁，时赤县与太常音技分东西朋，帝诏雍王贤主东，周王显主西，因以角胜，处俊曰："礼所以示童子无诳者，恐其欺诈之心生也。二王春秋少，意操未定，乃公朋造党使相夸，彼俳儿优子，言辞无度，争负胜，相讥诮，非所以导仁义，示雍和也。"帝遽止，叹曰："处俊远识，非众臣所逮。"《新唐书卷115·列传第40·郝处俊》

【以古鉴今】教育孩子犹染坊染布，染黄则黄，染苍则苍。这话没错，问题是不要刻意避开真实，让孩子看到加了伪装的社会，否则有一天他们到社会上去，发现自己的认知与现实不一致时，他们会迷茫，会不知所措，会无所适从。所以，一开始就将人类社会的真面目给他看，让他明白人生的游戏规则就是适者生存。"争"没什么不好，争是人性真情的显露，让才是虚假的友善。生命本身就是私有的，是不可共的！只有满足了自身，剩余的才让人。所以我主张要让孩子从小就知道，时时事事皆需争，不争则不得。至于怎么争，争得后是独占还是分享，这才是个人后天修养的差异。

寓难言于不经意间

王綝，字方庆，以字显。（中略）李德裕著书称："方庆为相时，子为眉州司士参军。武后曰：'君在相位，何子之远？'对曰：'卢陵是陛下爱子，今尚在远，臣之子庸敢相近？'以比仓唐悟文侯事。"嗟乎，君子哉！虽造次不忘悟君于善。及建言不斥太子名，以动群臣，示中兴之渐，所谓人难言者，于方庆难乎哉！德裕之称，为不诬矣。《**新唐书卷116·列传第41·王綝**》

【以古鉴今】话赶话就把不敢说的话自然地说出来了，这是说话的艺术，并且是不太好学的艺术。不妨学学，很有用的。前提是你心中得先有谱，即对此事思路清晰、目的明确，用有心对无意，把话引上轨道后，方可一语中的。

富不过三代

白居易，字乐天，其先盖太原人。（中略）李师道上私钱六百万，为魏徵孙赎故第，居易言："徵任宰相，太宗用殿材成其正寝，后嗣不能守，陛下犹宜以贤者子孙赎而赐之。师道人臣，不宜掠美。"帝从之。《**新唐书卷119·列传第44·白居易**》

【以古鉴今】果不其然，先人留下的产业，后嗣不能守。这就验证了给子孙留资财是没用的。因为他们不用费力已要啥有啥，用不着自己去努力了，所以坐享其成、花天酒地起来，再多的遗产也扛不住败祸。最后落得家道衰败，又无一技之长，怕是想吃顿饱饭都成奢侈了。

官用正人

卢怀慎，滑州人，盖范阳著姓。（中略）夫冒于宠赂，侮于鳏寡，为政之蠹也。窃见内外官有赇饷狼藉，劓剥[①]蒸人，虽坐流黜，俄而迁复，还为牧宰，任以江、淮、岭、碛，粗示惩贬，内怀自弃，徇货掊赀，讫无悛心。明主之于万物，平分而无偏施，以罪吏牧遐方，是谓惠奸而遗远。远州陬邑[②]，何负圣化，而独受其恶政乎？边徼之地，夷夏杂处，凭险扰而难安；官非其才，则黎庶流亡，起为盗贼。由此言之，不可用凡才，况猾吏乎？臣请以赃论废者，削迹不数十年，不赐收齿[③]。《书》曰"旌别淑慝[④]"，即其谊也。**《新唐书卷126·列传第51·卢怀慎》**

【注释】①劓yì剥：犹劓割。②陬邑：边远乡邑。③收齿：录用，接纳。④淑慝：犹善恶。

【以古鉴今】国家用有罪的官吏治理远方，等于是给奸人恩惠，而遗弃了远方的民众。远方州郡，哪点辜负了圣明教化，要承受这种恶政呢？这种犯了毛病换地方，易地为官，继续争恩宠，贪贿赂，欺侮无辜百姓的做法，我持反对意见。我认为官吏犯了错误就开除，不要给这种人欺侮百姓的第二次机会。不能大官犯错当小官，此地犯错去彼地，这种"带病"为官的怪现状不根除，国家就永无澄明之日！

不会过日子

怀慎清俭不营产，服器无金玉文绮之饰，虽贵而妻子犹寒饥，所得禄赐，于故人亲戚无所计惜，随散辄尽。赴东都掌选，奉身之具，止一布囊。既属疾，宋璟、卢从愿候之，见敝箦[1]单藉，门不施箔。会风雨至，举席自障。日晏设食，蒸豆两器、菜数桮而已。临别，执二人手曰："上求治切，然享国久，稍倦于勤，将有忺人[2]乘间而进矣。公第志之！"及治丧，家无留储。帝时将幸东都，四门博士张晏上言："怀慎忠清，以直道始终，不加优锡，无以劝善。"乃下制赐其家物百段，米粟二百斛。帝后还京，因校猎、杜间，望怀慎家，环堵庳陋[3]，家人若有所营者，驰使问焉，还白怀慎大祥，帝即以缣帛赐之，为罢猎。经其墓，碑表未立，停跸临视，泫然流涕，诏官为立碑，令中书侍郎苏颋为之文，帝自书。《新唐书卷 126 · 列传第 51 · 卢怀慎》

【注释】①箦 zé：竹编床席。②忺 xiān 人：小人，奸佞的人。③庳陋：矮小简陋。

【以古鉴今】卢怀慎为官廉洁，家无积蓄，床席单薄，门无遮帘，饮食无肉，妻儿饥寒。这样的官是让我们很感动，但仔细想想又似觉不对，本来"不受曰廉，不污曰洁"，也就是说，不接受他人馈赠的钱财礼物，不让自己清白的人品受到玷污，就是廉洁。可卢怀慎呢，"所得禄赐，于故人亲戚无所计惜，随散辄尽"。这种有了钱就随散辄尽的做法，穷是他自找的，与清廉还是贪腐扯不上关系，没有什么值得称许的。说句不中听的话，这叫不会过日子！

置巨罪细，不敢奉诏

韩休，京兆长安人。（中略）休直方不务进趋，既为相，天下翕然[1]宜之。万年尉李美玉有罪，帝将放岭南。休曰："尉小官，犯非大恶。今朝廷有大奸，请得先治。金吾大将军程伯献恃恩而贪，室宅舆马僭[2]法度，臣请先伯献，后美玉。"帝不许，休固争曰："罪细且不容，巨猾乃置不问，陛下不出伯献，臣不敢奉诏。"帝不能夺。《新唐书卷 126 · 列传第 51 · 韩休》

【注释】①翕然：安宁、和顺。②僭：超越本分。旧指下级冒用上级的名义、礼仪或器物。

【以古鉴今】罪细不容而巨猾不问，难怪端方正直的韩休敢不奉诏，实在是看不下去了。这才向皇帝顶嘴叫板，谏得虽然恳切，但嫌太直，需防恼羞成怒。

君虽瘦，天下肥

初，嵩以休柔易，故荐之。休临事或折正嵩，嵩不能平。宋璟闻之曰："不意休能尔，仁者之勇也。"嵩宽博多可，休峭鲠[①]，时政所得失，言之未尝不尽。帝尝猎苑中，或大张乐，稍过差，必视左右曰："韩休知否？"已而疏辄至。尝引鉴，默不乐。左右曰："自韩休入朝，陛下无一日欢，何自戚戚，不逐去之？"帝曰："吾虽瘠，天下肥矣。且萧嵩每启事，必顺旨，我退而思天下，不安寝。韩休敷陈[②]治道，多讦直[③]，我退而思天下，寝必安。吾用休，社稷计耳。"《新唐书卷126·列传第51·韩休》

【注释】①峭鲠：严正刚直。②敷陈：铺叙；详加论列。③讦直：亢直敢言。讦，攻击别人短处或揭发别人隐私。直，直率。

【以古鉴今】在外面做人，是做萧嵩呢，还是做韩休？其实不管你做谁，人们对你的为人都是"门儿清"，万不可自作聪明以为瞒过了所有人。如萧嵩般顺情讨好者，在正人君子眼里，就是一条哈巴狗，是观赏逗弄的玩物而已。

武后卷帘

张嘉贞，本范阳旧姓，（中略）长安中，御史张循宪使河东，事有未决，病之，问吏曰："若颇知有佳客乎？"吏以嘉贞对。循宪召见，咨以事。嘉贞条析理分，莫不洗然。循宪大惊，试命草奏，皆意所未及。它日，武后以为能，循宪对皆嘉贞所为，因请以官让。后曰："朕宁无一官自进贤邪？"召嘉贞见内殿；以帘自鄣。嘉贞仪止秀伟，奏对偘偘[1]，后异之。因请曰："臣草茅之人，未睹朝廷仪，陛下过听[2]，引对禁近。今天威咫尺，若隔云雾，恐君臣之道有未尽也。"后曰："善。"诏上帘，引拜监察御史，擢循宪司勋郎中，酬其得人。《新唐书卷127·列传第52·张嘉贞》

【注释】①偘：侃的异体字。②过听：错误地听取。

【以古鉴今】人与人应是互相捧，而不是互相整，彰显他人的优点，欣赏别人的长处，最后收共赢之效，此为明智之举。就像张御史这样主动让出位子，允许年轻人"出人头地"，结果张嘉贞得了官，御史也升任司勋郎中，双赢。

不为不肖子酒色费

嘉贞性简疏，与人不疑，内旷如[1]也，或时以此失。有嗜进者，汲引之，能以恩终始。（中略）嘉贞虽贵，不立田园。有劝之者，答曰："吾尝相国矣，未死，岂有饥寒忧？若以谴去，虽富田产，犹不能有也。近世士大夫务广田宅，为不肖子酒色费，我无是也。"《新唐书卷127·列传第52·张嘉贞》

【注释】①旷如：开阔。

【以古鉴今】内旷多容，性简易足。不广田宅，认为这是给不肖子积酒色费。这才叫"远见卓识"，不作无谓之举，才能活得坦然，死得瞑目。

操法不变

王志愔，博州聊城人。擢进士第。中宗神龙中，为左台侍御史，以刚鸷为治，所居人吏畏詟[①]，呼为“皂雕”。迁大理正，尝奏言：“法令者，人之堤防，不立则无所制。今大理多不奉法，以纵罪为仁，持文为苛，臣执刑典，恐且得谤。”遂上所著《应正论》以见志，因规帝失。（中略）又言：“刑赏二柄惟人主操之。故曰：‘以力役法者，百姓也；以死守法者，有司也；以道变法者，君上也。’魏游肇为廷尉，帝私敕肇有所降恕，肇执不从，曰：‘陛下自能恕之，岂可令臣曲笔也。’”又言：“为国当以严致平，非以宽致平。严者，非凝网重罚，在人不易犯而防难越也。故舍衔策于奔踶[②]，则王良不能御騁；停药石于肤腠，则俞附[③]不能攻疾。”又言：“汉武帝甥昭平君杀人，以公主子，廷尉上请，帝垂涕曰：‘法令者，先帝之所造也，用亲故诬先帝法，吾何面目入高庙乎？’卒可其奏。隋文帝子秦王俊为并州总管，以奢纵免官。杨素曰：‘王，陛下爱子，请赦之。’帝曰：‘法不可违，若如公意，我乃五儿之父，非兆人之父，何不别制天子子律乎？’故天子操法有不变之义。”凡数千言，帝嘉之。《**新唐书卷 128 · 列传第 53 · 王志愔**》

【**注释**】①畏詟 zhé：惧怕。②奔踶 dì：马乘时即奔跑，立时则踢人。③俞附：相传是黄帝时的良医。

【**以古鉴今**】法都是好法，执行好也不难，难在法碰到权就易变味，权力的保护伞一张开，执法者先自瘫软了，不去护法而是护领导，借以保护自己的官位。法官如包拯之清正，当权者如汉武、隋文之廉明，天下清平矣！我认为没有掉头坐牢的勇气，就不要去做法官，要做就做得如包公般硬气，摘乌纱帽、坐班房、砍头灭族也不改初衷，始可为之！

不辱使命

潘好礼，贝州宗城人。第明经，累迁上蔡令，治在最，擢监察御史。（中略）开元初，为邠王府长史。王为滑州刺史，好礼兼府司马、知州事。王御下不能肃，有诏好礼检督王家，至过失皆上闻。王每游观，好礼必谏谕禁切。农月，王出猎，家奴罗迾[①]，好礼遮道谏，王初不许，乃卧马下呼曰："今农在田，王何得非时暴禾稼，以损下人？要先践杀司马，然后听所为！"王惭，为还。《新唐书卷 128 · 列传第 53 · 潘好礼》

【注释】①迾 liè：拦阻，古代帝王外出时派武士列队警戒，阻止人们通行。

【以古鉴今】受人之托，忠人之事，为报知遇之恩，一定要把事情做到最好。毋宁死，也不辱使命。

知错能改

倪若水，字子泉，恒州藁城人。（中略）玄宗遣中人捕帟[①]鶄[②]、溪沴[③]南方，若水上言："农方田，妇方蚕，以此时捕奇禽怪羽为园御之玩，自江、岭而南，达京师，水舟陆赍，所饲鱼虫、稻粱，道路之言，不以贱人贵鸟望陛下邪？"帝手诏褒答，悉放所玩，谪使人过取罪，而赐若水帛四十段。《新唐书卷 128 · 列传第 53 · 倪若水》

【注释】①帟 yì：小帐幕，幄中座上的承尘。②鶄 jīng：水鸟名。③沴 lì：本意是水流遇到阻碍而不顺畅，引申指相违，即互相冲突、矛盾。

【以古鉴今】皇帝也是凡人，也有想不周全的时候，说错话、做错事亦在所难免。错了，经人指出，认识到了就立即改正，仍不失为好人。

歼厥渠魁，胁从罔治

李岘，吴王恪孙也。（中略）初，东京平，陈希烈等数百人待罪，议者将悉抵死，帝意亦欲惩天下，故崔器等附致深文。岘时为三司，独曰："法有首有从，情有重有轻，若一切论死，非陛下与天下惟新意。且羯胡乱常，谁不凌污，衣冠奔亡，各顾其生，可尽责邪？陛下之新戚勋旧子若孙，一日皆血铁砧，尚为仁恕哉？《书》称'歼厥渠魁，胁从罔治'。况河北残孽劫服官吏，其人尚多，今不开自新之路而尽诛之，是坚叛者心，使为贼致死。困兽犹斗，况数万人乎？"于是，器与吕諲皆龊龊[①]文吏，操常议，不及大体，尚腾颊固争，数日乃见听。《**新唐书卷131·列传第56·宗室宰相·李岘**》

【注释】①龊chuò龊：拘谨貌；谨小慎微貌。形容局促、拘谨的样子。

【以古鉴今】涉及人命的事，要慎之又慎，一旦杀错，不仅犯了草菅人命之罪，也会失掉民心。更何况人数众多，不开自新之路而尽诛之，是坚叛者心。困兽犹斗，况数万人乎？这时就要想到，那么多人不可能都是主谋，"歼厥渠魁，胁从罔治"，讲策略给出路，以瓦解叛者之心，巩固胜利之果。

凭良心做事

李勉，字玄卿，郑惠王元懿曾孙。（中略）勉少贫狭，客梁、宋，与诸生共逆旅[①]，诸生疾且死，出白金曰："左右无知者，幸君以此为我葬，余则君自取之。"勉许诺，既葬，密置余金棺下。后其家谒勉，共启墓出金付之。《**新唐书卷131·列传第56·宗室宰相·李勉**》

【注释】①逆旅：客舍、旅店。

【以古鉴今】人做事不是因了别人怎么说，而是看自己内心怎么想。良心会告诉我们是这样还是那样，人需对自己的良心负责。

反躬自省

郭子仪，华州郑人。（中略）子仪事上诚，御下恕，赏罚必信。遭幸臣程元振、鱼朝恩短毁[1]，方时多虞，握兵处外，然诏至，即日就道，无纤介顾望，故谗间不行。破吐蕃灵州，而朝恩使人发其父墓，盗未得。子仪自泾阳来朝，中外惧有变，及入见，帝唁之，即号泣曰："臣久主兵，不能禁士残人之墓，人今发先臣墓，此天谴，非人患也。"**《新唐书卷 137·列传第 62·郭子仪》**

【注释】①短毁：谗言中伤。

【以古鉴今】祖坟被挖而不怪，反自省"主兵多年，不能禁士残人之墓，人今发先臣墓，此天谴，非人患也"。所以能"权倾天下而朝不忌，功盖一世而上不疑，侈穷人欲而议者不之贬"，答案就在这"事上诚，御下恕"的大格局里。不迁怒于人，遇事能反躬自省。

死是大自在

（李）抱真字太玄，沈虑[1]而断。（中略）好方士，谓不死可致。有孙季长者为治丹，且曰："服此当仙去。"抱真表署幕府。尝语左右曰："秦、汉君不偶此，我乃得之，后升天，不复见公等矣。"夜梦驾鹤，寤而刻寓鹤，衣羽服，习乘之。后益惑厌胜，因疾，请降官，七让司空，还为左仆射。饵丹二万丸，不能食，且死，医以彘肪谷漆下之。疾少间，季长曰："危得仙，

何自弃也？”益服三千丸，卒，年六十二。《新唐书卷138·列传第63·李抱真》

【注释】①沈虑：深思熟虑。

【以古鉴今】人在志得意满、身康体健时，仙狐神鬼皆可以不予理睬，只相信自己；但气衰运塞时就不自信了，迷信邪说就会来袭，于是就乱投医，越陷越深不能自拔，最后都耽误了。不管遇到多大磨难，我们只能求助于科学，万不可陷入莫须有的玄学。生老病死本来就是自然现象，并且是不可抗拒的。年华大好时你已展示了自己的璀璨，老来就该享“大自在”。万不可明知不可为而为之，劳人伤财，最终也改变不了结果。

不念宿怨

李泌，字长源，魏八柱国弼六世孙，徙居京兆。（中略）初，帝在东宫，李林甫数构谮[①]，势危甚，及即位，怨之，欲掘冢焚骨。泌以天子而念宿嫌，示天下不广，使胁从之徒得释言于贼。帝不悦，曰：“往事卿忘之乎？”对曰：“臣念不在此。上皇有天下五十年，一旦失意，南方气候恶，且春秋高，闻陛下录故怨，将内惭不怿[②]，万有一感疾，是陛下以天下之广不能安亲也。”帝感悟，抱泌颈以泣曰：“朕不及此。”《新唐书卷139·列传第64·李泌》

【注释】①构谮：进谗言陷害人。②不怿：不悦、不欢愉。

【以古鉴今】不要长期仇恨任何人或事，这种心态的焚烧如同炼狱般痛苦，真正受伤害的只有自己。遇事不但要想到它的直接后果，也要考虑它的辐射效应，否则稍不留意就会顾此失彼，造成尴尬局面！

做好分内事

崔祐甫，字贻孙，（中略）性刚直，遇事不回。时侍郎阙，祐甫摄省事，数与宰相常衮①争议不平。衮怒，使知吏部选，每拟官，衮辄驳异，祐甫不为下。会硃泚军中猫鼠同乳，表其瑞，诏示衮，衮率群臣贺，祐甫独曰："可吊不可贺。"诏使问状，对曰："臣闻《礼》：'迎猫，为其食田鼠。'以其为人去害，虽细必录。今猫受畜于人，不能食鼠而反乳之，无乃失其性邪？猫职不修，其应若曰法吏有不触邪，疆吏有不捍敌。臣愚以为当命有司察贪吏，诫边候，勤徼巡，则猫能致功，鼠不为害。"代宗异其言，衮益不喜。《新唐书卷 142 · 列传第 67 · 崔祐甫》

【注释】①常衮：唐朝状元，著名宰相。

【以古鉴今】猫为鼠的天敌，猫失其猫性而乳鼠，实属不修猫职。猫不致功，鼠为害矣。正如法吏不触邪，疆吏不捍敌，国家危矣！可吊不可贺也。事皆不孤，必有两面，当你想到此处时，必须要看到彼处，相互印证，才好得其全貌，见其真容，结论才能准确。

近水楼台先得月

自至德、乾元以来，天下战讨，启丐填委①，故官赏缪紊②。永泰后，稍稍平定，而元载用事，非贿谢不与官，划塞③公路，纲纪大坏。载诛，杨绾相，未几卒。衮当国，惩其敝，凡奏请一杜绝之，惟文辞入第乃得进，然无所甄异④，贤愚同滞焉。及祐甫，则荐举惟其人，不自疑畏，推至公以行，未逾年，除吏几八百员，莫不谐允。帝尝谓曰："人言卿拟官多亲旧，何邪？"对曰："陛下令臣进拟庶官，夫进拟者必悉其才行，如不与闻知，何由得其实？"帝以为然。《新唐书卷 142 · 列传第 67 · 崔祐甫》

【注释】①填委：纷集；堆积。②缪紊：错乱。③刬 chǎn 塞：犹废塞。④甄异：经审察而以为奇异。

【以古鉴今】这也是为什么官家的孩子也容易当官的原因，他们是近水楼台先得月，不一定都是官官相护，更多是彼此熟络了解，更易于被发现罢了。如果那些手握权柄者，根本就不知道世间有你这一号人物，怎么提拔呢？所以边远之人鲜为所用，也就不足为怪了，不必都作不公平想！

任而不信

韦处厚，字德载，京兆万年人。（中略）帝虽自力机政[1]，然骤信轻改，摇于浮论[2]。处厚尝独对曰："陛下不以臣不肖，使待罪宰相，凡所奏可，中辄变易。自上心出邪，乃示臣不信；得于横议[3]邪，即臣何名执政？（略）"《新唐书卷 142 · 列传第 67 · 韦处厚》

【注释】①机政：国家枢机政务。②浮论：空虚不实的言论。③横议：恣意议论；物议，非难。

【以古鉴今】领导者的大忌：任而不用。对下属不放心，让下属做事，又对下属进行监控；下属处理的问题，他多有说辞；下属决定的事，到他那里又多有改变。真摊上这样的领导，我建议还是选择离开的好，因为实在是找不出有什么理由可以继续干下去。

看透才能做对

张孝忠，本奚种，世为乙失活酋长。（中略）天宝末，以善射供奉仗内。安禄山奏为偏将，破九姓突厥，以功擢漳源府折冲。禄山、史思明陷河、洛，常为贼前锋。朝义败，乃自归，授左领军将军，以兵属李宝臣。（中略）宝臣晚节稍忌刻，杀大将李献诚等而召孝忠，孝忠不往，复使其弟孝节召之。孝忠复命曰："诸将无状，连颈受戮。吾惧祸，不敢往，亦不敢叛，犹公不觐天子也。"孝节泣曰："即归，且僇死[①]。"孝忠曰："偕往则并命[②]，吾留，无患也。"果不敢杀。《新唐书卷 148 · 列传第 73 · 张孝忠》

【注释】①僇死：受戮而死。②并命：共命运；同死。

【以古鉴今】"偕往则并命，吾留，无患也。"简短十字玄妙至深，即哥俩同去，杀头了事。弟弟回，哥哥拥兵在外，李宝臣是有芥蒂的，他简单地杀了弟弟，哥哥反了岂不麻烦？所以世上的事情都不是孤立存在的，人际关系更是复杂得你中有我、我中有你。巧妙运用，你就可以在错综中理清脉络，曲径通幽。事业、人生皆然。

提拔有讲究

关播，字务元，卫州汲人。（中略）帝求宰相，卢杞雅知播韦柔[①]可制，因从容言播材任宰相，其儒厚可镇浮动。乃拜中书侍郎、同中书门下平章事，政一决于杞。尝论事帝前，播意不可，避坐欲有所言，杞目禁辄止，退让播曰："以君寡言，故至此，奈何欲开口争事邪！"播即喑畏[②]毋敢与。《新唐书卷 151 · 列传第 76 · 关播》

【注释】①韦柔：韦，经去毛加工制成的柔皮。柔顺，温厚。②喑畏：长惧不敢出言。

【以古鉴今】有人说官场是个大染缸，由此可见一斑。甲在某官位上，上级要给他配副手，甲提乙，上级也同意了。乙以为甲看得起自己，然不知甲是看上乙的老实，提乙是当摆设，别影响自己才是他的目的。你说这乙是该谢呢，还是该恨？是该干呢，还是该看？是继续在这装傻呢，还是下去做点实事？让你哭笑不得。要是我，我选择离开。

因为生命只此一次，浪费不起。与其在上边当摆设，还不如到下面踏踏实实地做点事有意义。

人活着就得做事

李绛，字深之，系本赞皇。（中略）是时，盛兴安国佛祠，幸臣吐突承璀请立石纪圣德焉，营构华广，欲使绛为之颂，将遗钱千万。绛上言："陛下荡积习之弊，四海延颈望德音，忽自立碑，示人以不广。《易》称：'大人与天地合德。'谓非文字所能尽，若令可述，是陛下美有分限。尧、舜至文、武，皆不传其事，惟秦始刻峄山①，扬暴诛伐巡幸之劳，失道之君，不足为法。今安国有碑，若叙游观，即非治要；述崇饰，又非政宜。请罢之。"帝怒，绛伏奏愈切，帝悟曰："微绛，我不自知。"命百牛倒石，令使者劳谕绛。**《新唐书卷152·列传第77·李绛》**

【注释】①峄山：我国古代九大历史文化名山之一，有齐鲁名山归岱峄的美誉。"孔子登东山而小鲁，登泰山而小天下"之东山，即峄山，又名邹山、邹峄山。

【以古鉴今】好坏自有后人评说，不是你自己立个碑，写个传就能说了算的。要看你一生在你的位置上做了些什么，人们是不是因为你的存在而改善了生活，获得了幸福。事在己做，名自人成，自我标榜多不作数。

纳谏昌，拒谏亡

绛见浴堂殿，帝曰："比谏官多朋党，论奏不实，皆陷谤讪，欲黜其尤者，若何？"绛曰："此非陛下意，必憸人以此营误上心。自古纳谏昌，拒谏亡。

夫人臣进言于上，岂易哉？君尊如天，臣卑如地，加有雷霆之威，彼昼度夜思，始欲陈十事，俄而去五六，及将以闻，则又惮而削其半，故上达者才十二。何哉？干不测之祸，顾身无利耳。虽开纳奖励，尚恐不至，今乃欲谴诃①之，使直士杜口，非社稷利也。”帝曰：“非卿言，我不知谏之益。”《新唐书卷 152 · 列传第 77 · 李绛》

【注释】①谴诃：谴责呵斥。

【以古鉴今】谏诤之言虽逆耳却出自忠心，纳之、信之、亲之犹恐不及，竟要除之。这是要把自己弄成瞎子、聋子，看不见民间疾苦，听不到乱事烦心，做个不管事的皇帝，自在逍遥不待说，就是不知能否长远，怕是不要许久就该改朝换代了吧！

体谅谏者之初心

绛谓：“大臣持禄不敢谏，小臣畏罪不敢言，管仲以为害霸最甚。今臣等饱食不言，无履危之患，自为计得矣，顾圣治如何？”有诏明日对三殿。帝尝畋苑中，至蓬莱池，谓左右曰：“绛尝以谏我，今可返也。”其见礼惮如此。《新唐书卷 152 · 列传第 77 · 李绛》

【以古鉴今】李绛多事，人家的天下，人家不急，你操的哪门子心？话又说回来，一旦认识到，立即整改也不失为好样的。表面上不听谏，那多是放不下架子，内心还是考虑你的建议了，所以见人有过失，还是提出来对，即便当时有些尴尬，但对事业，乃至对他本人都是利大于弊的。

折节下士，贤者乃出

帝怪前世任贤以致治，今无贤可任，何耶？（绛）对曰：“圣王选当代之人，极其才分，自可致治。岂借贤异代，治今日之人哉？天子不以己能盖人，痛折节①下士，则天下贤者乃出。”帝曰：“何知其必贤而任之？”对曰：“知人诚难，尧、舜以为病。然循其名，验以事，所得十七。夫任官而辨廉，措事不阿容，无希望依违之辞，无邪媚愉悦之容，此近于贤矣。贤则当任，任则当久。贤者中立而寡助，举其类则不肖者怨，杜邪径则怀奸者疾，一制度则贵戚毁伤，正过失则人君疏忌。夫然，用贤岂容易哉？”帝曰：“卿言得之矣。”《新唐书卷 152 · 列传第 77 · 李绛》

【注释】①折节：降低自己身份或改变平时的志趣行为。

【以古鉴今】贤人难得，得之难用，用之难久，需当权者自裁。难得是因为人皆有私，私者不贤；难用是因为贤人的思维和观念多与人相左，人际关系难处，与领导不够合拍，不能百分之百贯彻领导意图，甚至还抗上，不听指挥；难久就很好理解了，有难用的诸般，还能长久吗？至于贤人能否得以发挥才能，就得看摊上啥样的领导了。领导若贤，惺惺相惜；领导不贤却愿求贤，你是人才难得；领导不贤却不自知，你的贤可能就成“闲人”了。

不结私恩

（绛）迁户部侍郎，判本司。帝以户部故有献，而绛独无有，何哉？答曰：“凡方镇有地则有赋，或啬①用度易羡余②以为献。臣乃为陛下谨出纳，乌有羡赢哉？若以为献，是徙东库物实西库，进官物结私恩。”帝瞿然③悟。《新唐书卷 152 · 列传第 77 · 李绛》

【注释】①啬：本义指收获谷物，是“穑”的古字。收藏好谷物后要仔细保管，引申为十分爱惜、节省。由过分的节省、爱惜，又引申为小气、吝啬。②羡余：唐地方官以两税盈余为名，向皇帝献纳的税款。多用加重剥削、克扣俸禄等手段敛财，借以市恩邀功，加官晋爵。③瞿然：畅厉貌、惊视貌、惊骇貌、惊喜貌、惊悟貌。

【以古鉴今】上有索贿的皇上，下必有贪赃的臣子，否则拿什么去讨好主子？皇帝索我一百，我刮黎民一千，君臣各取所需，苦的只是百姓。如此一个从根上就腐败了的统治机器，会长久正常运转吗？中国封建社会走马灯似的改朝换代，这大概是原因之一吧！

嫉妒之果苦涩

帝每有询访，随事补益，所言无不听，欲遂以相。而承璀宠方盛，忌其进，阴有毁短，帝乃出承璀淮南监军。翌日，拜绛中书侍郎、同中书门下平章事。封高邑男。《**新唐书卷 152 · 列传第 77 · 李绛**》

【以古鉴今】自己平庸，不向人家学习，而是绞尽脑汁要把他拉下来与自己相齐。这是人类的劣根性，只有智者才知道克服。忌人进却自己先翻车了，如此嫉妒之果，味道苦涩，不尝也罢！

媚上者一定欺下

方江淮岁俭[①]，民荐饥[②]，有御史使还，奏不为灾，帝以语绛，答曰："方隅皆陛下大臣，奏孰不实？而御史苟悦陛下耳。凡君人者当任大臣，无使小臣得以间，愿出其名显责之。"《**新唐书卷 152 · 列传第 77 · 李绛**》

【注释】①岁俭：年成歉收。②荐饥：连年灾荒；连续灾荒。

【以古鉴今】当喜歌悲歌同时响在耳边时，当权者应宁信其悲。那样悲可得到及时补救，把损失伤害降到最低；倘一旦有误也于事无伤。身边如有报喜不报忧者，一定要尽你权力的极限，予以惩处，绝不姑息。因为那绝对是小人的伎俩，这种能媚上者，一定是欺下的，且得志便猖狂，不可惯他坐大！

安不忘忧

李吉甫尝盛赞天子威德，帝欣然，绛独曰："陛下自视今日何如汉文帝时？"帝曰："朕安敢望文帝？"对曰："是时贾谊以为厝火积薪[①]下，火未及然，因以为安，其忧如此。今法令所不及者五十余州，西戎内讧，近以泾、陇为鄙，去京师远不千里，烽燧相接也；加比水旱无年，仓廪空虚。诚陛下焦心销志求济时之略，渠便高枕而卧哉！"帝入谓左右曰："绛言骨鲠，真宰相也。"《新唐书卷152·列传第77·李绛》

【注释】①厝火积薪：把火种放在易燃的柴草下面。喻所行之事隐藏着很大的危险；后患无穷。

【以古鉴今】安不忘忧，对国家的前途命运洞若观火，提醒皇帝拿出济时之策，不可高枕而卧。人的一生都要为自己的修为操心劳神，没有无烦无忧的时候，非要说有，那只能是躺在坟墓里时。

君子同道，小人朋比

帝患朋党，以问绛。答曰："自古人君最恶者朋党，小人揣知，故常借口以激怒上心。朋党者，寻之则无迹，言之则可疑。小人常以利动，不顾忠义；君子者，遇主知则进，疑则退，安其位不为它计，故常为奸人所乘。夫圣人同迹，贤者求类，是同道也，非党也。陛下奉遵尧、舜、禹、汤之德，岂谓上与数千年君为党耶？道德同耳。汉时名节骨鲠士，同心爱国，而宦官小人疾之，起党锢[1]之狱，讫亡天下。趋利之人，常为朋比[2]，同其私也；守正之人，常遭构毁，违其私也。小人多，谮言常胜；正人少，直道常不胜。可不戒哉！”绛居中介特[3]，尤为左右所不悦，遂因以自明。**《新唐书卷 152 · 列传第 77 · 李绛》**

【注释】①党锢：锢，终身不得做官。古代禁止某些政治上的朋党参政的现象。②朋比：朋，彼此友好的人；比，较量高低、长短。 互相勾结、依附。③介特：单身的人。

【以古鉴今】中正骨鲠之士常遭构陷，多是碍了小人的事，而自己却浑然不觉，所以中招的时候多，显得命运多舛。一个国家、一个单位，领导的影响非常大。如果当权者忠奸不辨，那好人是很难做的，难做是因为贤者中立而寡助，举其类则不肖者怨，杜邪径则怀奸者疾，一制度则贵戚毁伤，正过失则人君疏忌。你做的事总让左右不悦，不遭构陷怕就不正常了。如耳边常有说闲话的人，决不可人云亦云，不妨做反面想，并假以时日，自己给出答案才作数。

悔死了

段秀实，字成公，本姑臧人。（中略）初，秀实为营田官。泾大将焦令谌取人田自占，给与农，约熟归其半。是岁大旱，农告无入，令谌曰：“我知入，不知旱也。”责之急，农无以偿，往诉秀实。秀实署牒[1]免之，因使人逊谕令谌。令谌怒，召农责曰：“我畏段秀实邪？”以牒置背上，大杖击二十，舆致廷中。秀实泣曰：“乃我困汝。”即自裂裳裹疮注药，卖己马以代偿。淮西将尹少荣颇刚鲠，入骂令谌曰：“汝诚人乎！泾州野如赭，人饥死，而尔必得谷，击无罪者。段公，仁信大人，惟一马，卖而市谷入汝，汝取之不耻？凡为人傲天灾、犯大人、击无罪者，尚不愧奴隶邪！”令谌闻，

大愧流汗，曰："吾终不可以见段公。"一夕，自恨死。《**新唐书卷 153 · 列传第 78 · 段秀实**》

【**注释**】①牒："片"与"枼"合起来表示"编连在一起的短简"，是造纸术发明以前的竹书或木书。

【**以古鉴今**】因愁而一夜白头者有之，悔恨而一夜至死者有之，看来是愁不得，也悔不得的呀！人生是条有去无回的单行线，怎敢不履薄临深般赔着小心！

借刀杀人

颜真卿，字清臣，秘书监师古五世从孙①。（中略）李希烈陷汝州，杞乃建遣真卿："四方所信，若往谕之，可不劳师而定。"诏可，公卿皆失色。李勉以为失一元老，贻朝廷羞，密表固留。至河南，河南尹郑叔则以希烈反状明，劝不行，答曰："君命可避乎？"既见希烈，宣诏旨，希烈养子千余拔刃争进，诸将皆慢骂，将食之，真卿色不变。希烈以身捍，麾其众退，乃就馆。逼使上疏雪己，真卿不从。乃诈遣真卿兄子岘与从吏数辈继请，德宗不报。真卿每与诸子书，但戒严奉家庙，恤诸孤，讫无它语。希烈遣李元平说之，真卿叱曰："尔受国委任，不能致命，顾吾无兵戮汝，尚说我邪？"希烈大会其党，召真卿，使倡优斥侮朝廷。真卿怒曰："公，人臣，奈何如是？"拂衣去。希烈大惭。时朱滔、王武俊、田悦、李纳使者皆在坐，谓希烈曰："闻太师名德久矣，公欲建大号而太师至，求宰相孰先太师者？"真卿叱曰："若等闻颜常山否？吾兄也。禄山反，首举义师，后虽被执，诟贼不绝于口。吾年且八十，官太师，吾守吾节，死而后已，岂受若等胁邪！"诸贼失色。《**新唐书卷 153 · 列传第 78 · 颜真卿**》

【**注释**】①从孙：亲兄弟的孙子。

【以古鉴今】人心险于山川，难于知天。借反贼之手不露痕迹地除了自己所恶之人，吃人不吐骨头。官场可怕，只此可见一斑。只要有谋生手段，就不走仕途的路，它是外表光鲜，内实身心皆不自在的职业。你不害人，但也难防别人害你；你平心持正，却挡了人家的路；你做得好，却把别人比矮了。整你不是你错了，而是你碍事了！

不尽依从，缘于不疑

浑瑊①，本铁勒九姓之浑部也。（中略）天性忠谨，功高而志益下，岁时贡奉，必躬阅视。每有赐予，下拜跽②受，常若在帝前，世方之金日磾③，故帝终始信待。贞元后，天子常恐藩侯生事，稍桀骜④则姑息之，惟瑊有所奏论不尽从可，辄私喜曰："上不疑我。"故治蒲十六年，常持军，猜间不能入。《新唐书卷155·列传第80·浑瑊》

【注释】①瑊 jiān：似玉的美石。②跽 jì：长跪。古人坐时臀部贴脚后跟，臀部离开脚后跟，腰伸直，就是跽。③磾 dī：染缯用的一种黑色矿物染料。④桀骜：比喻一个人性情倔强，不被驯顺。

【以古鉴今】什么事都依从你，不一定是真好，其中可能有隐情，怕你生事或徒增嫌隙，答应你是委曲求全；不尽依从，则是真的好，是不疑的症候，才敢实事求是。做事处人，真好假好，不在表象，要用心去感知！

喜不赏无功

陆贽，字敬舆，苏州嘉兴人。（中略）道有献瓜果者，帝嘉其意，欲授以试官。贽曰："爵位，天下公器，不可轻也。"帝曰："试官虚名，且已与宰相议矣，卿其无嫌。"贽奏："（中略）今献瓜一器、果一盛则受之，彼忘躯命者有以相谓矣，曰：‘吾之躯命乃同瓜果。’瓜果，草木也。若草木然，人何劝哉？夫田父野人必欲得其欢心，厚赐之可也。”《新唐书卷157·列传第82·陆贽》

【以古鉴今】 以瓜果得官，那些疆场流血的将士、十年寒窗的学子，心里能平衡吗？如此领导何以服人？这种拿公器当玩物的现象，当止矣。

宰相家奴七品官

帝欲以内外从官普号“定难元从功臣”。贽曰：“宫官具寮，恪居奔走，劳则有之，何功之云？难则赏之，何定之云？今与奋命者齿，恐沮战士之心，结勋臣之愤。”帝乃止。《新唐书卷157·列传第82·陆贽》

【以古鉴今】 有句老话说“宰相家奴七品官”，因为他们朝夕相处，奴再有意媚主，就更易生情。有情垫底，话也就容易听进去了。有些领导还愿意把单位的人和事，在私下里叨叨，让下边的人似无意间得到正规渠道得不到的信息。于是“家奴”们便可游戏于领导和群众之间，趋利去弊，成了“无冕之王”。他人岂可小觑秘书、司机、保姆、厨师哉！

不负所学

始，贽入翰林，年尚少，以材幸，天子常以辈行呼而不名。在奉天，朝夕进见，然小心精洁，未尝有过，由是帝亲倚，至解衣衣之，同类莫敢望。虽外有宰相主大议，而贽常居中参裁可否，时号“内相”。（中略）狩山南也，道险涩，与从官相失，夜召贽不得，帝惊且泣，诏军中得贽者赏千金。久之，上谒，帝喜见颜间，自太子以下皆贺。及辅政，不敢自顾重，事有可否必言之，所言皆剀拂[1]帝短，恳到深切。或规其太过者，对曰："吾上不负天子，下不负所学，皇它恤乎？"既放荒远，常阖户，人不识其面。《**新唐书卷** 157 · **列传第** 82 · **陆贽**》

【注释】①剀 kǎi 拂：意思是劝诫匡正。

【以古鉴今】士为知己者死，女为悦己者容。只要能施展自己所学，内心感受到自己存在的价值，不虚此生，则完全会公而忘私。至于自己会怎样，激动起来是很少考虑的，此乃人之常情，男人大都如此，不独陆贽。难得的是有恃不倚，不敢自顾重，事有可否必言之。就是被外放，也不托大，致使人不识其面。低调做人勤勉做事，让人无可挑剔！

天不富不道之家

卢坦，字保衡，河南洛阳人。仕为河南尉。时杜黄裳为尹，召坦立堂下，曰："某家子与恶人游，破产，盍察之？"坦曰："凡居官廉，虽大臣无厚畜，其能积财者必剥下以致之。如子孙善守，是天富不道之家，不若恣其不道，以归于人。"黄裳惊其言，自是遇加厚。《**新唐书卷** 159 · **列传第** 84 · **卢坦**》

【以古鉴今】财富如不是正道来的，后世一定出败家子，这是天意，否则就是"天富不道之家"了，看来还是取之有道为上上策。为官之家炫富，等于不打自招——我是贪儿。不然你怎么就比别人多出那么多财富呢？我知道，钱之为物，天不生，地不长，你能给你钱的来历一个合理的说法吗？人人心知肚明，只因说也无益，就不如不说。对你的笑脸，是出于礼貌，心里是鄙视的，已知好人堆里没你！

是非之地不可久居

李复为郑滑节度使，表为判官。监军薛盈珍数干政，坦每据理拒之。有善笛者，大将等悦之，诣复请为重职。坦笑曰：“大将久在军，积劳亟迁，乃及右职。奈何自薄，欲与吹笛少年同列邪？”诸将惭，遽出就坦谢。复病甚，盈珍以甲士五百内牙中，封府库，举军大恐。坦劝止之，军乃安。复卒，诏姚南仲代之。盈珍以南仲本书生，易之，曰：“是将材邪？”坦私谓人曰：“姚大夫外柔中刚，监军若侵之，必不受。我留，恐及祸。”乃从复丧归东都，为寿安令。盈珍果与南仲不相中，幕府多黜死者。《**新唐书卷 159 · 列传第 84 · 卢坦**》

【以古鉴今】今日事能预知其明日的走向，能约略估摸出未来的行止，进而决定自己的进退，此生少败事矣！

学做事

王叔文，越州山阴人。以棋待诏。颇读书，班班言治道。德宗诏直东宫，太子引以侍读，因论政及宫市[①]之弊。太子曰：“寡人见上，将极言之。”坐皆趣赞，叔文独嘿然。既罢，太子曰：“向君无言，何哉？”叔文曰：“太子之事上，非视膳问安无与也。且陛下在位久，有如小人间之，谓殿下收厌群情，则安解乎？”太子谢曰：“非先生不闻此言！”繇是重之，宫中事咸与参订。《**新唐书卷 168 · 列传第 93 · 王叔文**》

【注释】①宫市：宫中派宦官到民间市场强行买物，口称“宫市”，实为掠夺。

【以古鉴今】事物都有两面性，遇事不可只往好处想。你今为太子，每日就是“饮食起居”，别无其他，不在其位不谋其政，需防小人“间亲”。

王者之道，修己任贤

杜黄裳，字遵素，京兆万年人。（中略）黄裳知帝锐于治，恐不得其要，因推言："王者之道，在修己任贤而已。操执纲领，要得其大者，至簿书狱讼，百吏能否，本非人主所自任。昔秦始皇帝亲程决事，见嗤前世；魏明帝欲按尚书事，陈矫不从；隋文帝日昃听政，卫士传餐，太宗笑之。故王者择人任而责成，见功必赏，有罪信罚，孰敢不力？孔子之称帝舜恭己南面，以其能举十六相，去四凶，而至无为。岂必刓[1]神疲体，劳耳目之察，然后为治哉？"《**新唐书卷 169 · 列传第 94 · 杜黄裳**》

【注释】①刓 wán：削，剜刻；磨损。

【以古鉴今】天下事大同小异，只要是两个人以上的地方都适用。领头的人不能事必躬亲，要分工受职责成而已，让大家都有事干，都满足于自己的作用而欣慰。

看事做事

李藩，字叔翰，其先赵州人。（中略）河东节度使王锷赂权近求兼宰相，密诏中书门下曰："锷可兼宰相。"藩遽取笔灭"宰相"字，署其左曰："不可。"还奏之。宰相权德舆失色曰："有不可，应别为奏，可以笔涂诏邪？"藩曰："势迫矣，出今日便不可止。"既而事得寝。《**新唐书卷 169 · 列传第 94 · 李藩**》

【以古鉴今】事有轻重缓急，不可一味因循守旧。如水火之灾、军事行动，皆属于间不容发的紧急之务，来不及请示汇报，需当事者便宜从事做出判断处置，事后再履行手续。如果情况属实，没有哪个当权者会责怪的，所以说要看事做事，灵活执行政策，方为能办事、会办事。

愿公无权

（韦）澳，字子裴。第进士，复擢宏辞。（中略）周墀节度郑滑，表署幕府。会墀入相，私谓曰："何以教我？"澳曰："愿公无权。"墀愕眙[1]，澳曰："爵赏刑罚，人主之柄，公无以喜怒行之，俾庶官各举其职，则公敛衽[2]庙堂上，天下治矣。乌用权？"墀叹曰："吾先居此，得无愧乎！"**《新唐书卷169·列传第94·韦澳》**

【注释】①愕眙：亦作"愕怡"。惊视。②敛衽：整理衣襟，表示恭敬；妇女行礼，也作裣衽。

【以古鉴今】大事有皇帝，细务有百官，宰相只是选贤任能，权衡调停而已。只需整理衣襟，穿戴整齐，端坐庙堂之上，天下已太平矣，用权作甚？

执法者要有脊梁

帝舅郑光主墅吏豪肆，积年不输官赋，澳逮系之。它日延英，帝问其故。澳具道奸状，且言必寘以法。帝曰："可贷[1]否？"答曰："陛下自内署擢臣尹[2]京邑，安可使画一法独行于贫下乎？"帝入白太后曰："是不可犯。"后为输租，乃免。由是豪右敛迹。**《新唐书卷169·列传第94·韦澳》**

【注释】①贷：宽恕，饶恕。②尹：治理。

【以古鉴今】我们习惯说有些当权者把权力凌驾于法上，影响了法律的公正，却忽略了那个执法者。他自己就是一条没有脊梁的癞皮狗，只会对下狂吠，遇上摇尾，即便当官的不出面，他也会上门去乞怜，讨封要赏。如韦澳、包拯者，你用皇权干涉执法，他宁可不要乌纱乃至性命，也要维护法律。每逢这时，权力又多败在正义之下。由此观之，再遇执法不公的事，真得分分清楚，上官蔑法，那执法的，如韦澳要是不卖法呢？

马尚不弃，况人乎？

硃忠亮，字仁辅，汴州浚仪人。举明经不中，往事昭义节度使薛嵩为裨将，屯普润，开田峙粮，以功擢太子宾客。（中略）隐核军籍，得窜名[1]者三千人，岁收干没[2]十万缗。吏白耄卒不任战者可罢，答曰："古于老马不弃，况战士乎？"闻者莫不感奋。《新唐书卷 170 · 列传第 95 · 硃忠亮》

【注释】①窜名：以不正当手段列名其中。②干没：暗中吞没他人的财物。

【以古鉴今】由"老马不弃"想到老人，奔波劳碌一生，老来不中用了，别说对别人没用，就是自理也不能。"没用"摧残着精神，病痛折磨着肉体。这种不可逆的生理现象，是人生最后的阶段，任谁都逃不过的，亲人唯一能做的，顺其意、乐其心而已。扔下钱，人没影了；往敬老院一丢了事……实乃变相抛弃，人心何不古如此！

宽忍待人

任迪简，京兆万年人。擢进士第。天德李景略表佐其军，尝宴客，而行酒者误进醢[1]，景略用法严，迪简不忍其死，饮为釂[2]，徐以它辞请易之，归峈血[3]，不以闻，军中悦其长者。景略卒，举军请为帅，监军使拘迪简，不听，众大呼，破户出之。德宗遣使者察变，具得所以然，乃授丰州刺史、天德军使。《新唐书卷 170 · 列传第 95 · 任迪简》

【注释】①醢 hǎi：用肉或鱼等制成的酱。②釂 jiào：饮尽杯中酒。③峈 kè 血：吐血，呕血。

【以古鉴今】底层之人有良知，你敬他一尺，他回敬你一丈，你对他点滴之恩，他会以涌泉相报。因为你看得起他，他得到了自尊心的满足。恰恰相反，你对高官显贵抛媚眼套近乎，他不会买你的账，他会以为你有求于他，会更瞧不起你。所以我主张，处人要眼睛向下，向下是双赢，攀上是自讨没趣。

籓臣不与政

裴度，字中立，河东闻喜人。（中略）会昭义监军刘承偕慢刘悟，举军哗怒，执承偕，悟拘以闻。帝怒，问度："何施而可？"度顿首谢："籓[①]臣不与政。"辞不对。帝强之，度曰："臣素知承偕怙宠，悟不能堪，尝以书诉臣。是时，中人赵弘亮在行营知状，欲持悟书以奏，陛下亦知之邪？"帝曰："我不及知。顾悟诚恶之，胡不自闻，何哉？"度曰："虽悟得闻，恐陛下不必听。且臣视天颜不咫尺，比尚未能决，千里单言，可悟圣听哉？"帝亟曰："前语姑置，直谓今日奈何？"度曰："必欲收忠义心，使帅臣死节，独斩承偕，则四方群盗隐然破胆矣。"帝曰："顾太后养为子，且我何爱？更言其次。"度曰："投诸荒裔可乎？"帝曰："可。"悟果出承偕，昭义遂安。

《新唐书卷 173 · 列传第 98 · 裴度》

【注释】①籓：篱笆，藩篱；屏障，保卫。封建时代称属国属地或分封的土地。

【以古鉴今】不越级言事，籓臣不与政，都是带"不"字的否定句，很有深意。我没做过官，官场的规则是在官场外边看到听到的，既不具体更说不明白，但我愿意把这两句话作为官箴，送给后来者。

为孩子选邻择友

元稹，字微之，河南河南人。（中略）始，王叔文、王伾蒙幸太子宫而桡国政，稹谓宜选正人辅导，因献书曰：

（中略）贾谊有言：“三代之君仁且久者，教之然也。”周成王本中才，近管、蔡则谗入，任周、召则善闻。岂天聪明哉？而克终于道者，教也。始为太子也，太公为师，周公为傅，召公为保[①]，伯禽、唐叔与游，目不阅淫艳，耳不闻优笑，居不近庸邪，玩不备珍异。及为君也，血气既定，游习既成，虽有放心[②]，不能夺已成之性。则彼道德之言，固吾所习闻，陈之者易谕焉；回佞庸违，固吾所积惧，谄之者易辩焉。人之情莫不耀所能，党所近，苟得志，必快其所蕴。物性亦然，故鱼得水而游，鸟乘风而翔，火得薪而炽。夫成王所蕴，道德也；所近，圣贤也。快其蕴，则兴礼乐，朝诸侯，措刑罚，教之至也。

秦则不然，灭先王之学，黜师保之位。胡亥之生也，《诗》《书》不得闻，圣贤不得近。彼赵高，刑余之人，傅之以残忍戕贼之术，日恣睢，天下之人未尽愚，而亥不能分马鹿矣；高之威慑天下，而亥自幽深宫矣。若秦亡，则有以致之也。

太宗为太子，选知道德者十八人与之游；即位后，虽间宴饮食，十八人者皆在。上之失无不言，下之情无不达，不四三年而名高盛古，斯游习之致也。贞观以来，保、傅皆宰相兼领，余官亦时重选，故马周恨位高不为司议郎，其验也。

母后临朝，剪弃王室，中、睿为太子，虽有骨鲠敢言之士，不得在调护保安职，及谗言中伤，惟乐工剖腹为证，岂不哀哉！比来兹弊尤甚，师资保傅，不疾废眊目贵，即休戎罢帅者处之。又以僻滞华首之儒备侍直、侍读，越月逾时不得召。夫以匹士之爱其子，犹求明哲慈惠之师，岂天下元良而反不及乎？

臣以为高祖至陛下十一圣，生而神明，长而仁圣，以是为屑屑者，故不之省。设万世之后，有周成中才，生于深宫，无保助之教，则将不能知喜怒哀乐所自，况稼穑艰难乎！愿令皇太子洎诸王齿胄[③]讲业，行严师问道之礼，辍禽色之娱，资游习之善，岂不美哉！**《新唐书卷174·列传第99·元稹》**

【注释】①师保傅：古代宫廷教育制度之一。宫廷专门选出贵族和官僚大臣中的出类拔萃者，负责对太子和王子们的道德、知识、身体训练，即为保傅制度。师、保、傅，分太师、太保、太傅和少师、少保、少傅，统称三公和三少。保，保其身体；傅，傅之德义；师，导之教训。太保的职责主要是保证太子日常生活举止合乎规范，生活要有规律，要负责太子身体的安全与健康；太傅，从道德和政治方面教育和训练太子；太师，负责太子的学业，还要教太子懂得管理国家、统治百姓的道术。②放心：放纵之心。③齿胄：太子入学与公卿之子依年龄为序。

【以古鉴今】性相近，习相远，所以说人的后天养成非常重要，父母是孩子的第一任老师，成人成兽，父母有大半责任。孩子的玩伴不可小觑，他在和别家孩子接触、游戏时，自己的性格也在潜移默化中受到影响。孩子的性格一旦形成，将是终生不易的。作为父母，对孩子的玩伴不可放任。谚云：欲知子弟成何品，看其与谁共往来！

严惩贪官

牛僧孺，字思黯，（中略）穆宗初，以库部郎中知制诰[1]。徙御史中丞，按治不法，内外澄肃。宿州刺史李直臣坐赇[2]当死，赂宦侍为助，具狱上。帝曰："直臣有才，朕欲贷而用之。"僧孺曰："彼不才者，持禄取容耳。天子制法，所以束缚有才者。禄山、硃泚以才过人，故乱天下。"帝异其言，乃止。《新唐书卷174·列传第99·牛僧孺》

【注释】①知制诰："知"在古代常用来表示治理、管理某方面的事情，如知县。知制诰，就是掌管制诰（起草皇帝命令）这方面工作的一种职务。②赇 qiú：以财物枉法相谢，贿赂之意。如尊私行以贰主威，行赇纳以疑法。

【以古鉴今】司法公正的一个首要条件就是它的独立性，只要司法部门是依法办案，即便你是皇帝也不得干预。法官只知某人是否触犯了某法，至于他是谁的亲戚，是不是有才，那不是法官该考虑的。

天彰其德

始，韩弘入朝，其子公武用财赂权贵，杜塞言者。俄而弘、公武卒，孙弱不能事，帝遣使者至其家，悉收赀簿[①]，校计出入。所以饷中朝臣者皆在，至僧孺，独注其左曰："某月日，送钱千万，不纳。"帝善之，谓左右曰："吾不谬知人。"繇是遂以相。寻迁中书侍郎。《新唐书卷 174 · 列传第 99 · 牛僧孺》

【注释】①赀簿：账簿。

【以古鉴今】天意，不然受不受贿都一样，可就偏偏账簿上注明"不纳"，成就了清白人格。所以做好事，有好心不用自己急着去让人知道，人们迟早会明白。自己即便死了也还有个身后名。人私怎障天公！

蠹弊永除

敬宗立，进封奇章郡公。是时政出近幸，僧孺数表去位，帝为于鄂州置武昌军，授武昌节度使、同平章事。鄂城土恶亟圮，岁增筑，赋蓑茅于民，吏倚为扰。僧孺陶甓[①]以城，五年毕，鄂人无复岁费。又废沔州以省冗官。《新唐书卷 174 · 列传第 99 · 牛僧孺》

【注释】①陶甓 pì：陶砖。泛指古物。

【以古鉴今】年年修年年坏，年年坏当然还得年年修了。用工几人、用物几许，鬼知道，于是就有人发财了嘛！这就是豆腐渣工程屡禁不止的原因所在。牛节度使宁可费时、费力、费钱，也要工程一劳永逸，鄂人无复岁费，断了官府浑水摸鱼的由头，废了酷吏扰民发财的机会。任你吏滑如油，终不及我官清似水。

学习是为做人

（贾）岛，字浪仙，范阳人。初为浮屠，名无本。来东都，时洛阳令禁僧午后不得出，岛为诗自伤。愈怜之，因教其为文，遂去浮屠，举进士。当其苦吟，虽逢值公卿贵人，皆不之觉也。一日见京兆尹，跨驴不避，谑[①]诘之，久乃得释。累举，不中第。《**新唐书卷176·列传第101·贾岛**》

【**注释**】①谑：同“呼”，大声叫喊。

【**以古鉴今**】学得如此忘情，世上还有难倒他的东西吗？终于让他字斟句酌出“推敲”之妙句。再笨的人，有贾岛的精神，也能成材，然成材并不单指当官。别怨家住农村，没有大城市的条件；别恨自己生在平民之家，内无可仰仗的父兄，外无可炫耀的亲友。你就是你，你只能靠你自己，成人成鬼，将相无种，在尔自修自强耳！

父打子不羞

李景让，字后己，赠太尉憕孙也。（中略）母郑，治家严，身训勒诸子。始，贫乏时，治墙得积钱，僮婢奔告，母曰：“士不勤而禄，犹菑其身，况无妄而得，我何取？”亟使闭坎。景让自右散骑常侍出为浙西观察使，母问行日，景让率然对：“有日[①]。”郑曰：“如是，吾方有事，未及行。”盖怒其不尝告也。且曰：“已贵，何庸母行？”景让重请罪，乃赦。故虽老犹加箠敕[②]，已起，欣欣如初。尝怒牙将，杖杀之，军且谋变，母欲息众欢，召景让廷责曰：“尔填抚方面而轻用刑，一夫不宁，岂特上负天子，亦使百岁母衔羞泉下！何面目见先大夫乎？”将鞭其背，吏、大将再拜请，不许，皆泣谢，乃罢，一军遂定。景让家行修治，闺门唯谨。《**新唐书卷177·列传第102·李景让**》

【注释】①有日：多日，有期，不久。②箠 chuí 敕：鞭打训诫。

【以古鉴今】官高年长，母犹鞭其背，下属亦在，情何以堪！然不违母命，欣然受之，谨遵“父打子不羞”之古训。然却让下属平息了胸中的愤懑，孝是符合人性的，是受人尊重的。

人格魅力

杨行密，字化源，庐州合淝人。少孤，与群儿戏，常为旗帜战阵状。（中略）行密宽易，善遇下，能得士死力。每宴，使人负剑侍。陈人张洪因以剑击行密，不中，近将李龙禽斩之。佗日[1]，侍剑如故。行密蚤出，有盗断马鞅[2]，不之问，以故人人怀恩。始，乘孙儒乱，府库殚空，能约己省费，不三年而军富雄。尝过楚州，台濛盛供帐待之，行密一夕去，遗衣卧内，皆经补浣。濛还之，行密曰：“吾兴细微，不敢忘本，君笑我邪？”濛大惭。登城，见王茂章营第，曰：“天下未定，而茂章居寝郁然[3]，渠[4]肯为我忘身乎？”茂章遽毁损。《新唐书卷 188 · 列传第 113 · 杨行密》

【注释】①佗日：他日。往日。将来的某一天。亦泛指后来、将来。②马鞅：马拉车时套在当胸的皮带。③郁然：烦恼的样子。④渠 jù：岂。

【以古鉴今】领导能力，就是领导者自身的人格魅力。身体力行地吃苦，主动为下属解难，有好处先人后己，让大伙觉得跟你干舒心、有奔头、有尊严，能体现自身价值。这样的人谁不愿意和他共事呢！

高尚的人

阳城，字亢宗，定州北平人，徙陕州夏县，世为官族。（中略）城谦恭简素，遇人长幼如一。远近慕其行，来学者迹接于道。闾里有争讼，不诣官而诣城决之。有盗其树者，城过之，虑其耻，退自匿。尝绝粮，遣奴求米，奴以米易酒，醉卧于路。城怪其故，与弟迎之，奴未醒，乃负以归。及觉，痛咎谢，城曰："寒而饮，何责焉？"寡妹依城居，其子四十余，痴不知人，城常负以出入。始，妹之夫客死远方，城与弟行千里，负其柩归葬。岁饥，屏迹不过邻里，屑榆为粥[①]，讲论不辍。有奴都儿化其德，亦方介自约。或哀其馁，与之食，不纳。后致糠核[②]数杯，乃受。山东节度府闻城义者，发使遗五百缣，戒使者不令返。城固辞，使者委而去，城置之未尝发。会里人郑俶欲葬亲，贷于人无得，城知其然，举缣与之。俶既葬，还曰："蒙君子之施，愿为奴以偿德。"城曰："吾子非也，能同我为学乎？"俶泣谢，即教以书，俶不能业，城更徙远阜，使颛其习。学如初，惭，缢而死。城惊且哭，厚自咎，为服缌麻瘗之。《**新唐书卷194·列传第119·卓行·阳城**》

【**注释**】①屑榆为粥：把榆树皮研成细末煮粥充饥，指生活艰苦。屑，研成碎末。②糠核：粗劣的食物。

【**以古鉴今**】史书所以有阳城一幅纸，就因为他行为卓异，世人皆如阳城者，需国家何？自治已绰绰有余矣。我等所以难为阳城类人，就是"我"字作祟，一生都在"我"字上兜圈子。可放下"我"又谈何容易？遇事能考虑到他人，能心存他人，也就很有修养了。

法不可密

贾敦颐，曹州冤句人。贞观时，数历州刺史，资廉洁。入朝，常尽室行①，车一乘，敝甚，羸马绳羁，道上不知其刺史也。久之，为洛州司马，以公累下狱，太宗贳②之，有司执不贳，帝曰："人孰无过，吾去太甚者。若悉绳以法，虽子不得于父，况臣得事其君乎？"遂获原。《新唐书卷197·列传第122·循吏·贾敦颐》

【注释】①常尽室行：室，家。尽室，全家。全家一齐出行。②贳 shì：贷也；受者曰赊，予者曰贳；赦免、宽纵。

【以古鉴今】法是约束人的，不是整人的，是要人遵守公德，以便大家都能安生过活，是善意的。所以不宜过密，让人有充分的自由去享受生活，否则"子不得于父，臣不得事其君"，就非设法之初心也。

医不治老

咸亨初，敦实为洛州长史，亦宽惠，人心怀向。洛阳令杨德干矜酷烈，杖杀人以立威，敦实喻止，曰："政在养人，伤生过多，虽能，不足贵也。"德干为衰减。始，洛人为敦颐刻碑大市旁，及敦实入为太子右庶子，人复为立碑其侧，故号"常棣碑"。历怀州刺史，有美迹。永淳初致仕，病笃，子孙迎医，敦实不肯见，曰："未闻良医能治老也。"卒，年九十余。《新唐书卷197·列传第122·循吏·贾敦实》

【以古鉴今】仍是法宜疏不宜密的问题，特别是慎伤生，没人就不成为社会了。有人就不能一般齐，三六九等是常态，只向好的方面努力就好，不要幻想哪天早晨真就一致起来了。一千多年前，就有"良医不能治老"的认知，我真为我们的老祖宗骄傲。

忠信可通神明

裴怀古，寿州寿春人。（中略）始安贼欧阳倩众数万，剽没州县，以怀古为桂州都督招尉讨击使，未逾岭，逆以书谕祸福，贼迎降，自陈为吏侵而反。怀古知其诚，以为示不疑，可破其谋，乃轻骑赴之。或曰："獠夷①难亲，备之且不信，况易之哉！"答曰："忠信可通神明，况裔人耶！"身至壁抚谕，倩等大喜，悉归所掠出降，虽诸洞素翻覆者，亦牵连根附，岭外平。《**新唐书卷 197 · 列传第 122 · 循吏 · 裴怀古**》

【**注释**】①獠夷：古代对西南少数民族之统称；外国侵略者。

【**以古鉴今**】信任就是尊重，一个被尊重的人，首先会感到心灵的满足，觉得为这种尊重付出再多也值得。当你尊重他人完全是出于正当目的时，更可以放下戒心，做常人觉得是冒险或根本不可思议的事，用信任俘虏人心，并可达到蛮力无法企及的效果。

人过留名

韦景骏，司农少卿弘机孙。中明经。神龙中，历肥乡令。（中略）后数年为赵州长史，道出肥乡，民喜，争奉酒食迎犒，有小儿亦在中。景骏曰："方儿曹未生，而吾去邑，非有旧恩，何故来？"对曰："耆老为我言，学庐、馆舍、桥鄣皆公所治，意公为古人，今幸亲见，所以来。"景骏为留终日。《**新唐书卷 197 · 列传第 122 · 循吏 · 韦景骏**》

【**以古鉴今**】事是你做的，名是别人给你定义的。如岳飞，就是因了他生前的战功卓著，而"武穆"就象征着最高的评价，当然这是官方行为。一般人也有百姓的"口碑"，就为这也不敢"游戏人生"啊！即便是死后不好的名声被人嚼舌，岂不也得愧煞地下！

廿四史一县令

何易于，不详何所人及所以进。为益昌令。县距州四十里，刺史崔朴常乘春与宾属泛舟出益昌旁，索民挽纤，易于身引舟，朴惊问状，易于曰："方春，百姓耕且蚕，惟令不事，可任其劳。"朴愧，与宾客疾驱去。盐铁官榷[①]取茶利，诏下，所在毋敢隐。易于视诏书曰："益昌人不征茶且不可活，矧[②]厚赋毒之乎？"命吏阁诏[③]，吏曰："天子诏何敢拒？吏坐死，公得免窜邪？"对曰："吾敢爱一身，移暴于民乎？亦不使罪尔曹。"即自焚之。观察使素贤之，不劾也。民有死丧不能具葬者，以俸敕吏为办。召高年坐，以问政得失。凡斗民在廷，易于丁宁指晓枉直，杖楚遣之，不以付吏，狱三年无囚。督赋役不忍迫下户，或以俸代输。馈给往来，传符[④]外一无所进，故无异称。以中上考，迁罗江令。刺史裴休尝至其邑，导侍不过三人，廉约盖资性云。《新唐书卷 197 · 列传第 122 · 循吏 · 何易于》

【注释】①榷：旧指某些商品的专营专卖。②矧 shěn：况且，何况。③阁诏：搁置诏书，谓不奉诏命。④传 zhuàn 符：用作证件的东西，有事可作凭证。

【以古鉴今】如此好官，考绩仅是中上，原来他是顾了百姓，冷了朝廷。如，挽纤引舟，方便了百姓农桑，却羞得刺史没了游春的雅兴；如，官府欲独占茶叶专卖之利，他焚诏拒之，断了人家的来钱道；往来官吏，公事公办，更无私交。他是只为百姓做好事，却没有朝廷要的政绩，好评何来？尽管考绩中上，却是廿四史中唯一有传的县令！

炫聪耀明，浅陋之徒

孔颖达，字仲达，冀州衡水人。（中略）太宗平洛，授文学馆学士，迁国子博士。贞观初，封曲阜县男[①]，转给事中。时帝新即位，颖达数以忠言进。帝问："孔子称'以能问于不能，以多问于寡，有若无，实若虚'，何谓也？”对曰：“此圣人教人谦耳。已虽能，仍就不能之人以咨所未能；己虽多，仍就寡少之人更资其多。内有道，外若无；中虽实，容若虚。非特匹夫，君德亦然。故《易》称‘蒙以养正[②]’‘明夷以莅众’。若其据尊极之位，炫聪耀明，恃才以肆，则上下不通，君臣道乖。自古灭亡，莫不由此。”帝称善。《**新唐书卷 198 · 列传第 123 · 儒学上 · 孔颖达**》

【注释】①县男：爵名，唐朝开始设置，直到明朝才被废除。正五品曰县子，从五品曰县男。②蒙以养正：从童年开始，就要施以正确的教育。

【以古鉴今】别人不如我者很多，可能很蠢，知道的很少，可他那很少的一点也许恰是我没学过的、没问到的。所以才高八斗、学富五车者也有不如山野村夫处，对其也不可炫聪耀明，也应平视。

妙拒无理

硃子奢，苏州吴人。从乡人顾彪授《左氏春秋》，善文辞。隋大业中，为直秘书学士。天下乱，辞疾还乡里。后从杜伏威入朝，授国子助教。（中略）帝尝诏：“起居纪录臧否，朕欲见之以知得失，若何？”子奢曰：“陛下所举无过事，虽见无嫌，然以此开后世史官之祸，可惧也。史官全身畏死，则悠悠千载，尚有闻乎？”《**新唐书卷 198 · 列传第 123 · 儒学上 · 硃子奢**》

【以古鉴今】拒人是一件难事，特别是拒绝上司，如上司对你有生杀予夺之权，更是让人局促难安。遂其则违心、违规、违法；拒之则去职、丢官、获罪。对如此左右不是的情况，朱子奢就做得很到位，当皇帝欲见起居录中的善恶得失时，他说：“如果陛下所做的没有错事，即使看了也没有什么妨碍，但若是因此开启了皇帝可看起居录的先河，那将是后世史官的灾难，太可怕了。史官们为保全自身，所记就只能是舍真求好，失真的史书还有价值吗？”如此设问，把让人左右为难的问题又还给了官家。回拒得有理、有利、有节！

剔目明志

房玄龄妻卢，失其世。玄龄微时，病且死，诿曰："吾病革，君年少，不可寡居，善事后人。"卢泣入帐中，剔一目示玄龄，明无它。会玄龄良愈，礼之终身。《**新唐书卷 205 · 列传第 130 · 房玄龄妻卢**》

【以古鉴今】爱情是古时女人生命的全部，它只在两个人之间存活。

遇难见真情

郑义宗妻卢者，范阳士族也。涉书史，事舅姑恭顺。夜有盗持兵劫其家，人皆匿窜，惟姑不能去，卢冒刃立姑侧，为贼捽捶几死。贼去，人问何为不惧，答曰："人所以异鸟兽者，以其有仁义也。今邻里急难尚相赴，况姑可委弃邪？若百有一危，我不得独生。"姑曰："岁寒然后知松柏后凋，吾乃今见妇之心。"《**新唐书卷 205 · 列传第 130 · 郑义宗妻卢**》

【以古鉴今】生死关头有此仁义之举，绝不是一时冲动，是良好家教和高贵品格急难时的集中体现。

子女是父母的影子

李畬[①]母者，失其氏。有渊识。畬为监察御史，得禀米，量之三斛而赢，问于史，曰："御史米，不概[②]也。"又问车庸有几，曰："御史不偿也。"母怒，敕归余米，偿其庸，因切责畬。畬劾仓官，自言状，诸御史闻之，有惭色。

《新唐书卷 205 · 列传第 130 · 李畲母》

【注释】①畲 shē：烧榛种田。②概：古人装粮食时用斗作量器，一斗的标准是斗要平，如果粮食装得满出来了，就要用一只平整的木片把它刮平，这种用来刮斗的东西就是概。

【以古鉴今】有这样正直的母亲，儿子想走错一步都难，能不好吗？所以很多时候父母总是抱怨孩子不争气，但父母有没有想过，自己是怎么做人的。父母是孩子的榜样，儿女是父母的影子，儿女是照着父母的样子学做人的，父母谴责儿女时最好先想想自己做得怎样。

女人天赋急智

杨烈妇者，李侃妻也。建中末，李希烈陷汴，谋袭陈州。侃为项城令，希烈分兵数千略定诸县，侃以城小贼锐，欲逃去，妇曰："寇至当守，力不足，则死焉。君而逃，尚谁守？"侃曰："兵少财乏，若何？"妇曰："县不守，则地贼地也，仓廪府库皆其积也，百姓皆其战士也，于国家何有？请重赏募死士，尚可济。"侃乃召吏民入廷中曰："令诚若主也，然满岁则去，非如吏民生此土也，坟墓存焉，宜相与死守，忍失身北面奉贼乎？"众泣，许诺。乃徇曰："以瓦石击贼者，赏千钱；以刀矢杀贼者，万钱。"得数百人。侃率以乘城，妇身自爨以享众。报贼曰："项城父老义不下贼，得吾城不足为威，宜亟去；徒失利，无益也。"贼大笑。侃中流矢，还家，妇责曰："君不在，人谁肯固？死于外，犹愈于牀也。"侃遽登城。会贼将中矢死，遂引去，县卒完。诏迁侃太平令。《新唐书卷 205 · 列传第 130 · 杨烈妇》

【以古鉴今】事到临头，不管是好事还是坏事，女人本能地要比男人更富急智。李侃诏迁太平令，与其说是因军功，还不如说是因妻子。由此观之，老婆话也不可一概不听，一得之虑还是要听的，成事才是目的，主意是谁出的并不重要。

背人无好话

李林甫，长平肃王叔良曾孙。（中略）二十四年，帝在东都，欲还长安。裴耀卿等建言：“农人场圃未毕，须冬可还。”林甫阳蹇，独在后。帝问故，对曰：“臣非疾也，愿奏事。二都本帝王东西宫，车驾往幸，何所待时？假令妨农，独赦所过租赋可也。”帝大悦，即驾而西。《**新唐书卷** 223 **上·列传第** 148 **上·奸臣上·李林甫**》

【以古鉴今】不在大庭广众前说，只在背后嚼舌根的人，多是小人，所言也多是损公肥私，顺人情的讨好，所以一定是听着顺耳，愿意照办的。这是小人伎俩，遇此要能识破，不但他建议的事不能照办，更要防他在别处生事，与这样的人没瓜葛最好。

两面三刀人的嘴脸

始九龄繇文学进，守正持重，而林甫特以便佞，故得大任，每嫉九龄，阴害之。帝欲进朔方节度使牛仙客实封，九龄谓林甫：“封赏待名臣大功，边将一上最，可遽议？要与公固争。”林甫然许。及进见，九龄极论，而林甫抑嘿，退又漏其言。仙客明日见帝，泣且辞。帝滋欲赏仙客，九龄持不可。林甫为人言：“天子用人，何不可者？”帝闻，善林甫不专也。由是益疏薄九龄，俄与耀卿俱罢政事，专任林甫，相仙客矣。《**新唐书卷** 223 **上·列传第** 148 **上·奸臣上·李林甫**》

【以古鉴今】商量着联手曰可，众人面前你冲上去了，他却漠然装傻，把你尴尬地撂在那儿，事后再说你专权，要当皇上的家。这是小人布下的局，然对君子则屡试不爽，就因为君子是不设防的。老天有眼，君子受气多是短期的，黑夜总会过去，而小人往往会被钉在历史的耻辱柱上，永世不得翻身。

小人多有城府

林甫善刺上意，时帝春秋高，听断稍怠，厌绳检[①]，重接对大臣，及得林甫，任之不疑。林甫善养君欲，自是帝深居燕适[②]，沈蛊衽席，主德衰矣。林甫每奏请，必先饷遗左右，审伺微旨，以固恩信，至饔[③]夫御婢皆所款厚，故天子动静必具得之。性阴密，忍诛杀，不见喜怒。面柔令，初若可亲，既崖阱[④]深阻[⑤]，卒不可得也。公卿不由其门而进，必被罪徙；附离[⑥]者，虽小人且为引重。《**新唐书卷223上·列传第148上·奸臣上·李林甫**》

【**注释**】①绳检：约束；规矩；法度。②燕适：安适。③饔：专指早餐。④崖阱：深险的陷阱。多形容心机阴毒奸险。⑤深阻：性情深沉而不外露。⑥附离：附着，依附。

【**以古鉴今**】养君欲，就是惯你的臭毛病；伺微旨，就是揣摩你的意思而顺着你。只此两端就不愁你不做俘虏，任其摆布！看了上边这个李林甫，觉得脊梁骨直冒凉气。假定你身边有这么一个人，你是不是也会寝食难安呢？如果在职场碰到这种人，干脆辞掉工作，另谋他就，因为一般人扛不住他祸害。

枳棘满前

林甫有堂如偃月，号月堂。每欲排构大臣，即居之，思所以中伤者。若喜而出，即其家碎矣。子岫为将作监[①]，见权势熏灼[②]，惕然[③]惧，常从游后园，见辇重者，跪涕曰："大人居位久，枳棘满前，一旦祸至，欲比若人可得乎？"林甫不乐曰："势已然，可奈何？"《**新唐书卷223上·列传第148上·奸臣上·李林甫**》

【**注释**】①将作监：官署名。秦置将作，至北齐为将作寺，隋开皇二十年改为监，唐宋因之，亦为官名。②熏灼：如火烧炙。喻声威气势逼人。亦喻指逼人的声威气势。③惕然：惶恐貌。

【以古鉴今】如李林甫者，多年来坏事干尽，虽知枳棘满前，但“势已然，可奈何？”已是无法挽回了。

处处设防

时帝诏天下士有一艺者得诣阙①就选，林甫恐士对诏或斥己，即建言：“士皆草茅，未知禁忌，徒以狂言乱圣听，请悉委尚书省长官试问。”使御史中丞监总，而无一中程者。林甫因贺上，以为野无留才。《新唐书卷223上·列传第148上·奸臣上·李林甫》

【注释】①诣阙：到天子的宫阙。指赴京都。

【以古鉴今】由此可窥小人内心之一角，他们是时时小心、事事谨慎，唯恐稍有疏忽露出马脚，现出小人的嘴脸。能想象得到他们不敢睡安稳觉，整日提心吊胆，眼里全是偷斧子的。小人总是整了张三整李四，如疯狗般狂吠而无了时，而这正是其心虚所致。

小人方寸深

卢杞，字子良。（中略）初，詹善张镒，每伺杞间，独诣镒，杞知之。它日伺詹来，即径至镒便坐。詹趋避，杞遽及机事，镒不得已，曰：“郑侍御在。”杞阳惊曰：“向所言，非外所得闻。”至是并按。有诏詹杖死，流郢费州。《新唐书卷223下·列传第148下·奸臣下·卢杞》

【以古鉴今】一个人能坏到如此地步，我倒有点“佩服”了，“佩服”他是怎么琢磨出这一石二鸟的损招的。如此聪明，如有一个好的德行驾驭，何愁不能做出一番事业，干吗要干这般下流勾当呢?

避之犹恐不及

初，尚父郭子仪病甚，百官造省，不屏姬侍。及杞至，则屏之，隐几而待。家人怪问其故，子仪曰：“彼外陋内险，左右见必笑，使后得权，吾族无类①矣！”《新唐书卷223下·列传第148下·奸臣下·卢杞》

【注释】①无类：犹言无遗类，无幸存者。

【以古鉴今】一个人想问题能缜密到如此地步，可谓目光深邃，料事长远，且破解应对得法，这就注定了郭子仪能成为历史上不多的几个能寿终正寝的高官显宦。看来要平平安安过一生也非易事，还真得费点心思花点工夫，一时一事之细微末节都不可忽视。

人各有志

敬翔，字子振，同州冯翊①人。（中略）晋主陷都城，有诏赦梁氏臣僚，李振谓翔曰：“有制洗涤，将朝新君。”翔曰：“新君若问，其将何辞以对！”是夜，翔在高头里第，宿于车坊。欲曙，左右报曰：“崇政李太保已入朝。”翔返室叹曰：“李振谬为丈夫耳！朱氏与晋仇雠，我等始同谋画，致君无状，今少主伏剑于国门，纵新朝赦罪，何面目入建国门也！”乃自经而卒。《旧五代史卷18·梁书18·列传第8·敬翔》

【注释】①翊：同“翌”，辅助。

【以古鉴今】改朝换代时，跟着旧主子去死才是对的？朝新君顺乎潮流的就是卑躬屈节，就是错的？孰对孰错，不可一概而论，权当是人各有志吧！这和在双方对抗之际，你跑到敌营不一样，那是背叛，是投敌变节。因为大局已定，个人亦无力回天，不管是为活命还是养家，到新的营垒里谋事做，都是无可厚非的。

有货穷不了客

《五代史补》：敬翔应《三传》，数举不第，发愤投太祖，愿备行阵。太祖问曰：“足下通《春秋》久矣，今吾主盟，其为战欲效春秋时可乎？”翔曰：“不可。夫礼乐犹不相沿袭，况兵者诡道，宜其变化无穷。若复如春秋时，则所谓务虚名而丧其实效，大王之事去矣。”太祖大悦，以为知兵，遽延之幕府，委以军事，竟至作相。**《旧五代史卷 18 · 梁书 18 · 列传第 8 · 敬翔（注）》**

【以古鉴今】现在有些年轻人多有抱怨：生不逢时，找工作太难，整个国家都像是亏欠他的。却少有人从自身找原因，如先想想自己能干什么呢？有把握比别人干得好吗？如果他无你有，他弱你强，他强你优，哪怕是闭门家中坐，也会有三顾茅庐者，终日怨天尤人，何如退而学习？学成真本事，总会有识货人！

凭本事服众

（王彦章，字贤明，郓州寿张县人也。）《五代史补》：王彦章之应募也，同时有数百人，而彦章营求为长。众皆怒曰：“彦章何人，一旦自草野中出，便欲居我辈之上，是不自量之甚也！”彦章闻之，乃对主将指数百人曰：“我天与壮气，自度汝等不及，故求作长耳。汝等咄咄，得非胜负将分之际耶！且大凡健儿开口便言死，死则未暇，且共汝辈赤脚入棘针地走三五遭，汝等能乎？”众初以为戏，既而彦章果然，众皆失色，无敢效之者。太祖闻之，以为神人，遽擢用之。《旧五代史卷21·梁书21·列传第11·王彦章（注）》

【以古鉴今】有句俚语，叫“是骡子是马，拉出来遛遛”，话糙理不糙。都想做人上人，那也得有点高于别人的本领吧？嘴上功夫是假把式，真的干起来，你如果不行，你就不如人，那就心悦诚服甘居下位吧！所以呀，在外边做事，不能使口劲，有真本事就亮出来，没有就不要争。没有真才实学，就暂居人后，在干中学，做有心人，天道酬勤，相信出头有日，做最后的赢家！

卖饭大妈的高见

（罗隐，余杭人，诗名于天下。）《五代史补》：罗隐在科场，恃才傲物，尤为公卿所恶，故六举不第。时长安有罗尊师者，深于相术，隐以貌陋，恐为相术所弃，每与尊师接谈，常自大以沮之。及其累遭黜落，不得已始往问焉。尊师笑曰：“贫道知之久矣，但以吾子决在一第，未可与语。今日之事，贫道敢有所隐乎！且吾子之于一第也，贫道观之，虽首冠群英，亦不过簿尉尔。若能罢举，东归霸国以求用，则必富且贵矣。两途，吾子宜自择之。”隐懵然不知所措者数日。邻居有卖饭媪，见隐惊曰：“何辞色之沮丧如此，莫有不决之事否？”隐谓知之，因尽以尊师之言告之。媪曰：“秀才何自迷甚焉，且天下皆知罗隐，何须一第然后为得哉！不如急取富贵，则老婆之愿也。”隐闻之释然，遂归钱塘。（中略）镠[①]首用之。《旧五代史卷24·梁书24·列传第14·罗隐（注）》

【注释】①镠 liú：纯美的黄金。

【以古鉴今】人如罗隐者还真不少，直道不走绕曲线。考功名就是奔仕途，凭自己的学识声望可以直接入仕，一步的事却非要两步走。人生识字糊涂始，情商还不如卖饭的邻居大妈。其实谁都有脑筋短路的时候，好在听人劝，后来竟做了大梁的宰相。所以当你迷茫纠结的时候，不妨跟人聊聊，没准儿，不经意的一句话，就能点醒梦中人呢！

刑当罪则威

（庄宗光圣神闵孝皇帝，讳存勖，武皇帝之长子也。）《王氏见闻记》云：王承休握锐兵于天水，兵刃不举。既知东军入蜀，遂拥麾下之师及妇女孩幼万余口、金银缯帛，于西蕃买路归蜀。沿路为西蕃掳夺，冻饿相践而死，迨至蜀，存者百余人，唯与田宗汭①等脱身而至。魏王使人问之曰："亲握重兵，何得不战？"曰："畏大王神武，不敢当其锋。"曰："何不早降？"曰："盖缘王师不入封部，无门纳款。"曰："初入蕃部几许人？"曰："万余口。""今存者几何？"曰："才及百数。"魏王曰："汝可偿万人之命。"遂斩之。《旧五代史卷33·唐书9·庄宗本纪第7（注）》

【注释】①汭 ruì：水的弯曲处。

【以古鉴今】一个手握重兵的人，在敌人有所侵扰时，兵刃不举，连同百姓一起买路逃生。路上被敌人掳夺，冻饿相践踏而死，所存者百不一二。这样的将领有不如无，杀他即是刑当其罪。

赏罚不明政不成

《隆平集》：内臣李承进逮事①唐庄宗，太祖尝问庄宗时事，对曰："庄宗好畋猎，每次近郊，卫士必控马首曰：‘儿郎辈寒冷，望陛下与救接。’庄宗随所欲给之，如此者非一。晚年萧墙之祸，由赏赉无节，威令不行也。”太祖叹曰：“二十年夹河战争，不能以军法约束此辈，诚儿戏。”《旧五代史卷34·唐书10·庄宗本纪第8（注）》

【注释】①逮事：此处有侍奉的意思。

【以古鉴今】统治者的权柄就在“赏罚”，你赏不足劝善，刑不足禁非，赏赉无节，威令不行，政不成矣。政不成就失去约束力，没有约束力的人群是乌合之众，岂能成事？不被敌人打败，自己也长远不了。人在无权时总是极力想得到，真有了你也得会用，不是有权就能成功，不会用也会害得你很惨的，史上不乏因不会用权，下场求一平民而不可得的事例。“权”是把双刃剑，“弄”不好也会伤及自身的。

纯厚仁慈

（明宗圣德和武钦孝皇帝，讳亶，代北人也。）《五代史阙文》：明宗出自边地，老于战陈，即位之岁，年已六旬，纯厚仁慈，本乎天性。每夕宫中焚香仰天祷祝云：“某蕃人也，遇世乱为众推戴，事不获已，愿上天早生圣人，与百姓为主。”故天成、长兴间，比岁丰登，中原无事，言于五代，粗为小康。《旧五代史卷44·唐书20·明宗本纪第10（注）》

【以古鉴今】时刻知道自己是谁，就没忘本，就能双脚立在地上，就不会飘飘然，倒可能成就点事情。怕的是只有半桶水，却偏要淌得很，甚至是借了别人的一点光亮，也觉得自己就是太阳，阴晴雨雪、随心所欲，结果是借来的一点光亮也很快暗去了，枉作后人笑柄。

门第

《北梦琐言》云：庄宗刘皇后，魏州成安人，家世寒微。太祖攻魏州，取成安，得后，时年五六岁。归晋阳宫，为太后侍者，教吹笙。及笄①，姿色绝众，声伎亦所长。太后赐庄宗，为韩国夫人侍者。后诞皇子继岌，宠待日隆。他日，成安人刘叟诣邺宫见上，称夫人之父。有内臣刘建丰认之，即昔日黄须丈人，后之父也。刘氏方与嫡夫人争宠，皆以门族夸尚，刘氏耻为寒家，白庄宗曰："妾去乡之时，妾父死于乱兵，是时环尸而哭。妾固无父，是何田舍翁诈伪及此！"乃于宫门笞之，其实后即叟之长女也。《旧五代史卷49·唐书25·后妃列传第1（注）》

【注释】①及笄：笄，发簪。古代女子满十五周岁结发，用笄贯之，因称女子满十五周岁为及笄。也指已到了结婚的年龄。

【以古鉴今】姿色已绝众，声伎亦所长，门第也不能矮了别人。生父不敢认，且"于宫门笞之"，虚荣到泯灭人性，实在是争宠也疯狂。

看远处，想大处

（雍王重美，末帝第二子。）《通鉴》云：洛阳自闻兵败，众心大震，居人四出，逃窜山谷。门者请禁之，雍王重美曰："国家多难，未能为百姓主，徒增恶名耳。不若听其自便，事宁自还。"乃出令任从所适，众心差安。又云：皇后积薪欲烧宫室，重美谏曰："新天子至，必不露居，他日重劳民力，死而遗怨，将安用之。"乃止。《旧五代史卷51·唐书27·宗室列传第3（注）》

【以古鉴今】在疾驰的火车上，有人不小心掉了一只鞋到车窗外，他立马将另一只鞋也扔了出去。邻座不解，他说：既然掉了一只，我穿不成了，那何不将另一只也扔出去，成全那拾到的人呢！这是不是比“我得不到的，谁也别想得到”的想法更进步呢？这一点的不同，正是君子小人之分别。

心不可太闲

（庄宗）使谓崇韬曰：“今年恶热，朕顷在河上，五六月中，与贼对垒，行宫卑湿，介马战贼，恒若清凉。今晏然深宫，不耐暑毒，何也？”崇韬奏：“陛下顷在河上，汴寇未平，废寝忘食，心在战阵，祁寒溽暑，不介圣怀。今寇既平，中原无事，纵耳目之玩，不忧战阵，虽层台百尺，广殿九筵，未能忘热于今日也。愿陛下思艰难创业之际，则今日之暑，坐变清凉。”庄宗默然。《旧五代史卷 57 · 唐书 33 · 列传第 9 · 郭崇韬》

【以古鉴今】人，谁不如此呢！集中精力于某事，则旁若无物，似有八风不动之定力。可一旦闲下来，则无数细碎小事都涌上心来，倒让人不胜其烦。所以在有生之年，如有可能总要找点事做，让身有所事、心有所系，烦恼则无暇生。

求取无厌，朋友反目

张全义，字国维，濮州临濮人。（中略）性勤俭，善抚军民，虽贼寇充斥，而劝耕务农，由是仓储殷积。（中略）罕之贪暴不法，军中乏食，每取给于全义。二人初相得甚欢，而至是求取无厌，动加凌轹[①]，全义苦之。文德元年四月，罕之出军寇晋、绛，全义乘其无备，潜兵袭取河阳，全义乃兼领河阳节度。《旧五代史卷 63 · 唐书 39 · 列传第 15 · 张全义》

【注释】①凌轹lì：欺压，压倒。

【以古鉴今】勤者永远是懒人的奴才。朋友间虽说不分彼此，但做事也得有个度，一旦超过人家的底线，朋友或做不成，或转向反面。一旦反目成仇那将比原有的敌人更可怕，因为它比原有的敌人更知道你的底细。这里是全义不义，偷袭罕之呢，还是罕之贪暴，求取无度？如此结局谁负责？交友者诫！

笑话只能止于笑话

史宏肇，字化元，郑州荥泽人也。（中略）三司使王章于其第张酒乐，时宏肇与宰相、枢密使及内客省使阎晋卿等俱会。酒酣，为手势令，宏肇不熟其事，而阎晋卿坐次宏肇，屡教之。苏逢吉戏宏肇曰："近坐有姓阎人，何忧罚爵！"宏肇妻阎氏，本酒妓也，宏肇谓逢吉讥之，大怒，以丑语[①]诟逢吉。逢吉不校，宏肇欲殴逢吉，逢吉策马而去，宏肇遽起索剑，意欲追逢吉。杨邠曰："苏公是宰相，公若害之，致天子何地，公细思之！"邠泣下。宏肇索马急驰而去，邠虑有非常，连镳[②]而进，送至第而还。自是将相不协如水火矣。《旧五代史卷107·汉书9·列传第4·史宏肇》

【注释】①丑语：恶语，难听的话。②镳biāo：本义马嚼子，指马口中所衔铁具露出嘴外的部分。

【以古鉴今】笑话只能止于笑话，不可夹枪带棒，更不可揭人短，让人下不了台，因为结下的梁子是很难解开的，有些甚或成终生仇怨。注意：宁骂人，不揭短。

诛观望，赏有功

世宗睿武孝文皇帝，讳荣，太祖之养子。（中略）世宗之征东也，驻跸[1]于高平，刘崇兼契丹之众来迎战。时帅多持两端，而王师不利。亲军帅樊爱能等各退衄[2]，世宗赫怒，跃马入阵，引五十人直冲崇之牙帐。崇方张乐饮酒，以示闲暇，及其奄至，莫不惊骇失次，世宗因以奋击，遂败之，追奔于城下。凯旋，驻跸潞州，且欲出其不意以诛退衄者，乃置酒高会，指樊爱能等数人责之曰："汝辈皆累朝宿将，非不能用兵者也，然退衄者无他，诚欲将寡人作物货卖与刘崇尔。不然，何寡人亲战而刘崇始败耶？如此则卿等虽万死不足以谢天下，宜其曲膝引颈以待斧诛。"言讫，命行刑壮士擒出皆斩之。于是立功士以次行赏，自行伍拔于军厢者甚众，其恩威并著。**《旧五代史卷119·周书10·世宗本纪第6》**

【注释】①驻跸：古代帝王出行时，要先派兵沿路戒严，禁止行人经过，称为"跸"。"跸，止行者"。驻跸，帝王出行时中途暂住的地方。②衄 nǜ：损伤，挫败。

【以古鉴今】对骑墙观望、首鼠两端者，不可姑息纵容，要当机立断，以除后患。也为仍有观望之心者敲一个警钟，以坚其心志，众志成城，共同去创造未来。没有众人的团结一心，是任何事业也干不成的。

慧眼识珠

周太祖柴后，本唐庄宗之嫔御也。庄宗没，明宗遣归其家，行至河上，父母迓[1]之，会大风雨，止于逆旅数日。有一丈夫走过其门，衣弊不能自庇。后见之，惊曰："此何人耶？"逆旅主人曰："此马步军使郭雀儿者也。"后异其人，欲嫁之，请于父母。父母恚曰："汝帝左右人，归当嫁节度使，奈何欲嫁此人？"后曰："此贵人也，不可失也。囊中装分半与父母，我取其半。”父母知不可夺，遂成婚于逆旅中。所谓郭雀儿，即周太祖也。《旧五代史卷 121 · 周书 12 · 后妃列传第 1（注）》

【注释】①迓 yà：迎接。古本皆作讶。

【以古鉴今】早知一日事，富贵几千年，此话是千真万确的。破衣烂衫下裹的是万乘之躯，偏就柴后慧眼识珠。原来世事皆有定数，不能早一步，也不能晚一步，早一步花还没开，晚一步花已谢去。成事如柴后者，不早不晚恰到好处，命耶，运耶！

尽匹夫之责

冯道，字可道，瀛州景城人。（中略）庄宗与梁军夹河对垒，一日，郭崇韬以诸校伴食数多，主者不办，请少罢减。庄宗怒曰："孤为效命者设食都不自由，其河北三镇，令三军别择一人为帅，孤请归太原以避贤路。"遽命道对面草词，将示其众。道执笔久之，庄宗正色促焉，道徐起对曰："道所掌笔砚，敢不供职。今大王屡集大功，方平南寇，崇韬所谏，未至过当，阻拒之则可，不可以向来之言，喧动群议，敌人若知，谓大王君臣之不和矣。幸熟而思之，则天下幸甚也。"俄而崇韬入谢，因道为之解焉，人始重其胆量。庄宗即位邺宫，除省郎，充翰林学士，自绿衣赐紫。《旧五代史卷 126 · 周书 17 · 列传第 6 · 冯道》

【以古鉴今】不盲目服从，敢于提出自己的见解，并给出有理有据的解释。在两军对垒的特殊时刻，看似几句劝慰之词，却可抵百万雄师。事涉国家存亡、民族兴衰，任何人都要尽自己的一份力，就是匹夫，也要尽己之责。此时还以自己的升降为进退，大抵不是痴呆，就是汉奸卖国贼了！

随遇而安

明宗顾谓侍臣曰："冯道性纯俭，顷在德胜寨居一茅庵，与从人同器食，卧则刍藁一束，其心晏如[①]也。及以父忧退归乡里，自耕樵采，与农夫杂处，略不以素贵介怀，真士大夫也。"《旧五代史卷126·周书17·列传第6·冯道》

【注释】①晏如：晏，平静，安逸。如，形容词词尾，相当于"然"，安然自若的样子。

【以古鉴今】居茅庵，卧刍藁，与从人同器而食，自耕樵采，与农夫杂处，略不以素贵介怀，是懂大自在、活出真性情的人。

敌存灭祸，敌去召过

天成、长兴中，天下屡稔[①]，朝廷无事。明宗每御延英，留道访以外事，道曰："陛下以至德承天，天以有年表瑞，更在日慎一日，以答天心。臣每记在先皇霸府日，曾奉使中山，径井陉之险，忧马有蹶失，不敢怠于衔辔；及至平地，则无复持控，果为马所颠仆，几至于损。臣所陈虽小，可以喻大。陛下勿以清晏丰熟，便纵逸乐，兢兢业业，臣之望也。"明宗深然之。《旧五代史卷126·周书17·列传第6·冯道》

【注释】①稔 rěn：庄稼成熟。也指年，古代谷一熟为一年。

【以古鉴今】山路崎岖险峻，是最大的安全隐患，忧马有蹶失，不敢怠于衔辔，这是敌存，让人不敢忽视，所以一路平安。及至平地，敌去矣，则无复持控，果为马所颠仆，几至于损。这就是敌存灭祸，敌去召过的道理。要想一生顺遂，就得敌存不惧，敌去不狂！

人比驴蠢

（彦超即汉高祖之同产弟[①]也。）《五代史补》：慕容彦超素有钩距[②]。兖州有盗者，诈为大官从人，跨驴于衢中，市罗十余匹，价值既定，引物主诣一宅门，以驴付之，曰："此本宅使，汝且在此，吾为汝上白于主以请值。"物主许之。既而声迹悄然，物主怒其不出，叩门呼之，则空宅也。于是连叫"贼"，巡司至，疑其诈，兼以驴收之诣府。彦超悯之，且曰："勿忧，吾为汝擒此贼。"乃留物主府中，复戒厩卒高系其驴，通宵不与水草，然后密召亲信者，牵于通衢中放之，且曰："此盗者之驴耳，自昨日不与水草，其饥渴者甚矣，放之必奔归家，但可蹑踪而观之，盗无不获也。"亲信者如其言随之，其驴果入一小巷，转数曲，忽有儿戏于门侧，视其驴，连呼曰："驴归，驴归。"盗者闻之，欣然出视，遂擒之。《**旧五代史卷**130·**周书**21·**列传第**10·**慕容彦超**（**注**）》

【注释】①同产弟：同母之弟。②钩距：亦作"钩拒"。古代的一种兵器。

【以古鉴今】饿而奔家，"驴情"也。至于由此而坐实了主人坐赃犯科的铁案，那也是主人咎由自取，与驴子无涉。是呀，聪明的人怎么就能干出比驴还蠢的事呢？此所谓百密一疏，以为谋划得天衣无缝，却不料被驴子给"告"了密。要想终生无虞，不是谋划得多么周密，而是不做皱眉事！

哪家的逻辑

王延，字世美，郑州长丰人也。（中略）越人善泅，生子方晬[①]，乳母浮之水上。或骇然止之，乳母曰，其父善泅，子必无溺。《**旧五代史卷**131·**周书**22·**列传第**11·**王延**》

【注释】①晬 zuì：婴儿满百日或满一岁之称。

【以古鉴今】其父善游，其子就一定善游，这是哪家的逻辑？父亲是贼，儿子就一定为盗？父亲是君子，儿子就一定是好人？世界永远是一个样子，人生岂不乏味！

身边人

张承业，字继元，唐僖宗时宦者也。（中略）自古宦者乱人之国，其源深于女祸。女，色而已；宦者之害，非一端也。盖其用事也近而习，其为心也专而忍。[①]能以小善中人之意，小信固人之心，使人主必信而亲之。待其已信，然后惧以祸福而把持之。虽有忠臣硕士列于朝廷，而人主以为去己疏远，不若起居饮食、前后左右之亲为可恃也。故前后左右者日益亲，则忠臣硕士日益疏，而人主之势日益孤。势孤，则惧祸之心日益切，而把持者日益牢。安危出其喜怒，祸患伏于帷闼[②]，则向之所谓可恃者，乃所以为患也。患已深而觉之，欲与疏远之臣图左右之亲近，缓之则养祸而益深，急之则挟人主以为质，虽有圣智不能与谋，谋之而不可为，为之而不可成，至其甚，则俱伤而两败。故其大者亡国，其次亡身，而使奸豪得借以为资而起，至抉其种类，尽杀以快天下之心而后已。此前史所载宦者之祸常如此者，非一世也。夫为人主者，非欲养祸于内而疏忠臣硕士于外，盖其渐积而势使之然也。夫女色之惑，不幸而不悟，则祸斯及矣，使其一悟，捽而去之可也。宦者之为祸，虽欲悔悟，而势有不得而去也，唐昭宗之事是已。故曰深于女祸者，谓此也。可不戒哉！《新五代史卷38·宦者传第26·张承业》

【注释】①盖其用事也近而习，其为心也专而忍：因为宦官经常在君王左右，亲近服侍，他们的心思专一，善于忍耐。②帷闼：宫闱。

【以古鉴今】谨选左右，审择所使！

高处不胜寒

太祖母昭宪杜太后，定州安喜人也。（中略）周显德中，太祖为定国军节度使，封南阳郡太夫人。及太祖自陈桥还京师，人走报太后曰："点检已作天子。"太后曰："吾儿素有大志，今果然。"太祖即位，尊为皇太后。太祖拜太后于堂上，众皆贺。太后愀然不乐，左右进曰："臣闻母以子贵，今子为天子，胡为不乐？"太后曰："吾闻'为君难'，天子置身兆庶之上，若治得其道，则此位可尊；苟或失驭，求为匹夫不可得，是吾所以忧也。"太祖再拜曰："谨受教。"《**宋史卷 242·列传第 1·后妃上·太祖母昭宪杜太后**》

【**以古鉴今**】"天子置身兆庶之上，若治得其道，则此位可尊；苟或失驭，求为匹夫不可得"，此言即辩证又深刻，只在当事者自处耳！

死不瞑目

建隆二年，太后不豫，太祖侍药饵不离左右。疾亟，召赵普人受遗命。太后因问太祖曰："汝知所以得天下乎？"太祖呜噎不能对。太后固问之，太祖曰："臣所以得天下者，皆祖考及太后之积庆也。"太后曰："不然，正由周世宗使幼儿主天下耳。使周氏有长君，天下岂为汝有乎？汝百岁后当传位于汝弟。四海至广，万几至众，能立长君，社稷之福也。"太祖顿首泣曰："敢不如教。"太后顾谓赵普曰："尔同记吾言，不可违也。"命普于榻前为约誓书，普于纸尾书"臣普书"。藏之金匮，命谨密宫人掌之。《**宋史卷 242·列传第 1·后妃上·太祖母昭宪杜太后**》

【**以古鉴今**】活着怕儿子治理不好天下，死后又怕皇位旁落，千叮万嘱。死后是实在没法了，但凡有一点可能，估计还得为儿子操心，这就是中国式母亲！

有话实说，倒也痛快

石守信，开封浚仪人。（中略）乾德初，帝因晚朝与守信等饮酒，酒酣，帝曰："我非尔曹不及此，然吾为天子，殊不若为节度使之乐，吾终夕未尝安枕而卧。"守信等顿首曰："今天命已定，谁复敢有异心，陛下何为出此言耶？"帝曰："人孰不欲富贵，一旦有以黄袍加汝之身，虽欲不为，其可得乎。"守信等谢曰："臣愚不及此，惟陛下哀矜之。"帝曰："人生驹过隙尔，不如多积金、市田宅以遗子孙，歌儿舞女以终天年。君臣之间无所猜嫌，不亦善乎。"守信谢曰："陛下念及此，所谓生死而肉骨也。"明日，皆称病，乞解兵权，帝从之，皆以散官就第，赏赉甚厚。《**宋史卷 250·列传第 9·石守信**》

【**以古鉴今**】我倒觉得这个皇帝憨厚得可爱，他说的都是实话。他自己就是这么从别人那里夺来的江山，弄得你死我活，君臣猜嫌，不如"歌儿舞女以终天年"来的安适，比甜言蜜语于口，刀枪剑戟于心，最后连活命都成奢侈的局面要好得多。所以实话可能不好说，但不得劲是一时的，从长远看，还是说实话痛快，因为实话没有后遗症。

尾大不掉

太祖欲使符彦卿管军，赵普屡谏，以为彦卿名位已盛，不可复委以兵权，太祖不从。宣已出，普复怀之，太祖迎谓之曰："岂非符彦卿事耶？"对曰："非也。"因奏他事。既罢，乃出彦卿宣进之，太祖曰："果然，宣何以复在卿所？"普曰："臣托以处分之语有侏儒者，复留之。惟陛下深思利害，勿复悔。"太祖曰："卿苦疑彦卿，何也？朕待彦卿厚，彦卿岂负朕耶。"普对曰："陛下何以能负周世宗？"太祖默然，事遂中止。《**宋史卷 250·列传第 9·石守信**》

【**以古鉴今**】自己就是利用周世宗的信任，而慢慢坐大的，前脚夺了周世宗的帝位，后脚就想把自己复制成周世宗，难不成也想尝尝被颠覆的滋味？

读书没有固定时段

赵普字则平，幽州蓟人。（中略）初，太祖侧微[①]，普从之游，既有天下，普屡以微时所不足者言之。太祖豁达，谓普曰："若尘埃中可识天子、宰相，则人皆物色之矣。"自是不复言。普少习吏事，寡学术，及为相，太祖常劝以读书。晚年手不释卷，每归私第，阖户启箧取书，读之竟日。及次日临政，处决如流。《宋史卷256·列传第15·赵普》

【注释】①侧微：卑贱。

【以古鉴今】一个人小时候因某些原因没有读书，不是一生没知识的借口，学习不管什么时候开始都不晚。有些人一说没学问就翻小时候的旧账，不知他今天在做什么？更有一层，说现在才开始学习晚了的人，是把读书当成改换门庭，向上爬的敲门砖了，认为现在年岁已大，改换门庭来不及了，想向上也爬不动了，所以悲观的结论是"晚"了。没迈步就错方向了。读书是为提升做人的品位，是精神层面的事，至于颜如玉、黄金屋都只是连带效应，非读书之本意。

以天下为己任

普性深沈有岸谷[①]，虽多忌克，而能以天下事为己任。宋初，在相位者多龌龊循默，普刚毅果断，未有其比。尝奏荐某人为某官，太祖不用。普明日复奏其人，亦不用。明日，普又以其人奏，太祖怒，碎裂奏牍掷地，普颜色不变，跪而拾之以归。他日补缀旧纸，复奏如初。太祖乃悟，卒用其人。又有群臣当迁官，太祖素恶其人，不与。普坚以为请，太祖怒曰：“朕固不为迁官，卿若之何？”普曰：“刑以惩恶，赏以酬功，古今通道也。且刑赏天下之刑赏，非陛下之刑赏，岂得以喜怒专之。”太祖怒甚，起，普亦随之，太祖入宫，普立于宫门，久之不去，竟得俞允。《**宋史卷 256 · 列传第 15 · 赵普**》

【注释】①岸谷：高深的山谷；高傲。

【以古鉴今】整拧了，赵普以国家的法律为刑赏之依据，而皇帝把整个国家都当成自己的了，他就是国，他就是法。直至今天有的人仍是将他主管的部门，视为是自己的领地，那里的一切都得按他的意志行事。这是早晚不等非失败不行。人能在得意时想想发达前，再想想下台后，估计能实际不少。

不受私礼

曹彬，字国华，真定灵寿人。（中略）（显德）五年，使吴越，致命讫即还。私觌之礼，一无所受。吴越人以轻舟追遗之，至于数四，彬犹不受。既而曰：“吾终拒之，是近名也。”遂受而籍之以归，悉上送官。世宗强还之，彬始拜赐，悉以分遗亲旧而不留一钱。《**宋史卷 258 · 列传第 17 · 曹彬**》

【以古鉴今】做人难，做名人更难。给你不拿，说你看不起；你拿，就有受贿之嫌。拿还是不拿？于是乎“一钱太守”“四知先生”应运而生。百姓集体的感激之情难却，取一钱示好；私人贿赂，分文不受。遇此类事须警惕伸手必被捉的训诫。

衣着或可知人

（彬）出为晋州兵马都监。一日，与主帅暨宾从环坐于野，会邻道守将走价驰书来诣，使者素不识彬，潜问人曰："孰为曹监军？"有指彬以示之，使人以为绐[①]己，笑曰："岂有国戚近臣，而衣弋[②]绨袍、坐素胡床[③]者乎？"审视之方信。迁引进使。《宋史卷 258 · 列传第 17 · 曹彬》

【注释】①绐：欺哄；欺骗。②弋：黑色。③胡床：不是床，是古代一种可以折叠的轻便坐具，也称"交床""交椅""绳床"，功能类似小板凳，人所坐的面不是木板的，一般是可卷折的布或类似物，两边腿可合起来。

【以古鉴今】衣着的功能是避体御寒，干净得体就好。美玉不需金装，满腹经纶的人，不用在穿戴上下功夫。

距离产生美

初，太祖典禁旅，彬中立不倚，非公事未尝造门，群居燕会，亦所罕预，由是器重焉。建隆二年，自平阳召归，谓曰："我畴昔常欲亲汝，汝何故疏我？"彬顿首谢曰："臣为周室近亲，复忝内职，靖恭守位，犹恐获过，安敢妄有交结？"《宋史卷 258 · 列传第 17 · 曹彬》

【以古鉴今】知进退，懂礼貌，是做人的根本。亲强认亲，死皮赖脸巴结人，即便能得些残羹剩饭却把人格弄没了。一个没有人格的人，就是一只抽去脊梁的癞皮狗，别人瞧不起，就连自己有时都瞧不起自己，还有什么尊严、幸福可言！

好人好报

伐蜀，诏以刘光毅为归州行营前军副部署，彬为都监。峡中郡县悉下，诸将咸欲屠城以逞其欲，彬独申令戢[①]下，所至悦服。上闻，降诏褒之。两川平，全斌等昼夜宴饮，不恤军士，部下渔夺[②]无已，蜀人苦之。彬屡请旋师，全斌等不从。俄而全师雄等构乱，拥众十万，彬复与光毅破之于新繁，卒平蜀乱。时诸将多取子女玉帛，彬橐[③]中唯图书、衣衾而已。及还，上尽得其状，以全斌等属吏。谓彬清介廉谨，授宣徽南院使、义成军节度使。彬入见，辞曰："征西将士俱得罪，臣独受赏，恐无以示劝。"上曰："卿有茂功，又不矜伐，设有微累，仁赡等岂惜言哉？惩劝国之常典，可无让。"《宋史卷258·列传第17·曹彬》

【注释】①戢：止息、收敛。②渔夺：侵夺，掠取。③橐 tuó：袋子。

【以古鉴今】人在仕途，越是不时时想着自己，对自己可能会越好，有时竟会出乎自己的意料，收到"无心插柳柳成荫"的效果。因为你心中常记挂着别人，别人就一定也会想着你。

照曹彬的样做人

彬性仁敬和厚，在朝廷未尝忤旨，亦未尝言人过失。伐二国，秋毫无所取。位兼将相，不以等威自异。遇士夫于途，必引车避之。不名下吏，每白事，必冠而后见。居官奉入给宗族，无余积。平蜀回，太祖从容问官吏善否，对曰："军政之外，非臣所闻也。"固问之，唯荐随军转运使沈伦廉谨可任。《宋史卷258·列传第17·曹彬》

【以古鉴今】不管你是什么学历，从事什么职业，做人是不变的。如果不会做人，其他一切都将无从谈起。那么人要怎样做呢？曹彬就是样子：性格仁敬和厚，对上级从不违背，对同事口不着人之非；廉洁自律，公物秋毫无取；身兼将相不耍威风、不摆架子，平等待下；有礼貌、懂礼仪，善待宗亲故旧，不余积；本职之外不多嘴多舌，非说不行，只说人好处，终不言人过。这样做人，就一定能活得心安理得，活出精彩！

遇事能变通

为帅知徐州日，有吏犯罪，既具案，逾年而后杖之，人莫知其故。彬曰："吾闻此人新娶妇，若杖之，其舅姑必以妇为不利，而朝夕笞詈之，使不能自存。吾故缓其事，然法亦未尝屈焉。"《宋史卷258·列传第17·曹彬》

【以古鉴今】处理犯人，还能兼顾其家里的和睦事，可谓仁矣。于公于私都无偏颇，两全其美。让下属宾服，让周围人感佩，绝不是靠你的位高权重，靠你的说辞或你的强横，而是做出事来服人心！

不得不收的礼咋办

刘温叟，字永龄，河南洛阳人。（中略）太宗在晋邸，闻其清介，遣吏遗钱五百千，温叟受之，贮厅西舍中，令府吏封署而去。明年重午①，又送角黍、执扇，所遣吏即送钱者，视西舍封识宛然，还以白太宗。太宗曰："我钱尚不用，况他人乎？昔日纳之，是不欲拒我也；今周岁不启封，其苦节愈见。"命吏辇归邸。是秋，太宗侍宴后苑，因论当世名节士，具道温叟前事，太祖再三赏叹。《宋史卷262·列传第21·刘温叟》

【注释】①重午：旧时称端午，也作重五。

【以古鉴今】又是一种不得不接受的赏赐如何处置的范例——封存不动。

做人太下贱

卢多逊，怀州河内人。（中略）博涉经史，聪明强力，文辞敏给，好任数①，有谋略，发多奇中。太祖好读书，每取书史馆，多逊预戒吏令白己，知所取书，必通夕阅览，及太祖问书中事，多逊应答无滞，同列皆伏焉。《宋史卷 264 · 列传第 23 · 卢多逊》

【注释】①任数：用权谋，使心计；顺从命运，顺应天数。

【以古鉴今】为博皇帝夸奖，先打听好皇帝读什么书，自己提前做好功课，有问必答。这是绝对奸诈之举，只为讨主子欢心，为往上爬铺路。有句话说诚实无欺，然如此“用心”岂不欺人太甚？

富贵暴至绝非幸事

初，亿①性俭素，自奉甚薄。及多逊贵显，赐赉优厚，服用渐侈，愀然不乐，谓亲友曰：“家世儒素，一旦富贵暴至，吾未知税驾②之所。”后多逊果败，人服其识。《宋史卷 264 · 列传第 23 · 卢多逊》

【注释】①亿：多逊父名。②税驾：解下驾车的马，停车。有休息或归宿之意。

【以古鉴今】平常之家，一旦富贵暴至，人就很容易陷入迷茫，既无力掌控突变的局面，也不知如何支配这陡增的财富，看不清前边的路，更不知归宿在哪里，于是漫无目标地由着性子骄奢淫逸起来，有远见的人焦虑也就顺理成章了。

公不挟私

李昉，字明远，深州饶阳人。（中略）昉和厚多恕，不念旧恶，在位小心循谨，无赫赫称。为文章慕白居易，尤浅近易晓。好接宾客，江南平，士大夫归朝者多从之游。雅厚张洎而薄张佖[1]，及昉罢相，洎草制深攻诋之，而佖朔望必诣[2]昉。或谓佖曰：“李公待君素不厚，何数诣之？”佖曰：“我为廷尉日，李公方秉政，未尝一有请求，此吾所以重之也。”《宋史卷265·列传第24·李昉》

【注释】①佖 bì：铺满。②诣：到某人所在的地方；到某个地方去看望某人（多指所尊敬的人）。

【以古鉴今】身为官吏，唯有公事，一有私情往来，则公私就容易混淆了。所以你不要以为你以私事交往，别人会对你亲近，亲近是表面的，说不定心里对你正鄙视呢，感到你也原来如此，不过庸碌之辈而已。

恩归于上

昉居中书日，有求进用者，虽知其材可取，必正色拒绝之，已而擢用；或不足用，必和颜温语待之。子弟问其故，曰：“用贤，人主之事；若受其请，是市私恩也，故峻绝之，使恩归于上。若不用者，既失所望，又无善辞，取怨之道也。”《宋史卷265·列传第24·李昉》

【以古鉴今】李昉了得，用你，推恩于上，不市私恩，无朋党之虞；不用，和颜温语待之，不取怨于人。都是求他安排工作，却是两种接待方式，原来接人待物竟有如此深奥的学问。

不记不如不知

吕蒙正字圣功，河南人。（中略）蒙正初入朝堂，有朝士指之曰："此子亦参政耶？"蒙正阳为不闻而过之。同列不能平，诘其姓名，蒙正遽止之曰："若一知其姓名，则终身不能忘，不若毋知之为愈也。"时皆服其量。《宋史卷 265 · 列传第 24 · 吕蒙正》

【以古鉴今】是不喜记人过，还是不想记人过、怕记人过？"若一知其姓名，则终身不能忘，不若毋知之为愈也。"为人处事一大诀窍，不追、不问、不知道当然也无从记恨，远胜于明明知道，却故作不知道要容易得多，彼此方可真的相安无事。

改革从我开始

先是，卢多逊为相，其子雍起家即授水部员外郎，后遂以为常。至是，蒙正奏曰："臣忝甲科及第，释褐止授九品京官。况天下才能，老于岩穴，不沾寸禄者多矣。今臣男始离襁褓，膺①此宠命，恐罹阴谴②，乞以臣释褐时官补之。"自是宰相子止授九品京官，遂为定制。《宋史卷 265 · 列传第 24 · 吕蒙正》

【注释】①膺：承受，承当。②阴谴：冥冥之中受到责罚。

【以古鉴今】当初我高中进士，也只授九品京官。而我的儿子刚离襁褓，就授五品京官（时水部员外郎为五品），凭什么？就因他爹是宰相？这种世袭罔替即便活人没意见，我自己还怕遭阴谴呢！改革就从我开始吧。一个人在顺风顺水、志得意满的巅峰时刻，能这样思考问题，实属不易。

不辩亦不谢

蒙正初为相时，张绅知蔡州，坐赃免。或言于上曰："绅家富，不至此，特蒙正贫时勾索[①]不如意，今报之尔。"太宗即复绅官，蒙正不辨。后考课院得绅实状，复黜为绛州团练副使。及蒙正再入相，太宗谓曰："张绅果有赃。"蒙正不辨亦不谢。《**宋史卷 265 · 列传第 24 · 吕蒙正**》

【**注释**】①勾索：钩稽考索。

【**以古鉴今**】从他委屈不辩、平反不谢，就可看出他的内心有多么的强大。这定力来源于自信，相信天狗吃不了月亮，真理总会得到伸张。我活到近 80 岁，仔细想想我仍做不到，所以他是宰相，我是平民。

面不过碟子大

朝士有藏古镜者，自言能照二百里，欲献之蒙正以求知。蒙正笑曰："吾面不过楪子大，安用照二百里哉？"闻者叹服。《**宋史卷 265 · 列传第 24 · 吕蒙正**》

【**以古鉴今**】用得着的东西，再不值钱也是好东西；用不着的东西，再值钱于我也是垃圾。东西存在的意义是有用。人生如白驹过隙，弄那些饥不可食、寒不可衣的物件没用。无常一到，自己都不知去向何方，更何况身外之物？道理就这么浅显，可世人多不明白，整日价或为得不到而想煞，或为得而复失而急煞，最后都因贪得无厌而被杀，实乃可悲耶！

正确的要敢坚持

上尝欲遣人使朔方，谕中书选才而可责以事者，蒙正退以名上，上不听。他日，三问，三以其人对。太宗曰："卿何执耶？"蒙正曰："臣非执，盖陛下未谅尔。"固称："其人可使，余人不及。臣不欲用媚道妄随人主意，以害国事。"同列悚息不敢动。上退谓左右曰："蒙正气量，我不如。"既而卒用蒙正所荐，果称职。《**宋史卷 265·列传第 24·吕蒙正**》

【**以古鉴今**】能不看皇上脸色，坚持就事论事，三问不改初衷，同列悚息不敢动，他仍称"其人可使，余人不及"。心中只有国事，没有自己，所以也就没想过自己这样做，一旦皇帝怒了咋办？这才是干事业的人。想问题、做事不离"我"的人，是干不好工作的。

换舍止讼

张齐贤，曹州冤句人。（中略）时戚里[①]有分财不均者更相讼，又入宫自诉。齐贤曰："是非台府所能决，臣请自治。"上俞之。齐贤坐相府，召讼者问曰："汝非以彼所分财多、汝所分少乎？"曰："然。"命具款。乃召两吏，令甲家入乙舍，乙家入甲舍，货财无得动，分书则交易之。《**宋史卷 265·列传第 24·张齐贤**》

【**注释**】①戚里：帝王外戚聚居的地方；借指外戚；泛指亲戚邻里。

【**以古鉴今**】觉得人家的什么都好，这是人的通病。人心就是一个欲望的天坑，你把地球给了他，他可能又想要宇宙了。其实不是别人的真好，而是他觉得人家的好，如此，让他调换好了，岂非皆大欢喜？

看大节不责细过

李汉超，云州云中人。（中略）汉超在关南，人有讼汉超强取其女为妾及贷而不偿者，太祖召而问之曰："汝女可适何人？"曰："农家也。"又问："汉超未至关南，契丹如何？"曰："岁苦侵暴。"曰："今复尔耶？"曰："否。"太祖曰："汉超，朕之贵臣也，为其妾不犹愈于农妇乎？使汉超不守关南，尚能保汝家之所有乎？"责而遣之。密使谕汉超曰："亟还其女并所贷，朕姑贳汝，勿复为也。不足于用，何不以告朕耶？"汉超感泣，誓以死报。《宋史卷273·列传第32·李汉超》

【以古鉴今】一句"不足于用，何不以告朕耶"，就足以让下属肝脑涂地了。同时又暗嘱"亟还其女并所贷"。会处人、会办事，当皇帝也是情理中事。为成全人，平息是非，说一点善意的小谎，耍一点无伤大雅的心眼，也是可以理解的，或干脆就是允许的，非但不气反倒觉得可爱。

做官用的是情商

翟守素，济州任城人。（中略）逮事①四朝，绵历内职五十余年。性谨慎，宽仁容众，所至有治绩。凡断大辟狱，虽罪状明白，仍遍询僚宷②，佥③同而后决；属吏有过不面折，必因公宴援往事之相类者言其获咎，以微警之。新进后生多至节帅，而守素久次不迁，殊无陨获意。《宋史卷274·列传第33·翟守素》

【注释】①逮事：成功。②僚宷：同僚。③佥 qiān：都；众人的。

【以古鉴今】四朝为官，历时半个多世纪，能力是必须具备的，也得益于会做人。自谨慎，对他人谦恭有礼，人乐于亲近；对人宽，人干得舒心；遇事遍询僚属，人觉得受重视；下级有毛病，不当面训斥而以相类事微警之；后生们的官都升为一方"诸侯"了，自己仍在原地踏步，乐于成人之美。让人觉得在他身边做事，特舒服，当然就拥戴了！原来让人拥戴、尊重并无诀窍，只要你先对他好，他就自然对你好了。

小事糊涂些

孔守正，开封浚仪人。（中略）一日，侍宴北苑，上入玄武门，守正大醉，与王荣论边功于驾前，忿争失仪，侍臣请以属吏①，上弗许。翌日，俱诣殿廷请罪，上曰："朕亦大醉，漫不复省。"遂释不问。《**宋史卷 275·列传第 34·孔守正**》

【**注释**】①属吏：交给执法官吏处理。

【**以古鉴今**】大事不能糊涂，可小事也不能太明白，不然就没有可信可用之人了，因为世上根本就没有完人。何况你需要的是下属的能力，相信的是他的忠诚，至于酒后纷争失仪，面子上的事，虚景而已，何必认真。

不合时宜

姚坦，字明白，曹州济阴人。（中略）坦性木强固滞。王尝于邸中为假山，费数百万，既成，召宾僚乐饮，置酒共观之。坦独俯首①，王强使视之，曰："但见血山耳，安得假山！"王惊问故，坦曰："在田舍时，见州县催科，捕人父子兄弟，送县鞭笞，流血被体。此假山皆民租税所为，非血山而何？"是时太宗亦为假山，闻而毁之。《**宋史卷 277·列传第 36·姚坦**》

【**注释**】①俯首：低头，表示服从。

【以古鉴今】如此木讷强直，古今罕有，而少迂回之策，亦不可取。这种人虽是好人，但他们在人生路上活得很累。因为他们总要和他人的私欲进行较量，人人都有私心，那他就和人人较劲，你说能不累吗？人还是放下改变别人的念头，做好自己才是最要紧的，别人的好坏，大多不劳我们费心。

卖直取名

王少佚豫[①]，坦即丑诋[②]，王颇鄙其为人。自是坦每暴扬其事，上尝诫之曰："元洁知书好学，亦足为贤王矣。少不中节，亦须婉辞规讽，况无大故而诋讦[③]之，岂裨赞[④]之道邪？"顷之，左右乃教王诈称疾不朝。太宗日使视疾，逾月不瘳，甚忧之。召王乳母问状，乳母曰："王本无疾，徒以姚坦检束，居常不得自便，王不乐，故成疾。"上怒曰："吾选端士，辅王为善。王不能用规谏，而又诈疾，欲使朕去正人以自便，何可得也。且王年少，必尔辈为之谋耳。"因命捽致后苑，杖之数十。召坦慰谕曰："卿居王宫，能以正为群小所疾，大为不易。卿但如是，勿虑馋间，朕必不听。"王薨，改卫尉少卿，判吏部南曹。他日因事得对，上以其旧人，召升殿与语。坦言及故府，意短诸王而称己之敢言，坦退，上谓侍臣曰："坦在宫邸，不能以正理诲谕，事有微失，即从而扬之，此卖直取名耳。"《宋史卷277·列传第36·姚坦》

【注释】①佚豫：佚乐。②丑诋：用难听的话毁谤。③诋讦：诋毁攻击。④裨赞：辅助。

【以古鉴今】人如姚坦者颇多，做了好事，取得成绩，就觉得自己是最好的了，人不及我，于是得便就卖弄，扬人之过，称己之能，让人莫名其妙地瞧他不起，在他身上总好像缺点什么？其实他缺少的是做人的胸怀和气度，是他自身修为跟不上了。人啊，一生没有一蹴而就的事，品德修养也须经营，也得与时俱进，不然就失了准的，说浑话做错事也就在所难免了。

福过灾生

呼延赞，并州太原人。（中略）咸平二年，从幸大名，为行宫内外都巡检。真宗尝补军校，皆叙己功，或至喧哗，赞独进曰："臣月奉百千，所用不及半，忝幸多矣。自念无以报国，不敢更求迁擢，将恐福过灾生。"再拜而退，众嘉其知分。《宋史卷279·列传第38·呼延赞》

【以古鉴今】"福过灾生"的话，耐人寻味！物极必反是人人皆知的常理，所以为人处事都以"中庸"为理想状态，知足止足，不可追求极致。

每临大事有静气

吕端，字易直，幽州安次人。（中略）许王元僖尹开封，又为判官。王薨，有发其阴事者，坐裨赞无状，遣御史武元颖、内侍王继恩就鞫于府。端方决事，徐起候之，二使曰："有诏推君。"端神色自若，顾从者曰："取帽来。"二使曰："何遽至此？"端曰："天子有制问，即罪人矣，安可在堂上对制使？"即下堂，随问而答。《宋史卷281·列传第40·吕端》

【以古鉴今】做事按规矩来，再忙也不能乱了方寸，这就是吕端。每临大事须有静气，遇着点事，先自己乱了阵脚，着急上火、怨天尤人，就是不想或根本就想不出解决方法的是常人，这样的人也干不了大事，只是跟在别人身后的跑腿出力者。认清自己的成色，能挑一百挑八十，既累不着自己，该办的事也办了，皆大欢喜。

识大体方可任大事

端为相持重，识大体，以清简为务。虑与寇准同列，先居相位，恐准不平，乃请参知政事与宰相分日押班知印，同升政事堂，太宗从之。时同列奏对多有异议，惟端罕所建明。一日，内出手札戒谕："自今中书事必经吕端详酌，乃得闻奏。"端愈谦让不自当。《宋史卷281·列传第40·吕端》

【以古鉴今】遇事将心比心，作用力等于反作用力，此乃人情事理。

留牵挂扰其心

初，李继迁扰西鄙，保安军奏获其母。至是，太宗欲诛之，以寇准居枢密副使，独召与谋。准退，过相幕，端疑谋大事，邀谓准曰："上戒君勿言于端乎？"准曰："否。"端曰："边鄙常事，端不必与知，若军国大计，端备位宰相，不可不知也。"准遂告其故，端曰："何以处之？"准曰："欲斩于保安军北门外，以戒凶逆。"端曰："必若此，非计之得也，愿少缓之，端将覆奏。"入曰："昔项羽得太公，欲烹之，高祖曰：'愿分我一杯羹。'夫举大事不顾其亲，况继迁悖逆之人乎？陛下今日杀之，明日继迁可擒乎？若其不然，徒结怨仇，愈坚其叛心尔。"太宗曰："然则何如？"端曰："以臣之愚，宜置于延州，使善养视之，以招来继迁。虽不能即降，终可以系其心，而母死生之命在我矣。"太宗抚髀[①]称善曰："微卿，几误我事。"即用其策。其母后病死延州，继迁寻亦死，继迁子竟纳款请命，端之力也。《宋史卷281·列传第40·吕端》

【注释】①抚髀bì：以手拍股。表示振奋或感叹。

【以古鉴今】凶逆者之母，杀之以戒来者；善养之，虽不能即降，终系其心。此事杀也可，留也可，只是如何寻得利益最大化的问题。

做大事注意细节

太宗不豫[1]，真宗为皇太子，端日与太子问起居。及疾大渐，内侍王继恩忌太子英明，阴与参知政事李昌龄、殿前都指挥使李继勋、知制诰胡旦谋立故楚王元佐。太宗崩，李皇后命继恩召端，端知有变，锁继恩于阁内，使人守之而入。皇后曰："宫车已晏驾，立嗣以长，顺也，今将如何？"端曰："先帝立太子正为今日，今始弃天下，岂可遽违命有异议邪？"乃奉太子至福宁庭中。真宗既立，垂帘引见群臣，端平立殿下不拜，请卷帘，升殿审视，然后降阶，率群臣拜呼万岁。《宋史卷281·列传第40·吕端》

【注释】①不豫：天子有病的讳称。泛称尊长有疾。

【以古鉴今】去帘升帐审视，十足"大事不糊涂"。不给别有用心之人制造既成事实的机会。记住，越是大事，越要注意细节，因为大节在大处，是明摆着的，易见易防；而细节则易被忽视，也易生事端，所以细节尤不可忽！

诚实不欺

寇准，字平仲，华州下邽人也。（中略）年十九，举进士，太宗取人，多临轩[1]顾问，年少者往往罢去，或教准增年，答曰："准方进取，可欺君耶？"《宋史卷281·列传第40·寇准》

【注释】①临轩：皇帝不坐正殿而御前殿；在窗前。

【以古鉴今】为一己之私而不择手段，是奸猾小人的嘴脸。可小小年纪的寇准能坦然面对，宁可被罢遣也不说谎。这样的事如只看当下，那是绝对的吃亏。但他博得了周围人的认可，得到了做人的尊严，这是用金钱、好人缘买不来的啊！

进贤退不肖

准在相位，用人不依次，同列颇不悦。他日，又除官①，同列因吏持例簿以进。准曰："宰相所以进贤退不肖也，若用例，一吏职尔。"《宋史卷281·列传第40·寇准》

【注释】①除官：授官。

【以古鉴今】任用官员，如果像超市排队交款的顾客，那大概有个办事员就成了。反正排到谁谁来，能力大小、贪廉不问，论资排辈、贤不肖一样，还要宰相做什么？正是用人不能一刀切，才要有一位德高望重的正人君子坐在宰辅的位子上，居高临下，具识人之能，持公允之心，进贤退不肖。

直道而行

诏百官言事，（中略）擢尚书虞部郎中、枢密直学士，判吏部东铨，尝奏事殿中，语不和，帝怒起，准辄引帝衣，令帝复坐，事决乃退。上由是嘉之，曰："朕得寇准，犹文皇之得魏徵也。"《宋史卷281·列传第40·寇准》

【以古鉴今】事没办完，就生气甩袖子走人，那哪成啊！拽回来坐下，你生气我管不了，但事得有个结论。此犟劲完全来源于那颗忠心，不然何必皇上不急大臣急呢？个人之间的事不管大小、多少，绝不要影响工作，不拿工作赌气，你就能在职场上站得住、立得直。

阴人、阴招、阴损

准颇自矜澶渊之功，虽帝亦以此待准甚厚。王钦若深嫉之。一日会朝，准先退，帝目送之，钦若因进曰："陛下敬寇准，为其有社稷功邪？"帝曰："然。"钦若曰："澶渊之役，陛下不以为耻，而谓准有社稷功，何也？"帝愕然曰："何故？"钦若曰："城下之盟，《春秋》耻之。澶渊之举，是城下之盟也。以万乘之贵而为城下之盟，其何耻如之！"帝愀然为之不悦。钦若曰："陛下闻博乎？博者输钱欲尽，乃罄所有出之，谓之孤注。陛下，寇准之孤注也，斯亦危矣。"由是帝顾准浸衰。《**宋史卷281·列传第40·寇准**》

【**以古鉴今**】人嘴两层皮，就看听的人是否有主见。"澶渊之幸，力沮众议，竟成隽功，古所谓大臣者，于斯见之。"这是史官的话。可到了王钦若的嘴里就成了"城下之盟"，皇帝成了寇准的"孤注"。听的人能不"顾准浸衰"吗？真是吃人不吐骨头，坏人坏得不露痕迹，这才是真坏人。摊上就只有认倒霉，千万不要和这样的人斗，如果你接招，最好的结果是两败俱伤，绝无胜算。只有远离，再远离！

谋及大事得找对人

至道元年，（中略）准初自青州召还，入见，帝足创甚，自褰衣以示准，且曰："卿来何缓耶？"准对曰："臣非召不得至京师。"帝曰："朕诸子孰可以付神器者？"准曰："陛下为天下择君，谋及妇人、中官，不可也；谋及近臣，不可也；唯陛下择所以副天下望者。"帝俯首久之，屏左右曰："襄王可乎？"准曰："知子莫若父，圣虑既以为可，愿即决定。"帝遂以襄王为开封尹，改封寿王，于是立为皇太子。庙见还，京师之人拥道喜跃，曰："少年天子也。"帝闻之不怿，召准谓曰："人心遽属太子，欲置朕何地？"准再拜贺曰："此社稷之福也。"帝入语后嫔，宫中皆前贺。复出，延准饮，极醉而罢。《**宋史卷281·列传第40·寇准**》

【以古鉴今】此处要记住，当谋及大事时，和什么人商酌，可随便不得，严防谋泄，而事不成且累人。这里还有一事似隐还见，京师之人拥道喜跃，曰："少年天子也。"帝闻之不乐意了，召准谓曰："人心遽属太子，欲置朕何地？"一语道破父子之间也不是不分彼此，大处也是不可碰底线的呀！试想，很多时候我们和自己还较劲，过不去呢，更何况父子了，亲近归亲近，但总归是两个独立的个体，不可能总一致吧？还是要有所守，或者说得存点"行迹"。

做人太直就是傻

初，丁谓出准门至参政，事准甚谨。尝会食中书，羹污准须，谓起，徐拂之。准笑曰："参政国之大臣，乃为官长拂须邪？"谓甚愧之，由是倾构[1]日深。及准贬未几，谓亦南窜，道雷州，准遣人以一蒸羊逆境上。谓欲见准，准拒绝之。闻家僮谋欲报仇者，乃杜门使纵博，毋得出，伺谓行远，乃罢。《宋史卷281·列传第40·寇准》

【注释】①倾构：排斥陷害，亦指谋害。

【以古鉴今】寇老西为人有点太直了，哪怕你一万个不待见，参政拂须已经很没面子了，你再挑明了说，岂不使丁参政无地自容了？他一定会恼羞成怒，而你多了个仇人。须知君子得罪十个不多，小人得罪一个不少，如丁谓者，一句玩笑话让其忘了前恩，结了新仇。寇老西老来的丢官罢职，都浸着这句玩笑的味道，小人得志便猖狂，可疏忽不得！

不用浮薄喜事之人

李沆，字太初，洺州肥乡人。（中略）真宗问治道所宜先，沆曰："不用浮薄新进喜事之人，此最为先。”问其人，曰：“如梅询、曾致尧等是矣。”后致尧副温仲舒安抚陕西，于阁门疏言仲舒不足与共事。轻锐之党无不称快，沆不喜也，因用他人副仲舒，罢致尧。《宋史卷282·列传第41·李沆》

【以古鉴今】有这样的人，过太平日子觉得乏味，总爱弄出点动静来，似乎觉得有事干，才能显出他的存在。既然是被有意弄出来的，当然也就不会太有意义，所以最后弄得大家都怪没意思的。这句话好像绕口令，其实你多留意生活，会发现这样的人还不在少数。若是小百姓，也就无所谓了，但他若是掌点权，可不得了，他的势力范围内就没有太平日子了。平淡无奇是真，耐得寂寞是福！

树党营私

帝尝语及唐人树党难制，遂使王室微弱，盖奸邪难辨尔。沆对曰：“佞言似忠，奸言似信，至如卢杞蒙蔽德宗，李勉以为真奸邪是也。”真宗曰：“奸邪之迹，虽曰难辨，然久之自败。”《宋史卷282·列传第41·李沆》

【以古鉴今】奸邪者聚在一起营私，虽是乌合，却影响团结，且破坏力大，是集体的毒瘤。你能感觉到它的存在，却又具体不起来。他们没有严密组织，全凭自我好恶行事，假以时日，等其自败可矣！

密启者，非谗即佞

帝以沆无密奏，谓之曰：“人皆有密启，卿独无，何也？”对曰：“臣待罪宰相，公事则公言之，何用密启？夫人臣有密启者，非谗即佞，臣常恶之，岂可效尤[①]？”《宋史卷282·列传第41·李沆》

【注释】①效尤：仿效坏的行为。

【以古鉴今】敢于当众直抒胸臆，首先要有足够的勇气，同时还要保证自己的话是公正无私的。只有公正的才能立得住，只有无私的才敢让人知道。另外还得不怕打击报复穿小鞋，所以说真心话，绝不是一件容易事。但它的最大好处是让人心里踏实，不用劳神去记自己曾经说过什么。

少有忧勤，足为警戒

沆为相，王旦参政事，以西北用兵，或至旰食[①]。旦叹曰："我辈安能坐致太平，得优游无事耶？"沆曰："少有忧勤，足为警戒。他日四方宁谧，朝廷未必无事。"后契丹和亲，旦问何如，沆曰："善则善矣，然边患既息，恐人主渐生侈心耳。"旦未以为然。沆又日取四方水旱盗贼奏之，旦以为细事不足烦上听。沆曰："人主少年，当使知四方艰难。不然，血气方刚，不留意声色犬马，则土木、甲兵、祷祠之事作矣。吾老，不及见此，此参政他日之忧也。"沆没后，真宗以契丹既和，西夏纳款，遂封岱祠汾，大营宫观，蒐讲坠典[②]，靡有暇日。旦亲见王钦若、丁谓等所为，欲谏则业已同之，欲去则上遇之厚，乃以沆先识之远，叹曰："李文靖真圣人也。"当时遂谓之"圣相"。《宋史卷282·列传第41·李沆》

【注释】①旰gàn食：事务繁忙，不能按时吃饭，泛指勤于政事；多用于执政者、帝王等人的勤政。②坠典：已废亡的典章制度。

【以古鉴今】有"敌人"其实好处也不少。如生意场中有竞争对手，你就得防备他挤掉你的市场份额、知道你的进货渠道、摸着你的利润多寡，怕这怕那，反正对面有人做着与你同样的事，你就不敢托大。实际上他督促你认真做事、老实做人，让你不敢懈怠。他是你了不起的"恩人"，严师益友都很难起到这样的作用。敌耶？友耶？世事无常，事在人为，高人有先识之远，敌不为害；蠢材有害而无知，致死不觉！

识人不准，反受其害

寇准与丁谓善，屡以谓才荐于沆，不用。准问之，沆曰："顾其为人，可使之在人上乎？"准曰："如谓者，相公终能抑之使在人下乎？"沆笑曰："他日后悔，当思吾言也。"准后为谓所倾，始伏沆言。《宋史卷282·列传第41·李沆》

【以古鉴今】没有德行驾驭的才，比无才之人更可怕。德行不好也无才能的人，就是想坏也坏不到哪里去；缺德之人有才，那不得了，他能释放出大的负能量，给社会或他人带来灾难。所以识人是做领导必备的能力之一，没有这方面的能力，则只配被领导。

少说没"不是"

沆为相，接宾客，常寡言。马亮与沆同年生，又与其弟维善，语维曰："外议以大兄为无口匏①。"维乘间达亮语，沆曰："吾非不知也。然今之朝士得升殿言事，上封论奏，了无壅蔽②，多下有司，皆见之矣。若邦国大事，北有契丹，西有夏人，日旰条议所以备御之策，非不详究。荐绅如李宗谔、赵安仁，皆时之英秀，与之谈，犹不能启发吾意。自余通籍之子，坐起拜揖，尚周章③失次，即席必自论功最，以希宠奖，此有何策而与之接语哉？苟屈意妄言，即世所谓笼罩④。笼罩之事，仆病未能也。"《宋史卷282·列传第41·李沆》

【注释】①匏páo：葫芦之属，叶苦；八音之一，笙、竽之类。②壅蔽：隔绝蒙蔽，多指用不正当手段有意隔绝别人的视听，使人不明真相。③周章：曲折，不顺利，指事情复杂，办起来非常困难。④笼罩：狂妄的讲话，屈意妄言。

【以古鉴今】宁做"无口匏"，也不可满嘴跑火车，口大舌长乃官场禁忌。公众场合、工作时间，做领导的虽不必正襟危坐，也还是有所顾忌，别太随便为好！

成就自我须无我

沆没后，或荐梅询可用，真宗曰："李沆尝言其非君子。"《宋史卷282·列第41·李沆》

时沆之没，盖二十余年矣。欧阳文忠公尝问苏子容曰："宰相没二十年，能使人主追信其言，以何道？"子容言："独以无心，故尔。"轼因赞其语，且言："陈执中俗吏耳，特以至公犹能取信主上，况如李公之才识，而济之无心耶！"《东坡志林》

【以古鉴今】死后20年，皇帝仍信他的话是对的，说明他仍活在人们的心里。有的人虽然还活着，可他早已在人们心中死掉了。苏颂曰"无心"，是无私心、无成心，心中只有国之大事、公事。正是无我，说话才能公正，处事才能平和。如果说话做事先想自己，那话那事就有了"我"的成分。公平公允就要打折扣，绝经不起死后20年岁月的冲刷洗礼。此处我悟出：成就自我的途径是"无我"！

遇事要推己及人

王旦，字子明，大名莘人。（中略）日者[①]上书言宫禁事，坐诛。籍其家，得朝士所与往还占问吉凶之说。帝怒，欲付御史问状。旦曰："此人之常情，且语不及朝廷，不足罪。"真宗怒不解，旦因自取尝所占问之书进曰："臣少贱时，不免为此。必以为罪，愿并臣付狱。"真宗曰："此事已发，何可免？"王旦曰："臣为宰相执国法，岂可自为之，幸于不发而以罪人。"帝意解。旦至中书，悉焚所得书。《宋史卷282·列传第41·王旦》

【注释】①日者：占候卜筮的人。

【以古鉴今】遇事能推己及人，是处理问题首选的思维方法。接下来就是己所不欲，勿施于人了，有这样一个逻辑链条，你处理的问题就更正确、更合理、更服人。

以德报怨

寇准数短旦，旦专称准。帝谓旦曰："卿虽称其美，彼专谈卿恶。"旦曰："理固当然。臣在相位久，政事阙失必多。准对陛下无所隐，益见其忠直，此臣所以重准也。"帝以是愈贤旦。《宋史卷282·列传第41·王旦》

【以古鉴今】这是怎样的一个人啊，别人背后多次说他的坏话，他却认为是正常的、应该的，并且肯定是忠臣直士。这胸襟、这气度何止能行舟，真可以装得下整个世界。其实王旦也不全是谦恭之辞，也是真心的吐露：做官久，处理事情就多，缺失也就自然多了。可贵的是他能在逆耳的话里听出忠心来，这是我辈的不及处。

不私荐人

寇准罢枢密使，托人私求为使相，旦惊曰："将相之任，岂可求耶！吾不受私请。"准深憾之。已而除准武胜军节度使、同中书门下平章事。准入见，谢曰："非陛下知臣，安能至此？"帝具道旦所以荐者。准愧叹，以为不可及。《宋史卷282·列传第41·王旦》

【以古鉴今】当面回绝，背后却公荐之。给"将相之任，岂可求耶！吾不受私请"一个完美的注脚。这种现成的好不要，王旦绝非傻瓜，恰是他的聪明处。试想你今天允了寇准的私请，他会立刻知晓你不干净，感谢的成分远远抵不过鄙夷的程度，你在他心目中永远不再是好人了。坏了朝纲，丢了人格，只为博得别人的欢心，不值！

一句话的事

准在藩镇，生辰，造山棚大宴，又服用僭侈，为人所奏。帝怒，谓旦曰："寇准每事欲效朕，可乎？"旦徐对曰："准诚贤能，无如骙何。"真宗意遂解，曰："然，此正是骙尔。"遂不问。《宋史卷 282 · 列传第 41 · 王旦》

【以古鉴今】 用人要用其长，看人要看大处，对任何人都不要吹毛索垢。这里就能得出"庸人自扰"的话来：说寇准每事效仿皇帝，有罪，他就有罪了；说他"骙"，就没事了。同一人同一事，这么想就有罪，那么想就没事，到底是有罪还是没事，看来不在那人那事，就在你怎么看怎么想。王旦的一句"无如骙何"，消了皇帝的气，救了寇准的难，否则罢官事小，丢命也是可能的。身在公门好修行，一句话的事！

批评错了也不辩

翰林学士陈彭年呈政府科场条目，旦投之地曰："内翰得官几日，乃欲隔截天下进士耶？"彭年皇恐而退。时向敏中同在中书，出彭年所留文字，旦瞑目取纸封之。敏中请一览，旦曰："不过兴建符瑞图进尔。"后彭年与王曾、张知白参预政事，同谓旦曰："每奏事，其间有不经上览者，公批旨奉行，恐人言之以为不可。"旦逊谢而已。一日奏对，旦退，曾等稍留，帝惊曰："有何事不与王旦来？"皆以前事对。帝曰："旦在朕左右多年，朕察之无毫发私。自东封[①]后，朕谕以小事一面奉行，卿等谨奉之。"曾等退而愧谢，旦曰："正赖诸公规益。"略不介意。《宋史卷 282 · 列传第 41 · 王旦》

【注释】①东封：即东封西祀，是宋真宗大中祥符元年（1008）在全国掀起的一场长达十余年的轰轰烈烈的“天书”封祀运动。这年，宋真宗在庞大仪卫扈从下东封泰山，四年，又以隆重仪式抵山西汾阴（今山西万荣县）祭祀后土。大赦天下，一时轰动。

【以古鉴今】正确的意见还好接受，不正确的一定要分辩明白，这是人之常情，不然就觉得心里堵得慌、憋屈。何妨试一下不去辩驳，宁可相信清者自清，浊者自浊，省了打口水仗的时间和气力，干一些有意义的事。

缓则圆

钦若与陈尧叟、马知节同在枢府，因奏事忿争。真宗召旦至，钦若犹哗不已，知节流涕曰：“愿与钦若同下御史府。”旦叱钦若使退。帝大怒，命付狱。旦从容曰：“钦若等恃陛下厚顾，上烦谴诃，当行朝典。愿且还内，来日取旨。”明日，召旦前问之，旦曰：“钦若等当黜，未知坐以何罪？”帝曰：“坐忿争无礼。”旦曰：“陛下奄有天下，使大臣坐忿争无礼之罪，或闻外国，恐无以威远。”帝曰：“卿意如何？”旦曰：“愿至中书，召钦若等宣示陛下含容之意，且戒约之。俟少间，罢之未晚也。”帝曰：“非卿之言，朕固难忍。”后月余，钦若等皆罢。《**宋史卷282·列传第41·王旦**》

【以古鉴今】原来处理问题，时机竟如此重要，此事如果立即处理，有名不正言不顺之嫌，且让邻国笑话。先批评教育一下，过段时间找个说法再作处理。这是做领导的艺术，遇棘手事先放一放，找个合适的时机再做了断，收缓则圆之效。此处虽能学到处理问题的技巧，可让我害怕的是官场方寸深，指东打西没个准头，没有三回九转的功夫，怕是玩不转的，仕途险恶亦在此。还请有意仕途的诸公在进官场前就想清楚，再决定行止。

做人，德是第一位的

旦尝与杨亿评品人物，亿曰："丁谓久远当何如？"旦曰："才则才矣，语道则未。他日在上位，使有德者助之，庶得终吉；若独当权，必为身累尔。"后谓果如言。《宋史卷282·列传第41·王旦》

【以古鉴今】这里须深思才和德的关系：才固然有用，也很重要，但它需要人来驾驭，那驾驭它的人如果是个德行差的，那恐怕才也就被用歪了。所以做人，第一位的是德行，第二位的才是才能。如以此作为品人用人的标准，大抵都能收到好效果。

小心做人

旦为兖州景灵宫朝修使，内臣[①]周怀政偕行，或乘间请见，旦必俟从者尽至，冠带出见于堂皇，白事而退。后怀政以事败，方知旦远虑。《宋史卷282·列传第41·王旦》

【注释】①内臣：帝王统治时，宫内所使用的官员、太监、护卫官长，还可以转义为权贵们的管家、侍卫之类的贴身人员。

【以古鉴今】人无远虑，必有近忧，小心驶得万年船，不了解的人不可深交，特别是那些有背景的人。如果非要和他打交道，你又不知道他的人品心思，那就保持距离——莫深谈、别试探、不巴结。如此小心似乎很累，但值得，因为人心险恶，世事艰难。大大咧咧痛快，可也容易给自己及其事业招来灾祸。这也是因为人生只有一次，实在是输不起！

做事中规中矩

内臣刘承规以忠谨得幸，病且死[①]，求为节度使。帝语旦曰："承规待此以瞑目。"旦执不可，曰："他日将有求为枢密使者，奈何？"遂止。《宋史卷 282 · 列传第 41 · 王旦》

【注释】①病且死：病得将要死了。

【以古鉴今】每做一件事，都要思前想后。思前是此类事有没有先例？如有，是怎样的结果？没有，今天有了如何施为？今天发生的一切，都是明天的先例，后人是否认可我们今天的做法？我们是否给后人出了难题，让他们对此类事无以为继？遇事总能做如是想，可谓万全矣！

宾客满堂无私请

旦为相，宾客满堂，无敢以私请。察可与言及素知名者，数月后，召与语，询访四方利病，或使疏其言而献之。观才之所长，密籍其名，其人复来，不见也。每有差除，先密疏四三人姓名以请，所用者帝以笔点之。同列不知，争有所用，惟旦所用，奏入无不可。丁谓以是数毁旦，帝益厚之。故参政李穆子行简，以将作监丞家居，有贤行，迁太子中允。使者不知其宅，真宗命就中书问旦，人始知行简为旦所荐。旦凡所荐，皆人未尝知。旦没后，史官修《真宗实录》，得内出奏章，始知朝士多旦所荐云。《宋史卷 282 · 列传第 41 · 王旦》

【以古鉴今】真宰相也，荐得满朝文武，活着时竟无人知晓。不求感谢，不图回报，只为国家荐贤达，为事业举人才。心底无私，所以人们也就看不到他个人的影子了。

荣进素定，静以待时

谏议大夫张师德两诣旦门，不得见，意为人所毁，以告向敏中，为从容明之。及议知制诰，旦曰："可惜张师德。"敏中问之，旦曰："累于上前言师德名家子，有士行，不意两及吾门。状元及第，荣进素定[①]，但当静以待之尔。若复奔竞，使无阶而入者当如何也。"敏中启以师德之意，旦曰："旦处安得有人敢轻毁人，但师德后进，待我薄尔。"敏中固称："适有阙，望公弗遗。"旦曰："第缓之，使师德知，聊以戒贪进、激薄俗也。"《宋史卷282·列传第41·王旦》

【注释】①素定：犹宿定；预先确定。

【以古鉴今】人这一生，需要做的事很多，能自己做的，尽量不要求人，哪怕慢点、难点，因为开口道一"求"字总是很难为情的。实在不得不求人时，则一定要了解你所求之人的脾气秉性。如王旦，他是不受私请的主，你到他那儿走门子，就是烧香找错庙门了，好事也得办砸喽。

言简意赅

薛奎为江、淮发运使，辞旦，旦无他语，但云："东南民力竭矣。"奎退而曰："真宰相之言也。"张士逊为江西转运使，辞旦求教，旦曰："朝廷榷利[①]至矣。"士逊迭更是职，思旦之言，未尝求利，识者曰："此运使识大体。"《宋史卷282·列传第41·王旦》

【注释】①榷利：官府对某些物资实行专卖，以增加财政收入。

【以古鉴今】两位官员辞行求教，不偏不倚，每人六个字。可我看这十二个字，似不是从他嘴里说出的，而是从他心底迸发出来的。东南百姓没钱了，别刮了；朝廷利至了，别再从中求利了。既是关心百姓疾苦，也是对两位下属的嘱托，真是话短情长，言简意赅。

不说不行，就只说行的

初，旦以宰相兼使，今罢相，使犹领之，其专置使自旦始焉。寻又命肩舆入禁，使子雍与直省吏挟扶，见于延和殿。帝曰："卿今疾亟，万一有不讳，使朕以天下事付之谁乎？"旦曰："知臣莫若君，惟明主择之。"再三问，不对。时张咏、马亮皆为尚书，帝历问二人，亦不对。因曰："试以卿意言之。"旦强起举笏曰："以臣之愚，莫如寇准。"帝曰："准性刚褊，卿更思其次。"旦曰："他人，臣所不知也。臣病困，不能久侍。"遂辞退。后旦没岁余，竟用准为相。《宋史卷282·列传第41·王旦》

【以古鉴今】贵人语话迟，由此可见一斑。不该说的话，即便你是皇帝，我也不说。实在不说不行，我只说谁行，而不说谁不行。我当皇帝面说张咏、马亮不行，即使他二人不知道，可我已在皇帝心里成了小人，是人后说人的人。

心无旁骛

家人未尝见其怒，饮食不精洁，旦不食而已。尝试以少埃墨投羹中，旦惟啖饭，问何不啜羹，则曰："我偶不喜肉。"后又墨其饭，则曰："吾今日不喜饭，可别具粥。"旦不置田宅，曰："子孙当各念自立，何必田宅，徒使争财为不义尔。"真宗以其所居陋，欲治之，旦辞以先人旧庐，乃止。宅门坏，主者彻新之，暂于庑下启侧门出入。旦至侧门，据鞍俯过，门成复由之，皆不问焉。《宋史卷282·列传第41·王旦》

【以古鉴今】当一个人一心扑在某一件事情上时，眼睛看的、心里想的就都是和那件事相关的，别的确实是视而不见、充耳不闻。所以才有忘了自家门牌号的，忘了是否吃过饭的。这叫专注，这种人多能成就一些事情，相比那些小事啥都管，大事一样也管不来的人不知要好多少倍。

奢俭总由人

旦疾甚，（中略）仍戒其子弟曰："我家盛名清德，当务俭素，保守门风，不得事于泰侈，勿为厚葬以金宝置柩中。"《宋史卷282·列传第41·王旦》

【以古鉴今】都说由俭入奢易，富不学奢而奢自至。我觉得奢俭总由人，只要自己坚定一个信念，什么难易，什么自来自至，统统不足畏。王旦身为宰辅，还能缺少黄白之物，可他却简朴得像一介平民。了解了这位历史老人的诸多往事，你觉得他的为人怎样？你从他身上学到了什么？

大耐官职

向敏中，字常之，开封人。（中略）是日，翰林学士李宗谔当对，帝曰："朕自即位，未尝除仆射，今命敏中，此殊命也，敏中应甚喜。"又曰："敏中今日贺客必多，卿往观之，勿言朕意也。"宗谔既至，敏中谢客[①]，门阑寂然。宗谔与其亲径入，徐贺曰："今日闻降麻[②]，士大夫莫不欢慰相庆。"敏中但唯唯。又曰："自上即位，未尝除端揆[③]，非勋德隆重，眷倚殊越，何以至此。"敏中复唯唯。又历陈前世为仆射者勋德礼命之重，敏中亦唯唯，卒无一言。既退，使人问庖中，今日有亲宾饮宴否，亦无一人。明日，具以所见对。帝曰："向敏中大耐官职。"《宋史卷282·列传第41·向敏中》

【注释】①谢客：辞别朋友；送客；谢绝会客。②降麻：唐宋时任命大臣用黄白麻纸颁诏。③端揆：相位。宰相居百官之首，总揽国政，故称。

【以古鉴今】对同一事物，不同人总有不同的看法。就敏中提干一事，皇帝想“敏中应甚喜”。可向敏中却如平常日子一般，只是唯唯竟无一言。气定神闲，想该想的，做该做的，这才是大作为的人该有的性格。

直道好走，直话难说

鲁宗道，字贯之，亳州谯人。（中略）章献太后临朝，问宗道曰：“唐武后何如主？”对曰：“唐之罪人也，几危社稷。”后默然。时有请立刘氏七庙者，太后问辅臣，众不敢对。宗道不可，曰：“若立刘氏七庙，如嗣君何？”帝、太后将同幸慈孝寺，欲以大安辇先帝行，宗道曰：“夫死从子，妇人之道也。”太后遽命辇后乘舆。时执政多任子于馆阁读书，宗道曰：“馆阁育天下英才，岂纨袴子弟得以恩泽处邪？”枢密使曹利用恃权骄横，宗道屡于帝前折之。自贵戚用事者皆惮之，目为“鱼头参政”，因其姓，且言骨鲠如鱼头也。再迁尚书礼部侍郎、祥源观使。在政府七年，务抑侥幸，不以名器[1]私人。《宋史卷 286·列传第 45·鲁宗道》

【注释】①名器：名，爵号；器，车服。名号与车服仪制。奴隶社会与封建社会以之区别尊卑贵贱的等级。

【以古鉴今】直道好走，直话却难说。因为直话容易得罪人，所以平日我们总是把本来很简单的话，说得像绕口令似的。其实也大可不必那么小心，如果一个人真的总说实话、直话，在他的圈子里，人们也就接受他的“直来直去”，而少介怀了。

说实话好

宗道为人刚正，疾恶少容，遇事敢言，不为小谨。为谕德时，居近酒肆，尝微行就饮肆中，偶真宗亟召，使者及门久之，宗道方自酒肆来。使者先入，约曰："即上怪公来迟，何以为对？"宗道曰："第以实言之。"使者曰："然则公当得罪。"曰："饮酒，人之常情；欺君，臣子之大罪也。"真宗果问，使者具以宗道所言对。帝诘之，宗道谢曰："有故人自乡里来，臣家贫无杯盘，故就酒家饮。"帝以为忠实可大用，尝以语太后，太后临朝，遂大用之。《**宋史卷 286 · 列传第 45 · 鲁宗道**》

【**以古鉴今**】欲掩小瑕疵，往往需要大谎言，但谎话终究经不起时间的考验，当真相大白时，恐怕就要付出比原来大几倍的代价。鲁宗道是明白人，一开始就说实话，反倒更好。

文韬武略

狄青，字汉臣，汾州西河人。善骑射。（中略）尹洙为经略判官，青以指使见，洙与谈兵，善之，荐于经略使韩琦、范仲淹曰："此良将材也。"二人一见奇之，待遇甚厚。仲淹以《左氏春秋》授之曰："将不知古今，匹夫勇尔。"青折节读书，悉通秦、汉以来将帅兵法，由是益知名。《**宋史卷 290 · 列传第 49 · 狄青**》

【**以古鉴今**】我把知识比作人的第二生命，没有它，人也不过是酒囊饭袋，一个直立的动物而已。有勇可以杀敌，但只匹夫勇尔。有知识、善谋略则可将兵矣，文韬武略方可大用。

从奴隶到将军

青奋行伍，十余年而贵，是时面涅[①]犹存。帝尝敕青傅药除字，青指其面曰："陛下以功擢臣，不问门第，臣所以有今日，由此涅尔，臣愿留以劝军中，不敢奉诏。"《宋史卷 290·列传第 49·狄青》

【注释】①面涅：面部创伤的瘢痕。

【以古鉴今】用人不问出身，从奴隶到将军不是说教，历史上多少山野村夫，通过长期奋斗最终成就了自己，也对人类社会做出了贡献。将相本无种，男儿当自强，努力发掘出全部的潜能，把自己活到极致！

遇事不要操之过急

青明日乃整军骑，一昼夜绝昆仑关，出归仁铺为阵。贼既失险，悉出逆战。（中略）青执白旗麾骑兵，纵左右翼，出贼不意，大败之，追奔五十里，斩首数千级，（中略）时贼尸有衣金龙衣者，众谓智高已死，欲以上闻。青曰："安知非诈邪？宁失智高，不敢诬朝廷以贪功也。"《宋史卷 290·列传第 49·狄青》

【以古鉴今】此处不加意，或急功不得而罪先至矣。倘敌帅用了金蝉脱壳之计，你却见了金龙衣就报侬智高已死，岂不有冒功之嫌？遇此类事不可操之过急，反正他真的死了，还怕他活过来跑了不成？万一有诈，岂不免了贪冒之罪？

下轻上，事不谐

张咏，字复之，濮州鄄城人。（中略）有小校犯法，笞之至死，诏案其罪。咏封还诏书，且言："陛下方委永德边任，若以一部校故，推辱主帅，臣恐下有轻上之心。"太宗不从。未几，果有营兵胁诉军校者，咏引前事为言，太宗改容劳之。《**宋史卷 293 · 列传第 52 · 张咏**》

【以古鉴今】用人就得放手让他做事，不能他在前边做，你在后边牵着，让他的下属看出他们的上司只是傀儡而产生轻上之心，而一旦下属有了轻上之心，这个上司就没法干了。

法当其时

属岁歉，民多私鬻盐以自给，捕获犯者数百人，咏悉宽其罚而遣之。官属请曰："不痛绳之，恐无以禁。"咏曰："钱塘十万家，饥者八九，苟不以盐自活，一旦蜂聚为盗，则为患深矣。俟秋成，当仍旧法。"《**宋史卷 293 · 列传第 52 · 张咏**》

【以古鉴今】民以食为天，没饭吃对百姓来说就是天塌了，如果此时国家不能给一个出路，那就"不反待如何"了。所以不管你是多大的官，哪怕就是一个家长呢，对你管辖下的人和事，也要学会因时因事施政，要有特事特办的胆略和气魄，不可拘泥于法律条文，把事情弄到你愿望的反面。

法理者，人情也

有民家子与姊婿讼家财。婿言妻父临终，此子裁三岁，故见命掌赀产；

且有遗书，令异日以十之三与子，余七与婿。咏览之，索酒酹地，曰："汝妻父，智人也，以子幼故托汝。苟以七与子，则子死汝手矣。"亟命以七给其子，余三给婿，人皆服其明断。《宋史卷293·列传第52·张咏》

【以古鉴今】妻父智否已无从考证，张咏剖断得入情入理，倒是让现在还活着的人都挺佩服的，认为是明断。人心即天意，大概妻父当初也是这么想的吧？

言主荣辱，不可不慎

上官正，字常清，开封人。（中略）正木强①好凌人，自谓平贼有劳，受人主知，无所顾忌。数面攻两川官吏之短而暴扬之，众积怨怒，多上章诉其不法者。太宗谓近臣曰："人臣可任用者，朕常欲保全。正婞直②而失于谦和，每谤书至，朕虽力与明辩，然众怒难犯，恐其不能自全。"乃赐手札戒谕曰："言者，君子之枢机，枢机之发，荣辱之主，不可不慎也。夫遇事辄发，悔不可及。傥自恃无瑕，而好面攻人之短，岂谓喜怒不形于色耶？当以和辑远民为念，斯尽善矣。"正上表谢。《宋史卷308·列传第67·上官正》

【注释】①木强jiàng：质直刚强之人。②婞直：倔强；自以为是。

【以古鉴今】人一团和气不好，木强凌人更不好。因功受宠，无所顾忌，面攻人短且暴扬之，乃取怨之道也。言为心声，却不可欲言就发声，有的话宁可烂在肚子里，也不能说出来。一句话把人说笑了，一句话把人说恼了，言须慎也。

谨防借梯登高者

谢德权，字士衡，福州人。（中略）德权清苦干事，好兴功利，多所经

画。见官吏徇私者，必面斥之，所至整肃。然喜采察纤微，以闻于上，朝论恶之。《宋史卷309·列传第68·谢德权》

【以古鉴今】什么人呀！有能力，官声也可以，就是好打小报告，有点烦人，所以“朝论恶之”。想往上爬，欲为左右耳目者，无非小人。先因小忠而成其大不忠，先藉小信而成其大不信，遂使馋谄并进，善恶倒置，后来者敢不诫哉？

抑奔竞，崇恬静

王曾，字孝先，青州益都人。（中略）曾方严持重，每进见，言利害事，审而中理；多所荐拔，尤恶侥幸。帝问曾曰：“比臣僚请对，多求进者。”曾对曰：“惟陛下抑奔竞而崇恬静，庶几有难进易退之人矣。”《宋史卷310·列传第69·王曾》

【以古鉴今】跑官的人啥时都有，就看掌权人怎么把握。他跑你不给不就结了吗？所以说不怕有跑官的，就怕有卖官的，没卖的他还跑个啥劲呢？卖官的有权，操持着买官者的前途命运，正道行不通，才迫使人走邪路，所以卖官者应负全责。

恩欲归己，怨使谁归

曾进退士人，莫有知者。范仲淹尝问曾曰：“明扬士类，宰相之任也。公之盛德，独少此耳。”曾曰：“夫执政者，恩欲归己，怨使谁归？”仲淹服其言。《宋史卷310·列传第69·王曾》

【以古鉴今】“收恩避怨”是为官的一大禁忌，你总当王婆收恩，那麻丫头谁当？

疏不间亲

韩琦，字稚圭，相州安阳人。（中略）琦既辅立英宗，门人亲客，或从容语及定策事，琦必正色曰：“此仁宗圣德神断，为天下计，皇太后内助之力，臣子何与焉。”英宗暴得疾，太后垂帘听政。帝疾甚，举措或改常度，遇宦官尤少恩。左右多不悦者，乃共为谗间，两宫遂成隙。琦与欧阳修奏事帘前，太后呜咽流涕，具道所以。琦曰：“此病固尔，病已，必不然。子疾，母可不容之乎？”修亦委曲进言，太后意稍和，久之而罢。后数日，琦独见上，上曰：“太后待我无恩。”琦对曰：“自古圣帝明王，不为少矣。然独称舜为大孝，岂其余尽不孝耶？父母慈爱而子孝，此常事不足道；惟父母不慈，而子不失孝，乃为可称。但恐陛下事之未至尔，父母岂有不慈者哉。”帝大感悟。《**宋史卷 312 · 列传第 71 · 韩琦**》

【以古鉴今】母子失和，不是投向某一方，而是尽量从中弥缝，讲今比古，让母子重归于好。遇此类事不可选边，永远是疏不间亲，疏时的话亲时抖出来，你夹在中间还怎么做人？

讲话要符合身份

会种谔擅取绥州，西边俶扰[①]，改判永兴军，经略陕西。琦言：“边臣肆意妄作，弃约基乱，愿召二府亟决之。”琦入辞，曾公亮等方奏事，乞与琦同议。帝召之，琦曰：“臣前日备员政府，所当共议。今日，藩臣也，不敢预闻。”《**宋史卷 312 · 列传第 71 · 韩琦**》

【注释】①俶扰：开始扰乱。

【以古鉴今】官场上的话不是随便说得的，不在其位不谋其政。就因为官场的事瞬息万变，方才还“是”呢，话音没落就又“非”了。所以知道的少比知道得多好，说得少比说得多好。电视剧中常有一句台词：“你必须死，因为你知道得太多了！”就是最好的诠释。

一心做事，不问前程

琦蚤有盛名，识量英伟，临事喜愠不见于色，论者以重厚比周勃，政事比姚崇。其为学士临边，年甫[1]三十，天下已称为韩公。嘉佑、治平间，再决大策，以安社稷。当是时，朝廷多故，琦处危疑之际，知无不为。或谏曰：“公所为诚善，万一蹉跌[2]，岂惟身不自保，恐家无处所。”琦叹曰：“是何言也。今臣尽力事君，死生以之。至于成败，天也，岂可豫忧其不济，遂辍不为哉。”闻者愧服。《宋史卷312·列传第71·韩琦》

【注释】①年甫：年龄刚刚多少。甫，古代在男子名字下加的美称，后指人的表字，如台甫（询问别人名号的礼貌用语）。②蹉跌：失足跌倒，比喻失误。

【以古鉴今】“忘我”不是虚词，世上所有做出大成就、留下好名声的人，哪个不是拼尽终生才取得的。要奸使巧者可能蒙人一时，但绝禁不起时间的沉淀，最后都变成渣滓被抛弃。我欣赏韩琦尽力事君，死生以之的劲。至于成败，天也，岂可豫忧其不济，遂辍不为哉！

国家有急，义不惮劳

富弼，字彦国，河南人。（中略）会契丹屯兵境上，遣其臣萧英、刘六符来求关南地。朝廷择报聘者，皆以其情叵测[1]，莫敢行，夷简因是荐弼。欧阳修引颜真卿使李希烈事，请留之，不报。弼即入对，叩头曰：“主忧臣辱，臣不敢爱其死。”帝为动色，先以为接伴。英等入境，中使迎劳之，英托疾不拜。弼曰：“昔使北，病卧车中，闻命辄起。今中使至而君不拜，何也？”英矍然[2]起拜。弼开怀与语，英感悦，亦不复隐其情，遂密以其主所欲得者告曰：“可从，从之；不然，以一事塞之足矣。”弼具以闻。帝唯许增岁币，仍以宗室女嫁其子。

进弼枢密直学士，辞曰：“国家有急，义不惮劳，奈何逆以官爵赂之。”《宋史卷 313 · 列传第 72 · 富弼》

【注释】①叵测：不可推测，不明白要干什么。②矍然：惊惧；惊视；急遽。

【以古鉴今】抱着必死的决心，倒把敌人吓着了，结果是不辱使命。然进枢密直学士，却说皇帝以官赂之。言为心声，看来他当真是为朝廷豁出去了，根本就没想自己会如何。

领导得有主见

熙宁元年，（弼）徙判汝州。诏入觐[1]，许肩舆至殿门。神宗御内东门小殿，令其子掖以进，且命毋拜，坐语，从容访以治道。弼知帝果于有为，对曰：“人主好恶，不可令人窥测；可测，则奸人得以傅会[2]。当如天之监人，善恶皆所自取，然后诛赏随之，则功罪无不得其实矣。”《宋史卷 313 · 列传第 72 · 富弼》

【注释】①觐：臣民朝见君主或宗教徒朝拜圣地。②傅会：同“附会”。

【以古鉴今】此为驭人术。做领导的，大主意得自己拿，才能做到收放自如。如果让下属摸准了你的脾气，就会投其所好起来，在你面前演戏，把你蒙在鼓里。让人不知你想什么，敬畏之心生矣！

惧则不亡

时有为帝言灾异皆天数，非关人事得失所致者。弼闻而叹曰："人君所畏惟天，若不畏天，何事不可为者！此必奸人欲进邪说，以摇上心，使辅拂谏争之臣，无所施其力。是治乱之机，不可以不速救。"即上书数千言，力论之。又言："君子小人之进退，系王道之消长，愿深加辨察，勿以同异为喜怒、喜怒为用舍。陛下好使人伺察外事，故奸险得志。又多出亲批，若事事皆中，亦非为君之道；脱十中七八，积日累月，所失亦多。今中外之务渐有更张，大抵小人惟喜生事，愿深烛其然，无使有悔。"《宋史卷 313 · 列传第 72 · 富弼》

【以古鉴今】人充满畏惧心理，仔细想想到底怕什么呢？内怕良心谴责，外畏人言；近怕人知，远怕报应；活怕头上三尺，死怕遗臭万年。这种种怕的叠加，就让人循规蹈矩起来，形成国法乡约，才有了和谐社会。所以治国以无事为最佳，小事不宜查处太清，旧事不宜更张太勤，使民有所守，则国泰民安。

危难时敢担当

文彦博，字宽夫，汾州介休人。（中略）三年正月，帝方受朝，疾暴作，扶入禁中。彦博呼内侍史志聪问状，对曰："禁密不敢漏言。"彦博叱之曰："尔曹出入禁闼，不令宰相知天子起居，欲何为邪？自今疾势增损必以告，不尔，当行军法。"又与同列刘沆、富弼谋启醮大庆殿，因留宿殿庐。志聪曰："无故事[①]。"彦博曰："此岂论故事时邪？"知开封府王素夜叩宫门上变，不使入；明旦言，有禁卒告都虞候欲为乱。沆欲捕治，彦博召都指挥使许怀德，问都虞侯何如人，怀德称其愿可保。彦博曰："然则卒有怨，诬之耳。当亟诛之以靖众。"乃请沆判状尾，斩于军门。《宋史卷 313 · 列传第 72 · 文彦博》

【注释】①故事：先例，旧日的典章制度。

【以古鉴今】“无故事”三字耐人寻味。试想事事必依故事，那今人仍应不着衣裤，还应茹毛饮血，所以有今天，就因有第一个吃螃蟹的人，是他们不循故事开先河，才使人类进化成万物之灵，才有了现代文明，而猴子仍在四条腿着地循“故事”呢！

谦恭成人

彦博虽穷贵极富，而平居接物谦下，尊德乐善，如恐不及。其在洛也，洛人邵雍、程颢兄弟皆以道自重，宾接之如布衣交。与富弼、司马光等十三人，用白居易九老会故事，置酒赋诗相乐，序齿不序官，为堂，绘像其中，谓之“洛阳耆英会”，好事者莫不慕之。《宋史卷313·列传第72·文彦博》

【以古鉴今】朋友处的是情，相乐序齿不序官。本是小事，却见真性情。因为人普遍注意做好大事，小事就忽视了，正因为是被忽视的，才是没加伪装的。

有志者，事竟成

范仲淹，字希文，唐宰相履冰之后。其先邠州人也，后徙家江南，遂为苏州吴县人。仲淹二岁而孤，母更适长山朱氏，从其姓，名说。少有志操，既长，知其世家，乃感泣辞母，去之应天府，依戚同文学。昼夜不息，冬月惫甚，以水沃面；食不给，至以糜粥继之，人不能堪，仲淹不苦也。举进士第，为广德军司理参军，迎其母归养。改集庆军节度推官，始还姓，更其名。《宋史卷314·列传第73·范仲淹》

【以古鉴今】百十字的短文，道出一个做人的道理：人生路上，外界条件绝不是人堕落的借口，只要抱定一个宗旨，坚持不懈，就一定会收获完美。

得一正人，家和国兴

天圣七年，章献太后将以冬至受朝，天子率百官上寿。仲淹极言之，且曰："奉亲于内，自有家人礼，顾与百官同列，南面而朝之，不可为后世法。"（中略）太后崩，召为右司谏，言事者多暴太后时事，仲淹曰："太后受遗先帝，调护陛下者十余年，宜掩其小故，以全后德。"帝为诏中外，毋辄论太后时事。《宋史卷314·列传第73·范仲淹》

【以古鉴今】太后垂帘，唯劝其尽母道，南面而朝，不可为后世法；太后崩，唯劝仁宗尽子道，掩其小故，以全后德。范仲淹可谓于国避免了后宫干政，于家成全了母慈子孝的和谐关系，可谓得一正人，家和国兴！

急百姓之难

岁大蝗旱，江、淮、京东滋甚。仲淹请遣使循行，未报。乃请间①曰："宫掖中半日不食，当何如？"帝恻然②，乃命仲淹安抚江、淮，所至开仓振之。《宋史卷314·列传第73·范仲淹》

【注释】①请间：亦作请闲。请求在空隙之时白事，且不欲对众言之。②恻然：哀怜的样子；悲伤的样子。

【以古鉴今】这就是将心比心的最好例证。当你有权力为民众做点事的时候，以怎样的心去考虑问题很关键，如果能把自己也置于事中，就能获得感同身受的效果。否则将是隔岸观火、隔靴搔痒，嘴急心不急，稍遇阻力就不再坚持，好事也不能办彻底。

名不正，言不顺

仲淹为将，号令明白，爱抚士卒，诸羌来者，推心接之不疑，故贼亦不敢辄犯其境。元昊请和，召拜枢密副使。王举正懦默不任事，谏官欧阳修等言仲淹有相材，请罢举正用仲淹，遂改参知政事。仲淹曰："执政可由谏官而得乎？"固辞不拜，愿与韩琦出行边。《**宋史卷314·列传第73·范仲淹**》

【**以古鉴今**】宰相都是由皇帝再三斟酌指定的，怎么能由一个言官举荐呢？这起码能说明在皇帝心里，还没有把你当宰相看待。被别人推荐，皇帝才点头，显然是名不正言不顺。名不正人不服，人不服事不成，所以这个宰相不能当。

主持公道

会王伦寇淮南，州县官有不能守者，朝廷欲按诛之。仲淹曰："平时讳言武备，寇至而专责守臣死事，可乎？"守令皆得不诛。《**宋史卷314·列传第73·范仲淹**》

【**以古鉴今**】倘一言可救人命，得罪于人也是值得的，这就是身在公门好修行的意思。在外边若遇这种事，万不可置若罔闻，高高挂起。想想便知，你出手相救，就算得罪的是领导，你被降级，你被调离，你被……反正事不致死，小亏而已，挽救的却是他人的性命，孰轻孰重，明白不过，划算！

泛爱乐善

仲淹内刚外和，性至孝，以母在时方贫，其后虽贵，非宾客不重肉。妻子衣食，仅能自充。而好施予，置义庄里中，以赡族人。泛爱乐善，士多出其门下，虽里巷之人，皆能道其名字。死之日，四方闻者，皆为叹息。为政尚忠厚，所至有恩，邠、庆二州之民与属羌，皆画像立生祠事之。《宋史卷 314 · 列传第 73 · 范仲淹》

【以古鉴今】我对范式的孝心表示认可，但不认可他的做法。人是要与时俱进的，不能停留在爸妈时代。恰恰相反，要以超过他们，比他们过得好为骄傲，说明儿子强于老子。正是一代强于一代，人类才得以上天入地，无所不能的。按范式的做法，我们不能坐飞机，因爸妈没坐过；不能用电脑，因爸妈没用过，这样岂不被时代淘汰了？

留好样与子孙

（范）纯仁字尧夫，（中略）资警悟，八岁，能讲所授书。（中略）仲淹门下多贤士，如胡瑗、孙复、石介、李觏之徒，纯仁皆与从游。昼夜肄业，至夜分不寝，置灯帐中，帐顶如墨色。（《宋史卷 314 · 列传第 73 · 范纯仁》

【以古鉴今】人世间是靠传承才得以绵延不绝的。往者有师传来者除本能外之生存种种，此谓天职，不容你逃避。谁的孩子像谁即是，你不用刻意去做什么，孩子已不知不觉间长成了你，根本不用征得你的同意。

为兄养病而辞官

仲俺没，始出仕，以著作佐郎知襄城县。兄纯佑有心疾，奉之如父，药膳居服，皆躬亲时节之。贾昌朝守北都，请参幕府，以兄辞。宋庠荐试馆职，谢曰："辇毂[①]之下，非兄养疾地也。"富弼责之曰："台阁之任岂易得？何庸如是。"卒不就。襄城民不蚕织，劝使植桑，有罪而情轻者，视所植多寡除其罚，民益赖慕，后呼为"著作林"。《宋史卷314·列传第73·范纯仁》

【注释】①辇毂 niǎn gǔ：皇帝的车舆。

【以古鉴今】在家对亲人好，为官才可能对百姓好，中国古代有以孝选官的，大抵不错。对自己的亲人都不好的人，妄图他对百姓怎么怎么好，岂不是痴心妄想？

为官一任，造福一方

县有牧地，卫士牧马，以践民稼，纯仁捕一人杖之。牧地初不隶县，主者怒曰："天子宿卫，令敢尔邪？"白其事于上，劾治甚急。纯仁言："养兵出于税亩，若使暴民田而不得问，税安所出？"诏释之，且听牧地隶县。凡牧地隶县，自纯仁始。时旱久不雨，纯仁籍境内贾舟，谕之曰："民将无食，尔所贩五谷，贮之佛寺，候食阙时吾为粜之。"众贾从命，所蓄十数万斛。至春，诸县皆饥，独境内民不知也。《宋史卷314·列传第73·范纯仁》

【以古鉴今】如纯仁者，我愿意称他一声：父母官！他配，他当得起。

牝鸡司晨，惟家之索

时方议濮王典礼，宰相韩琦、参知政事欧阳修等议尊崇之。翰林学士王珪等议，宜如先朝追赠期亲尊属故事。纯仁言："陛下受命仁宗而为之子，与前代定策入继之主异，宜如王珪等议。”继与御史吕诲等更论奏，不听。纯仁还所授告敕，家居待罪。既而皇太后手书尊王为皇，夫人为后。纯仁复言：“陛下以长君临御，奈何使命出房闱，异日或为权臣矫托[①]之地，非人主自安计。”寻诏罢追尊，起纯仁就职。《**宋史卷314·列传第73·范纯仁**》

【注释】①矫托：假托；诈称。

【以古鉴今】儿子当皇帝，太后主事，牝鸡司晨，影子内阁，姻亲后党。长此以往，形成两个权力中心，出现党争或大权旁落是早晚的事。天无二日，国无二主，母子也不例外，这种政权格局不会长久，不欢而散就算是好结果了。弄不好兵戎相见，以命相搏都是常事。国如此家亦如此，企业更如此，要想长治久安，就不许政出多门！

民安勿扰

（纯仁）奏言：“王安石变祖宗法度，掊克[①]财利，民心不宁。《书》曰：‘怨岂在明，不见是图。’愿陛下图不见之怨。”神宗曰：“何谓不见之怨？”对曰：“杜牧所谓‘天下之人，不敢言而敢怒’是也。”神宗嘉纳之。《**宋史卷314·列传第73·范纯仁**》

【注释】①掊póu克：聚敛，搜刮民财。

【以古鉴今】敢怒而不敢言是人事的常态，所以然者，是祸从口出的教训让人心存忌惮。时至今日，人们说话仍是不敢全抛一片心，除了敢在背地里和聊得来的朋友泄泄私愤之外，也只有怒的份，而言就忍了。人人含怒隐忍，指定不是好事，“不见之怨”乃祸乱之源。民有不见之怨，国患；子有不见之怨，家愁。皆须有个表达、发泄的机会，不然恼起来，后果会很不堪的！

个人要服从国家

富弼在相位，称疾家居。纯仁言："弼受三朝眷倚，当自任天下之重，而恤己深于恤物，忧疾过于忧邦，致主处身，二者胥失。弼与先臣素厚，臣在谏省，不录私谒以致忠告，愿示以此章，使之自省。"**《宋史卷 314 · 列传第 73 · 范纯仁》**

【以古鉴今】在其位，谋其政，行其权，尽其责，带病也应坚持，不能休息，忧邦过于忧疾。你的缺席，影响了军国大事，只要头脑灵光，就不能清净，就要出主意想办法，让国家机器正常运转起来，至于个人，唯死而后已！

我为人人，人人为我

秦中方饥，擅发常平粟振贷。僚属请奏而须报，纯仁曰："报至无及矣，吾当独任其责。"或谤其所全活不实，诏遣使按视。会秋大稔，民欢曰："公实活我，忍累公邪？"昼夜争输还之。使者至，已无所负。**《宋史卷 314 · 列传第 73 · 范纯仁》**

【以古鉴今】国家把一方百姓的福祉托付给你，你也应承了，那就要为他们负责。遇事你不顾百姓死活，先把自己保护起来，如此，你很快就会倒霉的。只有你的百姓平安了，你才能平安，这是为官之道，也是为人之道。

法宽民安

移齐州。齐俗凶悍，人轻为盗劫。或谓："此严治之犹不能戢，公一以宽，恐不胜其治矣。”纯仁曰：“宽出于性，若强以猛，则不能持久；猛而不久，以治凶民，取玩之道也。”有西司理院，系囚常满，皆屠贩盗窃而督偿者。纯仁曰：“此何不保外使输纳邪？”通判曰：“此释之，复紊，官司往往待其以疾毙于狱中，是与民除害尔。”纯仁曰：“法不至死，以情杀之，岂理也邪？”尽呼至庭下，训使自新，即释去。期岁，盗减比年大半。《**宋史卷314·列传第73·范纯仁**》

【以古鉴今】通判的做法是典型的因噎废食，为避免再犯错且危害社会，把人下狱并等他们有了疾病后自死狱中，理由是与民除害。法不至死，以情杀之，这样对待犯错的人，非但法理难容，怕是良心上也通不过。纯仁则主张法宽民安，并取得了实际效果。相信大多数人还是通情达理的，否则一味高压，良民也被逼反了。我觉得民俗凶悍不是坏事，至于轻于为盗，是少廉耻心和生活艰难所致，兴学校、重农桑，提高人们道德意识，让他们都投身到生产劳动中去，衣食足则知荣辱，久则自化。

善恶邪正，各以类分

纯仁曰：“朝臣本无党，但善恶邪正，各以类分。彦博、公着皆累朝旧人，岂容雷同罔上①。昔先臣与韩琦、富弼同庆历柄任，各举所知。常时飞语指为朋党，三人相继补外。造谤者公相庆曰：‘一纲打尽。’此事未远，愿陛下戒之。”《**宋史卷314·列传第73·范纯仁**》

【注释】①罔上：欺骗君上。

【以古鉴今】轻信谣言，让国之栋梁被造谤者“一网打尽”，这在历朝历代都不罕见，说穿了就是统治者不自信造成的。个人也是，如果这个人自信，别人在他耳边吹什么风都不打紧。反之，哪怕是一句玩笑话，都能让他三天三夜辗转反侧、茶饭不思。饶舌之人总会有的，不管他们嗡嗡什么，不听不就没事了吗？我不气造谤者，因为人家就是那么认为的。我更恨信谤者，是他不自信，不识好歹，害了好人，把事情给办砸了。

事成不必在我

纯仁凡荐引人材，必以天下公议，其人不知自纯仁所出。或曰："为宰相，岂可不牢笼天下士，使知出于门下？"纯仁曰："但朝廷进用不失正人，何必知出于我邪？"《宋史卷314·列传第73·范纯仁》

【以古鉴今】这事是最能看出君子小人的。君子不党，为国家引荐人才，只要"朝廷进用不失正人"，何必知道是谁引荐的呢？小人则意不在国家，而在牢笼天下士，使出于门下，为己所用。初始目的就不同，其结果当然也是两样，公私泾渭耶。

佛地位中人

苏辙论殿试策问，引汉昭变武帝法度事。哲宗震怒曰："安得以汉武比先帝？"辙下殿待罪，众不敢仰视。纯仁从容言："武帝雄才大略，史无贬辞。辙以比先帝，非谤也。陛下亲事之始，进退大臣，不当如诃叱奴仆。"右丞邓润甫越次曰："先帝法度，为司马光、苏辙坏尽。"纯仁曰："不然，法本无弊，弊则当改。"哲宗曰："人谓秦皇、汉武。"纯仁曰："辙所论，事与时也，非人也。"哲宗为之少霁。辙平日与纯仁多异，至是乃服谢纯仁曰："公佛地位中人也。"《宋史卷314·列传第73·范纯仁》

【以古鉴今】平时不睦是私情，为之辩护是公事，公事公言之，不能因私废公。越有私怨，越以公心待之，就越易彰显你的大胸襟、大智慧，也是化解恩怨误会的最好媒介。

责己恕人

纯仁性夷易[①]宽简，不以声色加人，谊之所在，则挺然不少屈。自为布衣至宰相，廉俭如一，所得奉赐，皆以广义庄；前后任子恩，多先疏族。没之日，幼子、五孙犹未官。尝曰：“吾平生所学，得之忠恕二字，一生用不尽。以至立朝事君，接待僚友，亲睦宗族，未尝须臾离此也。”每戒子弟曰：“人虽至愚，责人则明；虽有聪明，恕己则昏。苟能以责人之心责己，恕己之心恕人，不患不至圣贤地位也。”又戒曰：“《六经》，圣人之事也。知一字则行一字。要须‘造次颠沛必于是’，则所谓‘有为者亦若是’尔。岂不在人邪？”弟纯粹在关陕，纯仁虑其于西夏有立功意。与之书曰：“大辂[2]与柴车争逐，明珠与瓦砾相触，君子与小人斗力，中国与外邦校胜负，非唯不可胜，兼亦不足胜，不唯不足胜，虽胜亦非也。”亲族有请教者，纯仁曰：“惟俭可以助廉，惟恕可以成德。”其人书于坐隅。《**宋史卷 314·列传第 73·范纯仁**》

【**注释**】①夷易：平易，平正。引申为简易，浅显；平和谦逊。②辂 lù：古时候用的一种大车。

【**以古鉴今**】“人虽至愚，责人则明；虽有聪明，恕己则昏。苟能以责人之心责己，恕己之心恕人，不患不至圣贤地位也。”“惟俭可以助廉，惟恕可以成德。”书于座右，勉励警醒自己。非望为贤成圣，姑且做个好人！

体人心，得事理

包拯，字希仁，庐州合肥人也。始举进士，除大理评事，出知建昌县。以父母皆老，辞不就。得监和州税，父母又不欲行，拯即解官归养。后数年，亲继亡，拯庐墓终丧，犹裴徊不忍去，里中父老数来劝勉。久之，赴调，知天长县。有盗割人牛舌者，主来诉。拯曰：“第归，杀而鬻之。”寻复有来告私杀牛者，拯曰：“何为割牛舌而又告之？”盗惊服。《**宋史卷 316·列传第 75·包拯**》

【以古鉴今】因当时法律规定，私杀耕牛有罪，割牛舌者肯定与牛的主人有隙，听说牛的主人杀牛，再告一刁状，让他牛死且犯法，让其人财两空，岂不快哉。现世现报，拉人下水，其实你已先入于水中矣，岂能在岸上干净？

一尘不染

（拯）徙知端州，迁殿中丞。端土产砚，前守缘贡，率取数十倍以遗权贵。拯命制者才足贡数，岁满不持一砚归。《宋史卷316·列传第75·包拯》

【以古鉴今】一清如水，不吃请、不受贿，土特产也不沾边。久在江边站，就是不湿鞋。难怪由古至今从没有包拯的绯闻，严于律己如此，亘古一人也。

话有该说不该说之分

（拯）迁谏议大夫、权御史中丞。奏曰："东宫虚位日久，天下以为忧，陛下持久不决，何也？"仁宗曰："卿欲谁立？"拯曰："臣不才备位，乞豫建太子者，为宗庙万世计也。陛下问臣欲谁立，是疑臣也。臣年七十，且无子，非邀福者。"帝喜曰："徐当议之。"《宋史卷316·列传第75·包拯》

【以古鉴今】在官场说话可得加小心，稍一粗心，就让人给绕进去了。封建社会立储是大事，怎容得大臣说三道四，那是犯大忌的。包拯与皇帝讲立储的事，皇帝却问他想立谁？这里口快心直就不合时宜了，还是想好再说，甚至想好也别说。因为历史上常有乐呵时的玩笑话，恼时就给你当起真来，到时候就容不得你辩解了。记住：小人物声嘶力竭的辩白，也抵不过大人们丢一个眼色管用，砧板鱼肉的关系，怎容你少懈！

做事要防嫌

张方平为三司使，坐买豪民产，拯劾奏罢之；而宋祁代方平，拯又论之；祁罢，而拯以枢密直学士权三司使。欧阳修言："拯所谓牵牛蹊田而夺之牛[①]，罚已重矣，又贪其富，不亦甚乎！"拯因家居避命，久之乃出。《宋史卷316·列传第75·包拯》

【注释】①牵牛蹊田而夺之牛：蹊，践踏；夺，强取。因牛践踏了田，抢走人家的牛。比喻罪轻罚重。

【以古鉴今】包拯错在不该把人家拉下马，自己坐到那把椅子上，此举有觊觎官位之嫌，有嘴莫辩。所以做事要前思后想，别给人留下口实。

包公家训

拯性峭直[①]，恶吏苛刻，务敦厚，虽甚嫉恶，而未尝不推以忠恕也。与人不苟合，不伪辞色悦人，平居无私书，故人、亲党皆绝之。虽贵，衣服、器用、饮食如布衣时。尝曰："后世子孙仕宦，有犯赃[②]者，不得放归本家，死不得葬大茔中。不从吾志，非吾子若孙也。"《宋史卷316·列传第75·包拯》

【注释】①峭直：严峻刚正。②犯赃：贪赃。

【以古鉴今】言为心声，千年来读着老人的训诫，还能感受到那种忠耿峭直、硬邦邦的性格，不容你不听。活着容不得人放肆，死后也不容放肆的人！

做人须有守

景谌[①]，景臻之从兄也。繇殿直巡辖两京马递[②]，中进士第。初赴开封解试[③]，时王安石得其文，以为知道者。既荐送之，又推誉于公卿间，自是执弟子礼。安石提点府界，景谌为属主簿，又以文荐之。执丧居许，闻安石得政，喜，因事来京师谒之。方盛夏，安石与僧智缘卧于地，一最亲者袒坐其侧。顾景谌褫[④]服脱帽，未及它语，卒然问曰："青苗、助役如何？"景谌曰："利少害多，异日必为民患。"又问："孰为可用之人？"曰："居丧不交人事，而知人尤难事也。"遂辞出。

后调官复来，安石已作相，又往诣之。安石令先与弟安国相见。安国亦与之善，谓景谌曰："相君欲以馆阁相处而任以事。"景谌曰："百事皆可为，所不知者新书、役法耳。"及见安石，安石欲令治峡路役书，且委以戎、泸蛮事。景谌曰："峡路民情，仆固不能知；而戎、泸用兵，系朝廷举动、一路生灵休戚，愿择知兵爱人者。"安石大怒，坐上客数十人，皆为之惧。退就谒舍，赏激之与诋以为矫者参半。景谌笑曰："自古以来，好利者众，而顾义者寡，故天下万事，皆由人而不在于己。苟为利所动，而由于人，则盗亦可为也。夫盗之所以为盗者，利胜于义，而不知所以为之者耳。吾又何憾焉？"遂与安石绝。熙宁末，从张景宪辟知瀛州，终身为外官，仅至朝请郎而卒。《宋史卷317·列传第76·钱景谌》

【注释】①谌 chén：相信，诚然。②马递：古代官府文书由驿站派马递送。③解试：又称州试，是科举时代唐、宋时期州府举行的考试，即后来明、清时期的乡试，是科举程序中的第一级，由地方学正监考，历考三天，共考三场。④褫 chǐ：剥去衣服，引申为革除、夺去。

【以古鉴今】守住一颗心，按自己的意愿活，不问今生，不求来世。宁活出多不如意的自己，也不可忘宗背祖，卑躬屈膝于权势前。所谓会来事，是在不违背自己做人大原则的前提下，卖你个顺水人情，但要和自己做人的准则背道而驰，就是天王老子也不成，毋宁死！

不要背后嚼舌

胡宿，字武平，常州晋陵人。（中略）知湖州，前守滕宗谅大兴学校，费钱数十万。宗谅去，通判、僚吏皆疑以为欺，不肯书历。宿诮之曰："君辈佐滕侯久矣，苟有过，盍不早正？乃阴拱以观，俟[①]其去而非之，岂昔人分谤之意乎？"坐者大惭谢。《**宋史卷 318 · 列传第 77 · 胡宿**》

【注释】①俟：等待。

【以古鉴今】当面不说，背后乱说，是人之一大诟病。这种人心里是阴暗的，他见不得别人比他好，可自己又好不过人家。对此种人只好不予理睬，你该干什么干什么，你不听他的，在你这里，他就等于什么也没说。如此可知，人的烦恼是源于你的听，而不在于别人的说。

只提意见不做主

宿为人清谨忠实，内刚外和，群居不哗笑，与人言，必思而后对。故临事重慎，不辄发，发亦不可回止。居母丧三年，不至私室。其当重任，尤顾惜大体。在审官、刑院，择详议官，有在选中者，尝监征榷，以水灾负课。同列谓小累不足白，宿竟白之，而荐其才足用，仁宗听纳。同列退而诮曰："公固欲白上，倘缘是不用，奈何？"宿曰："彼之得否，不过一详议官。宿平生以诚事主，今白首矣，忍以毫发欺乎？为之开陈，听吾君自择尔。"《**宋史卷 318 · 列传第 77 · 胡宿**》

【以古鉴今】当差应役，在职权范围内，不做旁观者。把该讲的讲出来，至于是否采纳，上边自裁，就不是我这"详议官"的事了。

人不是为钱活的

（宿）少与一僧善，僧有秘术，能化瓦石为黄金。且死，将以授宿，使葬之。宿曰:“后事当尽力,他非吾所冀也。”僧叹曰:“子之志,未可量也。”其笃行自励，至于贵达，常如布衣时。《**宋史卷 318 · 列传第 77 · 胡宿**》

【以古鉴今】人活于世，意义之一是为社会贡献自己的聪明才智，推动社会进步，造福后人。并非自己要获得多少，得的再多也只是日三餐、夜七尺，余者保管、赏玩而已，对人并无实际意义。点金之术，多少人垂涎三尺而无从得，然胡宿受赠而不取，是真正活得明白的人。

人间有羞耻事

欧阳修，字永叔，庐陵人。（中略）范仲淹以言事贬，在廷多论救，司谏高若讷独以为当黜。修贻书责之，谓其不复知人间有羞耻事。若讷上其书，坐贬夷陵令，稍徙干德令、武成节度判官。仲淹使陕西，辟掌书记。修笑而辞曰：“昔者之举，岂以为己利哉？同其退不同其进可也。”《**宋史卷 319 · 列传第 78 · 欧阳修**》

【以古鉴今】“昔者之举，岂以为己利哉？同其退不同其进可也。”是说当初贻书遭贬，就没想自己能得什么好处，是为真理发声，为正义伸张，非求福报。至于今天的进退行止，顺其自然，别无奢求。字里行间透出欧阳修伟岸高大之人格修养。

必欲除之而后快

方是时[①]，杜衍等相继以党议罢去，修慨然上疏曰：“杜衍、韩琦、范仲淹、富弼，天下皆知其有可用之贤，而不闻其有可罢之罪，自古小人谗害忠贤，其说不远。欲广陷良善，不过指为朋党，欲动摇大臣，必须诬以颛权[②]，其故何也？去一善人，而众善人尚在，则未为小人之利；欲尽去之，则善人少过，难为一一求瑕，唯指以为党，则可一时尽逐，至如自古大臣，已被主知而蒙信任，则难以他事动摇，唯有颛权是上之所恶，必须此说，方可倾之。正士在朝，群邪所忌，谋臣不用，敌国之福也。今此四人一旦罢去，而使群邪相贺于内，四夷相贺于外，臣为朝廷惜之。”于是邪党益忌修。《**宋史卷** 319 · **列传第** 78 · **欧阳修**》

【**注释**】①方是时：正在这个时候。②颛权：独揽大权。

【**以古鉴今**】此处道出了小人容不得忠良的嘴脸，因为他们认为是忠良者挡了自己的进取之路。欲一网打尽只有专权一说是皇帝最厌恶的，因为它能动摇皇权，是皇帝最怕最恨的，所以尽管是风闻言事，也宁信其有而尽去之。正士在朝，群邪所忌，谋臣不用，敌国之福也。群邪相贺于内，四夷相贺于外，国无宁日矣！不管你掌一国，还是一单位或一家庭，都不要听别人说什么，要用自己的感觉、良知体察，相信自己，依靠自己，别让他人当了你的家。

话忌说满，事别做绝

修平生与人尽言无所隐。及执政，士大夫有所干请[①]，辄面谕可否，虽台谏官论事，亦必以是非诘之，以是怨诽益众。《**宋史卷** 319 · **列传第** 78 · **欧阳修**》

【**注释**】①干请：请托。

【**以古鉴今**】做事事事合理，说话句句真实，怕是世上也无一人。因为理和真本来就是相对的，同一事物你认为是理，他可能以为是非；你说是真，他可能认为是假。所谓的理和真，都是站在自己的角度上说的，别人有别人的理解。所以，话别说满，事别做绝，给他人留几分尊重，给自己也留些回旋的余地。

遇事不敢忽

修始在滁州，号醉翁，晚更号六一居士。天资刚劲，见义勇为，虽机阱[①]在前，触发之不顾。放逐流离，至于再三，志气自若也。方贬夷陵时，无以自遣，因取旧案反覆观之，见其枉直乖错[②]不可胜数，于是仰天叹曰："以荒远小邑，且如此，天下固可知。"自尔，遇事不敢忽也。《**宋史卷 319 · 列传第 78 · 欧阳修**》

【**注释**】①机阱：设有机关的捕兽陷阱。比喻坑害人的圈套。②乖错：混乱，错乱；违背。

【**以古鉴今**】遇事不敢忽，也未必就能准确无误，但能做到不违法徇情，不灭情害义也就是了。至于玩忽职守，或别有用心，或借机摸金，当是误人误事多矣。因为它于情于理，于国于家，没有一处能站得住脚，就连自己都会瞧不起自己，别做将来不敢回忆的事！

为政宽简，则民便之

学者求见，所与言，未尝及文章，惟谈吏事，谓文章止于润身，政事可以及物。凡历数郡，不见治迹，不求声誉，宽简而不扰，故所至民便之。或问："为政宽简，而事不弛废，何也？"曰："以纵为宽，以略为简，则政事弛废，而民受其弊。吾所谓宽者，不为苛急；简者，不为繁碎耳。"《**宋**

史卷 319 · 列传第 78 · 欧阳修》

【以古鉴今】身为文学大家，能认识文章止于润身，政事可以及物的道理，积极投身到政事中，不见治迹，不求声誉，吾辈之榜样。为政宽简之说尤为精到，后生用而勿疑。

母亲的传承作用

修幼失父，母尝谓曰："汝父为吏，常夜烛治官书，屡废而叹。吾问之，则曰：'死狱也，我求其生，不得尔。'吾曰：'生可求乎？'曰：'求其生而不得，则死者与我皆无恨。夫常求其生，犹失之死，而世常求其死也。'其平居教他子弟，常用此语，吾耳熟焉。"修闻而服之终身。《宋史卷 319 · 列传第 78 · 欧阳修》

【以古鉴今】母亲的话，"修闻而服之终身"。也有这样的母亲，管教孩子时的口头禅是"像你那死爹……"，后面跟的是一堆不堪入耳其父之"罪状"。我留心过，这样的孩子活出人样的少，我想大概是"像他那死爹"了。因为孩子都希望自己有个顶天立地的老子，特别是男孩，愿意像父亲，可自己的父亲竟是（母亲说的）那样，自己还能好到哪儿去，先自卑了。所以母亲在孩子面前说的话可随便不得呀！

非理之福，不可侥幸

蔡襄，字君谟，兴化仙游人。（中略）开宝浮图灾，下有旧瘗佛舍利，诏取收入，宫人多灼臂落发者。方议复营之，襄谏曰："非理之福，不可徼幸。今生民困苦，四夷骄慢，陛下当修人事，奈何专信佛法？或以舍利有光，推为神异，彼其所居尚不能护，何有于威灵。天之降灾，以示儆戒，顾大

兴功役，是将以人力排天意也。”《宋史卷 320 · 列传第 79 · 蔡襄》

【以古鉴今】今生不幸求来生，求人无望求鬼神，就是不知求自己。人要明白一个最浅显的道理：没有什么救世主，求谁都不如求自己。只有靠自己才靠得住，所以遇到命运不济时，不要张嘴道求，更不可伸手要帮，只打自己的主意，向自己讨方法。

退邪进贤

夏竦罢枢密使，韩琦、范仲淹在位，襄言：“陛下罢竦而用琦、仲淹，士大夫贺于朝，庶民歌于路，至饮酒叫号以为欢。且退一邪，进一贤，岂遂能关天下轻重哉？盖一邪退则其类退，一贤进则其类进。众邪并退，众贤并进，海内有不泰乎！虽然，臣切忧之。天下之势，譬犹病者，陛下既得良医矣，信任不疑，非徒愈病，而又寿民。医虽良术，不得尽用，则病且日深，虽有和、扁，难责效矣。”《宋史卷 320 · 列传第 79 · 蔡襄》

【以古鉴今】用人不疑，疑人不用，会说的人不少，能做到的人不多。就单说用人信人，为让陈平去离间楚王的人，乃出黄金四万斤与陈平，恣所为，不问其出入，非常人之可为哉？群雄逐鹿，唯刘邦能当皇帝而不是别人，也绝非偶然。

严明法度

保州卒作乱，推懦兵十余辈为首恶，杀之以求招抚。襄曰：“天下兵百万，苟无诛杀决行之令，必开骄慢暴乱之源。今州兵戕[1]官吏、闭城门，不能讨，从而招之，岂不为四方笑。乞将兵入城，尽诛之。”诏从其议。《宋史卷 320 · 列传第 79 · 蔡襄》

【注释】①戕：残杀，杀害。

【以古鉴今】国有常法，叛国罪从来就在“十恶不赦”之列，就没有从轻发落的先例。州兵作乱戕官吏、闭城门，不能讨伐而招抚，岂止为四方笑，直是变相暗示——此次不成，下次吧！如是必开骄慢暴乱之源，遗患无穷。因此必须除之，且必须除尽，以儆效尤！

敢在权威前说不

余靖，字安道，韶州曲江人。（中略）范仲淹贬饶州，谏官御史莫敢言。靖言：“仲淹以刺讥大臣重加谴谪，倘其言未合圣虑，在陛下听与不听耳，安可以为罪乎？汲黯在廷，以平津为多诈；张昭论将，以鲁肃为粗疏。汉皇、吴主熟闻訾毁，两用无猜，岂损令德。陛下自亲政以来，屡逐言事者，恐钳天下口，不可。”《**宋史卷 320·列传第 79·余靖**》

【以古鉴今】还是愿意听好话的人多，太刺耳的话，即便是忠言人也不太愿意听，一般是当时不好怎样，过后还是要找把回去。所以在外面说话还是耽迟不耽错的好，特别是无关紧要的事，能不说就不说吧！

不能自卫，何福及民

开宝寺灵感塔灾，（靖）复上疏言：“（中略）闻尝诏取旧瘗舍利入禁中阅视，道路传言，舍利在内廷有光怪，窃恐巧佞之人，推为灵异，惑乱视听，再图营造。臣闻帝王之道，能勤俭厥德[①]，感动人心，则虽有危难，后必安济。今自西垂用兵，国帑虚竭，民亡储蓄，十室九空。陛下若勤劳罪己，忧人之忧，则四民安居，海内蒙福。如不恤民病，广事浮费，奉佛求福，非天下所望也。若以舍利经火不坏，遽为神异，即本在土中，火所不及。若言舍利皆能出光怪，必有神灵凭之，此妄言也。且一塔不能自卫，为火所毁，况藉其福以庇民哉？”《宋史卷 320 · 列传第 79 · 余靖》

【注释】①厥德：厥，古同“撅”，掘；德，遵循本性、本心，顺乎自然便是德。引申为修养道德，品行。

【以古鉴今】舍利埋在塔下，塔者，实为舍利之屋宇也，自己的栖身之所不能庇佑，何福可及于民？

做贼心虚

陈襄，字述古，福州侯官人。（中略）民有失物者，贼曹捕偷儿至，数辈相撑拄，襄语之曰：“某庙钟能辨盗，犯者扪之辄有声，余则否。”乃遣吏先引以行，自率同列诣钟所祭祷，阴涂以墨，而以帷蔽之。命群盗往扪，少焉呼出，独一人手无所污，扣之，乃为盗者。盖畏钟有声，故不敢触，遂服罪。《宋史卷 321 · 列传第 80 · 陈襄》

【以古鉴今】与人交往，必知其心，尤其是破案一类事。将心比心，把自己摆在罪犯的位置上，罪犯的思维是要逃避惩处，那需要动哪些心思呢？此时他最怕什么呢？如此便知他的软肋，即进攻的目标，就易于成功了。

突发之事，沉稳应对

李允则，字垂范，济州团练使谦溥子也。（中略）尝宴军中，而甲仗库火。允则作乐行酒不辍，副使请救，不答。少顷火熄，命悉瘗所焚物，密遣吏持檄瀛州，以茗笼运器甲。不浃旬，兵数已完，人无知者。枢密院请劾不救火状，真宗曰："允则必有谓，姑诘之。"对曰："兵械所藏，儆火甚严，方宴而焚，必奸人所为。舍宴而救，事或不测。"《宋史卷 324 · 列传第 83 · 李允则》

【以古鉴今】对突发之事，要冷静处理，不可莽撞，如李允则所说："兵械所藏，儆火甚严，方宴而焚，必奸人所为。舍宴而救，事或不测。"防敌人调虎离山，或另有他图。两军对垒如此，日常遇事也须谨慎，不可贸然行事，想好了再做，切莫做完了再想。

自信其心以行

桑怿，开封雍丘人。（中略）明道末，京西旱蝗，有恶贼二十三人，枢密院召怿至京师，授以贼名姓，使往捕。（中略）凡二十三人者，一日皆获。

还京师，枢密吏求银，为致阁门祗候。怿曰："用赂得官，非我欲，况贫无银；有，固不可也。"吏怒，匿其功状，止免其短使而已。除兵马监押，未行，会宜州蛮叛，杀海上巡检，官军不能制，因命怿往，尽手杀之。还，乃授阁门祗候。怿曰："是行也，非独吾功，位有居吾上者，吾乃其佐也。今彼留而我还，我赏厚而彼轻，得不疑我盖其功而自伐乎？受之，徒惭吾心。"将让其赏以归己上者。或讥以好名，怿叹曰："士顾其心如何尔，当自信其心以行，若欲避名，则善皆不可为也。"《宋史卷 325 · 列传第 84 · 桑怿》

【以古鉴今】人这一辈子要说很多话，做很多事，想让所有人满意，任谁也办不到的，只求自己心安就行。别人怎么看、怎么说，那是人家的自由，我们无权干涉，但我们也不能让别人给干涉喽。活出自己，做自由人。

怒不越法

王安石，字介甫，抚州临川人。（中略）有少年得斗鹑，其侪[1]求之不与，恃与之昵辄持去，少年追杀之。开封当此人死，安石驳曰："按律，公取、窃取皆为盗。此不与而彼携以去，是盗也；追而杀之，是捕盗也，虽死当勿论。"遂劾府司失入。府官不伏，事下审刑、大理，皆以府断为是。诏放安石罪，当诣阁门谢。安石言："我无罪。"不肯谢。御史举奏之，置不问。《宋史卷 327 · 列传第 86 · 王安石》

【注释】①侪 chái：辈，类。

【以古鉴今】就事论事：你抢我东西，索要而不还，那只能"追杀之"。然从法律层面上讲是不妥的，你可以去追去夺，但你不能"杀之"。因为有矛盾能自行了断当然好，不能就须诉诸法律，公民个人无权剥夺他人的生命权，否则即触犯了法律。

光脚的不怕穿鞋的

开封民避保甲，有截指断腕者，知府韩维言之，帝问安石，安石曰："此固未可知，就令有之，亦不足怪。今士大夫睹新政，尚或纷然惊异；况于二十万户百姓，固有蠢愚为人所惑动者，岂应为此遂不敢一有所为邪？"帝曰："民言合而听之则胜，亦不可不畏也。"《宋史卷 327 · 列传第 86 · 王安石》

【以古鉴今】按着一种模式生活久了，跟上时代步伐的人，愿意继续沿着这条路走下去，而被时代列车落下的人，就有好多不如意，久而久之，就成了积怨。积怨太深，就需要改变。但改变又触犯既得利益，于是矛盾产生了。所以历朝历代，每有变革，都会产生社会动荡，利益使然。

有才少德

安石性强忮[①]，遇事无可否，自信所见，执意不回。至议变法，而在廷交执不可，安石傅经义，出己意，辩论辄数百言，众不能诎。甚者谓："天变不足畏，祖宗不足法，人言不足恤。"罢黜中外老成人几尽，多用门下儇慧[②]少年。《**宋史卷 327 · 列传第 86 · 王安石**》

【注释】①强忮 zhì：固执。②儇 xuān 慧：浮浅慧黠。

【以古鉴今】这种只相信自己，并自认是天下第一的人，过去、现在、将来都不会做成任何事。因为他不会与人合作，认为谁都不如他。这样的人大都有些聪明，但聪明才智如果没有德行的驾驭，没有不入歧途的，到头来多被聪明误了！

公私泾渭

罗拯，字道济，祥符人。（中略）拯性和柔，不与人校曲直。为发运使时，与副皮公弼不协。公弼徙他道，御吏劾其贷官钱，拯力为辨理。钱公辅为谏官，尝论拯短，而公辅姻党多在拯部内，往往荐进之。或讥以德报怨，拯曰："同僚不协，所见异也；谏官所言，职也。又何怨乎？"时论服其长者。《**宋史卷 331 · 列传第 90 · 罗拯**》

【以古鉴今】在世间行走，不要希冀人尽如我意，因为自己也不能让人人满意，意见相左是常事，总一致倒成怪事了。别人对自己不满，不要生怨，检讨自己，有改无勉。倘你还无此胸怀，也要记住，决不可做冤冤相报的蠢事，因为那一定是两败俱伤的。

手足情深

单煦，字孟阳，平原人。（中略）煦友爱兄熙，兄尝殴人至死，未有知者。煦曰："家贫亲老，仰兄以养，义当代之死。"即趋诣斗所以待捕。已而死者苏，惊问之，煦以情告。其人感叹，遂辍讼。《宋史卷 333 · 列传第 92 · 单煦》

【以古鉴今】单煦的做法虽与现在的法律制度不符，但仍被其手足情深而感动。古人也知道生命只有一次，是不可多得且最宝贵的东西，然心中之"义"让他们为别人想，故多慷慨悲壮之士。他们是真正理解人生真谛的，不怕死，只怕死得无名，为父母兄弟、为民族大义、为国家存亡而死，死得其所！

司马光砸缸

司马光，字君实，陕州夏县人也。（中略）群儿戏于庭，一儿登瓮，足跌没水中，众皆弃去，光持石击瓮破之，水迸，儿得活。其后京、洛间画以为图。《宋史卷 336 · 列传第 95 · 司马光》

【以古鉴今】长大后的种种，在小的时候就有所萌芽，只是人们尚参悟不透罢了。人们所谓的"出息"，固然离不开自己的努力以及他人的帮衬，但有些事也是命中注定的。

有备无患

仁宗始不豫[①]，国嗣未立，天下寒心而莫敢言。谏官范镇首发其议，光在并州闻而继之，且贻书劝镇以死争。至是，复面言："臣昔通判并州，所上三章，愿陛下果断力行。”帝沉思久之，曰：“得非欲选宗室为继嗣者乎？此忠臣之言，但人不敢及耳。”光曰：“臣言此，自谓必死，不意陛下开纳。”帝曰：“此何害，古今皆有之。”光退未闻命，复上疏曰：“臣向者进说，意谓即行，今寂无所闻，此必有小人言陛下春秋鼎盛，何遽为不祥之事。小人无远虑，特欲仓卒之际，援立其所厚善者耳。‘定策国老[②]’‘门生天子[③]’之祸，可胜言哉？”帝大感动曰：“送中书。”光见韩琦等曰：“诸公不及今定议，异日禁中夜半出寸纸，以某人为嗣，则天下莫敢违。”琦等拱手曰：“敢不尽力。”未几，诏英宗判宗正，辞不就，遂立为皇子，又称疾不入。光言：“皇子辞不赀之富，至于旬月，其贤于人远矣。然父召无诺，君命召不俟驾，愿以臣子大义责皇子，宜必入。”英宗遂受命。《宋史卷336·列传第95·司马光》

【注释】①不豫：天子有病的讳称。②定策国老：唐代自敬宗至宣宗，宦官操纵国家大权，可以废立皇帝。③门生天子：中唐以后，帝位多由宦官决定，宦官视皇帝为门生，故称。

【以古鉴今】人世间的事谁也说不好，永远不知道无常和明天哪个先来，所以把想到的都做好，无事皆大欢喜，事来已有安排。不单是军国大事，就是我们小民的身后事也应有如此觉悟，宁提前安排好待用，也强于急来抱佛脚。

夺民甚于加赋

执政以河朔旱伤，国用不足，乞南郊勿赐金帛。诏学士议，光与王珪、王安石同见，光曰：“救灾节用，宜自贵近始，可听也。”安石曰：“常衮辞堂馔，时以为衮自知不能，当辞位不当辞禄。且国用不足，非当世急务，所以不足者，以未得善理财者故也。”光曰：“善理财者，不过头会箕敛尔。”安石曰：“不然，善理财者，不加赋而国用足。”光曰：“天下安有此理？天地所生财货百物，不在民，则在官，彼设法夺民，其害乃甚于加赋。此盖桑羊欺武帝之言，太史公书之以见其不明耳。”争议不已。帝曰：“朕意与光同，然姑以不允答之。”《宋史卷336·列传第95·司马光》

【以古鉴今】理财理财，连财都没有还理什么？所以说“国用不足，以未得善理财者故也”，只是王安石的诡辩术。王安石看问题有时限于理论层面，而不与实际结合，这是他变法失败的原因之一。他适于搞文学，因为文学可以渲染、夸张，可以不着边际。可国计民生，渲染夸张是毫无用处的，人民要吃饭、穿衣、住房、出行，这些都是硬道理，坐而论道是道不来的。

虚荣也是荣

蔡天申为察访，妄作威福，河南尹、转运使敬事之如上官；尝朝谒应天院神御殿，府独为设一班，示不敢与抗。光顾谓台吏曰：“引蔡寺丞归本班。”吏即引天申立监竹木务官富赞善之下。天申窘沮，即日行。《宋史卷336·列传第95·司马光》

【以古鉴今】拉大旗作虎皮的病很难治愈，就是今天不也有“富二代”什么的嘛，能多些司马光就好了。这是穷极无聊的人们自我安慰，觉得不管有用没用，光彩一会儿是一会儿。

磊落做人

光孝友忠信，恭俭正直，居处有法，动作有礼。在洛时，每往夏县展墓，必过其兄旦，旦年将八十，奉之如严父，保之如婴儿。自少至老，语未尝妄，自言：“吾无过人者，但平生所为，未尝有不可对人言者耳。”诚

心自然，天下敬信，陕、洛间皆化其德，有不善，曰："君实得无知之乎？"《宋史卷336·列传第95·司马光》

【以古鉴今】只此"平生所为，未尝有不可对人言者耳"一句，就足以让人肃然起敬。经常记起这句话，虽不能十足地做到，但离得近些，再近些，对我们也是大提升！

百姓心中有杆秤

绍圣初，御史周秩首论光诬谤先帝，尽废其法。章惇、蔡卞请发冢斫棺，帝不许，乃令夺赠谥，仆所立碑。而惇言不已，追贬清远军节度副使，又贬崖州司户参军。徽宗立，复太子太保。蔡京擅政，复降正议大夫，京撰《奸党碑》，令郡国皆刻石。长安石工安民当镌字，辞曰："民愚人，固不知立碑之意。但如司马相公者，海内称其正直，今谓之奸邪，民不忍刻也。"府官怒，欲加罪，泣曰："被役不敢辞，乞免镌安民二字于石末，恐得罪于后世。"闻者愧之。《宋史卷336·列传第95·司马光》

【以古鉴今】官吏的好坏，后来的官们说了不算，因为他们可能是出于政治目的，把白的说成黑的。而百姓心中是有数的，因为什么时候日子得过，什么时候活得踏实，他们心里是最清楚的，让老百姓有好日子过的官才是好官。

独苗更不可纵

刘挚，字莘老，永静东光人。儿时，父居正课以书，朝夕不少间。或谓："君止一子，独不可少宽耶？"居正曰："正以一子，不可纵也。"《宋史卷340·列传第99·刘挚》

【以古鉴今】子不教，父之过，与有几个无关。正因为只有一个，一旦惯坏，那家庭教育就是百分之百的失败。一旦变坏，那传下去的也将是“坏种”，影响了整个种群的品质，子女的教育何其重要啊！刘挚的“正以一子，不可纵也”的话，独苗家庭的父母们可要记住啊，不可溺爱，溺爱是害，且贻害无穷！

君子小人也在人用

（挚）及入见，神宗面赐褒谕。（中略）退而上疏曰：“君子小人之分，在义利而已。小人才非不足用，特心之所向，不在乎义。故希赏之志，每在事先；奉公之心，每在私后。陛下有劝农之意，今变而为烦扰；陛下有均役之意，今倚以为聚敛。其有爱君之心，忧国之言者，皆无以容于其间。今天下有喜于敢为，有乐于无事。彼以此为流俗，此以彼为乱常。畏义者以进取为可耻，嗜利者以守道为无能。此风浸成，汉、唐党祸必起矣。惟君子为能通天下之志。臣愿陛下虚心平听，审察好恶，前日意以为是者，今更察其非；前日意以为短者，今更用其长。稍抑虚哗轻伪、志近忘远、幸于苟合之人，渐察忠厚慎重、难进易退、可与有为之士。收过与不及之俗，使会于大中之道，则施设变化，惟陛下号令之而已。”《**宋史卷 340 · 列传第 99 · 刘挚**》

【以古鉴今】君子小人之所以不易分辨，就在于它不像刘挚说的那么黑白分明，另外君子也非时时事事总是君子，小人也不老是小人。他们心里有时也有过不去的坎儿，君子也就小人一回，小人也可能就君子一把。别把人看死了，你用君子的坦荡去待小人，小人也可能会被你的真诚感动，从此就君子了呢？人是会变的。

先行实，后文艺

挚嗜书，自幼至老，未尝释卷。家藏书多自雠校[①]，得善本或手抄录，孜孜不倦。（中略）考诸儒异同，辨其得失，通圣人经意为多。其教子孙，先行实，后文艺。每曰："士当以器识为先，一号为文人，无足观矣。"《宋史卷 340·列传第 99·刘挚》

【注释】①雠校 chóu jiào：校对文字。

【以古鉴今】文学止于润身，政事可以及物。这不是说读书无用，而是说不能读死书，死读书，为读书而读书，读书的目的为用。只有把所学的知识用到社会生活实践中，造福于人类，才不负所学，且不负此生。如果只知坐而论道，之乎者也终日，与实际脱节，则最是无用。

命运就是天意

傅尧俞，字钦之，本郓州须城人，徙孟州济源。十岁能为文，及登第，犹未冠。石介每过之，尧俞未尝不在，介曰："君少年决科，不以游戏为娱，何也？"尧俞曰："性不喜嚣杂，非有他尔。"介叹息奇之。尝监西京税院事，留守晏殊、夏竦皆谓曰："子有清识雅度，文约而理尽，卿相才也。"《宋史卷 341·列传第 100·傅尧俞》

【以古鉴今】这是天生，还是命运？绝大多数孩子打着骂着也不学，而人家"性不喜嚣杂"。这是爹说的，还是娘教的？都不是，我坚信这就是命运使然。早明白读书有用，就是命好，晚知道或终生不知道者，就是命差，强求不来的。我认为人生就是尽人事听天命的几十个春秋，真的没必要活得太累，好咋的了？差又如何？终归都做了土馒头！

俭自足用

时乏国用，言利者争献富国计。尧俞奏曰："今度支[①]岁用不足，诚不可忽，然欲救其弊，在陛下宜自俭刻，身先天下，无夺农时，勿害商旅，如是可矣。不然，徒欲纷更，为之无益，聚敛者用，则天下殆矣。"《**宋史卷 341 · 列传第 100 · 傅尧俞**》

【**注释**】①度支：量入为出。旧指管理财政收支的官。

【**以古鉴今**】人的一切用度都是大地提供的，可它所供之物，一有时限，二有定数。以时限和定数之物去填人的无穷物欲，直是杯水车薪。只有人的自身俭刻，才是釜底抽薪之法，即俭自足用！

不敢受旨言事

时英宗初躬庶政[①]，犹谦让任大臣，尧俞言："大臣之言是，陛下偶以为然而行之可也；审其非矣，从而徇之，则人主之柄安在？愿君臣之际，是是非非，毋相面从[②]。总览众议，无所适莫，则威柄归陛下矣。"尝因论事，英宗曰："卿何不言蔡襄？"对曰："若襄有罪，何不自正典刑，安用臣言？"英宗曰："欲使台谏言，以公议出之。"对曰："若付之公议，臣但见襄办山陵事有功，不见其罪。臣身为谏官，使臣受旨言事，臣不敢。"《**宋史卷 341 · 列传第 100 · 傅尧俞**》

【**注释**】①庶政：各种政务。②面从：当面顺从。

【**以古鉴今**】有这样的领导，单位不乱才怪呢。他对人不满，又不想得罪人，于是借人之口，托公议之名中伤之，以快自己之块垒。幸遇"不敢奉旨言事"之傅尧俞，否则与皇帝沆瀣一气，蔡襄之霉运大矣！这是损人出的损招，办的损事。做傅尧俞，不要为讨好上司而是非不辨，别打压弱者而落井下石，官可以不当，人是一定要做的！

说话得符合身份

俄命尧俞与赵瞻使契丹，比还，吕诲、吕大防、范纯仁皆以谏濮议罢，复除尧俞侍御史知杂事。尧俞拜疏必求罢去，英宗面留之。尧俞言："诲等已逐，臣义不当止。"因再拜辞，英宗愕然，曰："是果不可留也。"遂出知和州。通判杨洙乘间问曰："公以直言斥居此，何为未尝言及御史时事？"尧俞曰："前日言职也，岂得已哉？今日为郡守，当宣朝廷美意，而反呫呫[①]追言前日之阙政，与诽谤何异？"《**宋史卷 341 · 列传第 100 · 傅尧俞**》

【注释】①呫 chè：话多。

【以古鉴今】明了自己的位置，什么话该说，什么时候说，在什么地方说，说给谁，都是有讲究的，绝不可乱说。做谏官就要当面提意见，找错处；做地方官，就要宣传朝廷的德政。身份不同，看问题的角度也就不同了，也就是说，说话得符合身份。

不设城府，人不忍欺

尧俞厚重言寡，遇人不设城府，人自不忍欺。（中略）徐前守侵用公钱，尧俞至，为偿之，未足而去。后守移文尧俞使偿入之，考实非尧俞所用，卒不辩。司马光尝谓河南邵雍曰："清、直、勇之德，人所难兼，吾于钦之见焉。"雍曰："钦之清而不耀，直而不激，勇而能温，是为难尔。"《**宋史卷 341 · 列传第 100 · 傅尧俞**》

【以古鉴今】清者自清，浊者自浊。即便有了误会也不辩白，此乃唾面自干之胸襟。正因为有正义于胸才有外在的强大，才能清而不耀，直而不激，勇而能温！

公议不可快私心

梁焘，字况之，郓州须城人。（中略）文彦博议遣刘奉世使夏国，御史张舜民论其不当遣，降通判虢州。焘言："御史持纪纲之官，得以犯颜正论，况臣下过失，安得畏忌不言哉？今御史敢言大臣者，天下之公议；大臣不快御史者，一夫之私心。罪天下敢言之公议，便一夫不快之私心，非公朝盛事也。"《宋史卷342·列传第101·梁焘》

【以古鉴今】有如此御史是任官得人矣。职责所在，当的就是这份差，任你什么人都怪罪不得的。至于让谁不快了，也都不含个人成分，多是公与私的矛盾冲突。如因公允而获罪，那一定是公理"放假"了，才会让好人受屈蒙冤，而坏人无法无天。

业余时间

王岩叟，字彦霖，大名清平人。（中略）因侍讲，奏曰："陛下退朝无事，不知何以消日？"哲宗曰："看文字。"对曰："陛下以读书为乐，天下幸甚。圣贤之学，非造次可成，须在积累。积累之要，在专与勤。屏绝它好，始可谓之专；久而不倦，始可谓之勤。愿陛下特留圣意。"《宋史卷342·列传第101·王岩叟》

【以古鉴今】做学问修德行，绝非造次可成，要长期积累。积累之要，在专与勤。摒绝它好，始可谓之专；久而不倦，始可谓之勤。上班都为公务而忙，谁都一样，所以不同只在业余时间里，有人去卡拉 OK，有人去麻将馆，有人阅读，时日一长就不同啦！

人情事理

元绛，字厚之，其先临川危氏。（中略）甲与乙被酒相殴击，甲归卧，夜为盗断足。妻称乙，告里长，执乙诣县，而甲已死。绛敕其妻曰："归治而夫丧，乙已伏矣。"阴使信谨吏迹其后，望一僧迎笑，切切私语。绛命取僧系庑[①]下，诘妻奸状，即吐实。人问其故，绛曰："吾见妻哭不哀，且与伤者共席而襦[②]无血污，是以知之。"《宋史卷 343 · 列传第 102 · 元绛》

【注释】①庑：正房对面和两侧的小屋子；堂下周围的廊屋。②襦：短衣，短袄。

【以古鉴今】真的假不了，假的也不能真。做下伤天害理事，一般是要装没事以蒙混过关，既然是装的，就会不自然，就会和常人不一样，这些"不自然""不一样"就是纰漏之处。由此切入穷追不舍，以理原情，由情入理，真相毕见。

挺直脊梁做人

李周，字纯之，冯翊人。（中略）司马光将荐为御史，欲使来见，周曰："司马公之贤，吾固愿见，但闻荐而往，所谓'呈身御史'也。"卒不往。神宗诏近臣举士，孙固以周闻。神宗召对，谓曰："知卿不游权门，识今执政乎？"对曰："不识也。""识司马光乎？"曰："不识也。"访御边之术，曰："四边，手足尔。若疲中国以勤远略，致百姓穷困，聚为盗贼，惧成腹心之忧。"神宗颔之，翼日，语固曰："李周，朴忠之士也。朕且以为御史。"《宋史卷 344 · 列传第 103 · 李周》

【以古鉴今】不做“呈身御史”，不游权门，沉晦自匿，未尝私谒执政。做国家的官，想百姓的事，不织个人网，不为身家谋。做李周吧，自能登绝顶，何须借人梯！

不敢为身谋

马默，字处厚，单州成武人。（中略）登进士第，调临濮尉，知须城县。县为郓治所，郓吏犯法不可捕，默趋府，取而杖之客次①，阖府皆惊。曹佾②守郓，心不善也，默亦不为屈。后守张方平素贵，掾属来前，多闭目不与语。见默白事，忽开目熟视久之，尽行其言，自是诿以事。治平中，方平还翰林，荐为监察御史裹行，遇事辄言无顾。方平间遣所亲儆之曰：“言太直，得无累举者乎？”默谢曰：“辱知之深，不敢为身谋，所以报也。”《宋史卷344·列传第103·马默》

【注释】①客次：接待宾客的处所；客人的住处、客邸。②佾 yì：古代乐舞的行列。

【以古鉴今】张方平荐其为御史，至于尽言而不讳，止之而不听，斯为不负知己矣。报恩也有两种：一种如马默，为不负方平相知荐举之恩，不避利害，知无不言，不为自己进退想，只想做个合格的御史，以报知遇之恩；另一种就是你举荐了我，我就是你的人了，唯尔马首是瞻，一切都听你的，结为朋党。

是母亲成就了儿子

刘安世，字器之，魏人。（中略）初除谏官，未拜命，入白母曰：“朝廷不以安世不肖，使在言路。倘居其官，须明目张胆，以身任责，脱有触忤，祸谴立至。主上方以孝治天下，若以老母辞，当可免。”母曰：“不然，吾闻谏官为天子诤臣，汝父平生欲为之而弗得，汝幸居此地，当捐身以报国恩。正得罪流放，无问远近，吾当从汝所之。”于是受命。在职累岁，正色立朝，扶持公道。其面折廷争，或帝盛怒，则执简立，伺怒稍解，复前抗辞[①]。旁侍者远观，蓄缩悚汗[②]，目之曰“殿上虎”，一时无不敬慑。《**宋史卷 345 · 列传第 104 · 刘安世**》

【注释】①抗辞：犹严辞。②悚汗：因惶愧而出汗。

【以古鉴今】刘母可谓教子有方，作为母亲，能以国家大局为重，而不顾儿子的安危，真乃女中丈夫也。这样母亲教育出的儿子能不是“殿上虎”吗？！女人多较男人少远虑，但正义仁爱之心一点也不比男人差，捐身报国不皱眉，谁说女子不如男？

受命于危难之际

李纲，字伯纪，邵武人也，自其祖始居无锡。（中略）高宗即位，拜尚书右仆射兼中书侍郎，趣赴阙，中丞颜岐奏曰：“张邦昌为金人所喜，虽已为三公、郡王，宜更加同平章事，增其重礼；李纲为金人所恶，虽已命相，宜及其未至罢之。”章五上，上曰：“如朕之立，恐亦非金人所喜。”岐语塞而退。（中略）因奏曰：“（中略）臣在道，颜岐尝封示论臣章，谓臣为金人所恶，不当为相，如臣愚蠢，但知有赵氏，不知有金人，宜为所恶。然谓臣材不足以任宰相则可，谓为金人所恶不当为相则不可。”（中略）上曰：“朕知卿忠义智略久矣，欲使敌国畏服，四方安宁，非相卿不可，卿且勿辞。”《**宋史卷 358 · 列传第 117 · 李纲上**》

【以古鉴今】自己国家任命官员，得看敌国态度，敌喜我用之，敌恶则去之。腐败到如此地步的朝堂，还能称得上是个独立的国家吗？抽去脊梁的癞皮狗，也能在人前大谈国事？简直是奇耻大辱。事情要想办好，就一定要让那些有血性的人掌权，说了算。

国家需要死不避

宗泽，字汝霖，婺州义乌人。（中略）朝廷遣使由登州结女真，盟海上，谋夹攻契丹，泽语所亲曰："天下自是多事矣。"退居东阳，结庐山谷间。靖康元年，中丞陈过庭等列荐，假宗正少卿，充和议使。泽曰："是行不生还矣。"或问之，泽曰："敌能悔过退师固善，否则安能屈节北庭以辱君命乎。"议者谓泽刚方不屈，恐害和议，上不遣，命知磁州。

时太原失守，官两河者率托故不行。泽曰："食禄而避难，不可也。"即日单骑就道，从羸卒十余人。《宋史卷 360 · 列传第 119 · 宗泽》

【以古鉴今】刚方不屈者，干不来圆滑苟且事。然即食君禄，定当忠君之事，食禄而避难，不可也。做事成败是能力、是命运，但必须尽人事，绝不可混事。混的结果是庸庸碌碌如猪般一生，未必混坏事业，却一定会混坏自己。

敢管皇帝的闲事

赵鼎，字元镇，解州闻喜人。（中略）初，车驾还临安，内侍移竹栽入内，鼎见，责之曰："艮岳[①]花石之扰，皆出汝曹，今欲蹈前辙耶？"因奏其事，上改容谢之。有户部官进钱入宫者，鼎召至相府切责之。翌日，问上曰："某人献钱耶？"上曰："朕求之也。"鼎奏："某人不当献，陛下不当求。"遂出其人与郡。《宋史卷 360 · 列传第 119 · 赵鼎》

【注释】①艮 gèn 岳：古典园林建筑之一，宋代著名宫苑。宋徽宗政和七年于汴梁东北作万岁山，宣和四年徽宗自为《艮岳记》，以为山在国都之艮位，故名艮岳。

【以古鉴今】敢管皇上闲事的人，赵鼎是一个。直抒胸臆"某人不当献，陛下不当求"，弄得皇帝"改容谢之"。不仅大忠，更具大勇。多亏是改容谢之，要是改容怒之，怕是赵鼎的项上人头就不在了，看来忠臣也得遇明主。

激励儿子讲真话

张浚，字德远，汉州绵竹人。（中略）浚将极论时事，恐贻母忧。母讶其瘠，问故，浚以实对。母诵其父对策之语曰："臣宁言而死于斧钺，不能忍不言以负陛下。"浚意乃决。上疏谓："当今事势，譬如养成大疽于头目心腹之间，不决不止。惟陛下谋之于心，谨察情伪，使在我有不可犯之势，庶几社稷安全；不然，后将噬脐①。"《宋史卷 361 · 列传第 120 · 张浚》

【注释】①噬脐：咬自己肚脐，够不着。比喻后悔也来不及。

【以古鉴今】在儿子迷茫时，母诵其父"臣宁言而死于斧钺，不能忍不言以负陛下"的对策语，以坚儿意。父亲生前的话，死后多年对儿子仍有强大的感召力，为人父者，岂敢错说一句、错做一事？父母是儿女的人师，孩子聪明与否是天赋，强求不来，然是君子还是小人，则是父母熏陶教化使然！

话不投机半句多

韩世忠，字良臣，延安人。（中略）世忠尝戒家人曰："吾名世忠，汝曹毋讳'忠'字，讳而不言，是忘忠也。"性戆直，勇敢忠义，事关庙社，必流涕极言。岳飞冤狱，举朝无敢出一语，世忠独撄①桧怒，语在《桧传》。又抵排和议，触桧尤多，或劝止之，世忠曰："今畏祸苟同，他日瞑目，岂可受铁杖于太祖殿下？"时一二大将，多曲徇桧苟全，世忠与桧同在政地，一揖外未尝与谈。《宋史卷 364 · 列传第 123 · 韩世忠》

【注释】①撄 yīng：迫近、扰乱。

【以古鉴今】不向权贵折腰，仗义执言，只想对得起自己的良心。人说话做事，千万别老做厉害想，就凭一颗良心，良心过得去的，再难也要坚持，良心过不去的，天大好处也别沾。

越职言事

岳飞，字鹏举，相州汤阴人。（中略）康王即位，飞上书数千言，大略谓：“陛下已登大宝，社稷有主，已足伐敌之谋，而勤王之师日集，彼方谓吾素弱，宜乘其怠击之。黄潜善、汪伯彦辈不能承圣意恢复，奉车驾日益南，恐不足系中原之望。臣愿陛下乘敌穴未固，亲率六军北渡，则将士作气，中原可复。”书闻，以越职夺官归。**《宋史卷365·列传第124·岳飞》**

【以古鉴今】什么“越职”言事，统统都是“莫须有”。岳飞有一片丹心，怎奈赵构不愿收复中原，只想偏安。这个小心思岳飞没有参透，如果战胜了敌人，迎回徽钦二帝，那“康王”岂不尴尬！是继续，还是下台？继续，有篡位之嫌，下台，又心有不甘，与其将自己弄到火上去烤，还不如偏安一隅熨帖。不明就里的岳武穆，非要收拾旧河山，朝天阙！朝徽钦，还是朝康王？最终做了统治阶级政治斗争的牺牲品！

寡取易盈，好逞易穷

（飞）入见，帝从容问曰：“卿得良马否？”飞曰：“臣有二马，日啖刍豆数斗，饮泉一斛，然非精洁则不受。介而驰[①]，初不甚疾，比行百里始奋迅，自午至酉，犹可二百里。褫鞍甲而不息不汗，若无事然。此其受大而不苟取，力裕而不求逞，致远之材也。不幸相继以死。今所乘者，日不过数升，而秣[②]不择粟，饮不择泉，揽辔未安，踊踊疾驱，甫百里，力竭汗喘，殆欲毙然。此其寡取易盈，好逞易穷，驽钝之材也。”帝称善，曰：“卿今议论极进。”**《宋史卷365·列传第124·岳飞》**

【注释】①介而驰：披甲戴盔奔驰。②秣 mò：牲口的饲料。

【以古鉴今】人又何尝不是呢，不苟取方可受大，不求逞才能致远，睿智者也。稍有得就自满起来，半瓶子水却偏要淌得很，非驽钝者何？寡取易盈，好逞易穷，金石之言也。

敌未灭，何以家为？

家无姬侍。吴玠素服岳飞，愿与交欢，饰名姝[1]遗之。（中略）却不受，玠益敬服。少豪饮，高宗戒之曰："卿异时到河朔，乃可饮。"遂绝不饮。高宗初为飞营第[2]，飞辞曰："敌未灭，何以家为？"或问天下何时太平，飞曰："文臣不爱钱，武臣不惜死，天下太平矣。"《宋史卷365·列传第124·岳飞》

【注释】①名姝：著名的美女。②营第：建造府邸。

【以古鉴今】"文臣不爱钱，武臣不惜死"的标准太高。可话又说回来，在家国天下、生死存亡之际，还真就得如岳武穆所说。因为那时你爱钱惜死，得问问敌人允许不，你的事你说了不作数，人虽然还活着，可是已没了尊严。真的是"宁做流浪汉，不当亡国奴"！

道不同，不相为谋

潘良贵，字子贱，婺州金华人。（中略）除提点荆湖南路刑狱，主管江州太平观，除考功郎，迁左司。宰相吕颐浩从容谓良贵曰："旦夕相引入两省[1]。"良贵正色对曰："亲老方欲乞外[2]，两省官非良贵可为也。"退语人曰："宰相进退一世人才，以为贤邪，自当擢用，何可握手密语，先示私恩。

若士大夫受其牢笼，又何以立朝。”《宋史卷376·列传第135·潘良贵》

【注释】①两省：唐、宋时期通称门下省与中书省为两省。②亲老方欲乞外：父母年老，正想请求到地方任职。

【以古鉴今】近千年的话，今天听来仍能感觉到一股浩然之气，实在是佩服其为人。君子小人不同道如此，原来小人的伎俩也只能在小人的圈子里兜售。

与同僚共进退

陈俊卿，字应求，兴化人。幼庄重，不妄言笑。父死，执丧如成人。绍兴八年，登进士第，授泉州观察推官。服勤职业，同僚宴集，恒谢不往。一日，郡中失火，守汪藻走视之，诸掾属方饮某所，俊卿舆卒亦假之行，于是例以后至被诘，俊卿唯唯摧谢。已而知其实，问故，俊卿曰："某不能止同僚之行，又资其仆，安得为无过。时公方盛怒，其忍幸自解，重人之罪乎？"藻叹服，以为不可及。《宋史卷383·列传第142·陈俊卿》

【以古鉴今】不做落井下石的小人，不乘人之危在上官前撇清自己，不为解脱自己而重别人之罪，君子之操行折服了郡守，以为不可及。我怕没有陈俊卿的境界，我可能会自解而不愿受冤枉。遇事先想人还是先想自己，可不是一个简单的先后次序，而是修养的有无，境界的高低。人我之间，先想人多是君子，而先想己就不好说了！

古之君子

赵汝愚，字子直，（中略）父善应，字彦远，官终修武郎、江西兵马都监。性纯孝，亲病，尝刺血和药以进。母畏雷，每闻雷则披衣走其所。尝寒夜远归，从者将叩门，遏止之曰：“无恐吾母。”露坐达明，门启后而入。家贫，诸弟未制衣不敢制，已制未服不敢服，一瓜果之微必相待共尝之。母丧，哭泣呕血，毁瘠骨立，终日俯首柩傍，闻雷犹起，侧立垂涕。既终丧，言及其亲，未尝不挥涕，生朝必哭于庙。父终肺疾，每膳不忍以诸肺为羞。母生岁值卯，谓卯兔神也，终其身不食兔。闻四方水旱，辄忧形于色。江、淮警报至，为之流涕，不食累日；同僚会宴，善应怅然曰：“此宁诸君乐饮食耶！”众为失色而罢。故人之孤女，贫无所归，善应聘以为己子妇。有尝同僚者死不克葬，子佣食他所，善应驰往哭之，归其子而予之赀，使葬焉。道见病者必收恤之，躬为煮药。岁饥，旦夕率其家人辍食之半，以饲饥者。夏不去草，冬不破坏，惧百虫之游且蛰者失其所也。晋陵尤袤称之曰：“古君子也。”既卒，丞相陈俊卿题其墓碣曰：“宋笃行赵公彦远之墓。”《宋史卷 392 · 列传第 151 · 赵汝愚》

【以古鉴今】心中装着所有的人，对谁都是一副热心肠。自己愿意承担世间所有的苦难，希望因为有他的存在而使更多的人获得幸福。这种人，生前大都没什么福享，物质生活也都平常，所以大部分人不喜欢像他们那样生活。可他们有一样是别人没法比的，即他们的精神生活充实丰富得很，且都有很好的口碑和不朽的身后名！

当官应役

徐谊，字子宜，一字宏父，温州人。乾道八年进士，累官太常丞。孝宗临御久，事皆上决，执政惟奉旨而行，群下多恐惧顾望。谊谏曰：“若是则人主日圣，人臣日愚，陛下谁与共功名乎？”及论乐制，谊对以“宫乱则荒，其君骄；商乱则陂，其官坏”。上遽改容曰：“卿可谓不以官自惰矣。”《宋史卷 397 · 列传第 156 · 徐谊》

【以古鉴今】一把手是干什么的？是制定大政方针的，而不是亲细务的。具体工作，各有所司，你只做好监督保障，事已谐矣。你的事必躬亲，架空了别人，让人无事可做，日久可不既愚且惰。一个只靠一把手的单出头，没有众人积极参与的集体，还希望它有发展、有前途，怕只求生存已是奢侈。

由情入理

知徽州，(中略)至郡，歙县有妻杀夫系狱，以五岁女为证，谊疑曰："妇人能一掌致人死乎？"缓之未覆也。会郡究实税于庭，死者父母及弟在焉，乃言："我子欠租久系，饥而大叫，役者批之，堕水死矣。"然后冤者得释，吏皆坐罪，阖郡以为神。《**宋史卷 397 · 列传第 156 · 徐谊**》

【以古鉴今】世上哪来的神，只是人命关天，不敢拿人命当儿戏而已。做事当你拿不准时，不妨先放一放，没准会有得来全不费工夫的事发生。凡事缓则得，急则败事。如果最后也不能明了，宁从其无，也不可冤枉好人。

见贤思齐

文天祥，字宋瑞，又字履善，吉之吉水人也。体貌丰伟，美皙如玉，秀眉而长目，顾盼烨然。自为童子时，见学宫所祠乡先生欧阳修、杨邦乂、胡铨像，皆谥"忠"，即欣然慕之。曰："没不俎豆[①]其间，非夫也。"年二十举进士，对策集英殿。时理宗在位久，政理浸怠，天祥以法天不息为对，其言万余，不为稿，一挥而成。帝亲拔为第一。考官王应麟奏曰："是卷古谊若龟鉴，忠肝如铁石，臣敢为得人贺。"《**宋史卷 418 · 列传第 177 · 文天祥**》

【注释】①俎豆：古代祭祀、宴飨时盛食物用的两种礼器；泛指各种礼器；引申为祭祀和崇奉。

【以古鉴今】小时候的梦，大概就是镶嵌在人生命里的运势，儿时就有死后俎豆于“忠”字行列里，否则就不是丈夫。见贤思齐，为自己树立学习的榜样、奋斗的目标，努力勤奋，矢志不渝，终成一代名相、民族英雄，俎豆千秋，丹心永照！

无愧此生

天祥临刑殊从容，谓吏卒曰：“吾事毕矣。”南乡拜而死。数日，其妻欧阳氏收其尸，面如生，年四十七。其衣带中有赞曰：“孔曰成仁，孟曰取义，惟其义尽，所以仁至。读圣贤书，所学何事，而今而后，庶几无愧。”《宋史卷418·列传第177·文天祥》

【以古鉴今】一个人有理想有抱负，就活得明白——知道自己向哪个方面使劲儿，弱化那些与此无关的事，省出时间和精力，一门心思直奔目标。用心专一，又舍得花时间和气力，几十年的生命历程，足够做好一件事。文丞相就是用47年的时间，实现了理想——俎豆于圣贤行列！庶几无愧此生！

法者，合乎人心而已

张逸，字大隐，郑州荥阳人。（中略）以枢密直学士知益州。逸凡四至蜀，谙其民风。（中略）会岁旱，逸使作堰壅江水，溉民田，自出公租减价以振民。初，民饥多杀耕牛食之，犯者皆配关中。逸奏：“民杀牛以活将死之命，与盗杀者异，若不禁之，又将废穑事[①]。今岁少稔，请一切放还，复其业。”报可。未几，卒于官。《宋史卷426·列传第185·循吏·张逸》

【注释】①穑 sè 事：农事。

【以古鉴今】事出有因，须分分清楚。杀耕牛犯法，可人在要饿死的档口，杀耕牛救人命就是可以的，既合情且合法。这叫非常时期。非常时期就要有所变通，不可拘泥。

爱的是妻子

刘庭式，字得之，齐州人，举进士。苏轼守密州，庭式为通判。初，庭式未第时，议娶乡人之女，既约，未纳币。庭式乃及第，女以病丧明，女家躬耕贫甚，不敢复言。或劝纳其幼女，庭式笑曰："吾心已许之矣，岂可负吾初心哉。"卒娶之。生数子，后死，庭式丧之逾年，不肯复娶。轼问之曰："哀生于爱，爱生于色。今君爱何从生，哀何从出乎？"庭式曰："吾知丧吾妻而已。吾若缘色而生爱，缘爱而生哀，色衰爱弛，吾哀亦忘，则凡扬袂倚市，目挑而心招者，皆可以为妻也耶？"轼深感其言。庭式后监太平观，老于庐山，绝粒[①]不食，目奕奕有紫光，步上下峻坂如飞，以高寿终。
《宋史卷 459 · 列传第 218 · 卓行 · 刘庭式》

【注释】①绝粒：犹辟谷，道家以摒除火食、不进五谷求得延年益寿的修养术；不吃不喝，断绝饮食。

【以古鉴今】爱人不以色而以情，色美只是悦目，情深才能动心。爱的是妻子，哀的亦是妻子，与色美色衰无关。

非今世人

巢谷，初名谷，字元修，眉州眉山人。（中略）苏轼谪黄州，与谷同乡，幼而识之，因与之游。乃轼与弟辙在朝，谷浮沉里中，未尝一来相见。绍圣初，轼、辙谪岭海，平生亲旧无复相闻者，谷独慨然自眉山诵言[①]欲徒步访两苏，闻者皆笑其狂。

元符二年，谷竟往，至梅州遗辙书曰："我万里步行见公，不意自全，今至梅矣，不旬日必见，死无恨矣。"辙惊喜曰："此非今世人，古之人也。"既见，握手相泣，已而道平生，逾月不厌。时谷年七十三，瘦瘠多病，将复见轼于海南，辙愍而止之曰："君意则善，然循至儋数千里，当复渡海，非老人事也。"谷曰："我自视未即死也，公无止我。"阅其橐中无数千钱，辙方困乏，亦强资遣之。舟行至新会，有蛮隶窃其橐装以逃，获于新州，谷从之至新，遂病死。辙闻，哭之失声，恨不用己言而致死，又奇其不用己言而行其志也。《宋史卷459·列传第218·卓行·巢谷》

【注释】①诵言：公开声称。

【以古鉴今】朋友得意时，既不过去动沾光的心思，也不去凑锦上添花的热闹，只是远远地为他高兴。然当朋友被难，亲旧无复相闻时，年过古稀且瘦瘠多病，却万里步行见之。实非今世人！

仁中取利

曾叔卿，建昌南丰人，巩族兄也。家苦贫，即心存不欺。尝买西江陶器，欲贸易于北方，既而不果行。有从之转售者，与之。既受直矣，问将何之，其人曰："欲效君前策耳。"叔卿曰："不可。吾闻北方新有灾馑，此物必不时泄，故不以行。余岂宜不告以误子。"其人即取钱去。居乡介洁[①]，非所宜受，一介不取。妻子困于饥寒，而拊庇孤茕，唯恐失其意。起家进士，至著作佐郎。熙宁中，卒。《宋史卷459·列传第218·卓行·曾叔卿》

【注释】①介洁：耿介高洁。

【以古鉴今】这是位“己所不欲勿施于人”的人，砸在自己手里的陶器，不能因为遇到不明就里的人，而转嫁自己的困难。看来“无商不奸”的话，并不全面，曾叔卿就不在其中。

愉巧非佳士

吕惠卿字吉甫，泉州晋江人。(中略)司马光谏帝曰：“惠卿憸巧[1]非佳士，使安石负谤于中外者皆其所为。安石贤而愎，不闲[2]世务，惠卿为之谋主，而安石力行之，故天下并指为奸邪。近者进擢不次，大不厌众心。”帝曰：“惠卿进对明辨，亦似美才。”光曰：“惠卿诚文学辨慧，然用心不正，愿陛下徐察之。江充、李训若无才，何以能动人主？”帝默然。光又贻书安石曰：“谄谀之士，于公今日诚有顺适之快，一旦失势，将必卖公自售矣。”安石不悦。《宋史卷471·列传第230·奸臣1·吕惠卿》

【注释】①憸巧：奸佞巧诈。②不闲：不娴熟，不精通。

【以古鉴今】为了讨好，卑贱地奉承人，这是对“谄媚”的汉语解释，足见这是一个贬义词。可我倒觉得人之谄媚并无可厚非，首先，谁不谄媚？谁敢说自己总说实话、真话？就连皇上还得在太上皇、太后那里讨好，甚至在有脸儿的妃子面前屈尊奉承一番呢，更何况我们了。整天实话某人得癌了，真话哪位有异性朋友了，这不是添乱吗？还有安静地儿没有啦？所以不能难为“谄媚”，只是别有“陷”人的目的就行！

男女各应有职

湖南周行逢，朗州武陵人。（中略）尽心为治，辟署官属，必取廉介之士。有女婿求补吏，不许，返给以耒耜[①]，语之曰："吏所以治民也，汝才不能任职，岂敢私汝以禄邪？姑[②]归垦田以自活。"（中略）行逢妻潘氏貌丑，性刚狠。行逢为帅，妻不为屈，不入府署，躬率奴仆耕织以自给，赋调必先期输送。行逢止之，不从，曰："税，官物也，若主帅自免其家，何以率下？"《**宋史卷 483 · 列传第 242 · 世家 6 · 周行逢**》

【注释】①耒耜 lěi sì：古代耕地翻土的工具。②姑：这里指姑且，暂且。

【以古鉴今】两人可谓是一对品行端正的夫妻，丈夫不为女婿开后门，量才不能为官，送农具嘱其垦田自活。老婆这边也不跟男人享清福，率领家人耕织自给，并率先完税。如此"三观"一致一对，何愁家不兴旺，业不广大呢！

习惯决定命运

景宗睿知皇后萧氏，讳绰，小字燕燕，北府宰相思温女。早慧。思温尝观诸女扫地，惟后洁除，喜曰："此女必能成家。"帝即位，选为贵妃。寻册为皇后，生圣宗。景宗崩，尊为皇太后，摄国政。《**辽史卷 71·列传第 1·后妃**》

【以古鉴今】一家公司招工，几天来门庭若市，但就是没结果。这天近午，坐在门口的老板叫大家停下，指着一个女孩说，就录她吧。大伙谁也不知这女孩是什么来路，于是说什么的都有。老板在员工大会上说："几天来，人们来去都绕开门口那块石头，只有她把它搬开了，我们需要的就是能主动做事的员工。"原来，那是老板故意放在那里的，就是要看看谁能主动挪开它。好习惯带来好运势！

弊袍不易

张俭，宛平人，性端悫[①]，不事外饰。（中略）重熙五年，帝幸礼部贡院及亲试进士，皆俭发之。进见不名，赐诗褒美。俭衣唯紬[②]帛，食不重味，月俸有余，赒给[③]亲旧。方冬，奏事便殿，帝见衣袍弊恶，密令近侍以火夹穿孔记之，屡见不易。帝问其故，俭对曰："臣服此袍已三十年。"时尚奢靡，故以此微讽喻之。上怜其清贫，令恣取内府物，俭奉诏持布三端[④]而出，益见奖重。《辽史卷 80 · 列传第 10 · 张俭》

【注释】①端悫 què：正直诚谨。②紬：绸的异体字。③赒 zhōu 给：周济给助。④端：古代布帛两端相向卷，合为一匹，一端为半匹，其长度相当于二丈。

【以古鉴今】张俭其人，今天也有。看不惯别人的做法，自己则死抱着老皇历不松手。还美其名曰：不忘过去，其实是自己观念陈旧，对新事物缺乏认识，跟不上时代步伐。时尚是什么？时尚就是当下的潮流，它总是带有某些必然性，使人们非向它看齐不可。谁妄图阻止，最终都是徒劳的。

为受害人讨说法

有司获盗八人，既戮之，乃获正贼。家人诉冤，俭三乞申理。上勃然曰："卿欲朕偿命耶！"俭曰："八家老稚无告，少加存恤，使得收葬，足慰存没矣。"乃从之。《辽史卷 80 · 列传第 10 · 张俭》

【以古鉴今】有机会一句话就能帮助那些求告无门的人，让死者安息，让还活着的人得到安慰，你也算积了阴德。另一启发是在涉及人的生死事时，缓比急好，如果最终仍是罪责当死，再取其性命不迟，要知道脑袋掉了，可就再也长不出来了，不要成了名曰执法，实则害命。

纳谏如流

马得臣，南京人，（中略）时上击鞠无度，上书谏曰：

臣窃观房玄龄、杜如晦，隋季[①]书生，向不遇太宗，安能为一代名相？臣虽不才，陛下在东宫，幸列侍从，今又得侍圣读，未有裨补圣明。陛下尝问臣以贞观、开元之事，臣请略陈之。臣闻唐太宗侍太上皇宴罢，则挽辇至内殿；玄宗与兄弟欢饮，尽家人礼。陛下嗣祖考之祚[②]，躬侍太后，可谓至孝。臣更望定省之余，睦八亲，加爱敬，则陛下亲亲之道，比隆二帝矣。臣又闻二帝耽玩经史，数引公卿讲学，至于日昃[③]。故当时天下翕然向风，以隆文治。今陛下游心典籍，分解章句，臣愿研究经理，深造而笃行之，二帝之治，不难致矣。臣又闻太宗射豕，唐俭谏之；玄宗臂鹰，韩休言之；二帝莫不乐从。今陛下以球马为乐，愚臣思之，有不宜者三，故不避斧钺言之：窃以君臣同戏，不免分争，君得臣愧，彼负此喜，一不宜。跃马挥杖，纵横驰骛，不顾上下之分，争先取胜，失人臣礼，二不宜。轻万乘之尊，图一时之乐，万一有衔勒[④]之失，其如社稷、太后何？三不宜。傥陛下不以臣言为迂，少赐省览，天下之福，群臣之愿也。《辽史卷80·列传第10·马得臣》

【注释】①隋季：隋朝时期也叫隋季。②祚 zuò：福、赐福；皇位；流传；年。③日昃：太阳偏西；地支中的未时，相当于现在计时的13点至15点这个时间区间。④衔勒：马嚼口和马络头；法纪；控制；限制。

【以古鉴今】人做事说话，哪怕是玩，都要讲个时间、地点、环境、人群，不但要合情，更要得体。如果与本人的身份反差太大，就很容易让人感觉滑稽，怕再也正经不起来了。

贵而能忧是智者

制心，小字可汗奴。父德崇，善医，视人形色，辄决其病，累官至武定军节度使。制心善调鹰隼①。统和中，为归化州刺史。开泰中，拜上京②留守，进汉人行宫都部署，封漆水郡王。以皇后外弟③，恩遇日隆。枢密副使萧合卓用事，制心奏合卓寡识度，无行检，上默然。每内宴欢洽，辄避之。皇后不悦曰："汝不乐耶？" 制心对曰："宠贵鲜能长保，以是为忧耳！"《**辽史卷 82 · 列传第 12 · 制心**》

【注释】①鹰隼：两种猛禽，泛指凶猛的鸟，用来比喻凶猛或勇猛。常用于比喻天性凶狠而令人畏惧的人或勇猛的人。②上京：辽代都城，遗址在今内蒙古自治区巴林左旗林东镇南。③外弟：同母异父弟；表弟；亦通谓姑舅兄弟；妻弟。

【以古鉴今】"宠贵鲜能长保"，平平常常的文字却道出了深邃的哲理。人无千日好，花无百日红，天下没有不散的宴席。事物变化是绝对的。宠贵至极，就要走向反面，是值得忧虑的。忧虑是否就能得以保全尚在两可，如再张狂卖弄，怕就更加速败亡了，所以说贵而能忧是智者。

无私则近佛矣

太平中，历中京留守、惕隐、南京留守，徙王燕，迁南院大王。或劝制心奉佛，对曰："吾不知佛法，惟心无私，则近之矣。" 一日，沐浴更衣而卧，家人闻丝竹之声，怪而入视，则已逝矣。（中略）守上京时，酒禁方严，有捕获私酝者，一饮而尽，笑而不诘。《**辽史卷 82 · 列传第 12 · 制心**》

【以古鉴今】只此一口酒，就保护了弱者，说明他心中有佛。我不懂佛法，但我也觉得是这么个理：唯心无私，几近佛矣！远比那名为山人而心同商贾，口谈道德而志在穿窬者，更有善念、善心、善行。这善之种种，非佛而何？

未暇奉佛

马哥，字讹特懒。兴宗时，以散职入见，上问："卿奉佛乎？"对曰："臣每旦诵太祖、太宗及先臣遗训，未暇奉佛。"帝悦。《辽史卷83·列传第13·马哥》

【以古鉴今】马哥信奉前人的遗训，我也是，因为我们同属于人类，彼此是相通的。可佛是不食人间烟火的，语言不通，习俗不同，要命的是它无影无形，忧愁烦恼，疾苦病痛，统统不管，看来佛是不管俗务的。而我们活着就是俗物，佛说的天堂美景又不曾见过，到那边去的祖宗八代，谁都不曾捎个信回来，更没有回来过的，因此至今没有人知道死后到底是什么样子，人云亦云我还不是那性格，没办法，也信不来，只好就这么"俗"下去了！

国宝臣

萧孝穆，小字胡独堇，淳钦皇后弟阿古只五世孙。（中略）孝穆虽椒房[①]亲，位高益畏。太后有赐，辄辞不受。妻子无骄色。与人交，始终如一。所荐拔皆忠直士。尝语人曰："枢密选贤而用，何事不济？若自亲烦碎，则大事疑滞矣。"（中略）时称为"国宝臣"。《辽史卷87·列传第17·萧孝穆》

【注释】①椒房：汉代指皇后、妃子所住的宫殿，因用花椒和泥涂壁得名，取温暖芬芳之义。后用作后、妃的代称。

【以古鉴今】所以说最能干的人，未必是最有才气的人，但他却必须是能举纲张目的人，是最能选贤任能的人，只此就足够了。我特别欣赏"懒蚂蚁"现象，平时东张西望，似游手好闲状。然它们总能在蚁群食物短缺或水火之灾后，凭着它们平日的观察，带领蚁群走出困境，开创新的生活。这样的本领，谁还能怨它们懒呢？这懒未必不是一种生存的智慧，领导的不亲细务，亦可视为"懒蚂蚁"效应。

想明白再当官

马人望，字俨叔。（中略）咸雍中，第进士为松山县令。岁运泽州官炭，独役松山，人望请于中京留守萧吐浑均役他邑。吐浑怒，下吏，系几百日。复引诘之，人望不屈。萧喜曰："君为民如此，后必大用。"以事闻于朝，悉从所请。徙知涿州新城县，县与宋接境，驿道所从出。人望治不扰，吏民畏爱。近臣有聘宋还者，帝问以外事，多荐之。（中略）人望有操守，喜怒不形，未尝附丽求进。初除执政，家人贺之，人望愀然曰："得勿喜，失勿忧，抗之甚高，挤之必酷。①"其畏慎如此。《辽史卷105·列传第35·能吏·马人望》

【注释】①抗之甚高，挤之必酷：一个人被抬举得越高，人们就一定愈加严酷地排挤他。

【以古鉴今】今人多以为官做得越大越好，古人却知晓举高跌重的道理。你高高在上且风光无限，就一定有仰慕艳羡的、有嫉妒恨的、有欲取而代之的，总之是万人瞩目，各有用心。自己再不知天高地厚，玩忽职守、结党营私、贪污受贿、说错话站错队、家属子女贪小利，甚或酒后的醉话都可能成为把柄，稍有闪失求做平民亦不可得。这不是危言耸听，翻开史书随处可见落马高官的凄惨结局，可要找个平安着陆的却是寥若晨星，甚者死后都不得安宁，善始善终的实在是凤毛麟角。所以我主张，要发财、要受用就不要去当官，靠当官发财的，倒霉是迟早的事，因为我知道，百姓有怨天必怒，天怒人怨，人能好吗？

知己是另一个你

耶律官奴，字奚隐，林牙斡鲁之孙。沉厚多学，详于本朝世系。嗜酒好佚。初，征为宿直将军。重熙九年，以疾去官。上以官奴属尊，欲成其志，乃许自择一路节度使。官奴辞曰："臣愚钝，不任官使。"加归义军节度使，辄请致政[①]。官奴与欧里部人萧哇友善，哇谓官奴曰："仕不能致主泽民，成大功烈，何屑屑为也！吾与若居林下，以枕簟[②]自随，觞咏[③]自乐，虽不官，无慊焉。"官奴然之。时称"二逸"。乾统间，官奴卒。《**辽史卷 106 · 列传第 36 · 卓行 · 耶律官奴**》

【注释】①致政：官吏将执政的权柄归还给君主；解除政务职责，辞官退休。②枕簟 diàn：枕席；泛指卧具。③觞咏：饮酒赋诗。

【以古鉴今】"为官不能致君尧舜，施惠于民，成就大功业，哪里值得去做呢！我与你居处于山野林下，以枕席随身，饮酒赋诗自我娱乐，虽然不做官，也毫无遗憾。"真是啥人交啥人，听完萧哇的一席话，俩人一拍即合。今天的大社会，周围是什么人不能选择，但能和哪些人无话不谈，掏心掏肺，是完全能按自己的意愿来的。和你对撇子的一定是和你性情相近，或干脆就是和你一样的人，在他的言行举止中，准能找到你的影子。如果你觉得对自己了解得不够，那就看看那人的德行，他就离你不远了。

甘于肥遁

萧蒲离不，字桵懒，魏国王惠之四世孙。父母蚤丧，鞠于祖父兀古匿。性孝悌。年十三，兀古匿卒，自以早失怙恃[①]，复遭祖丧，哀毁礼，族里嘉叹。尝谓人曰："我于亲不得终养，今谁为训者？苟不自勉，何以报鞠育恩！"自是力学，于文艺无不精。乾统间，以兀古匿之故召之，不应。常与亲识游猎山水，奉养无长物仆隶，欣欣如也[②]。或曰："公胡不念以嗣先世功名？"答曰："自度不足以继先业，年逾强仕，安能益主庇民！"累征，皆以疾辞。晚年，谢绝人事，卜居抹古山，屏远荤茹，潜心佛书，延有道者谈论弥日。人问所得何如，但曰："有深乐！惟觉六凿不相攘[③]，余无知者。"一日，易服，无疾而逝。《**辽史卷 106 · 列传第 36 · 卓行 · 萧蒲离不**》

【注释】①怙恃：依仗，凭借，如怙恃其险。父母，如无父何怙，无母何恃？后用

“怙恃”为父母的代称。②欣欣如也：“欣欣如”即高高兴兴的样子，“也”仅仅是陈述语气之后的语气词，没有特别意义。③六凿不相攘：凿，孔也；攘，逆也。目彻为明，耳彻为聪，鼻彻为颤，口彻为甘，心彻为知，知彻为德。自然之道，不游其心，则六根逆，不顺于理。

【以古鉴今】“自度不足以继先业，安能益主庇民！”所以“累征，皆以疾辞”。只此一句，怕我们一生也做不来，有升官的机会，哪肯放过，求还求不来呢。因为常人的升官，与父业，与益主庇民都关系不大，只为升官发财。人须想明白为什么当官，如果就是为摸金，我劝你不当也罢，否则结局注定是悲惨的！

厌魅何若礼法

耶律奴妻萧氏，小字意辛，国舅驸马都尉陶苏斡之女。母胡独公主。意辛美姿容，年二十，始适奴。事亲睦族，以孝谨闻。尝与娣姒[1]会，争言厌魅[2]以取夫宠，意辛曰：“厌魅不若礼法。”众问其故，意辛曰：“修己以洁，奉长以敬，事夫以柔，抚下以宽，毋使君子见其轻易，此之为礼法，自然取重于夫。以厌魅获宠，独不愧于心乎！”闻者大惭。**《辽史卷107·列传第37·列女·耶律奴妻萧氏》**

【注释】①娣姒 dì sì：古代同夫诸妾互称，年长的为姒，年幼的为娣；妯娌，兄妻为姒，弟妻为娣。②厌魅：使用念力和咒物配合进行诅咒，使生物痛苦。诅咒厌魅的巫术原理是交感巫术（感应律）和模仿巫术（象征律）。用木板制作偶像，并将要被诅咒的人的名字和出生日期写在偶像上，在偶像上钉钉子来传递怨恨，使受诅人痛苦。

【以古鉴今】与其嫉妒别人，不如修养自己。修己以洁，奉长以敬，事夫以柔，抚下以宽，毋使君子见其轻易，此之为礼法，自然取重于夫。用自己内在的魅力——书卷气加脂粉气，取重于丈夫，远比与人争宠更有意义。争来的怎比自来的！

夫妇之义，生死以之

初，奴与枢密使乙辛有隙。及皇太子废，被诬夺爵，没入兴圣宫，流乌古部。上以意辛公主之女，欲使绝婚。意辛辞曰："陛下以妾葭莩[1]之亲，使免流窜，实天地之恩。然夫妇之义，生死以之。妾自笄年从奴，一旦临难，顿尔乖离，背纲常之道，于禽兽何异？幸陛下哀怜，与奴俱行，妾即死无恨！"帝感其言，从之。意辛久在贬所，亲执役事，虽劳无难色。事夫礼敬，有加于旧。寿隆中，上书乞子孙为着帐郎君。帝嘉其节，召举家还。**《辽史卷107·列传第37·列女·耶律奴妻萧氏》**

【注释】①葭莩 jiā fú：芦苇里的薄膜，比喻疏远的亲戚。

【以古鉴今】只知他是自己的丈夫，不管为官为奴，都要生死相依。因其临难，事夫更加礼敬；生活困窘，放下身段，亲执役事，虽劳无难色。仁义夫妻必是仁义之人才可成就，柴米夫妻则必是小人的结合。

事有非常

祁宰，字彦辅，江淮人。宋季以医术补官。王师破汴得之，后隶太医。累迁中奉大夫、太医使。数被赏赉，常感激欲自效。海陵将伐宋，宰欲谏，不得见。会元妃有疾，召宰诊视。既入见，即上疏谏。（中略）言甚激切。海陵怒，命戮于市，籍其家产，天下哀之。綦戬[1]，宰婿也，海陵疑奏疏戬为之。辞曰："实不知也。"海陵犹杖戬。召禁中诸司局官至咸德门，谕以杀宰事。

明年，世宗即位于辽东。四年，诏赠资政大夫，复其田宅。章宗即位，诏访其子忠勇校尉、平定州酒监公史，擢尚药局都监。泰和初，诏定功臣谥，尚书省掾李秉钧上言："事有宜缓而急，若轻而重者，名教是也。伏见故赠资政大夫祁宰以忠言被诛，慕义之士，尽伤厥心。世宗即位，赠之以官，陛下录用其子，甚大惠也。虽武王封比干之墓，孔子誉夷、齐之仁，何以异此。而有司拘文，以职非三品不在议谥之例，臣窃疑之。若职至三品方得请谥，当时居高官、食厚禄者，不为无人，皆畏罪澳涊[②]，曾不敢申一喙，画一策，以为社稷计。卒使立名死节之士，顾出于医卜之流，亦可以少愧矣。臣以谓非常之人，当以非常之礼待之。乞诏有司特赐谥以旌其忠，斯亦助名教之一端也。”制曰：“可。”下太常，谥曰“忠毅”。**《金史卷 83 · 列传第 21 · 祁宰》**

【注释】①綦戬 qí jiǎn：人名。②澳涊 tiǎn niǎn：污浊；卑污。

【以古鉴今】旌扬的是故人、前人，劝勉的是今人、后人。褒奖的是事迹，与官是几品没关系。

韬晦以待时

昂，本名奔睹，景祖弟孛黑之孙，斜斡之子。（中略）昂在海陵时，纵饮沉酣，辄数日不醒。海陵闻之，常面戒不令饮。得闲辄饮如故。大定初，还自扬州，妻子为置酒私第，未数行，辄卧不饮。其妻大氏，海陵庶人从母姊也，怪而问之。昂曰：“吾本非嗜酒者，但向时不以酒自晦[①]，则汝弟杀我久矣。今遇遭明时，正当自爱，是以不饮。”闻者称之。**《金史卷 84 · 列传第 22 · 奔睹》**

【注释】①自晦：自隐才能，不使声名彰著。

【以古鉴今】人有大志向，可早你而强大者却不许你伸腰，好，那我就蜷缩起来以待时，这就是韬晦，这就是识时务。时不至要有耐心，人生路上要有“见招拆招”的本事，你才能随遇而安，活好自己。

人是会变的

李石，字子坚，辽阳人，贞懿皇后弟也。（中略）少贫，贞懿后周之，不受，曰:“国家方急用人，正宜自勉，何患乎贫？”后感泣曰:“汝苟能此，吾复何忧。”及中年，以冒粟被斥，众讥贪鄙，如出二人。《**金史卷 86 · 列传第 24 · 李石**》

【**以古鉴今**】真是应了“小时了了,大未必佳”的话了。小时给不要,至中年贪鄙多占，“如出二人”。人的一生就是这么变来变去的，试想今天的你和昨天的你一样吗？变是绝对的，只是要把握住自己，向好的方面越变越好！

明法禁止纷争

山东、河南军民交恶，争田不绝。有司谓兵为国根本，姑宜假借①。石持不可，曰:“兵民一也，孰轻孰重？国家所恃以立者，纪纲耳，纪纲不明，故下敢轻冒。惟当明其疆理，示以法禁，使之无争，是为长久之术。”趣有司按问，自是军民之争遂息。《**金史卷 86 · 列传第 24 · 李石**》

【**注释**】①假借：利用某种名义、力量等达到目的。

【**以古鉴今**】头痛医头，脚痛医脚，问题永远不能得到根本解决。没有规矩不成方圆，立下规矩，示以法禁，畏法，不敢争；懂法，不与争。终于无争，方为长久之策。

人心有恒者鲜

纥石烈良弼，本名娄室，回怕川人也。（中略）上问宰臣：“尝求内外官举贤能，未闻有举者，何也？”参政魏子平请当举者每任须举一人，视其当不，以为赏罚。上曰：“宋制荐举，其人犯私罪者，举主虽至宰执，亦坐降罚。人心有恒者鲜，财利怵[①]于前，或丧其所守。宰臣任大责重，岂坐是以为升黜邪？”《金史卷 88 · 列传第 26 · 纥石烈良弼》

【注释】①怵：恐惧。

【以古鉴今】人心有恒者鲜，有财利之诱惑，或丧其所守也是保不齐的，让荐举者共沉浮，难怪都持沉默状。正确做法应是个人荐举上来，用不用，怎么用，由主管部门审查试用后决定，后来的种种则与荐举者无关。连坐之法不可取！

多米诺效应

石琚，字子美，定州人。沉厚好学。（中略）人才之显晦，有系于世道之污隆[①]也，尚矣。（中略）大定末，世宗将立元妃为后，以问琚，琚屏左右曰：“元妃之立，本无异辞，如东宫何？”世宗愕然曰：“何谓也？”琚曰：“元妃自有子，元妃立，东宫摇矣。”世宗悟而止。且人主家事，人臣之所难言者，许敬宗以一言几亡唐祚，琚之对，其为金谋者至矣。《金史卷 88 · 列传第 26 · 石琚》

【注释】①污隆：升与降；常指世道的盛衰或政治的兴替。

【以古鉴今】一眼就能洞悉事物的全貌，就连它所波及的也能一览无余，这是智慧、是能力，能学来怕也费劲。学问、知识下功夫就能有收获，可智慧单靠天赋是学不来的。如石琚，世宗欲立元妃为后，他脑袋里立刻就浮现出一副有关元妃的多米诺骨牌：元妃——元妃子——东宫——朝纲——根基，绝非一妇人事！

法不可乱

赵元，字善长，涿州范阳人。（中略）天眷三年，为行台①右司员外郎，囚有杀人当死者，行台欲宥之，元不从，反复数四，势不可夺，乃仰天叹曰："如杀人者可宥，死者复何辜，何欲徼己福而乱天下法乎？"行台竟不能夺。改左司员外郎，摄吏部事。在行台凡十年，吏事明敏，宗弼深知之，行台或有事上相府，宗弼必问"曾经赵元未也？"其见重如此。《**金史卷 90·列传第 28·赵元**》

【**注释**】①行台：魏晋至金代时期，尚书台（省）临时在外设置的分支机构。"台"指在中央的尚书省，出征时于其驻扎之地设立临时性机构，称为行台，又称行尚书台或行台省。

【**以古鉴今**】执法如山，山可动乎？所以法是不可因人而异的。不管王公贵胄还是花子乞丐，是非对错都要以它为准的。在政权所及的范围内，就这一把尺子，自然是个个心悦、人人诚服，国家的事当然也就容易办好了！

不以非道害物

蒲察世杰，本名阿撒，曷速馆斡笃河人，徙辽阳。初在梁王宗弼军中。为人多力，每与武士角力赌羊，辄胜之。能以拳击四岁牛，折胁死之。有粮车陷淖中，七牛挽不能出，世杰手挽出之。宗敏为东京留守，召置左右。海陵篡立，即以为护卫。海陵谓世杰曰："汝勇力绝伦，今我兄弟有异志者，期以十日除之，则有非常之赏，仍尽以各人家产赐汝。"世杰受诏而不肯为。已过十日，海陵怒，面责之。世杰曰："臣自誓不以非道害物，虽死不敢奉诏。"海陵爱其勇，不之罪也。《**金史卷 91·列传第 29·蒲察世杰**》

【以古鉴今】世杰是个有操守的人，自誓不以非道害物，就是皇帝的命令，虽死也不敢奉诏。对于“非常之赏”，更是虽爱之而必取之有道。难怪虽不奉诏，却不罪之，爱其正直忠勇也。

惟官赏是觊

曹望之，字景萧，其先临潢人，辽季移家宣德。（中略）《太宗实录》成，监修国史纥石烈良弼赐金带一、重彩二十端。同修国史张景仁、刘仲渊、望之皆赐银币有差。望之叹赏薄，谓人曰：“栽花接木乃加爵命，勤劳者不迁官。”无何，张景仁迁翰林学士，望之又曰：“止与他人便遣，独不及我哉。”世宗闻之，出望之德州防御使，谓之曰：“汝为人能干而心不忠实。朕前往安州春水，人言汝无事君之义。朕敕臣下，有过即当谏争。汝但面从，退则谤议，此不忠不孝也。汝自五品起迁四品，《太宗皇帝实录》成，优赐银币，不思尽心竭力，惟官赏是觊。今出汝于外，宜改心涤虑。不然，则身亦莫保。”《金史卷 92·列传第 30·曹望之》

【以古鉴今】名如其人，总是望着别人什么都好，对自己则永不满足，这种贪求会让人心生怨望，陷入小我而极度自私。觉得所有人都对不起他，都欠他的，可又无力改变。消极、怨怼、仇视，一步步走向极端，最后对国家、民族乃至生命，都没了兴趣，把皇帝拉下马的事也敢做了。人与人没有可比性，因为人是会思考的动物，这一思考就思考出千差万别来了，同一事物你这么想，他那么想，结果就不同了。所以说世上永远不会有两个完全相同的人，彼非我，我亦非彼，还是各自做好自己才最要紧！

后任难继

徒单克宁，本名习显。（中略）克宁为相，持正守大体，至于簿书期会，不屑屑然也。世宗尝曰："习显在枢密，未尝有过举。"谓克宁曰："宰相之职，进贤为上。"克宁谢曰："臣愚幸得备位宰辅，但不能明于知人，以此为恨耳。"二十一年，左丞相守道为尚书令，克宁为左丞相，徙封定国公，恳求致仕[①]。上曰："汝立功立事，乃登相位，朝廷是赖，年虽及，未可去也。"后三日，与守道奏事，俱跪而请曰："臣等齿发皆衰，幸陛下赐以余年。"上曰："上相坐而论道，不惟其官惟其人，岂可屡改易之邪？"顷之，克宁改枢密使，而难其代。复以守道为左丞相，虚尚书令位者数年。**《金史卷92·列传第30·徒单克宁》**

【注释】①致仕：交还官职，即退休。

【以古鉴今】功高而身愈下，位盛而心愈劳。接克宁的位子，别说干得更好，能干出老样子就得累死你，是个累死也无功的差事，所以后任难继，只好虚位。

收恩避怨，绝非贤者

刘玮，字德玉，咸平人也。（中略）上谓宰臣曰："人为小官或称才干，及其大用则不然。如刘玮固甚干，然自世宗朝逮辅朕，于事多有知而不言者。若实愚人，则不足论，知及之而不肯尽心，可乎？"平章政事完颜守贞曰："《春秋》之法，责备贤者。"上曰："夫为宰相而欲收恩避怨，使人人皆称己是，贤者固若是乎？"**《金史卷95·列传第33·刘玮》**

【以古鉴今】能干而不尽心，和不能干是一样的。然不能干者是干不来，是能力问题；能干而不尽心者则是思想问题，那就不同了。不是私心就是故意，而且怕是越走越远，乃至走向反面。如遇这样的下属，不可姑息，及早了断以免夜长梦多，毁长城者，多此类人。

会来事不如守规矩

高汝砺，字岩夫，应州金城人。登大定十九年进士第，莅官有能声。明昌五年九月，章宗诏宰执，举奏中外可为刺史者，上亲阅阙点注，盖取两员同举者升用之。于是，汝砺自同知绛阳军节度事起为石州刺史。承安元年七月，入为左司郎中。一日奏事紫宸殿，时侍臣皆回避，上所御凉扇忽堕案下，汝砺以非职不敢取以进。奏事毕，上谓宰臣曰："高汝砺不进扇，可谓知体矣。"《金史卷 107 · 列传第 45 · 高汝励》

【以古鉴今】捡起来是会来事，但不合规矩，越职言事尚不可，更何况越职做事了。到底是捡还是不捡呢？这里有分晓：捡，有不顾规矩，讨好上司之嫌；不捡，是耿直，但却能遵规守纪。我以为不捡为上，做守规矩的人，不做会来事的人！

透过现象看本质

贞佑二年六月，宣宗南迁，次邯郸，拜汝砺为参知政事。次汤阴，上闻汴京谷价腾踊，虑扈从人至则愈贵，问宰臣何以处之。皆请命留守司约束，汝砺独曰："物价低昂，朝夕或异，然籴多粜少则贵。盖诸路之人辐凑[①]河南，籴者既多，安得不贵？若禁止之，有物之家皆将闭而不出，商旅转贩亦不复入城，则籴者益急而贵益甚矣。事有难易，不可不知，今少而难得者谷也，多而易致者钞也，自当先其所难，后其所易，多方开诱，务使出粟更钞，则谷价自平矣。"《金史卷 107 · 列传第 45 · 高汝励》

【注释】①辐凑：形容人或物聚集，像车辐聚中于车毂一样。

【以古鉴今】发现问题，分析问题的成因，找出问题的源头，就抓住了主要矛盾，从源头下手问题就容易解决了。切不可在问题的表象上兜圈子，做头痛医头、脚痛医脚的蠢事！

严守名分

上尝谓汝砺曰："朕每见卿侍朝，恐不任其劳，许坐殿下，而卿终不从何哉？夫君臣相遇，贵在诚实，小谨区区，朕固不较也。"汝砺以君臣之分甚严，不敢奉命。《**金史卷 107 · 列传第 45 · 高汝励**》

【以古鉴今】人世间的事时时谨慎，事事小心，尚难尽善，又怎敢大意。人家疼惜你，你要铭感六腑，但也不能坏了规矩，忘了名分。不仅有关系好时的破格恩典，也有翻脸时的现成罪名，万不可得意忘形，总是要摆正自己的位置为好。

遇事往好里想

韩昉，字公美，燕京人。（中略）昉性仁厚，待物甚宽。有家奴诬告昉以马资送叛人出境，考之无状，有司以奴还昉，昉待之如初，曰："奴诬主人以罪，求为良耳，何足怪哉。"人称其长者。昉虽贵，读书未尝去手，善属文，最长于诏册，作《太祖睿德神功碑》，当世称之。自使高丽归，后高丽使者至，必问昉安否云。《**金史卷 125 · 列传第 63 · 文艺上 · 韩昉**》

【以古鉴今】奴诬昉以罪，昉谓之"为求良耳"，这是长者的心地，把人往好里想；是性仁厚，待物宽。要是想奴是在坏昉呢？只这一念，即见人之修养矣！

见得思义

宋可，字予之，武陟人。其姑适大族槁氏，贞佑之兵，夫及子皆死于难。姑以白金五十笏遗可，可受不辞。其后姑得槁氏疏族立为后，挈之省外家。可乃置酒会乡邻，谓姑曰："姑往时遗可以金，可以槁氏无子故受之。今有子矣，此金槁氏物，非姑物也，可何名取之。"因呼妻子舁[①]金归之，乡里用是重之。《**金史卷 127 · 列传第 65 · 隐逸 · 宋可**》

【**注释**】①舁 yú：抬。

【**以古鉴今**】初时槁氏无子，姑金可取。今有子矣，此金槁氏物，非姑物也，可何名取之。黄白之物好东西，但得取之有道，即见得思义，不可见利忘义！

做人要有底线

未几，北兵驻山阳，军中有闻可名者，访知所在，质其子，使人招之曰："从我者祸福共之，不然，汝子死矣。"亲旧竞劝之往，可皆谢不从，曰："吾有子无子，与吾儿死生，皆有命焉。岂以一子故，并平生所守者亡之。"后竟以无子。《**金史卷 127 · 列传第 65 · 隐逸 · 宋可**》

【**以古鉴今**】人生应有所守，不管是什么时候、什么原因都不可放弃。就是用儿子要挟也不成，如果国家民族大义与父子亲情产生矛盾，宁抛亲情也不可亏了大义！不能做叛国投敌的事，就算子死也不能。

正道直行

辛愿，字敬之，福昌人。年二十五始知读书，取《白氏讽谏集》自试，一日便能背诵。乃聚书环堵中读之，至《书伊训》《诗河广》颇若有所省，欲罢不能，因更致力焉。由是博极书史，作文有绳尺，诗律精严有自得之趣。性野逸，不修威仪，贵人延客，麻衣草屦①、足胫赤露坦然于其间，剧谈豪饮，傍若无人。尝谓王郁曰："王侯将相，世所共嗜者，圣人有以得之亦不避。得之不以道，与夫居之不能行己之志，是欲澡其身而伏于厕也。是难与他人道，子宜保之。"《**金史卷127·列传第65·隐逸·辛愿**》

【注释】①屦jù：麻、葛等制成的单底鞋。

【以古鉴今】升官发财都是好事，就是圣人，你让他升官发财他也不反感，但要得之以道。是人，就要走人道，如果走的是邪门歪道，即便得官，不能行己之志，也不如不做。

法因时变

牛德昌，字彦钦，蔚州定安人。父铎，辽将作大监。德昌少孤，其母教之学，有劝以就荫者，其母曰："大监遗命不使作承奉①也。"中皇统二年进士第，调矾山簿。迁万泉令。属蒲、陕荐饥，群盗充斥，州县城门昼闭。德昌到官，即日开城门纵百姓出入，榜曰："民苦饥寒，剽掠乡聚以偷旦夕之命，甚可怜也。能自新者一不问。"贼皆感激解散，县境以安。府尹王伯龙嘉之，礼待甚厚。累官刑部、吏部侍郎，中都路都转运使，广宁、太原尹。卒，赠中奉大夫。《**金史卷128·列传第66·循吏·牛德昌**》

【注释】①承奉：承命奉行。

【以古鉴今】民者，单体弱小，然合起来就是神。小百姓穷可忍，气可受，但没饭吃要饿死，大概就没法忍受了。这时你关门、抓人甚至是杀人，他也不当事了。疏导、抚慰，解决问题才是当务之急。

事棘手须求助于法

孙德渊，字资深，兴中府人也。大定十六年进士，调石州军事判官、涞水丞，察廉迁沙河令。有盗秋桑者，主逐捕之，盗以叉自刺其足面，曰："秋桑例不禁采，汝何得刺我？"主惧，赂而求免，盗不从，诉之县。德渊曰："若逐捕而伤，疮必在后，今在前，乃自刺也。"盗遂引服[①]。《**金史卷 128·列传第 66·循吏·孙德渊**》

【**注释**】①引服：亦作"引伏"，认罪、服罪。

【**以古鉴今**】今天像这样的糗事太多了，此事是"赖子"得寸进尺，恶人先告状。不然也不可图省事，怕担责而私了，哪怕是错在自己也要勇于负起责任。首先求得心安，再就是要个公平，更有一层是免得以后麻烦不断。记住：遇到棘手事，首选求助于法！

生不二过

石抹元，字希明，懿州路胡土虎猛安人。七岁丧父，号泣不食者数日。十三居母丧如成人。尝为击鞠戏[①]，马踣[②]，叹曰："生无兄弟，而数乘此险，设有不测，奈何？"由是终身不复为之。《**金史卷 128·列传第 66·循吏·石抹元**》

【**注释**】①鞠戏：古代的踢球游戏。②踣 bó：向前扑倒。

【以古鉴今】生无兄弟，为防不测，终生不复“鞠戏”，只此一端就让人感佩不已。我们有些人戒个烟，减个肥，你看那浑身抽筋般不自在，七戒八犯的，如此不济还能成事？读读这段文字，学学古人！

睿智一妇人

世祖昭睿顺圣皇后，名察必，弘吉剌氏，济宁忠武王按陈之女也。（中略）一日，四怯薛官奏割京城外近地牧马，帝既允，方以图进。后至帝前，将谏，先阳责太保刘秉忠曰：“汝汉人聪明者，言则帝听，汝何为不谏？向初到定都时，若以地牧马则可，今军蘸俱分业已定，夺之可乎？”帝默然，命寝其事。《元史卷 114 · 列传第 1 · 后妃 1 · 世祖昭睿顺圣皇后》

【以古鉴今】皇帝答应的事，后妃不好直言否定，于是就上演了一出“顾左右而言他”的戏。嘴上责备刘秉忠，其意在提醒皇帝如此不妥，能否收回成命？可谓既明事理，又会办事，聪明睿智者也。

爱他就成就他

后尝于太府监支缯帛表里各一，帝谓后曰：“此军国所需，非私家物，后何可得支？”后自是率宫人亲执女工，拘诸旧弓弦练之，缉为绸，以为衣，其韧密比绫绮。宣徽院羊臑①皮置不用，后取之，合缝为地毯。其劝俭有节而无弃物，类如此。《元史卷 114 · 列传第 1 · 后妃 1 · 世祖昭睿顺圣皇后》

【注释】①臑 nào：牲畜的前肢；肩下谓之臂，臂下谓之臑。

【以古鉴今】小中可以见大，一个封建王朝的皇帝竟能说出“此军国所需，非私家物，后何可得支”的话，且皇后自此“劝俭有节而无弃物”。如此第一夫人，既是皇帝的福，也是天下百姓的福。男女双方不可因一方的贪求无度而坏了对方的前程以及名声，更不要倚对方的势而凌辱那些暂时不如自己的弱者。最聪明的做法是遇事无争且缩手，绝不得志便猖狂。

贺者在门，吊者在闾

（至元）十三年，平宋，幼主朝于上都。大宴，众皆欢甚，唯后不乐。帝曰:“我今平江南,自此不用兵甲,众人皆喜,尔独不乐,何耶？”后跪奏曰：“妾闻自古无千岁之国，毋使吾子孙及此，则幸矣。”帝以宋府库故物各聚置殿庭上，召后视之，后遍视即去。帝遣宦者追问后，欲何所取。后曰：“宋人贮蓄以遗其子孙，子孙不能守，而归于我，我何忍取一物耶！”**《元史卷114·列传第1·后妃1·世祖昭睿顺圣皇后》**

【以古鉴今】别忘了风水轮流转，今天你得了别人的，皆大欢甚，小心明天又被谁夺了去。要明白他为什么失，你凭什么得，参透了个中缘故，让它尽量长时间地在你处停留，已经不易了，如幻想永远占有那是天方夜谭。世祖昭睿顺圣皇后的“物伤其类”是有警世作用的。

第一夫人

胡帽旧无前檐，帝因射日色炫目，以语后，后即益前檐。帝大喜，遂命为式。又制一衣，前有裳无衽①，后长倍于前，亦无领袖，缀以两襻②，名曰比甲，以便弓马，时皆仿之。后性明敏，达于事机，国家初政，左右

匡正，当时与有力焉。《元史卷 114・列传第 1・后妃 1・世祖昭睿顺圣皇后》

【注释】①袪：衣袖。②襻 pàn：扣住纽扣的套。

【以古鉴今】察必绝对是贤内助，身为国母皇后，亲手缝衣做帽，并能结合实用创新款式，真是既能干又聪明，第一夫人是实至名归。

领导者的魅力

显宗光圣仁孝皇帝，讳甘麻剌，裕宗长子也。（中略）至元中，奉旨镇北边，叛王岳木忽儿等闻其至，望风请降。既而都阿、察八儿诸王遣使求和，边境以宁。尝出征驻金山，会大雪，拥火坐帐内，欢甚，顾谓左右曰："今日风雪如是，吾与卿处犹有寒色，彼从士亦人耳，腰弓矢、荷刃周庐之外，其苦可知。"遂命饔人①大为肉糜②，亲尝而遍赐之。抚循部曲之暇，则命也灭坚以国语讲《通鉴》。戒其近侍太不花曰："朝廷以藩屏寄我，事有不逮，正在汝辈辅助。其或依势作威，不用我命，轻者论遣，大者奏闻耳，宜各慎之。使百姓安业，主上无北顾之忧，则予与卿等亦乐处于此，乃所以报国家也。"《元史卷 115・列传第 2・显宗》

【注释】①饔人：古官名，掌切割烹调之事；泛指厨师。②肉糜：肉粥；出自西晋惠帝司马衷的"老百姓既无饭吃，何不食肉糜？"。

【以古鉴今】军中主帅能把这等小事想得这么细致，做得如此周到，可谓粥暖身，情暖心。受用之人更是由衷地感佩，这种辐射效应就能形成部队的凝聚力、刀兵相见时的战斗力。千军易得，一将难求的道理就在于此，并非这"将"有多神通，而在于他能把下属聚拢在自己周围，愿意为他卖力乃至卖命。让人有一种说不清道不明的原因，反正就是愿意听他招呼，跟着他干，这种禀赋是难以学来且更难做到的。这样的人做什么事都易成功，是天生的领导坯子。

小处见性情

裕宗徽仁裕圣皇后伯蓝也怯赤，一名阔阔真，弘吉剌氏，生顺宗、成宗。先是世祖出田猎，道渴，至一帐房，见一女子缉驼茸，世祖从觅马湩①。女子曰："马湩有之，但我父母诸兄皆不在，我女子难以与汝。"世祖欲去之。女子又曰："我独居此，汝自来自去，于理不宜。我父母即归，姑待之。"须臾果归。出马湩饮世祖。世祖既去，叹息曰："得此等女子为人家妇，岂不美耶！"后与诸臣谋择太子妃，世祖俱不允。有一老臣尝知向者之言，知其未许嫁，言于世祖。世祖大喜，纳为太子妃。后性孝谨，善事中宫，世祖每称之为贤德媳妇。侍昭睿顺圣皇后，不离左右，至溷厕②所用纸，亦以面擦，令柔软以进。《**元史卷116·列传第3·后妃2·裕宗徽仁裕圣皇后**》

【**注释**】①马湩dòng：马乳，亦指用马乳酿成的酒，即马奶酒。②溷hùn厕：混杂其间；厕所。

【**以古鉴今**】人的差别在业余时间里，此话用在这里稍有牵强，但仔细想想似又确实。向使阔阔真以为路人口渴求马奶喝，给或不给打发走了事，那她的人生就又是一番光景了，起码是难得汗青这幅纸吧？可就这行路人口渴讨水的闲事上，阔阔真认真了，即成就了她皇后的荣崇，岂不是小处见性情！

不敢私

后院官有受献浙西田七百顷，籍于位下，太后曰："我寡居妇人，衣食自有余，况江南率土，皆国家所有，我曷敢私之。"即命中书省尽易院官之受献者。后之弟欲因后求官，后语之曰："若欲求官耶？汝自为之，勿以累我也。"其后，弟果被黜，人皆服后之先见。《**元史卷116·列传第3·后**

妃2·裕宗徽仁裕圣皇后》

【以古鉴今】想攀高附贵，走邪门歪道，带着这种思想当官，就必然产出个腐败无能，鱼肉百姓的贪官。因为这样的人，他做官的目的就不是要做事，而是要摸钱，把官位当作发财的平台，堂而皇之地攫取个人利益。长此以往百姓就不买账了，他的美梦也就到头了，被黜是他们的宿命。姐弟同根，心性悬殊如此，其因就在一念间。注意私心的一闪念，战胜它，天还是蓝的；屈从它，则万劫不复！只此一次的生命，可别葬送在欲望的泥沼里！

政敌无私仇

赛典赤赡思丁，一名乌马儿，回回人，别庵伯尔之裔。（中略）镇四川，宋将昝[1]万寿拥强兵守嘉定，与赛典赤对垒，一以诚意待之，不为侵掠，万寿心服。未几，赛典赤召还，万寿请置酒为好，左右皆难之，赛典赤竟往不疑。酒至，左右复言未可饮，赛典赤笑曰：“若等何见之小耶。昝将军能毒我，其能尽毒我朝之人乎。”万寿叹服。《元史卷125·列传第12·赛典赤赡思丁》

【注释】①昝 zǎn：姓。

【以古鉴今】凡政治家，首贵气度恢宏。政敌无私仇，岂可因政治主张不同就废掉私交。能不因公义而害私交，是一种稀有的美德，难能可贵。

智慧乃天赋

安童，木华黎四世孙，霸突鲁长子也。中统初，世祖追录元勋，召入长宿卫，年方十三，位在百僚上。母弘吉剌氏，昭睿皇后之姊，通籍禁中。世祖一日见之，问及安童，对曰："安童虽幼，公辅器也。"世祖曰："何以知之？"对曰："每退朝必与老成人语，未尝狎①一年少，是以知之。"世祖悦。四年，执阿里不哥党千余，将置之法，安童侍侧，帝语之曰："朕欲置此属于死地，何如？"对曰："人各为其主，陛下甫定大难，遽以私憾杀人，将何以怀服未附。"帝惊曰："卿年少，何从得老成语？此言正与朕意合。"由是深重之。《元史卷126·列传第13·安童》

【注释】①狎 xiá：亲近而态度不庄重。

【以古鉴今】再一次证明智慧是天赋，与年龄阅历关系不大。白痴活八十岁，遇事也分不出大小头，阅历对蠢人来说就是多傻些时日。所以我主张，对下一代管温饱，给他们创造尽量好的生活环境，至于成龙成凤，还是成混混，那是他们自己的造化。不用枉费气力，死求白赖非得让白痴变天才，与不可能较劲，说明你就是白痴。聪明不是教的，智慧不是学的，好孩子是天生的！

天下事重不敢忽

廉希宪，字善用，布鲁海牙子也。（中略）希宪每奏议帝前，论事激切，无少回措。帝曰："卿昔事朕王府，多所容受，今为天子臣，乃尔木强耶？"希宪对曰："王府事轻，天下事重，一或面从，天下将受其害，臣非不自爱也。"《元史卷126·列传第13·廉希宪》

【以古鉴今】事重责大，不敢忽也。贵人语迟的很大成分也是因为这个。同样事发生在不同人身上，那结果就大不相同。如杀人，常人当处以极刑；精神病患者，就可免于刑事责任；战士在战场上杀敌，非但无罪还可立功。要学会区别！

不求活于奸人

希宪尝有疾，帝遣医三人诊视，医言须用沙糖作饮。时最难得，家人求于外，阿合马与之二斤，且致密意。希宪却之曰：“使此物果能活人，吾终不以奸人所与求活也。”帝闻而遣赐之。《元史卷 126 · 列传第 13 · 廉希宪》

【以古鉴今】毋宁死也不与奸人来往，这不是赌气，是气节。

正直不输权贵

长公主及国婿入朝，纵猎郊原，扰民为甚，希宪面谕国婿，欲入奏之。国婿惊愕，入语公主，公主出，饮希宪酒曰：“从者扰民，吾不知也。请以钞万五千贯还敛民之直，幸勿遣使者。”自是贵人过者，皆莫敢纵。《元史卷 126 · 列传第 13 · 廉希宪》

【以古鉴今】长公主即皇帝的姊妹，扰民也不行，也得找个说理的地儿。正直倔强如此，任你是皇帝老儿，怕也得礼让三分吧。

拒礼

时宋故官礼谒大府[①]，必广致珍玩，希宪拒之，且语之曰：“汝等身仍故官，或不次迁擢，当念圣恩，尽力报效。今所馈者，若皆己物，我取之为非义；一或系官，事同盗窃；若敛于民，不为无罪。宜戒慎之。”皆感激谢去。《元史卷 126 · 列传第 13 · 廉希宪》

【注释】①大府：上级官府。

【以古鉴今】不用这般啰唆，不管是谁的，反正不是自己的，就是不能要。更何况礼下必有所求。

闲话不闲说

希宪疾久不愈，（中略）诏征扬州名医王仲明视疾，既至，希宪服其药，能杖而起，帝喜谓希宪曰："卿得良医，疾向愈矣。"对曰："医持善药以疗臣疾，苟能戒慎，则诚如圣谕；设或肆惰，良医何益。"盖以医讽谏也。《元史卷126·列传第13·廉希宪》

【以古鉴今】良医去病，也得患者配合；忠言利行，也得听者聪明。闲话却不闲说，终不忘劝谏皇帝接受批评意见，把国家管理得更好。

远小人

伯颜，蒙古八邻部人。（中略）取宋而还，诏百官郊迎以劳之，平章[1]阿合马先百官半舍[2]道谒，伯颜解所服玉钩绦遗之，且曰："宋宝玉固多，吾实无所取，勿以此为薄也。"阿合马谓其轻己，思中伤之，乃诬以平宋时取其玉桃盏，帝命按之，无验，遂释之，复其任。阿合马既死，有献此盏者，帝愕然曰："几陷我忠良！"《元史卷127·列传第14·伯颜》

【注释】①平章：平正彰明。②半舍：一舍三十里，半舍即十五里。

【以古鉴今】人生远小人，实在是件不可忽视的事。伯颜本自廉洁，"宋宝玉固多，吾实无所取”。虽已直言相告，但人家不信，谓你轻人，杜撰个莫须有，让你有口莫辩，虽没身败名裂，也弄你个不清不楚。伯颜幸运，被献盏者洗清了污秽，这就是小人的可怕之处，咬你一口入骨三分，敢不远些，再远些？

阴毁人者，定是小人

不忽木，一名时用，字用臣，世为康里部大人。（中略）有谮完泽徇私者，帝以问不忽木。对曰："完泽与臣俱待罪[1]中书，设或如所言，岂得专行。臣等虽愚陋，然备位[2]宰辅，人或发其阴短，宜使面质，明示责降，若内怀猜疑，非人主至公之道也。"言者果屈，帝怒，命左右批其颊而出之。《元史卷130·列传第17·不忽木》

【注释】①待罪：旧时官吏常怕因失职而获罪，便以待罪为自己供职的谦辞。②备位：居官的自谦之词，谓愧居其位，不过聊以充数。

【以古鉴今】用人不疑，疑人不用，特别是领导，更要有主见，不可人云亦云，对下属，有错可当面指责降罪，但不能心怀猜疑而去与别人议长论短。

阴结权贵，小人伎俩

帝每顾侍臣，称塞咥旃[1]之能，不忽木从容问其故，帝曰："彼事宪宗，常阴资朕财用，卿父所知，卿时未生，诚不知也。"不忽木曰："是所谓为人臣怀二心者。今有以内府财物私结亲王，陛下以为若何？"帝急挥以手曰："卿止，朕失言。"《元史卷130·列传第17·不忽木》

【注释】①塞咥旃 sài dié zhān：人名。

【以古鉴今】当年不忠于主人，而阴结私好你这个接班人，今日你接班做了他的主人，你怎知他不会背着你又去结交你的接班人呢？倘如此你还敢信任重用他吗？这是典型的势利小人，他的出发点，是以他自己为圆心的，别幻想他的哪个心思是为你的。这类人避之犹恐不及，切莫接近，非但不能重用，简直就是不能用，因为他有“二心”！

莫为无益之事

河东守臣献嘉禾，大臣欲奏以为瑞。不忽木语之曰：“汝部内所产尽然耶，惟此数茎耶？”曰：“惟此数茎尔。”不忽木曰：“若如此，既无益于民，又何足为瑞。”遂罢遣之。《元史卷130·列传第17·不忽木》

【以古鉴今】能使国人都获得好处的，方可称之为“祥瑞”，当然是该庆贺的。如只是极个别的就大喊大叫，称为天降祥瑞，那是猎奇，不但不能宣传，还要注意刹住这股浮夸风。

昏君昏事

有奴告主者，主被诛，诏即以其主所居官与之。不忽木言：“若此必大坏天下之风俗，使人情愈薄，无复上下之分矣。”帝悟，为追废前命。《元史卷130·列传第17·不忽木》

【以古鉴今】是够浑的，如此就告那个最大的官，反正是告多大官，得多大官！多亏不忽木，不然说不定哪一天，有人想当皇帝，告到皇帝的头上也未可知。

生死之交

（不忽木）家素贫，躬自爨汲[①]，妻织纴以养母。后因使还，则母已死，号恸呕血，几不起。平居服儒素，不尚华饰。禄赐有余，即散施亲旧。明于知人，多所荐拔，丞相哈剌哈孙答剌罕亦其所荐也。其学先躬行而后文艺。居则简默，及帝前论事，吐辞洪畅，引义正大，以天下之重自任，知无不言。世祖尝语之曰："太祖有言，人主理天下，如右手持物，必资左手承之，然后能固。卿实朕之左手也。"每侍燕间，必陈说古今治要，世祖每拊髀[②]叹曰："恨卿生晚，不得早闻此言，然亦吾子孙之福。"临崩，以白璧遗之，曰："他日持此以见朕也。"**《元史卷 130 · 列传第 17 · 不忽木》**

【注释】①爨汲：爨，烧火煮饭；汲，取水于井。②拊髀：以手拍股，表示激动、赞赏等心情。

【以古鉴今】"他日持此以见朕也"，这是世间两个要好的人，情浓时的一句暖心窝子的话。但愿我们都能有这样的福分，活着的时候没有处够，相邀他日再相见于地下。

听人劝，吃饱饭

阿鲁浑萨理，畏兀人。（中略）会有江南人言宋宗室反者，命遣使捕至阙下。使已发，阿鲁浑萨理趣入谏曰："言者必妄，使不可遣。"帝曰："卿何以言之？"对曰："若果反，郡县何以不知？言者不由郡县，而言之阙庭，必其仇也。且江南初定，民疑未附，一旦以小民浮言辄捕之，恐人人自危，徒中言者之计。"帝悟，立召使者还，俾械系言者下郡治之，言者立伏，果以尝贷钱不从诬之。帝曰："非卿言，几误，但恨用卿晚耳。"**《元史卷 130 · 列传第 17 · 阿鲁浑萨理》**

【以古鉴今】真是出个道就上，挖个坑就跳。如此头脑简单的人做皇帝也是好事，手下的大人们一定会有无限展示才能的机会。因为他还算是很乖的，你说什么他都听。怕的是自己长了个榆木脑袋却又是个驴脾气，自己不行，别人的还不听，岂不更糟？

如何做副手

桑哥为政暴横，且进其党与。阿鲁浑萨理数切诤之，久与乖剌[1]，惟以廉正自持。桑哥奏立征理司，理天下逋欠[2]，使者相望于道，所在囹圄皆满，道路侧目，无敢言者。会地震北京，阿鲁浑萨理请罢征理司，以塞天变。诏下之日，百姓相庆。未几，桑哥败，以连坐，亦籍其产。帝问："桑哥为政如此，卿何故无一言？"对曰："臣未尝不言，顾言不用耳。陛下方信任桑哥甚，彼所忌独臣，臣数言不行，若抱柴救火，只益其暴，不若弥缝其间，使无伤国家大本，陛下久必自悟也。"帝亦以为然，且曰："吾甚愧卿。"桑哥临刑，吏犹以阿鲁浑萨理为问，桑哥曰："我惟不用其言，故至于败，彼何与焉。"帝益信其无罪，诏还所籍财产，仍遣张九思赐以金帛，辞不受。《元史卷130·列传第17·阿鲁浑萨理》

【注释】①乖剌 là：违逆，不和谐；（性情）不合常规。②逋 bū 欠：拖欠、短少；拖欠的赋税钱粮。

【以古鉴今】这是做手下的难处，明知领导错了，提出纠正意见却多不见用，而自己又做不了领导的主，干着急。这种情形下只能是弥缝其间，使无伤大本，这也是做副手的职责和应有的觉悟。

长者襟怀

（至元）二十八年秋，（阿鲁浑萨理）乞罢政事，并免太史院使，诏以为集贤大学士。司天刘监丞言，阿鲁浑萨理在太史院时，数言国家灾祥事，大不敬，请下吏治。帝大怒，以为诽谤大臣，当抵罪。阿鲁浑萨理顿首谢曰："臣不佞，赖陛下天地含容之德，虽万死莫报。然欲致言者罪，臣恐自是无为陛下言事者。"力争之，乃得释。帝曰："卿真长者。"《**元史卷 130 · 列传第 17 · 阿鲁浑萨理**》

【以古鉴今】所说属实，但因于我不利，可能仍不免恨得牙痒，况所说非是，而能舍我顾及"为陛下言事者"的有无，非长者绝无此胸怀。有人揭发而能立即认定是"诽谤大臣，当抵罪"，也绝非一般了解而能做出的判断。如此君臣相得，只有君视臣为股肱，臣视君如父兄，彼此心知，始能不惧人言。可悲的是刘监丞，坐实之罪尚有不可说者，更何况"风闻"之言，不是遇到如此长者，只怕自己早被"下吏治"了。

善言佛心

和尚，玉耳别里伯牙吾台氏。（中略）从国兵围潭州，潭守臣李芾坚守，攻之三月不下。（至元）十三年，城破，芾死。诸将利于虏掠，欲屠其城，和尚宣言曰："拒我师者，宋将耳。其民何罪。既受其降，即是吾民，杀之何忍。且今列城多未附，降而杀之，是坚其效死之心也。"左丞崔斌曰："郎中言是。"平章阿里海牙意亦与合，遂从之。一城之人，赖以全活。由是湖南诸郡，闻风皆下。世祖闻之，赏赐加厚。《**元史卷 134·列传第 21·和尚**》

【以古鉴今】当你手中握有某种权力的时候，就要特别注意心存善念。和尚的一句"其民何罪"，"一城之人，赖以全活"。一言活一城，善莫大焉！

身正何须辩

刘容字仲宽，其先西宁青海人。（中略）奉旨使江西，抚慰新附之民。或劝其颇受送遗，归赂权贵人，可立致荣宠，容曰："剥民以自利，吾心何安。"使还，惟载书籍数车，献之皇太子。忌嫉者从而谗之，由是稍疏容，然容亦终不辩。会立詹事院，容上言曰："太子天下本，苟不得端人正士左右辅翼之，使倾邪侧媚之徒进，必有损令德。"闻者是之。俄命为太子司议，改秘书监。《**元史卷 134 · 列传第 21 · 刘容**》

【以古鉴今】这就是做好人难，做正人更难。因为有时因你的正而凸显了别人的歪，这就让"歪人"很不舒服，甚至恨你也就在情理中了。所谓"歪人"就是说歪话、讲歪理、做歪事的人，反正就是和常人不一样。这不一样就是人与人矛盾的根源，所以说在仕途、在职场矛盾难免，不是谁和谁有意过不去，而是做人的底色就有差异，一旦相遇定会引起冲突。如不能回避，只能见招拆招，不要幻想谁改变谁，更不要希望哪个早晨醒来"歪人"就变好了。

珍惜敢批评你的人

阿沙不花者，康里国王族也。（中略）见帝容色日悴[①]，乃进曰："八珍之味不知御，万金之躯不知爱，此古人所戒也。陛下不思祖宗付托之重，天下仰望之切，而惟里蘖[②]是沉，姬嫔是好，是犹两斧伐孤树，未有不颠仆者也。且陛下之天下，祖宗之天下也，陛下之位，祖宗之位也，陛下纵不自爱，如宗社何？"帝大悦曰："非卿孰为朕言。继自今毋爱于言，朕不忘也。"因命进酒。阿沙不花顿首谢曰："臣方欲陛下节饮而反劝之，是臣之言不信于陛下也，臣不敢奉诏。"左右皆贺帝得直臣。《**元史卷 136 · 列传第 23 · 阿沙不花**》

【注释】①悴 cuì：忧愁到极点。②蘖 niè：酒曲。

【以古鉴今】推心置腹且情真意切，让人听了觉得心里暖暖的，非爱之深哪有如此议论。皇帝也表示接受批评，痛改前非，真是直臣遇明主，值得庆贺！但好笑的是一边“听劝”，一边却仍吩咐“满上”，足见积习成性，想改亦非易事，给时间、容反复、收长效是耶！

嫌疑之际，君子所慎

拜住，安童孙也。（中略）英宗在东宫，问宿卫之臣于左右，咸称拜住贤。遣使召之，欲与语。拜住谓使者曰：“嫌疑之际，君子所慎，我长天子宿卫而与东宫私相往来，我固得罪，亦岂太子福耶？”竟不往。《元史卷 136·列传第 23·拜住》

【以古鉴今】天子宿卫私往东宫，大有“吃着碗里的，看着锅里的”嫌隙。官场乃是非之地，时时小心、事事谨慎犹恐有不到处，岂敢大意，一着不慎，满盘皆输，疏忽不得。

吏不容奸

先时，近侍传旨以姓名赴中书铨注者六七百员，选曹为之壅滞[①]。拜住奏阁之，注授一依选格次第，吏无容奸。刑曹事有情可矜者宽恕之，贪暴不法必不少容。帝常谕左右曰：“汝辈慎之，苟陷国法，我虽曲赦，拜住不汝恕也。”《元史卷 136·列传第 23·拜住》

【注释】①壅滞：阻隔，堵塞。

【以古鉴今】官员的进退是最敏感而微妙的事情，往往一个位置多人合适，到底用谁？条件又是不确定的因素居多，如品德、能力，都是无法做硬性规定的。而且既已备选，说明大方面都差不多，这时往往业余时间的爱好、兴趣、交往的圈子，会是你进退的依据，所以记得把功夫用在平时。

不跟人错

时右丞相铁木迭儿贪滥谲险，屡杀大臣，鬻狱卖官，广立朋党，凡不附己者必以事去之，尤恶平章王毅、右丞高昉，因在京诸仓粮储失陷，欲奏诛之。拜住密言于帝曰："论道经邦，宰相事也，以金谷细务责之可乎？"帝然之，俱得不死。铁木迭儿复引参知政事张思明为左丞以助己。思明为尽力，忌拜住方正，每与其党密语，谋中害之。左右得其情，乘间以告，且请备之。拜住曰："我祖宗为国元勋，世笃忠贞，百有余年。我今年少，叨受宠命，盖以此耳。大臣协和，国之利也。今以右相雠我，我求报之，非特吾二人之不幸，亦国家之不幸。吾知尽吾心，上不负君父，下不负士民而已。死生祸福，天实鉴之，汝辈毋复言。"未几，奉旨往立忠宪王碑于范阳。铁木迭儿久称疾，闻拜住行，将出莅省事，入朝，至内门，帝遣速速赐之酒，且曰："卿年老宜自爱，待新年入朝未晚。"遂怏怏而还。然其党犹布列朝中，事必禀于其家，以拜住故，不得大肆其奸，百计倾之，终不能遂。《元史卷136·列传第23·拜住》

【以古鉴今】立世之本就是"心正"，心正则万邪不侵。切不可他不仁你就不义，他不仁已经错在先，你再不义岂不也错了？只是先后而已，其错一也。他错了你就必须对呀，否则会把事情弄糟的，人也会两败俱伤，此处一定要加意：学人对的，不可学人"不是"！

饮水思源

三年春二月，将进《仁宗实录》，先一日，诣翰林国史院听读。首卷书大德十一年事，不书左丞相哈剌哈孙定策功，惟书越王秃剌勇决从容。谓史官曰："无左丞相，虽百越王何益？录鹰犬之劳，而略发踪指示之人，可乎？"立命书之。其它笔削未尽善者，一一正之，人皆服其识见。《元史卷 136 · 列传第 23 · 拜住》

【以古鉴今】这段文字之所以被选录，就因为拜住对"录鹰犬之劳，而略发踪指示之人"提出了质疑。看人看事只看前台的轰轰烈烈，背后默默付出人的心血没人提及，这是严重的本末倒置，必须予以提醒并得以纠正。一个大一点的行动，总要事先有好的谋划，形成一致才能付诸实施，实施只是在执行先前的谋划。那谋划者，即发踪指示之人，怎可忽略不计，只去关注"鹰犬之劳"呢？所谓饮水思源即此谓也。

慈母严师

（拜住）母怯烈氏，年二十二，寡居守节。初，拜住为太常礼仪院使，年方二十，吏就第请署字，适在后圃阅群戏，出稍后，母厉声呵之曰："官事不治，若尔所为岂大人事耶？"拜住深自克责。一日，入内侍宴，英宗素知其不饮，是日强以数卮①，既归，母戒之曰："天子试汝量，故强汝饮。汝当日益戒惧，无酣于酒。"又常代祀睿宗原庙，归侍左右，母问之曰："真定官府待汝若何？"对曰："所待甚重。"母曰："彼以天子威灵、汝先世勋德故耳，汝何有焉？"拜住之贤，母之教也。《元史卷 136 · 列传第 23 · 拜住》

【注释】①卮：古代一种盛酒器。

【以古鉴今】母亲的及时督促苛责，总能让孩子感到亲切，且事后验证是正确的，那孩子就没有理由不听。母亲在子女心里的形象，一半是天性，一半是母亲自己的言行。

要教好孩子，母亲必须得有好的价值观，说话不着边际，做事毫无章法，如此不堪的母亲，她的话又能有几分可信度？几多斤两？母亲自己不贤，让孩子尊你重你亲你敬你，那基础怕也只是你生了他！

真知灼见

奕赫抵雅尔丁，字太初，回回氏。（中略）一日，与同列共议狱，有异其说者，奕赫抵雅尔丁曰："公等读律，苟不能变通以适事宜。譬之医者，虽熟于方论，而不能切脉用药，则于疾痛奚益哉！"同列虽不平，识者服其为名言。大德八年肆赦，廷议惟官吏因事受赇[①]者不预。奕赫抵雅尔丁曰："不可。恩如雨露，万物均被，赃吏固可嫉，比之盗贼则有间矣。宥盗而不宥吏，何耶？"《元史卷137·列传第24·奕赫抵雅尔丁》

【注释】①受赇 qiú：接受贿赂。

【以古鉴今】法律是写在纸上的条文，是约束人们在它允许的范围内活动，否则即是违法。可条文是死的，人是活的，事物又是千变万化的，这就要执法者会变通。否则不问青红皂白，杀人就是死刑，怕也不妥，也得是既遵法，又要因时因事而有不同，让法理最大化的一致。这才是真正意义上的法律面前人人平等，只有做到人人平等，才能让法律更有威慑力。

不侥幸苟免

刑部尝有狱事，上谳[①]既论决，已而丞相知其失，以谴右司主者。奕赫抵雅尔丁初未尝署其案，因取成案阅之，窃署其名于下。或讶之曰："兹狱之失，公实不与，丞相方谴怒而公反追署其案，何也？"奕赫抵雅尔丁曰：

"吾偶不署此案耳，岂有与诸君同事而独幸免哉？"丞相闻而贤之，同列因以获免。《元史卷137·列传第24·奕赫抵雅尔丁》

【注释】①上谳yàn：呈报朝廷，请求定案。

【以古鉴今】常人躲都唯恐不及的事，奕赫抵雅尔丁却偷偷地署上了自己的大名，理由很简单："偶不署此案，岂有与诸君同事而独幸免哉？"这就是古人，只遵事理，不问利害。其实无论古今，你真能抛开自己的小九九，相信天有大算盘，于己反倒是大有益处。

只知奉法，不知利害

朵尔直班，字惟中，木华黎七世孙。（中略）丞相伯颜、御史大夫唐其势二家家奴怙势为民害，朵尔直班巡历至漷州，悉捕其人致于法，民大悦。乃还，唐其势怒曰："御史不礼我已甚，辱我家人，我何面目见人耶。"答曰："朵尔直班知奉法而已，它不知也。"《元史卷139·列传第26·朵尔直班》

【以古鉴今】只知执法，不知其他，遇事只做是非判断，不做厉害想。身在公门者，这是最高明的做法，心里眼里只认公理王法，知世故而不世故，对人对己对上对下只一把尺子，任你是皇帝又奈我何？否则你见人是人，遇鬼则鬼，一时一事尚可，绝对长远不了。人是不平则鸣，你平就谁也没得说了！

自承当

自当，蒙古人也。（中略）会次三皇后殂[①]，命工部撤行殿车帐，皆新作之。自当未即兴工。尚书曰："此奉特旨，员外有误，则罪归于众矣。"自当曰：

"即有罪，我独任之。"未几，帝果问成否。省臣乃召自当责问之。自当请自入对。既见帝，奏曰："皇后行殿车帐尚新，若改作之，恐劳民费财。且先皇后无恶疾[②]，居之何嫌。必欲舍旧更新，则大明殿乃自世祖所御，列圣嗣位岂皆改作乎？"帝大悦，语省臣曰："国家用人，当择如自当者，庶不误大事。"特赐上尊、金币，迁吏部员外郎。《元史卷143·列传第30·自当》

【注释】①殂 cú：死亡。②恶疾：痛苦难治，令人厌恶的疾病。

【以古鉴今】名字叫得好，事也做得好，遇事有担当。为国家计，为百姓计，就是不为自己计，这就是男子汉的担当。一个男人在社会上闯荡，就要有这样的气度和胆识，方能博得周围人的认可，而后去成就自己的事业。一个好汉三个帮，帮你的人更多的是冲你的人格人品，而不是你的臭皮囊。如果你品格低下，行为猥琐，早已羞于与你为伍，何谈"帮"字。

珍惜现在

星吉，字吉甫，河西人。（中略）拜监察御史，有直声。（中略）执政者恶之，移湖广行省平章[①]政事。湖广地连江北，威顺王岁尝出猎，民病之。又起广乐园，多萃名倡巨贾以网大利，有司莫敢忤。星吉至，谒王，王阖中门，启左扉，召以入。星吉引绳床坐王中门西，言曰："吾受天子命来作牧，非王私臣也，焉得由不正之道入乎！"阍[②]者惧，入告王，王命启中门。星吉入，责王曰："王帝室之懿，古之所谓伯父叔父者也。今德音不闻，而骋猎宣淫，贾怨于下，恐非所以自贻多福也。"王急握星吉手谢之，为悉罢其所为。《元史卷144·列传第31·星吉》

【注释】①平章：古代官名，"平章"原意为商量处理。②阍 hūn：本义指日落黄昏时皇宫关门；引申为守门人。

【以古鉴今】人多对别人的事看得一清二楚，而自己身上的事却弄得一塌糊涂。看看威顺王，帝室之懿，却德音不闻，而骋猎宣淫，以至人们怨声载道。威顺王不懂得自贻多福，更不懂得皮之不存，毛将焉附的道理。这叫自毁长城，自家的天下不珍惜，真等这般无德之辈搅扰得天下大乱，江山易主，怕是想过平民的日子也没了。

天生我材必有用

耶律楚材，字晋卿，辽东丹王突欲八世孙。（中略）夏人常八斤，以善造弓见之于帝，因每自矜曰："国家方用武，耶律儒者何用？"楚材曰："制弓尚须用弓匠，为天下者岂可不用治天下匠耶？"太祖闻之甚喜，日见亲用。

《元史卷 146 · 列传第 33 · 耶律楚材》

【以古鉴今】文武之道各有区处，不能分轻重。彼此尊重形成互补，就能为国家的安定团结、繁荣富强做出贡献；若互相轻视拆台，则个人和国家都将蒙受损失。居家也如此，男人女人你能说谁重要，老话说得好："男人没有女人家无主，女人没有男人身无依"。没法分彼此，只有相伴度日才是圆满的人生！

不较私仇

咸得卜以旧怨，尤疾之，谮于宗王曰："耶律中书令率用亲旧，必有二心，宜奏杀之。"宗王遣使以闻，帝察其诬，责使者，罢遣之。属有讼咸得卜不法者，帝命楚材鞫之，奏曰："此人倨傲，故易招谤。今将有事南方，他日治之未晚也。"帝私谓侍臣曰："楚材不较私仇，真宽厚长者，汝曹当效之。"

《元史卷 146 · 列传第 33 · 耶律楚材》

【以古鉴今】“不较私仇”四字，说着轻巧，可真要较起真来，是很难做到的。以牙还牙，以眼还眼的居多，有仇不报也怕被人瞧不起！可冤冤相报何时了呢？有修养、有远见的人，一般是不较私仇的，因为有比私仇更大的事在等着他们去做，他们无暇顾及，也不愿顾及陈年往事。人生是单行线，过去的就永远追不回了，陷于过去，何如放眼未来呢！

爱君忧国，用心良苦

帝素嗜酒，日与大臣酣饮，楚材屡谏，不听，乃持酒糟铁口进曰：“曲蘖能腐物，铁尚如此，况五脏乎！”帝悟，语近臣曰：“汝曹爱君忧国之心，岂有如吾图撒合里者耶？”赏以金帛，敕近臣日进酒三钟而止。《元史卷146·列传第33·耶律楚材》

【以古鉴今】用酒糟铁口说明酒对人有害，足见其用心良苦，忠君忧国之情令人感动。处人倘能如此上心，世上再没有难处之人。所以在抱怨人对你不好时，就想想耶律楚材，你是否如他般用心于人了？如没有，就别抱怨他人，还是回头检讨自己，才是最好的释怨之法！

以德报怨

（史）楫字大济。（中略）元氏民有诉府僚于达官者，质之无实，将抵之死，楫力为营解。达官曰：“是人陷汝辈死地，而反救之，何耶？”楫曰：“诛之固足以惩后，未若宥之以愧其心。况人命至重，岂宜以妄言之故，而加以极刑。”乃杖而遣之。《元史卷147·列传第34·史楫》

【以古鉴今】以德报怨总比以怨报怨要强百倍，因为以怨报怨必将形成冤冤相报的结果，这是谁也不愿意看到的。遇事看开些，大度点，像史楫一样，遭人陷害反救之，使其有愧于心，改掉就好。如其不改好，是个没羞没臊的家伙，就更没趣和这样的人一般见识了！

政绩工程贻害百姓

董俊，字用章，真定藁城人。（中略）俊早丧父，事母以孝闻。（中略）先是，戊子岁，朝于行在[①]，诸将献户口，各增数要利，吏请如众，俊曰："民实少而欺以数多，他日上需求无应，必重敛以承命，是我独利，而民日困也。"《元史卷 148 · 列传第 35 · 董俊》

【注释】①行在：皇帝出行暂住的地方。

【以古鉴今】搞"政绩工程""形象工程"者，多是为自己升官捞好处，是"我独利，而民日困"。虽说世无神佛，但丧良心的事，老天饶不过，自己良心怕也过不去。即便不怕报应在自己身上，难道也不怕报应在后世子孙身上？

不虚食俸禄

（董）文用字彦材，俊之第三子也。（中略）中书右丞卢世荣以货利得幸权要，为贵官，阴结贪刻之党，以锱铢掊克为功，乃建议曰："我立法治财，视常岁当倍增，而民不扰也。"诏下会议，人无敢言者。文用阳问曰："此钱取于右丞之家耶？将取之于民耶？取于右丞之家，则不敢知；若取诸民，则有说矣。牧羊者，岁尝两剪其毛，今牧人日剪其毛而献之，则主者固悦其得毛之多矣，然而羊无以避寒热，即死且尽，毛又可得哉！民财亦有限，取之以时，犹惧其伤残也，今尽刻剥无遗，犹有百姓乎！”世荣不能对。丞相安童谓坐中曰：“董尚书真不虚食俸禄者。”议者出，皆谢文用曰：“君以一言折聚敛之臣而厚邦本，真仁人之言哉！”世荣竟以是得罪。《元史卷148·列传第35·董文用》

【以古鉴今】“董尚书真不虚食俸禄者”一句，道出了在官场行走的两种选择：一是出工不出力，混日子，白拿纳税人的血汗钱，过得也能悠闲，但经常会半夜醒来觉得哪里不对劲，良心不舒服，似有被谴责、对不住人的滋味；再就是董文用那样的，心里装着平民百姓，为他们鼓与呼，虽然有时会被当权者给穿了小鞋，但心里是坦荡的，因为这样的人当官本就没想从中捞好处，只是为了做点事，让自己活得更有意义。

做事不求回报

（董）文忠字彦诚，俊第八子也。（中略）太府监属卢甲盗剪官布。帝怒，命杀以惩众。文忠言：“今刑曹于囚罪当死者，已有服辞，犹必详谳，是岂可因人一言，遽加之重典！宜付有司阅实，以俟后命。”乃遣文忠及近臣突满分核之，皆得其诬状，遂诏原之。帝因责侍臣曰：“方朕怒时，卿曹皆不敢言。非董文忠开悟朕心，则杀二无辜之人，必取议中外矣。”因赐文忠金尊，曰：“用旌卿直。”裕宗亦语宫臣[①]曰：“方天威之震，董文忠从容谏正，实人臣难能者。”太府监属奉物诣文忠泣谢曰：“鄙人赖公复生。”文忠曰：“吾素非知子，所以相救于危急者，盖为国平刑，岂望子见报哉！”却其物不受。《元史卷148·列传第35·董文忠》

【注释】①宫臣：太子的属官。

【以古鉴今】人之修为如何，平日里一般过活也看不出什么，可在关键时刻，各人头脑里蹦出来的应急想法，绝对是自身修为的体现。如文忠“吾素非知子，所以相救于危急者，盖为国平刑，岂望子见报哉！”的话，就是内心的道白。却其物不受，因为那不是他的初心，初心只为平刑。不然“朕怒”时，卿曹皆不敢言，只有他从容谏正，不是不怕，是为了正义挺身而出。

贤哉，姚里氏！

耶律留哥，契丹人。（中略）妻姚里氏入奏，会帝征西域，皇太弟承制以姚里氏佩虎符，权领其众者七年。丙戌，帝还，姚里氏携次子善哥、铁哥、永安及从子塔塔儿、孙收国奴，见帝于河西阿里湫城。帝曰：“健鹰飞不到之地，尔妇人乃能来耶！”赐之酒，慰劳甚至。姚里氏奏曰：“留哥既没，官民乏主，其长子薛阇[①]扈从[②]有年，愿以次子善哥代之，使归袭爵。”帝曰：“薛阇今为蒙古人矣，其从朕之征西域也，回回围太子于合迷城，薛阇引千军救出之，身中槊；又于蒲华、寻思干城与回回格战，伤于流矢。以是积功为拔都鲁，不可遣，当令善哥袭其父爵。”姚里氏拜且泣曰：“薛阇者，留哥前妻所出，嫡子也，宜立。善哥者，婢子所出，若立之，是私己而蔑天伦，婢子窃以为不可。”帝叹其贤。《元史卷 149·列传第 36·耶律留哥》

【注释】①阇 dū：城门上的台。②扈从：皇帝出巡时的护卫侍从人员。

【以古鉴今】自古就有母以子贵之说，特别是孀居女子，更希望自己的儿子有大出息，以作自己后半生的依靠。儿子已到手的爵位，硬是被她“私己而蔑天伦”的大义推掉，七尺男儿当此之时，怕也难有她这样的选择，贤哉，姚里氏！

要懂得放下

史天泽字润甫，秉直季子也。（中略）史天泽之兄天倪有二子，一子管民政，一子掌兵权，天泽亦手握重兵，权势倾朝。宪宗时史天泽奏曰：“一门之内，处三要职，分所当辞，臣可以退休矣。”不许。时值李璮之变，议者以诸侯权重所至。天泽遂奏：“民兵之权，不可并出一门，行之请自臣家始。”于是史氏子侄，即日解兵符者十七人。《元史卷155·列传第42·史天泽》

【以古鉴今】史天泽深知“震主”之后果，主动请辞，这是明智之举。其实做臣子的让皇帝不放心，就是你最大的不忠。你让皇帝昼夜为你悬心，何不自己先放下，让皇帝省心，这样自己也不担心。不然就等于和皇帝暗中较劲，到头来吃亏的多是自己。历史上权臣不得善终者，大抵多缘于此。

愿相公无权

天泽平居，未尝自矜其能，及临大节、论大事，毅然以天下之重自任。年四十，始折节①读书，尤熟于《资治通鉴》，立论多出人意表。拜相之日，门庭悄然，或劝以权自张，天泽举唐韦澳告周墀之语曰：“愿相公无权。爵禄刑赏，天子之柄，何以权为？”因以谢之，言者惭服。《元史卷155·列传第42·史天泽》

【注释】①折节：改变自己平时的志趣行为。

【以古鉴今】读书没有早晚，朝闻道夕死可矣！就怕少不更事荒废了，大来又觉得晚而放弃了，一世浑浑噩噩不得开化，至死不知自己到底有多大能耐，谓之“白活”！借鉴古圣先贤的得失成败，来看待处理当下的人和事，定是不同。一句“愿相公无权”就可称千古名言，史上多少显赫一时的王侯将相，有几人得以善终，多数是风光一时，凄凉万古，想来都没逃过两个字，一个“权”，一个“钱”，世上本来就少有和这两个字无关的罪孽！

英雄出少年

董文炳，字彦明。（中略）岁乙未，以父任为藁城令。同列皆父时人，轻文炳年少，吏亦不之惮。文炳明于听断，以恩济威。未几，同列束手下之，吏抱案求署字，不敢仰视，里人亦大化服。《元史卷 156 · 列传第 43 · 董文炳》

【以古鉴今】 这是初涉社会都会遇到的事。人家会说你“乳臭未干”“我过的桥比你走的路还多”，年龄也是骄傲的资本，反正对你就是不放心，不愿给你压担子。对此，逃避、气恼都没用，只有熟悉本职工作，并且做好它，尽快成为行家里手，用成绩和能力让人服气，除此别无他途。

舍己救人

县贫，重以旱蝗，而征敛日暴，民不聊生。文炳以私谷数千石与县，县得以宽民。前令因军兴乏用，称贷于人，而贷家取息岁倍，县以民蚕麦偿之。文炳曰：“民困矣，吾为令，义不忍视也，吾当为代偿。”乃以田庐若干亩计直与贷家，复藉县闲田与贫民为业，使耕之。于是流离渐还，数年间，民食以足。《元史卷 156 · 列传第 43 · 董文炳》

【以古鉴今】 百姓有了急难，把自己的财产变卖帮着偿还债务；又积极找门路、想办法，让百姓有来钱道，增加收入把日子过好。这样的官才配称为官，因为他有疼爱子民的心。

预大政者，略细务

至大都，更日至中书、枢密，不署中书案。平章政事阿合马方恃宠用事，生杀任情，惟畏文炳，奸状为之少敛。尝执笔请曰："相公官为左丞，当署省案。"请至再四，不肯署。皇太子闻之，谓宫臣竹忽纳曰："董文炳深虑，非尔曹所知。"后或私问其故，文炳曰："主上所付托者，在根本之重，非文移之细。且吾少徇则济奸，不徇则致谗。谗行则身危，而深失付托本意。吾是以预其大政，而略其细务也。"《**元史卷 156 · 列传第 43 · 董文炳**》

【**以古鉴今**】好个"预其大政，略其细务"。至于那些有之不为重，无之不为轻的细务，让那一般人去做，而我只做"主上所托之根本"。

人师难遭

许衡字仲平，怀之河内人也，世为农。（中略）七岁入学，授章句，问其师曰："读书何为？"师曰："取科第耳。"曰："如斯而已乎？"师大奇之。每授书，又能问其旨义，久之，师谓其父母曰："儿颖悟不凡，他日必有大过人者，吾非其师也。"遂辞去，父母强之不能止，如是者凡更三师。《**元史卷 158 · 列传第 45 · 许衡**》

【**以古鉴今**】此三师必都是好人，有自知之明。世上有两种职业不能随便去做：一是教师，二是医生。没有真才实学而从教，误人子弟；学艺不精而从医，误人性命。

守住一颗心

（衡）稍长，嗜学如饥渴，然遭世乱，且贫无书。尝从日者家见《书》疏义，因请寓宿，手抄归。既逃难徂徕[①]山，始得《易》王辅嗣说。时兵乱中，衡夜思昼诵，身体而力践之，言动必揆诸义而后发。尝暑中过河阳，渴甚，道有梨，众争取啖之，衡独危坐②树下自若。或问之，曰：“非其有而取之，不可也。”人曰：“世乱，此无主。”曰：“梨无主，吾心独无主乎？”《元史卷158·列传第45·许衡》

【注释】①徂徕 cú lái：山名，在今山东省泰安县东南。②危坐：古人以两膝着地，耸起上身为“危坐”，即正身而跪，表示延肃恭敬；后泛指正身而坐。

【以古鉴今】做人要守住一颗心，要有做人的底线。不管外面的世界如何风云变幻，只要你自己的心不乱、不变，行动上不跟风，别人无论怎样，你自己一定按做人的原则行事，那么那乱、那糟也就奈何不了你了。

正言不让

未几，阿合马为中书平章政事，领尚书省六部事，因擅权，势倾朝野，一时大臣多阿之，衡每与之议，必正言不少让。已而其子又有佥枢密院之命，衡独执议曰：“国家事权，兵民财三者而已，今其父典民与财，子又典兵，不可。”元世祖曰：“卿虑其反邪？”衡对曰：“彼虽不反，此反道也。”阿合玛由是衔之。《元史卷158·列传第45·许衡》

【以古鉴今】好个“此反道也”，国家兵民财三权落入一家，万一父子联手，皇权就有被颠覆的危险。现在是没反，可潜伏着隐患，且已违反了用人之道——权力过于集中，这是用人的大忌。大可喻小，几个人的单位，在人事安排上也应注意，有事大家做，有钱大家赚，此乃光不独照之意。

迎合无善政

窦默，字子声，初名杰，字汉卿，广平肥乡人。（中略）默尝与刘秉忠、姚枢、刘肃、商挺侍上前，默言："君有过举，臣当直言，都俞吁咈[①]，古之所尚。今则不然，君曰可，臣亦以为可，君曰否，臣亦以为否，非善政也。"明日，复侍帝于幄殿。猎者失一鹘，帝怒，侍臣或从旁大声谓宜加罪。帝恶其迎合，命杖之，释猎者不问。既退，秉忠等贺默曰："非公诚结主知，安得感悟至此。"《元史卷158·列传第45·窦默》

【注释】①都俞吁咈yù fú：都、俞，赞美、同意的感叹词；吁、咈，反对的感叹词。形容君臣议事融洽。

【以古鉴今】多人议事，有不同意见，才能从多角度去透视问题，得出较准确的结论，获完满解决。否则，领导怎么说，别人都只是迎合，就没有不出问题的。

名分定，则无争

张雄飞字鹏举，琅琊临沂人。（中略）问以方今所急，对曰："太子天下本，愿早定以系人心。闾阎[①]小人有升斗之储，尚知付托，天下至大，社稷至重，不早建储贰，非至计也。向使先帝知此，陛下能有今日乎？"帝方卧，矍然[②]起，称善者久之。《元史卷163·列传第50·张雄飞》

【注释】①闾阎：原指古代里巷内外的门，后泛指平民百姓。②矍然：惊惧，惊视，急遽。

【以古鉴今】这里有个名分的问题。街上跑来一只野兔，大伙都去追，都想得到它，没人说他们不对，就因为野兔是没有主的。可市场上那么多兔子，却没有人去动，就因为这些兔子是有主人的，名分已定，再贪婪的人也不去争了。由此观之，名分非虚。

持心正，不附会

（雄飞）入为兵部尚书。平章阿合马在制国用司时，与亦麻都丁有隙，至是，罗织其罪，同僚争相附会，雄飞不可曰：“所犯在制国用时，平章独不预耶？”众无以答。秦长卿、刘仲泽亦以忤阿合马，皆下吏，欲杀之，雄飞亦持不可。阿合马使人啖之，曰：“诚能杀此三人，当以参政相处。”雄飞曰：“杀无罪以求大官，吾不为也。”《元史卷 163 · 列传第 50 · 张雄飞》

【以古鉴今】用别人的血来染红自己的顶子，是宁死都不可为的事。且不说损人，就是自己也饶不过自己，良心会让自己后半辈子不得安生。

改弊政，惩不畏法者

有巨商二人犯匿税及殴人罪，僚佐受贿，欲宽其罪，雄飞绳之益急。或曰：“此细事，何执之坚？”雄飞曰：“吾非治匿税殴人者，欲改宋弊政，惩不畏法者尔。”《元史卷 163 · 列传第 50 · 张雄飞》

【以古鉴今】前台有小丑，幕后一定有黑手，抓小丑，斩黑手，方能风清气正。人世间有些事就其本身而言也没什么大不了的，但它的影响面大或后果严重，就不能不严肃对待了，有时还要从重处理。

盗食救死非强也

细民[1]以乏食，群聚发富家廪，所司欲论以强盗，雄飞曰：“此盗食，欲救死，非强也。”宽其狱，全活者百余人。《元史卷 163 · 列传第 50 · 张雄飞》

【注释】①细民：小民；老百姓。

【以古鉴今】民以食为天，天塌了，势必得有所行动，不能等死，于是“群聚发富家廪”，这是“盗食救死”，不能以强盗论。遇事得具体问题具体分析，盗食与强盗又有不同，不可同日而语。这是把法律条文用活的典型案例，如只见光天化日之下行抢，非强盗而何？然所以者，只为获食救死，非强之说便得以成立。于是在必死的案子中，觅出了不死的缘由，此乃执法之最高境界。

遇事耽迟不耽错

有告常德富民十余家与德山寺僧将为乱，众议以兵讨之。雄飞曰：“告者必其仇也。且新附之民，当以静镇之，兵不可遽用，苟有他，吾自任其责。”遂止，徐察之，果如所言。《**元史卷163·列传第50·张雄飞**》

【以古鉴今】不能听风就是雨，因为你说了算，就不要急着说，耽迟不耽错。让别人说完，集众人的精华拿来我用。认准的，就要敢于拍板，勇于承担。

贪吃好拿者戒

阿合马专权，以其子忽辛为中书右丞。（中略）忽辛有罪，敕中贵人及中书杂问，忽辛历指宰执曰：“汝曾使我家钱物，何得问我！”雄飞曰：“我曾受汝家钱物否？”曰：“惟公独否。”雄飞曰：“如是，则我当问汝矣。”忽辛遂伏辜。《**元史卷163·列传第50·张雄飞**》

【以古鉴今】吃人家嘴软，拿人家手短，平时沆瀣一气，有事时你装得一本正经，坐在上面吆五喝六，下边站着的能服气吗？只有行端做正才能挺直腰杆说话做人，也才能让有罪之人口服心服，认罪服法。

刑平无赦

（至元）二十一年春，上与朝臣议大赫天下，雄飞谏曰：“古人言：无赦之国，其刑必平。故赦者，不平之政也。圣明在上，岂宜数赦！”帝嘉纳之，语雄飞曰：“大猎而后见善射，集议而后知能言，汝所言者是，朕今从汝。”遂降轻刑之诏。《元史卷 163 · 列传第 50 · 张雄飞》

【以古鉴今】很多时候，现象是能够掩盖本质的。为什么“赦”？表面看，国家升平或有可庆贺之事，才举行大赦。但要往深层想，就会觉得是刑法没能与时俱进，政策出了偏差，才会有无罪坐牢，轻罪重判等情况发生。政不平才有赦，刑平之国无赦！

看淡得失

雄飞刚直廉慎，始终不易其节。尝坐省中，诏趣召之，见于便殿，谓雄飞曰：“若卿可谓真廉者矣。闻卿贫甚，今特赐卿银二千五百两、钞二千五百贯。”雄飞拜谢，将出，又诏加赐金五十两及金酒器。雄飞受赐，封识藏于家。后阿合马之党以雄飞罢政，诣省乞追夺赐物，裕宗在东宫闻之，命参政温迪罕谕丞相安童曰：“上所以赐张雄飞者，旌其廉也，汝岂不知耶？毋为小人所诈。”塔即古阿散请检核前省钱谷，复用阿合马之党，竟矫诏[①]追夺之。塔即古阿散等俄以罪诛，帝虑校核失当，命近臣伯颜阅之。中书左丞耶律老哥劝雄飞诣伯颜自辨，雄飞曰：“上以老臣廉，故赐臣，然臣未尝敢轻用，而封识以俟者，政虞今日耳，又可自辨乎？”《元史卷 163 · 列传第 50 · 张雄飞》

【注释】①矫诏：假托或假传皇帝的诏书，或者篡改皇帝的诏令。

【以古鉴今】受赐不谢，封藏不用，得不喜；后遇不虞，欣然奉上，失不悲。似乎什么都没发生过，只此一颗平常心，怕是修炼终生，也未必能达如此境界。能放下物欲之一念，则几近半个神仙。

防嫌

师野宿卫东宫时，荆湖行省平章政事阿里海牙入觐，言之宰相，欲白皇太子，请以师野为荆南总管，雄飞固止之。归谓师野曰："今日有欲官汝者，汝宿卫日久，固应得官，然我方为执政，天下必我私汝，我一日不去此位，汝辈勿望有官也。"《元史卷163·列传第50·张雄飞》

【以古鉴今】官场就是这么复杂，有因两人关系差而得官的例子，也有因两人关系好而不能得官的情况。实在是差役好当，关系难处。

为民死不恨

程思廉字介甫，其先洛阳人，元魏时以豪右徙云中，遂家东胜州。（中略）累迁河北河南道按察副使。道过彰德，闻两河岁饥，而征租益急，欲止之。有司谓法当上请，思廉曰："若然，民已不堪命矣。"即移文罢征，后果得请。二十年，河北复大饥，流民渡河求食，朝廷遣使者，集官属，绝河止之。思廉曰："民急就食，岂得已哉！天下一家，河北、河南皆吾民也。"亟令纵之。且曰："虽得罪死不恨。"章上，不之罪也。卫辉、怀孟大水，思廉临视赈贷，全活甚众。水及城不没者数板，即修堤防，露宿督役，水不为患，卫人德之。

《元史卷 163·列传第 50·程思廉》

【以古鉴今】平时就有“法理”“情理”的话，那大抵是说国法、人情都离不开一个“理”字。民饥已不堪命矣，还得移文才可罢征；民饥渡河求食，官署绝河止之。皆属人命关天之急务，按“理”办就绝不会违国法，也一定会顺民情。

号令一人心齐

姚天福，字君祥，绛州人。（中略）时御史台置二大夫，纲纪无统，天福言于世祖曰：“古称一蛇九尾，首动尾随；一蛇二首，不能寸进。今台纲不张，有一蛇二首之患。陛下不急拯之，久则紊不可理。”帝诏玉速帖木儿及孛罗谕之，孛罗以年幼自劾。天福时按行畿内[①]，有出使者凌民取贿，天福乃易服间行得其状，奏戮之以徇，豪右摄服。《元史卷 168·列传第 55·姚天福》

【注释】①畿内：古称王都及其周围千里以内的地区；一指京城管辖的地区。

【以古鉴今】“龙多靠，龙少涝”，这是祖宗留下的老话，是真理。正是千人聚而不以一人为主，不散则乱矣！聚众人之谋，然下决断者只能是一人。否则谁都说了算，就永无统一的意志，也就永远做不成事。

母子情深

初，天福拜御史时，其母戒之曰：“古称公尔忘私，委质为臣，当罄所衷，以塞其职，勿以未亡人[①]为恤，俾吾追踪陵母，死之日犹生之年也。”天福亦请于宪府曰：“监察责当言路，有犯无隐，苟获谴，乞不为亲累。”或以

闻，帝叹曰："巴儿思母子虽生今世，其义烈之言当于古人中求之。"《元史卷 168 · 列传第 55 · 姚天福》

【注释】①未亡人：旧时寡妇的自称。

【以古鉴今】母嘱儿子以国家民族为念，不用惦记；儿子也请求宪府一旦自己因公致罪，不得牵连母亲。母深明大义，教子有方；儿为国尽忠，不忘孝亲。母子情深，读史至此，不由让人内生悲壮。

米粟为宝

尚文，字周卿。（中略）西域贾人有奉珍宝进售者，其价六十万锭，省臣平章顾谓文曰："此所谓押忽大珠也，六十万酬之不为过矣。"一坐传玩，文问何所用之，平章曰："含之可不渴，熨面可使目有光。"文曰："一人含之，千万人不渴，则诚宝也；若一宝止济一人，则用已微矣。吾之所谓宝者，米粟是也，一日不食则饥，三日则疾，七日则死；有则百姓安，无则天下乱。以功用较之，岂不愈于彼乎！"平章固请观之，文竟不为动。《元史卷 170 · 列传第 57 · 尚文》

【以古鉴今】珍玩古董是有闲阶级的宝，得之为玩乐；稻麦粟稷为平民百姓的宝，得之为活命。本就不是同路人，道不同不相为谋，哪有什么共同爱好，更不要说共同语言了。

盈缩无常，不可为法

张思明，字士瞻，其先获嘉人，后徙居辉州。（中略）

皇庆元年，再授两浙盐运使，岁课羡赢[1]。僚属请上增数，思明曰："赢缩不常，万一以增为额，是我希一己之荣，遗百世之害。"《元史卷 177 · 列传第 64 · 张思明》

【注释】①羡赢：盈余，亦指赋税的盈余。

【以古鉴今】一时的盈余不能视为常态，这层为官者必须清楚，万不可因抢政绩、树形象、捞资本而贻害于后人。因为今年好不一定将来好，可一旦按好时的标准定下赋税数额，不好时吃亏的就是百姓。希一己之荣遗百世之害，非造孽而何？

冒罪赈饥

天历元年，（思明）起为江浙行中书省左丞，会陕西大饥，中书拨江浙盐运司岁课十万锭赈之。吏曰："周岁所入，已输京师，当回咨中书。"思明曰："陕西饥民，犹鲋在涸辙[1]，往复逾月，是索之枯鱼之肆也。其以下年未输者如数与之，有罪，吾当坐。"《元史卷 177 · 列传第 64 · 张思明》

【注释】①鲋在涸辙：鲋，鲫鱼；涸，干；辙，车轮碾过的痕迹。水干了的车沟小鱼；比喻在困境中急待援救的人。

【以古鉴今】截留皇粮，死罪！为了百姓死也认了。涉足仕途者，当如此人，敢于担当，能为民做主。若没有这样的胆魄，只是为自己身衣口食而当官，你还是离开那个位子，靠别的本事谋生好了。官就是民之牧者，你要管他们衣食住行生老病死，他们有难，你要挺身站到前排。

危急时刻不可拘泥

王都中，字符俞，福宁人。（中略）迁饶州路总管。年饥，米价翔踊①，都中以官仓之米，定其价为三等，言于行省，以为须粜以下等价，民乃可得食，未报。又于下等价减十之二，使民就籴。时宰怒其专擅，都中曰："饶去杭几二千里，比议定往还，非半月不可。人七日不食则死，安能忍死以待乎！"其民亦相与言曰："公为我辈减米价，公果得罪，我辈当鬻妻子以代公偿。"时宰闻之乃罢。《**元史卷 184 · 列传第 71 · 王都中**》

【**注释**】①翔踊：物价腾贵或暴涨。

【**以古鉴今**】常言道："人命关天。"遇如此大事不可拘常理，要有特事特办的勇气，先救人性命再行公文，走程序。有道是苟利于民，不必法古；苟用于事，不必循俗。其中违背规制之处，要一面承担，如此才称得上是为民做主。为民做主，就是要为民扛事、担责。

成人之美

王克敬字叔能，大宁人。（中略）拜监察御史，用故事监吏部选。有履历当升者，吏故抑之，问故，吏曰："有过。"克敬曰："法，笞四十七以上不升，今不至是。"吏曰："责轻罪重。"曰："失出在刑部，铨曹安知其罪重！"卒升之。治书侍御史张伯高曰："往者监选以减驳为能，今王御史乃论增品级，可为世道贺矣。"寻迁左司都事。《**元史卷 184 · 列传第 71 · 王克敬**》

【**以古鉴今**】监察的职能，不是让你鸡蛋里挑骨头，也不是让你把犯错误的人往死里整，恰恰是要你发现有错误苗头，就将其消灭在未铸成大错之时。至于人事升任，主管者不可生嫉妒心，而是要帮忙成全。

有为有弗为

吕思诚，字仲实，平定州人。（中略）移浙西。达识帖睦迩时为南台御史大夫，与江浙省臣有隙，嗾[①]思诚劾之，思诚曰："吾为天子耳目，不为台臣鹰犬也。"不听。《**元史卷 185 · 列传第 72 · 吕思诚**》

【注释】①嗾 sǒu：怂恿别人做坏事。如，尔如狗耳，为人所嗾。

【以古鉴今】为人处世首先要有主见，对人对事要有自己的见地，决不可人云亦云。特别是身处官位，更要有操守，该做的虽死不避，不该做的天大的好处也不做。唯如此，才能说是活出了自己。

廉慎不欺

曹鉴，字克明，宛平人。（中略）鉴任湖广员外时，有故掾顾渊伯，以辰砂一包馈鉴，鉴漫尔置箧笥[①]中。半载后，因欲合药剂，命取视之，乃有黄金三两杂其中，鉴惊叹曰："渊伯以我为何如人也！"渊伯已殁，鉴呼其子归之。其廉慎不欺如此。《**元史卷 186 · 列传第 73 · 曹鉴**》

【注释】①箧 qiè：小箱子。大曰箱，小曰箧。笥 sì：本义是专用类竹制容器，引申为专门盛装饭食的竹容器。

【以古鉴今】当初是朋友馈赠的药材，就随手放起来了。过后要用才发现里边有金子，尽管此时送礼的人已经死了，可这礼也还是不能收。因为贪廉本来就不是做给别人看的，是自己的"慎独"功夫，是自己先不放过自己，如等别人的闲话甚或是法律的约束，恐坠已深矣！

事成何必在我

金履祥，字吉父，婺之兰溪人。（中略）幼而敏睿，父兄稍授之书，即能记诵。（中略）平居独处，终日俨然[①]；至与物接，则盎然和怿。训迪后学，谆切无倦，而尤笃于分义[②]。有故人子坐事[③]，母子分配为隶，不相知者十年，履祥倾赀营购，卒赎以完；其子后贵，履祥终不自言，相见劳问辛苦而已。《元史卷189·列传第76·儒学1·金履祥》

【注释】①俨然：整齐；特别像；庄重严肃。②分义：遵守名分，为所宜分；情分、情谊。③坐事：因事获罪。

【以古鉴今】竭尽家产设法解救朋友的妻儿，终于为他们赎身使母子团聚；后来儿子显贵，履祥始终不说出此事，相见只是问候辛苦而已。如此大恩能这般低调处置，必有只要事成，其功何必在我的大胸怀。人是为自己活，只求自家心安足矣，何须他人短长。

诚实守信

赵一德，龙兴新建人。至元十二年，国兵南伐，被俘至燕，为郑留守家奴。历事三世，号忠干。至大元年，一日，拜请于其主郑阿思兰及其母泽国太夫人曰："一德自去父母，得全生依门下者，三十余年矣，故乡万里，未获归省，虽思慕刻骨，未尝敢言。今父母已老，脱有不幸，则永为天地间罪人矣。"因伏地涕泣，不能起。阿思兰母子皆感动，许之归，期一岁而返。一德至家，父兄已没，惟母在，年八十余。一德卜地葬二柩毕，欲少留事母，惧得罪，如期还燕。阿思兰母子叹曰："彼贱隶，乃能是，吾可不成其孝乎！"即裂券纵为良。一德将辞归，会阿思兰以冤被诛，诏簿录其家。群奴各亡去，一德独奋曰："主家有祸，吾忍同路人耶！"即留不去，与张锦童诣中书，诉枉状,得昭雪,还其所籍。太夫人劳一德曰:“当吏籍吾家时,亲戚不相顾,汝独冒险以白吾枉,疾风劲草,于汝见之。令吾家业既丧而复存者,皆汝力也,吾何以报汝?”因分美田庐遗之。一德谢曰:“一德虽鄙人,非有利于是也。重哀吾主无罪而受戮,故留以报主。今老母八十余,得归侍养,主之赐已厚矣,何以田庐为!”遂不受而去。《**元史卷197·列传第84·孝友1·赵一德**》

【**以古鉴今**】品德的高卑与人的出身地位无涉,一个卖身为奴者,竟能在史册上留下这幅纸,实不多见,想来也正是他崇高的品德修养,感动了史官,让我们有幸和他在这里相遇,学他的忠贞不贰,学他的重情重义,学他的不离不弃,学他对老母亲的大孝心。

何为取之有道

訾汝道,德州齐河人。父兴卒,居丧,以孝闻。母高氏治家严,汝道承顺甚恭。母尝寝疾,昼夜不去侧。一日,母屏人授以金珠若干曰:“汝素孝,室无私蓄,我一旦不讳,此物非汝有矣,可善藏之,毋令他兄弟知也。”汝道泣拜曰:“吾父母起艰难,成家业,今田宅牛羊已多,汝道恨无以报大恩,尚敢受此,以重不孝之罪乎!”竟辞之。母卒,哀毁,终丧不御酒肉。《**元史卷197·列传第84·孝友1·訾汝道**》

【**以古鉴今**】虽是母亲给的,但是背着众兄弟,乃属不义之财,所以不能接受。可见他该是多么的纯真!

现世佛

（汝道）性尤友爱，二弟将析居，汝道悉以美田庐让之；二弟早世，抚诸孤如己子。乡人刘显等贫无以为生，汝道割己田各畀[①]之，使食其租终身。里中尝大疫，有食瓜得汗而愈者，汝道即多市瓜及携米，历户馈之。或曰："疠气[②]能染人，勿入也。"不听，益周行问所苦，然卒无恙。有死者，复赠以槥椟[③]，人咸感之。尝出麦粟贷人，至秋，蝗食稼，人无以偿，汝道聚其券焚之。县令李让为请旌其家。**《元史卷 197 · 列传第 84 · 孝友 1 · 訾汝道》**

【注释】①畀 bì：准备把田地分给人们。②疠气：具有强烈致病性和传染性的外部病邪。③槥椟 huì dú：小棺材，亦泛指棺材。

【以古鉴今】真是凡人佛心！一个人敞开胸怀去爱，就能活出大自在，就能不顾小我为大家，就能视人如伤，让社会因了你的存在而温暖！

有麝自香

孙辙，字履常，其先自金陵徙家临川。辙幼孤，母蔡氏教之，知警策自树立。比长，学行纯笃，事母甚孝。家居教授，门庭萧然，而考德问业者日盛。郡中俊彦有声者皆出其门。辙与人言，一以孝弟忠信为本，辞温气和，闻者莫不油然感悟。待亲戚乡里礼意周洽，言论间未尝几微及人过失长短。士子至郡者必来见，部使者长吏以下仁且贤者，必造焉。辙乐易庄敬，接之以礼，言不及官府。宪司屡辟，皆不就。江西行省特以遗逸举辙一人。辙善为文章，吴澄尝叙其集曰："所谓仁义之人，其言蔼如也。"其见称许如此。元统二年，年七十有三，卒于家。**《元史卷 199 · 列传第 86 · 隐逸 · 孙辙》**

【以古鉴今】一辈子没当官，却能青史留名，看来史家也不纯是官家的御用工具，对升斗小民只要你有可以传世的事迹，也会不惜笔墨的。

官不是随便当的

丘处机，登州栖霞人，自号长春子。（中略）处机之四传有曰祁志诚者，居云州金阁山，道誉甚著。丞相安童尝过而问之，志诚告以修身治世之要。安童感其言，故其相世祖也，以清静忠厚为主。及罢还第，退然若无与于世者，人以为有得于志诚之言。其后安童复被召入相，辞，不可，遂往决于志诚。志诚曰："昔与子同列者何人？今同列者何人？"安童悟，入见世祖，辞曰："臣昔为宰相，年尚少，幸不失陛下事者，丞佐皆臣所师友。今事臣者，皆进与臣俱，则臣之为政能有加于前乎？"世祖曰："谁为卿言是？"对曰："祁真人。"世祖叹异者久之。《**元史卷202·列传第89·释老·丘处机（祈志诚）**》

【以古鉴今】官不是随随便便当的，一要看看上官是否是正人，小人怕是不好伺候；还要看看与哪些人为伍，同列之人皆师友则可，否则还是识时务，及时止损为好。

活着不易

谢天吉，字钟祥，临晋人，累官昭勇大将军、镇边元帅、行河中府事，赐金符。金亡，流民多逃难于河南，知天吉以公事至，流民相谓曰："吾谢帅素有仁名，舍此曷归？"于是来附者数千人。时行省征发无度，天吉计民力必不能供，自出家资助之。复又征黄金百余笏，天吉自度无所出，乃假自投于河。家属迎丧至，观者无不泣下。征金事遂寝。后又征役，民相谓曰："若谢帅在，事必不至此。"左右或谓之曰："谢帅实在，向之死伪也。"

众皆惊喜，同往谒天吉，求复领府事。天吉起，事果寝，其为人所敬信如此。《新元史卷229·列传第126·循吏·谢天吉》

【以古鉴今】官狼吏虎，横征暴敛，民不堪命，假死了事。底层百姓没有生活，一生的拼搏只为求存，就是为了活着。

动之以情

赵良辅，字良卿，安阳人。弱冠游京师，以荐授四川屯田令，未几，弃官归。御史大夫相威行台扬州，选为掾[1]，除淮东道按察司经历。改镇江金坛县尹。寒食[2]日，放狱囚归拜扫，约三日返，无一人逸者。（中略）有母诉其子，良辅命杖之，立母于庭，戒伍百，喻其母曰："今杖汝子，必死，死则汝何归？盍诉官，或矜焉。"母果流涕恳请，良辅呼子语曰："吾欲死尔，哀尔母，故贷尔。"母子感谢如初。《新元史卷229·列传第126·循吏·赵良辅》

【注释】①掾 yuàn：原为佐助的意思，后为副官佐或官属的通称。②寒食：我国传统节日，在夏历冬至后105日，清明节前一两日。是日初为节时，禁烟火，只吃冷食，并在后世的发展中，逐渐增加了祭扫、踏青、秋千、蹴鞠等风俗。寒食节前后绵延2000多年，曾被称为中国第一大祭日。寒食节是汉族传统中唯一以饮食习俗来命名的节日。

【以古鉴今】人类的七情六欲虽各不相同，但都是彼此相通的。以常人的心思去感化他人，就没有捂不热的石头。原谅他人的一时糊涂，大胆给他们改过的机会，特别是当你有权时。

会做官

谙都剌，字瑞芝，凯烈氏。（中略）至顺元年，选襄阳路达鲁花赤。山西大饥，河南行省恐流民入境为变。檄守武关。谙都剌良民，辄听在度，关吏曰："得无违上命乎？"谙都剌验曰："吾防奸耳，非仇良民，可不开其生路耶？"既又煮粥以食之，所活数万人。《**新元史卷229·列传第126·循吏·谙都剌**》

【**以古鉴今**】法律条文是冷冰冰的文字，可执法的人却是有温度的。一定要以一颗滚烫的心，去体察当事人处境的艰难，从诸多不可能中找出可能来，让他们觉得你给出的结果正是他们最希望的，那你就是个好官了。

母仪天下

太祖孝慈高皇后马氏，宿州人。（中略）后仁慈有智鉴，好书史。太祖有札记，辄命后掌之，仓卒未尝忘。子兴尝信谗，疑太祖。后善事其妻，嫌隙得释。太祖既克太平，后率将士妻妾渡江。及居江宁，吴、汉接境，战无虚日，亲缉甲士衣鞋佐军。陈友谅寇龙湾，太祖率师御之，后尽发宫中金帛犒士。尝语太祖，定天下以不杀人为本。太祖善之。

洪武元年正月，太祖即帝位，册为皇后。初，后从帝军中，值岁大歉，帝又为郭氏所疑，尝乏食。后窃炊饼，怀以进，肉为焦。居常贮糗糒①脯修供帝，无所乏绝，而己不宿饱。及贵，帝比之"芜蒌豆粥""滹沱麦饭"②，每对群臣述后贤，同于唐长孙皇后。退以语后。后曰："妾闻夫妇相保易，君臣相保难。陛下不忘妾同贫贱，愿无忘群臣同艰难。且妾何敢比长孙皇后也！"

后勤于内治，暇则讲求古训。告六宫，以宋多贤后，命女史录其家法，朝夕省览。或言宋过仁厚，后曰："过仁厚，不愈于刻薄乎？"一日，问女史："黄老何教也，而窦太后好之？"女史曰："清净无为为本。若绝仁弃义，民复教慈，是其教矣。"后曰："孝慈即仁义也，讵[3]有绝仁义而为孝慈者哉？"后尝诵《小学》，求帝表章焉。

帝前殿决事，或震怒，后伺帝还宫，辄随事微谏。虽帝性严，然为缓刑戮者数矣。参军郭景祥守和州，人言其子持槊欲杀父，帝将诛之。后曰："景祥止一子，人言或不实，杀之恐绝其后。"帝廉之，果枉。李文忠守严州，杨宪诬其不法，帝欲召还。后曰："严，敌境也，轻易将不宜。且文忠素贤，宪言讵可信？"帝遂已。文忠后卒有功。学士宋濂坐孙慎罪，逮至，论死，后谏曰："民家为子弟延师，尚以礼全终始，况天子乎？且濂家居，必不知情。"帝不听。会后侍帝食，不御酒肉。帝问故。对曰："妾为宋先生作福事也。"帝恻然，投箸起。明日赦濂，安置茂州。吴兴富民沈秀者，助筑都城三之一，又请犒军。帝怒曰："匹夫犒天子军，乱民也，宜诛。"后谏曰："妾闻法者，诛不法也，非以诛不祥。民富敌国，民自不祥。不祥之民，天将灾之，陛下何诛焉！"乃释秀，戍云南。帝尝令重囚筑城。后曰："赎罪罚役，国家至恩。但疲囚加役，恐仍不免死亡。"帝乃悉赦之。帝尝怒责宫人，后亦佯怒，令执付宫正司议罪。帝曰："何为？"后曰："帝王不以喜怒加刑赏。当陛下怒时，恐有畸重。付宫正，则酌其平矣。即陛下论人罪亦诏有司耳。"

一日，问帝："今天下民安乎？"帝曰："此非尔所宜问也。"后曰："陛下天下父，妾辱天下母，子之安否，何可不问！"遇岁旱，辄率宫人蔬食，助祈祷；岁凶，则设麦饭野羹。帝或告以振恤。后曰："振恤不如蓄积之先备也。"奏事官朝散，会食廷中，后命中官取饮食亲尝之。味弗甘，遂启帝曰："人主自奉欲薄，养贤宜厚。"帝为饬光禄官。帝幸太学还，后问生徒几何，帝曰："数千。"后曰："人才众矣。诸生有廪食，妻子将何所仰给？"于是立红板仓，积粮赐其家。太学生家粮自后始。诸将克元都，俘宝玉至。后曰："元有是而不能守，意者帝王自有宝欤。"帝曰："朕知后谓得贤为宝耳。"后拜谢曰："诚如陛下言。妾与陛下起贫贱，至今日，恒恐骄纵生于奢侈，危亡起于细微，故愿得贤人共理天下。"又曰："法屡更必弊，法弊则奸生；

民数扰必困，民困则乱生。”帝叹曰：“至言也。”命女史书之册。其规正，类如此。

帝每御膳，后皆躬自省视。平居服大练[4]浣濯之衣，虽敝不忍易。闻元世祖后煮故弓弦事，亦命取练织为衾裯[5]，以赐高年茕独[6]。余帛纇丝[7]，缉成衣裳，赐诸王妃公主，使知天桑艰难。妃嫔宫人被宠有子者，厚待之。命妇入朝，待之如家人礼。帝欲访后族人官之，后谢曰：“爵禄私外家，非法。”力辞而止。然言及父母早卒，辄悲哀流涕。帝封马公徐王，郑媪为王夫人，修墓置庙焉。

洪武十五年八月寝疾。群臣请祷祀，求良医。后谓帝曰：“死生，命也，祷祀何益！且医何能活人！使服药不效，得毋以妾故而罪诸医乎？”疾亟，帝问所欲言。曰：“愿陛下求贤纳谏，慎终如始，子孙皆贤，臣民得所而已。”是月丙戌崩，年五十一。帝恸哭，遂不复立后。《**明史卷113·列传第1·后妃1·太祖孝慈高皇后马氏**》

【注释】①糗糒 qiǔ bèi：干粮。②芜蒌豆粥，滹沱 hū tuó 麦饭：刘秀称帝前，自蓟东南驰至饶阳无蒌亭，众皆饥疲。冯异上豆粥。及至南宫，遇大风雨，异复进麦饭菟肩，因复渡滹沱河至信都。刘秀称帝后，诏赐异以珍宝衣服钱帛，曰：“仓卒无蒌亭豆粥，呼沱河麦饭，厚意久不报。”后因称之。③讵 jù：文言副词，难道，岂，表示反问。④大练：粗糙厚实的丝织物。⑤衾裯 chóu：被褥床帐等卧具。⑥茕独：茕，无兄弟；独，无子。谓孤独，没有依靠。⑦纇 lèi 丝：多节的丝。指丝之次者。

【以古鉴今】所及皆小事，但能读出马氏与丈夫同甘苦、共休戚的浓浓爱意，也让人相信“家有贤妻，男人不做横事”的古训不虚。仅这段文字，就记述了多少个她帮助皇帝修正错误的事例啊。她无时无刻不在默默地和丈夫一起齐家治国平天下。女人都有劝诫丈夫的义务，都有让男人顺其意、听其话的心思。发挥长项，不要老想着让自己的男人升官摸金，学做马氏，成就他的事业，让他给更多人带去福祉！

这样做女人

成祖仁孝皇后徐氏，中山王达长女也。（中略）一日，问："陛下谁与图治者？"帝曰："六卿理政务，翰林职论思。"后因请悉召见其命妇，赐冠服钞币。谕曰："妇之事夫，奚止馈食衣服而已，必有助焉。朋友之言，有从有违，夫妇之言，婉顺易入。吾旦夕侍上，惟以生民为念，汝曹勉之。"《明史卷113·列传第1·后妃1·成祖仁孝皇后徐氏》

【以古鉴今】徐氏作为女人道出了夫妻之间，女人对丈夫的影响何其大呀！女人们，不可妄自菲薄，你嫁给男人绝不是为了简单地穿衣吃饭，更不是生孩子的机器，而必须有助于男人成就事业，并使其走在正确的路上。朋友的话有从有违，那是因为朋友也是为自己想得多，只有夫妻才是荣辱与共、休戚相关的，是厉害的共同体，可信度最大。

成远算者不恤近怨

汤和，字鼎臣，濠人。（中略）既而倭寇上海，帝患之，顾谓和曰："卿虽老，强为朕一行。"和请与方鸣谦俱。鸣谦，国珍从子也，习海事，常访以御倭策。鸣谦曰："倭海上来，则海上御之耳。请量地远近，置卫所，陆聚步兵，水具战舰，则倭不得入，入亦不得傅岸。近海民四丁籍一以为军，戍守之，可无烦客兵也。"帝以为然。和乃度地浙西东，并海设卫所城五十有九，选丁壮三万五千人筑之，尽发州县钱及籍罪人赀给役。役夫往往过望，而民不能无扰，浙人颇苦之。或谓和曰："民讟[①]矣，奈何？"和曰："成远算者不恤近怨，任大事者不顾细谨，复有讟者，齿吾剑[②]。"逾年而城成。（中略）嘉靖间，东南苦倭患，和所筑沿海城戍，皆坚致久且不圮[③]，浙人赖以自保，多歌思之。巡按御史请于朝，立庙以祀。《明史卷126·列传第14·汤和》

【注释】①讟dú：诽谤，怨言。②齿吾剑：吃我一剑（可以理解为斩首）。③圮：毁、绝、坍塌。

【以古鉴今】之所以说成远算者不恤近怨，任大事者不顾细谨，是民不可与虑始，只可与乐成。做事只要确信是对民众有好处的，就不要怕暂时有人反对，等人人都认可了，怕只有事成后民众见到好处之时。而遭人反对，却能顶住坚持，是要靠自信作支撑的，这就是“担当”，人是要有这担当的，否则一生也不会有所成就。

做敢回首的事

刘基，字伯温，青田人。曾祖濠，仕宋为翰林掌书。宋亡，邑子[①]林融倡义旅。事败，元遣使簿录其党，多连染。使道宿濠家，濠醉使者而焚其庐，籍悉毁。使者计无所出，乃为更其籍，连染者皆得免。基幼颖异，其师郑复初谓其父爚[②]曰：“君祖德厚，此子必大君之门矣。”元至顺间，举进士，除高安丞，有廉直声。行省辟[③]之，谢去。起为江浙儒学副提举，论御史失职，为台臣所阻，再投劾归。基博通经史，于书无不窥，尤精象纬之学。西蜀赵天泽论江左人物，首称基，以为诸葛孔明俦也。**《明史卷128·列传第16·刘基》**

【注释】①邑子：同邑的人；同乡。②爚 yuè：火光。③辟 bì：汉代擢用人才的一种制度，主要包括皇帝征召和公府、州郡辟除两种方式。皇帝征召称“征”，官府征召称“辟”。

【以古鉴今】前人栽树，后人乘凉，太爷爷救了人，积个好曾孙。我自认一生从未有意去坏过别人，相信我给儿孙们栽的是橄榄树。希望你们也学刘濠存积好儿孙的善念，努力去实现自己的人生价值，活出自己的精彩。万不可为自己的升官、发财、享乐，而遗患于后人！

求事不成转为仇

方国珍起海上，掠郡县，有司不能制。行省复辟基为元帅府都事。基议筑庆元诸城以逼贼，国珍气沮。及左丞帖里帖木儿招谕国珍，基言方氏兄弟首乱，不诛无以惩后。国珍惧，厚赂基。基不受。国珍乃使人浮海至京，贿用事者。遂诏抚国珍，授以官，而责基擅威福，羁管绍兴，方氏遂愈横。亡何，山寇蜂起，行省复辟基剿捕，与行院判石抹宜孙守处州。经略使李国凤上其功，执政以方氏故抑之，授总管府判，不与兵事。基遂弃官还青田，着《郁离子》以见志。时避方氏者争依基，基稍为部署，寇不敢犯。《**明史卷 128 · 列传第 16 · 刘基**》

【以古鉴今】好人难做，好官更难当。不公则害国，公则奸人不买账。求你办的事，多是他自己办不了的难事，或干脆就是违法的，办则违国法，不办得罪人。两难之际取其轻，宁得罪个人，也不可违国法。这种不成体统的乱世乱象，最好是抽身于事外，倘抽身不得，索性就什么也别做，静以待时。

刘基论相

初，太祖以事责丞相李善长，基言："善长勋旧，能调和诸将。"太祖曰："是数欲害君，君乃为之地[①]耶？吾行相君矣。"基顿首曰："是如易柱，须得大木。若束小木为之，且立覆。"及善长罢，帝欲相杨宪。宪素善基，基力言不可，曰："宪有相才无相器。夫宰相者，持心如水，以义理为权衡，而己无与者也，宪则不然。"帝问汪广洋，曰："此褊浅殆甚于宪。"又问胡惟庸，曰："譬之驾，惧其偾辕[②]也。"帝曰："吾之相，诚无逾先生。"基曰："臣疾恶太甚，又不耐繁剧，为之且孤上恩。天下何患无才，惟明主悉心求之，目前诸人诚未见其可也。"后宪、广洋、惟庸皆败。《**明史卷 128 · 列**

传第 16 · 刘基》

【注释】①为之地：给人提供事理的根据。代为疏通说项；帮忙。②偾 fèn 辕：偾，仆倒。比喻因不能胜任而失败。

【以古鉴今】刘伯温了得，为公不顾私人恩怨。善长虽数欲害我，但为相非他莫属；杨宪素善我，然有相才无相器；论到自己疾恶太甚，又不耐繁剧，为之且孤上恩。可谓知己知彼，所以总能立于不败之地。

命中注定躲不过

基佐定天下，料事如神。性刚嫉恶，与物多忤。至是还隐山中，惟饮酒弈棋，口不言功。邑令求见不得，微服为野人谒基。基方濯足，令从子引入茅舍，炊黍饭令。令告曰："某青田知县也。"基惊起称民，谢去，终不复见。其韬迹如此，然究为惟庸所中。《明史卷 128 · 列传第 16 · 刘基》

【以古鉴今】当知来人是青田县令时，"基惊起称民"，退休的宰辅怕县令，韬晦得如此辛苦，还是逃不脱命运的安排。到底让胡惟庸以莫须有的"谈洋王气"为说，动摇了朱元璋对刘基的信任并夺禄。这是刘基料定而竭力躲避的，但还是来了。由此我更信命，万事皆须尽人事，认真对待过程，至于结果则非人力能左右，得失成败皆是冥冥中注定的。

居功乃败亡之道

蓝玉，定远人。（中略）长身赪面[①]，饶勇略，有大将才。中山、开平既没，数总大军，多立功。太祖遇之厚。浸骄蹇自恣，多蓄庄奴、假子，乘势暴横。

尝占东昌民田，御史按问，玉怒，逐御史。北征还，夜扣喜峰关。关吏不时纳，纵兵毁关入。帝闻之不乐。又人言其私元主妃，妃惭自经死，帝切责玉。初，帝欲封玉梁国公，以过改为凉，仍镌其过于券。玉犹不悛，侍宴语傲慢。在军擅黜陟将校，进止自专，帝数谯让②。西征还，命为太子太傅。玉不乐居宋、颍两公下，曰："我不堪太师耶！" 比奏事多不听，益怏怏。（中略）族诛之。《**明史卷 132 · 列传第 20 · 蓝玉**》

【注释】①赪 chēng 面：赤红色的脸膛；因羞惭而脸红。②谯 qiáo 让：抓住对方的一个弱点进行言语攻击；众多言论集中攻击某人。

【以古鉴今】人可以无才，但不可缺德。年轻的父母们，在教育孩子时，尤要注意道德品质的培养。书读得不好、说话太直、性子急躁等等的不尽人意，你都可以慢慢引导，给予必要的理解，唯独不能放过的，就是做人的品德。把住了这一关，你才是个合格的家长。不然教育出个"饶勇略，有大将才"如蓝玉者，才固才矣，可惜德不匹才而终灭族，岂不悲哀！

胡大海的三大纪律

胡大海，字通甫，虹人。（中略）大海善用兵，每自诵曰："吾武人，不知书，惟知三事而已：不杀人；不掠妇女；不焚毁庐舍。" 以是军行远近争附。及死，闻者无不流涕。《**明史卷 133 · 列传第 21 · 胡大海**》

【以古鉴今】说明胡大海知道自己带的是兵，兵的职能是保家卫国。行烧杀掠三事者，是匪、是军阀、是侵略者。军人能否立得军功不打紧，绝不可扰民是必须的！至于别人如何，你可能管不了，但你自己则不可名兵实匪！

有法必依

初，太祖克婺州，禁酿酒。大海子首犯之。太祖怒，欲行法。时大海方征越，都事王恺请勿诛，以安大海心。太祖曰："宁可使大海叛我，不可使我法不行。"竟手刃之。《**明史卷 133 · 列传第 21 · 胡大海**》

【**以古鉴今**】要使令行禁止，必须贵贱一致、远近一致、亲疏一致。"宁可使大海叛我，不可使我法不行。"大有"宁可我负天下人，不许天下人负我"的味道，有一股霸气。干大事得有"残忍"之心，妇人之仁是做不成大事的。

老实罗

罗复仁，吉水人。（中略）洪武元年，擢编修，复偕主事张福往谕安南还占城侵地。安南奉诏，遗复仁金、贝、土产甚厚，悉却不受。帝闻而贤之。三年置弘文馆①，以复仁为学士，与刘基同位。在帝前率意陈得失。尝操南音。帝顾喜其质直，呼为"老实罗"而不名。间幸其舍，负郭穷巷，复仁方垩壁，急呼其妻抱杌以坐帝。帝曰："贤士岂宜居此。"遂赐第城中。《**明史卷 137 · 列传第 25 · 罗复仁**》

【**注释**】①弘文馆：官署名，置学士、校书郎，掌校正图籍等；其学士并掌教授生徒。

【**以古鉴今**】弘文馆学士，大概相当于今天大学教授级的人物吧，竟自己用土刷墙，皇帝来了也只能搬个板凳坐，足见其已不止俭朴，而是简陋了。那时的官们太可爱了，称得上是全心全意为人民服务，心中还知足得不行不行的。人知足才会幸福，不然把地球给他，他又惦记宇宙了。

张网罗民可乎?

开济,字来学,洛阳人。(中略)敏慧有才辩。凡国家经制、田赋、狱讼、工役、河渠事,众莫能裁定,济一算画,即有条理品式,可为世守。以故帝甚信任,数备顾问,兼预他部事。人以是忌之,谤议滋起。然济亦深刻,好以法中伤人。尝奉命定诈伪律。济议法巧密。帝曰:"张密网以罗民,可乎?"又设籍曰"寅戌之书",以程僚属出入。帝切责曰:"古人以卯酉为常。今使趋事者朝寅暮戌。奉父母,会妻子,几何时耶!"又为榜戒其僚属,请揭文华殿。帝曰:"告诫僚属之言,欲张殿廷,岂人臣礼?"济惭谢。

寻令郎中仇衍脱囚死,为狱官所发。济与侍郎王希哲、主事王叔征执狱官,毙之。其年十二月,御史陶垕[1]仲等发其事,且言:济奏事时,置奏札怀中,或隐而不言,觇伺[2]上意,务为两端,奸狡莫测。役甥女为婢。妹早寡,逐其姑而略其家财。帝怒,下济狱,并希哲、衍等皆弃市[3]。《明史卷 138 · 列传第 26 · 开济》

【注释】①垕 hòu:古同"厚"。②觇 chān 伺:窥察侦伺。③弃市:在闹市执行死刑并将犯人曝尸街头。

【以古鉴今】是个敏慧有才辩的人,就是德行太差,对同事、对下属,甚或对亲戚都弄巧使诈,对皇帝也打小算盘,终于把自己也给盘算进去了。德行差者走不远,这是铁律。敏慧有才辩是天赋,修养品德则是做人的必修课,任谁都放松不得!

不以患难易其心

王溥者,桂林人。洪武末为广东参政,亦以廉名。其弟自家来省,属吏与同舟,赠以布袍。溥命还之,曰:"一衣虽微,不可不慎,此污行辱身之渐也。"粮运由海道多漂没,溥至庾岭,相度形势,命有司凿石填堑,修治桥梁，易以车运。民甚便之。居官数年，笥无重衣，庖无兼馔。以诬逮下诏狱，僚属馈赆皆不受，曰："吾岂以患难易其心哉！"事白得归，卒。《明史卷 140 · 列传第 28 · 王溥》

【以古鉴今】 接纳属吏馈赠，物虽微却要小心，须知那是污行辱身的开始。所以从一开始就要警醒自己予以重视，并且终生不易其心。其实送礼者的初心是为己，礼下必有所求，你可千万别以为那是看得起你，他在动心思时就已认定你是个爱财的小人，根本就没把你当正人君子看，否则他怎敢携礼登门？不可糊涂地以为送礼者对你存好感、有敬意。

世无完人

解缙，字大绅，吉水人。（中略）帝尝书廷臣名，命缙各疏其短长。缙言："蹇义天资厚重，中无定见。夏原吉有德量，不远小人。刘俊有才干，不知顾义。郑赐可谓君子，颇短于才。李至刚诞而附势，虽才不端。黄福秉心易直，确有执守。陈瑛刻于用法，尚能持廉。宋礼戆直而苛，人怨不恤。陈洽疏通警敏，亦不失正。方宾簿书之才，驵侩[1]之心。"帝以付太子，太子因问尹昌隆、王汝玉。缙对曰："昌隆君子而量不弘。汝玉文翰不易得，惜有市心耳。"后仁宗即位，出缙所疏示杨士奇曰："人言缙狂，观所论列，皆有定见，不狂也。"诏归缙妻子宗族。《明史卷 147 · 列传第 35 · 解缙》

【注释】 ①驵侩 zǎng kuài：牙商的古称，说合牲畜交易的人。驵者，其首率也；侩者，合会两家交易者也。

【以古鉴今】 狂则狂矣，但对每个人都能给予准确的评论，也难为他知人之深了。有不足才是人，才是有血有肉的人，没缺点的是僵尸。其实多数人是知人易，知己却难。别人身上的是非长短，谁不是看得明白，只是反观自己却大多看不清楚，也许是从来就没想看清楚，免得辜负了自己那颗高傲的心吧！

好话何如真话

杨士奇，名寓，以字行[①]，泰和人。（中略）时有上书颂太平者，帝以示诸大臣，皆以为然。士奇独曰："陛下虽泽被天下，然流徙尚未归，疮痍尚未复，民尚艰食。更休息数年，庶几太平可期。"帝曰："然。"《明史卷148·列传第36·杨士奇》

【注释】①以字行：仅称呼此人的"字"以代名，这是一个流行于汉字文化圈中关于称谓的术语。汉字文化圈中，中国、朝鲜半岛、越南等地之古人，一般有"名"有"字"，"以字行"即是因为种种原因，多仅称呼此人的"字"，而不熟悉其"名"。例如上段文字中的明朝著名阁臣杨士奇，名寓，字士奇，但世人通常仅知其字，所以称之为"以字行"。反例，如李白，字太白，因名、字都为世人所熟悉，就不能说是"以字行"了。

【以古鉴今】顺情说好话，不负责任地哈哈，是常人常情常事。但仅限于闲事闲话，如事涉人之前途、命运、家国天下之大事，则非真心真话不可置喙。然真话也得说好，时机、场合、氛围都要审视明白，因为真话不好听的居多，掌握不好火候，空使人烦而不见效果，事与愿违，得不偿失。

有怨无报

阁中惟士奇、荣、溥三人。荣疏闿果毅，遇事敢为。数从成祖北征，能知边将贤否、厄塞险易远近、敌情顺逆。然颇通馈遗，边将岁时致良马。帝颇知之，以问士奇。士奇力言："荣晓畅边务，臣等不及，不宜以小眚[①]介意。"帝笑曰："荣尝短卿及原吉，卿乃为之地[②]耶？"士奇曰："愿陛下以曲容臣者容荣。"帝意乃解。其后，语稍稍闻，荣以此愧士奇，相得甚欢。《明史卷148·列传第36·杨士奇》

【注释】①眚 shěng：过失。②地：设想。

【以古鉴今】小疵不能掩大德，人无完人。看人，不要因为一点不好就全盘否定他，把他过去的多少好都抛开不顾，这样的话，你一生都不会有朋友，甚或不会有亲人；用人，只看他能否胜任你交给的工作，与工作无关的其他种种就与你无关了，再要求就多了。这样做，别人轻松，你也省心。

量可学乎？

夏原吉，字维喆，其先德兴人。（中略）有雅量，人莫能测其际。同列有善，即采纳之。或有小过，必为之掩覆。吏污所服金织赐衣。原吉曰："勿怖，污可浣也。"又有污精微文书者，吏叩头请死。原吉不问，自入朝引咎，帝命易之。吕震尝倾原吉。震为子乞官，原吉以震在"靖难"时有守城功，为之请。平江伯陈瑄初亦恶原吉，原吉顾时时称瑄才。或问原吉："量可学乎？"曰："吾幼时，有犯未尝不怒。始忍于色，中忍于心，久则无可忍矣。"《明史卷149·列传第37·夏元吉》

【以古鉴今】人都有脾气，但都得学会"忍"，如不忍，有火就发，那一天24小时得打多少架啊？夏原吉给出的答案是："量可学"——始忍于色，继忍于心，久则无可忍矣。是时量已大矣！

不以冥冥堕行

与同列饮他所，夜归值雪，过禁门，有欲不下者，原吉曰："君子不以冥冥堕行。"《明史卷149·列传第37·夏元吉》

【以古鉴今】人前人后言行一致，说在嘴上就是八个字，可要付诸行动非真修养不能。始知我们很多时候是在演戏，给别人看的那个我是假的，是经过包装的，而真我则是独处时的那个自己。顿悟“慎独”的深意！

公门无私仇

顾佐，字礼卿，太康人。（中略）宣德三年，都御史刘观以贪被黜，大学士杨士奇、杨荣荐佐公廉有威，历官并着风采，为京尹，政清弊革。帝喜，立擢右都御史，赐敕奖勉。（中略）居岁余，奸吏奏佐受隶金，私遣归。帝密示士奇曰：“尔不尝举佐廉乎？”对曰：“中朝官俸薄，仆马薪刍资之隶，遣隶半使出资免役。隶得归耕，官得资费，中朝官皆然，臣亦然。先帝知之，故增中朝官俸。”帝叹曰：“朝臣贫如此。”因怒诉者曰：“朕方用佐，小人敢诬之，必下法司治！”士奇对曰：“细事不足干上怒。”帝乃以吏状付佐曰：“汝自治之。”佐顿首谢，召吏言：“上命我治汝，汝改行，吾当贷[①]汝。”帝闻之益喜，谓佐得大体。《明史卷 158 · 列传第 46 · 顾佐》

【注释】①贷：饶恕，宽免。

【以古鉴今】上司把揭你隐私的人，交由你处理，你会怎样处理呢？怕是报仇解恨的居多吧。可顾佐却说，只要你改掉这毛病，我可以饶恕宽免你。始知大人有大量！

孤僻不群

轩𫐐，字惟行，鹿邑人。（中略）𫐐孤峭[①]，遇人无贤否，拒不与接。为按察使，尝饮同僚家，归抚其腹曰：“此中有赃物也。”在南都，都御史张纯置酒延客。轵恶其汰，不往。彻馔遗之，亦不纳。岁时诣礼部拜表庆贺，屏居一室，撤烛端坐，事竣竟归，未尝与僚友一语。僚友闻其来，亦辄避去，不乐与之处。量颇遍隘。御史有讦人阴私者，辄奖其能。尝令御史劾南京祭酒吴节，节亦发轵私事，众颇不直轵。然清操闻天下，与耿九畴齐名，语廉吏必曰轩、耿。《明史卷158·列传第46·轩轵》

【注释】①孤峭：性情不随流俗，也喻文学、艺术风格高雅超俗。

【以古鉴今】廉则廉矣，只是如此孤僻却未必是好事，你不愿搭理别人，那别人也一定不愿搭理你，没有好的人际关系，怎么和周边的人和谐相处？但职分所在，也难为他能如此孤立自己，因为彼此混得太熟，确有情面的问题。干的是得罪人的差事，就得有耐得住寂寞、不被理解的大胸怀。

矛盾公开比捂着好

杨继宗，字承芳，阳城人。（中略）成化初，用王翱荐，擢嘉兴知府。以一仆自随，署斋萧然。性刚廉孤峭，人莫敢犯。而时时集父老问疾苦，为袪除之。大兴社学，民间子弟八岁不就学者，罚其父兄；遇学官以宾礼。师儒竞劝，文教大兴。御史孔儒清军，里老多挞死。继宗榜曰："御史杖人至死者，诣府报名。"儒怒。继宗入见曰："为治有体。公但剔奸弊，劝惩官吏。若比户稽核，则有司事，非宪体也。"儒不能难，而心甚衔之。濒行，突入府署，发箧视之，敝衣数袭而已。儒惭而去。中官过者，继宗遗以菱芡、历书。中官索钱，继宗即发牒取库金，曰："金具在，与我印券[①]。"中官咋舌不敢受。入觐，汪直[②]欲见之，不可。宪宗问直："朝觐官孰廉？"直对曰："天下不爱钱者，惟杨继宗一人耳。"九载秩满，超迁浙江按察使。数与中官张庆忤。庆兄敏在司礼，每于帝前毁继宗。帝曰："得非不私一钱之杨继宗乎？"敏惶恐，遗书庆曰："善遇之，上已知其人矣。"闻母丧，

立出。止驿亭下，尽籍廨[3]中器物付有司。惟携一仆、书数卷而还。《明史卷159·列传第47·杨继宗》

【注释】①印券：盖有官印的凭证。②汪直：广西大藤峡瑶族人，明代权宦之一，自幼入宫，曾侍奉明宪宗万贵妃；历任御马监掌印太监、西厂提督。③廨 xiè：旧时官吏办公的地方。

【以古鉴今】“善遇之，上已知其人矣。”只此一语，小人嘴脸已暴露无遗，设上不知其人呢？那是不是就得整死才肯罢手呢！所以说好坏都别捂着，比如你和某人有矛盾，知道的人越多，某人就越没法坏你，因为人们都知道你们有矛盾，就没人听他说你的坏话了。

才须德辅

刘实，字嘉秀，安福人。宣德五年举进士。（中略）景泰时，侍臣荐其文学。召修《宋元通鉴纲目》。实为人耿介，意所不可，虽达官贵人不稍逊。然颇自是。见同曹所纂不当，辄大笑，声彻廷陛，人亦以此忌之。

天顺初，还原任。四年擢知南雄府。商税巨万，旧皆入守橐。实无所私。中官至南雄，入谮言，府僚参谒，留实折辱之。民竞前拥之出，中官惭，将召谢之，实不往。中官去，至韶州，闻韶人言：“南雄守且讼于朝矣。”惧，驰奏，诬实毁敕，大不敬。逮下诏狱。实从狱中上书言：“臣官三十年，未尝以妻子自随，食粗衣敝，为国家爱养小民，不忍困之，以是忤朝使。”帝览书，意稍解，且释之，而实竟瘐死[1]。《明史卷161·列传第49·刘实》

【注释】①瘐死：古代指囚犯在狱中因饥寒而死，后来也泛指在狱中病死。

【以古鉴今】“自是”本来就招人烦，且见同曹所纂不当，辄大笑，声彻廷陛，人亦以此忌之。结果恶人先告状，不仅吃尽了苦头，到头来把命也丢了。人间一大怪事，就是君子小人相较，总是君子不敌，个中原委，就是君子没那么多弯弯绕，不会处人，如刘实，既招人烦，又遭人忌，他不瘐死谁瘐死！

不为金钱折腰

李时勉，名懋，以字行，安福人。（中略）宣德五年修《成祖实录》成，迁侍读学士。帝幸史馆，撒金钱赐诸学士。皆俯取，时勉独正立。帝乃出余钱赐之。《**明史卷 163·列传第 51·李时勉**》

【以古鉴今】撒金钱赐诸学士，皆俯取。十个字，活脱脱勾画出一幅鸡鸽（qiān）米般的拾钱画面，学士的斯文扫地，官体的颜面何存？用戏弄小儿的方法赐钱，稍有自尊心者就不会弯腰，甚至“出余钱赐之”也不要，以示读书人之不可辱。

万世师表

陈敬宗，字光世，慈溪人。（中略）满考[①]，入京师，王振欲见之，令忱道意。敬宗曰：“吾为诸生师表，而私谒中贵，何以对诸生？”振知不可屈，乃贻之文锦羊酒，求书程子《四箴》，冀其来谢。敬宗书讫，署名而已。返其币，终不往见。王直为吏部尚书，从容谓曰：“先生官司成久，将荐公为司寇。”敬宗曰：“公知我者，今与天下英才终日论议，顾不乐耶？”性善饮酒，至数斗不乱。襄城伯李隆守备南京，每留饮，声伎满左右。竟日举杯，未尝一盼。《**明史卷 163·列传第 51·陈敬宗**》

【注释】①满考：已达到考查官吏政绩的一定期限。

【以古鉴今】满腹经纶，可与学生终日论议；不私谒中贵，对升官不感兴趣；善饮但从不乱性，声伎满左右，竟日不一盼。一代人师的高大形象跃然纸上，让人敬意油然而生。授业于这样的正人君子，直是人生之一大幸事。

严父

邝埜[①]，字孟质，宜章人。（中略）埜为人勤廉端谨，性至孝。父子辅为句容教官，教埜甚严。埜在陕久，思一见父，乃谋聘父为乡试考官。父怒曰："子居宪司，而父为考官，何以防闲？"驰书责之。埜又尝寄父褐[②]，复贻书责曰："汝掌刑名，当洗冤释滞，以无忝[③]任使，何从得此褐，乃以污我。"封还之。埜奉书跪诵，泣受教。《明史卷167·列传第55·邝埜》

【注释】①埜："野"的异体字。②褐：粗布或粗布衣服；黑黄色。③忝：辱，有愧于。常用作谦辞。

【以古鉴今】父子天性，父亲对子女，特别是对儿子人生道路的引领作用，任你是谁也替代不了。首先是先天基因密码的遗传，不经意间儿子就长成了父亲的模样，以致性格的某些相似，如再辅之以后天的督责、提醒，一个有用的人就创造出来了。

公权不私用

王翱，字九皋，盐山人。（中略）翱在铨部[①]，谢绝请谒，公余恒宿直庐，非岁时朔望谒先祠，未尝归私第。每引选，或值召对，侍郎代选。归虽暮，必至署阅所选，惟恐有不当也。论荐不使人知，曰："吏部岂快恩怨地耶。"《明史卷177·列传第65·王翱》

【注释】①铨部：主管选拔官吏的部门。

【以古鉴今】既入仕途，就应有如此觉悟——不用公权谋私利，否则注定是走不远的，因为你违了天理，伤了民心，久之自己都觉得惭愧，焉有长久之理。爬高又跌下，何如当初就踏实于地上，既没有始之辛劳，也没有终之烦恼！

顶天立地的汉子

中官同事者重翱，赆[1]明珠数颗，翱固辞。其人曰："此先朝赐也，公得毋以赃却我乎。"不得已，纳而藏焉。中官死，召其从子还之。为都御史时，夫人为娶一妾，逾半岁语翱。翱怒曰："汝何破我家法！"即日具金币返之。妾终不嫁，曰："岂有大臣妾嫁他人者？"翱卒，妾往奔丧，其子养之终身。

《明史卷177·列传第65·王翱》

【注释】①赆 jìn：送别时赠给的财物。

【以古鉴今】财色都不动心的人，怕世间再没有什么能打倒他的了。我以为对金钱美色不贪不近是事实，但说他不动心则未必。人非草木，孰能无情？只是自律甚严，理智战胜了欲念，成就了他正人君子。其实君子小人只一念间耳，劝君不可贪一时而毁终身！

庸人不喜智者

年富，字大有，怀远人。本姓严，讹为年。（中略）四年春，户部缺尚书，李贤举富。左右巧阻之。帝语贤曰："户部非富不可，人多不喜富，此富所以为贤也。"特召任之。富酌赢缩[1]，谨出纳，躬亲会计，吏不能欺。

事关利害者，僚属或不敢任，富曰："第行之，吾当其责，诸君毋署名可也。"由是部事大理。《明史卷177·列传第65·年富》

【注释】①赢缩：财物之多少；有余还是不足。

【以古鉴今】户部尚书干啥的？是掌管全国土地、赋税、户籍、军需、俸禄、粮饷、财政收支的大臣，明代是正二品。了不得，财神爷呀！真要选一位既有能力又认真的主，那再想打个擦边球，搞点糊涂门子什么的，怕是难上加难了，所以庸人当然要极力反对了。

做雪中送炭的人

姚夔，字大章，桐庐人。（中略）陈时政八事。又言："预备仓本振贫民。而里甲虑贫者不能偿，辄隐不报。致称贷富室，倍称还之。收获甫毕①，遽至乏绝。是贫民遇凶年饥，丰年亦饥也。乞敕天下有司。岁再发廪，必躬勘察，先给其最贫者。"帝立命行之。《明史卷177·列传第65·姚夔》

【注释】①甫毕：完成。

【以古鉴今】世间的怪现状，越有的越锦上添花，越穷的越雪上加霜，我是百思不得其解。当一个人有能力为社会做点事的时候，一定要跳出这个怪圈，站在弱者一方，扶危济困，做个雪中送炭的人。这是积阴德的事，就是因此犯错获罪，也是值得的。

绕弯给也不受

何乔新，字廷秀，江西广昌人。（中略）性廉介，观政工部时，尝使淮西。

巢令阎征少学于文渊，以金币馈。乔新却之，阎曰："以寿吾师耳。"乔新曰："子欲寿吾亲，因他人致之则可，因吾致之则不可。"卒不受。福建市舶中官死，镇守者分其赀遗三司，乔新独固辞。不得，输之于库。既家居，杨爱遣使厚致赠，且献良材可为榇[①]者，乔新坚却之。《**明史卷183·列传第71·何乔新**》

【**注释**】①榇 chèn：棺材。空棺谓之榇，有尸谓之柩。

【**以古鉴今**】直予不受，绕弯给也不受，就是不受外财。本分做人，穷死心也踏实。想想，生活之贫乏只艰辛于外，而良心的谴责则羞愧于内，孰轻孰重？还敢伸手接那不义钱，陷自己于贪腐小人之列而遗臭万年吗？

为民请命

彭韶，字凤仪，莆田人。（中略）锦衣指挥周彧，太后弟也，奏乞武强、武邑民田不及赋额者，籍为闲田。命韶偕御史季琮覆勘。韶等周视径归，上疏自劾曰："真定田，自祖宗时许民垦种，即为恒产，除租赋以劝力农。功臣、戚里家与国咸休，岂当与民争尺寸地。臣诚不忍夺小民衣食，附益贵戚，请伏奉使无状罪。"疏入，诏以田归民，而责韶等邀名方命[①]，复下诏狱。言官争论救，得释。《**明史卷183·列传第71·彭韶**》

【**注释**】①方命：违命；抗命。常作难于应命的婉辞。

【**以古鉴今**】宁可自己获罪，也不忍夺小民衣食。上对得起国家，下对得起百姓，更对得起自己良心。这样做了，即便是不得释又如何？罪一人而救千家，我看是赚了！账是不是该这样算呢？

执法如山

闵珪，字朝瑛，乌程人。（中略）珪久为法官，议狱皆会情比律，归于仁恕。宣府妖人李道明聚众烧香，巡抚刘聪信千户黄珍言，株连数十家，谓道明将引北寇攻宣府。及逮讯无验，珪乃止坐道明一人，余悉得释，而抵珍罪，聪亦下狱贬官。帝之亲鞫吴一贯也，将置大辟，珪进曰："一贯推案不实，罪当徒。"帝不允，珪执如初。帝怒，戴珊从旁解之。帝乃霁威①，令更拟。珪终以原拟上，帝不悦，召语刘大夏。对曰："刑官执法乃其职，未可深罪。"帝默然久之，曰："朕亦知珪老成不易得，但此事太执耳。"卒如珪议。《**明史卷183·列传第71·闵珪**》

【注释】①霁威：收敛威怒。

【以古鉴今】认准的事，就是皇帝老子也不行，这才是执法的人。法是先于事而存在的，不管是谁触犯了法，都得按法律条文去审定该人的罪责，而不是根据长官的意志。除非你先免了我，不让我坐这把椅子，否则我只认法理不认人。

公事公言之

严讷，字敏卿，常熟人。（中略）讷雅意自饬，徐阶亦推心任之。讷乃与朝士约，有事白于朝房，毋谒私邸。慎择曹郎，务抑奔竞，振淹滞。又以资格太拘，人才不能尽，仿先朝三途并用法，州县吏政绩异者破格超擢，铨政①一新。《**明史卷193·列传第81·严讷**》

【注释】①铨政：选拔、任用、考核官吏的政务。

【以古鉴今】"有事白于朝房，毋谒私邸"，是不收礼公事公办的主；用人不拘一格，不论资排辈，是量能授官的上司。这样的人才配做领导，跟他干舒心，他会因大伙的拥戴而幸福着，也会因心无挂碍而自在着！

事简多暇好读书

孙交，字志同，陆安人。（中略）

交言论恂恂[①]，不以势位骄人。清慎恬悫[②]，终始一致。初在南京，僚友以事简多暇，相率谈谐饮弈为乐，交默处一室，读书不辍。或以为言，交曰："对圣贤语，不愈于宾客、妻妾乎！"《**明史卷 194 · 列传第 82 · 孙交**》

【注释】①恂恂：小心谨慎的样子。②悫：诚实，谨慎；厚道，朴实；恭谨。

【以古鉴今】事简多暇，就相率谈谐饮弈，将大把时间抛掷而不知疼惜，这是今日有酒今日醉的短视之人。有人生大目标者，以为这恰是积累知识长能耐的天赐良机，岂能放过？一定是读书不辍，以资他日大展宏图。

照他的样做人

于慎行，字无垢，东阿人。（中略）

御史刘台以劾张居正被逮，僚友悉避匿，慎行独往视之。及居正夺情[①]，偕同官具疏谏。吕调阳阻之，不得上。居正闻而怒，他日谓慎行曰："子吾所厚，亦为此耶？"慎行从容对曰："正以公见厚故耳。"居正怫然。慎行寻以疾归。居正卒，起故官。进左谕德，日讲如故。时居正已败，侍郎丘橓往籍其家。慎行遗书，言居正母老，诸子覆巢之下，颠沛可伤，宜推明主帷盖恩，全大臣簪履[②]之谊。词极恳挚，时论韪之。《**明史卷 217 · 列传第 105 · 于慎行**》

【注释】①夺情：古代礼俗，官员遭父母丧应弃官家居守制，称“丁忧”，服满再行补职。朝廷于大臣丧制款终，召出任职，或命其不必弃官去职，不着公服，素服治事，不预庆贺，祭祀、宴会等由佐贰代理，称“夺情”。②簪履：簪笄和鞋子，常比喻卑微旧臣。

【以古鉴今】有“树倒猢狲散”之说，却少见失势后趋前者，慎行此举乃做人之最高境界。平时相忘于江湖，危难时才需要朋友。能在危难时雪中送炭的，才是真朋友。别看炭不贵，可真心送的人还真不多！

有违常理

陈有年，字登之，余姚人。（中略）有年风节高天下。两世膴仕[①]，无宅居其妻孥，至以油幙障漏。其归自江西，故庐火，乃僦一楼居妻孥，而身栖僧舍。《**明史卷 224 · 列传第 112 · 陈有年**》

【注释】①膴 wǔ 仕：高官厚禄。

【以古鉴今】俭则俭矣，廉亦廉矣，但我却不认同。用俸禄养家过日子，与贪污受贿刮地皮，本就是风马牛不相及的事。难道非得把亲人搞得居无定所、衣食无着，自己身栖僧舍，才算是好人，做得好官？两世高官，仍活得这般凄苦，那老百姓还能活吗？廉洁是指不贪不敛，花自己的钱，过自己的日子，难道当官的就非得饿死冻死？这不合常理，也不近人情。

笔架先生

海瑞，字汝贤，琼山人。举乡试。入都，即伏阙上《平黎策》，欲开道置县，以靖乡土。识者壮之。署南平教谕。御史诣学宫，属吏咸伏谒，

瑞独长揖，曰："台谒当以属礼，此堂，师长教士地，不当屈。"《明史卷226·列传第114·海瑞》

【以古鉴今】说的是！我见了御史当行下属礼，可这里是学堂，是老师教学生的地方，不应当屈体叩头，我是代圣人在此任教，不能辱没先圣，只能长揖相见。这是中国式的儒家讲究，叫作礼仪。礼仪虽是末节，但非小事，入乡随俗，不可不察，不可失礼。

将计就计

（瑞）迁淳安知县。布袍脱粟，令老仆艺蔬自给。总督胡宗宪尝语人曰："昨闻海令为母寿，市肉二斤矣。"宗宪子过淳安，怒驿吏，倒悬之。瑞曰："曩[①]胡公按部，令所过毋供张。今其行装盛，必非胡公子。"发橐金数千，纳之库，驰告宗宪，宗宪无以罪。《明史卷226·列传第114·海瑞》

【注释】①曩nǎng：以往，从前，过去的。

【以古鉴今】把儿子吹得光鲜亮丽，实为龌龊之徒。好，那我就信你光鲜亮丽的说辞，硬说侈靡骄奢的绝不会是胡公子，把你抬得高高，烤得你没有转圜的余地，让你哑巴吃黄连，只好自认倒霉而不了了之。人生大戏台，装傻充愣也算是一折戏吧！

以正去邪

都御史鄢懋卿行部过，供具甚薄，（瑞）抗言邑小不足容车马。懋卿恚甚。然素闻瑞名，为敛威去。《明史卷226·列传第114·海瑞》

【以古鉴今】即使是雁过拔毛的都御史见着海瑞这样的"铁公鸡"，也只能"敛威去"。

这倒给我一个启发，贪欲之心人都有，他能张嘴要，你也可以不给呀，他不就得不到了？如果说他的贪心在财货，你是否也有个怕给小鞋穿，怕丢官的心思呢？于是我明白了：行贿与受贿乃一丘之貉，是各取所需的事儿。

关系网

孙承宗，字稚绳，高阳人。貌奇伟，须髯戟张。与人言，声殷墙壁。（中略）万历三十二年，登进士第二人，授编修，进中允。“梃击”[①]变起，大学士吴道南以谘承宗。对曰：“事关东宫，不可不问；事连贵妃，不可深问。庞保、刘成而下，不可不问也；庞保、刘成而上，不可深问也。”道南如其言，具揭上之，事遂定。《**明史卷250·列传第138·孙承宗**》

【注释】①梃击案：发生在明万历四十三年（1615年）。当时，神宗皇后无子嗣，王恭妃生子常洛，郑贵妃生子常洵。开始，因郑贵妃得宠，神宗想违背“立嗣以长”的祖训，册立朱常洵为太子，遭到东林党的反对，不得已只好册立朱常洛为太子。这时，有个叫张差的人，手持木棒闯入太子的居所慈庆宫，并打伤了守门太监。张差被审时，供出是郑贵妃手下太监庞保、刘成引进的。时人怀疑是郑贵妃想谋杀太子，但神宗不想追究此事，于是以疯癫之罪公开杀死了张差，又在宫中密杀了庞、刘两太监，以了此案。

【以古鉴今】官场之事由此可见一斑，同一事，因关系的人不同，所持的态度，处理的方法都是不同的。不了解官场这套潜规则而贸然行事，没有一件事是会处理好的。那里不是讲理的所在，是理顺关系的地方；那里需要的是“利害”和“权谋”，而不是真理和事实，所以才大书“正大光明”！没有点阴谋，只有阳谋是行不通的，而阴谋搞多了，人也就变坏了。最终当个丧良心的官，坏了自己的名声，污了祖宗的清白，给后人埋下业障！所以官场是个大染缸，还是离远点为妙。

用非所长

郑以伟，字子器，上饶人。（中略）天启元年，光宗祔庙[①]，当祧[②]宪宗，太常少卿洪文衡以睿宗不当入庙，请祧奉玉芝宫，以伟不可而止，论者卒是文衡。寻以左侍郎协理詹事府。四年，以伟直讲筵，与珰忤，上疏告归。崇祯二年，召拜礼部尚书。久之，与光启并相，再辞，不允。以伟修洁自好，书过目不忘，文章奥博[③]，而票拟[④]非其所长。尝曰："吾富于万卷，窘于数行，乃为后进所藐。"章疏中有"何况"二字，误以为人名也，拟旨提问，帝驳改始悟。自是词臣为帝轻，遂有馆员须历推知之谕，而阁臣不专用翰林矣。以伟累乞休，不允。明年六月，卒官。《明史卷251·列传第139·郑以伟》

【注释】①祔庙：祔祭后死者于先祖之庙。②祧 tiāo：祖庙、祠堂。③奥博：含义深广；知识丰富。④票拟：明清时期内阁代皇帝批答臣僚章奏，先将拟定之辞书写于票签，附本进呈皇帝裁决，称为"票拟"。

【以古鉴今】"富于万卷，窘于数行"，此句有文章。书过目不忘，文章奥博，可不善于游戏在官样文章中，甚或闹出笑话，真是术业有专攻。所以说人行走在世上，首先要了解自己的长处是什么，能耐有多大。如此你大概就能活得洒脱了，不然如郑以伟者，终日拧巴着！

适合的才是最好的

方岳贡，字四长，谷城人。天启二年进士。（中略）崇祯元年，出为松江知府。海滨多盗，捕得辄杖杀之。郡东南临大海，飓潮冲击，时为民患，筑石堤二十里许，遂为永利。郡漕京师数十万石，而诸仓乃相距五里，为筑城垣护之，名曰"仓城"。他救荒助役、修学课士，咸有成绩，举卓异者数矣。薛国观败，其私人上海王陛彦下吏，素有隙，因言岳贡尝馈国观三千金，遂被逮。士民诣阙讼冤，巡抚黄希亦白其诬，下法司谳奏。一日，帝晏见辅臣，问："有一知府积俸十余年，屡举卓异者谁也？"蒋德璟以岳贡对。帝曰："今安在？"德璟复以陛彦株连对，帝颔之。法司谳上，言行贿无实迹，宜复官。帝奖其清执，报可。

无何，给事中方士亮荐岳贡及苏州知府陈洪谧，乃擢山东副使兼右参议，总理江南粮储。所督漕艘，如期抵通州。帝大喜。吏部尚书郑三俊举天下廉能监司五人，岳贡与焉。帝趣使入对，见于平台，问为政何先，对曰："欲天下治平，在择守令；察守令贤否，在监司；察监司贤否，在巡方；察巡方贤否，在总宪。总宪得人，御史安敢以身试法。"帝善之，赐食，日晡[①]乃出。越六日，即超擢左副都御史。尝召对，帝适以事诘吏部尚书李遇知。遇知曰："臣正纠驳[②]。"岳贡曰："何不即题参？"深合帝意。翼日，命以本官兼东阁大学士，时十六年十一月也。故事，阁臣无带都御史衔者，自岳贡始。

岳贡本吏材。及为相，务勾检簿书，请核赦前旧赋，意主搜括[③]，声名甚损。《**明史卷251·列传第139·方岳贡**》

【**注释**】①日晡bū：一日中的申时，即下午3时至5时。②纠驳：纠举驳正。③搜括：亦作"搜刮"，指搜求；用各种方法掠夺财物等。

【**以古鉴今**】可悲呀！试想岳贡如不被提拔，始终做某方面的具体工作，他可能是个不错的官吏。可当他被提拔为副宰相后，却力不从心了，因为他这种人让他自己做事他会做得很好，然缺乏统帅全局的能力。所以说官不是越大越好，而是适合自己的才是最好的！

好自用者难成事

杨嗣昌，字文弱，武陵人。（中略）嗣昌虽有才，然好自用，躬亲簿书，过于繁碎。军行必自裁进止，千里待报，坐失机会。王鳌永尝谏之，不纳。及鳌永罢官，上书于朝曰："嗣昌用师一年，荡平未奏，此非谋虑之不长，正由操心之太苦也。天下事，总挈大纲则易，独周万目则难。况贼情瞬息更变，今举数千里征伐机宜，尽出嗣昌一人，文牒往返，动逾旬月，坐失事机，无怪乎经年之不战也。"《**明史卷 252 · 列传第 140 · 杨嗣昌**》

【**以古鉴今**】天下事，总挈大纲则易，独周万目则难。那家事呢？单位事呢？虽人少事小，仍需抓纲放目，让大家都来做事，天下事是要天下人做的。相信没有你，事情照样会做得好，明天的太阳照样会升起。此处应为好自用者诫！

物是人非

施邦曜，字尔韬，余姚人。（中略）尝买一婢，命洒扫，至东隅，捧篲凝视而泣。怪问之，曰："此先人御史宅也。时堕环兹地，不觉凄怆耳。"邦曜即分嫁女资，择士人[1]归之。《**明史卷 265 · 列传第 153 · 施邦曜**》

【**注释**】①士人：古时指读书人。

【**以古鉴今**】人间事，不可知，亦不可执。你方唱罢我登场，赤条条来去，各领风骚几十年。固不可游戏人生，却也没必要为难自己，顺其自然就好！

活出自己

马世奇，字君常，无锡人。（中略）为人廉，父死，苏州推官倪长圩以赎锾[1]三千助丧。世奇辞曰："苏饥，留此可用振。"座主[2]周延儒再相，世奇同郡远嫌，除服不赴都。及还朝，延儒已赐死，亲昵者率避去，世奇经纪其丧。《明史卷 266 · 列传第 154 · 马世奇》

【注释】①赎锾 huán：赎罪的银钱；用钱赎罪。②座主：唐宋时进士称主试官为座主；至明清，举人、进士亦称其本科主考官或总裁官为座主，或称师座。

【以古鉴今】你显达，我远避妨嫌；你背难，我冒死援手。一生能得马世奇为友，再无他求；若能活出马世奇的样，更是不虚此生！

当面教子

王章，字汉臣，武进人。崇祯元年进士。授诸暨知县。少孤，母训之严。及为令，祖帐归少暮，母诃跪予杖，曰："朝廷以百里授酒人乎！"章伏地不敢仰视。亲友为力解，乃已。治诸暨有声。甫[1]半岁，以才调鄞县。诸暨民与鄞民争挽章，至相哗。治鄞益有声，数注上考[2]。《明史卷 266 · 列传第 154 · 王章》

【注释】①甫：方才，刚刚。②上考：官吏考绩列为上等。

【以古鉴今】古有父打子不羞的话，今天虽不被人提及，但我仍觉得不管子女年龄多大，官位多高，被父母当面责罚，都不是丢人的事。正相反，说明你有家教，有修养。再则，如果子女连父母的责罚都不能接受，还怎么听得进别人的批评意见呢？

裁严正而治宽恤

陈灌，字子将，庐陵人也。元末，世将乱，环所居筑场种树，人莫能测。后十年，盗蜂起。灌率武勇结屯林中，盗不敢入，一乡赖以全。太祖平武昌，灌诣军门谒见。与语奇之，擢湖广行省员外郎，累迁大都督府经历。从大将军徐达北征。寻命筑城泰州，工竣，除宁国知府。时天下初定，民弃《诗》《书》久。灌建学舍，延师，选俊秀子弟受业。访问疾苦，禁豪右[1]兼并。创户帖以便稽民。帝取为式，颁行天下。伐石筑堤，作水门蓄泄，护濒江田，百姓咸赖。有坐盗麦舟者，论死数十人。灌覆按曰："舟自漂至，而愚民哄取之，非谋劫也。"坐其首一人，余悉减死。灌丰裁严正，而为治宽恤。《**明史卷281·列传第169·循吏·陈灌**》

【**注释**】①豪右：豪门大族，汉以右为上，故称豪右。

【**以古鉴今**】为官就应如陈灌想，"舟自漂至，而愚民哄取之，非谋劫也"。一定要从重中觅出轻的可能，从死罪中找出可活的理由。只要可能，就要给人以转圜的余地，因为谁都有犯糊涂的时候，不是十恶不赦，万不可因一时一事就结束一个人的生命。给机会，看他接下来怎么做，如仍不争气，再从重不迟。

当官为民

吴履，字德基，兰溪人。（中略）迁安化知县。大姓易氏保险自守，江阴侯吴良将击之，召履计事。履曰："易氏逃死耳，非反也，招之当来。不来，诛未晚。"良从之，易氏果至。良欲籍农故为兵者，民大恐。履曰："世清矣，民安于农。请籍其愿为兵者，不愿，可勿强。"迁潍州知州。山东兵常以牛羊代秋税，履与民计曰："牛羊有死瘠患，不若输粟便。"他日，上官令民送牛羊之陕西，他县民多破家，潍民独完。会改州为县，召履还，潍民皆涕泣奔送。《**明史卷281·列传第169·循吏·吴履**》

【**以古鉴今**】易氏逃死而非反，体民心；世清民安于农，不愿当兵勿强，顺民意；牛羊有死瘠患，不若输粟便，解民情。“民之父母官”，吴履当之无愧。离任民皆涕泣奔送，这要比官家组织的迎送真实荣耀不知多少倍。

百姓心中的神

翟溥福，字本德，东莞人。永乐二年进士。（中略）乃擢南康知府。先是岁歉，民擅发富家粟，及收取漂流官木者，前守悉坐以盗，当死者百余人。溥福阅实，杖而遣之。地滨鄱阳湖，舟遇风涛无所泊，为筑石堤百余丈，往来者便之。庐山白鹿书院废，溥福倡众兴复，延师训其子弟，朔望躬诣讲授。考绩赴部，以年老乞归。侍郎赵新尝抚江西，大声曰："翟君此邦第一贤守也，胡可听其去。"恳请累日，乃许之。辞郡之日，父老争赆金帛，悉不受。众挽舟涕泣，因建祠湖堤祀之，又配享白鹿书院之三贤祠。三贤者，唐李渤，宋周敦颐、朱熹也。《**明史卷281·列传第169·循吏·翟溥福**》

【以古鉴今】当你握有一定权力的时候，在你的职权范围内，是巴结上官还是维护百姓，大概就是好官与坏官的分界。就以“岁歉，民擅发富家粟，及收取漂流官木”为例，说他是盗，当死百余人；说是为活命不得已，杖遣可矣。孰对孰错，怕都倾向于“杖而遣之”的处理意见，因为这样符合人性。

妙在“明日来”

赵豫，字定素，安肃人。（中略）方豫始至，患民俗多讼。讼者至，辄好言谕之曰："明日来。"众皆笑之，有“松江太守明日来”之谣。及讼者逾宿忿渐平，或被劝阻，多止不讼。《**明史卷281·列传第169·循吏·赵豫**》

【以古鉴今】短短不到百字，却告诉我们一个大道理：烦恼来袭不要迎着它上，放一放，想点别的、干点他事、睡一觉、聊会天。总之，不要急着下结论，也许你自己就变了，变到别的思路上去了、变得不那么让你烦躁不安了、变得不那么重要了，或许干脆就变得没事了。所以说赵豫的“明日来”，不失为处理棘手问题的妙招！

褒既往以风方来

曾泉，泰和人。永乐十八年进士。（中略）正统四年，河南参政孙原贞上言：“泉操行廉洁，服官勤敏，不以降黜故有偷惰心。躬督民辟荒土，收谷麦，伐材木，备营缮，通商贾，完逋[①]责，官有储积，民无科扰。造舟楫，置棺椁，胆民器用。百姓婚丧不给者，咸资于泉。死之日，老幼巷哭。臣行部汜水，泉没已三年矣，民怀其惠，言辄流涕，虽古循吏，何以加兹。若使海内得泉等数十人分治郡邑，可使朝廷恩泽滂流，物咸得所。虽在异代，犹宜下诏褒美。而奖录未及，官阶未复，使泉终蒙贬谪之名，不获显于当世，良可矜恤。请追复泉爵，褒既往以风方来。”帝从之。**《明史卷281·列传第169·循吏·曾泉》**

【注释】①完逋 bū：交纳拖欠的赋税。

【以古鉴今】人的名，树的影，好人终有好报，虽然活着的时候受了委屈，但死后仍有人会为他说公道话。这方面有个误区，就是死后平反、追认、褒奖类的事。总听说某某活着时给整的啥也不是，人都死了还扯那干啥？没味。孙原贞说明白了，是为了“褒既往以风方来”！即褒奖的虽是过去，可它引领的却是将来。

宁死，不惯贪儿

唐侃，字廷直，丹徒人。正德八年举于乡，授永丰知县。之官不携妻子，独与一二童仆饭蔬豆羹以居。久之，吏民信服。永丰俗刁讼，尚鬼，尤好俳优[①]，侃禁止之。进武定知州。会清军籍，应发遣者至万二千人。侃曰："武定户口三万，是空半州也。"力争之。又有议徙州境徒骇河者，侃复言不宜朘[②]民财填沟壑。事并得寝。章圣皇太后葬承天，诸内奄迫胁所过州县吏，索金钱，宣言供张不办者死，州县吏多逃。侃置空棺旁舍中，奄迫之急，则经至棺所，指而造之曰："吾办一死，金钱不可得也。"诸奄皆愕眙[③]去。《**明史卷281·列传第169·循吏·唐侃**》

【**注释**】①俳优：古代以乐舞谐戏为业的艺人。②朘juān：剥削；减少。③愕眙：惊视。

【**以古鉴今**】拼着一死，也要保一方百姓之平安，让人感动，同时也足见吏狼官虎之比比也。即便官不为虎，吏亦为狼，且更猛于虎也！如何把这些虎狼关进制度的笼子里，将永远是国家须全力以赴的工作，且不要幼稚地幻想哪一天、哪个国家、哪个政党，能彻底消灭官场的贪腐。记住，只要是有人的地方，这类事就永远不会绝种，因为人的本性就是"贪"，所以说反腐永远在路上！

执法爱民

张淳，字希古，桐城人。隆庆二年进士，授永康知县。（中略）

民有睚眦[①]嫌，辄以人命讼。淳验无实即坐之，自是无诬讼者。永人贫，生女多不举[②]。淳劝诫备至，贫无力者捐俸量给，全活无数。岁旱，劫掠公行，下令劫夺者死。有夺五斗米者，淳佯取死囚杖杀之，而榜其罪曰"是劫米者"，众旨慑服。《**明史卷281·列传第169·循吏·张淳**》

【注释】①睚眦：龙生九子之一，龙身豺首，性格刚烈，好勇擅斗，嗜杀好斗，总是嘴衔宝剑，怒目而视，常被雕饰在刀柄剑鞘上，以增加自身的强大威力。睚眦的本意是怒目而视，所谓“一饭之德必偿，睚眦之怨必报”。报则不免腥杀，睚眦便成了克煞一切邪恶的化身。②生女多不举：生了女孩不养育，把婴儿溺死或扔掉。

【以古鉴今】法为禁非而设，不是为囚人身、索人命，能起到威慑作用就达到目的了。在要被饿死的档口，吃饭活命就是硬道理，几斗米和人命相较，怕是任谁都能掂出孰轻孰重。至于那饭是怎么来的，深究已无意义，为防事态扩大不好收场，要点心眼“杖杀死囚”以摄众人，也是情理中事。

料事如神

时浙江有召募兵，抚按议散之，兵皆汹汹。淳曰：“是憍[1]悍者，留则有用，汰则叵测[2]。不若汰其老弱，而留其壮勇，则留者不思乱，汰者不能乱矣。”从之，事遂定。《明史卷281·列传第169·循吏·张淳》

【注释】①憍：同“骄”。②叵测：不可推测，不明白要干什么。

【以古鉴今】看问题，做事情，能做到“始中终”方为问题看得准，事情做得好。如张淳对老弱壮勇兵丁之分派，就各得其所，可谓善理者也。

做人须有骨

何瑭，字粹夫，武陟人。年七岁，见家有佛像，抗言[1]请去之。十九读许衡、薛瑄遗书，辄欣然忘寝食。弘治十五年成进士，选庶吉士。阁试[2]《克己复礼为仁论》，有曰："仁者，人也。礼则人之元气而已，则见侵于风寒暑湿者也。人能无为邪气所胜，则元所复，元气复而其人成矣。"宿学咸推服焉。刘瑾窃政，一日赠翰林川扇，有入而拜见者。瑭时官修撰，独长揖。瑾怒，不以赠。受赠者复拜谢，瑭正色曰："何仆仆也！"瑾大怒，诘其姓名。瑭直应曰："修撰何瑭。"知必不为瑾所容，乃累疏致仕[3]。**《明史卷282·列传第170·儒林1·何瑭》**

【注释】①抗言：高声而言。②阁试：明代翰林院对庶吉士的考试。③致仕：交还官职，即退休。

【以古鉴今】七岁，抗言去佛像，就透出是个有个性、有思想，要活出自己的人。大来为官更不愿"仆仆"于权贵，官可以不做，但必须要做一个堂堂正正的人。须知做官是一时的，为人却是一世的，不可以一时害一世！

亲事亲为

陈茂烈，字时周，莆田人。年十八，作《省克录》，谓颜之克己，曾之日省，学之法也。弘治八年举进士[1]。奉使广东，受业陈献章之门，献章语以主静之学。退而与张诩论难，作《静思录》。寻授吉安府推官，考绩过淮，寒无絮衣，冻几殆。入为监察御史，袍服朴陋，乘一疲马，人望而敬之。以母老终养。供母之外，不办一帷。治畦汲水，身自操作。太守闻其劳，进二卒助之，三日遣之还。吏部以其贫，禄以晋江教谕，不受。又奏给月米，上书言："臣素贫，食本俭薄，故臣母自安于臣之家，而臣亦得以自遣[2]其贫，非有及人之廉，尽己之孝也。古人行备负米，皆以为亲，臣之贫尚未至是。而臣母鞠臣艰苦，今年八十有六，来日无多。臣欲自尽心力，尚恐不及，上烦官帑[3]，心窃未安。"奏上不允。母卒，茂烈亦卒。**《明史卷283·列传第171·儒林2·陈茂烈》**

【注释】①举进士：并不代表着就是进士，这里的“举”是个动词，意思就是“考”。“举进士”就是去考进士，但最后有没有考上就不知道了。②逭 huàn：避，逃。③官帑：国库，国库里的钱财。

【以古鉴今】用自己的绵薄之力奉养老母，才是做子女的孝，让别人代替，而自己没有劳神费力，就不是真孝。所以拒绝任何人的帮助，凡是母亲的事都亲力亲为，于孝行里见孝“心”！

亘古一家

郑濂，字仲德，浦江人。其家累世同居，几三百年。（中略）濂受知于太祖，昆弟由是显。濂以赋长诣京师，太祖问治家长久之道。对曰：“谨守祖训，不听妇言。”帝称善，赐之果，濂拜赐怀归，剖分家人。帝闻嘉叹，欲官之，以老辞。《明史卷 296 · 列传第 184 · 孝义 1 · 郑濂》

【以古鉴今】得一果亦不私尝，揣在怀里，带回家去剖开全家分享。得其累世同居三百年的奥秘所在了，只一“均”字而已。人不怕少怕不均，只要均，虽少也就没得计较了。这不计较，不就是长相守的理由嘛！至于不听妇言，也不可一概而论，女人的话也不都是不可听的，只要男人有定力，滤出不利于和家睦族的话，有关夫妻感情或过日子教育子女的话，还是要听的，起码是可参考的。家不和一味恼女人，我觉得有失公允。

散财免灾

倪瓒，字元镇，无锡人也。家雄于赀。（中略）至正初，海内无事，忽散其赀给亲故，人咸怪之。未几兵兴，富家悉被祸，而瓒扁舟箬笠，往来震泽、三泖[1]间，独不罹患[2]。张士诚累欲钩致之，逃渔舟以免。其弟士信以币乞画，瓒又斥去。士信恚，他日从宾客游湖上，闻异香出葭苇[3]间，疑为瓒也，物色渔舟中，果得之。抶[4]几毙，终无一言。及吴平，瓒年老矣，黄冠野服，混迹编氓[5]。洪武七年卒，年七十四。《**明史卷 298 · 列传第 186 · 隐逸 · 倪瓒**》

【**注释**】①三泖 mǎo：泖湖，在上海松江区西。②罹患：遭受不幸、患病、忧患、苦难等。③葭苇：芦苇。④抶 chì：用鞭、杖或竹板之类的东西打。⑤编氓 méng：编入户籍的平民。

【**以古鉴今**】除知识越多越好外，其他只需恰到好处，多则为灾，特别是财货。世人所有用度皆需地出，一有时限，二有定数。你一人聚积，就侵了别人的份额。不足则争，多人争你一人，怕你太平无日矣，非灾而何？

天子也有凡人的苦恼

继妃，富察氏。归太祖亦在孝慈皇后前。岁癸巳，叶赫诸部来侵，上夜驻军，寝甚酣，妃呼上觉曰："尔方寸乱耶，惧耶？九国兵来攻，岂酣寝时耶？"上曰："我果惧，安能酣寝？我闻叶赫来侵，以其无期，时以为念。既至，我心安矣。我若负叶赫，天必厌之，安得不惧？今我顺天命，安疆土，彼纠九国以虐无咎[1]之人，天不佑也！"安寝如故。及旦，遂破敌。《**清史稿卷 214 · 列传第 1 · 后妃 · 继妃**》

【**注释**】①无咎：没有过失，无所归罪。

【**以古鉴今**】人之常情，在事情没有结果之前，总如热锅上蚂蚁般急得要死，因为事在两可。等事情有了着落，则不管好坏，接受起来总比等待来得好受些。因为此时只想怎样消化结果，倒少了惶恐与不安。

大发了也不矫情

孝庄文皇后，博尔济吉特氏，科尔沁贝勒赛桑女。（中略）国初故事，后妃，王、贝勒福晋，贝子、公夫人，皆令命妇更番入侍，至太后始命罢之。宫中守祖宗制，不蓄汉女。上命儒臣译大学衍义进太后，太后称善，赐赉有加。太后不预政，朝廷有黜陟①，上多告而后行。尝勉上曰："祖宗骑射开基，武备不可弛。用人行政，务敬以承天，虚公②裁决。"又作书以诫曰："古称为君难。苍生至众，天子以一身临其上，生养抚育，莫不引领，必深思得众得国之道，使四海咸登康阜，绵历数于无疆，惟休。汝尚宽裕慈仁，温良恭敬，慎乃威仪，谨尔出话，夙夜恪勤，以祗承祖考遗绪，俾予亦无疚于厥心。"《清史稿卷 214 · 列传第 1 · 后妃 · 孝庄文皇后》

【注释】①黜陟：人才的进退；官吏的升降。黜，废掉官职；陟，提升官职。②虚公：无私而公正。

【以古鉴今】有的人一朝发迹，就露出暴发户的嘴脸，淫乱摆阔耍威风，用不了多久自己就连根烂掉了，浅薄至极，没那个命，也享不了那个福。孝庄文皇后就能福至不骄，并能清醒地告诫儿子"深思得众得国之道，使四海咸登康阜"。所以我奉劝有红眼病的诸公，自己啥命就享啥福吧，羡慕嫉妒恨都是和自己过不去，弄不好别再把现有的一点薄福也搭进去！

巾帼圣贤

孝献皇后，栋鄂氏，内大臣鄂硕女。（中略）上亲制行状，略曰："（中略）朕返跸晏，必迎问寒暑，意少，则曰：'陛下归晚，体得毋倦耶？'趣具餐，躬进之，命共餐，则辞。朕值庆典，举数觞，必诫侍者，室无过燠，中夜罝罝①起视。朕省封事，夜分，未尝不侍侧。诸曹循例章报，朕辄置之，后曰：

‘此虽奉行成法，安知无当更张，或有他故？奈何忽之！’令同阅，起谢：‘不敢干政。’览廷谳疏，握笔未忍下，后问是疏安所云，朕谕之，则泣曰：‘诸辟皆愚无知，岂尽无冤？宜求可矜宥者全活之！’大臣偶得罪，朕或不乐，后辄请霁威详察。朕偶免朝，则谏毋倦勤。日讲后，与言章句大义，辄喜。偶遗忘，则谏：‘当服膺默识。’搜狩[②]，亲骑射，则谏：‘毋以万邦仰庇之身，轻于驰骤。’偶有未称旨，朕或加谯让[③]，始犹自明无过；及闻姜后脱簪[④]事，即有宜辩者，但引咎自责而已。后至节俭，不用金玉。”**《清史稿卷 214 · 列传第 1 · 后妃 · 孝献文皇后》**

【注释】①罝 jū：捕鸟兽的网，用以称美贤者之行。②搜狩：春天搜寻猎取未怀孕的禽兽。③谯让：抓住对方的一个弱点进行言语攻击或众多言论集中攻击某人。④脱簪：古代后妃犯下重大过错请罪时的礼节。一般是摘去簪珥珠饰，散开头发，脱去华贵衣物换着素服，下跪求恕，最严重的还要赤足。因为古代女子重视自己的双足，不能随意裸露，所以这是一种侮辱性惩罚，相当于“负荆请罪”。

【以古鉴今】能看得出来，她是非常爱她的丈夫的，且有很好的修养。光有爱，绝说不出那么多闪光的话，并且做出那么多得体的事，那还是她母性大爱的外现。

见远虑深

额亦都，钮祜禄氏，世居长白山。（中略）次子达启，少材武，太祖育于宫中，长使尚皇女。达启怙宠而骄，遇诸皇子无礼，额亦都患之。一日，集诸子宴别墅，酒行，忽起，命执达启，众皆愕。额亦都抽刃而言曰：“天下安有父杀子者？顾此子傲慢，及今不治，他日必负国败门户，不从者血此刃！”众乃惧，引达启入室，以被覆杀之。额亦都诣太祖谢，太祖惊惋久之，乃嗟叹，谓额亦都为国深虑，不可及也。**《清史稿卷 225 · 列传第 12 · 额亦都》**

【以古鉴今】你自己不忍除之，等他犯了王法怕是全家都保不住了。古时连坐，一人犯法株连九族，有时成百上千的人都跟着吃瓜落，怕那时已是悔之晚矣！理儿是这么个理儿，只是觉得有点不近人情，也有点不忍。人啊，也真是怪，一生就这情啊理啊的脱不出，说不清理还乱，挣扎得焦头烂额仍无头绪，所为何来也不得而知，还没来得及弄明白又急急忙忙地老去了，也不知有没有下辈子？这就是人生，其实不明白还真就对了，啥都明白就活得没趣了！

留心处处皆学问

洪承畴，字亨九，福建南安人。（中略）上欲收承畴为用，命范文程谕降。承畴方科跣[①]谩骂，文程徐与语，泛及今古事，梁间尘偶落，着承畴衣，承畴拂去之。文程遽归，告上曰："承畴必不死，惜其衣，况其身乎？"上自临视，解所御貂裘衣之，曰："先生得无寒乎？"承畴瞠视久，叹曰："真命世之主也！"乃叩头请降。上大悦，即日赏赉无算，置酒陈百戏，诸将或不悦，曰："上何待承畴之重也！"上进诸将曰："吾曹栉风沐雨数十年，将欲何为？"诸将曰："欲得中原耳。"上笑曰："譬诸行道，吾等皆瞽。今获一导者，吾安得不乐？"《清史稿卷237·列传第24·洪承畴》

【注释】①科跣 xiǎn：不戴帽子，不穿鞋袜，形容生活贫困或行为散漫，不受拘束。跣，"足"与"先"合起来表示"抢先行走"，本义为赤脚走路。

【以古鉴今】一个人对死都不在乎了，还能在意衣服上的一点灰尘吗？所以如果在意，就说明他对生命仍有不舍，仍抱希望。所以说善于分析判断的人，都是细心观察生活的人，并能从细节中发现易被人忽视的蛛丝马迹，悟出大道理。

别当事妈

李天馥，字湘北，河南永城人。（中略）顺治十五年，成进士，选庶吉士，授检讨。博闻约取，究心经世之学，名藉甚。累擢内阁学士，充经筵讲官。每侍直[①]，有所见，悉陈无隐，圣祖器之。（中略）三十一年，拜武英殿大学士。上曰："机务重任，不可用喜事人。天馥老成清慎，学行俱优，朕知其必不生事。"《**清史稿卷 267 · 列传第 54 · 李天馥**》

【**注释**】①侍直：在宫廷内伺候听命或宿夜值班；犹言在宫廷内做官任职；旧指官署中当班值勤人员。

【**以古鉴今**】不喜事就不易生事，不生事也就相安无事。小在夫妻之间，大到一个家庭、一个单位、一个国家，能彼此相安无事，都是求之不得的好事。做人要做天馥这样的人，别当事妈！

佯装不问，引蛇出洞

黎士弘，字媿[①]曾，福建长汀人。（中略）县吏左梅伯有叔富而无子，梅伯纠贼劫杀之，获贼而梅伯逃。士弘抵任，叔妻哭诉，阴迹梅伯匿安福势宦家，故缓词曰："此旧事。前官不了，余安能按之？"数月，梅伯归，叔妻复诉，置不问。梅伯且出收叔遗产，叔妻号于庭曰："公号廉明，今宽杀人者罪，且占寡妇田，何得为廉明！"阳怒，批其牍曰："止问田土，不问人命。"梅伯益自得，赴县诉理，乃笑谓曰："候汝三载矣！"批其牍曰："止问人命，不问田土。"梅伯遂伏法。《**清史稿卷 285 · 列传第 72 · 黎世宏**》

【**注释**】①媿："愧"的异体字。

【**以古鉴今**】遇见如此之官，也是那弄法者命运不济。这个故事也告诉人们处事不宜操之过急，急则生变而缓则得，人们不是说小偷三年不打自招吗？慢慢他自己就放松警惕了，那时再作处理就容易得多了。

心正，命就错不了

鄂尔泰，字毅庵，西林觉罗氏，满洲镶蓝旗人，世居汪钦。（中略）康熙三十八年举人。（中略）五十五年，迁内务府员外郎。世宗在籓邸，偶有所嘱，鄂尔泰拒之。世宗即位，召曰："汝为郎官拒皇子，其执法甚坚。"深慰谕之。**《清史稿卷288·列传第75·鄂尔泰》**

【以古鉴今】不正确、不合理的事，不管是谁，即便你贵为太子，我也不买你的账。不买账说明你能主持公道，试想当日要是给皇帝办了，怕就没有今天的"布政使"了，因为你也是阿谀奉承之人，不堪重用。看来做人只要心正，命就错不了。

死不瞑目

朱轼，字若瞻，江西高安人。（中略）乾隆元年，充世宗实录总裁。九月，病笃，上亲临视疾。轼力疾服朝服，令其子扶掖，迎拜户外。翌日，卒。遗疏略言："万事根本君心，用人理财，尤宜慎重。君子小人，公私邪正，判在几微，当审察其心迹而进退之。至国家经费，本自有余，异日倘有言利之臣，倡加赋之税，伏祈圣心干断，永斥浮言，实四海苍生之福。"**《清史稿卷289·列传第76·朱轼》**

【以古鉴今】这是不是也叫"死不瞑目"呢？放心地去吧，没有你，事情一样能做得好。活时就操自己的心，把自己的人生安排好就足够了。世人如果都能管好自己，世上也就没有让人操心的事了！

去旧病添新愁，可乎？

沈近思，字位山，浙江钱塘人。康熙三十九年进士。（中略）近思少孤贫，为僧灵隐寺。世宗通佛理，尝以问近思，近思对曰："臣少年潦倒时，尝逃于此。幸得通籍[1]，方留心经世事以报国家。亦知皇上圣明天纵，早悟大乘，然万几为重，臣愿皇上为尧、舜，不愿皇上为释迦。即有所记，安敢妄言以分睿虑？"上为改容。及耗羡[2]归公议起，上意在必行，近思独争之，言："耗羡归公，即为正项，今日正项之外加正项，他日必至耗羡之外加耗羡。臣尝为县令，故知其必不可行。"上一再诘之，近思陈对侃侃，虽终不用其言，亦不以为忤也。《**清史稿卷 290 · 列传第 77 · 沈近思**》

【注释】①通籍：将记有姓名、年龄、身份的竹片挂在宫门外，经核对相合者，得以出入宫门。②耗羡：旧时官府征收钱粮时，以弥补损耗为名，在正额之外加征的部分。

【以古鉴今】"耗羡归公，即为正项，今日正项之外加正项，他日必至耗羡之外加耗羡。"因为中间做事的官吏们，没了耗羡的油水，能甘心吗？羊毛还得出在羊身上，国家得了原耗羡，官吏们再增新耗羡，受苦的永远是最底层的劳苦大众。所以做事要考虑周全，想得长远，不可治了旧病又添新愁。

时自检点

李卫，字又玠[1]，江南铜山人。（中略）世宗在藩邸，知卫才，眷遇至厚，然察卫尚气[2]，屡教诫之。其在云南，或有馈于卫，卫又令制"钦用"

牌入仪仗。上谕之曰:“闻汝恃能放纵，操守亦不纯。川马骨董，俱当检点。又制‘钦用’牌，是不可以已乎？尔其谨慎，毋忽！”卫奏言:“受恩重，当不避嫌怨。”上又谕之曰:“不避嫌怨，与使气凌人、骄慢无礼，判然两途。汝宜勤修涵养，勉为全人，方不负知遇。”及赴浙江，时河决朱家海，上命中途与河道总督齐苏勒议施工。卫见齐苏勒,决口已合龙,议颇不相协。卫录问答语以闻。会卫族弟怀谨等居乡放纵，卫令淮徐道捕送拘禁，族人腾谤。卫疏言:“臣开罪范时绎，又与齐苏勒不无芥蒂，皆臣本籍大吏，恐因家事心迹难明。”上谕之曰:“时绎不足论，齐苏勒与有芥蒂，或汝礼貌疏慢所致，咎不在齐苏勒。凡审事辨公私最为不易，向日于邻里乡党间先存嫌怨,则又当别论。朕每言公中私、私中公,枢机正在于此。”及在直隶，上复谕之曰:“近有人谓卿任性使气，动辄肆詈。丈夫立身行己，此等小节不能操持，尚何进德修业之可期？当时自检点，从容涵养。”

高宗南巡,见西湖花神庙卫自范像并及其妻妾,号“湖山神位”,谕曰:“卫仰借皇考恩眷，任性骄纵，初非公正纯臣。讬名立庙，甚为可异！”命撤像毁之。《**清史稿卷294·列传第81·李卫**》

【注释】①玠 jiè：古代帝王诸侯举行礼仪时所用的玉器。②尚气：意气用事。

【以古鉴今】有才者总以为自己想的高明，做的正确，别人都不足论，所以多放浪不羁、我行我素，忽略了德行的修养，初时觉得是小事，等酿成大事时已来不及悔改，由此葬送了自己的名声、前程。此处可作有才能的聪明人诫！即越有才能，越要低调做人，越要加强品德的修养，千万不要因德行的缺失而毁了才能，葬送了自己，到头来还没有平庸之辈走得远！

天平人生

年羹尧，字亮工，汉军镶黄旗人。（中略）羹尧才气凌厉，恃上眷遇，师出屡有功，骄纵。行文诸督抚，书官斥姓名。请发侍卫从军，使为前后导引，执鞭坠镫。入觐，令总督李维钧、巡抚范时捷跪道送迎。至京师，行绝驰道。王大臣郊迎，不为礼。在边，蒙古诸王公见必跪，额驸阿宝入谒亦如之。《清史稿卷295·列传第82·年羹尧》

【以古鉴今】如此骄横，这就叫作死。到人人喊打的地步，众人的唾沫也能淹死你。千万注意，当你很出众时，你其实已经变成了众矢之的，终日履薄临深，唯恐被人无缝下蛆。更要命的是你再张狂卖弄，自我膨胀，岂不死无日矣！可也是，如此武功盖世，再辅之崇高的德行，那高高在上没完没了，岂不是同代人的悲哀，还有平平者的出头之日吗？天意不能美一人，总得各领风骚吧。所以有武功就得让你缺文德，此谓天平人生！

身正不怕影斜

岳钟琪，字东美，四川成都人。（中略）钟琪督三省天下劲兵处，疑忌众。成都讹言钟琪将反，钟琪疏闻，上谕曰："数年以来，谗钟琪者不止谤书一箧，甚且谓钟琪为岳飞裔，欲报宋、金之仇。钟琪懋着勋劳，朕故任以要地，付之重兵。川、陕军民，受圣祖六十余年厚泽，尊君亲上，众共闻知。今此造言之人，不但谤大臣，并诬川、陕军民以大逆。命巡抚黄炳、提督黄廷桂严鞫。"寻奏湖广人卢宗寄居四川，因私事造蜚语，无主使者，论斩。《清史稿卷296·列传第83·岳钟琪》

【以古鉴今】你挡了别人的路，别人做梦都想搬开你，明来又不是你的对手，只好扇阴风，点邪火，污蔑诽谤，造谣中伤。遇到明主，斩的是造谣者，如遇昏君，就不知倒霉的是谁了！

智慧胜武勇

傅尔丹，瓜尔佳氏，满洲镶黄旗人，费英东曾孙，倭黑子也。（中略）其为大将军，廷玉实荐之。钟琪尝过其帐，见壁上刀槊森然，问："安用此？"傅尔丹曰："此吾所素习者，悬以励众。"钟琪出曰："为大将，不恃谋而恃勇，败矣！"《**清史稿卷 297 · 列传第 84 · 傅尔丹**》

【以古鉴今】岳钟琪的话引人深思：领军者需谋划全局，只能逞一夫之勇者必全盘皆输。弄枪使棒之人倘知智能胜武勇，可想而知其他领域就更不待说了。遇事多动脑子，理智生活才是人与动物的根本区别。

反腐在路上

刘统勋，字延清，山东诸城人。（中略）其视杨桥漫工也，河吏以刍茭[①]不给为辞，月馀事未集。统勋微行，见大小车载刍茭凡数百辆，皆弛装困卧。有泣者，问之，则主者索贿未遂，置而不收也。即令缚主者至，数其罪，将斩之。巡抚以下为固请，乃杖而荷校以徇，薪刍一夕收立尽。逾月工遂竟。《**清史稿卷 302 · 列传第 89 · 刘统勋**》

【注释】①刍茭 jiāo：干草；牛马的饲料。

【以古鉴今】贪婪是人性，所以贪官是杀不净的，发现就处理，再发现再处理，有时只能如此，反腐工作无法一劳永逸。不要听旁观者倾吐对贪官的咬牙切齿，让他来当官，他贪的可能一点都不会比现官差。

善应答亦讨巧

史贻直，字儆弦，江苏溧阳人。（中略）贻直为政持大体，不苟为异同。性强记，饬举止，善为辞令。年羹尧既诛，世宗问贻直："汝亦羹尧荐耶？"贻直免冠对曰："荐臣者羹尧，用臣者皇上。"及事高宗，耄矣，尝奏事，拜起舒迟。高宗问："卿老惫乎？"贻直对曰："皇上到臣年，当自知之。"高宗为霁①颜。《**清史稿卷 303 · 列传第 90 · 史贻直**》

【**注释**】①霁：比喻怒气消散。

【**以古鉴今**】人善于应答也是一种了不起的能力，在许多严肃的场合因为应答得体而免于尴尬，使不可能变成可能。但这种能力多是天赋，是从娘胎里带来的，后天多是学不来的。不太会说话的人，尽量少说也就避免尴尬了。

法网宜疏

阿克敦，字仲和，章佳氏，满洲正蓝旗人。（中略）阿克敦居刑部十余年，平恕易简，未尝有所瞻顾。一日，阿桂侍，阿克敦曰："朝廷用汝为刑官，治狱宜如何？"阿桂曰："行法必当其罪，罪一分与一分法，罪十分与十分法。"阿克敦怒，索杖，阿桂惶恐求教。阿克敦曰："如汝言，天下无完人矣！罪十分，治之五六，已不能堪，而可尽耶？且一分罪尚足问耶？"阿桂掌刑部，屡举以告僚属云。《**清史稿卷 303 · 列传第 90 · 阿克敦**》

【**以古鉴今**】执法者当以此做行为准则："十治五六一不问"。须知刑罚是起震慑作用的，而不是要把人归拢成圣贤，人犯错是常态，不犯错那是神仙。所以永远不要幻想天下都是清一色的好人，有事，却又没大事，如不追究，也就不是事。掌权者万不可吹毛索垢，更不要以心生事！

妙语救狂生

孙嘉淦，字锡公，山西兴县人。嘉淦故家贫，耕且读。康熙五十二年，成进士，改庶吉士，授检讨。世宗初即位，命诸臣皆得上封事①。嘉淦上疏陈三事：请亲骨肉，停捐纳，罢西兵。上召诸大臣示之，且曰："翰林院乃容此狂生耶？"大学士朱轼侍，徐对曰："嘉淦诚狂，然臣服其胆。"上良久笑曰："朕亦且服其胆。"《清史稿卷 303 · 列传第 90 · 孙嘉淦》

【注释】①封事：密封的奏章。古时臣下上书奏事，防有泄漏，用皂囊封缄，故称。

【以古鉴今】初生之犊，不会弯弯绕绕，有什么说什么，大都是难得的真话。妙哉朱轼，他看出皇帝怒了，直谏怕会更加激怒他，顺着皇帝的话茬延伸开去，引领皇帝做深层想，果获奇效。闭眼都能想象出这君臣的尴尬相，一个是怕激怒皇帝把事闹大，试探性的拐弯，一个是看准台阶顺坡下驴，最终竟是"一句话的事"！

憨厚之人长远

嘉淦为祭酒，荐其弟扬淦为国子监丞。教习宋镐、方从仁等期满引见，嘉淦言镐等皆可用；上诘之，又言从仁实不堪用。上乃大怒，斥嘉淦反复欺罔，夺职，交刑部治罪，当挟诈欺公律拟斩。上语诸大臣曰："孙嘉淦太戆，然不爱钱。"命免罪，在户部银库效力行走。嘉淦出狱，径诣库。果亲王允礼时领户部，疑嘉淦故大臣，被黜，不屑会计事；又闻蜚语谓嘉淦沽名，收银皆不足。乃莅视，嘉淦方持衡称量，与吏卒杂坐均劳苦。询所收银，则别置一所，覆之，无丝毫赢绌。事上闻，上愈重嘉淦。《清史稿卷 303 · 列传第 90 · 孙嘉淦》

【以古鉴今】男人在外面做事，只要"不爱钱"，基本上成功一半，男人财色不沾就已经很好了。能力嘛，可以慢慢培养，只要他有一颗向上的心，否则能力再大，贪财好色，迟早一囚徒耳。

自戒八约

嘉淦居官为八约，曰："事君笃而不显，与人共而不骄，势避其所争，功藏于无名，事止于能去，言删其无用，以守独避人，以清费廉取。"用以自戒。《清史稿卷 303 · 列传第 90 · 孙嘉淦》

【以古鉴今】孙嘉淦的为官八约，我觉得拿来约常人也行。人生苦短，汲取别人的经验，会使自己少走弯路。字面理解终觉浅，每长一岁的年头岁尾，翻到此处，对照八条，想想自己一年来，做得怎样，下年有何打算。这是古人一生为人处事的经验总结，拿去用吧，不收费的！

学人长处

尹继善，字元长，章佳氏，满洲镶黄旗人。（中略）在江南前后三十年，最久，民德之亦最深。世宗最赏李卫、鄂尔泰、田文镜，尝谕尹继善，谓当学此三人。尹继善奏曰："李卫，臣学其勇，不学其粗。田文镜，臣学其勤，不学其刻。鄂尔泰，宜学处多，然臣亦不学其愎。"世宗不以为忤。《清史稿卷 307 · 列传第 94 · 尹继善》

【以古鉴今】平时说向谁学习，有些人就会在那人身上挑出这样那样的毛病，做不向该人学习的佐证。可古人都知道学别人的长处，不学他的短处。所以说向谁学习，并不是说那人就没有毛病，没有毛病的人是不存在的，都是学其长不问其短罢了。

防吏扰民

陈宏谋，字汝咨，广西临桂人。（中略）宏谋外任三十余年，（中略）莅官无久暂，必究人心风俗之得失，及民间利病当兴革者，分条钩考，次第举行。诸州县村庄河道，绘图悬于壁，环复审视，兴作皆就理。察吏甚严，然所劾必择其尤不肖者一二人，使足怵众而止。学以不欺为本，与人言政，辄引之于学，谓："仕即学也，尽吾心焉而已。"故所施各当，人咸安之。《**清史稿卷307·列传第94·陈宏谋**》

【以古鉴今】地方官就是主管地方政务的官员，就是根据那个地方原来的样子，引导它向好的方面发展，以便造福一方。绝不是高高在上，要威风做老爷，让人家怕。

治狱要多份爱心

徐士林，字式儒，山东文登人。父农也，士林幼闻邻塾读书声，慕之，跪母前曰："原送儿入塾。"乃奋志励学。康熙五十二年，成进士。（中略）士林善治狱。为巡抚，守令来谒，辄具狱命拟判，每诫之曰："深文伤和，姑息养奸。夫律例犹本草，其情事万端，如病者之经络虚实，不善用药者杀人，不善用律者亦如之。"凡谳定必先摘大略牌示，始发缮文册，吏不得因缘为奸。日治官文书，至夜坐白木榻，一灯荧然，手批目览，虽除夕、元辰弗辍。爱民忧国，惟日不足。江南民尤德之。《**清史稿卷308·列传第95·徐世林**》

【以古鉴今】不管做什么，只要一门心思坚持不懈就没有办不成的，如果再辅以仁慈善良，那就不但能办成，而且一定能办好。

不护短，勇承担

阿桂，字广庭，章佳氏。（中略）河决河南青龙冈，命自甘肃赴河南会河道总督李奉翰督塞河。故事，河决，当决处两端筑坝，渐近渐合，谓之“合龙”。十二月，两坝将合，副将李荣吉谓水势盛，宜缓，阿桂督之急。既合，属吏入贺，荣吉独不至，召之，则对使者曰：“为荣吉谢相公，坝不可恃，不敢离也。”越二日，果复决，阿桂驰视。荣吉已堕水，悬千金赏救之起，解御赐黑狐端罩覆之。因上疏自劾，请别简大臣董其役，上诏答，略曰：“近年诸臣中能胜治河任者，舍阿桂岂复有人？惟当安心静镇，别求善策。”《**清史稿卷 318 · 列传第 105 · 阿桂**》

【以古鉴今】不肯屈人材以怙己过，不欺死人，敢于承认错误，这样做一般总能得到别人的理解。相反，越是左遮右挡，越让人反感。遇事还是实事求是的好。

识大体

及执政，尤识大体。康熙中，诸行省提镇以次即有空名坐粮，雍正八年着为例。乾隆四十七年诏补实额，别给养廉。阿桂疏言：“国家经费骤加不觉其多，岁支则难为继。此新增之饷，岁近三百万，二十余年即需七千万。请除边省外，无庸概增。”上不从。是时帑藏盈溢，其后渐至虚匮。此其一端也。乾隆末，和珅势渐张，阿桂遇之不稍假借。不与同直庐，朝夕入直，必离立数十武[①]。和珅就与语，漫应之，终不移一步。阿桂内念位将相，受恩遇无与比，乃坐视其乱政，徒以高宗春秋高，不敢遽言，遂未竟其志。《**清史稿卷 318 · 列传第 105 · 阿桂**》

【注释】①武：古时六尺为一步，半步为一武。

【以古鉴今】识大体是做官的美德，更是人在外面做得好坏的前提。不识大体，处处计较，根据自己的好恶来，那是做不好事的，怕是做人也要打折扣。特别是知和珅贪腐，念高宗春秋高，不敢遽言，想的何等周密细致，就连做好事也得分个时机，想着皇帝老了，不担事了，用心真可谓良苦！

先做人再做事

景安，钮祜禄氏，满洲镶红旗人，和珅族孙也。（中略）初附和珅，懵于军事，然居官廉。当其逮京，值朱珪入见，帝曰："景安至矣！军事久不定，欲去一人以警众，如何？"珪曰："臣闻景安不要钱。"帝曰："若乃知操守耶？"竟以是获免。后复用之。**《清史稿卷 345·列传第 132·景安》**

【以古鉴今】"懵于军事"是能力不及；"然居官廉"是操守，是做人。"竟以是获免。后复用之"，看来做人是第一位的，能力次之。

清者自清

李长庚，字西岩，福建同安人。乾隆三十六年武进士，授蓝翎侍卫。（中略）既至福建，诸文武吏以未协剿、未断岸奸接济、惧得罪，交谮长庚。阿林保密劾其逗留，章三上，诏密询浙江巡抚清安泰。清安泰疏言："长庚熟海岛形势、风云沙线，每战自持柁，老于操舟者不及。两年在军，过门不入。以捐造船械，倾其家赀。所俘获尽以赏功，士争效死。八月中战渔山，围攻蔡逆，火器瓦石雨下，身受多创，将士伤百四十人，鏖战不退。贼中语：'不畏千万兵，只畏李长庚。'实水师诸将之冠。"且备陈海战之难，非两省合力不能成功状。时同战诸镇，亦交章言长庚实非逗留。仁宗震怒，切责阿林保，谓："朕若轻信其言，岂不自失良将？嗣后剿贼专倚长庚，傥阿林保从中掣肘，玉德即前车之鉴！"并饬造大同安梭船三十，未成以前，先雇商船备剿。长庚闻之，益感奋。《清史稿卷 350 · 列传第 137 · 李长庚》

【以古鉴今】社会上好人坏人都有，并且永远不会清一色。每遇大事，特别是在人生的拐点上，更要慎之又慎。要知道谁是此事的"阿林保"，谁是你的"清安泰"，掌法锤的人有"嘉庆"的高屋建瓴吗。如此一番梳理，应对之策也就在其中了！

做官非只为身谋

长庚治军严，信赏必罚，自偏裨下至队长水手，耳目心志如一，人人皆可用。与阮元同心整厉水师，数建功，为玉德所忌。及阿林保之至闽也，置酒款长庚，谓曰："大海捕鱼，何时入网？海外事无左证，公但斩一酋，以牵首报，我飞章告捷，以余贼归善后办理。公受上赏，我亦邀次功，孰与穷年冒风涛侥幸万一哉？"长庚谢曰："吾何能为此？久视海船如庐舍，誓与贼同死，不与同生！"阿林保不怿。既屡劾不得逞，则飞檄趣战。长庚缄所落齿寄其妻，志以身殉国。既殁，诏部将王得禄、邱良功嗣任，勉以同心敌忾，为长庚雪仇。二人遵其部勒，卒灭蔡牵，竟全功焉。《清史稿卷 350 · 列传第 137 · 李长庚》

【以古鉴今】身在公门是要做事的，可怎么做有分晓。是担起责任，让自己的官阶品级，与做出的努力和付出的心血相符呢；还是欺下瞒上，搜刮勒索，一心只为自己升官发财捞好处？前者不见得有什么好，因为是应该的；但后者是绝对没好的，因为是欺心的。然天道分明，不是不计较，实是果报有时。

口不道“求”字

戴联奎，字紫垣，江苏如皋人。乾隆四十年进士，选庶吉士，授编修。联奎少从邵晋涵受经学，既通籍，以清节自厉，在翰林久不迁。大学士嵇璜掌院事，将保送御史，列联奎名，满掌院学士曰：“吾未识其人，何以论其才否？”璜以语联奎，使往见，联奎漫应之，不往。及京察举一等，又列联奎名，复言如前，终不得与，璜乃益重之。和珅为掌院，访时望傅其子丰绅殷德，或荐晋涵及联奎，晋涵移病归，联奎亦坚辞。《**清史稿卷 351 · 列传第 138 · 戴联奎**》

【以古鉴今】不为升迁走门子，甚至有人给铺路也不走，这在今人看来非傻即呆。可看人家的一生，不也挺好吗？我们活着的人有必要非得剜门子盗洞，什么脸面啊，自尊啊，统统都不要了？讨来的位子，坐上去怕也挺不直脊梁，更何况学识能力与那位子匹配吗？就凭那跑官的德行就不配坐在高位子上！

聚敛甚于盗窃

金光悌，字兰畦，安徽英山人。由举人授内阁中书。乾隆四十五年，成进士。（中略）旧例，监守自盗限内完赃者减等，乾隆二十六年改重不减等，光悌奏复旧例。后阿克苏钱局章京盗官钱，计赃五百两以上，主者引平人窃盗律，当绞情实。光悌曰：“盗官钱当拟斩监追，不决，绞情实则决矣。不得引窃盗律。”奏平之。仁宗览奏曰：“官盗较私盗反薄耶？”对曰：“与其有聚敛之臣，宁有盗臣。律意如是。”卒如其议。光悌练习律例，议必坚执，同列无以夺之。然屡被弹劾，时论亦不尽以为平允。十七年，卒于官，诏依尚书例赐恤。《**清史稿卷 352 · 列传第 139 · 金光悌**》

【以古鉴今】盗窃和聚敛都是背后摸金，盗窃往往是个人行为，数额较小范围有限，影响也不会很大。而能聚敛者，都是手中握有权力的人，截留国家下拨的或私吞百姓上缴的，瞒上欺下将其据为己有，可恶的是它败坏了国家和人民间的和谐氛围，容易使人民对国家产生不信任，这才是最糟糕的。一个政党、一个国家，之所以能够存在，靠的就是民心，民心一失离亡党亡国就不远了。所以金光悌才有“与其有聚敛之臣，宁有盗臣”之说。盗亦非好，但相较聚敛还是影响小！

德不配才

广兴，字赓虞，满洲镶黄旗人。（中略）敏于任事，背诵案牍如泻水，大学士王杰器其才。累迁给事中。嘉庆四年，首劾和珅罪状，擢副都御史。命赴四川治军需，综核精严，月节縻费数十万金，为时所忌，以骚扰驿传被劾，上优容之。复屡与总督魁伦互劾，召还，左迁通政副使。（中略）十一年，奏劾御前大臣定亲王绵恩拣选官缺专擅违例，廷臣察询，不直所言，降三品京堂，罢兼职。（中略）数奉使赴山东、河南按事，益作威福，中外侧目。

内监鄂罗哩者，自乾隆中充近侍，年七十余，尝至朝廊与广兴坐语，以长者自居。广兴艴然[①]曰：“汝辈阉人，当敬谨侍立，安得与大臣论世谊乎？”鄂罗哩恨入骨，思以中之。十三年冬，内库给宫中细段不如数，且窳败[②]，鄂罗哩言由广兴克减，上即命传谕，出而漫言之，广兴不知为上旨，坐而与辩。鄂罗哩入奏其坐听谕旨，上怒，一日，面诘广兴，广兴言总管太监孙进忠与库官勾通，欲交外省织造，藉遂需索规费之计。上以其不能指实库官何人，挟诈面欺，下廷臣议罪，寻宽之。罢职家居，于是与广兴不协者，蜂起媒孽其短。上密谕山东、河南两省巡抚察奏，遂交章劾其奉使时任意作威，苛求供顿，收纳馈遗诸罪状，下狱议绞。上亲廷讯，尚欲缓其狱，广兴未省上意，抗辩无引罪语，而赃私有实据，上益怒，遂置之法。

《清史稿卷355·列传第142·广兴》

【注释】①艴 fú 然：非常生气。也作怫然，生气时表现出一副脸色难看的样子。②窳 yǔ 败：陈旧破敝，衰败；萎靡。

【以古鉴今】人无完人，由此可见一斑：广兴天资聪颖，无城府，疾恶严，敏于任事。如果再有个谦虚谨慎的好品格，怕已是仙佛般人了。可他竟喜诋人阴私，既得志，骄奢日甚，是个喜事之人。让不如他聪明能干或受其诋毁的人，蜂起媒孽其短，终及于祸。德不配才者也！

道听途说者戒

初彭龄，字颐园，山东莱阳人。（中略）误听湖北巡抚高杞言，劾湖广总督吴熊光受贿，不得实，后复以独对时密谕私告杞，事觉，下廷臣议罪，以大辟[1]上。仁宗知彭龄无他，不欲因言事加重谴，诏斥诸臣所拟过当，有意杜言事者之口；又念彭龄亲老，免远谪，罢职家居。《**清史稿卷 355·列传第 142·初彭龄**》

【注释】①大辟 pì：古代五刑之一。隋以前死刑的通称；隋唐以后五刑刑名不用大辟，称“死刑”。

【以古鉴今】此为道听途说者戒。平日里有人的口头禅就是“听说”，这听说来的东西最好别作数，因为十之八九是子虚乌有，如果是“今天天气真好”之类的不关痛痒的话，听了说了也就罢了；如果言涉国事人事，就不要猎奇。为避免管不住自己的嘴，就少往人多嘴杂的地方钻。有闲阅读，胜扯闲篇、侃大山多矣！

忠言不中听

吴熊光，字槐江，江苏昭文人。（中略）及东巡返，迎驾夷齐庙，与董诰、戴衢亨同对。上曰："道路风景甚佳！"熊光越次言曰："皇上此行，欲稽祖宗创业艰难之迹，为万世子孙法，风景何足言耶？"上有顷又曰："汝苏州人，朕少扈跸过之，其风景诚无匹。"熊光曰："皇上所见，乃剪采为花。苏州惟虎丘称名胜，实一坟堆之大者！城中河道逼仄，粪船拥挤，何足言风景？"上又曰："如汝言，皇考何为六度至彼？"熊光叩头曰："皇上至孝，臣从前侍皇上谒太上皇帝，蒙谕'朕临御六十年，并无失德。惟六次南巡，劳民伤财，作无益害有益。将来皇帝如南巡，而汝不阻止，必无以对朕'。仁圣之所悔，言犹在耳。"同列皆震悚，壮其敢言。后熊光告人，"坟堆""粪船"两语，乃乾隆初故相讷亲奏疏所言，重述之耳。《**清史稿卷 357 · 列传第 144 · 吴雄光**》

【以古鉴今】世事大抵如此，好听的话大多无用，有用的话多不好听。吴雄光的话何止逆耳，简直就是逆鳞，可却透着一颗"忠"心。同列皆震悚，然皇帝却没动声色，说明他也明白雄光的用心。怀着忠诚的真话是谁都能听出来的，所以不少时候忠言获罪，也不是不明白，而是明白治你。所以真话也有该说不该说的分别！

好妻子就是好日子

岳起，鄂济氏，满洲镶白旗人。（中略）乾隆五十六年，迁奉天府尹。前官贪黩，岳起至，屋宇器用遍洗涤之，曰："勿染其污迹也！"（中略）妻亦严正，岳起为巡抚时，一日亲往籍毕沅家。暮归，饮酒微醺。妻正色曰："毕公躭于酒色，不保其家，君方畏戒之不暇，乃复效彼耶？"岳起谢之。及至京，居无邸舍，病殁于僧寺，妻纺绩以终。《**清史稿卷 359 · 列传第 146 · 岳起**》

【以古鉴今】不是一家人不进一家门。丈夫清操实政之冠，民呼岳青天；妻子严正不阿，畏戒不暇。妻贤夫祸少。男女搭伴过日子，自己自律，另一半再帮衬提醒规避，彼此少出纰漏，家庭就能和谐、温馨，人也就阳光、向上。被正能量充斥，粗茶淡饭也香甜，破瓦寒窑也温暖！

直道而行

杨頀[①]，字迈功，江西金溪人。乾隆四十九年进士，授刑部主事。总办秋审[②]，执法平。内监讼其弟妻，頀按律杖赎守夫墓。和珅方总刑部，意有所徇，驳诘之，頀面争。和珅叱曰："司员敢尔！"頀厉声曰："司员主稿，知为刑狱得其平耳！何叱为？"和珅不能夺。及珅败，擢员外郎。仁宗召见，嘉其有守。《**清史稿卷 362 · 列传第 149 · 杨頀**》

【注释】①頀 hù：商汤时的一种乐曲。②秋审：明清时复核死刑案件的一种审判制度。

【以古鉴今】一般情况下，要搞好人际关系，特别是和领导，不要轻易耍态度、说重话，更不可粗声大嗓的回绝顶撞。但这都限于一般事务，大是大非不在此例。和珅者，宠臣也，骄狂不可一世，杨頀厉声回了他，他不也"不能夺"吗？只要自己站得直，别人就骑不到你的背上去！

非耻贫，耻言贫

汪廷珍，字瑟庵，江苏山阳人。少孤，母程抚之成立。家中落，岁凶，饘粥或不给，不令人知。母曰："吾非耻贫，耻言贫，疑有求于人也。"力学，困诸生十年，始举于乡。《**清史稿卷 364 · 列传第 151 · 汪廷珍**》

【以古鉴今】不耻贫而耻言贫，是怕人疑有求于人。这是很有骨气的话，穷不怕，怕穷得没志气。低三下四，张口求、伸手要，一副可怜巴巴的嘴脸，更有甚者穷下道。学汪廷珍，粥都喝不上仍坚持读书，终有所成，靠自己改变命运。

中有所主

廷珍风裁严峻，立朝无所亲附。出入内廷，寮寀[①]见之，莫不肃然。自言生平力戒刻薄，凡贪冒谄谀有不忍为，皆守母教。大学士阮元服其多闻渊博，劝著书，廷珍曰："六经之奥，昔人先我言之，便何以长语相溷[②]？读书所以析义，要归于中有所主而已。"服用朴俭，或以公孙弘拟之，笑曰："大丈夫不以曲学阿世为耻，而徒畏布被之讥乎？"后进以文谒，言不宗道，曰："异日恐丧所守。"属官有例送御史者，持不可，曰："斯人华而不实，何以立朝？"后皆如所言，人服其精鉴。《清史稿卷364·列传第151·汪廷珍》

【注释】①寮寀：僚属或同僚。②溷 hùn：本意指混浊；也指混乱；还指污秽物，粪便。

【以古鉴今】"中有所主"四字妙不可言，一个人，特别是有学识、有修养的人，只要自己有主见，就不会被外界所左右，也就更能活出自己。

打铁还需自身硬

林则徐，字少穆，福建侯官人。（中略）考核属吏，疏言："察吏莫先于自察，必将各属大小政务，逐一求尽于心，然后能以验群吏之尽心与否。如大吏之心先未贯彻，何从察其情伪？臣惟持此不敢不尽之心，事事与僚

属求实际。”《清史稿卷 369 · 列传第 156 · 林则徐》

【以古鉴今】你要检查人家做得好坏，你自己得先知道什么样是好，什么样是坏。如果连你自己也不清楚，却去检查别人，那是瞎指挥、走过场，是不会有好结果的。

不患孟浪，但戒畏葸

会有英人殴毙华民，抗不交犯，遂断其食物，撤买办、工人以困之。七月，义律藉索食为名，以货船载兵犯九龙山炮台，参将赖恩爵击走之。疏闻，帝喜悦，报曰："既有此举，不可再示柔弱。不患卿等孟浪①，但戒卿等畏葸②。”《清史稿卷 369 · 列传第 156 · 林则徐》

【注释】①孟浪：鲁莽；轻率；大而无当，不着边际，出自《庄子 · 齐物论》："夫子以为孟浪之言，而我以为妙道之行也。”②畏葸 xǐ：畏惧，害怕。

【以古鉴今】看到我们的皇帝如此硬气，虽是“史话”却也觉得痛快。可惜后来的百年间，很少有“孟浪”，只有“畏葸”了！当家人怂了，国家民族就只有受气挨打的份了。我喜欢看《动物世界》，因为所有动物都有一个共同属性，即领地意识。为保卫领地，非拼个鱼死网破不可，绝不拱手相让，动物尚有输不丢人，怕才丢人的意识，人类何不如畜类耶？

好人难做，好官难当

陈鸿，字午桥，浙江钱塘人。嘉庆十四年进士，选庶吉士，授编修。迁御史，刚直有声。（中略）奉命稽察银库，其妻固贤明，曰："今而后可送妾辈归矣！”惊问之，曰："银库美差也，苟为所染，昵君者麕至。祸且不测，妾不忍见君菜市也。”鸿指天自誓，禁绝赂遗。中庭已列花数盆，急挥去，堕地盆碎，中有藏镪[①]，益耸惧。遂奏库衡年久铁陷，请敕工部选精铁易之。送库日，责成管库大臣率科道库员较验，然后启用。禁挪压饷银、空白出纳及劈鞘[②]诸弊。库吏百计餂[③]之，不动。复请户部逐月移送收银总簿，别立放银簿，钤[④]用印信，以资考核。先是御史赵佩湘驭吏严，其死也，论者疑其中毒。鸿莅库，勺水不敢饮。出督云南学政，奏革陋规，严束书吏，弊风顿革。迁通政司参议，卒于官。**《清史稿卷 377 · 列传第 164 · 陈鸿》**

【注释】①镪 qiǎng：钱串。②劈鞘：差役把各省缴纳的饷银称量验收。③餂 tiǎn：探取，诱取。④钤 qián：锁；盖章。

【以古鉴今】夫人贤惠不贪，对丈夫是有警醒作用的，可最终丈夫的自律仍是主要的。官场的险恶由御史赵佩湘的死可见一斑，致使陈鸿莅库，勺水不敢饮。当官有什么好？要对上级负责，可那些不对的东西怎么执行？对下边百姓负责，百姓千差万别，难有划一之时；同僚各怀心事，虽有补台的，拆台的也不少。好人难做，好官难当！这种活法有点闹心，何如田舍翁日出而作日落而息，吃香睡稳活的安生！

教做人

杜受田，字芝农，山东滨州人。（中略）道光三年进士。（中略）四迁内阁学士，命专心授读，毋庸到阁批本。（中略）二十四年，连擢左都御史、工部尚书，寻充上书房总师傅。文宗自六岁入学，受田朝夕纳诲，必以正道，历十余年。至宣宗晚年，以文宗长且贤，欲付大业，犹未决。会校猎南苑，诸皇子皆从，恭亲王奕䜣获禽最多，文宗未发一矢，问之，对曰：“时方春，鸟兽孳育，不忍伤生以干天和。”宣宗大悦，曰：“此真帝者之言！”立储遂密定，受田辅导之力也。**《清史稿卷 385 · 列传第 172 · 杜受田》**

【以古鉴今】好事不是争来的，平时刻苦学习知识，认真修养品德，说话做事自然不同凡响。众皇子皆卖力南苑，所获止禽兽耳；文宗一句“不忍伤生以干天和”，竟是帝者之言，立储遂密定。如此天上地下的差别，奥妙就在平时多读了几本书，有仁义寓于胸。始信“德者，才之帅也”的见地是真！

君子小人辨

倭仁，字艮峰，乌齐格里氏，蒙古正红旗人，河南驻防。道光九年进士，选庶吉士，授编修。（中略）文宗即位，应诏陈言，略曰：“行政莫先于用人，用人莫先于君子小人之辨。夫君子小人藏于心术者难知，发于事迹者易见。大抵君子讷拙，小人佞巧；君子澹定，小人躁竞；君子爱惜人才，小人排挤异类；君子图远大，以国家元气为先，小人计目前，以聚敛刻薄为务。刚正不挠、无所阿乡者，君子也；依违两可、工于趋避者，小人也。谏诤匡弼、进忧危之议，动人主之警心者，君子也；喜言气数、不畏天变，长人君之逸志者，小人也。公私邪正，相反如此。皇上天亶[①]聪明，孰贤孰否，必能洞知。第恐一人之心思耳目，揣摩者众，混淆者多，几微莫辨，情伪滋纷，爱憎稍涉偏私，取舍必至失当。知人则哲，岂有他术，在皇上好学勤求，使圣志益明，圣德日固而已。”《清史稿卷391·列传第178·倭仁》

【注释】①天亶dǎn：帝王的天性。

【以古鉴今】设或身边有小人，保持距离，少与之来往；少与之交谈，谈也不涉政事；对其小人伎俩，不规劝、不拆穿。世间一切存在都是合理的，不幻想清一色，并存制衡，既是天道，也是人情。

喜入骄生

吴廷栋，字竹如，安徽霍山人。（中略）同治二年，入为大理寺卿，寻擢刑部侍郎。三年，江南平，廷栋上疏，略曰："万方之治乱在朝政，百工之敬肆视君心。事不贵文，贵其实；下不从令，从所好。夫治乱决于敬肆，敬肆根于喜惧。自古功成志遂，人主喜心一生而骄心已伏，宦寺有乘其喜而贡谄媚者矣，左右有乘其喜而肆蒙蔽者矣，容悦之臣有因此而工谀佞者矣，屏逐之奸有因此而巧夤缘[①]者矣。谄媚贡则柄暗窃，蒙蔽肆则权下移，谀佞工则主志惑，夤缘巧则宵小升。于是受蛊惑，塞聪明，远老成，恶忠鲠。从前戒惧之念，一喜败之；此后侈纵之行，一喜开之。方且矜予智，乐莫违，逞独断，快从欲，一人肆于上，群小扇于下，流毒苍生，贻祸社稷，稽诸史册，后先一辙。推原其端，祗一念由喜入骄而已。"《清史稿卷 391 · 列传第 178 · 吴廷栋》

【注释】 ①夤 yín 缘：比喻拉拢关系，阿上钻营。

【以古鉴今】 犹如一幅画，一人在那得意扬扬，群小众星捧月般的前呼后拥，贡谄媚者、肆蒙蔽者、工谀佞者、巧夤缘者不一而足。如此不堪，祗一念由喜入骄而已。人不怕难，难时志立，难时人最充实；人怕成功，功成骄生。喜是人生拐点，能把持住百尺竿头再进一步；乐晕了头就要跌跤子、吃苦头！

局外没有失败者

曾国藩，初名子城，字涤生，湖南湘乡人。（中略）因上奏曰："自古局外议论，不谅局中艰苦，一唱百和，亦足以荧上听，挠大计。卒之事势决裂，国家受无穷之累，而局外不与其祸，反得力持清议之名，臣实痛之！"《清史稿卷 405 · 列传第 192 · 曾国藩》

【以古鉴今】站着说话不腰疼，就是说站在局外挑现成理的人可恶。这样的事、这样的人永远都会有，没办法，不去理会就是了。但须注意的是：不要被他的饶舌左右了你的判断力！

知止

彭玉麟，字雪琴，湖南衡阳人。（中略）（同治）七年，会同曾国藩奏定长江水师营制。（中略）事既竣，疏请回籍补行终制，略曰："臣墨绖从戎[①]，创立水师，治军十余年，未尝营一瓦之覆，一亩之殖；受伤积劳，未尝请一日之假；终年风涛矢石之中，未尝移居岸上求一日之安。诚以亲服未终，而出从戎旅，既难免不孝之罪，岂敢复为身家之图乎？臣尝闻士大夫出处进退，关系风俗之盛衰。臣之从戎，志在灭贼，贼已灭而不归，近于贪位；长江既设提镇，臣犹在军，近于恋权；改易初心，贪恋权位，则前此辞官，疑是作伪；三年之制，贤愚所同，军事已终，仍不补行终制，久留于外，涉于忘亲。四者有一，皆足以伤风败俗。夫天下之乱，不徒在盗贼之未平，而在士大夫之进无礼，退无义。伏惟皇上中兴大业，正宜扶树名教，整肃纪纲，以振起人心。况人之才力聪明，用久则竭，若不善藏其短，必致转失所长。古来臣子，往往初年颇有建树，而晚节末路陨越错谬，固由才庸，亦其精气竭也。臣每读史至此，窃叹其人不能善藏其短，又惜当日朝廷不知善全其长。知进而不知退，圣人于易深戒之，固有由矣。臣本无经济之学，而性情褊躁，思虑忧伤。月积年累，怔忡晌晕，精力日衰，心气日耗。若再不调理，必致贻误国事。恳请天恩开臣兵部侍郎本缺，回籍补行终制。报国之日正长，断不敢永图安逸也。"《清史稿卷410·列传第197·彭玉麟》

【注释】①墨绖 dié 从戎：墨，黑色；绖，古时丧服中围在头上和腰间的散麻绳；从戎，从军。指在守丧期间从军作战。

【以古鉴今】上疏论及自己贪位、恋权、作伪、忘亲，有此四罪，哪敢不回？何况人之才智聪明，用久则竭，若不善藏其短，必致转失所长。议论中肯，见地独到，发人深思，使人警醒。事不可强，位不可贪，让年轻人“出一头地”！

才必有用

左宗棠，字季高，湖南湘阴人。父观澜，廪生[①]，有学行。宗棠，道光十二年举人，三试礼部不第，遂绝意仕进，究心舆地、兵法。喜为壮语惊众，名在公卿间。尝以诸葛亮自比，人目其狂也。胡林翼亟称之，谓横览九州，更无才出其右者。年且四十，顾谓所亲曰：“非梦卜敻求[②]，殆无幸矣！”

咸丰初，广西盗起，张亮基巡抚湖南，礼辟不就。林翼敦劝之，乃出。叙守长沙功，由知县擢同知直隶州。亮基移抚山东，宗棠归隐梓木洞。骆秉章至湖南，复以计劫之出佐军幕，倚之如左右手。僚属白事，辄问：“季高先生云何？”由是忌者日众，谤议四起，而名日闻。同里郭嵩焘官编修，一日，文宗召问：“若识举人左宗棠乎？何久不出也？年几何矣？过此精力已衰，汝可为书谕吾意，当及时出为吾办贼。”林翼闻而喜曰：“梦卜敻求时至矣！”《清史稿卷412·列传第199·左宗棠》

【注释】①廪生：科举时代生员名称之一；明代府、州、县学生员，由官府给廪膳，补助生活，称为廪生；清代须经岁科两试，成绩优异者，才能称为廪生。②梦卜敻xuàn求：敻，营求。除非（皇上）做梦卜卦又请我出山，（不然）这辈子大概是没有希望了。

【以古鉴今】常听年轻人牢骚，社会如何不公，工作如何难求。我就和他们辩过：古来就有“学好文武艺，货于帝王家”的话，抱怨人家不用你，是不是得先掂量掂量自己有啥用。弄明白这个理儿，你才能懂得是人家不用你呀，还是你没用。如左宗棠者，想闲于家而不可得，就连皇帝都惦记着呢，为什么呢？就因为他有用。牢骚终日，何如退而读书！

揣着明白使糊涂

丁宝桢，字稚璜，贵州平远人。咸丰三年进士，选庶吉士[①]。（中略）其诛安得海事尤着人口。安得海者，以奄人侍慈禧太后，颇用事。八年秋，乘楼船缘运河南下，旗缯殊异，称有密遣。所过招纳权贿，无敢发者。至泰安，宝桢先已入告，使骑捕而守之。安得海犹大言，谓："汝辈自速辜耳！"传送济南，宝桢曰："宦竖私出，非制。且大臣未闻有命，必诈无疑。"奏上，遂正法。《**清史稿卷447·列传第234·丁宝桢**》

【**注释**】①庶吉士：亦称庶常，其名称源自《书经·立政》中"庶常吉士"之意，是明清时期翰林院内的短期职位。从通过科举考试中进士的人当中选择有潜质者担任，为皇帝近臣，负责起草诏书，有为皇帝讲解经籍等责，为明内阁辅臣的重要来源之一。

【**以古鉴今**】安德海坏事干尽，但有慈禧的庇佑又奈何他不得，这回明知是慈禧授意他出京，可又没有明确旨意，正好借题发挥，以宦官私自外出，不合祖制，必诈无疑，遂正法。让老佛爷吃个哑巴亏，这种揣着明白使糊涂的事，社会人都会，用得好就是让人打掉牙还得和血吞，有苦说不出。

不畏权贵

宝桢严刚有威。其初至山东也，僧格林沁方蹙捻淄川，颇贵倨，见司道官不设坐。宝桢投谒[①]，告材官启王，坐则见，否则罢，左右皆大惊。王服其强，为改容加礼。敬铭闻之，大称异，至之日，亲迓于郊。自是事

无大小，皆咨宝桢而后行。至今言吏治者，常与沈葆桢并称，尤励清操。《清史稿卷 447 · 列传第 234 · 丁宝桢》

【注释】①投谒：投递名帖求见。

【以古鉴今】做事中规中矩，任你官高贵倨，我做皇家的官，不是你僧格林沁的家奴护院，当然是按理直行。你倨傲我管不了，但你不以礼待我则有辱朝廷，因我而使朝廷受辱，无论如何都是不能接受的。如此不畏权贵，反倒使“大人”们先缴械了，屈尊降贵起来，足见虚骄者遇到正义就是一条抽了脊梁的癞皮狗！

死不受辱

苏元春，字子熙，广西永安人。（中略）尝与法人接，独持大体。金龙峒者，安平土地也，为中、越要隘，法将据之，与争不决。而游勇万人恒出没为法患，法莫能制。其总督入关来求助，元春悉召至资遣之，金龙七隘卒归隶。法商李约德为寇所掠，总署虑启衅①，以属元春。元春简驺从诣山下，寇闻，送之出。时元春已积逋二十万，或劝其请诸朝，元春叹曰：“吾任边事，致外人蹈绝险，尚敢欺朝廷要重利乎？”卒不可。法感其义，赠宝星。既入狱，年已六十矣，无子，幕士董嗈②左右之。法总统闻其状，急电公使端贵等谋缓颊。嗈喜，具以告，元春曰：“法，吾仇也。死则死耳，藉仇以乞生，是重辱也！君为我谢之。”《清史稿卷 459 · 列传第 246 · 苏元春》

【注释】①启衅：引发嫌隙；挑起争端。②嗈 yōng：鸟的和鸣声。

【以古鉴今】生命是宝贵的，生死也确系大事，但比起尊严、人格、操守、自由、信仰，她又是可抛的。因为人的肉身只是灵魂的载体，没有这个躯壳，灵魂无所依归。然失去灵魂的躯壳，行尸走肉而已，不要也罢！

民族脊梁

邓世昌，字正卿，广东番禺人。少有干略，尝从西人习布算术。既长，入水师学堂，精测量、驾驶。（中略）光绪二十年，世昌乘致远，最猛鸷，与日舰吉野浪速相当，吉野，日舰之中坚也。战既酣，致远弹将罄，世昌誓死敌。将士知大势败，阵稍乱，世昌大呼曰："今日有死而已！然虽死而海军声威弗替[①]，是即所以报国也！"众乃定。世昌遂鼓轮怒驶，欲猛触吉野与同尽，中其鱼雷，锅船裂沉。世昌身环气圈不没，汝昌及他将见之，令驰救。拒弗上，缩臂出圈，死之。其副游击陈金揆同殉，全船二百五十人无逃者。经远管带[②]总兵林永升、超勇管带参将黄建寅、扬威管带参将林履中并殒于阵。《**清史稿卷460·列传第247·邓世昌**》

【注释】①弗替：非词，属于文言文短语，意为不能替代或无以取代，含有"至高"之意。②管带：清末军制，统辖一营的长官；也指海军的舰长。

【以古鉴今】"今日有死而已！然虽死而海军声威弗替，是即所以报国也！"就是战死，也得让敌人胜得胆战心惊，让他虽赢战斗却服我之不屈精神。一句"缩臂出圈"，就把将军的浩然正气描绘得如我等身临其境般的热血上涌！我只能说："悲壮！"真乃我大中华之铁血男儿！

呵护百姓

廖冀亨，字瀛海，福建永定人。康熙二十九年举人，四十七年，授江苏吴县知县。值岁旱，留漕赈饥，不足，自贷金易米以济。士人感其诚，相率捐助，赈以无乏。吴中赋额甲天下，县尤重，冀亨减火耗[①]，用滚单[②]，民皆称便。知收漕弊多，拘不法者重治之，凡留难[③]、勒索、踢斛[④]、淋尖[⑤]、高飏[⑥]、重筛[⑦]诸害，埽除一清。太湖中有芦洲，或垦成田，或种莲养鱼，官吏辄假清丈增粮名以自利。冀亨曰:“湖荡偶尔成田,未可久持,今增其赋,朝廷所得几何，而民累无尽期。”一无所问。《**清史稿卷476·列传第263·循吏1·廖冀亨**》

【**注释**】①火耗：起于明代万历年间，碎银熔化重铸为银锭时的折耗。②滚单：清朝催征田赋所用的一种文件。康熙三十九年（1700年）规定，将里甲民户5户至10户作为一单位,使用滚单催赋。单上逐户记载田亩数、银米数、应完分数和限期,由官府发给甲首，依次催缴，令自封投柜。不交或迟交，予以处分。③留难：无理阻止，故意刁难。④蹋斛:脚踢粮斛使斛面粮食沉降。⑤淋尖:地方官征收漕粮时，粮米过斗，蠹役人等故意将粮米淋到高出斗面而不抹平。⑥高飏：加大风谷机的风量。⑦重筛:将谷物重新过筛。

【**以古鉴今**】前边为民做的好事，那是当官应做的，不足论。贵在湖荡偶尔成田事，你如把它纳入常田，势必就要年年进贡，岁岁纳粮。可湖荡十年九涝，如此岂不累民无穷？不要政绩，尔后一无所问，舍一己之私而万民获利，好人亦做得好官。

官者，管也

陆师，字麟度，浙江归安人。少负文名。康熙四十年进士，授河南新安知县。修学校，集诸生治经，童子能应试者免其徭，民兴于学。响马贼季国玉为患久，捕诛之。巡盐使者下县，取盐犯四十人。师曰:“律以人盐并获始为犯，今勘犯止二人，何滥为？”父忧归，在途，有六七骑挟弓矢，驱牛车，载妇女三十余人，言归德饥民，某将军买以归者也。师叱止之，令官还妇女于其家，白将军收其骑卒。或谓已去官胡忤将军，师曰:“知县一日未出境，忍以饥民妇女媚将军耶？”《**清史稿卷476·列传第263·循吏1·陆师**》

【**以古鉴今**】国家设官，是要他们代国家行使权力的。如陆师兴学校，诛响马，严格按律办事，不实无问。回去丁忧途中，也不以饥民妇女媚将军。管的都是百姓疾苦事，可谓好人好官。

吃透精神再做事

童华，字心朴，浙江山阴人。年未冠为诸生①，长习名法家言，出佐郡邑治。（中略）调江苏苏州，会清查康熙五十一年以来江苏负课千二百余万，巡抚督责急，逮捕追比无虚日，华固请宽之。巡抚怒曰："汝敢逆旨耶？"对曰："华非逆旨，乃遵旨也，上知有积欠，不命严追而命清查，正欲晰其来历，查其委曲，或在官，或在役，或在民，或应征，或应免，了然分晓，奏请上裁，乃称诏书意。今奉行者不顾名思义，徒以十五年积欠立求完纳，是暴征，非清查也。今请宽三月限，当部居别白，分牒②以报。"巡抚从其请，乃尽释狱系千余人，次第造册请奏。时朝廷亦闻江南清查不善，下诏切责，如华言。《**清史稿卷 477 · 列传第 264 · 循吏 2 · 童华**》

【注释】①诸生：古代经考试录取而进入中央、府、州、县各级学校，包括太学学习的生员；生员分增生、附生、廪生、例生等，统称诸生。②牒：竹木片编成的文书；造纸术发明以前的竹书或木书。

【以古鉴今】不明上意，不体下情，按自己的意愿做事，能不是瞎指挥吗？这时如果下属头脑不清醒，跟着上边跑，是不是跟得越紧，偏离正确轨道越远？最后糊里糊涂犯错误，还不知是怎么回事呢！所以做事，不能只顾低头拉车，也得抬头看路。要有自己的见解，官大不一定就真聪明，更不是永远正确。

维护群众利益

世发，字成宪，贵州印江人。康熙三十五年举人，授直隶肃宁知县。旧例，钱粮加一二作耗银，世发亦收之而不自用，杂派亩银三四钱悉除之。县有役事，若修学校、缮城垣及上官别有摊派，即以耗银应。河间府檄修府城，亲赍糇粮[①]，出钱雇役，不以扰社甲。视民如家人，教以生计。坑硷荒地，令穿井耕种。绿城植桑柳树万株，凡水车、蚕箔、粪灌、纺绩[②]，悉为经画。复辟护城废地，穿池种稻以导之。建社学，教以孝亲敬长，赎官田九十余亩，以其租为学者膏火[③]。旬三日集诸生讲学会文，士有自邻县来学者。雍正三年，水灾，大吏遣官履勘，世发不能得其意，被劾罢。士民呼钥挽留，特诏复官，加四品衔。已，晋授按察使兼直隶营田观察使，巡行劝民农桑，察水利可兴者。所至剀切宣谕，民多兴起。修堤垦田，变污下为沃壤。最后开易州水峪田，经营年余，以劳卒。《**清史稿卷477·列传第264·循吏2·世发**》

【**注释**】①糇 hóu 粮：干粮，食粮。②纺绩：把丝麻等纤维纺成纱或线。古代纺指纺丝，绩指缉麻。③膏火：灯火，旧时晚上读书，需掏钱打油点灯，故用膏火指读书的费用。膏，灯油。

【**以古鉴今**】能力有大小，只要你有一颗为人的心，别人总能感受得到，并感激在心。世发让上官不满意，可百姓却念他的好，上面劾免，下面保举，大众认准的事，几个乌官儿的声音就太微弱了，故特诏复官。所以在外做事，偶遇上下级矛盾不能两全时，宁抗上勿欺下。抗上可能于己不利，但坚持了正义，心里踏实；欺下百姓受苦，良心难安。

伤九指不如断一指

牛运震，字阶平，山东滋阳人。（中略）居官，不假手幕下，事辄自治。

所至严行保甲，斗争讼狱日即于少。遇人干讼，必严惩。治盗尤严，曰：“边鄙风俗疵悍，不如此，则法不立，令不行，民不可得而治。且与其轻刑十人，不如重处一人而九人畏，是惩一而恕九也。”罢官归后，闭门治经，搜考金石，所著经义、史论、文集及金石图，皆行于世。尝主晋阳、河东两书院，所造多名隽士[①]，世称“空山先生”。《**清史稿卷477·列传第264·循吏2·牛运震**》

【**注释**】①隽士：隽通“俊”，才智出众的人。

【**以古鉴今**】伤其九指不如断其一指，治理民俗疵悍就得用重刑。虽然伤了他九个指头，可都不疼不痒，一回身就又忘了。远不如干脆就砍下他一个指头，让他永远也长不出来，即便伤口不疼了，看着那缺席的一指也是挥之不去的痛。而且对那些十指尚全者也是不小的震慑，正告他们，敢出格越轨就纳“指”来！

动之以情

邵大业，字在中，顺天大兴人，旧籍浙江余姚。雍正十一年进士，乾隆元年，授湖北黄陂知县。初到官，投讼牒者坌[①]至，不移晷[②]，决遣立尽。吏人一见问姓名，后无不识，众莫敢弄以事。有兄弟争产讼，皆颁白，貌相类。令以镜镜面，问曰：“类乎？”曰：“类。”则进与为家人语曰：“吾新丧弟，独不得如尔两人白首相保也。”二人感动罢去。《**清史稿卷477·列传第264·循吏2·邵大业**》

【**注释**】①坌 bèn：并、一起。②不移晷：一瞬间。

【**以古鉴今**】人心都是肉长的，一时血气上涌不管天地，气头上就是天王老子也得说说清楚。可等气消了，血浓于水，亲情总归是亲情，还是好兄弟。所以每遇此类事最好是“缓处”为妙，冷静下来，再有别人的软语温存，一般也就自己了了。

用心待人

（大业）授河南禹州知州，调睢州。频涝，请粜请赈，民以免患。浚惠济河，以俸钱更直，擢江南苏州知府。松江盗狱久不决，株连瘐毙[1]者众，奉檄鞫治。见群犯皆断胫折踝，蹙然曰："尔等亦人子，迫饥寒至此，犹茹刑颠倒首从，诬连非罪人，何益于尔？"有盗幡然曰："官以人类待我，我不忍欺。"狱辞立具。《清史稿卷477·列传第264·循吏2·邵大业》

【注释】①瘐毙：关在监狱里的人，因受刑或饥寒、疾病而死亡。也作"瘐死"。

【以古鉴今】人心换人心，八两兑半斤。你用真心待人，人也会回报以真心。你将犯人当人待，也就触动他人性的回归，让他感到长期让无辜的人跟自己受苦于心不忍，而道出实情。久拖不决的株连大案几句话就搞定了，看来暖心的话比"老虎凳"管用，攻心比"辣椒水"有效。

真心卫民

李文耕，字心田，云南昆阳人。家贫，事亲孝，服膺[1]宋儒之学。嘉庆七年进士，以知县发山东，假归养母。母丧，服阕[2]，补邹平。到官四阅月[3]，不得行其志，引疾去。以官累，不得归。十九年，教匪起，寿张令以文耕娴武事，招助城守，训练、防御皆有法，贼不敢窥境。大吏闻其干略，起复补原官。

在邹平五年，治尚教化。民妇陈诉其子忤逆，文耕引咎自责，其子叩头流血，母感动请释，卒改行。听讼无株累，久之，讼者日稀。善捕盗，养捕役，使足自赡，无豢贼，数亲巡，穷诘窝顿[4]。尝曰："治盗必真心卫民，身虽不能及者，精神及之，声名及之。"终任，盗风屏息。课诸生，亲为指授，勉以为己之学，民呼李教官，又呼为李青天。《清史稿卷478·列传第

265 · 循吏 3 · 李文耕》

【注释】①服膺：牢牢记在心里；衷心信服。②服阕：守丧期满除服。阕，终了。③四阅月：经历了四个月。④窝顿：窝藏。

【以古鉴今】一句“真心卫民”，诠释了清官循吏的真谛——只要是人间事，就没有用真心办不来的。所以然者，就因为你的真心一定能换来别人的实意，众人真心实意要做的事，岂有不成之理！

为民办实事

蒯德模，字子范，安徽合肥人。咸丰末，以诸生治团练，积功洊保[1]知县，留江苏。同治三年，署长洲。时苏州新复，盗日数发，德模侦之辄获。有匿镇将营者，亲往擒以归，置之法。车渡民聚众抗租，或欲慑以兵。德模曰：“是激之变也。”扁舟往，治首恶，散胁从，事立平。（中略）

江北大水，灾民麕集[2]，德模请于大吏，分各县留养，三万余人无失所。民有为饥寒偷窃者，设化莠室，给衣食，使习艺，艺成遣归。（中略）调署江宁，未几，擢四川夔州知府。府城滨江，（中略）附郭有臭盐碛，盛涨则没水，水落，贫民相聚煎盐。嗣为云阳灶户所持，请封禁，然冬令私煎如故，聚众抗捕无如何。德模请弛禁，官买其盐，运销宜昌。不夺奉节贫民之业，不侵云阳销引之岸[3]，遂着为令。《清史稿卷 479 · 列传第 266 · 循吏 4 · 蒯德模》

【注释】①洊 jiàn 保：保举。洊同“荐”。②麕 jūn 集：聚集；群集。③销引之岸：按盐政法令规定划分的销盐区域。销盐划分区域的制度，自唐时刘晏变盐法即已开始，历经宋元明清，划分渐趋细密，自成范围，且不受省、市、县等行政区划的限制。

【以古鉴今】为官一任，就要为辖内之民排忧解难，要想着怎样才能让百姓得到好处，而不是你自己能从中得到什么，这样你心中的那杆秤就能放平，也就能想出好办法了。要知道有些事在你当官的这里不是事，可在百姓那里就可能是大事。因为所处的社会地位、经济条件、认知能力，这诸般的不同，都要你设身处地为他们着想。像煎盐事，不夺奉节贫民之业，不侵云阳销引之岸，可谓两便矣。

做适合自己的

方大湜[①]，字菊人，湖南巴陵人。（中略）大湜生平政绩，多在为守令时。所至兴学校，课蚕桑，事必亲理，胥吏[②]无所容奸，民亲而信之。时周历民间，一吏一担夫自随，即田陇间判讼。守武昌时，勘堤过属县，暮宿民家，已去而县官犹不知。严义利之辨，尝曰："以利诱者，初皆在可取不可取之间。偶一为之，自谓无损，久则顾忌渐忘。自爱者当视为酖毒[③]，饥渴至死，不可入口。"又曰："居官廉，如妇人贞节，不过妇道一端。若恃贞节，而不孝、不敬、不勤、不慎，岂得谓贤乎？"公暇辄读书，所著平平言及蚕桑、捕蝗、修堤、区田[④]诸书，皆自道所得。归田后，谓所亲曰："官至两司，不如守令之与民亲，措置自如也。"遂不出，卒于家。《**清史稿卷479·列传第266·循吏4·方大湜**》

【注释】①湜 shí：形容水清见底的样子。②胥吏：胥指的是基层的办事人员，即政府将平民按户口加以控制，并从中选拔出有才智者加以管理。吏本是指替天子管理臣民、处理政务的人，即"官"。一般认为，汉代以后"吏"逐渐专指小吏和差役，即没有官位的官府工作人员。由于两者都是指代官府的各类办事人员和差役，后世遂有人将胥、吏并称。③酖 dān 毒：毒酒。④区田：在田里按一定距离开沟挖穴，将种子播入其间的一种农作法。此法便于小范围内深耕细作，集中施肥灌水。

【以古鉴今】干事业不是官越大越好，而是适合自己的才好。什么是适合的呢？就是干着顺手、快乐、踏实，觉得有意思诸般。

治生

张履祥，字考夫，桐乡人。明诸生[①]。世居杨园村，学者称为杨园先生。七岁丧父。家贫，母沈教之曰："孔、孟亦两家无父儿也，只因有志，便做到圣贤。"长，受业山阴刘宗周之门。时东南文社各立门户，履祥退然如不胜，惟与同里颜统、钱寅，海盐吴蕃昌辈以文行相砥刻。统、寅、蕃昌相继殁，为之经纪其家。自是与海盐何汝霖、乌程凌克贞、归安沈磊切劘[②]讲习，益务躬行。尝以为圣人之于天道，"庸德之行，庸言之谨[③]"，尽之矣。来学之士，一以友道处之。谓门人当务经济之学，着补农书。岁耕田十余亩，草履箬笠，提筐佐馌[④]。尝曰："人须有恒业。无恒业之人，始于丧其本心，终于丧其身。许鲁斋有言：'学者以治生为急。'愚谓治生以稼穑[⑤]为先。能稼穑则可以无求于人，无求于人，则能立廉耻；知稼穑之艰难，则不妄求于人，不妄求于人，则能兴礼让。廉耻立，礼让兴，而人心可正，世道可隆矣。"初讲宗周慎独之学，晚乃专意程、朱。践履笃实，学术纯正。大要以为仁为本，以修己为务，而以中庸为归。《**清史稿卷480·列传第267·儒林1·张履祥**》

【注释】①诸生：明清时期经考试录取而进入府、州、县各级学校学习的生员。②切劘 mó：切磋相正。③庸德之行，庸言之谨：平常的德行努力实践，平常的言谈尽量谨慎。④馌 yè：给在田耕作的人送饭。⑤稼穑：种之曰稼、敛之曰穑。

【以古鉴今】"孔、孟亦两家无父儿也，只因有志，便做到圣贤。"此话颠覆了"养不教，父之过"的古训，人之成立不在父教而在自立。打小就让孩子明此理，立定目标，不待人督促，自觉打牢生存活命的基础，再去施抱负、创事业、展宏图、求发展。凡事外求多不如向内讨说法，向内才是最靠得住的！

愚孝当止

李盛山，福建罗源人。母病，割肝以救，伤重，卒。巡抚常赉疏请旌，下礼部，礼部议轻生愚孝，无旌表之例。雍正六年三月壬子，世宗谕曰："朕惟世祖、圣祖临御万方，立教明伦，与人为善。而于例慎予旌表者，诚天地好生之盛心，圣人觉世之至道，视人命为至重，不可以愚昧误戕；念孝道为至弘，不可以毁伤为正。但有司未尝以圣贤经常之道，与国家爱养之心，明白宣示，是以愚夫愚妇救亲而捐躯，殉夫而殒命，往往有之。既有其事，若不予以旌表，无以彰其苦志。故数十年来虽未定例，仍许奏闻，且有邀恩于常格之外者。圣祖哀矜下民之盛心，如是其周详而委曲也。父母爱子，无所不至，若因己病而致其子割肝刲股①以充饮馔、和汤药，纵其子无恙，父母未有不惊忧恻怛②惨惕③而不安者，况因此而伤生，岂父母所忍闻乎？父母有疾，固人子尽心竭力之时，傥能至诚纯孝，必且感天地、动鬼神，不必以惊世骇俗之为，着奇于日用伦常之外。妇人从一之义，醮④而不改，乃天下之正道，然烈妇难，节妇尤难。夫亡之后，妇职之当尽者更多，上有翁姑，则当代为奉养。他如修治苹蘩⑤，经理家业，其事难以悉数，安得以一死毕其责乎？朕今特颁训谕，有司广为宣示，俾知孝子节妇，自有常经，伦常之地，皆合中庸，以毋负国家教养矜全之德。倘训谕之后，仍有不爱躯命，蹈于危亡者，朕亦不概加旌表，以成激烈轻生之习也。"盛山仍予旌表。《**清史稿卷 497 · 列传第 284 · 孝义 1 · 李盛山**》

【注释】①刲 kuī 股：割大腿肉。割股疗亲，古以为孝行；割股祭祀，则表示崇敬之至。②恻怛 dá：哀伤。③惨惕：悲伤。④醮 jiào：女子嫁人，特指妇女再嫁。⑤苹蘩 fán：苹、蘩，两种可供食用的水草，古代常用于祭祀。

【以古鉴今】我不赞成李盛山的做法，为了救母亲，自己死了，活个老的，死个小的，这样的一命抵一命没有实际意义。另外你母亲同意你这样救她吗？你以为你是尽孝了，但你母亲能活的安生吗？这纯属愚人愚孝。此类事两全则可，不能两全则应顺其自然，不可一厢情愿，让受助者后半生都活在愧疚中。

为驴正名

徐枋，字昭法，长州人也。（中略）家贫绝粮，耐饥寒，不受人一丝一粟。洪储时其急而周之，枋曰："此世外清净食也。"无不受。豢一驴，通人意。日用间有所需，则以所作书画卷置簏[①]于驴背，驱之。驴独行，及城闉[②]而止，不阑入一步。见者争趣之，曰："高士驴至矣！"亟取卷，以日用所需物，如其指，备而纳诸簏，驴即负以返，以为常。**《清史稿卷 501 · 列传第 288 · 遗逸 2 · 徐枋》**

【注释】①簏 lù：用竹子、柳条、藤条编成的圆形盛器。②城闉 yīn：城内重门，亦泛指城郭。

【以古鉴今】再不要说"蠢驴"这样的话了，驴不蠢，它有思想，也有语言。只是你不是驴，不懂驴语罢了。徐枋之驴不就很聪明吗？它能理解主人的意图，独自完成使命。它可能有比人类更高明的地方，只因人驴异类，彼此不相通罢了。

贫不受怜

时商丘宋荦抚吴，枋预戒曰："宋中丞甚知我，若我死，勿受其赙[①]也。"荦果使人赠棺槥[②]赀如枋命，终不受。卒，以贫不能葬。一日，有高士从武林来吊，请任窀穸，其人亦贫，而特工篆、隶，乃赁居郡中。鬻字以庀[③]葬具，纸得百钱。积二年，乃克葬枋于青芝山下，而以羡归其家。语之曰："吾欲称贷富家，惧先生吐之，故劳吾腕，知先生所心许也。"葬毕即去，不言名氏。或有识之者，曰："此山阴戴易也！"**《清史稿卷 501 · 列传第 288 · 遗逸 2 · 徐枋》**

【注释】①赙 fù：以财物助人办丧事。②棺槥 huì：粗陋的小棺材。③庀 pǐ：治理；具备。

【以古鉴今】虽贫却不受人怜。活时不受，死后也不受，可谓穷得有骨气。这样的人你要是硬周济他，那简直如侮辱他一样，可真朋友又不能不帮，于是就有如戴易者：吾欲称贷富家，惧先生吐之，故劳吾腕，知先生所心许也，既帮了朋友，解决了其困难，又成全了他清高的美名，可谓知己矣！

坚持就是胜利

梁九，顺天人。自明末至清初，大内兴造匠作，皆九董①其役。初，明时京师有工师冯巧者，董造宫殿，至崇祯间老矣。九往执业门下，数载，终不得其传，而服事左右，不懈益恭。一日九独侍，巧顾曰："子可教矣！"于是尽授其奥。巧死，九遂隶籍工部，代执营造之事。康熙三十四年，重建太和殿，九手制木殿一区，以寸准尺，以尺准丈，大不逾数尺许，四阿重室②，规模悉具，工作以之为准，无爽。《清史稿卷505·列传第292·艺术4·梁九》

【注释】①董：监督管理；董事。②四阿重室：四坡顶、两重檐，即在四坡屋盖的檐下，再设一周保护夯土台基的防雨坡檐。

【以古鉴今】一个人为一件事投入全部精力，并坚持足够长时间，将潜能全部调动起来，那就不再是单枪匹马了，连上帝都会伸出援手的。梁九的执着终于感动了冯巧，"尽授其奥"，成就了一代大工匠！

女人是家庭的纽带

张英妻姚，桐城人。英初官翰林，贫甚，或馈之千金，英勿受也。故以语姚，姚曰："贫家或馈十金五金，童仆皆喜相告。今无故得千金，人问所从来，能勿惭乎？”居恒质衣贯米。英禄稍丰，姚不改其俭，一青衫数年不易。英既相，弥自谦下。戚党或使婢起居，姚方补故衣，不识也。问：“夫人安在？”姚逡巡起应，婢大惭沮。英年六十，姚制棉衣贷寒者。子廷玉继入翰林，直南书房，圣祖尝顾左右曰：“张廷玉兄弟，母教之有素，不独父训也！”《清史稿卷508·列传第295·列女1·张英妻姚》

【以古鉴今】一青衫数年不易，俭朴程度可见一斑。丈夫做了宰相，自己还亲手缝补故衣，让来家的客人都惊愕不迭。男人能有这样的老婆作内助，岂一贤字定义得了的？直是三生有幸，会影响老少三代。女人啊！你的德行可不是你自己的事呀！公婆老来靠你；男人的厨师、护士、顾问是你；儿女的保姆、启蒙老师是你。女人的使命何其重啊！

忠臣必出孝子之门

汪楷妻王、妾徐，萧山人。楷为河南淇县典史，尝廉民冤，白令为平反。既去官，客死广东。母七十，徐有子辉祖，幼。丧归，索债者至，王鬻田、出嫁时衣装以偿。楷弟不肖，恒求钱以博，甚或篡辉祖去，得钱乃归之。已，将以母迁，王与徐力请留，奉侍甚谨。母垂殁，叹其贤孝。教辉祖读，或不中程，徐奉棰呼辉祖跪受教，王涕泣戒督，往往弃棰罢。贫益甚，互称疾减食食辉祖。

辉祖长，出游，佐州县治刑名，王戒之曰：“汝父尝言生人惨怛[①]，无过囹圄中，偶扑一人，辄数日不怡，曰：‘彼得无恚恨戕其生乎？’汝佐人当知此意。”辉祖自外归，必问：“不入人死罪否？破人家否？”曰：“无。”则喜。即言法不免，王与徐辄相视为流涕。王尤不喜言人过，辉祖或偶及之，必曰：“汝能不尔即佳，此何与汝事？”徐居常布衣操作，岁饥，日织布一疋，易三斗粟，虽疟不为止。一絮被，余二十年，辉祖请易，曰：“此汝父所予，不可易也！”徐病，辉祖进参，却之，曰：“汝父客死，吾不获以此进，吾

何忍饮？”王强之，微啜而罢。《清史稿卷 508 · 列传第 295 · 列女 1 · 汪楷妻王》

【注释】①惨怛：悲痛；忧伤。

【以古鉴今】二女事一夫，今天已无此事，但王、徐能终身无是非也实属难得。王能不避嫌隙而视辉祖如己出，徐能理解王的用心，这都是他们融洽和谐的原因，彼此都是明白人。这样家庭出来的孩子，不待问，就可知是有健康人格的。人只有在父母跟前有孝心，对他人才能有爱心，对国家才会有忠心。

教孩子些什么

冯智懋妻谢，智懋，长洲人；谢，嘉兴人。智懋家中落，再遇火，谢处贫，黾勉[1]无所恨。子桂芬，入学为诸生，谢喜曰："汝家久无秀才，汝继之，甚善。愿世世为秀才，毋觊科第也！”及得第，训之曰："人必有职，女红中馈，妇职也，易尽耳；汝当思尽其职。”又曰："好官不过多得钱，然则商贾耳，何名官也？汝谨，当不至是，勉旃[2]！”苏州、嘉兴，皆困重赋，谢氏以催科破家。谢每谓桂芬："汝他日为言官，此第一事也！”同治初，江、浙初定，桂芬佐江苏巡抚李鸿章幕，成减赋之议。苏州、松江、太仓三府、州，减三之一；常州、镇江减十之一。浙江巡抚左宗棠继请嘉兴亦得量减，时谢已前卒。《清史稿卷 508 · 列传第 295 · 列女 1 · 冯智懋妻谢》

【注释】①黾 mǐn 勉：勉励，尽力；勉强。②勉旃 zhān：努力。多于劝勉时用之。

【以古鉴今】人都是初入为主，幼时的事入了心就终生不忘。所以说，“教妇于初来，教孩于幼时”，谢氏因催科破家，就教儿子他日做官减赋为第一事。有的人儿时家有病人，不治而殁，他就暗下决心长大从医；家穷读不起书，长大就做教师。说穷人的孩子早当家，是他深受其扰，自然催生出想改变的念头。

做好自己

秦甲佑妻刘，三原人。甲佑病痪，刘侍疾甚谨，筦[①]家政甚饬。越十年，甲佑卒，时岁饥，兵未定。刘抚二子四符、四采。尝训之曰：“年荒，众人之荒；学荒，则吾儿之荒也。兵乱，众人之乱；心乱，则吾一家之乱也。”闻者以为名言。四符，甲佑前妇子也，刘爱之，均于所生。**《清史稿卷509·列传第296·列女2·秦甲佑妻刘》**

【注释】①筦 guǎn：同“管”。

【以古鉴今】年荒，明年可丰，明年不丰还有后年；兵乱，乱几年、十几年，总有太平时。可人却只有一生，至于来生，那只是个名词，世人谁都不曾经历过。只此一次的人生珍贵且短暂，所以乱不得，也荒不起，珍惜着过，怕也成就不了多少，一晃就老了。不管外面风云如何变幻，个人都不能心浮气躁，潜下心做结网的功夫，以待时用。

排忧解烦之法

胡源渤妻董，临清人。源渤卒，董年十五，为嫠[①]八十年，年九十五乃卒。里妇或问：“守节易乎？”曰：“易。”“如无夫何？”曰：“如未嫁。”“如无子何？”曰：“如有子而死若不孝。”曰：“何以制此心？”曰：“饥而食，倦而寝，不饥不倦，必有事焉，毋坐而嬉。吾尝为人佣，治女红，必求其工。求工，则心专；心专，则力勤；力勤，则劳而易倦。倦即寝，寤即兴，毋使一息闲，久之则习惯矣。”**《清史稿卷509·列传第296·列女2·胡源渤妻董》**

【注释】①嫠 lí：寡妇。

【以古鉴今】十五岁守寡，且一守就是八十年。内心的孤独寂寞如何排解，绝非常人所能知晓。孑然一身行走在人世间，跟前连个喘气的都没有，那大概是生不如死的时候居多吧！可董氏还能侃侃而谈，且谈得头头是道，直如血的控诉，听得人心碎。那是她内心的痛楚，不敢让自己闲下来，身子闲下来了，苦闷就涌上来了，所以就让自己饥而食，倦而寝，不饥不倦，必有事焉，毋坐而嬉，不使一息闲。所以家里如有单身的成年人，不管什么情况，只要本人有意找伴，任何人都不得以任何借口干涉，随其自便就好，这是做人的道德！

妇人不可受人怜

雷廷外聘妻[①]侯，南安人。廷外母黄，早寡，贫，虑不能娶，乞贫家女抚之，期长以为妇，故侯四岁而育于黄。十一黄卒，十六廷外卒，死而不瞑，侯恸屡绝。廷外有从兄，以其子震为后，侯乃笄，抱以拜祖。侯母欲令别嫁，拒以死。身自耕，跪而耨，十指皆胼[②]。尝诫震曰："妇人不可受人怜，况孀乎！"震亦早卒，其妻傅，从姑织席以育子。《**清史稿卷509·列传第296·列女2·雷廷外聘妻侯**》

【**注释**】①聘妻：已订婚而未结婚的妻子之称。②胼 pián：老茧。

【**以古鉴今**】童养媳的命运是可以想见的，从穷家到穷家。穷能活命也好，十一岁时婆婆死了，十六岁时小丈夫又呜呼了，真是屋漏偏遭连阴雨，祸不单行。但誓不改嫁，抱养个儿子又早死，耕织都亲力亲为。深知寡妇门前是非多，坚信"妇人不可受人怜，况孀乎！"的话，是防嫌，是自重，是防因怜生爱，遭人闲话！

图书在版编目（CIP）数据

鉴古录 / 宫永刚编著. —北京：线装书局，2022.10

ISBN 978-7-5120-5117-1

Ⅰ.①鉴… Ⅱ.①宫… Ⅲ.①历史故事－作品集－中国 Ⅳ.①I247.81

中国版本图书馆CIP数据核字（2022）第156242号

鉴古录

JIANGU LU

作　　者：宫永刚

责任编辑：李　媛

出版发行：线装书局

地　址：北京市丰台区方庄日月天地大厦B座17层（100078）

电　话：010-58077126（发行部）010-58076938（总编室）

网　址：www.zgxzsj.com

经　　销：新华书店

印　　制：三河市中晟雅豪印务有限公司

开　　本：710mm×1000mm　1/16

印　　张：49.5

字　　数：465千字

版　　次：2022年10月第1版第1次印刷

印　　数：0001—1000 册

线装书局官方微信

定　　价：149.00元